Jo Graham

Die Seherin von Troja

GOLDMANN

Lesen erleben

Jo Graham

Die Seherin von Troja

Historischer Roman

Aus dem Amerikanischen
von Marie-Luise Bezzenberger

GOLDMANN

Die Originalausgabe erschien 2009 unter dem Titel »Black Ships«
bei Orbit, New York.

Dieses Buch ist auch als E-Book erhältlich

MIX
Papier aus verantwortungsvollen Quellen
FSC® C083411

Penguin Random House Verlagsgruppe FSC® N001967

1. Auflage
Deutsche Erstveröffentlichung August 2021

Gestaltung des Umschlags und der Umschlaginnenseiten:
UNO Werbeagentur, München
Umschlagmotiv: David Paire / arcangel images; Composing:
FinePic®, München
Redaktion: Christiane Mühlfeld
BH · Herstellung: kw
Satz: Vornehm Mediengestaltung GmbH, München
Druck und Bindung: CPI books GmbH, Leck
Printed in Germany
ISBN: 978-3-442-49158-2
www.goldmann-verlag.de

Besuchen Sie den Goldmann Verlag im Netz

Für meinen Vater Glenn Wyrick,
der mir mit elfeinhalb
Der Läufer und sein Held
zu lesen gab.

»Vor allem in Pylos wird von einer Gruppe Frauen berichtet, die niedere Arbeiten verrichteten wie Kornmahlen, Flachsbrechen und Spinnen. Die ihnen zugewiesenen Lebensmittel deuten darauf hin, dass es Hunderte waren … In Pylos gibt es sogar eine geheimnisvolle To-ro-ja (Trojanerin), ›Dienerin des Gottes‹.«

Michael Wood, In Search of the Trojan War

I

Pythia

Ihr müsst wissen, dass ich ungeachtet all dessen, was ich sonst noch bin, dem Volk angehöre. Mein Großvater war ein Bootsbauer in der Unteren Stadt. Er hat Fischerboote gezimmert, sagte meine Mutter, und einmal hat er an einem der großen Schiffe mitgebaut, die die Küste entlangsegelten, bis hinaus zu den Inseln. Meine Mutter war seine einzige Tochter. Sie war vierzehn und war gerade zur Ehe versprochen worden, als die Stadt fiel.

Die Soldaten schändeten sie im vorderen Raum des Hauses, während der Leichnam ihres Vaters draußen auf der Straße erkaltete. Als sie mit ihr fertig waren, wurde sie hinausgeschleppt, dorthin, wo die Schiffe abseits unseres Hafens auf den Strand gezogen worden waren, und die Achaier zogen Lose um sie und die anderen Frauen der Stadt.

Das Los sprach sie dem alten König von Pylos zu, und sie wurde übers Meer gebracht, ehe die Winterstürme die Überfahrt unmöglich machten. Während der Reise war ihr übel, doch sie dachte, das käme bloß vom Schwanken des Schiffes. Als sie in Pylos anlangte, war es gewiss, dass es mehr war als das.

König Nestor war schon damals hochbetagt, und er besaß Töchter der edlen Häuser Wilusas, die für ihn spannen und Korn mahlten, Sklavinnen für Tafel und Webstuhl. Für die Tochter eines Bootsbauers, der der Samen eines Unbekannten bereits den Leib wölbte, hatte er keine Verwendung, und so wurde meine Mutter zu den Leinenmägden geschickt, zu den Frauen, die den Flachs hegten, der entlang des Flusses wächst.

Dort wurde ich geboren, im Hochsommer, wenn das Land schlummert und die Erhabene Herrin über die Länder unter der Erde herrscht, während unsere Welt in der Sonne dörrt. Ich wurde in der Nacht geboren, in der Sothis zum ersten Mal emporstieg, obgleich ich viele Jahre die Bedeutung dessen nicht kannte.

Meine Mutter war die Tochter eines Bootsbauers. Ihr ganzes Leben lang hatte sie das Rauschen der See vernommen. Jetzt war das Meer einen Vormittag weit entfernt, und ihre Sklavenbande versperrten ihr den Weg dorthin. Vielleicht war es Heimweh oder vielleicht ein Ton in meinem kläglichen Neugeborenengeschrei, das sie dazu veranlasste, mich Möwe zu nennen, nach den schwarz geflügelten Seevögeln, die kreischend um die Untere Stadt herumtanzten.

Als der Herbstregen kam, war ich groß genug, dass meine Mutter mich beim Arbeiten in einem Tuch auf dem Rücken tragen konnte.

Ich weiß, dass es nicht in diesem Jahr war, doch das ist meine erste Erinnerung: Das grüne Licht, das schräg durch die Bäume fiel, deren Geäst sich über dem Fluss wölbte, das Geräusch des Wassers, das über flache Steine floss, die Lieder der Frauen aus Lydien und Wilusa, während sie den Flachs brachen. Ich lernte ihre Lieder als meine erste Sprache, die Mundart des Volkes, wie Frauen sie in der Verbannung sprechen.

Es gab noch andere Kinder unter den Leinenmägden, obgleich ich das Älteste von denen aus Wilusa war. Es gab Lydianer, die älter waren als ich, deren Mütter von weit her gekommen waren, von den südlichen Küsten, und eine blonde Illyrierin aus dem Nordwesten. Ihr Name war Kyla, sie war meine Kinderfreundin, die mit mir im Fluss herumpaddelte, während unsere Mütter arbeiteten. Zumindest so lange, bis auch sie arbeiten musste. Da wusste ich, wie mein Leben beschaffen sein würde – der stetige Rhythmus des Flachsbrechens, der Ernte und des Flusslebens. Mehr vermochte ich mir nicht vorzustellen. Die winzige Welt des Flusses war noch groß genug für mich.

Der Sommer, in dem ich vier wurde, war der Sommer, in dem Triotes kam. Er war der Schwestersohn des alten Königs, hochgewachsen und blond und schön wie die Sommersonne. Er machte halt, um seine Pferde zu tränken, und sprach mit meiner Mutter. Mich mutete das merkwürdig an.

Ein paar Tage später kam er wieder. Ich erinnere mich daran, wie sie sich unterhielten; Triotes stand vorn bei seinem Gespann, knöcheltief im Wasser, und ich dachte, irgendetwas sei verkehrt. Meine Mutter sollte eigentlich nicht lächeln.

Danach kam er oft. Und manchmal wurde ich fortgeschickt, um bei Kyla und ihrer Mutter zu schlafen.

In meinem fünften Sommer wurde mein Bruder geboren. Er hatte weiches, feines Säuglingshaar, und seine Augen waren vom klaren Graublau des Meeres. Ich betrachtete mein Spiegelbild im Fluss, mein Haar, das ebenso dunkel war wie das meiner Mutter, meine Augen wie dunkle Seen. Und ich begriff etwas Neues. Mein Bruder war anders.

Triotes warf ihn in die Luft, um ihn zum Lachen zu bringen, und zeigte ihn seinen Freunden, wenn sie ihre Streitwagen die Straße entlanglenkten. Er war selbst gerade erst zum Mann gereift, dies war sein erster Sohn – wenn auch von einer Sklavin.

Eines Nachts hörte ich sie reden. Er versprach, meinen Bruder in den Palast von Pylos mitzunehmen, wenn er älter sein würde, wo er lernen würde, die Weinbecher der Fürsten zu tragen, wo er lernen würde, ein Schwert zu führen. Er war der Sohn des Triotes, und als solcher würde er auch bekannt sein.

Später, als er fort war, schlich ich mich an die Seite meiner Mutter. Mein Bruder Aren lag an ihrer Brust. Ich sah eine Weile zu, wie er trank. Dann streckte ich mich aus und legte den Kopf auf den flachen, hellen Bauch meiner Mutter.

»Was ist, meine Möwe?«, fragte meine Mutter.

»Ich bin keines Mannes Tochter«, sagte ich.

Ich glaube nicht, dass sie das erwartet hatte. Ich hörte, wie ihr der Atem stockte. »Du bist eine Tochter des Volkes«, erwiderte sie mit Nachdruck. »Du bist eine Tochter Wilusas. Ich wurde im Schatten des Großen Turmes geboren, wo der Untere Hafen an die Straße stößt. Mein ganzes Leben lang habe ich mit dem Klang der See gelebt.

Dein Großvater war ein Bootsbauer in der Unteren Stadt. Du bist eine Tochter Wilusas.« Mit der freien Hand strich mir meine Mutter übers Haar, jene Hand, die nicht Aren hielt. »Du hättest dort geboren werden sollen. Aber die Götter sind eingeschritten.«

»Können die Götter dann nicht noch einmal einschreiten und uns zurückbringen?«, wollte ich wissen.

Meine Mutter lächelte traurig. »Ich glaube nicht.«

Und so kehrte ich zum Fluss zurück. Ich war alt genug, um den Frauen im kühlen grünen Zwielicht am Rande des Wassers mit dem Flachs zu helfen. Und hier, das wusste ich, würde ich mein Leben verbringen.

An das Unglück, das all das veränderte, erinnere ich mich nur verschwommen.

Wir spielten oft auf der Straße, die sich am Fluss entlangzog. Es war nicht viel mehr als ein Weg aus festgestampfter Erde, zerfurcht von Karren und Streitwagen. Ich erinnere mich an den Streitwagen, viel prächtiger als der von Triotes, an die rotbraunen Pferde, den Glanz von Bronze. Ich erinnere mich, dass ich wie gebannt darauf starrte. Ich erinnere mich an den Aufschrei meiner Mutter, hoch und schrill, genau wie der einer Möwe.

Es war ein Glück, dass die Regenfälle bereits eingesetzt hatten und die Straße schlammig war. Das Wagenrad rollte über mein rechtes Bein, dicht über dem Knöchel, und brach den Knochen glatt entzwei, trennte mir jedoch den Fuß nicht ab, wie ich es seither schon bei anderen erlebt habe. Die Straße war schlammig und gab nach.

Von jenem Winter weiß ich nicht mehr viel. Ich weiß

nicht, wie lange ich auf der Matte in der Ecke lag, wo meine Mutter Aren zur Welt gebracht hatte. Vielleicht liegt das an der Ferne der Kindheit. Vielleicht liegt es an dem Mohnsaft, den die Älteste der Sklavinnen mir gegen die Schmerzen eingab. Ganz schwach erinnere ich mich, dass ich an den Verbänden um mein Bein zupfte und dass man mir befahl, damit aufzuhören.

Doch ich erinnere mich an das Fest des Abstiegs, wenn die Herrin in die Unterwelt zurückkehrt und ihren Geliebten begrüßt. Die Trockenzeit begann, und die Mohnblumen verdorrten auf den Feldern; der Fluss floss flach und träge dahin.

Mein rechtes Bein war über dem Knöchel nur halb so dick wie das linke, und der Fuß war verdreht, die Zehen zeigten nach innen und die Ferse nach außen. Stehen konnte ich nur mit Mühe. Den ganzen langen Frühling über übte ich mich im Gehen. Im Hochsommer konnte ich langsam dahinstolpern, hielt mich an allem Möglichen fest, um das Gleichgewicht zu wahren, doch es war klar, dass ich nie rennen oder tanzen könnte.

Von noch größerer Bedeutung aber war: Niemals würde ich den ganzen Tag lang im flachen Wasser des Flusses arbeiten können.

Warum meine Mutter den schlafenden Aren bei Kylas Mutter zurückließ und mit mir vom Fluss fortging, jenen langen, staubigen Weg hinauf, wie wir es noch nie getan hatten, war mir unklar. Wieder und wieder fragte ich, wohin wir denn gingen, doch sie antwortete nicht, obgleich sie mich ein Stück weit trug, als es steil bergauf ging. Für eine Sechsjährige war ich sehr leicht.

Der Weg machte eine Biegung, und wir hielten an, um uns auszuruhen. Meine Mutter holte eine lederne Wasserflasche hervor, und wir teilten uns den Inhalt. Ich blickte über die Landschaft. Der Fluss war eine grüne Spur, die sich wie eine Schlange durch das Grün und Braun der Gegend wand. Hinter uns erhoben sich die gezackten Rücken der Berge und reckten sich zu den Wolken empor.

»Da«, sagte meine Mutter. »Möwe, siehst du das?« Sie deutete auf einen silbernen Schemen am Ende des Flusses. »Es ist so viel Staub in der Luft, man kann es schwer erkennen. Aber das ist das Meer!«

Mein Blick folgte ihrem ausgestreckten Arm. Die Welt endete, und das Silber begann.

»Gibt es dort Möwen?«, wollte ich wissen.

»Ja«, sagte meine Mutter. »Dort leben die Möwen.«

»Können wir hingehen?«, fragte ich.

»Nein«, antwortete sie.

Wir packten den Wasserschlauch ein und kletterten weiter. Es war nicht mehr weit.

Der Weg endete an einer Lichtung; die riesigen, hoch aufragenden Zypressen standen grün und geheimnisvoll zwischen den Felsen des Berghanges. Zuerst dachte ich, dies sei ein öder, verlassener Ort. Doch das Summen von Fliegen war zu hören, und es roch nach Ziegenmist. Wieder schaute ich mich um und sah, dass ein Stück hangabwärts, abseits des Pfades, ein Verschlag stand; ein steiler Pfad führte zu ihm hinunter. Es gab noch einen anderen Pfad, der sich bergauf zog, zwischen den gewaltigen Bäumen hindurch. Diesen Weg schlugen wir ein. Meine Mutter schritt jetzt langsam aus. Der Lehmboden gab unter unseren Füßen nach. Die Luft war still und feucht.

Vor uns öffnete sich ein Fels. Die Spalte war zweimal so hoch wie breit, ein wenig höher als meine Mutter. Davor stand ein blank polierter schwarzer Stein, rund und ohne besondere Merkmale.

Meine Mutter rief einen Gruß, und ihre Stimme erschien mir in dem Wald sehr laut.

Eine Frau erschien in dem Eingang. Ich hatte etwas Furchterregendes erwartet, doch sie hatte das rote, verschwitzte Gesicht einer Frau, die in der Hitze arbeitet, und trug den geflickten Kittel einer Dienstmagd. »Was wollt ihr?«, fragte sie.

»Mit Pythia sprechen«, erwiderte meine Mutter und straffte die Schultern.

Die Frau schien sie abschätzend zu mustern. »Pythia ist sehr beschäftigt. Hast du eine Opfergabe mitgebracht? Ich sehe keine Vögel oder ein Zicklein.«

»Ich habe meine Tochter mitgebracht«, sagte meine Mutter. »Sie heißt Möwe.«

Ich dachte schon, die Frau würde sagen, wir sollten uns wegscheren, doch in diesem Moment hörte ich ein scharrendes Geräusch gleich hinter dem Eingang, und in der Felsspalte erschien ein wundersames Wesen, das vielleicht eine Frau sein konnte oder auch nicht. Ich fühlte, wie meine Augen sich weiteten.

Sein Haar war nachtschwarz und kunstvoll mit Nadeln aus Kupfer zu Locken aufgetürmt. Auch das bodenlange Gewand war vollkommen schwarz, und das Gesicht leuchtete weiß wie der Mond. Im scharfen Kontrast dazu stachen die Lippen und Augen ebenfalls schwarz hervor.

Dieses Wesen war schrecklich und zugleich wunderschön. Langsam kam es auf uns zu. Eine lange weiße Hand streckte sich vor und berührte fast mein Haar. Ich hatte Angst, doch ich rührte mich nicht. Es würde so sein, wie es sein musste.

»Einst haben sie uns Prinzessinnen gebracht, um der Herrin der Toten zu dienen. Jetzt bringen sie uns die Töchter von Sklavinnen, Mädchen, die zu verkrüppelt für die Arbeit sind. Dies ist keine Ehrengabe!« Sie hatte »Herrin« gesagt und war demnach also doch eine Frau.

Meine Mutter wandte den Blick keine Sekunde von ihren Augen ab. »Sie ist meine Tochter, und sie ist alles, was ich habe.«

Pythia sah mich an. Ich sah, wie ihr Blick zu meinem verdrehten Bein hinabwanderte. Ihre Stirn legte sich in Falten, und in ihrer Haut zeigten sich Risse. Erst da begriff ich, dass das Weiß Farbe sein musste und nicht ihr natürlicher Teint. »Sie werden nicht erlauben, dass du sie behältst und ihr zu essen gibst, wenn sie nicht arbeiten kann«, sagte sie

»Möwe kann hart arbeiten«, beteuerte meine Mutter. »Sie ist höflich und gefällig. Sie könnte dir gut dienen.«

»Dies ist kein großer Schrein«, wandte Pythia ein. »Wir sind nicht so wie manche andere, mit Zofen, die den ganzen Tag lang wenig zu tun haben. Ich brauche eine Ziegenhirtin, kein Mädchen, das nicht laufen kann.«

»Sie könnte weben«, schlug meine Mutter vor.

Eine klauengleiche Hand fasste mich unter dem Kinn und hob mein Gesicht an. Ihre Augen waren ebenso schwarz wie meine. Sie war eine alte Frau. Doch unter der Farbe war noch etwas anderes.

Ich weiß nicht, was sie in meinen Augen sah. Jetzt, so viele Jahre später, habe ich eine leise Ahnung. Doch Pythia gab einen unverständlichen Laut von sich. Mit einer Geste, die beinahe ein Achselzucken war, wandte sie sich ab. »Lass sie heute Nacht hier. Wir werden sie prüfen. Du kannst morgen wiederkommen und sie holen.«

Ich sah, wie die Spannung aus den Zügen meiner Mutter wich. »Das werde ich tun. Möwe, sei brav und der erhabenen Pythia zu Gefallen.«

Ich umarmte sie, klammerte mich jedoch nicht an ihr fest. Ich verstand. Für Sklaven, die nicht arbeiten konnten, gab es nichts zu essen. Meine Mutter versuchte, eine neue Herrin für mich zu finden.

Wenigstens gab es an diesem Abend zu essen. Die Dienstmagd, deren Name Dolcis lautete, brachte mir eine Schale von der dünnen Grütze, die sie auch aßen, sowohl Pythia als auch Dolcis. Es war dieselbe Grütze, die wir in den Sklavenhütten am Fluss löffelten, und das sagte ich auch.

Die alte Frau musterte mich scharf. »Früher hatten die Könige Achtung vor uns. Sie haben uns fette Ziegen und frische Fische gebracht. Stets haben sie uns die ersten Früchte der Rebstöcke dargeboten. Jetzt können wir von Glück sagen, wenn das Landvolk uns als Dankesgabe Äpfel oder Mehl bringt.«

»Warum?«, wollte ich wissen.

»Sie haben keinen Respekt«, erklärte Pythia. »Sie bringen ihre Opfer den Göttern der Stiere und des Sturms dar, der scharfäugigen Athene. Der Herrin der Toten bringen sie ihre Geschenke nicht.« Sie aß einen Löffel Grütze. »Wem hast du geopfert?«

Ich hatte niemals irgendwem richtige Opfergaben dargebracht, doch ich dachte an die Trankopfer, die ich auf die Erde gegossen hatte, aus Wasser oder aus dem stark verdünnten Wein, den wir manchmal bekamen. »Der Herrin des Meeres«, antwortete ich.

Pythia brummte: »Sie sind Schwestern, die Herrin der Toten und die Herrin des Meeres, und wie es bei Schwestern üblich ist, streiten sie, aber sie versöhnen sich jedes Mal wieder. Es ist gut.«

Nachdem wir gegessen hatten, räumte Dolcis alles fort. Pythia saß im Licht des Feuerbeckens vor mir. Schatten tanzten an den Wänden der Höhle.

»Fürchtest du dich vor der Dunkelheit?«, fragte sie.

»Nein«, antwortete ich.

»Gut«, sagte sie und erstickte das Feuer mit Asche, bis nur noch ein paar Kohlen glommen. Es war sehr dunkel in der Höhle. Noch nie war ich irgendwo gewesen, wo nicht einmal Sternenlicht schimmerte. Ich hörte, wie sie sich in der Dunkelheit regte, vernahm das Rascheln von Stoff.

»Setz dich hierhin«, wies sie mich an, und ich fühlte, wie sie ein Kissen hinter mich schob. Ich nahm darauf Platz; darauf saß ich höher, so dass ich mit gekreuzten Beinen dahockte und mich dabei fast über das Kohlebecken lehnte. Sie schob ein zweites Kissen in meinen Rücken, damit ich mich an die Wand lehnen konnte.

Noch mehr Geraschel war zu hören, und ich roch den scharfen Duft von Kräutern, die zerrieben und über die Kohlen gestreut wurden. Rosmarin. Lorbeer. Und noch etwas Gehaltvolleres, wie Harz, wie ein Teppich aus

Kiefernnadeln unter meinen Füßen. Etwas, das mir wie Rauch zu Kopf stieg.

»So«, sagte Pythia. »Schau ins Feuer und sag mir, was du siehst.«

Meine Augen juckten. Es war schwer, sie offen zu halten. Sie tränten. Der Rauch waberte. Die winzigen leuchtenden Umrisse der Kohlen verschwammen. Ich wusste nicht, was ich sagen sollte.

Sie sprach noch immer, doch ich hörte sie kaum. Ich sah die Dunkelheit neben den leuchtenden Linien. Starrte in die Finsternis im Herzen des Feuers.

»Schwarze Schiffe«, sagte ich und erkannte meine eigene Stimme kaum wieder.

»Wo?«, fragte Pythia.

»Schwarze Schiffe.« Ich konnte sie in der Finsternis der Kohlen sehen. »Schwarze Schiffe und eine brennende Stadt. Eine große Stadt auf einer Landzunge. Manche von den Schiffen sind klein, mit nicht viel mehr als einem einzigen Segel oder ein paar Ruderern darauf. Aber manche sind groß. Schwarz angemalt. Sie kommen vom Land, von der brennenden Stadt. Aber es sind andere Schiffe im Weg, zwischen den schwarzen Schiffen und dem offenen Meer.«

Das, was ich sah, ließ meine Stimme ins Stocken geraten. »Es sind nicht viele! Ich kann sehen, wie sie näher kommen, sie rudern mit aller Kraft. Das Schiff an der Spitze ist mit sieben Sternen am Bug geschmückt. *Sieben Schwestern,* wie das Sternbild. Und so ist auch der Name des Schiffes. Unter den Soldaten auf den anderen Schiffen sind Bogenschützen. Sie schießen auf die schwarzen Schiffe.«

In den Flammen sah ich, wie einer der Seeleute von einem Pfeil ins Auge getroffen wurde. Er schrie auf und stürzte ins Meer. Einen der Schiffsjungen traf ein Pfeil in den Oberschenkel. Mit einem hohen, klagenden Laut fiel er nieder, und sein Blut spritzte über das Deck. Eines der kleineren Boote wurde gerammt und kenterte.

»Da sind Menschen im Wasser«, rief ich. »Das sind keine Seeleute. Nicht auf den kleineren Booten. Es sind Kinder und Frauen.« Und ich sah, wie sie zappelten. Die Bogenschützen schossen auf die Menschen im Wasser.

»Eines von den großen Schiffen wendet. Es kehrt um«, sagte ich und konnte den Delphin am Bug sehen, weiß und rot auf Schwarz.

Dann pflügte ein Mädchen durchs Wasser. Ich sah, wie ihr schlanker, nackter Körper durch die Fluten schnitt, als wäre sie selbst ein Delphin, bis sie das große Schiff erreicht hatte. Einer der Männer senkte sein Ruder, sie griff danach, reckte die Arme am Schaft empor. Dann bekam sie einen Fuß auf den Rand des Ruderblatts, zog sich halb aus dem Wasser. Hände streckten sich aus, um sie an Bord zu ziehen, und ich fuhr fort, von dem zu erzählen, was ich sah:

»Die *Sieben Schwestern* hat gewendet. Sie hält direkt auf eines der Schiffe mit den Bogenschützen zu, und dort rudern sie heftig, um ihr auszuweichen.«

Die *Sieben Schwestern* rauschte vorüber, nahe genug, um den jungen Mann am Steuer erkennen zu können. Sein helles Haar war mit einer Lederschnur zurückgebunden, seine Lippen vor Anspannung zusammengepresst. Der Wind zauste sein Haar.

»Sie haben Brandpfeile«, keuchte ich. »Die, die ihnen den Weg versperren. Sie zünden sie an.«

Ein Pfeil fiel zischend ins Meer. Ein zweiter schlug auf dem Vordeck der *Delphin* ein und wurde rasch mit einem Eimer Wasser gelöscht. Ein Mann mit langem schwarzem Haar zog eines der Kinder von dem Fischerboot an Bord.

Der restlichen Fischerboote waren zum Teil versenkt worden oder hatten das offene Meer erreicht. Die Segel weit aufgespannt, um den Wind vom Land her einzufangen, der sie davontrug.

Ein Brandpfeil traf den Kapitän der *Delphin* mitten in die Brust, und sein Bart fing Feuer. Er kippte rücklings vom Steuerruder weg; sein Gesicht stand in Flammen, und seine Brust barst. Der junge Mann mit dem schwarzen Haar schwang das Kind in den Schutz der Ruderbänke hinab und sprang mit einem Satz zum Steuerruder. Die *Sieben Schwestern* drehte ab, hielt dann einen Kurs, der sie zwischen die *Delphin* und das nächste Blockadeschiff brachte.

Das Segel der *Delphin* wurde entrollt, ein roter Delphin auf weißem Grund. Es füllte sich mit der Brise vom Land her. Gleich darauf öffnete sich auch das der *Sieben Schwestern,* schwarze Sterne auf Weiß. Hinter ihnen brannte die Stadt. Vor ihnen lag nichts als die offene See.

Ein neues Geräusch wurde mir bewusst. Es war mein eigenes Schluchzen.

Pythia hob mich ebenso leicht hoch wie meine Mutter. »Genug, Kleine, genug. Fürs erste Mal hast du genug gesehen. Und mehr als genug.«

Sie legte mich auf ein Lager aus weichen Schaffellen

und deckte mich mit ihrem Mantel zum. »Schlaf, Kleine, schlaf.«

Und das tat ich und träumte in jener Nacht nicht mehr. Ich zweifelte nicht daran, dass ich hierbleiben würde.

2

Das Orakel

In dem Schrein waren wir nicht von aller Welt abgeschieden. Alle paar Tage kam jemand, meistens Leute vom Lande, mit Opfergaben und Fragen. Sie brachten Äpfel vom letzten Jahr, Säcke voll Korn, frischgebackenes Brot und Oliven, die in ihrem eigenen Öl eingelegt waren. Bisher hatte ich mir niemals Gedanken darum gemacht, was mit Opfergaben geschieht. Man bringt sie den Göttern dar und was dann? Lösen sie sich einfach in Luft auf?

Die Opfer dienten dazu, uns am Leben zu erhalten, und wir verzehrten, was man uns brachte, mit unserer Ziegenmilch und dem scharfen Käse, den Dolcis daraus machte. Auf den Hängen unterhalb der Höhle grasten fünf weiße Ziegen. Ein Knabe von einem Gehöft weiter unten am Berg kam und versorgte sie. Er war doppelt so alt wie ich und redete nicht mit mir; das hielt er für unter seiner Würde.

Manchmal kamen auch Edelleute mit ihrem Gefolge, ihren Wagen und prachtvollen Pferden; ihre Bronzelanzen waren poliert, so dass sich die Sonne darin spiegelte. Sie pflegten eingesalzenen Fisch in großen Töpfen zu bringen, Amphoren mit rotem Wein und einmal in jenem Sommer auch zehn Ellen feines Leinen, so tiefschwarz gefärbt wie die Nacht. Ich berührte den Stoff und überlegte, ob er wohl aus dem Flachs gemacht war, den ich mit meiner Mutter und den Frauen aus Wilusa geerntet hatte.

»He, du da, lass das!«, herrschte mich einer der Diener an, als er sah, wie meine kleinen Finger die Gabe seines Herrn betasteten.

Phythia schnaubte. »Ach, das ist nur unsere Linnea, sie ist ganz hingerissen von dem feinen Tuch.«

Linnea, so nannte sie mich, und der Name blieb hängen, Leinen-Mädchen, das Mädchen vom Flachsfluss. Sie nannten mich nicht in meiner eigenen Sprache Möwe, so wie meine Mutter es tat.

In jenem ersten Sommer kam meine Mutter oft auf den Berg, doch als der Regen begann und sie mehr Arbeit zu verrichten hatte, geschah das nicht mehr so häufig. Außerdem war Aren jetzt größer und musste ständig beaufsichtigt werden, damit er nicht davontappte und im flachen Wasser des Flusses ertrank.

Als der Regen kam, traf auch der Wagen aus dem Hause des Königs ein, um Pythia zu der Zeremonie zu holen, die die Rückkehr der Erhabenen Herrin verkündete, die einwöchigen Feiern der Thesmophorien, das Fest der Rückkehr. Sie fuhr allein fort und nahm mich nicht mit; sie sagte, ich hätte noch nicht genug gelernt, um ihr zu dienen, ohne ihr Schande zu bereiten. Eigentlich hätte mich das schmerzen müssen, doch das tat es nicht. Mir war klar, dass ich nicht dazu taugte, ihr vor anderen zu Diensten zu sein. Ich war noch immer linkisch und unbeholfen.

Im Jahr darauf nahm sie mich mit. Ich war gerade acht geworden und gewachsen, so dass ich neue Gewänder brauchte, ganz schwarz, ohne Borte, nur mit einem einfachen Umschlag gesäumt. Pythia machte viel Aufhebens darum, während Dolcis nähte, und ich wusste, dass sie mich zu den Mysterien mitnehmen würde.

Das Gewand war lang und verbarg meinen Fuß fast völlig.

»Binde eine Schnur als Gürtel darum«, wies Pythia die Dienerin an, »sonst kann das Kind ja nicht gehen.«

Dolcis nahm eine schöne schwarze Kordel und schnürte sie um meine Taille, dabei zupfte sie den Stoff lose darüber, so dass er anmutige Falten warf. »So. Es muss lang sein, damit sie wachsen kann. Sie hat noch ein hübsches Stück zuzulegen.«

»Das glaube ich nicht«, bemerkte Pythia. »Sie wird immer klein sein. So groß wie ich wird sie nie.«

Ich hatte Pythia bisher nicht besonders groß gefunden. Aber ich hielt sie für größer als meine Mutter, und das sagte ich auch.

»Ah«, erwiderte Pythia, »das ist das Blut der alten Küstenvölker, die hier gelebt haben, ehe meine Vorväter mit Pferden und Bronze kamen. Klein und dunkel wie die Leute von den Inseln. Menschen des Meeres, keine Menschen der Streitwagen.« Sie hob mein langes Haar an, dicht und schwer. »Du wirst die Perücke nicht brauchen, wenn du an der Reihe bist. Ich habe sie immer getragen. Mein Haar war so rot wie Dolcis' Gesicht, als ich ein Mädchen war. Die Perücke ist schwer, und sie juckt. Aber du hast schönes, dichtes Haar, so schwarz wie eine Rabenschwinge. Du wirst sie nicht brauchen«, stellte sie befriedigt fest.

»Wenn ich womit an der Reihe bin?«, stammelte ich.

Pythia berührte zart meine Wange, schlang eine schwarze Strähne um ihren Finger. »Glaubst du etwa, wir leben ewig, Kind? Die Schreine hat es schon seit Anbeginn der Zeit gegeben, manche mächtiger, andere weniger. Und in jedem war Pythia Durch Deren Mund Die Herrin Der Toten Spricht. Sie ist immer Pythia, mag Pythia auch altern und sterben. Sie ist das Gefäß der Herrin, auf dass diese mit ihrem Munde spreche und sich ihrer Hände bediene. Denn wie sonst soll die Herrin der Toten deutlich zu den Lebenden sprechen oder in irdischen Gefilden handeln? Wenn ich nicht mehr bin, wirst du Pythia sein.«

»Aber Dolcis …«

Sie zuckte die Schultern. »Dolcis hat nicht das zweite Gesicht. Die Herrin hat dich als die Ihre gezeichnet, damit du hierhergebracht wirst, wo du hingehörst, um Ihr zu dienen, anstatt dein Leben lang eine Sklavin zu sein.«

»Bin ich denn jetzt keine Sklavin?«, wollte ich wissen.

»Nicht mehr, als wir alle Ihre Sklaven sind«, antwortete Pythia.

»Aber …«, setzte ich an.

»Selbst Könige müssen sich dem Tode beugen«, sagte Pythia. »Sogar sie, in ihren prächtigen Wagen, mit ihren strahlenden Waffen, müssen ins Schattenreich hinabsteigen und vor Ihrem Thron stehen, wo Sie mit Ihrem

Gemahl sitzt, dem Gebieter der Schatten. Die jungen Krieger mit ihren Hunden und ihren Bögen werden vor Sie hintreten, und Sie wird ihnen Barmherzigkeit gewähren oder nicht, ganz wie es Ihr beliebt. Und Ihr Gemahl wird Ihre Bitten um Nachsicht erhören, falls Sie sie ausspricht, so wie er es im Fall des Leierspielers getan hat. Weißt du noch?«

Ich nickte, denn ich hatte die Geschichte von Orpheus nicht vergessen, der ausgezogen war, um von der Herrin der Toten für seine Braut Gnade zu erflehen.

»Sie hat dich ausgewählt«, sagte Pythia. »Sie hat dich zu Ihrer Stimme und zu Ihren Händen erwählt. Beim Fest der Thesmophorien wirst du geweiht werden, so wie es sich ziemt. Und von da an kannst du nicht tun, was die Lebenden tun. Du darfst kein Blut vergießen oder zusehen, wie Blut vergossen wird. Du darfst kein Fleisch mit dem Messer zerschneiden oder die Farben der Sonne tragen. Du gehörst der Herrin und den Schatten unter der Erde.«

»Aber Dolcis tötet doch Tauben«, wandte ich ein. »Und sie hat die Ziege zerlegt, die gestorben ist.«

»Dolcis ist nicht Pythia, und sie wird es niemals sein«, entgegnete sie. »Diese Verbote gelten für dich, nicht für Dolcis. Du wirst sie von deinem achten Lebensjahr an befolgen, so wie ich es getan habe.«

Ohne nachzudenken, sprach ich aus, was mich beschäftigte. »Heißt das, ich werde niemals einen Ehemann haben oder Kinder?«

Pythias Miene verfinsterte sich. »Du gehörst der Herrin, und da du Ihr gehörst, kannst du keinem Manne angehören. Wäre Ihr Gefäß Eigentum eines Mannes, so wäre das der allerschlimmste Frevel. Es hat schon Könige gegeben, die dieses Gesetz gebrochen haben, und just in diesen Zeiten sehen wir den Fluch am Werke, den sie auf ihre Häuser herabbeschworen haben.«

Dolcis blickte erschrocken auf. Ich dachte, sie wäre überrascht, dass Pythia sich so deutlich ausgedrückt hatte, doch ich begriff nicht, wovon die Rede war. Soweit ich wusste, hatte König Nestor keinerlei Frevel begangen, und im Palast von Pylos stand alles zum Besten.

Pythia fuhr fort: »Du wirst niemals ein Eheweib sein, und niemals wirst du ein anderes Heim kennen als Ihren Schrein. Das muss nicht heißen, dass du dich keinem Mann hingeben darfst, denn die Herrin ist nicht das ganze Jahr lang Jungfrau, aber du kannst niemals seine Gemahlin sein.«

»Und Kinder?«, fragte ich, obgleich mir das gar nicht so merkwürdig vorkam. Nicht eine der Leinensklavinnen hatte einen Ehemann, obwohl es am Fluss eine Handvoll Kinder gab.

»Jede deiner Töchter ist eine Tochter des Schreins, oder sie kann sich vermählen, wenn klar ist, dass Ihre Hand nicht auf ihr ruht. Söhne dürfen nach dem dritten Jahr ihrer Geburt nicht mehr unter Ihrem Dach schlafen.«

»Und dann?«, wollte ich wissen.

»Sie gehen zu ihren Vätern«, sagte sie schroff und wandte sich ab. »Lauf jetzt, Linnea. Ich habe viel zu tun.«

In jener Nacht träumte ich, dass ein blonder Knabe wie mein Bruder an Pythias Brust lag, dass er hinter einem hochgewachsenen Mann mit bronzefarbenem Haar davonfuhr und sich weinend über den hinteren

Rand des Wagens beugte und die Arme nach ihr ausstreckte. Davon sagte ich Pythia nichts, obwohl ich ihr für gewöhnlich von allen meinen Träumen erzählte.

Stattdessen war ich es, die neben ihr hinten im Wagen stand und sie in den Kurven stützte, an das muskelharte Bein des Wagenlenkers gelehnt. Ich war noch nie in einem Wagen gefahren, und es war seltsam, die Welt von so hoch oben zu betrachten.

In späteren Jahren habe ich viele prachtvolle Städte gesehen, und ich kann sagen, dass Pylos keine davon war; damals jedoch kam es mir gewaltig vor. Im Streitwagen nur eine halbe Stunde von dem Schrein entfernt, war es um einen natürlichen Hafen herum erbaut worden, wo der Flachsfluss ins Meer strömt. Die Gebäude waren mehrere Stockwerke hoch, im alten Stil der Inseln, mit rot und schwarz bemalten Säulen, die sich nach oben hin verjüngten. Der Palast lag am Meer, dennoch fehlte eine Schutzmauer, nur ein traditionelles Mäuerchen außer einem zeremoniellen Mäuerchen, das verhinderte, dass das Vieh sich in den Hof verirrte. Es gab Tempel dort und in einem davon einen breiten Spiegelteich für die Herrin der See. Dort hielten wir an.

Die Priesterinnen, die in Ihrem Tempel Dienst taten, begrüßten uns mit Wein und köstlichen Honigkuchen, brachten einen Schemel für meine Herrin und saßen mit ihr unter einem Leinenbaldachin, der zum Schutz vor der Nachmittagssonne aufgespannt worden war. Eine von ihnen war etwa so alt wie meine Mutter, hatte jedoch Ähnlichkeit mit Pythia, blaue Augen und eine scharf geschnittene Nase sowie rotes Haar, das zu einem matten Ziegelton verblasste. Ihre Tochter? Ich aß meinen

Honigkuchen und dachte darüber nach, bis sie Pythia Tante nannte.

Sie unterhielten sich, bis es Abend wurde, und ich erfuhr aus ihren Worten eine Menge Dinge, die ich vorher nicht gewusst hatte. Pythia war die Halbschwester von König Nestor persönlich, von einer jüngeren Gemahlin seines Vaters. Sie war mit allem dazugehörenden Zeremoniell geweiht worden, als sie acht Jahre alt gewesen war, in jenen Zeiten, als die Menschen noch gottesfürchtiger gewesen waren und Könige ihre Töchter den Göttern dargeboten hatten. Cytherea, so hieß die andere Frau, war die Tochter von Pythias Schwester, die ihrerseits der Herrin der See übergeben worden war.

Ich leckte mir die letzten Honigreste von den Fingern und sah zu, wie sich die Mosaikfiguren auf dem Boden zu regen schienen; die Tentakel des Oktopus wanden sich vor gemalten Wogen wie lebende Wesen, Wellen, die über den Boden zogen oder in einem Feuer bebten.

»Feuer«, flüsterte ich. »Sie werden kommen.«

Ich hörte Cythereas erschrockene Stimme, das Klirren, als sie ihren Becher fallen ließ.

»Still«, befahl Pythia. »Manchmal kommt es so über sie, die Hand der Herrin.« Sie kniete neben mir nieder, ohne dabei in mein Gesichtsfeld zu geraten. »Linnea, was siehst du?«

»Schwarze Schiffe«, stieß ich hervor. »Feuer.« Ihre Hand lag auf meinem Arm, doch ich spürte sie kaum. Meine Stimme klang älter – kräftiger und tiefer. »Ich bin schon früher gereist, von den Inseln her und den Ländern, die unter den Wogen liegen. Ich werde nicht hier verweilen, denn Finsternis liegt auf dem Land, und das Blut der jungen Hirschkuh schreit auf gegen die Hand ihres Vaters, erschlagen, um den Wind herbeizurufen!«

Ich fiel vornüber, schlug auf das kühle Mosaik.

Pythia hob mich auf, Cytherea war an ihrer Seite.

»Es tut mir leid, Herrin«, stammelte ich. »Ich habe zu lange hier gesessen und bin eingeschlafen.«

»Sie blutet«, stellte Cytherea fest.

Verständnislos betrachtete ich meine Hand, wo Blut aus einer langen Schnittwunde quoll.

»Sie hat sich an den Scherben von deinem Becher geschnitten«, sagte Pythia. »Komm, Linnea, ich verbinde das, und dann darfst du zu deiner Schlafmatte gehen, dort in der Kammer. Du bist müde von der Reise, und die Jungen brauchen mehr Schlaf als die Alten.«

In einem Alkoven unweit des Hofes legte ich mich hin und sah zu, wie die ersten Sterne am herbstlichen Firmament erschienen. Sothis ritt stolz am Himmel dahin.

»Woher wusste sie das?«, fragt Cytherea. »Es wird wenig genug darüber geredet, wie die arme Iphigenie geopfert wurde. Oder über den Fluch, den ihr Tod über ihre Familie gebracht hat, erschlagen, einer nach dem andern. Wird dieser Zorn uns alle heimsuchen?«

»Auf uns alle wartet der Tod«, erwiderte Pythia. »Manchmal als Jäger, manchmal als Mutter. Wir sind in Ihren Händen.«

In jenem Jahr hatte ich keinen Anteil an den Thesmophorien, außer dabeizustehen, zuzusehen und Pythia dabei zu helfen, sich für ihre Rolle herzurichten. Ich war ungeheuer stolz darauf, dass ich Pythias schwarzen Leinenbeutel um die Taille trug, mit den Pinseln aus feinem

Rosshaar und einem kleinen Silberspiegel darin und den Zwillingstöpfchen aus Alabaster mit schwarzer und weißer Farbe. Manchmal muss sie in den Pausen während des Ritus die Farbe neu auftragen.

Ich dachte wohl weniger über die ernste Natur der Riten nach als über die Menschenmenge, darüber, dass ich in einer Stadt war, unter Menschen, die ich nicht kannte. Mit zwei Schülerinnen der Herrin des Meeres teilte ich mir Honigkuchen aus Mandelmehl, sah mir die große Prozession an und betrat sogar den Palast, als der Alte König seine Tore öffnete, um die Herrin willkommen zu heißen. Ich folgte mit den anderen Kindern, und wir sangen das »Andaos Kore«.

»In Schönheit steigt sie empor. Sie entzückt uns. Goldene Maid! Goldene!«

Wir folgten der Prozession durch die breiten Türen und in den Hof, wo der große runde Herd von Menschen umringt war; die Zahl der strahlenden Krieger wurde durch jene vervielfacht, die an die Mauern gemalt worden waren.

Ich konnte den König nicht sehen, denn ich war klein, und vor mir standen viele größere Menschen, doch ich hörte seine Stimme, und sie erschien mir betagt, aber fest. Danach erhob sich eine andere, eine reine, helle Männerstimme, von der ich annahm, dass sie seinem Sohn Idenes gehörte. »Jetzt ist die Zeit der Freude«, sagte er. »Lasst uns alle speisen und Panagias Freude teilen.«

Sklaven brachten große Platten mit Fleisch, mit Oliven und Fisch, der über süßem Holz gebraten worden war, mit den grünen Kräutern des Frühlings, den scharfen jungen Knollen von mit Rosmarin gerösteten

Zwiebeln. Wie der Rest der Kinder aß ich nach Herzenslust.

Später floss der Wein des vergangenen Jahres reichlich und nicht so stark gewässert, wie ich es gewöhnt war. Ich humpelte hinaus und hielt Ausschau nach dem Abtritt.

Hinter dem Palast lagen die großen Speicher mit ihren Vorratsgefäßen von halber Mannshöhe, die in den Erdboden eingelassen worden waren, um Erbsen und Korn frisch zu halten. Ich erkundigte mich bei einer Frau nach dem Weg zum Abtritt, und sie antwortete mir in der Sprache Wilusas.

Ich blieb stehen. »Mutter?«, fragte ich, doch sie war es nicht.

»Nein, Kleine«, sagte sie. Ihr Gesicht kannte ich nicht, doch ihr Haar war hellbraun, und ihre Augen waren blau. Ihr Kittel war das derbe Gewand einer Sklavin, und ihre Hände waren von der Küchenarbeit gerötet. Ich fühlte den Mandelkuchen wie ein Gewicht in meinem Magen liegen. »Dort entlang«, sagte sie und wies mir den Weg.

Hinterher kehrte ich nicht zum Fest zurück, sondern schritt in die andere Richtung, dorthin, wo ich bisher noch nicht war.

Hier war das Gelächter lauter. Die Häuser entlang des Hafens waren mit Lampen erleuchtet, und Schatten regten sich davor, tanzten und buhlten in der Nacht. Es war nicht die Schönheit der Herrin, die sie priesen, sondern die ihrer Töchter.

Im Schatten eines Schuppens suchte ich Schutz und blickte mich um.

Der Mond ging über der See auf, die sich in kleinen Kräuselwellen erstreckte.

Ich schritt hinaus. Der Sand unter meinen Füßen fühlte sich weich an, und das Wasser schwappte glucksend zu meiner Taille empor, umschmeichelte meine Knie. Der Mond bahnte sich einen Pfad auf der spiegelglatten Oberfläche des Meeres.

Etwas füllte mein Herz, etwas, für das ich keine Worte hatte. »Erhabene Herrin«, flüsterte ich, wusste jedoch nicht, worum ich bitten sollte.

»Ich werde mich von dem Tanz abwenden«, sagte ich. »Ich werde abseits stehen. Niemand wird meine Schönheit preisen und mich Liebste nennen. Stattdessen werde ich an finsteren Orten wandeln. Ich werde die Toten hegen.« Ich fühlte, wie der Wind mein Haar in diesem Moment streifte wie die liebkosende Hand einer Mutter.

Dann ging ich zum Tempel zurück und fiel in einen tiefen Schlaf.

Am nächsten Tag wurde ich geweiht, so wie es sich ziemt. Ich weiß nur noch sehr wenig davon – die Zeremonie ist kurz und nach den prächtigen Feiern ein wenig enttäuschend. Doch Pythia nickte und schien zufrieden zu sein, dass es richtig und schicklich geschehen war.

Danach begann der Ernst meiner Lehrzeit. Ich lernte sämtliche Riten in all ihren Bestandteilen auswendig, denn nichts davon ist jemals niedergeschrieben worden. Als ich nach dem Grund fragte, sah Pythia mich entgeistert an.

»Die Sprache der Inseln ist dafür gedacht, Kornkerben und Ölkrüge zu zählen und zu benennen. Doch nicht für die heiligen Worte! Würden diese Dinge niedergeschrieben, so könnte jeder sie lernen, ob geeignet oder nicht!«

»Darf ich dann auch lernen, wie man die Kerben und Krüge benennt und zählt?«, wollte ich wissen.

»So etwas brauchst du nicht«, wehrte Pythia ab. »Für Schreiber und jene, die festhalten, was an Abgaben fällig ist, mag dergleichen nützlich sein, aber wenn du deinen Verstand übst, wirst du dir alles merken, was du zu wissen brauchst. Solche Faulheit hast du nicht nötig.«

Und so lernte ich stattdessen, mir Dinge zu merken. Rezitieren und Aufsagen wurde mir zu einem Vergnügen, die Worte so schön zu gestalten, wie sie nur sein konnten. Schon die Geschichten selbst waren mir eine Freude, und eine neue anzufangen war ein Genuss.

Ich lernte, wie die Farben hergestellt wurden, wie man das Fett ausließ und es mit Olivenöl mischte, mit Holzkohle und Kreide. Ich lernte, wie die Räucherwaren hergestellt werden, die auf dem Altar brennen, und dass ihr kostbarster Bestandteil das Harz ist, das von jenseits des Meeres kommt und das man hier nicht erzeugen kann.

»Die richtigen Bäume gedeihen hier nicht«, erklärte Pythia. »Und wenngleich Zypressen und Pinien nützliches Harz haben, das man im äußersten Notfall auch verwenden kann, so ist das Harz der Myrrhe doch besser.«

Ich lernte, wie man die Menschen beobachtete, die kamen, um das Orakel um Rat zu fragen, und wie man versteht.

Einmal kam ein dicker Mann mit seiner Tochter, die ein wenig älter war als ich. Er besaß viele Olivenbäume, und sein Land war reich und gedieh prächtig. Der Mann hatte keinen Sohn, und sein Reichtum war die Mitgift seiner Tochter. Er kam, um zu fragen, ob eine Heirat seiner Tochter mit dem Sohn eines Freundes weise wäre, der sich in letzter Zeit bei ihm verdingt und bei der Ernte geholfen hatte.

Dolcis führte sie in die Höhle und plauderte mit ihnen über den Ackerbau und das Wetter, während ich die große Pythia bereit machte. Während ich ihre Augen bemalte, hörten wir, wie der Bauer und Dolcis vom Olivenpressen und der Sparsamkeit des jungen Mannes sprachen, während die Tochter schwieg. Als wir uns zu ihnen gesellten, zog Dolcis sich zurück; die Kohlen wurden zu einem Haufen geschürt und das Räucherwerk verstreut. Der Bauer und seine Tochter knieten nieder, und ich sah, dass ihr Haar so golden war wie die Sonne, ihr Gesicht jedoch war verkniffen, und sie biss auf ihrer Unterlippe herum, als ihr Vater fragte: »*Ela,* Pythia, ist es wohlgetan, dass ich meine Tochter diesem jungen Mann zur Ehe gebe, diesem Elotes?«

Ich sah zu, wie sie sich über die Kohlen beugte. Lange verharrte sie stumm. Endlich streckte sie dem Bauern ihre weiße Hand entgegen. »Die Löwin reißt den Hirsch, doch der Löwe verschlingt den Kadaver mit Haut und Haar, und die Jungen maunzen vor Hunger und dürfen nicht einmal an den Eingeweiden nagen.«

Der Bauer wurde aschfahl.

»Mehr sehe ich nicht«, verkündete Pythia.

Dolcis kam geschäftig herein und nahm die beiden schönen Krüge mit aus den ersten Oliven gepresstem Öl an sich, die der Mann mitgebracht hatte.

Der Bauer sah erst seine Tochter und dann Pythia an. »Bedeutet dies das, was ich denke? Dass meine Tochter den ganzen Reichtum in diese Ehe bringt und dass sie und ihre Kinder dünn und mager sein werden, während ihr Gemahl seinen Wohlstand mehrt?«

»Ihre Wege sind sonderbar«, sagte Pythia. »Dies habe ich gesehen. Der Löwe hat sich an der Beute gütlich getan, während die Löwin und die Jungen vergeblich gewartet haben.«

Der Bauer ging und schwor, dass es kein Verlöbnis geben würde, und die Tochter lächelte, als sie um die Wegbiegung unterhalb der Höhle schritten; die Abendluft trug ihre Stimme zu mir zurück, hell und klar.

Ich sah ihnen nach und ging dann wieder zu Pythia hinein. Sie entfernte gerade mit Öl die Farbe von ihrem Gesicht.

»Hat Sie wirklich zu dir gesprochen?«, fragte ich.

Pythia bedachte mich mit einem strengen Blick. »Die Herrin der Toten hat uns Augen geschenkt, auf dass wir die Wahrheit schauen, die uns in dieser Welt umgibt. Sie spricht nicht direkt zu uns, es sei denn, es ist notwendig, und sie antwortet nicht auf jede Frage, die uns umtreiben mag. Das Mädchen wollte diese Ehe nicht. Aus welchem Grund auch immer, sie hatte Angst vor diesem Mann, und sie kennt ihn jetzt schon seit Monaten. Eine solche Heirat kann kein Glück bringen, und je eher der Vater sich das Ganze aus dem Kopf schlägt, desto besser.«

Pythia fasste mich an den Schultern. »Sie hat dir eine Gabe verliehen. Du bist eine wahre Seherin. Aber Weisheit ist etwas, das sich mit dem Alter einstellt, und das musst du dir verdienen. Sie kann einem nicht geschenkt werden. Manchmal bist du Ihr Gefäß. Meistens aber musst du aus dem Wissen deines Herzens heraus handeln, nicht anhand Ihrer Weisungen.«

Noch immer gab es jedoch Orte, die mir verwehrt waren. Im hinteren Teil der Höhle war ein Gang, der abwärts führte. Pythia hatte einen Vorhang aus schwarzem Leinen davorgehängt, und Dolcis ging dort nicht hin. Als ich einmal zu dem Leinenschleier trat und ihn beiseiteschob, zog Pythia mich zurück. »Noch nicht«, sagte sie sanft, und ich fügte mich.

In dem Frühling, als ich noch nicht ganz zwölf Jahre zählte, nachdem wir vom Fest des Abstiegs zurückgekehrt waren, weckte Kyla mich mitten in der Nacht. Ich hatte sie nur selten gesehen, seit ich den Fluss verlassen hatte, nur wenn ich mit Pythias Erlaubnis meine Mutter besuchte, denn sie hatte ihre Arbeit zu verrichten und ich die meine. Die Morgendämmerung war noch Stunden entfernt, und Kyla weinte. Eine Natter hatte meine Mutter in die Ferse gebissen. Ich ging mit ihr, doch es war sinnlos. Meine Mutter tat ihren letzten Atemzug, noch ehe Kyla den Schrein erreichte. Im Morgengrauen sah ich sie aufgebahrt daliegen; die Frauen aus Wilusa und Lydien klagten um sie herum, wie es recht und schicklich ist. Mir schien es, als sei sie niemals schöner gewesen, obwohl sie beinahe dreißig Jahre zählte, das Haar gekämmt und um sie herum ausgebreitet.

In der Hitze des Tages kam schließlich Triotes, und der Scheiterhaufen wurde errichtet. Er weinte, umklammerte ihre Hand und schnitt sich ein paar Locken seines hellen Haares ab, die mit dem ihren vermengt wurden, als sei sie eine geliebte Gattin gewesen und keine Leinensklavin.

In meinem schwarzen Kleid stand ich da und sah zu, wie die Hitze über den Flammen flimmerte; mein Herz war zu voll, um zu weinen. Ich wusste nicht, was ich sagen oder mit wem ich sprechen sollte. Mir gegenüber stand Triotes, den Arm um meinen Bruder gelegt. Sechs Jahre war er alt, so klein und flink wie ein Falke.

Als das Weinen ein Ende hatte und die Asche verstreut worden war, wies Triotes ihn an, sein Bündel zu schnüren, mit einem Kittel zum Wechseln und allem, was er sonst noch benötigte. »Ich werde das Versprechen halten, das ich deiner Mutter gegeben habe«, sagte er. »Du wirst in meinem Hause leben, und in ungefähr einem Jahr wirst du einem Freund von mir dienen, der dich lehren wird, was es heißt, ein Achaier und ein Mann zu sein.«

Ich blieb stumm, denn was sollte ich sagen? Seit er ein Säugling gewesen war, hatte ich gewusst, dass mein Bruder und ich verschieden waren. Und im Stillen wusste ich, dass Pythia Triotes Angebot nur recht und billig fände. Mein Bruder würde als Sohn des Triotes gelten und kein Sklave sein.

Ich blieb nicht am Fluss. Stattdessen kehrte ich des Nachts zum Schrein zurück. Es war eine beschwerliche Wanderung mit meinem lahmen Fuß, stets bergauf, doch ich schaffte es. Unter den harten, hellen Sternen wurde mir bewusst, dass mir das Gehen leichter fiel als früher. Mein Bein sah merkwürdig und hässlich aus, doch die Muskeln waren wieder heil und taten ihren Dienst. Ich konnte gehen, obwohl ich hinkte. Ich brauchte meine Mutter nicht, damit sie mich trug, wenn der Weg steil wurde.

An der Wegbiegung, von der aus ich zum ersten Mal das Meer gesehen hatte, blieb ich stehen und weinte.

Dann legte ich bis zum Morgengrauen den Rest des

Anstiegs zurück, streckte mich auf meiner Matte aus und schlief.

Am Abend erwachte ich. Dolcis kam herein, um zu fragen, ob ich etwas von den Linsen wollte, die sie gekocht hatte, und ich schlang sie hungrig hinunter.

Pythia sah mir zu und kaute an ihrem Brot.

Als wir fertig waren, nahm sie meine Hand. »Die Zeit ist gekommen«, sagte sie und führte mich zu dem Vorhang hinten in der Höhle.

Ich wollte nicht mitgehen, doch sie hielt meine Hand fest und zog den Schleier zur Seite. »Was ist dort?«, fragte ich.

»Du wirst es sehen«, erwiderte Pythia und ließ den Vorhang hinter uns zufallen.

Es war stockfinster. Pythia hielt meine Hand und führte mich abwärts.

»Du musst zählen«, wies sie mich an. »Du musst deine Schritte zählen, damit du dich nicht verirrst. Hier gibt es viele Höhlen und viele Abbiegungen, und du musst das Gedächtnis benutzten, das du so fleißig geübt hast, um dir den Weg zu merken.«

Und so zählten wir. Als unsere Schritte uns immer tiefer hinabtrugen, kam mir der Weg sehr weit vor. Ich konnte nicht aufhören, mich anzustrengen, etwas zu sehen; in der Finsternis wurden meine Augen größer und größer. »Ist das hier das Tor zum Hades?«, wollte ich wissen.

»Dies ist ein Schoß«, antwortete sie. »Ein Tor. Ein Grab. Das ist alles dasselbe. Wir steigen hinab, und wir kehren zurück. Wir setzen über den Fluss und überqueren ihn dann abermals. Du kennst die Geschichte ja.«

Ich nickte, obgleich sie es im Dunkeln nicht sehen konnte. »Die Herrin steigt hinab, und das Land verdorrt. Sie kehrt zurück, und es ergrünt.«

»Du hast hier nichts zu befürchten«, versicherte Pythia. »Du allein unter den Sterblichen. Denn du bist Ihre Dienerin, und du kommst und gehst, wie es Ihr beliebt.«

Der Boden unter unseren Füßen wurde eben, und ich spürte eine Bewegung der Luft, als wäre die Decke hier viel höher. Dann berührten meine nackten Zehen etwas Pelziges. Ich schnappte nach Luft, und dann wurde mir klar, dass es sich um ein Wolfsfell handelte, das auf dem Boden der Höhle ausgebreitet worden war. Meine Hände fanden es und danach noch eins. Sie waren weich und sorgfältig gegerbt: Man hatte sie hier absichtlich hingelegt, es waren keine zufällig verendeten Tiere.

»Bleib hier«, sagte Pythia. »Bleib hier und träume, bis ich dich holen komme.«

Und sie verließ mich. Als das schwache Geräusch ihrer Schritte verklungen war und der kalte Schweiß allmählich auf meinem Gesicht trocknete, kam mir die Dunkelheit weniger undurchdringlich vor. Ich schloss die Augen und konnte keinen Unterschied feststellen.

Ich könnte meine Schritte zurückverfolgen, dachte ich. Ich wusste, wo die Abbiegungen waren, wie viele Schritte dazwischen lagen. So viele Weggabelungen waren es gar nicht, nur drei oder vier. Ich konnte zurückkehren, wenn ich wollte, den Rückweg aus dem Abgrund heraus finden, zu meinem Bett. Ich kannte den Weg. Dafür hatte Pythia gesorgt.

Ich streckte mich auf den Wolfsfellen aus, und sie waren weich und schmiegsam unter mir. Ein Hauch von

Pythias Geruch haftete ihnen an. Also hatte sie auch hier gelegen. Viele Male vielleicht. Sie hatte auf eine Botschaft ihrer Herrin gewartet, wie eine Dienstmagd, die im Vorzimmer schläft, stets in Hörweite, falls des Nachts etwas benötigt werden sollte.

Ich wartete in der Dunkelheit, bis ich einschlief, und wenn ich träumte, so erinnere ich mich nicht daran.

3

Das Abbild des Todes

Der Alte König Nestor starb, als die Regenfälle gerade ihren Höhepunkt erreicht hatten, in dem Winter, nachdem ich sechzehn geworden war. Mittlerweile hatte ich die Gestalt einer Frau und war zu meiner vollen Größe herangewachsen, allerdings hätte ich einem Krieger kaum bis zur Mitte der Brust gereicht. Mein Haar war niemals geschnitten worden, seit ich zum Schrein gekommen war, und es fiel mir bis halb auf die Oberschenkel. Wenn ich es hochsteckte, konnte ich es annähernd so voll und dicht aussehen lassen wie die Perücke. Pythia hatte recht. Ich würde sie nicht tragen müssen.

Im Palast klagten sie und zerrissen sich die Kleider, so wie es sich ziemt. Ich schritt hinter Pythia einher, mit ihren Kleidern und ihren Kräutern, ihren schwarzen Beutel um die Taille und einen schwarzen Mantel über den Kopf geschlagen. Bei den Bestattungsriten, die während einer Regenpause im großen Hof abgehalten wurden, stand ich hinter ihr.

Sie hatten das Holz für den Scheiterhaufen vor dem Regen geschützt, daher fing es rasch und heftig Feuer, der Boden darunter jedoch war mit Wasser vollgesogen und dampfte. Ich sah mich gründlich um und hoffte, Aren unter den Knaben zu entdecken, doch er war nicht dabei.

Der Hochkönig war nicht aus Mykene gekommen. Damals fragte ich nicht nach dem Grund. Es war Regenzeit, und die Straßen waren in sehr schlechtem Zustand. An seiner statt hatte er einen Verwandten geschickt, um dem Alten König die Ehre zu erweisen, Neoptolemos, den Sohn ihres Helden Achilles. Er war ein lebhafter Jüngling, vielleicht drei oder vier Jahre älter als ich, mit dunkelrotem Haar und langen Gliedern, in die er noch nicht vollständig hineingewachsen war. Sein Gewand war prächtig, und sein Brustharnisch war mit Silber verziert. Während der heiligsten Stellen der Riten scharrte er unruhig mit den Füßen und flüsterte mit seinen Freunden. Ich fand, der Sohn eines Helden sollte sich schicklicher betragen.

Später, als sich das Festmahl seinem Ende zuneigte, ging ich durch die Korridore des Palasts, dorthin, wo Pythia sich mit ihrem Neffen Idenes beriet, dem Jungen König. Ich sah Neoptolemos und zwei seiner Freunde und wäre ohne ein Wort an ihnen vorbeigegangen, wenn einer von ihnen mich nicht am Arm festgehalten hätte.

»Komm her, Mädchen.«

Mit einem Ruck machte ich mich los, doch Neoptolemos vertrat mir den Weg. »Komm ins Licht und lass dich ansehen.«

»Lass mich los.« Wäre ich älter gewesen, so wäre mir in den Sinn gekommen zu erklären, wer ich war.

Einer seiner Freunde stieß mich rücklings gegen die Wand. »Sie ist nicht gerade hübsch, aber sie wird genü-gen.«

Neoptolemos legte die Hand um meinen Hals, um mein Gesicht ins Licht zu heben. »Ja, sie wird genügen.« Er lächelte.

Ich schlug seine Hand weg, und seine Augen wurden dunkel. »Du solltest dich geehrt fühlen, Dirne.«

Einer seiner Freunde packte meine Arme. Ich kam gar nicht auf den Gedanken zu schreien, dazu war ich noch immer zu sehr Sklavenkind.

»An eurer Stelle würde ich das nicht tun«, ließ sich eine milde Stimme hinter den jungen Männern verneh-men. Es war Triotes. Gelassen stand er im Korridor, ein Krieger in der Blüte seiner Manneskraft, kein halbwüch-siger Jüngling. »Das Mädchen da ist der Herrin der Toten geweiht. Sie könnte euer Gemächt verdorren lassen, so dass ihr nie wieder etwas damit anfangen könnt.«

Einer seiner Freunde ließ mich augenblicklich los, Neoptolemos jedoch zögerte. »Ich fürchte den Tod nicht.«

Triotes kam näher und trat zwischen uns. »Das ist nicht weise«, entgegnete er ruhig. »Wenn du gesehen hast, auf welche Arten der Tod dich holen kann, wirst du Acht geben, Sie nicht zu kränken.« Er warf mir einen Blick zu. »Geh.«

Rasch zog ich meinen Chiton über die Schulter und eilte davon. Ich wartete nicht ab, was er noch sagen würde.

Ich ging zum Tempel des Meeres zurück und verlor kein Wort über das Ganze. Denn wahrlich, was gab es darüber zu sagen?

Bald gab es andere Dinge, um die ich mir Gedanken machen musste. Pythia hatte sich bei der Bestattung erkältet und war viele Wochen lang krank. Während sie langsam genas, blieben wir im Tempel. Selbst als es ihr gut genug ging, um zum Schrein zurückzukehren, blieb sie gebrechlich. Ihre Hände waren dünn und ihre Fingernägel bläulich. Die Adern auf ihren Handrücken traten deutlich hervor. Sie war nur ein paar Jahre jünger als ihr Bruder, der Alte König, und dieser war zum Zeitpunkt seines Todes wahrhaftig hochbetagt gewesen.

Wir waren seit ein paar Tagen wieder im Schrein, als ich sie fragte, ob sie mit mir in die Höhlen hinuntersteigen würde.

Von ihrem Platz neben dem Feuer aus sah Pythia zu mir empor. »Ich glaube nicht«, antwortete sie. Ihr Blick wurde eindringlicher. »Geh selbst, wenn du Ihren Ruf hörst.«

»Ich …«

»Geh«, wiederholte sie. »Du kannst ohne mich in der Finsternis wandeln.«

Und so begab ich mich zum ersten Mal allein auf jenen Weg in der Dunkelheit, schritt ohne Lampe in die tiefen Höhlen hinab, wo nur mein Atem und meine Schritte mir verrieten, wie weit ich gegangen war. Angst hatte ich nicht. Ich war gut vorbereitet worden.

Als ich zurückkam, setzte ich mich an ihre Seite, neben dem Kohlebecken. Holzkohle war darauf gehäuft worden, um die Kälte im Raum zu vertreiben, doch Pythia hatte sich trotzdem in ihren Umhang gehüllt.

»Pythia«, sagte ich, »ich will nicht, dass du stirbst.«

Sie legte mir die Hand auf den Kopf. »War es mein Tod, den du dort unten im Finstern gesehen hast?«

»Nein«, antwortete ich. »Und ja. Ich habe auf dem Deck eines Schiffes gestanden, und der Schleier wehte hinter mir her; mein Gesicht war schwarz und weiß bemalt. Ich war Pythia, und das heißt, dass du es nicht warst.«

Pythia lächelte. »Aber das ist es doch, was ich will. Wissen, dass du nach mir Pythia sein wirst. Dass du diesen Schrein bewahren und Ihr treu dienen wirst. Ich hatte gefürchtet …« Sie hielt inne und löste ihre ineinander verschlungenen Hände, um sie am Feuer zu wärmen.

»Was hast du gefürchtet?«, wollte ich wissen.

Ihre Augen blickten wie gebannt in die Flammen; sie waren sehr blau. »Dass Sie uns verlässt. Dass Sie diesem Land Ihre Gunst entzogen hat.«

Ich war entsetzt. »Aber warum? Wieso sollte Sie das tun?«

»Ich werde es dir sagen«, antwortete sie. »Weil du es wissen musst. Aber es ist eine Geschichte von Königen, und es gefällt ihnen nicht, wenn wir sie erzählen.« Sie streckte die Hände aus.

»Ich wurde im Palast von Pylos geboren und geweiht, als ich acht Jahre alt war. Das weißt du ja. In jenen Zeiten haben die Könige mit dem Besten um Ihre Gunst gebuhlt, was ihre Ernten hergaben, bis hin zu den Töchtern ihrer Häuser. Es gab noch andere Prinzessinnen, die auf diese Weise geweiht wurden, sogar Iphigenie, die Tochter des Hochkönigs.« Pythia seufzte. »Ich kannte sie. Sie war jünger als ich, aber wir waren bei den großen Festen zusammen, da wir beide in Ihren Diensten standen und vom selben Stande waren.

Dies waren die Tage, da ihr Vater, der Hochkönig, alle

Männer der Achaier gegen Ilios führte, das du Wilusa nennst. Sie versammelten sich, musterten alle ihre Kämpfer und Schiffe, doch der Wind und die See waren gegen sie, denn die Stadt war Aphrodite, der Herrin des Meeres, lieb und teuer, und sie brachte die Wogen gegen sie auf. Also rief der Hochkönig seine Priester und Ratgeber zusammen, die Athene dienten und dem Herrn des Sturms, und er fragte sie, was er tun sollte. Sie verkündeten ihm etwas Schreckliches.«

Pythias blaue Augen fanden die meinen. »Er schickte zu dem Schrein bei Dodona, wo seine Tochter der Herrin der Toten diente, und befahl, dass sie vom Schrein herbeigeschafft werde. Sie solle einen gewaltigen Helden heiraten, sagte er, und seine Bündnisse festigen. Man brachte sie nach Aulis, wo die Flotte wartete, mit Brautgirlanden geschmückt wie die Maid beim Fest des Abstiegs. Und dort opferte er sie bei lebendigem Leibe auf dem Altar und verteilte ihr Fleisch unter seine Männern, auf dass sie davon essen sollten wie von einem Zicklein.«

Ich rang nach Luft und umklammerte Pythias Hand.

Sie nickte, und ihre Miene war streng. »Ja. Die Herrin der Toten sandte einen mächtigen Fluch, einen Fluch über sein Haus und alle von seinem Blute, der just in diesem Augenblick die letzten seiner Erben mit Wahnsinn schlägt und verzehrt. Und alle Männer dort, alle, die an jenem finsteren Festmahl teilhatten, verfluchte Sie ebenfalls. Denn sie hatten Ihre Maid erschlagen und vom Fleisch Ihrer Dienerin gegessen. All die Helden, all die Prinzen. Die meisten kehrten niemals von jener langen Belagerung zurück, denn die Herrin und Ihre Schwester machten gemeinsame Sache. Diejenigen, die zurückkehrten, verfielen dem Irrsinn oder mussten mit ansehen, wie ihre Söhne ihr Geschlecht vernichteten.«

»Aber was war mit König Nestor?«, fragte ich.

Pythia drückte mir die Hand. »Mein Bruder war ein frommer Mann. Als sie Iphigenie schreiend zum Altar zerrten, kehrte er ihnen den Rücken und ging davon. Er hatte keinen Anteil an ihrem Tod und aß nicht von ihrem Fleisch. Und so entging er dem Fluch, und unser Haus besteht weiter.«

»Aber er hat es nicht verhindert«, wandte ich ein.

Pythia seufzte. »Ich weiß. Ich habe mich gefragt, was konnte er tun, ein Mann unter vielen und noch dazu der Herrscher einer kleineren Stadt, der nicht besonders hoch in der Gunst des Königs stand? Doch es bleibt dabei, dass er, obgleich er sich nicht an dem Frevel beteiligte, ihn auch nicht verhindert hat. Und wenngleich Sie ihn nicht verfluchte, so wandte Sie Ihr Antlitz doch von ihm ab und verließ ihn. Das ist nur recht und billig.«

»Ja«, stimmte ich zu. »Er hat sein Antlitz von Ihrer Dienerin abgewandt.«

»Ganz recht«, sagte sie. »Doch seit jener Zeit befinden wir uns in einem langsamen Niedergang. Du hast die Paläste und Tempel in Pylos gesehen, den Reichtum meines Bruders und seine vielen Schiffe. Doch du hast sie nicht vor dreißig Jahren gesehen, als ich jung war. Mein Bruder hat Idenes sechs Kriegsschiffe hinterlassen. Zwanzig sind damals nach Aulis ausgelaufen. Idenes kann die Krüge mit Oliven und die Amphoren mit Wein in seinen Vorratskammern zählen, doch ich sage dir, dass sie nicht einmal ein Zehntel dessen ausmachen, was dort lagerte, als ich jung war. Mein Bruder brachte viele Sklaven mit, um zu weben und im Flachs am Fluss zu arbeiten, wie du ja weißt, meine Linnea. Aber Sklaven sind kein Ersatz für die Männer, die nach Ilios gezogen sind und niemals heimkehrten. In diesen Feldern wachsen jetzt junge Bäume, und sie werden nicht wieder bestellt werden. Früher haben unsere Schiffe in Friedenszeiten Leinenhandel mit den Inseln getrieben, bis nach Kreta und Millawanda und zur lydischen Küste hinauf. Jetzt gibt es zu viele Piraten, verzweifelte Männer, die ehrbare Kaufleute überfallen, ihre Waren stehlen und sie selbst in fernen Häfen als Sklaven verkaufen.«

»Was müssen wir tun?«, fragte ich.

Pythia tätschelte meine Hand. »Das ist das Feuer der Jugend. Etwas zu tun, irgendetwas, im Angesicht der Missbilligung der Götter.«

»Aber wir *müssen* doch irgendetwas tun«, beharrte ich.

»Was können wir tun? Kann ich die See von den Piraten befreien oder Männer von den Toten auferstehen lassen, auf dass sie die brachliegenden Felder pflügen?«

Ich antwortete nicht. Über solche Dinge hatte ich noch nicht nachgedacht.

»Ja«, meinte Pythia. »Jetzt musst du nachdenken. Du musst die Ursachen der Dinge bedenken, die Gestalt der Welt, auch wenn du diesen Ort niemals verlassen wirst. Derlei musst du verstehen, wenn du sowohl Könige als auch das gemeine Landvolk beraten sollst.«

»Aber ich werde diesen Ort verlassen. Ich habe mich selbst auf einem Schiff gesehen.«

Pythia furchte die Stirn. »Manchmal ruft man uns dorthin, wo der König ist, um ihm Rat und Kunde zu bringen. Gewiss ist es das. Denn wenn du erst Pythia bist, so darfst du den Schrein, in dem du dienst, nicht lange verlassen. Bestimmt möchtest du doch nicht fort von hier?«

»Nein«, versicherte ich. »Ich bin glücklich hier, bei dir und Dolcis. Dies ist mein Zuhause. Wieso sollte ich fortwollen?«

Und doch, als ich diese Worte aussprach, war etwas in mir, das strebte, ein Sehnen nach Gestaden, die ich nie gesehen, nach den Liedern, die ich als Kind gehört hatte, in meiner eigenen Sprache. Nach jemandem wie mir. Vielleicht empfindet jeder so, dachte ich. Doch wir sind trotzdem alle allein.

»Gleiches drängt zu Gleichem«, bemerkte Pythia. »Und du hast das Meer in deinen Adern, das Blut der Seevölker. Vielleicht wärst du als Cythereas Dienerin besser geeignet gewesen denn als meine. Aber Sie hat dich zu mir geführt, also nehmen wir das als gegeben hin.«

»Ich war niemals unglücklich hier, Pythia«, beteuerte ich. Und es stimmte, dass ich sie liebte, fast wie eine zweite Mutter oder wie die Großmutter, die ich niemals gekannt hatte. »Ich würde nicht nach Pylos gehen und in Cythereas Dienste treten wollen, auch wenn du es mir anbötest.«

Sie küsste mich auf die Stirn. »Du bist ein gutes Kind«, sagte sie. »Du bist meine Linnea, und ich sterbe zufrieden in dem Wissen, dass du Pythia sein wirst, wenn ich dahin bin.«

»Du wirst noch viele Jahre lang nicht sterben«, erwiderte ich und wusste, dass es nicht die Wahrheit war, die ich sagte.

Sie starb ein Jahr später. Im Herbst, zu Beginn der Saatzeit nach dem Kalligeneia, stürzte sie zu Boden, und eine Lähmung befiel ihr rechtes Bein und ihren rechten Arm. Diese Lähmung zog ihr auch den rechten Mundwinkel nach unten und ließ ihre Sprache lallend und undeutlich klingen, so dass Dolcis und ich sie kaum verstehen konnten. Auch das Essen fiel ihr schwer, also kochte Dolcis Korn in der Milch unserer Ziege, und ich fütterte sie mit einem Löffel.

»Es ist Ihre Hand«, flüsterte sie, obgleich ich die Worte kaum verstehen konnte.

Vier Monate später wachte ich nachts auf und fand sie tot auf ihrem Lager. Die Hand der Herrin hatte sie abermals berührt und sie im Schlaf dahingerafft.

Ich wusste, was zu tun war, und ich schickte nach Cytherea und ihren Dienerinnen, da Dolcis den Gang hinter dem Schleier nicht betreten durfte und ich Pythia nicht zu jenem Ort tragen konnte, an den sie sich allein begeben muss. Wir hüllten sie in Schwarz, und Cytherea hielt mir den silbernen Spiegel hin, während ich mir zum ersten Mal das Gesicht bemalte.

Weiß wie Gebein. Schwarz wie die Nacht. Mein Haar wurde mit den Kupfernadeln hochgesteckt, die Pythia getragen hatte, zu den kunstvollen Knoten und Schlingen der Perücke, wie ein Gemälde von jenen Inseln, die unter dem Meer verloren gegangen sind. Ich brauchte die Perücke nicht. Mein Haar war schwarz und dicht, ohne einen Hauch von Grau.

Als ich in den Spiegel sah, blickte Sie mir entgegen.

Ich führte sie in die Finsternis; ich ging voran, und Cytherea und ihre beiden Maiden folgten mit Jener Die

Pythia Gewesen War. Hinunter ins Dunkel. Durch die große Höhle mit den Wolfsfellen, durch den engen Gang, der vor Feuchtigkeit triefte. Das Geräusch fließenden Wassers hallte weit in die Dunkelheit hinaus. Ich konnte es hören und auch das hastige Atmen einer der beiden Gehilfinnen Cythereas, der vor der Finsternis graute, während sie den Leichnam in die Tiefe der Unterwelt trug.

Der Leichnam Pythias kann nicht dem Feuer überlassen werden wie die jener jüngst aufgetauchten Achaier. Er muss Ihr zurückgegeben werden.

In der Kammer war keinerlei Geruch zu bemerken. Dreißig Jahre lang und mehr war sie Pythia gewesen, Jene Die Als Schwester Nestors Geboren Worden War. Von ihrer Vorgängerin waren nur noch trockene Gebeine übrig. Wir legten sie in die Kammer. Ich weiß nicht, wie viele dort waren. Siebenundzwanzig Schädel hatte ich gezählt, doch es mochten noch viel mehr gewesen sein, die bis zur Unkenntlichkeit zerfallen waren. Siebenundzwanzig Frauenleben. Vierhundert Jahre? Mehr? Seit der Zeit, bevor die strahlenden Landvölker kamen mit ihren Rössern und ihrer Bronze. Seit der Zeit, bevor Wilusa in Flammen aufgegangen oder der Palast in Pylos errichtet worden war. Bevor es Hochkönige in Mykene gegeben hatte.

Eines Tages würde mein Schädel hier in der Dunkelheit ruhen.

Wir betteten sie zu ihren Vorgängerinnen, Jene Die Pythia Gewesen War, und in der Finsternis sprach ich die Worte, die Sie herbeiriefen. Ihr Abbild. Ihre Stimme. Wie es mir bestimmt war. Sie kam aus Jener Die Pythia Gewesen War und nahm ihre Wohnstatt in mir.

In der Erinnerung hat dieser Winter etwas Traumhaftes, als hätte ich schweigend und still verharrt, während die Welt wuchs und sich regte. Ich hatte nach Ihr gegriffen, und Sie war stumm. Jetzt wartete ich.

In jenem Winter verbrachte ich viel Zeit in der Höhle, stieg in die Erde hinab, um ohne Lampe in der Tiefe zu wandeln. Ich erforschte Gänge, mit denen ich noch nicht vertraut war, zählte sorgfältig, damit ich mich nicht verirrte, und strich mit einer Hand an eisigem Fels entlang, der schwache Spuren des Regens aufwies, welcher über uns fiel.

Nur war es nicht der Regen dieses Jahres. Vielleicht im letzten Winter, vielleicht in den Jahren meiner Kindheit war dieser Regen auf die Berge gefallen und langsam, sehr langsam in die Höhlen hinuntergesickert. Vielleicht würde ich ebenso hochbetagt sein wie Pythia, ehe er den Weg in den Fluss fand und endlich über runde Steine im grünen Licht dahinplätscherte. Vielleicht war ich dann schon lange tot.

Ich kam mir so uralt vor wie die Berge und ebenso reglos.

Dolcis machte sich Sorgen, das war mir klar. Ich sprach kaum, und wenn ich etwas sagte, dann war es nichts von Bedeutung. Lange vor dem Fest des Abstiegs räusperte sie sich eines Abends und schlug vor, dass wir nach Pylos gehen und eine Weile im Tempel der Herrin des Meeres bleiben sollten. »Sie würden uns mit Freuden aufnehmen«, versicherte sie. »Jene Die Pythia War hat das manchmal getan, bevor du zu uns gekommen bist. Dort gibt es Gesellschaft, und jeder, der uns sucht, weiß, wohin er sich wenden muss.«

Ich blickte über das Feuer hinweg zu ihr auf. »Vielleicht«, antwortete ich. »Vielleicht später.«

Sollten wir das Vorzimmer verlassen, weil unsere Herrin schon lange tot war? Ich ging wieder hinunter in die Höhle; ich schlief auf den Wolfsfellen in der großen, leeren Kammer. Als ich allein in der Finsternis lag, fühlte ich keine Spur Ihrer Gegenwart, nichts, was mir sagte, was ich zu tun hatte. Also tat ich einfach gar nichts, wie eine stumpfsinnige Dienstmagd, die keine Anweisungen bekommen hat. Ich wartete.

Es wurde Frühling. Menschen vom Lande suchten Pythia auf und fragten nach Omen für Neugeborene, für Heiraten und für gute Ernten. Jedem sagte ich das, was nach meinem Wissen am besten war, und hoffte, dass ich nicht irrte.

Das Fest des Abstiegs kam. Dolcis und ich zogen nach Pylos, und ich schlief unter dem Leinenbaldachin des Tempels. Durch die viele Zeit, die ich in den Höhlen verbracht hatte, war ich so blass geworden, dass Cytherea nach Luft schnappte, als sie mich sah, und mich drängte, etwas zu essen.

»Du warst doch gewiss krank«, meinte sie, doch ich schüttelte den Kopf.

Die Wahrheit war, dass ich mich nicht von diesem Schweigen befreien konnte, diesem Gefühl der Unwirklichkeit, als wandelte ich nur zur Hälfte auf diesem Ufer des Flusses, könnte jedoch die andere Seite nicht erreichen. Ich hoffte, diese fehlende Hälfte beim Fest des Abstiegs zu finden. Sorgfältig bemalte ich mir das Gesicht, und Dolcis richtete mir mit den Nadeln kunstvoll das Haar, mit dem dünnen Schleier über allem. Ich saß mit gesenktem Blick da und wartete darauf zu sprechen, wartete auf jene Kälte entlang meines Rückgrats, wartete auf Ihre Berührung. Doch sie kam nicht.

Der Augenblick kam, und ich sprach meine Worte fehlerlos und klar, so wie Jene Die Pythia Gewesen War es mich gelehrt hatte, doch von Ihrer Nähe war nichts zu spüren. Es war nur ich, die die Worte aufsagte, wie man es mir beigebracht hatte.

Hinterher saßen Cytherea und ich im Tempel, und sie versuchte mich mit Mandelkuchen zu locken. »Du warst so lange nicht mehr in der Stadt«, meinte sie. »Bleibst du ein wenig?«

»Nein«, antwortete ich. »Morgen halten wir den Abschied, und dann kehren wir zum Schrein zurück.«

»Du solltest länger bleiben«, sagte sie, und der Blick ihrer blauen Augen ruhte auf mir. »Es würde dir guttun.«

»Ich weiß nicht, was mir guttun würde«, gestand ich. »Ich warte, aber ich weiß nicht, worauf ich warte. Es ist, als wäre alles ganz still oder als wäre ich still, während die Welt sich um mich herum bewegt.«

»Bist du schwanger?«, erkundigte sie sich. »So habe ich mich gefühlt, als ich meine erste Tochter erwartet habe. Wie eine schläfrige Kuh draußen auf einer Wiese, die den Sommer verschläft.«

Das brachte mich zum Lächeln. »Ich kann mir dich nicht als Kuh vorstellen. Aber ich bin nicht schwanger. Wie könnte ich? Ich habe niemals einen Mann gekannt.«

Sie hob das Kinn. »Dann ist das ja vielleicht das Problem. Ein Geliebter ist dir doch nicht verboten, nur ein Ehemann.«

»Ich gehöre dem Tod, nicht dem Leben«, wehrte ich ab.

»Du bist eine junge Frau«, sagte Cytherea, »keine Göttin. Du bist mehr als ein untätiges Gefäß für Sie.«

»Es gibt niemanden, den ich begehre«, erwiderte ich. Und das stimmte. Mir wollte niemand einfallen, den ich gesehen und der irgendwelche Sehnsüchte in mir entfacht hätte, außer in Träumen. Und wie sollte ich auch einen achaischen Bauern lieben, der erfüllt war von Ehrfurcht vor Pythia, oder, schlimmer noch, einen Mann wie Neoptolemos, der mich lediglich als Beute betrachtete, derer man sich nach Gutdünken bemächtigen und entledigen konnte?

Als hätte sie meine Gedanken gelesen, wechselte Cytherea das Thema. »Neoptolemos ist zurück«, berichtete sie.

»Ich habe es vernommen«, entgegnete ich trocken.

»Er ist gekommen, um ein Heer aufzustellen«, sagte sie. »Komm morgen zum Fest in den Palast, dann wirst du es sehen.« Ich setzte zu einem Einwand an. »Du musst kommen«, beharrte sie. »Das ist eine Angelegenheit deiner Herrin, und du hast allen Grund zu wissen, was vor sich geht.«

Und so ging ich hin, aber ich nahm nicht teil an dem Fest oder gar am Segnen der Schiffe. Das ist Cythereas Aufgabe, und sie machte ihre Sache gut. Ich trug meinen einfachen schwarzen Chiton mit dem Umhang und blieb stumm. Hinterher gab es süße Früchte und gebratenes Schweinefleisch, und die Palasttore wurden aufgestoßen, auf dass jeder darin wandeln könne. Der Wein des letzten Jahres wurde geöffnet, Amphoren wurden geneigt, und das Herdfeuer wurde höher geschürt. Musikanten spielten im Feuerschein.

Ich stand hinten in der Menge und beobachtete die Krieger.

Über andere Stimmen hinweg konnte ich Neoptolemos hören. »Wir werden die Zitadelle unserer alten Feinde bis auf die Grundmauern niederreißen!«, verkündete er, einen Kelch mit zwei Henkeln in der Hand. »Wir werden unsere Väter rächen, die Helden, die vor den Mauern von Ilios gefallen sind! Und wir werden mit Gold und Reichtümern heimkehren!« Vier oder fünf junge Männer um ihn herum jubelten. »Wir erwerben uns unseren Anteil am Ruhm!«, fuhr er fort.

Jetzt drängten sie sich um ihn, junge Männer, die noch nie eine Schlacht erlebt hatten. Und der Junge König Idenes, der Sohn des Nestor, der viel zu beweisen hatte.

Er war es, an den Neoptolemos sich wandte. »Sind wir nicht aus derselben trefflichen Bronze gemacht wie unsere Väter? Sollen wir nicht würdig sein, in der tapferen Gemeinschaft ihrer Schatten zu stehen, wenn wir den Fluss überqueren? Verlangt es uns nicht nach eigener Ehre und eigenen Weibern? Was hält uns davon ab, übers Meer hinauszuziehen, so wie sie es getan haben?«

Ich lehnte mich an die Mauer. Die Farben waren grell, und der Wein war stark, doch ich fühlte nichts außer ein wenig Übelkeit. Niemand beachtete mich. Falls mich jemand bemerkte, so erkannte er mich ohne die Farben nicht. Eine Frau aus der Stadt. Oder eine der Palastsklavinnen.

Langsam schritt ich davon, auf den Gang zu, der in

die Vorratskammern führte. Jemand anderes war vor mir dort.

Triotes' Augen schimmerten im Licht des Feuers. Auch in seinem Gesicht war keine Freude zu lesen. Und er erkannte mich.

Ich fühlte die schwache Berührung einer nächtlichen Brise; Ihre Hand an meinem Ärmel.

»Lass Aren hier«, sagte ich. »Wenn du ihn mitnimmst, damit er das Blut des Volkes seiner Mutter vergießt, werden die Furien ihn für den Rest seiner Tage verfolgen. Und wenn du mitgehst, wirst du nicht zurückkehren. Die Fische werden dein Fleisch verzehren.«

Ruhig sah er mich an. »Sind das deine Worte, Pythia, oder Ihre?«

»Ihre«, antwortete ich. »Und meine. Aber es ist die Wahrheit.«

Wieder sah Triotes mich an, suchte in meinem Gesicht nach etwas. »Aren wird hierbleiben«, sagte er. »Ich muss mitgehen.«

»Warum?«, wollte ich wissen.

»Weil mein König es befehlen wird«, erwiderte er. Mit einem letzten Blick auf den Jungen König, Arm in Arm mit Neoptolemos, wandte er sich ab und schritt den Gang hinunter.

Ich trat durch das Haupttor hinaus in die Nacht. Und ging von den Feiernden fort, hinunter zum Hafen. Die Sterne standen hell und klar über dem Meer.

Das Gefühl Ihrer Gegenwart war verflogen. Sie war fort. Ich stand im Sternenlicht, sah zu, wie die Wellen ans Ufer schwappten, und fühlte nichts.

»Große Herrin«, sagte ich, »warum willst du mich

nicht leiten? Wieso bist du nicht bei mir? Bin ich denn noch nicht wirklich Pythia?«

Warte, flüsterte die Stille. *Du musst warten.*

»Worauf warte ich?«, fragte ich.

Die Wellen schlugen ans Ufer und glitten zurück. Ein Schiff, das am Steg festgemacht war, knarrte unter dem Heben und Senken jeder einzelnen Woge. Die Sterne schienen in der Schwärze. Und es geschah absolut nichts.

Ich kehrte zum Schrein zurück. Die Tage wurden länger; die Ernte wurde eingebracht. Die Mohnblumen verwelkten und streuten ihre Samen aus.

Als alles Korn sicher unter der Erde war, stach Idenes in See. Er nahm sechs Schiffe und sämtliche Männer seines Hauses mit und lief zusammen mit Neoptolemos und den anderen Schiffen aus, die dieser um sich geschart hatte. Sie fuhren nach Millawanda, wo sie zu den Männern aus Tiryns stoßen wollten, die Neoptolemos ebenfalls zu den Waffen gerufen hatte. Und dann würden sie nach Ilios segeln.

Triotes zog mit seinem König. Aren, denke ich, weinte bestimmt bitterlich, weil er zurückgelassen wurde. Er war dreizehn und dachte zweifellos mehr an das Abenteuer als an die Schlacht und deren Ende.

Im Schrein war alles ruhig.

Hirten kamen mit kranken Schafen – irgendeine Seuche ging in diesem Jahr in den Herden um. Mir fiel eine Geschichte ein, die Pythia einmal erzählt hatte. Sie hatte zu den Zeiten ihrer Großmutter gespielt.

»Sondert die kranken Schafe von der Herde ab«, wies ich die Hirten an. »Weiht sie und opfert sie, so wie es sich ziemt. Teilt das Fleisch mit allen in eurem Haushalt, sogar mit den Sklaven. Aber glaubt nicht, ihr könntet die Götter täuschen, indem ihr sie unter den anderen haltet, denn wenn ihr das tut, so werden mit Sicherheit alle eure Tiere krank werden.«

Und so war es. Die Bauern, die gehorchten, verloren ein paar wertvolle Tiere. Jene, die versuchten, die Götter zu betrügen, büßten fast alle ein.

Als es getan war und das halbe Land sich an Hammelfleisch gütlich tat, stieg ich in die Höhlen hinunter. An dem Schlachten oder den Vorbereitungen hatte ich keinen Anteil – ich durfte kein Blut vergießen oder dabei zusehen. Also begab ich mich in die Finsternis.

In der Kammer mit den Wolfsfellen war es still. Die Luft regte sich nicht, außer durch meine Bewegungen. »Herrin«, sagte ich, »willst du nicht zu deiner Dienerin sprechen? Worauf warte ich?«

Die Höhlen waren stumm und antworteten nicht.

Warte.

Im Hochsommer kehrte Idenes mit fünf Schiffen zurück, hoch beladen mit Beute und Sklaven. Ein Schiff war auf der Heimreise untergegangen, jenes, das Triotes befehligt hatte. Er war mit all seinen Männern umgekommen.

Dolcis erzählte es mir. Ich hatte kein Verlangen danach, nach Pylos zu gehen und die Gefangenen zu begaffen, zu sehen, wie die Männer von Pylos mit dem Reichtum Wilusas feierten.

»Vierzig Sklaven«, berichtete Dolcis und wischte sich den Schweiß des langen Aufstiegs von der Stirn. »Und noch mehr, die sie auf der Heimreise in Millawanda verkauft haben, für Gold und Silber aus Ägypten. Idenes ist jetzt ein reicher Mann, ein König von Bedeutung.«

Erst als ich mich ohne einen Laut erhob und den Raum verließ, fiel ihr wieder ein, wer ich war. Ich ging in die Höhlen, wohin sie mir nicht zu folgen wagte.

Im Dunkeln setzte ich mich auf eines der Wolfsfelle.

»Herrin«, sagte ich. »Ich bin Pythia, deine Dienerin. Aber einst war ich ein Mädchen namens Möwe.«

Und ich weinte dort im Finstern, wie ich es nicht mehr getan hatte, seit Pythia gestorben war. Vielleicht um die Gefangenen. Um die Frauen aus meinem Volke, die ich niemals gekannt hatte, die am Fluss oder in den Küchen des Palasts Sklavendienste verrichteten. Um meine Mutter. Um Aren, der jetzt zweifach verwaist war. Um mich selbst. Ich weiß es nicht. Doch ich weinte, weinte, weinte, bis ich einschlief.

Die Hitze flimmerte über dem Land, die Luft war dick und schwer. Es war heiß, heißer, als im Sommer zu erwarten war. Normalerweise endeten die Hitzewellen von Zeit zu Zeit, diese jedoch lag Tag um Tag drückend auf dem Land.

Drei Wochen nachdem Idenes heimgekehrt war, stach er von Neuem in See. Neoptolemos war auf den Gedanken verfallen, Raubzüge entlang der illyrischen Küste nördlich von Ithaka durchzuführen, ehe die für die Seefahrt günstige Jahreszeit zu Ende ging. Pylos hatte keinen Streit mit diesen Völkern, doch trunken vom Sieg, wie alle waren, kümmerte das niemanden.

Ich dachte an das, was Cytherea gesagt hatte, darüber, sich vorzukommen wie eine Kuh auf einer Wiese. Ich fühlte mich voll, schwer und schläfrig. Das heiße Wetter hielt erbarmungslos an. Des Nachts zuckten Blitze im Norden, doch die Gewitter kamen nie hierher. Die Hitze ließ nicht nach, kein Regen fiel.

Vier Nächte später lag ich auf meiner Matte neben dem Herd. Die Kohlen waren zusammengescharrt worden, so dass sie wenig Hitze abgaben. Ich träumte.

In meinem Traum schlief ich am Fluss, in der Hütte, die ich mit meiner Mutter und Aren geteilt hatte, als er noch ein Säugling gewesen war. Alles war kühl und still. Ich konnte das Murmeln des Flusses hören, der über die Steine strömte.

Meine Mutter kam zu mir, und sie war wunderschön, das schwarze Haar fiel ihr seidig und glänzend über die Schultern. »Wach auf, Möwe«, sagte sie sanft. »Es ist Zeit, dass du aufstehst.«

»Aber warum?«, fragte mein kindliches Ich.

»Ich habe Arbeit für dich«, antwortete sie. »Komm, Kleine.«

»Es ist doch noch nicht Morgen«, wandte ich ein.

»Ich weiß«, erwiderte meine Mutter. »Aber du musst an der Wegbiegung sein, wenn der Morgen kommt. Steh auf, Möwe. Komm mit.« Sie lächelte, und ich streckte die Hand aus. Als sie danach griff, wachte ich auf.

Ich lag auf meiner Matte in der Höhle. Bis zur Morgendämmerung würden noch Stunden vergehen. Der Himmel hatte gerade erst angefangen, allmählich heller zu werden. Sothis ritt hoch oben in der Schwärze dahin, so scharf und so hell wie eine Klinge, der Stern, der bei meiner Geburt geleuchtet hatte.

Die Luft war kühl.

Ich stand auf.

Dolcis schnarchte leise.

Plötzlich überkam mich unverhoffte Tatkraft. Wenn die Sonne aufging, musste ich an der Stelle sein, wo der Weg eine Biegung machte.

Ich zog meinen schwarzen Chiton an und steckte mir die Haare hoch. Eigentlich hatte ich vorgehabt, es lediglich im Nacken zusammenzubinden, doch ich hielt die Kupfernadeln in den Händen. Also schlang ich es zu jenen Knoten und hochgewölbten Schlingen, die für Festtage gedacht waren. Ich griff nach den Alabastertöpfen. In der Höhle war es dunkel, doch ich konnte die Farben am Geruch auseinanderhalten, und es bereitete mir keine Mühe, mich im Finstern zu bewegen. Jahrelang hatte ich mich in Finsternis bewegt. Ich bemalte mein Gesicht steinweiß und zog Augen und Lippen schwarz nach. Und die ganze Zeit über verspürte ich ein Drängen, das an mir zerrte. *Schnell. Schnell. Ich muss an der Wegbiegung sein, wenn die Sonne aufgeht.*

Ich nahm den schwarzen Beutel und band ihn mir um die Taille, da ich keine Dienerin hatte. Dann schob ich die Alabastertöpfchen, die Pinsel und den kleinen silbernen Spiegel hinein. Die Tontöpfe, in denen die Kräuter für das Kohlebecken waren. Als zöge ich nach Pylos. Als ginge ich mit Pythia auf eine Reise und müsste ihre Gerätschaften tragen.

Schnell. Schnell.

Ich griff mir den besten und leichtesten meiner Umhänge und legte ihn mir um die Schultern, den Schleier, den ich nur zum Fest des Abstiegs anlegte.

Schnell. Schnell.

Der Himmel färbte sich grau, als ich den Schrein verließ und über die dicke Schicht aus Zypressennadeln den Berg hinuntereilte. Alles war still.

Ich erreichte die Wegbiegung vor der Sonne. Der Himmel war jetzt silbern. Ein weiterer sengend heißer Tag wartete.

An der Biegung setzte ich mich und trank ein wenig aus meinem Wasserschlauch. Hinter den Bergen verfärbte sich der Himmel rosig. Ich sah zu, wie der Morgen heraufdämmerte.

Lange bevor er die Felsen berührte, zeichnete er die Berge als lange Schatten auf die Ebene und über den Fluss. Dahinter flammte das Meer auf wie ein silberner Spiegel.

Neun schwarze Schiffe hielten im gleißenden Sonnenschein auf Pylos zu.

4

In Ihrer Hand

Während ich sah, wie die Schiffe auf Pylos zusteuerten, verfluchte ich die Tatsache, dass ich nicht fliegen konnte. Ich würde den halben Vormittag brauchen, um nach Pylos zu gelangen, den Berg hinunter und dann entlang der weiten Biegung des Flusses zu den Stadttoren.

Meine Füße eilten hurtig auf dem Pfad dahin.

Der Weg war staubig. Die Blumen an seinem Rand waren vertrocknet, gelb und dürr.

Schnell. Schnell.

Meine Gedanken flogen mir voraus, als hätte ich mich von dem Bergpfad aus in die Lüfte geschwungen, behände wie eine schwarze Möwe, und glitte über Tal und Strom dahin. Jetzt müssten sie die Schiffe sehen, nicht so früh wie ich, ohne die Höhe des Berges und die Sonne im Rücken. Was an Männern in der Stadt geblieben war, würde zu den Waffen greifen. Idenes war nicht da. Er und seine Krieger waren die illyrische Küste hinaufgesegelt und peinigten Menschen, die uns niemals etwas zuleide getan hatten.

Der Schatten dort, wo sich der Weg unter den Bäumen entlang des Flusses dahinzog, war willkommen. Ich war mir meines Körpers kaum bewusst. In meinem Inneren sah ich Bilder davon, wie die schwarzen Schiffe auf den Strand zuliefen, den raschen, wütenden Kampf auf der Landungsbrücke, das Blut, das die Steine des Hafens befleckte, vergossen wie die Trankopfer beim Segnen der Schiffe.

Schnell. Schnell.

Dieses raue, unregelmäßige Geräusch war mein Atem. Die Sonne stieg in den Himmel empor. Der Weg war von Wagen und Zugtieren zerfurcht und zertrampelt. Hier, genau hier, war vor so langer Zeit ein Wagen über mein Bein gerollt.

Schnell. Schnell.

Jetzt konnte ich eine Rauchsäule erkennen. In Pylos brannte es.

Schnell. Schnell.

Die zum Landesinneren hin gelegenen Tore waren offen. Dicht dahinter lag einer der jüngsten Krieger aus Idenes' Sippe. Ein Schwert hatte ihn in den Leib getroffen, und seine Eingeweide lagen im Staub, zerquetscht, wo er sich in seiner Todesqual herumgewälzt hatte, doch seine Augen waren offen.

Ich darf kein Blut vergießen oder dabei zusehen, wisperte ein Teil von mir in meinem Kopf, jener Teil, der Linnea war. Ich rannte zu dem Jungen und kniete in dem Blut nieder.

Seine Augen weiteten sich, und ich wusste, was er sah – den Tod, mit Ihrem weißen Antlitz und den langen, kühlen Händen. Er versuchte zu sprechen, doch er konnte nicht. Ich legte ihm eine Hand auf die Stirn. »Lass los, süßer Knabe«, sagte ich, und er starb.

Behutsam schloss ich ihm die Augen.

Ich konnte Geschrei hören. Sie waren in der Nähe des Palasts. Eine lange Rauchsäule stieg von den Marktständen am Hafen auf.

Ich erhob mich, und ich war Wind. Sie füllte mich wie einen überfließenden Kelch.

Eine Schar Verteidiger hatte sich bis vor die Tore des Palasts zurückgezogen, die zerschmettert waren und offen standen. Also hatten sie sie aufgebrochen, und die Männer von Pylos hatten zu einem Gegenangriff angesetzt. Leichen lagen auf der Straße, Soldaten und zwei Diener aus dem Palast, die ebenfalls zu den Waffen gegriffen hatten. Gebrüll, Flüche, das Klirren von Schwert auf Schwert. Die Schreie der Verwundeten.

Ein Knabe in einem blauen Kittel stand neben der Mauer, wo die Ranken in blühender Pracht darüber hingen. Er hielt ein Schwert in der Hand, doch er führte es unbeholfen. Ich erkannte ihn. Es war Aren.

Sein Gegner war ihm überlegen, ein junger Pirat mit langem schwarzem Haar und unter der Sonne entblößtem Oberkörper; seine Schultern glänzten von Öl. Er hatte Arens Abwehr unterlaufen. Sein Schwert hob sich, schlug Arens Waffe zur Seite, holte zu einem raschen Aufwärtshieb aus.

In einem schwarzen Wirbeln, wie von flatternden Schwingen, stand ich zwischen ihnen; fast streifte die Schwertspitze meinen Leib.

»Halt!« Ihre Stimme brach aus mir hervor, schallend wie bei einem großen Fest, um Musikanten oder brüllende Krieger zu übertönen. »Legt eure Schwerter nieder!«

Die Augen des Piraten weiteten sich. Die Waffe glitt aus seiner Hand in den Staub. Hinter mir hörte ich einen dumpfen Aufprall, als auch Aren sein Schwert fallen ließ. Der Pirat fiel neben seiner Klinge auf die Knie. »Erhabene Herrin«, stieß er hervor.

»Legt eure Waffen nieder!«, rief ich abermals. Ein stämmiger Pirat mit einer Schnittwunde auf der Wange warf sein Schwert weg; Angst lag im Widerstreit mit Ehrfurcht.

»Auf die Knie vor dem Tod!«, schrie ich, und sie sanken nieder wie eine verebbende Woge, die Krieger aus Pylos ebenso wie die Piraten, überall auf dem Platz vor dem Palast gegenüber von dem Tempel der Herrin des Meeres, wie das Korn vor dem Wind.

Kein Laut war zu hören außer dem Stöhnen der Verwundeten und dem Klatschen meiner blutigen Fußsohlen auf den Steinen, als ich vortrat.

Ein wildes Hochgefühl erfüllte mich, Wut und Macht.

Sein Kopf war gesenkt, das hellbraune Haar mit einer ledernen Schnur zurückgebunden. Er trug einen Lederharnisch von der Sorte, wie ihn jene bevorzugen, die zur See kämpfen. Sein Schwert war mit Silber verziert und lag neben seiner Hand. »Du bist ihr König, der Führer der *Sieben Schwestern*«, sagte ich, denn ich kannte ihn. Mir waren die Sterne am Bug eines der auf den Strand gezogenen Schiffe aufgefallen, und ich hatte sein Gesicht schon früher gesehen, in Träumen. »Warum bist du nach Pylos gekommen?«

Er blickte auf und zuckte zurück. »Ich bin kein König«,

erwiderte er. »Aber ich bin ihr Anführer. Wir sind gekommen, um die Gefangenen zu holen, unsere Frauen und Kinder, die versklavt worden sind, die Frauen von Wilusa. Wir sind gekommen, um Pylos dem Erdboden gleichzumachen, so wie sie Wilusa zerstört haben.«

Und mir wurde klar, dass ich seine Sprache sprach, jene erste Sprache, die ich zusammen mit der Milch meiner Mutter erlernt hatte. Er war nicht überrascht. Spricht der Tod nicht alle Sprachen?

Ich streckte die Hand aus, die mit dem Blut des jungen Wächters beschmiert war, und berührte sein Haar. Er fuhr zurück, dann beherrschte er sich. »Ihr seid gekommen, um die Gefangenen zu holen?«

»Ja«, sagte er. »Die Frauen, die Idenes, der König von Pylos, nach der Plünderung von Wilusa hierher verschleppt hat.«

Ich hob die Stimme, damit sie weit trug, und sprach erst in der Sprache Wilusas und dann in der der Achaier. »Genug Blut ist heute hier vergossen worden. Die Schatten sind zufrieden, und die Hunde der Unterwelt haben sich satt getrunken. Ihr habt der Herrin der Toten euer Anliegen vorgetragen, und Sie befindet es für rechtens. Du da, Knabe!« Damit wandte ich mich an Aren, der noch immer neben der Mauer kniete, die Augen so blau wie das Meer. »Geh dorthin, wo die Sklavinnen am Fluss im Flachs arbeiten, und heiße die Frauen Wilusas, mit dir zu kommen. Sämtliche Frauen aus Wilusa mit ihren Kindern, und sie sollen alles an Essbarem und an Habseligkeiten mitbringen, was sie besitzen. Sag ihnen, ich befehle es.«

Aren sprang auf und rannte los, seine Füße hämmerten im Staub. Er würde nicht lange brauchen, um den

Fluss zu erreichen, so jung und flink, wie er war. Und er kannte den Weg sehr gut.

Einer der Palastdiener kniete ganz in der Nähe und unterdrückte mit Mühe sein Stöhnen, während er die Hand auf eine lange Schnittwunde presste, die sich seinen Arm entlangzog. Auf der anderen Seite des Platzes, in dem hohen Laufgang, der zum Meer hinausging, konnte ich die Frauen des Tempels sehen, die zu uns herausspähten; Cythereas weißer Schleier regte sich in der Brise. »Du da«, wandte ich mich an den Diener. »Steh auf. Geh in die Vorratskammern und in die Küche des Palasts. Hol die Frauen aus Wilusa heraus. Und sag den anderen, sie sollen herkommen, damit die Verwundeten versorgt werden können.«

Dann drehte ich mich zu dem Schiffsführer der *Sieben Schwestern* um. »Ihr werdet die Euren bekommen, und in dieser Stadt wird kein Blut mehr vergossen. Sag das deinen Männern.«

»Wir haben den Tempel nicht angerührt«, sagte er. »Wir sind Ihr Volk.«

»Es ist gut, dass ihr das nicht vergessen habt«, bemerkte ich.

Der Schiffsführer erhob sich. »Wir bekommen unsere Frauen und Kinder zurück«, verkündete er. »Die Waffen ruhen jetzt durch Ihren Willen; wir sind in Ihrer Hand.«

Hinter mir hörte ich ein Knistern. Die Gebäude an der Hafenmauer hinter dem Palast standen in Flammen, die Räume der Schreiber, die die Getreidescheffel zählten, die Werkstätten, wo die Töpfe hergestellt wurden.

Ich wandte mich an die Männer von Pylos. »Löscht das Feuer«, wies ich sie an, »ehe es die Vorratshäuser erfasst, denn alles Korn ist geerntet und unter der Erde.«

Sie gehorchten voller Eifer. In jenen Vorratshäusern befanden sich in die Erde versenkte mannshohe Tonkrüge und irdene Töpfe mit Linsen und Oliven, getrocknete Fische, die durch Einsalzen haltbar gemacht oder in Öl eingelegt worden waren, frische Oliven im eigenen Saft, frisch gekelterter Wein. Lebensmittel, die sie dringend brauchen würden.

Zwei der Piraten nahmen sich ihrer Verwundeten an; der stämmige Mann mit der aufgeschlitzten Wange half gerade einem anderen auf die Beine, als ich hinter mir einen Aufschrei vernahm. Ein junges Mädchen in einem fleckigen Kittel kam durch das Tor gerannt und warf sich ihm haltlos weinend an den Hals.

Tränen rannen ihm übers Gesicht, Salz mischte sich mit dem Blut. »Ach, Schwester«, stieß er hervor. »Kleine Schwester. Du lebst. Ach, Tia.« Er vergrub das Gesicht in ihrem Haar.

Ich wandte mich ab.

Die Tore zum Tempel der Herrin der See öffneten sich. Ein paar von den Stadtbewohnern lugten hindurch, Frauen und Kinder, die an Ihrem Altar Schutz gesucht hatten. Mit ungewohnter Eile kamen Cytherea und zwei ihrer Gehilfinnen heraus; sie hielten Wasserschläuche in den Händen, um die Verwundeten und Sterbenden zu laben.

Als alles wieder geordnet war, wurde deutlich, dass das Gemetzel nicht so gewaltig gewesen war, wie es zunächst ausgesehen hatte. Zehn Männer aus der Stadt waren tot und zwei der Piraten. Ungefähr zwanzig weitere waren verwundet, würden aber überleben. Ich sah dem Treiben zu. Ich befahl den Männern von Pylos, die Oliven und den Wein aus dem Vorratshaus zu holen, das der Töpferwerkstatt am nächsten lag, weil die leuchtenden Funken in der frischen Meeresbrise in diese Richtung flogen. Die schweren, in den Boden eingelassenen Krüge konnten sie nicht bergen, doch wenigstens konnten sie die kleineren Gefäße mit Pökelfisch und Wein ins Freie schaffen. Der Wind fuhr in meinen Schleier und riss daran, ließ ihn wie eine Fahne hinter mir herwehen, und mein schlimmer Fuß war braun von Blut.

Hinter mir hörte ich Schritte. Es war der Schiffsführer der *Sieben Schwestern*. »Du bist eine Frau aus Wilusa«, sagte er. »Und doch bin ich dir noch nie begegnet.«

»Ich bin Pythia«, antwortete ich.

An den Toren entstand Bewegung. Die Sonne stand hoch am Himmel, und die Frauen vom Fluss waren angekommen. Es waren etwa dreißig, dunkelhaarig und verwirrt, und fünf oder sechs aus der Generation meiner Mutter. Dicht hinter dem Tor blieben sie stehen, zeigten mit den Fingern und redeten, starrten die Schiffe an, die Piraten, die damit beschäftigt waren, Töpfe mit Oliven an Bord zu verstauen. Ich hatte ihnen nicht gesagt, dass sie die Lebensmittel nehmen dürften, die vor den Flammen gerettet worden waren, doch es schien nur recht und billig, auf dass sie den Rest unangetastet ließen.

Dann trat eine Frau näher. »Gemahl? Nicos?«

Ein junger Mann, der dabei war, Oliventöpfe an Bord zu stemmen, drückte das Gefäß in seiner Hand einem anderen in die Hände und kam über den Platz gerannt.

Daraufhin gerieten alle in Bewegung. Weinten, suchten. Es gab viele, deren Blick nicht jene traf, nach denen sie Ausschau hielten; Piraten griffen nach den Händen der Frauen, fragten nach anderen Namen, nach Kindern. Und die Sklavinnen der Generation meiner Mutter hielten sich abseits, Kinder an den Rockfalten. Konnten sie darauf hoffen, dass einer der Ihren hier sein würde, nach achtzehn Jahren?

Endlich streckte eine Frau, die ich als Kind gekannt hatte, die Hand aus und zupfte einem Krieger, der in der Blüte seiner Manneskraft stand, am Ärmel. »Anati? Bist du es, zum Mann herangewachsen?«

Er machte große Augen. »Tante? Tante Lide? Das kann nicht sein! Du bist doch in dem großen Feuer umgekommen.«

Sie schüttelte den Kopf, und Tränen strömten ihr aus den Augen. Zwei kleine Jungen sahen sprachlos zu, Kinder der Knechtschaft, jünger als Aren.

Wieder ertrug ich es kaum. Meine Mutter war tot.

Man war des Feuers inzwischen Herr geworden. Am Himmel erstreckte sich ein Wolkenschleier von den Bergen her, in dem sich Blitze regten. Ich konnte den Wind in meinem Gesicht fühlen, feucht und kühl. Heute Abend würde das Gewitter losbrechen.

Ich war überall gewesen und hatte die Toten der Stadt für ihre Angehörigen hergerichtet.

Wieder stand der Anführer neben mir.

»Wie bist du hierhergekommen?«, fragte er. »Wer bist du?«

»Ich bin Pythia«, antwortete ich. »Und auch ich gehöre zum Volk.«

Er blickte aufs Meer hinaus, dann sah er wieder mich an. »Wir beladen die Schiffe«, sagte er.

»Wohin werdet ihr euch jetzt wenden?«, wollte ich wissen. »Werdet ihr mit eurem Volk zur schönen Stadt Wilusa heimkehren?«

Mit einer scharfen Bewegung schüttelte der Schiffsführer den Kopf. »Wilusa ist nicht mehr. Gewiss weißt du das doch. Diesmal haben sie es vollständig niedergebrannt und jeden getötet, der nicht als Kriegsbeute verschleppt wurde. Es ist niemand mehr da, um die Stadt wieder aufzubauen, und die Männer von Tiryns überwintern auf den Ruinen, ehe sie die lydische Küste mit Raub und Plünderung heimsuchen.«

»Aber du und deine Männer?«

»Die Flotte war auf See«, erwiderte er knapp. »Wir sind alles, was übrig ist.«

»Neun Kriegsschiffe«, sagte ich, und mein Traum von der brennenden Stadt kam mir wieder in den Sinn, »und drei Fischerboote. Einige sind gekentert, als ihr die Belagerung durchbrochen habt, und ein paar sind auf See verbrannt. Die *Sieben Schwestern*, die *Delphin*, die *Perle* und die *Maidenauge.*« Wieder sah ich sie vor meinem geistigen Auge, die Schiffe, die ich als Kind auf Pythias Schoß geträumt hatte. »Die *Jäger*, die *Schwalbe* und die *Drohung.* Die *Geflügelte Nacht* und die *Wolke.*«

Der Anführer sah mich an. »Wir haben niemanden wie dich. Der Schrein in Wilusa ist niemals wieder aufgebaut worden, seit die Achaier ihn zerstört und Kassandra von seinem Altar fortgezerrt haben. Die Frauen der Herrin des Meeres wurden als Beute verschleppt, und wir wissen nicht, wo man sie hingeschafft hat. Wir hatten gehofft, dass wenigstens eine von ihnen hier ist.«

Ich schüttelte den Kopf. »Nein, wenn dem so wäre, hätte ich davon gehört. Cytherea hätte es erfahren und es mir erzählt.« Ich warf einen raschen Blick zum Tempel hinauf. Etwas Weißes schimmerte auf den Stufen. Cytherea, die mich beobachtete. »Ihr habt keine Priester oder heilige Männer jeglicher Art?«

»Wir haben einen Greis, der die Vorzeichen deutet und der sich mit Wind und See auskennt. Jemand anderes gibt es nicht. Wir haben keine Sibylle.«

»Doch«, widersprach ich. »Denn ich komme mit euch.«

Er fand keine Worte.

»Bin ich denn keine Frau Wilusas, wie du gesagt hast? Ihr seid gekommen, um die Gefangenen zu befreien. Ich wurde als Sklavin hier geboren, aber meine Mutter ist in der Unteren Stadt zur Welt gekommen, im Schatten des Großen Turmes.« Ich berührte seinen Arm, Ihre Hand in der meinen, Ihre Stimme in meiner Kehle. »Sie wurde geboren, um genau dies zu tun. Und gewiss weißt du, dass ich nicht zulassen werde, dass Meiner Dienerin ein Leid geschieht.«

Er neigte den Kopf. »Erhabene Herrin.«

»Eilt euch«, drängte ich ihn. »Idenes wird nicht lange im Norden verweilen, und wenn ihr ohne Kampf auslaufen wollt, so müsst ihr euch sputen.« Ich wandte mich ab, dann schaute ich noch einmal über die Schulter zurück. »Ihr müsst auf hoher See sein, ehe dieses Gewitter losbricht.«

In dem immer mehr auffrischenden Wind ging ich über den Platz zu den Tempelstufen. Cytherea wartete auf mich. »Ich weiß«, sagte sie. »Du gehst mit ihnen. Den ganzen Tag lang habe ich es in dir gesehen.«

»So ist es«, bestätigte ich.

»Du trägst Sie in dir wie ein ungeborenes Kind, zu

Orten, die ich nicht zu erkennen vermag«, sagte sie. »Ich verstehe nicht, warum, aber vielleicht verstehe ich besser als du.«

»Vielleicht«, stimmte ich ihr zu. »Ich kann den Beginn dieser Reise sehen, nicht aber ihr Ende.«

Cytherea hob die Hände über meinen Kopf. »Möge der Segen der Herrin des Meeres, der Silbernen Aphrodite der Fische auf dir ruhen und dir folgen bis ans Ende deiner Tage.«

Ich senkte den Kopf unter der Last des Segens, überrascht, Tränen in meinen noch immer sterblichen Augen zu fühlen. »Gib gut auf Aren Acht«, bat ich.

»Bestimmt«, versicherte sie. »Er ist ein tapferer Junge, und auch wenn er nicht begreift, was sich heute hier zugetragen hat, so wird er es mit der Zeit verstehen, wenn er zum Manne herangereift ist.«

Ich umarmte sie und ging davon, hinunter zu den letzten Schiffen, die am Strand lagen. Dabei blickte ich nicht zu dem Schrein oder zu Dolcis zurück. Sie würde Cytherea dienen oder warten, bis eine andere zum Schrein gerufen würde, obgleich ich bezweifelte, dass das geschehen würde.

Meine Herrin hatte nicht vor zurückzukehren.

Der Anführer sprach mit dem jungen Piraten mit dem langen dunklen Haar. »Ich bin bereit«, verkündete ich. Plötzlich war mir schwindelig, als höbe der immer stärker werdende Wind mich mit sich empor. Den ganzen Tag lang hatte ich weder gegessen noch getrunken, abgesehen von dem Wasser am Morgen.

»Wir ziehen die *Delphin* ins Meer«, sagte der Anführer. »Und dann die *Sieben Schwestern* als Letzte.«

Ich drehte mich um. Pylos qualmte mürrisch unter der sich immer weiter ausdehnenden Wolkendecke. Jäh geriet die Welt ins Wirbeln, Ihre Macht wich von mir. Ich merkte, wie ich fiel.

»Fang sie auf, Xandros!«, hörte ich den Anführer rufen, und dann vernahm ich nichts mehr.

5

Das Seevolk

Ich träumte, dass ich neben dem Fluss an der Brust meiner Mutter schlummerte. Ich konnte den sanften Hauch ihres Atems fühlen, konnte das Plätschern des Wassers hören und Stimmen, die unsere Sprache sprachen.

Ich erwachte. Ich lag auf einer Matte vorn im Schiff; mein Kopf zeigte zur Spitze des Raumes, der sich dicht hinter meinen Füßen bis ungefähr zu meiner Körpergröße verbreiterte. Die Decke war sehr niedrig. Ich konnte mich gerade eben aufrecht hinsetzen, ohne mir den Kopf anzustoßen. Fenster gab es nicht, doch durch die Ritzen zwischen den Bohlen über mir drang ein wenig Licht herein.

Ich konnte das Wasser gegen den Bug klatschen hören, die Stimmen der Menschen auf dem Deck. Rudergesänge waren nicht zu vernehmen. Also hatten wir vielleicht das Segel gesetzt.

Neben der Matte lag ein Wasserschlauch. Ich trank gierig. Als ich zum letzten Mal getrunken hatte, war gerade der Morgen angebrochen. Welche Tageszeit war jetzt?

Ich goss mir Wasser über Gesicht und Hände und wischte den Rest der Farbe mit der Innenseite meines Umhangs ab. Dann kroch ich hinaus aufs Deck.

Lange hatte ich nicht dort unten gelegen. Das Festland lag hinter uns am Horizont, in Gewitterwolken gehüllt, die sich übers Meer reckten. Es waren ebenjene Winde, die uns vorantrugen und das weiße Segel füllten, auf das ein roter Delphin gemalt war. Die Ruder waren eingezogen und die Ruderpforten mit fest eingepassten Holzblöcken verschlossen worden, damit das Seewasser, das an den Seiten emporspritzte, nicht eindringen konnte. Die *Delphin* jagte vor dem Sturm dahin und sprang wie ihr Namensvetter über die Wogen. Gischt stob von ihrem Bug auf, und das Segel ächzte unter der Fülle des Windes.

Ungefähr dreißig Männer waren an Deck, im Bug oder im Mittelschiff, wo sonst die Ruderer saßen, außerdem etwa zehn Frauen und Kinder. Auf dem Achterdeck, das breiter und länger war als das Vorderdeck, stand der Schiffsführer am Steuerruder. Es war der schwarzhaarige Pirat. Der Gottesfürchtige, dachte ich bei mir, der als Erster sein Schwert hatte fallen lassen.

Als ich aus dem Schutz des Bugs trat, traf mich der Wind, hob meinen Umhang und mein Gewand wie Schwingen, als wolle er mich in den Himmel emporschleudern. Ich suchte mir einen Weg über das Deck, dorthin, wo der Schiffsführer stand.

»Bist du wohlauf, Erhabene Herrin?«, fragte er.

Ich kletterte die vier Stufen der Strickleiter zum Achterdeck hinauf. Das Dahineilen des Schiffes war wunderbar, schneller als ein Streitwagen. »Es geht mir gut«, versicherte ich ihm. »Und du brauchst mich nicht immer mit

Erhabene Herrin anzusprechen. Ich bin Pythia. Wenn ich nur ich bin.«

Er nickte, sagte jedoch nichts, während er eine winzige Kursänderung vornahm, das Ruder um eine Kleinigkeit herumzog, als der Wind ein wenig drehte.

Ich blickte aufs Meer hinaus. Acht andere Schiffe tanzten mit uns dahin, Gischt schäumte in der hereinbrechenden Nacht. Schon war Pylos hinter uns nur noch schwer auszumachen. Am dichtesten neben uns sprang die *Jäger* über die Wogen, kaum eine Taulänge entfernt. Der Bogenschütze zierte ihr weißes Segel, den Bogen gespannt und den Pfeil schussbereit, so wie er auch am Firmament jagt. Hinter ihr konnte ich die *Schwalbe* erkennen, auf deren Segel der Vogel mit den messerscharfen Schwingen gemalt war, dessen Namen sie trug. Achteraus, von der Küste aus gesehen als Letzte, kam die *Sieben Schwestern*, das strahlende Siebengestirn im Segel. Aus dieser Entfernung konnte ich die Menschen auf ihrem Deck nicht erkennen.

»Wohin fahren wir?«, erkundigte ich mich.

Er nahm eine Hand vom Steuerruder und zeigte nach vorn. »Dorthin«, antwortete er. »Der Streifen dort am Horizont ist eine kleine Insel.«

»Ich dachte, auf den Inseln vor der Küste gibt es kein Wasser«, sagte ich. »Deshalb legen die Männer aus Pylos dort nicht an.«

»Es gibt auch keins«, erwiderte er. »Aber dort haben wir den Rest unseres Volkes zurückgelassen.«

»Die Fischerboote«, sagte ich. »Ihr habt die Fischerboote nicht nach Pylos mitgenommen.«

»Nein. Und auch die Frauen und Kinder nicht, die wir

bei uns hatten. Wir ziehen die Schiffe dort über Nacht auf den Strand und fahren morgen weiter. Außerdem haben die *Delphin,* die *Perle* und die *Jäger* Proviant aus Pylos geladen, der unter den Schiffen aufgeteilt werden muss.«

Ich nickte und fragte mich, wie viel sie wohl an Bord genommen hatten. In Pylos war ich mit anderen Dingen beschäftigt gewesen.

Ich sah zu ihm auf. Er war nicht groß, sondern genau wie ich klein und dunkel, von leichtem, jedoch muskulösem Wuchs. »Wie heißt du?«, fragte ich.

»Weißt du das nicht?«, fragte er mit einem schiefen Lächeln zurück.

»Der Tod kennt jedermanns Namen. Aber ich bin jetzt nicht der Tod, ich bin Pythia.«

»Xandros«, sagte er. »Xandros, Sohn des Markai.«

Den Namen seines Vaters kannte ich nicht. »Bist du ein Prinz von Wilusa?«

Er lachte und richtete abermals das Steuerruder neu aus. »Nein, Herrin. Ich bin ein Fischer. Neas ist ein Prinz.«

»Neas?«

»Prinz Äneas. Der Führer der *Sieben Schwestern.* Er ist jetzt unser Anführer. Der Einzige aus dem Königshaus, der noch übrig ist. Nun ja, er und sein Sohn, aber der Knabe ist erst vier.«

»Wie habt ihr überlebt?«, wollte ich wissen.

Seine Augen verdüsterten sich. »Wir waren nicht da, als die Achaier kamen, wir sind die Küste hinaufgefahren. Wir sind zurückgekommen, als die Stadt in Flammen stand.«

Xandros blickte aufs Meer hinaus, dorthin, wo die vordersten Schiffe wendeten und die Segel einholten, als sie die Spitze der Insel umrundeten. »Wir sind an Land gegangen und haben getan, was wir konnten. In der Unteren Stadt lagen ein paar Fischerboote, die nicht verbrannt waren, also haben wir alle, die wir finden konnten, darauf geschafft und sind ausgelaufen, gerade als Neoptolemos von seiner Jagd auf ein paar tyrianische Handelsschiffe zurückgekommen ist, die entkommen waren. Fünf Boote haben wir auf See hinausbekommen, aber eines ist in der nächsten Nacht gesunken, und eines war so schwer beschädigt, dass wir es auf einer der Inseln zurücklassen mussten. Wir haben die Kriegsschiffe zu schwer beladen, aber sie sind seetauglich.«

Er schaute nach vorn. Noch war die Insel nicht längsseits, doch er sah irgendetwas, das mir entging. »Ruder bereithalten!«, brüllte er. »Segel klar zum Einholen!«

Männer sprangen hastig von ihren Plätzen auf, wo sie sich miteinander unterhalten oder ausgeruht hatten. Zwei traten je auf eine Seite des Mastes, an den unteren Rand des Segels. Die anderen gingen zu den Ruderbänken, zogen die Holzblöcke aus den Ruderpforten und schoben die Ruder hindurch.

Jetzt waren wir beinahe genau neben der Insel. Vor uns hatten fünf Schiffe gewendet. Zu unserer Rechten verriet reges Treiben an Deck der *Jäger,* dass sie im Begriff war, es ihnen gleichzutun. Die Ruder kamen aus den Pforten und wurden parallel zur Wasseroberfläche gehalten, die Schmalseite des Ruderblatts dem Wind zugekehrt.

»Um Vergebung, Herrin«, sagte Xandros und bedeutete mir mit einem Wink, aus dem Weg zu gehen. Ich trat zurück, an die Reling auf der rechten Seite. Inzwischen war es fast völlig dunkel geworden.

»Segel einholen!«, schrie er. Das große weiße Segel sackte nach unten, und die Männer zwängten es mühsam in haltende Seile. Jäh verloren wir an Fahrt.

»Linke Seite auf drei!«

Unten im Mittelschiff stimmte eine andere Männerstimme den rhythmischen Gesang der Ruderer an.

Sämtliche Ruder auf der linken Seite griffen nach vorn aus und tauchten wie eines ein, die Ruderblätter blitzten auf, als sie sich in der Luft drehten.

»Wenden!«, brüllte Xandros und legte das Steuerruder so weit um, wie er es vermochte; die Muskeln seiner Arme stemmten sich gegen das Wasser.

Die *Delphin* wendete sauber nach rechts, wurde langsamer und schaukelte ein wenig, als sie das Kielwasser kreuzte, das die *Schwalbe* zurückgelassen hatte.

»Rechte Seite im Gleichschlag«, rief er abermals.

Als die Ruder der linken Seite aus dem Wasser kamen und wieder eintauchten, griffen die der rechten Seite aus und schlossen sich ihnen im vollendeten Gleichtakt an. Wir fuhren weiter und waren genau eine Vierteldrehung von unserem vorherigen Kurs abgebogen. Hinter uns hörte ich, wie die Ruderer auf der *Sieben Schwestern* ihren Gesang anstimmten, und wusste, dass sie unserem Beispiel gleich folgen würden.

Xandros grinste mich an. »Du bist doch nicht etwa seekrank, oder?«

»Nein«, erwiderte ich. »Sollte ich seekrank sein?«

»Schon mal auf einem Schiff gewesen?«

»Nein«, sagte ich.

Jetzt glitten wir auf die Insel zu. Sie war niedrig, nichts als eine Sandbank über dem Meeresspiegel, auf der sich ein paar struppige Bäume ans Leben klammerten und ein wenig Schatten boten. Auf dem weißen Ufer waren drei alte Fischerboote an Land gezogen und ihre Netze zum Trocknen ausgebreitet worden. Darüber, am Rand der Baumgruppe, waren Menschen und Unterkünfte zu sehen, Baldachine waren ausgespannt, um den Tau aufzufangen und der Mittagssonne zu wehren. Ein Feuer tanzte, und Schatten bewegten sich darum herum.

»Auf mein Zeichen!«, brüllte Xandros.

Wir glitten auf das Ufer zu.

»Auf drei, einholen!« Augenblicklich hoben die Ruder sich tropfend aus dem Wasser und drehten sich in der Luft, die Schmalseite nach vorn.

»An deiner Stelle würde ich mich festhalten, Herrin«, bemerkte er.

Ich packte die Reling hinter mir, als der Bug der *Delphin* mit einem heftigen Stoß auf den Strand rutschte, und blieb auf den Beinen. Die Ruder wurden eingezogen, während die Männer, die das Segel eingeholt hatten, über die Reling sprangen und das Schiff noch ein wenig höher auf den Strand lenkten. Einen Steinwurf entfernt glitt die *Sieben Schwestern* an ihren Platz.

Jetzt sprangen auch die Ruderer vom Schiff und schoben es mit jeder anrollenden Welle weiter auf den Strand hinauf. Xandros folgte ihnen und ging um den Bug und ums Heck herum, um sich zu vergewissern, dass die *Delphin* nicht davontreiben würde. Ich trat an die Reling und blickte hinab. Es ging fast so tief hinunter, wie ich groß war. Xandros stand unten. »Du wirst springen müssen, Herrin.« Er stand bis an die Oberschenkel im Wasser.

Ich schwang die Beine über die Reling. Mir war gar nicht aufgefallen, dass meine Füße völlig blutverkrustet waren.

»Spring«, forderte Xandros mich auf. Er hob die Arme. »Ich fange dich auf.«

Ich sprang. Die kalte See traf mich wie ein Schlag; fast schlug sie über meinem Kopf zusammen. Es fühlte sich wunderbar an. Xandros packte mich um die Taille. »Vorsicht!«, mahnte er. »Kannst du schwimmen?«

»Ich bin im Fluss geschwommen, als ich klein war«, antwortete ich. »Aber nie im Meer.«

Eine Woge rollte heran und schwappte mir bis ans Kinn. Ich rieb meine schmutzigen Füße in dem reinen weißen Sand. Dann folgte ich Xandros den Strand hinauf. Schon eilten Scharen von Männern auf die *Delphin* und reichten Töpfe und Krüge aus Pylos herab, der Proviant, den es zu verteilen galt.

Ein Knabe von etwa neun Jahren kam den Strand heruntergerannt und schlang die Arme um eine der Frauen, die in Pylos gefangen gehalten worden war. Die Frau fiel im Sand auf die Knie und drückte ihn unter unverständlichem Gestammel an sich.

»Er war eins von den Kindern auf den Fischerbooten«, sagte Xandros, und seine Stimme zitterte ein wenig. »Ein paar von ihnen sind ertrunken, als das Boot beim Auslaufen aus dem Hafen gekentert ist. Der da konnte gut genug schwimmen. Er hat es bis zur *Delphin* geschafft. Aber er hatte keine Familie.«

»Hast du eine Familie?«, fragte ich ihn.

In dem Dämmerlicht konnte ich sein Gesicht nicht sehen. »Sie sind tot«, antwortete er. »Getötet um des Vergnügens willen, sie sterben zu sehen.« Xandros drehte sich um und ging zum Schiff zurück, um beim Entladen zu helfen.

Ich schritt den Strand hinauf. Es kam mir seltsam vor, so viele Stimmen die Sprache Wilusas sprechen zu hören. Dann begriff ich, was so sonderbar war. Bis heute hatte ich sie noch nie aus dem Mund eines Mannes vernommen.

Der Anführer sah mich und kam zu mir herüber. »Pythia, ich muss mit dir reden.«

»Ich bin hier«, antwortete ich.

Er zog mich ein wenig von den anderen fort. »Wir müssen einen Scheiterhaufen für die beiden Männer entzünden, die heute in Pylos umgekommen sind. Wir haben ihre Leichen mitgenommen, aber wir müssen ihnen noch heute Nacht die Ehre erweisen, denn morgen müssen wir in See stechen. Wir sind zu nahe an Pylos, um hierzubleiben, wenn Idenes' Flotte zurückkehrt. Du wirst tun müssen, was sich ziemt.« Er hielt kurz inne. »Der heutige Tag hat uns Hoffnung gegeben, dass einige von uns an diesem Ufer des Flusses wieder vereint sein werden, und es wird helfen, wenn du die Bestattung abhalten kannst. Es wird den Menschen guttun, zu sehen, dass die Riten so durchgeführt werden, wie es sein soll, nicht so aufs Geratewohl, wie wir es seit unserem Aufbruch getan haben.«

Ich nickte. »Natürlich kann das geschehen. Ich brauche Hilfe dabei, den Scheiterhaufen zu errichten, und es wird schwer werden, auf dieser Insel genug Holz aufzutreiben.

Aber es ist möglich. Und ich werde die Worte sprechen, die recht und schicklich sind. Du wirst die deinen an ihre Schatten richten, Prinz Äneas?«

Er nickte. »Ja. Das habe ich schon öfter getan.«

Die Männer sammelten Holz, und wir häuften es auf, zuerst in eine Richtung und dann über Kreuz in die andere, damit es eine brauchbare Bahre bildete. Die beiden Toten würden nebeneinanderliegen wie Brüder. Ich legte ihre Glieder zurecht, so gut ich es vermochte, denn die Totenstarre setzte allmählich ein. In Anbetracht der Tageshitze war es gut, dies jetzt zu tun. Wein war vorhanden, um ein Trankopfer auszugießen, das Beste, was Pylos' Reben zu bieten hatten, doch ich hatte keine Kräuter oder Harze außer jenen für das Kohlebecken, die Visionen heraufbeschwören. Wir würden ohne dergleichen auskommen müssen. Rasch ging ich ein wenig von den anderen fort, zog mein Gewand zurecht und bemalte mein Gesicht. Ich hatte noch genug Farbe für einige Zeit, doch irgendwann würde ich neue mischen müssen. Holzkohle ist leicht zu finden, die Kreide jedoch muss behutsam mit ausgelassenem Fett vermengt werden. Sie zu ersetzen würde nicht einfach sein.

Während ich mich abseits hielt, hatten die anderen sich um die Totenbahre versammelt, zum größten Teil schweigend und voller Achtung. Insgesamt waren es etwa vierhundert, alle Menschen Wilusas, die noch übrig waren. Als ich neben dem Scheiterhaufen erschien, traten ein paar der Männer zurück. Sie hatten mich zwar in Pylos gesehen, jedoch nicht gewusst, dass ich mitgekommen war.

Ich sprach die rechten Worte, das Heraufbeschwören

des Abstiegs und den Gruß der Herrin. Sothis stieg hell und klar aus dem Meer empor.

Prinz Äneas räusperte sich und beugte sich vor. Er hielt die Fackel an das Holz. Es dauerte eine Weile, bis es Feuer fing. Dann sprach er zu ihren Schatten, ließ sie wissen, dass sie ihre Eide im Leben erfüllt hatten, dass sie von ihrem Volke geehrt und gepriesen wurden.

Er blickte auf die Menge, diesen zerlumpten Piratenhaufen, und ich sah, was er sah. »Meine Freunde, euer Opfer hat uns zwei Dutzend von unserem Blute zurückgebracht, es hat unsere Familien neu vereint, hat diese Frauen wieder in liebende Arme geführt, diesen Kindern ihre Mütter wiedergegeben. Wenn ihr am Flusse ausharrt, möge der Fährmann sich eilen in dem Wissen, dass er Helden übersetzt, die ihr Blut für das Blut ihres Volkes gegeben haben.«

Im Licht des Feuers sah ich ihre Gesichter. So viele Junge und so wenige Alte, so viele Männer und so wenige Frauen. Kleider, die in Fetzen hingen und ohne Webstuhl nicht ersetzt werden konnten. Und wie kann man auf einem Schiff weben? Wo sollten der Flachs und die Wolle herkommen? Wie lange konnten wir von gestohlenen Nahrungsmitteln leben, ohne Felder, die wir bestellen konnten? Wir konnten uns doch nicht nur von Fischen ernähren.

Das Feuer tanzte. Ich hob die Hände, eine Geste des Lobpreisens und des Abschieds. Zwei der Ruderer begannen ihre Trommeln zu schlagen, einen stetigen Rhythmus, der immer schneller wurde. Dann gesellten sich zwei Flöten dazu, und die anderen Trommler setzten ein. Ich stand still, während die Menge einen langen, bedächtigen Tanz um das Feuer begann, und der beißende Rauch rollte über uns hinweg und trug den Geruch brennenden Fleisches mit sich. Diesen Tanz hatte ich noch nie gesehen, majestätisch und langsam und doch wild wie der Sturm. Schneller und schneller wirbelten sie ihren Schmerz und ihre Gefühle unter den kreisenden Sternen fort. Funken flogen und verschwanden in der Luft. Wieder wurde mir schwindelig, und ich setzte mich am Rand der Baumgruppe in den Sand. Schneller und schneller. Funken wirbelten in die Luft empor.

»Was siehst du?«, fragte Äneas sanft. Er hatte sich neben mir niedergelassen.

»Funken«, sagte ich. »Funken, die von einem Altar aufstieben. Du wirst einen Altar errichten, am anderen Ende der Welt, am Ende der Reise, jenseits des Meeres. Zwischen hier und dort liegen viele Straßen, und nicht alle von ihnen sind dir freundlich gesonnen. Aber einige von ihnen führen zu jener Stadt, die du erbauen musst.«

»Eine neue Stadt?«, wiederholte er.

»Du hast es doch selbst gesagt«, entgegnete ich. »Wilusa ist verloren. Wir können nicht auf dem Meer leben. Also müssen wir eine neue Stadt bauen, fern von unseren Feinden.«

Ich erschauerte. Ihre Hand auf mir war zu viel. Seit gestern Abend hatte ich nichts mehr gegessen, und Sie hatte mich getragen wie einen Umhang.

Äneas legte seinen eigenen Umhang um mich. »Du solltest dich ausruhen«, meinte er. »Ich weiß nicht, was für Schlachten du heute geschlagen hast.«

»Mir fehlt nichts«, beteuerte ich. »Obgleich du vielleicht recht hast und ich auch etwas essen sollte, Prinz Äneas.«

»Komm zu dem Feuer, wo sie kochen«, forderte er mich auf und zog mich mit beiden Händen auf die Beine. »Es gibt frisches Brot aus Pylos und einen Linseneintopf mit grünem Gemüse. Und frischen Fisch, den sie auf den Kohlen gebraten haben.«

Bei diesen Worten lief mir das Wasser im Munde zusammen. Hinter mir klagten ein paar der Tänzer; ihre Schreie mischten sich mit den Trommelklängen, riefen den Männern, die den Fluss finden mussten, ermunternde Worte zu.

»Ich sollte bleiben, solange das Feuer herunterbrennt«, sagte ich.

»Du kannst ja zurückkommen«, erwiderte er.

Ich war ein wenig unsicher auf den Beinen. »Wie du befiehlst, Prinz Äneas.«

»Nenn mich Neas, wie meine Männer«, sagte er. »Und gib mir deine Hand. Wie würde das denn aussehen, wenn die Verkörperung des Todes flach auf den Bauch fällt?«

Ich unterdrückte ein Auflachen. »Fürwahr, nicht besonders gut.« Dann nahm ich seine Hand und ließ mich von ihm zum Feuer führen.

6

Auf den Wogen

In jener Nacht schliefen wir am Strand. Durchgefroren und verkrampft erwachte ich und ging zu der Schar der Frauen hinüber, die das Feuer schürten. Sie wichen vor mir zurück und blieben stumm, und ich wusste nicht, was ich sagen sollte. Ich hatte niemals viel mit anderen Frauen zu schaffen gehabt, außer mit denen aus dem Tempel, und seit dem Unglück, bei dem ich mir das Bein gebrochen hatte, hatte ich eigentlich keine Freundinnen mehr gehabt, Mädchen in meinem Alter. Vielleicht lag das daran, dass meine Bestimmung mich von anderen trennte. Vielleicht auch daran, dass ich niemals Gattin oder Mutter einer Familie sein würde, und da diese Dinge das Leben einer Frau bestimmten, hatten wir wenig, worüber wir reden konnten. Daher wusste ich nicht, was ich sagen sollte, und saß still und stumm da.

Endlich streckte eine von ihnen, die mich als Kind gekannt hatte, die Hand aus und reichte mir etwas von dem Brot von gestern, das sie gerade aßen. »Früher war sie Möwe«, sagte sie. »Ihre Mutter war die Tochter eines

Bootsbauers in der Unteren Stadt. Ich erinnere mich gut an sie. Sie ist vor ein paar Jahren an einem Schlangenbiss gestorben. Ihre Mutter hat sie als Kind dem Schrein übergeben.«

Etliche der Frauen traten daraufhin von einem Fuß auf den anderen und betrachteten mich weniger misstrauisch. Ich nahm das Brot. »Danke«, sagte ich. »Ich erinnere mich an dich, von damals, als ich als Kind im Flachs gearbeitet habe. Dein Name ist Lide. Du hattest einen kleinen Jungen.«

»Er ist hier«, sagte sie. »Er ist jetzt neun Jahre alt. Und ich habe auch noch einen jüngeren Sohn. Ich hätte niemals gedacht, dass unsere Leute kommen würden.«

»Für meine Mutter sind sie zu spät gekommen«, sagte ich. »Und für so viele. Achtzehn Jahre sind eine lange Zeit.«

»Bist du denn so jung?«, wollte eine der Frauen wissen, ein hellhaariges Mädchen, jünger als ich. »Ich dachte, du bist sehr alt.«

»Sie ist sehr alt«, erwiderte ich. »Ich nicht. Mein Name war Möwe, aber jetzt heiße ich Pythia.«

»Ist es wahr, dass du die Winde vom Himmel herabgerufen und die Achaier mit Stumpfsinn geschlagen hast? So dass sie sich überhaupt nicht gegen unsere Männer zur Wehr setzen konnten?«, fragte sie.

»Nicht ganz«, antwortete ich. »Es gab einen Waffenstillstand.«

Lide nickte. »Das war wohlgetan. Sonst wären noch viele Männer gefallen, bevor es vorbei gewesen wäre, und wir im Flachs am Fluss wären vielleicht nicht gerettet worden, denn wer hätte gewusst, wo wir sind oder wie man nach uns schicken soll?«

»Sind alle mitgekommen?«, erkundigte ich mich.

Sie schüttelte den Kopf. »Vier wollten bei den Männern ausharren, die sie hier haben. Sie sind geblieben und ihre Kinder auch. Aber alle Frauen, die in diesem Sommer im Krieg erbeutet wurden, sind mitgekommen.«

Das überraschte mich nicht.

Am Vormittag stachen wir in See und ließen die Asche des Scheiterhaufens am Strand zurück. Während wir uns reisefertig machten, kam Äneas zu mir. »Wenn es dir nichts ausmacht, Pythia, dann wäre es mir sehr recht, wenn du auf der *Delphin* bleibst. Auf den Schiffen ist wenig Platz, und Xandros hat als Einziger eine eigene Kabine für dich. Er hat dir die Kabine im Bug gegeben und wird bei den anderen Seeleuten schlafen. Eigentlich sollte ich dir die meine auf der *Sieben Schwestern* anbieten, aber …«

»Ich weiß«, sagte ich. »Du hast deinen Sohn an Bord, und du brauchst einen Platz für ihn.«

Er nickte. »Bist du also einverstanden?«

Ich stimmte zu, da ich es für einfacher hielt, auf der *Delphin* weiterzufahren, als auf einem anderen Schiff ganz neu anzufangen.

Den ganzen Tag fuhren wir die Küste entlang nach Süden und kamen an Dörfern vorbei, deren Namen ich kannte, Dörfer, die Pylos Waffen und Kriegsdienste schuldeten. Vor der Dunkelheit überquerten wir den Meerbusen, und die Küsten auf der anderen Seite waren Länder, die mir unbekannt waren.

So wenig es ihm auch behagte, ließ Äneas uns doch beidrehen, um auf dem Festland an Land zu gehen. Es gab keine geeigneten Inseln, also mussten wir uns mit einem Stück Sandstrand zufriedengeben, das nicht direkt neben einer Stadt lag.

Diese Nacht war ganz anders. Die Feuer wurden klein gehalten, und die Männer wechselten sich bei bewaffneten Runden um das Lager ab und hielten die ganze Nacht Wache. Die Seeleute der *Jäger* waren zuerst an der Reihe und ließen sich nicht zum Essen nieder. Nachdem der Mond aufgegangen war und alle sich zum Schlafen im Sand ausgestreckt hatten, übernahmen die Männer von der *Maidenauge* die Wache. Die Mannschaft der *Perle* würde sie vor dem Morgengrauen ablösen.

Ich war mir nicht sicher, wo ich hingehörte, also breitete ich meinen Umhang nahe bei den anderen von der *Delphin* auf dem Sand aus. Ich lag auf dem Rücken und sah zum Mond hinauf, der noch immer zunahm und heller als in den Nächten zuvor erstrahlte. Es war sonderbar, so zu schlafen, auf Sand, unter freiem Himmel. Das Meer toste, und überall um mich herum erklangen die Geräusche von Menschen im Schlaf: Schnarchen, das gelegentliche Weinen eines Kindes, Wispern, Rascheln.

Xandros lag ein paar Fuß weit entfernt. Auch er schlief nicht. Ich konnte das helle Glänzen seiner offenen Augen sehen. »Du bist nicht müde?«, flüsterte ich.

»Es ist schwer«, antwortete er, »an einem fremden Gestade zu schlafen, wenn die Männer dieses Ortes jeden Augenblick über einen herfallen könnten.«

»Warum übernachten wir dann nicht auf See?«, wollte ich wissen.

»Das ist gefährlich«, erklärte er. »Wir können nicht ankern, außer in flachem Wasser, und wenn wir es nicht tun, könnten wir während der Nacht voneinander forttreiben. Wir können kein Feuer entzünden außer in den Kohlebecken auf den Kriegsschiffen. Es gibt kein Wasser zum Waschen. Und die Leute müssen sich bewegen, sich erleichtern. Aber an Land sind wir verwundbar.«

Ich hörte das leise Schlurfen der Männer von der *Maidenauge*, die langsam das Lager umkreisten. »Wäre es denn nicht schwer, ein Lager wie dieses zu überfallen, wenn der Mond so hell scheint? Die Wachposten würden einen doch sehen. Wäre so etwas in einer mondlosen Nacht nicht sinnvoller?«

»Gewiss«, sagte er. »Aber die Menschen handeln nicht immer sinnvoll.« Etwas in seiner Stimme klang belustigt. »Hat man dich im Schrein in der Kriegskunst unterwiesen?«

»Nein«, erwiderte ich. »Sie haben mich gelehrt, das zu betrachten, was offen vor mir liegt.«

»Ich wollte dich nicht kränken, Herrin.«

»Bist du denn im Kriegführen unterwiesen worden?«

Xandros zuckte die Achseln, soweit dies einem Mann im Liegen eben möglich ist. »Ich war Fischer, und ich bin mit meinem Vater zur See gefahren, seit ich alt genug war, ihm zu helfen. Als ich vom Knaben zum jungen Mann herangewachsen war, hat mein Vater mit seinen Freunden und Verwandten gesprochen, und sie haben auf einem der Kriegsschiffe einen Platz für mich gefunden, eine Ruderbank auf der *Maidenauge.* Nach ein paar Jahren bin ich dann auf die *Delphin* gekommen und wurde der Rudersänger.«

»Der Rudersänger?«

»Der Ruderer, der mit seinem Lied die Geschwindigkeit vorgibt. Das muss im Einklang mit den Bewegungen des Schiffes passieren, wenn es manövriert. Ansonsten reicht die Trommel aus, wenn es einfach nur geradeaus vorwärts geht.«

Die unterschiedlichen Gesänge fielen mir wieder ein, die Art und Weise, wie sie sich mit den Wendebefehlen verwoben. »Ich verstehe«, sagte ich. »Und wie bist du zum Schiffsführer geworden?«

Xandros drehte sich ein wenig. »Es kann nicht den ganzen Tag lang derselbe Mann am Steuer stehen. Das ist zu anstrengend. Ich habe die Befehle für die einzelnen Manöver gelernt und wann man sie gibt, also habe ich eine Weile das Steuerruder übernommen, damit der Schiffsführer sich ausruhen konnte. Er wurde getötet.«

»Als ihr aus dem Hafen ausgebrochen seid.« Mein Traum kam mir wieder in den Sinn. »Er wurde von einem Brandpfeil getroffen.«

»Ja, ich habe das Steuer übernommen, und später hat Neas mich zum Schiffsführer ernannt.« Seine Stimme wurde ein wenig leiser. »Ich habe keine Ahnung, was mein Vater sagen würde, wenn er erführe, dass ich ein Kriegsschiff steuere. Natürlich ist das das letzte Aufgebot, wenn Fischersöhne Kriegsschiffe führen.«

»Es ist ein wunderschönes Schiff«, bemerkte ich.

»Das schönste Schiff der ganzen Flotte«, sagte er. »Eines der neuesten. Es ist lebendig.«

»Ja«, pflichtete ich ihm bei. Jeder weiß, dass Schiffe von Lebensgeistern beseelt sind. »Erzähl mir von deinem Schiff«, bat ich. Und er tat es, bis wir beide einschliefen.

Der nächste Tag war heiß. Wir fuhren weiter in südöstlicher Richtung die Küste entlang, ein wenig weiter draußen, da das Ufer felsig war. Gegen Mittag brannte die Sonne so gleißend auf das Wasser herab, dass mir davon die Augen schmerzten. Kein Windhauch regte sich. Die Seeleute spannten das Segel flach über das Deck, damit es den Ruderern ein wenig Schatten spendete, und die Kinder spielten träge darunter. Xandros ließ die Männer nur jede zweite Bank besetzen, so dass immer nur die Hälfte der Ruder auf jeder Seite gleichzeitig im Wasser waren. Dadurch halbierte sich unsere Geschwindigkeit, doch jeweils die Hälfte der Ruderbesatzung konnte sich ausruhen. Bei dieser Hitze konnten sich die Männer nicht Stunde um Stunde weitermühen.

Mein schwarzes Gewand schien die Wärme einzufangen und festzuhalten. Ich zog es nach oben über den Gürtel, so dass meine Beine zur Hälfte unbedeckt waren, und steckte mir das Haar aus dem Nacken hoch, trotzdem kroch mir der Schweiß über den Körper.

Xandros wechselte sich am Steuerruder mit einem anderen Mann ab, dem Stämmigen mit dem allmählich verheilenden Schnitt auf der Wange. Sein Name war Kos. Als Kos das Ruder übernahm, kam Xandros zu uns auf das Mitteldeck herunter und setzte sich einen Moment lang in den Schatten. Seine Schultern waren braun von der Sonne, und genau wie alle anderen stank er. Ich reichte ihm die Schöpfkelle eines der an der Innenseite der Reling vertäuten Wasserfässer, und er trank durstig.

»Es ist heiß«, bemerkte ich. Das war mehr als offensichtlich.

Er nickte knapp; Wasser tropfte ihm vom Kinn. »Und wir müssen uns nahe am Land halten, damit wir anlegen können, wenn es nötig sein sollte. Neas gefällt das auch nicht.«

»Was gefällt ihm nicht?«, fragte ich. Ich hatte den gebrüllten Wortwechsel vor einer Weile gehört, doch zwischen den Schiffen wurde ständig hin und her gerufen, wenn wir so dicht nebeneinander herfuhren wie jetzt.

»Das Meer«, antwortete er. »Schau doch.«

Ich sah nichts und sagte das auch.

»Es weht kein Wind«, erklärte er, »und doch ist die See aufgewühlt, und die Wellen reichen bis auf eine Handspanne an die Ruderpforten heran. Und dort hängt ein Dunst am Horizont. Da braut sich ein Sturm zusammen, irgendwo, wo wir es nicht sehen können, und wir müssen einen guten Landeplatz ansteuern können, ehe er losbricht. Siehst du, dort ist die *Sieben Schwestern*, vor uns und am dichtesten an der Küste. Neas hält Ausschau nach einer geeigneten Stelle. Aber diese Strände sind zu felsig. Wenn wir die anlaufen, reißen wir uns den Rumpf auf.«

Er hatte recht. Ungefähr eine Stunde später, noch bevor die Sonne sich zu neigen begonnen hatte, erblickten wir die Wolken, die sich am Horizont auftürmten, weiß und wallend und täuschend weit entfernt. Zum Ufer hin markierten Klippen den Rand des Landes.

Die *Delphin* nahm eine Woge nach der anderen, doch die Gischt flog empor und benetzte meine Füße, eine volle Mannslänge über der Wasseroberfläche. Die Luft fühlte sich dick an.

Vor uns auf der *Jäger* war ein Ruf zu hören; sie war uns ebenso weit voraus wie die *Sieben Schwestern*, befand sich jedoch seewärts von ihr. Ich kniff die Augen zusammen und hob die Hand, um zu erkennen, was sie gesehen hatten. Weiß auf dem Meer. Wie die Schwingen einer Möwe.

Schiffe. Mehrere, und einige davon waren mir bekannt. Ich hatte sie oft während der Segnung in Pylos gesehen. Und eines war allen anderen voraus, mit gesetztem Segel, das vor einem Wind auf uns zuhielt, der uns noch nicht erreicht hatte, die *Sonnenwagen.* »Neoptolemos«, stieß ich hervor.

Ich fuhr herum und schrie dabei: »Xandros!«

Als ich das Heck erreichte, hatte auch die *Sieben Schwestern* sie bemerkt und steuerte von der Küste fort, reihte sich neben der *Jäger* ein. Xandros hatte das Steuer wieder übernommen, und Kos stand vorn im Bug.

Das Segel wurde aus seiner Verspannung gelöst, und zwei Mann befestigten es eilig wieder am Mast.

»Alle Ruder ins Wasser!«, brüllte Xandros.

Die zweiten Ruderpaare tauchten ein, und die *Delphin* rauschte voran.

»Mehr Fahrt!«, schrie Xandros. »Wir müssen zur *Sieben Schwestern* aufschließen!«

Der Trommelschlag wurde schneller, es klang wie ein jagendes Herz.

Eine der Frauen erstickte das Kochfeuer in dem Kohlebecken mittschiffs. Die Kinder sprangen umher wie verschreckte Vögel. Die *Delphin* näherte sich der *Sieben Schwestern* und der *Jäger.* Kos brüllte zu ihnen hinüber. Ich konnte nicht verstehen, was Neas antwortete, Kos dagegen schon.

»Er sagt, wir sollen nach hinten durchgeben, dass die Fischerboote alle Segel setzen und vor dem Wind fliehen sollen; sie müssen so viel Abstand wie möglich zwischen sich und die Achaier bringen. Die *Schwalbe* soll ihnen Geleitschutz geben, weil sie das kleinste der Kriegsschiffe ist und am weitesten hinten liegt. Wir sollen zwischen die *Sieben Schwestern* und die *Jäger* vorstoßen, die *Perle,* die *Drohung* und die *Wolke* sollen sich hinter uns halten, und die *Geflügelte Nacht* und die *Maidenauge* sollen seewärts abschwenken, um sie von dort aus zu rammen.«

Xandros schrie die Befehle zur *Perle* hinüber, die drei Schiffslängen hinter uns lag, ein zerbrechliches Glied einer Kette, die über das Meer zog.

Dann sah er mich an. »Schaff die Frauen und Kinder im Bug oder im Heck in Deckung, ehe wir in Bogenschussweite kommen.«

Ich ging nach vorn und tat wie mir geheißen; die meisten schickte ich in die größere Kabine am Heck. Kos' Schwester – die dünne Küchenmagd aus Pylos –, der Knabe aus dem Fischerboot und seine Mutter zwängten sich in meine Kammer. Wir passten gerade eben hinein. Es war erstickend heiß.

Das Geräusch der Ruder, das Knarren des Schiffes, die Trommel und die Stimmen über uns setzten mir zu.

Vor zwei Tagen hatte ich keinerlei Furcht verspürt. Jetzt schon. Ich zweifelte nicht daran, dass die Männer von Pylos gekommen waren, um uns den Raub ihrer Vorräte heimzuzahlen. Neoptolemos brauchte nicht einmal diesen Vorwand.

Das Schiff erbebte. Wir wendeten.

Diese Männer hatten sich den ganzen Tag lang in der heißen Sonne an den Rudern abgemüht. Jetzt mussten sie die Kraft aufbringen, doppelt so schnell zu rudern, mit der Trommel Schritt zu halten. Rasche dumpfe Schläge und ein Schrei. Sie hatten das Vorderdeck mit Pfeilen gespickt. Diese Schläge waren Pfeile, die sich in Bohlen über unseren Köpfen bohrten, der Schrei bedeutete, dass jemand getroffen worden war.

Platschen. Gebrüll.

Kos' Schwester kauerte ganz vorn im Bug, die Hände vor dem Mund, um einen Schrei zu ersticken. Die andere Frau beugte sich über ihren Sohn, als wolle sie die verletzliche Barriere ihres Leibes zwischen ihn und die Pfeile zu unseren Häuptern schieben.

»Kannst du hören, was sie tun?«, fragte ich.

»Eben haben ich den Schiffsführer gehört«, sagte sie. »Wir sollen dicht zwischen den beiden Schiffen hindurchfahren.«

Wieder Schläge. Eine weitere Pfeilsalve, die ganze Seite des Rumpfes entlang. Die *Delphin* bäumte sich auf. Hatten wir das Kielwasser eines anderen Schiffes gekreuzt? Hier unten war es unmöglich, einen Sinn in der Schlacht zu erkennen.

Ein Aufschrei und ein Wimmern draußen, fast genau vor der Tür. Einer der Ruderer in der ersten Reihe, dachte ich. Heute Vormittag hatte ich diese Männer gesehen, doch ich kannte ihre Namen nicht.

Es war nicht weit von der Kabine zur ersten Reihe, nur etwa eine Mannslänge. Ich könnte ihn binnen eines Augenblicks zu uns hereinziehen und nachsehen, was man tun konnte. Kos' Schwester war dicht neben mir. Ich fing ihren Blick auf. »Wir können ihn hereinholen«, sagte ich.

Du darfst kein Blut vergießen oder dabei zusehen.

Diesmal war es leichter, ungehorsam zu sein.

Ich öffnete die Tür, und wir huschten hinaus.

Es war der erste Mann auf der rechten Seite; ein Pfeil hatte seine Schulter durchbohrt. Er war in den Raum zwischen den Bankreihen gestürzt, sein Ruder hing im Wasser und behinderte bei jedem Schlag das des Mannes dahinter. Sein Gesicht war angespannt und seine Zähne fest zusammengebissen.

Ich packte seinen rechten Arm, den, in dessen Schulter kein Pfeil steckte. »Nimm seine Füße!«, rief ich dem Mädchen zu. Sie tat es.

»Nein«, flüsterte er.

»Sei ruhig«, sagte ich. »Wir schaffen dich nach drinnen, und irgendwann wirst du wieder kämpfen.«

Das Mädchen schleifte ihn über die Bohlen, und ich hob ihn halb an. Das musste ihm schreckliche Schmerzen bereiten, doch es dauerte nur einen Augenblick, ihn in die Kabine zu bringen. Die Mutter des kleinen Jungen blickte auf, und der Kopf des Ruderers landete beinahe in ihrem Schoß.

»Lass mal sehen«, sagte sie, hob seinen Kopf an und drehte seine Schulter, so dass sie sie betrachten konnte.

Ich wandte mich von Neuem zur Tür.

»Wo willst du denn hin?«, fragte das junge Mädchen.

»Das Ruder muss eingezogen werden. Es stört die anderen«, erklärte ich. »Keiner von den Männern hat die Hände dafür frei.«

Draußen duckte ich mich tief in den Schutz der Reling, trotzdem traf mich der Wind mit voller Wucht. Er war heftiger geworden, kalt und regenschwer. Der Sturm hatte uns fast erreicht.

»Linke Seite aussetzen!«, schrie Xandros. Die Männer auf der linken Seite zogen ihre Ruder aus dem Wasser, was eine Linkswendung zur Folge hatte. Er war dort oben am Steuerruder vollkommen ungeschützt, nicht einmal ein Hemd oder einen Lederharnisch, wie Neas ihn trug, war zwischen ihm und den Pfeilen. Hinter die Reling gekauert, sah ich nicht, was er sah, konnte weder die Schlacht noch das Meer sehen.

Er bemerkte mich und nickte leicht. Das Ruder störte den Schlag, und die Wendung nach links ging unbeholfen und behäbig vonstatten, da zwei von zehn Rudern nicht mitzogen. Flink kroch ich übers Deck und legte die Hände um den Griff. Ich hatte keine Ahnung gehabt, dass die Ruder so schwer waren. Beide Hände waren nötig, um es triefend durch die Ruderpforte zu zerren und es dort zu verstauen, wo wohl sein üblicher Platz war.

Wir rammten gegen eine Woge, die über den Bug und die Reling spritzte. Die Wellen wurden allmählich sehr hoch.

Rufe ertönten auf dem Wasser. Die Stimmen kannte ich nicht, aber die Sprache war die Wilusas.

Xandros nickte. »Auf mein Zeichen!«, brüllte er. »Segel klar zum Hissen! Rechte Seite auf drei! Linke Seite einen Schlag überspringen!«

Der Rudersänger stimmte ein anderes Lied an, und die Wolken drehten sich über uns, als wir abermals scharf wendeten; jetzt kam der Wind direkt von hinten, wehte der Länge nach über das Schiff. Es kamen keine Pfeile mehr geflogen. Gewiss waren wir vorübergehend außer Schussweite.

Auf Xandros' Zeichen hin rauschte das Segel am Mast empor.

Das Schiff schnellte vorwärts.

»Schlag beibehalten!«, befahl Xandros. Unter Segel weiterrudern? Das wäre die höchste Geschwindigkeit, zu der wir fähig waren.

Ich drehte mich um und ging wieder in die Kabine.

Die Mutter des Knaben zog gerade den Pfeil heraus, während Kos' Schwester den Arm des Mannes ruhig hielt. Ihr Gesicht war kreideweiß, doch sie gurrte beschwichtigend: »Still, halt still. Nur einen Moment. Halt still.«

Der Pfeil kam in einem Blutschwall heraus. Der Mann stöhnte auf, und sein Kopf fiel zur Seite.

»Ist er tot?«, wollte der kleine Junge mit gedämpfter Stimme wissen.

Ich legte die Hand an den Hals des Ruderers und fühlte den kräftigen Pulsschlag dort. »Nein«, versicherte ich. »Er hat vor Schmerz die Besinnung verloren. Lasst mich die Wunde sehen.«

»Salzwasser«, sagte die Mutter des Knaben. »Salzwasser, um sie zu säubern.«

Das Mädchen ging welches holen.

Ich begutachtete die Wunde und wusch das Blut weg, wo es hervorquoll. Haut und Muskeln waren zerrissen, ganz unten waren etwas Weißes und ein einziger scharfkantiger Knochensplitter zu sehen. Ich zog ihn heraus. »Der Pfeil hat eine Kerbe in sein Schlüsselbein geschlagen«, verkündete ich, »aber ich glaube nicht, dass der Knochen durchgebrochen ist. Er atmet gut, also hat er die Lunge nicht durchbohrt, und dafür saß er auch zu hoch, glaube ich. Wenn wir das Blut stillen können, sollte er eigentlich wieder genesen.«

»Druck«, sagte die Mutter des Jungen. »Ein sauberes Tuch und Druck, bis es aufhört zu bluten.«

Wir wechselten uns dabei ab, das Tuch fest auf die Wunde zu pressen, während das Schiff schlingerte und schwankte. Das Licht hatte nachgelassen. In der Kabine herrschte trübe Dämmerung, zu früh für natürliches Zwielicht. Lärm flutete heran wie ein gewaltiges Brüllen. Es war Regen.

Ich ging zur Tür und spähte hindurch, dann glitt ich hinaus und schloss sie hinter mir.

Der Regen prasselte in dichten Schwaden herab. Das tropfnasse Segel hielt den Wind fest und zerrte an seinen Tauen. Die Ruder waren jetzt alle eingezogen worden, die Trommel war verstummt. Als ich aus dem Schutz des Bugs heraustrat, peitschte der Wind auf mich ein. Zwischen den Ruderern hindurch ging ich zum Heck. Manche der Männer hatten kleinere Verletzungen. Die meisten saßen mit gesenkten Köpfen da, wie Pferde, die ihr Rennen gelaufen und im Angesicht der Ziellinie ihr Herz völlig verausgabt hatten.

Kos und Xandros standen beide am Steuerruder. Ich umklammerte die Strickleiter zum Achterdeck und stieg hinaus, ohne Kos' Hand zu beachten. Die Wellen spritzten eine nach der anderen über den Bug der *Delphin*. Hinten im Ruderdeck schöpften drei Männer mit Eimern das Wasser vom Boden.

Weit draußen, zur Rechten, konnte ich ein anderes Schiff ausmachen. Es war die *Geflügelte Nacht*. Ich konnte die schwarzen Schwingen auf ihrem prallen Segel erkennen.

»Wie geht es Bai?«, schrie Xandros mir zu.

Ich brauchte einen Moment, um zu begreifen, dass Bai der Ruderer sein musste. »Der Pfeil hat ihn in die Schulter getroffen, nicht in die Brust«, berichtete ich. »Ich denke, er wird durchkommen.«

»Gut«, sagte Xandros. Beide Männer waren nötig, um das Steuerruder auf Kurs zu halten.

»Wo sind denn die anderen?«, wollte ich wissen.

»Ich weiß es nicht. Neas sagte, wir sollten mitten durch sie hindurchsegeln, ihren schlimmsten Angriff abwettern und uns dann vor dem Wind davonmachen. Der Sturm ist sehr schnell heraufgezogen. Alles, was du jetzt an Gebeten an die Herrin des Meeres richten kannst, wäre wahrscheinlich angebracht.«

Die Wolken ballten sich dunkel und drohend zusammen. Es war wie ein Omen. Wie der Zorn des Herrn der Stürme.

7

Die Insel der Toten

Der Sturm und die Nacht brachen vereint über uns herein. Bai, der verwundete Ruderer, erwachte benommen vor Schmerzen und übergab sich in meinen Schoß. Auch das Mädchen wurde seekrank, und es dauerte nicht lange, bis die Kabine stank. Ich konnte es ihnen nicht verdenken, dass ihnen übel war. Das Schiff hob und senkte sich so heftig, dass ich mir beim Abtauchen gelegentlich den Kopf anstieß. Es wurde Nacht, und wir kauerten dort im Dunkeln. Wegen des Schaukelns wagten wir es nicht, Licht zu machen, selbst wenn es einem von uns gelungen wäre, bis zum Heck zu gehen und Feuer zu holen. Falls in dem Kohlebecken überhaupt noch ein Funke glomm, was ich nicht wusste.

Irgendwann, nachdem es völlig dunkel geworden war, kamen zwei triefende, zitternde Ruderer herein und gesellten sich zu uns. »Der Schiffsführer hat gesagt, wir sollen uns ein wenig ausruhen, damit wir später wieder frisch sind«, erklärte einer der beiden. »Wie geht es Bai?«

Er schlief, oder vielleicht waren ihm auch wieder die Sinne geschwunden, doch er hatte kein Fieber.

Zu sechst kauerten wir uns in der Kabine zusammen, die sich im hinteren Teil verbreiterte, eine Kammer, nur wenig länger, als ich groß war, und gerade hoch genug, dass ich darin aufrecht sitzen konnte.

Wir schwiegen. Bai schlief mit dem Kopf in meinem Schoß und den Füßen vorn im Bugwinkel. Der kleine Junge ruhte auf dem Schoß seiner Mutter. Wenigstens ihm war nicht übel.

Einer der Ruderer lächelte. »Der hat einen Seemannsmagen. Wenn er so weitermacht, verspricht der Schiffsführer ihm demnächst eine Ruderbank.«

Die Mutter lächelte gequält. Ich konnte ihre Gedanken hören, so deutlich, als hätte sie sie laut ausgesprochen – dass wir wohl ohnehin bald Kinder an die Ruder setzen würden, wenn es so weiterging.

Kos' Schwester zitterte. Sie setzte sich neben mich, und ich hüllte sie in meinen Umhang. »Alles in Ordnung?«, fragte ich leise.

»Mir ist nur kalt«, antwortete sie. Sie schlotterte, doch ihr Körper zuckte vor meinem zurück, als fürchte sie dessen Nähe. Das Mädchen war nur wenig jünger als ich und sehr hübsch. Ich zweifelte nicht daran, dass ihr in Pylos ein warmes Willkommen zuteilgeworden war.

»Wie heißt du?«, fragte ich sie.

»Tia«, antwortete sie. »Die Tochter Iasos, des Bootsbauers. Kos ist mein älterer Bruder.«

Im Finstern schloss ich einen Augenblick lang die Augen.

So ist es immer in Ihren Diensten. Die Dinge vermischen sich miteinander, und manchmal ist ein Muster zu erkennen. Ihre Hand auf meinem Arm, das schwache Wispern in meinem Ohr, von der Zukunft und der Vergangenheit.

Irgendwann im Laufe der Nacht wurde die Rudermannschaft abgelöst. Zwei weitere erschöpfte, nasse Männer kamen herein. Einer von ihnen war Bais Freund und übernahm es, sich um ihn zu kümmern. Bai erwachte und trank ein wenig Wasser. Soweit ich es feststellen konnte, hatte er noch immer kein Fieber, und die Blutung war zu einem Tröpfeln unter dem Verband versiegt, wenn man seinen Arm bewegte.

Die Nacht nahm kein Ende. Ich dachte, ich würde kein Auge zutun, aber ich schlief doch ein, zusammengesunken und an Tia gelehnt.

Ich träumte, dass ich auf einem Hügel stand. Ein brauner Fluss strömte unter mir, junge Olivenbäume schlummerten im Sonnenschein, Weinstöcke zogen sich in ordentlichen Reihen dahin. Ein Mädchen stand neben mir, mit Haar wie Flammen; ihr schwarzes Gewand blähte sich in der Brise. Ihre Haut war hell, doch ihre Augen waren so dunkel wie die Höhlen unter der Erde. Ich erkannte Sie.

»Erhabene Herrin«, sagte ich. »Ich kenne dein Ziel nicht. Und ich habe mit angesehen, wie Blut vergossen wurde, ich habe gegen deine Gesetze verstoßen.«

»Du hast mir gehorcht«, erwiderte Sie. Dann streckte Sie eine weiße Hand aus; die Haut war im Sonnenlicht golden gesprenkelt. »Du hast meinem Streben gedient.«

»Indem ich dich in mir dorthin trage, wo du hinwillst. Aber, Herrin«, stammelte ich verzagt, »diese Bürde ist zu gewaltig. Ich weiß die Dinge nicht, die ich wissen muss. Ich kann dich nicht allein tragen.«

Sie wandte sich zu mir um und lächelte. Lippen, so rot wie Granatäpfel. »Du bist nicht allein.«

Das Schlingern des Schiffes weckte mich. Es schien ein wenig heller zu sein als zuvor.

Behutsam löste ich mich von den anderen, stand auf und schlüpfte leise zur Tür hinaus.

Der Regen fiel in böigen Schauern, und das Segel zerrte am Mast. Der Morgen graute allmählich, und ich konnte kaum eine Schiffslänge weit sehen, genug jedoch, um zu wissen, dass Xandros noch immer am Steuer stand, mit einem Tau festgebunden. Lebendig oder tot, er konnte das Steuerruder nicht verlassen.

Ich erwog gerade, das Deck zu überqueren, doch eine gewaltige Woge ergoss sich über das Schiff und riss mich von den Füßen. Ich fiel unter die Ruderbänke. Salzwasser brandete über mich hinweg. Mühsam erhob ich mich und kroch wieder in die Kabine. Es gab nichts, was ich tun konnte.

Es wurde Mittag, und der Sturm war schlimmer geworden und schleuderte uns umher. Jedes Mal, wenn wir tief in ein Wellental eintauchten, fragte ich mich, ob wir wohl wieder emporsteigen würden. Wasser tropfte durch die Ritzen zwischen den Bohlen über uns, und wir begannen, einiges davon zur Tür hinauszuschöpfen, dorthin, wo die Ruderer mit Eimern am Werk waren, mit Tauen an der Reling festgebunden. Der ganze Proviant war achtern verstaut, mit Ausnahme von ein paar Oliven, doch niemand hatte genug Appetit.

Jemand klopfte laut an die Tür. Es war einer der

Ruderer, der die beiden Männer rief, die sich ausruhten. »Kommt heraus. Wir müssen das Segel einholen. Der Schiffsführer sagt, es ist nutzlos, und bei diesem Wind wird es noch weggerissen.«

»Was heißt das, kein Segel mehr zu haben?«, fragte ich.

Er sah mich an. »Das heißt, wir können nichts anderes tun, als uns dorthin treiben zu lassen, wohin der Sturm uns weht, und zu hoffen, dass er den Bug weiter in die Wellen richten kann.«

Damit waren sie fort.

Ich lehnte mich mit dem Rücken gegen die Tür. Alle meine flehentlichen Bitten an die Herrin der See hatte ich bereits ausgesprochen, genau wie alle anderen. Ich schloss die Augen. *Bitte, Herrin, hab Erbarmen mit meinem Volk,* dachte ich. *Erbarmen.*

Die Nacht holte uns ein. Einer der Ruderer kam mit einem Krug Wein, einem frischen Wasserschlauch und gepökelten Fischen, die man nicht zu kochen brauchte. Tia warf einen einzigen Blick darauf und erbrach sich auf meine Füße. Bai aß sie. Noch immer hatte er kein Fieber bekommen, und ich begann allmählich zu hoffen, dass er sich erholen würde, falls wir nicht alle ertranken.

Irgendwann nach Mitternacht kam es mir so vor, als ließe der Regen nach. Das Schiff schwankte noch immer heftig, doch das Heulen des Windes schien leiser geworden zu sein. Ich kletterte über die anderen hinweg und schaute hinaus.

Es regnete in der Tat nicht mehr so stark. Jetzt klatschten die Tropfen unstet auf das Deck, das eine Handspanne tief unter Wasser stand. Noch immer nahm die *Delphin* jede Woge mit dem Bug voran. Kos stand am Steuer.

Vorsichtig machte ich mich auf den Weg zum Achterdeck. Unten im Ruderdeck reichte mir das Wasser bis über die Knöchel, und das Schiff schlingerte noch immer.

Der Wind erfasste mich heftig, als ich die Strickleiter erreichte. Die Tür zur Heckkabine öffnete sich, und Xandros kam heraus. Er stutzte, als er mich erblickte, und packte meinen Arm, als ein besonders heftiges Schwanken des Schiffes mich aus dem Gleichgewicht brachte.

»Was ist los?«, schrie er gegen den Wind. »Bai?«

Ich schüttelte den Kopf. »Es geht ihm gut«, schrie ich zurück. »Ich wollte nachsehen, was vorgeht. Mir war, als hätte der Regen nachgelassen.«

Xandros stieg die Strickleiter hinauf. »Kos, geh nach unten. Du bist mit Ausruhen an der Reihe.« Er löste den Strick, der Kos ans Steuerruder fesselte.

Mit steifen Bewegungen band Kos ihn fest. Ich kletterte die Leiter hinauf. Der Wind erfasste mich wieder, und ich klammerte mich an die Reling. Zwei Mannslängen unter mir brodelte das Meer, von weißem Schaum bedeckt, und hieb auf das Schiff ein. Direkt voraus konnte ich zwischen den Wolken ein Fleckchen Himmel sehen, das ganz schwache Glimmen von Sternen.

»Dort steuern wir hin«, brüllte Xandros mir zu. »Du solltest wieder hinuntergehen. Sonst wirst du noch über Bord gespült.«

Ich dachte an jenes stinkende, finstere Loch und schüttelte den Kopf. »Ich bleibe eine Weile hier.«

Xandros schüttelte seinerseits den Kopf. »Du weißt es wohl, wenn deine Herrin ruft.«

Ich hielt die Reling fest umklammert. Leichtfertig war ich nicht.

Der Wind fühlte sich gut an. Die Wogen erschienen mir jetzt gleichmäßiger. Wir hoben uns und sanken wieder hinab, schnellten ohne das vorherige Schwanken vorwärts. Xandros bestätigte mich. »Das hier ist mehr eine ganz normale Dünung«, sagte er. »Wir kommen allmählich aus dem Unwetter heraus. Und das Schiff hat keinen wirklichen Schaden genommen, soweit ich sehen kann. Wir haben Glück gehabt, mehr als Glück. Wir waren in Ihrer Hand.«

Wir fuhren nach Osten. Der Himmel vor uns erhellte sich. »Wo sind wohl die anderen?«, rief ich.

Wieder schüttelte Xandros den Kopf. »Übers ganze Meer verstreut«, antwortete er. »Wenn sie denn den Sturm abgewettert haben.«

Eine Stunde verging oder auch mehr. Die Sterne waren vor uns, die Sturmwolken lagen hinter uns.

Herrin, dachte ich*, ich danke Dir für Dein Erbarmen mit Deinem Volke. Für das Erbarmen und die Morgendämmerung.*

Rosa zierte den fernen Horizont. Die großen grünen Wogen hoben uns empor und wiegten uns.

Xandros räusperte sich. Er hatte das Seil um seinen Leib gelöst. »Dort drüben liegt ein Wasserschlauch«, sagte er. Seine Stimme war heiser vom vielen Schreien, und ich konnte ihn kaum verstehen. »Ich glaube, es ist noch etwas drin.«

Ich brachte ihm den Schlauch und öffnete ihn. Er zog eine Braue hoch und hielt ihn mir hin. »Möchtest du, Sibylle?«

»Wir können es uns teilen«, erwiderte ich, nahm einen kleinen Schluck und reichte ihm den Schlauch. Ich sah zu, wie er trank, bei jedem Schluck bewegte sich seine Kehle.

Alle anderen waren unter Deck oder schliefen. Es war, als wären wir ganz allein auf dem gewaltigen Meer, unter dem Morgengrauen und den fliehenden Sternen. Das nasse Haar klebte ihm an den Schultern, ein vollkommen geformter Wassertropfen hing an seiner gebräunten Haut. Sein Gesicht war verschlossen, still, als hätte die jähe, unerwartete Schönheit des Morgens es zum Schweigen gebracht.

Etwas berührte mich, etwas Unvertrautes.

Ich hatte diesem Etwas noch keinen Namen gegeben, als sich die Tür unter uns öffnete und Kos herauskam. »Xandros? Willst du das Segel setzen?«

Er gab mir den Wasserschlauch zurück. »Ja«, antwortete er. »Ziehen wir es halb am Mast hinauf, damit wir steuern können. Wir müssen uns darüber klar werden, wo wir sind.«

Im zunehmenden Licht der Morgendämmerung blickte ich mich auf dem Wasser um. Am hinteren Horizont bewegte sich ein Schatten auf den Wellen. Es sah aus wie ein Schiff mit eingeholtem Segel. »Xandros, dort!«

Wir hielten den Blick darauf gerichtet, während das Segel gesetzt wurde, dann manövrierte Xandros ein wenig, um uns vor das andere Schiff zu bringen und vor ihm vorbeizusegeln. Es dauerte nicht lange, bis wir erkennen konnten, dass es sich in der Tat um eines unserer Schiffe handelte.

»Ein Wrack?«, überlegte Kos laut. »Soweit ich sehen kann, regt sich an Deck niemand.«

»Kannst du erkennen, welches Schiff es ist?«, fragte Xandros. Mir fiel auf, dass sowohl Kos als auch ich Dinge in der Ferne früher ausmachen konnten als er.

Die nächste Woge, die uns in die Höhe hob, zeigte uns beiden gleichzeitig den Bug des anderen Schiffes. »Es ist die *Wolke*!«, schrie Kos. Jetzt konnten wir auch sehen, dass das Steuerruder seinen Dienst tat, es zog einen weißen Schaumstreifen hinter sich her. Zumindest stand noch jemand am Ruder.

Die Sonne stieg rot aus dem Meer empor.

Ich stand auf dem Achterdeck, während Xandros befahl, das Segel einzuholen und uns mit den Rudern längsseits zu bringen. Als wir uns der *Wolke* näherten, sahen wir, dass sie zur Hälfte vollgeschlagen war und dass alle an Bord emsig schöpften. Eine quer übers Wasser gebrüllte Unterhaltung verstand ich nur halb, entnahm Xandros' Hälfte des Wortwechsels jedoch, dass die *Wolke* unverhofft mittschiffs von einer Welle getroffen worden war, die das Deck überflutet hatte. Drei Ruderer waren ins Meer gespült worden. Obwohl sie die Männer im Wasser hatten rufen und schreien hören, war es ihnen nicht möglich gewesen, zu wenden und sie zu bergen, also waren sie ertrunken. Während des ersten Teils des Sturms war die *Geflügelte Nacht* in ihrer Nähe gewesen und hatte sich wacker geschlagen, doch seit der Dämmerung gestern Abend hatten sie sie nicht mehr gesehen. Weit draußen hatten sie noch zwei andere Schiffe bemerkt, doch ob es Achaier oder zufällig vorbeikommende Handelsschiffe waren, wussten sie nicht.

»Bis es gestern richtig schlimm wurde, war die *Jäger* bei uns«, berichtete Xandros. »Und am späten Nachmittag hat Kos etwas gesichtet und schwört, dass es die *Sieben Schwestern* war, genau vor uns.«

Ich dachte an die Fischerboote in dem Unwetter. Ein

Dutzend Männer, acht Frauen und fünfzehn Kinder. Kriegsschiffe mochten den Sturm abwettern, die Fischerboote jedoch waren viel kleiner.

Der Vormittag kam. Noch immer ging die See hoch, tobte jedoch nicht so wie zuvor. Alle kamen an Deck und machten sich daran, zu schöpfen und das Schiff zu säubern. Wir glitten neben der *Wolke* dahin.

Der kleine Junge aus meiner Kabine hockte oben im Bug. »Seht mal dort!«, rief er.

Ich tat wie geheißen. Xandros beschattete die Augen mit der Hand und kniff die Lider zusammen. »Bitte, Herrin, nicht Neoptolemos!«

Drei Kriegsschiffe dicht beieinander, die Segel eingerollt und die Ruder ausgefahren.

Kos eilte zu dem Knaben nach vorn. »Nein!«, brüllte er nach hinten und grinste breit. »Es sind die *Sieben Schwestern,* die *Jäger* und die *Perle*!«

Wir erreichten die drei, und Jubel brandete auf einem Schiff nach dem anderen auf, als sie uns erkannten. Äneas winkte vom Steuer aus herüber, als wir längsseits kamen. »Xandros, du verdammtes Glückskind!«

»Das musst du gerade sagen!«, brüllte Xandros zurück. »Die Herrin der See wacht über die Ihren, und wir sind heilfroh darüber!«

Neas lachte.

Wir schlossen dicht genug auf, dass Taue zwischen sämtlichen Schiffen gespannt und sie zu einem riesigen Floß zusammengezurrt werden konnten.

Die *Wolke* hatte es am schlimmsten getroffen, allerdings hatte die *Perle* in der Schlacht Schaden genommen. Eines der achaischen Schiffe war ihr zu nahe gekommen und hatte die Hälfte der Ruder auf ihrer rechten Seite zerschmettert. Jetzt fuhr sie mit nur fünf auf jeder Seite.

Leichtfüßig setzte Xandros über die Lücke zwischen der *Delphin* und der *Sieben Schwestern.* Dann streckte er die Arme nach mir aus. Unsicher sah ich ihn an. »Prinz Äneas braucht sein Orakel, Herrin«, erklärte er.

Ich nickte und sprang.

Die Führer der anderen Schiffe waren ebenfalls an Bord gekommen, und wir drängten uns alle auf dem Achterdeck der *Sieben Schwestern.* Auch ein alter Mann war dort; ich begriff, dass es Äneas' Vater Anchises war. Er musterte mich mit einem Blick, der irgendetwas zwischen Schreck und Entsetzen ausdrückte.

»Mein Sohn«, sagte er, »du kannst doch keine Frau in deinem Rate haben.« Die Gesichtszüge zweier weiterer Männer verhärteten sich auf die gleiche Weise.

Mit sanftmütiger Miene blickte Äneas auf. »Vater, ist es denn nicht recht und ziemlich, dass ich den Rat einer Sibylle einhole und ihre Worte höre?«

»Seit Menschengedenken haben die Könige dem Rat der Sibylle gelauscht«, entgegnete Anchises. »Am angemessenen Orte und zur angemessenen Zeit. Sie haben sich allein zu ihren Wohnstätten in der Einöde begeben und ihr in der Finsternis ihre Fragen gestellt. Und sie hat geantwortet, in jenen Versen und in jenem Ausmaß, dessen sich die Götter bedienen, wenn sie ihre Geheimnisse vor den Menschen verschleiern. Könige laden sie nicht zum offenen Rat, wo ihre Worte nicht mehr sind als die anderer und wo sie von Angelegenheiten des Herrschens und des Führens hören und offen von den Taktiken und Listen der Menschen sprechen könnte.«

Äneas sah verärgert aus. »Vater, siehst du hier irgendwo eine Höhle, wo wir allein sein können? Wir befinden uns auf hoher See, geschunden vom Sturm. Ich möchte Rat halten, hier und jetzt. Und ich bin kein König.« Damit wandte er sich an mich. »Herrin, du bist die einzige Vertreterin der Götter unter uns. Es wäre mir lieb, wenn du bleibst.«

»Ich werde bleiben, wenn es dir gefällt, Prinz Äneas«, antwortete ich.

Anchises schnaubte, und ich konnte sehen, dass nicht alle Männer erfreut waren. Ich schwieg, allerdings hatte ich in Wahrheit auch nichts hinzuzufügen. Sie berührte mich nicht, und von der Seefahrt verstand ich wahrlich wenig genug.

Der springende Punkt war folgender: Wir waren fünf Schiffe mitten auf dem Meer. Wo sich die vier anderen Kriegsschiffe oder die Fischerboote befanden, wusste niemand zu sagen. Zwei Schiffe hatten während des Unwetters die *Geflügelte Nacht* gesichtet, daher schien gewiss, dass wenigstens sie den Sturm überstanden hatte. Jemand hatte ein Schiff gesehen, das er für die *Maidenauge* gehalten hatte, doch sie war das älteste der Schiffe und nicht mehr so unverwüstlich, wie sie es einst gewesen war.

»Sie ist solide gebaut«, meinte Xandros. »Und Jamarados ist ein guter Schiffsführer. Ich würde sie noch nicht verloren geben.«

Wir wussten nicht, wo wir waren. In anderthalb Tagen mit dem Wind von achtern konnte uns der Sturm weit geblasen haben. Außerdem hatte keines der Schiffe genug Trinkwasser an Bord.

»In unsere Wasserfässer ist Seewasser geraten«, erklärte

Xandros. »Wir haben drei oder vier Wasserschläuche und die Amphoren mit Wein, aber das ist alles.«

Einer der anderen Schiffsführer hatte nicht einmal das, also wurde geplant, etwas von dem Wein auf sein Schiff hinüberzuschaffen.

»Wir haben reichlich«, versicherte Xandros. »Über hundert Krüge.«

Im Stillen stellte ich fest, dass ich ihn auf Pylos ganz und gar nicht im Auge behalten hatte.

Noch während wir zu Rate saßen, war ein Schrei vom Bug der *Sieben Schwestern* her zu hören. »Land!«

Wir eilten alle nach vorn.

Es war ein Schemen am Horizont, eine niedrige, halbkreisförmige Insel.

Zwei der Schiffsführer rempelten sich an, nannten die Namen von Inseln, von denen sie glaubten, diese dort konnte es vielleicht sein.

»Das ist zu weit«, widersprach der eine. »Die liegt doch ganz oben im Norden von Lazba.«

»Nun, Dana ist es bestimmt nicht«, entgegnete der andere. »So weit südlich können wir nicht sein.«

Anchises packte seinen Sohn an der Schulter. »Das ist unsere Strafe dafür, dass wir Aphrodite Cytherea kein Trankopfer dargebracht haben, als der Sturm vorüber war. Das ist die Insel der Toten!«

»Dort können wir nicht sein!«, wehrte einer der Männer ab. Doch es schien, als wären wir in der Tat dort.

»Die Insel der Toten?«, fragte ich Neas.

Er nickte. »Als mein Urgroßvater ein Knabe war, gab es eine Insel, die alles bot, was Menschen begehren könnten – grüne Weiden und Olivenbäume, eine schöne Stadt, einen hohen Berg, der sich aus dem Meer erhob und schon aus weiter Ferne zu sehen war. Sie lag dicht bei den Meeresstraßen, die die Handelsschiffe befahren, und sie war leicht zu verteidigen. Dort gab es ein mächtiges Königreich, das mit Kreta im Bunde war. Die Menschen besaßen viele Schiffe und befuhren alle Meere. Doch irgendwie haben sie die Götter erzürnt. Der Berg hat Feuer ausgespien und alles vernichtet, Haine und Weiden, die Stadt und die Menschen.«

Seine Stimme war sehr leise, sein Blick war auf etwas gerichtet, das ich nicht sehen konnte. »Das Meer hat sich in gewaltigen grünen Wogen erhoben und sämtliche Städte entlang der Küste ertränkt. Ein Viertel des Volkes von Kreta ist an jenem Tage umgekommen und alle Schiffe, die draußen auf See waren. Nur die Paläste und die Städte auf den Hügeln blieben unversehrt. Und als die See sich beruhigt hatte, war nichts von der Insel übrig als zwei sichelförmige Strände dicht über dem Meer, in dem Leichen und gespaltene Bäume trieben.«

»Das hat sich hier zugetragen?«, fragte ich. »Ich habe Geschichten von dem Ertrunkenen Land gehört, aber ich wusste nicht, wo es war.«

»Es war hier«, sagte Neas. »Thera Das Einst War, die Insel der Toten.«

»Sie ist verflucht«, beteuerte Anchises. »Wir müssen das Weite suchen.«

»Wenn das Thera ist«, sagte der Schiffsführer der *Jäger,* »dann gibt es keine andere Insel in der Nähe, wo wir Wasser finden können.«

»Wir dürfen die Insel der Toten nicht betreten«, verwahrte sich Anchises. »Sonst kommt der Fluch über uns.«

»Gibt es dort Wasser?«, fragte ich.

»Das wissen wir nicht«, antwortete Xandros.

»Groß genug ist sie, dass dort Wasser sein könnte«, bemerkte Amynter, der Führer der *Jäger.* »Bei all diesen trefflichen Weiden, von denen Neas gesprochen hat, muss es ja ein paar Quellen gegeben haben.«

Anchises schürzte die Lippen. »Von denen *Prinz Äneas* gesprochen hat.«

»Vater«, mahnte Neas.

»Wir brauchen dringend Wasser«, gab der Schiffsführer der *Wolke* zu bedenken. »Wir sollten an Land gehen und nach einer Quelle suchen.«

Ein einziger Blick auf Xandros verriet mir, dass er nicht zu jenen gehörte, die diese Ansicht teilten.

»Jeder, der seinen Fuß auf die Insel der Toten setzt, betritt ohne Erlaubnis die Gefilde des Todes«, warnte Anchises.

»Das darf man nicht auf die leichte Schulter nehmen«, meinte Maris, der Führer der *Perle.* »Gefahr auf See ist eine Sache, aber der Zorn der Götter ist etwas ganz anderes.«

Xandros nickte zustimmend.

»Ich werde gehen«, sagte ich.

Neas fuhr herum und starrte mich an.

»Ich dringe nicht unerlaubt in die Gefilde des Todes ein«, sagte ich. »Ich bin Ihre Dienerin. An Ihren heiligen Orten habe ich nichts zu befürchten.«

»Was wirst du tun, Herrin?«, fragte er.

»Ich werde gehen und eine Quelle finden, falls es dort welche gibt. Ich werde Sie um Erlaubnis bitten, von Ihrem Wasser zu nehmen, und alle Sühneopfer darbringen, die notwendig sind.« Anchises machte ein finsteres

Gesicht, und ich sah ihn unverwandt an. »Nähere Kunde über Ihre heiligen Riten zu begehren ist unschicklich.«

Darauf gab es keine mögliche Antwort, also schwieg er.

»Ich komme mit dir«, entschied Neas. »Ich muss für das Volk sprechen. Das ist nur recht und billig. Außerdem gibt es dort vielleicht Schlangen.«

Letztlich fuhr die *Sieben Schwestern* nahe heran und lief am Ende der größeren der beiden sichelförmigen Inseln beinahe auf den Strand. Neas sprang ins Wasser hinunter und streckte mir dann seine Arme entgegen. Das Wasser war kalt und die Wellen noch immer hoch, allerdings nicht so hoch, dass es gefährlich war. Wir wateten an Land.

»Der Strand ist breit und sandig«, stellte Neas fest. »Wir könnten die Schiffe an Land bringen, wenn wir wollten.«

Ich nickte. Er nahm meine Hand, um mir eine Düne hinaufzuhelfen. Dann blickten wir über die Lagune, die zwischen den beiden Inseln lag.

Das Wasser war kristallklar, dicht am Ufer türkisgrün und färbte sich dann tiefblau, als wäre in der Mitte der Insel eine sehr tiefe Stelle. Am Grunde der Lagune konnte ich Mauern erkennen, etwas, was wie eine Landungsbrücke aussah. Ich erhaschte eine Bewegung, und für einen Moment dachte ich, es wäre eine Frau in einem dunklen Mantel, die in einer der Türen verharrte, doch dann glitt das Wesen weiter, und ich sah, dass es ein Oktopus war. Er verschwand in der Dunkelheit.

Neas hielt noch immer meine Hand. »Dies hier war einst eine mächtige Stadt«, sagte er.

»Und jetzt schläft sie«, antwortete ich, »unter den Wogen. Es ist die Stadt der Herrin des Meeres.«

»Es ist gar nicht tief«, stellte Neas fest. »Drei Mannslängen oder weniger. Sogar nur zwei. Ich könnte hinabtauchen.«

»Und wozu?«, fragte ich. »Um die Toten zu stören?« Ich bückte mich und hob etwas aus dem Sand zu meinen Füßen auf. Es war eine Tonscherbe, von den Wellen abgeschliffen, doch das Muster war noch zu sehen. »Wenn du unbedingt etwas von ihnen besitzen willst, nimm das hier.« Ich drückte ihm die Scherbe in die Hand und führte ihn fort vom Wasser, zum höher gelegenen Land.

Er drehte die Scherbe wieder und wieder in der Hand.

Langsam klomm ich die Felsen hinauf, so schwarz wie die Nacht, neu und scharf wie Bronze.

Neas starrte noch immer das Wasser an. Ich rief ihn, und er kam zu mir heraufgeklettert. In seinen Augen lag ein Ausdruck, den ich noch nie an einem Mann wahrgenommen hatte.

»Was siehst du?«, fragte ich sanft.

»Eine Stadt«, antwortete er. »Ein Schiff mit einem Oktopus am Bug. Paläste mit roten Säulen und bemalten Dächern. Eine große Welle.« Seine blauen Augen starrten blicklos, die Bartstoppeln an seinem Kinn schimmerten golden im Sonnenlicht.

»Dinge, die geschehen sind«, meinte ich. »In den Tagen deines Urgroßvaters.«

»Ja. Ich kann mich nicht erinnern.«

»Wir setzen über den Fluss«, erklärte ich. »Und wohnen auf den Feldern voll Korn, das niemals stirbt, unter der Sonne, die niemals untergeht. Und wenn die Zeit gekommen ist, überqueren wir den Fluss, der Erinnerung ist, den Fluss Lethe. Wir kehren zurück zu dieser sich ständig wandelnden Welt, und wir wissen nichts mehr von dem, was vorher war.«

»Auch nichts von denen, die wir geliebt haben? Nicht einmal von unseren teuersten Gefährten?«

Ich drehte seine Hand herum, strich über die Scherbe, die auf seiner breiten Handfläche lag. »Nicht, solange uns nicht irgendetwas an sie erinnert.«

Jetzt sah er mich an. »Glaubst du, sie hat mich vergessen, dort jenseits des Flusses?«

»Wer?«, fragte ich.

»Kreusa, meine Gemahlin«, antwortete er. »Sie ist umgekommen, als die Stadt fiel. Und meine Welt ist Dunkelheit ohne sie.« Er senkte den Kopf, brachte die letzten Worte mit erstickter Stimme hervor.

»Du darfst weinen, mein Prinz«, versicherte ich ihm. »Tränen für die geehrten Toten sind fürwahr achtbar.«

Neas sank auf dem schwarzen Felsen auf die Knie, eine Tonscherbe an die Brust gepresst, und seine Schultern bebten. Ich kniete neben ihm nieder. »Weine nur getrost, mein Prinz«, sagte ich. »Du trägst uns alle. Du darfst ruhig auf einer verlassenen Insel weinen, wo niemand ist außer mir.« Ich breitete meine schwarzen Ärmel über ihn wie dunkle Flügel.

Was er sagte, konnte ich nicht verstehen, mit Ausnahme der Worte »Kreusa, meine Liebste«. Ich hielt ihn mit den Armen umschlungen, bis er verstummte. Über mir wirbelten die schwarz geflügelten Seemöwen im Meereswind. Ich bin Möwe, dachte ich. Ich bin die

Enkelin eines Bootsbauers aus der Unteren Stadt. Selbst wenn ich nicht Pythia wäre, so könnte ich nicht auf einen Mann von so hohem Stande hoffen wie Äneas, den letzten Prinzen von Wilusa.

Endlich regte er sich. »Um Vergebung, Herrin«, brachte er hervor und wollte mir nicht in die Augen sehen.

Ich berührte sein Gesicht, die warme, raue Linie seines Unterkiefers, und blickte ihm in die Augen. »Das macht doch nichts. Sie ist die süßen Tränen gewohnt, die am Fuße Ihres Throns vergossen werden.«

Er nickte mit einer heftigen Bewegung. »Ist das wahr?«

»Es ist wahr«, versicherte ich und lächelte ihn an. »Alles ist gut, Prinz Äneas.«

»Neas«, verbesserte er.

»Neas«, gab ich nach.

Er drehte die Scherbe in der Hand, dann schob er sie in den Beutel an seinem Gürtel. Er stand auf. »Ich war töricht«, stellte er fest. »Diese Inseln sind niedrig und felsig. Hier gibt es kein Wasser.«

»Doch«, widersprach ich.

»Wieso sagst du das?«

»Weil die Möwen hier nisten«, antwortete ich. »Siehst du? Sie nisten nicht an einem Ort, wo kein Süßwasser zu finden ist.«

Wir kletterten zusammen den Felsen hinauf. Dort lag ein Haufen Steine, alte Steine, verwittert und verformt, mit kleinen Muschelstücken darin. Manche sahen aus, als wären sie einst quaderförmig gewesen. Fast ganz oben auf dem Steinhaufen war eine grüne Senke, und eine kleine Quelle rieselte zwischen den Steinhaufen hervor. Die Möwen kreischten und schlugen mit den Flügeln.

»Wir rühren eure Nester nicht an«, versprach ich laut, »oder irgendetwas anderes auf dieser Insel, das nicht uns gehört. Wir wissen, dass ihr die Geschöpfe der Herrin der Toten seid.« Ich kniete neben dem Wasser nieder. »Erhabene Herrin«, sagte ich, »dieses Wasser kommt von Deinen heiligen Orten unter der Erde. Gewähre es uns, Wasser für das Volk zu holen.« Ich trank einen kleinen Schluck. Es war süß und frisch und so kühl wie ein Bergbach, so süß wie Ihre Zustimmung.

»Wir werden hier unsere Fässer füllen, Neas.«

8

Ihre Gnade

Schließlich verbrachten wir drei Tage auf der Insel der Toten.

Anfangs widerstrebte es den meisten der Männer, die Insel zu betreten. Selbst als Neas zum Schiff zurückkam und berichtete, dass es dort Wasser gab, sah ich, wie sie mit den Augen rollten und ihre Hände Gesten machten, die das Böse abwehren sollten.

»Ich habe mit der Herrin der Toten gesprochen«, sagte ich, »und Sie um Wasser gebeten. Sie hat Ihre Vögel gesandt, um uns zu zeigen, wo es war, eine heilige Quelle, so klar und rein wie nur irgendeine auf der Welt. Wir dürfen unsere Fässer füllen, solange wir auf dieser Insel, die Ihr gehört, kein lebendes Wesen behelligen.«

Danach waren ein paar Männer bereit, an Land zu gehen, und sie machten sich daran, zuerst die *Jäger* und die *Sieben Schwestern* mit Wasser zu beladen.

Am Ende des ersten Tages hatten wir gerade erst damit begonnen, frisches Wasser auf die *Delphin* und die *Perle* zu schaffen, als ein Segel gesichtet wurde. Reges Treiben entstand, Ruder wurden ausgefahren, Seeleute von der Insel zurückgerufen. Die *Sieben Schwestern* und die *Jäger* liefen aus und machten sich bereit, die Neuankömmlinge zu stellen und sie so lange wie möglich aufzuhalten. Wir hörten ihr Jubelgeschrei, das übers Wasser bis zu uns herüberschallte. Es war die *Geflügelte Nacht*, und sie hatte alle an Bord, die auf der *Drohung* gewesen waren.

Als das Zwielicht sich herabsenkte, kehrten die drei Schiffe zur Insel zurück, und wir hörten ihre Geschichte. Die *Geflügelte Nacht* hatte den Sturm abgewettert; zwar hatten sie in der Ferne andere Schiffe gesehen, waren jedoch im Großen und Ganzen allein gewesen. Im Morgengrauen des zweiten Tages, als der Sturm allmählich abflaute, waren sie auf die *Drohung* gestoßen, die im Begriff war unterzugehen, das Deck vom Wasser überspült. Sie hatten auf das sinkende Schiff zugehalten, waren längsseits gegangen und hatten mit Tauen und Seilen alle geborgen, bis auf eine Frau, die ins Meer gestürzt und ertrunken war. Die *Drohung* war verloren, doch einundzwanzig Seeleute, fünf Frauen und vier Kinder waren gerettet worden. Der Verlust des Schiffes war ein schwerer Schlag.

»Schiffe kann man ersetzen«, stellte Neas fest. »Aber das Blut unseres Volkes ist rar und weit verstreut. Wir können es uns nicht leisten, auch nur einen Einzigen zu verlieren, nicht einmal das kleinste Kind, und ihr habt dreißig gerettet, die sonst verloren gewesen wären. Heute Abend ehren wir die Mannschaft der *Geflügelten Nacht*.«

Inmitten des freudigen Wiedersehens zog er mich beiseite. »Wir werden mehrere Tage hier verweilen müssen. Ist das deiner Herrin recht?«

»Es ist Ihr recht«, versicherte ich. »Hätte Sie nicht gewollt, dass wir hier Zuflucht finden, so hätte Sie nicht zugelassen, dass Ihre Schwester uns zu Ihrer Schwelle führt. Ich habe keinerlei Anzeichen dafür entdeckt, dass Sie verstimmt ist.«

»Die Strände sind breit, und das Wasser ist flach, mit sandigem Grund. Es gibt reichlich Wasser. Kein Mensch kommt hierher. Wir müssen einen oder zwei Tage lang Rast machen, um unsere Wunden zu heilen und für die Menschen von der *Drohung* Platz auf den anderen Schiffen zu finden. Außerdem stoßen ja vielleicht die *Maidenauge* und die *Schwalbe* zu uns.« Die Fischerboote erwähnte er nicht. Man spricht nicht vom Unglück, auf dass man es nicht heraufbeschwöre, doch als die Zeit verging, schien es immer wahrscheinlicher, dass sie untergegangen waren, besonders, da die *Drohung* dem Unwetter zum Opfer gefallen war. Sie war eines der neueren Kriegsschiffe gewesen, wenn auch nicht das größte.

Also blieben wir. An diesem Abend entzündete Neas ein Feuer, und die Männer erwiesen dem Mut der Mannschaft der *Geflügelten Nacht* mit dem besten Wein von Pylos die Ehre. Trommeln und Flöten wurden hervorgeholt, und es dauerte nicht lange, bis Gesang unter dem nahezu vollen Mond aufstieg und die langen Reihentänze sich um das Feuer zogen. Die Tänzer sangen vertraute Lieder der Heimat. In ihrem Rhythmus vernahm ich das Echo der Flachssklavinnen. Von hier also stammten sie, die Lieder, die sie bei der Arbeit gesungen, die nach Kummer und Verlust geklungen hatten. Jetzt hörte ich sie von Erlösung und Erleichterung künden.

Tia tanzte nicht, doch sie stand dicht am Feuer, klatschte

in die Hände und feuerte die Tänzer an, das Gesicht vom Wein gerötet. Kos wirbelte im Kreis herum und warf dann den Arm über Xandros' Schultern, während er die Zeilen des Liedes aus vollem Halse herausbrüllte. Bai konnte nicht tanzen. Er machte ein paar Schritte und fiel beinahe hin. Tia sah es und half ihm, sich zu setzen. Er bedankte sich, und sie errötete noch mehr. Er blickte auf und klopfte neben sich auf den Boden. Tia zögerte, dann ließ sie sich zu seiner Linken nieder, blieb aber noch immer auf Abstand. Doch sie lächelte.

Ich drehte mich um. *Ich werde mich vom Tanze abwenden,* hatte ich gesagt. *Und niemand wird mich Liebste nennen.* Damals war es mir nicht schwer erschienen.

Und wovon sollte ich jetzt träumen? Von der Höflichkeit eines Prinzen, von Lächeln und Vertrauen, die seinem Orakel galten und nicht mir?

Stattdessen ertappte ich mich dabei, wie ich an eine schlanke, geschmeidige Gestalt dachte, dunkel von der Sonne, an Xandros' stille, tiefe Augen.

Ich ging davon, fort von der Menge am Strand, zog meinen Umhang um mich und schritt zu der Lagune hinunter, mit ihrem dunklen Wasser und ihren Geheimnissen. Niemand folgte mir. Ich ging an der Lagune entlang, bis ich eine Stelle fand, wo ein Haufen Steine bis ins Wasser hinunterreichte, vielleicht der Teil einer eingestürzten Mauer von einem jener Paläste, an die Neas sich erinnerte. Dort setzte ich mich auf einen mondbeschienen Stein und rang mit meine Gefühlen.

Erhabene Gebieterin, sagte ich, *es ist nicht so, dass ich Dich nicht mehr liebe als das Leben. Oder dass Du mir nicht Mutter und Vater zugleich bist. Doch wie Cytherea gesagt hat, mein*

Körper ist der einer jungen Frau. Ist es so seltsam, dass ein Mann aus meinem Volke eine Regung in mir wecken sollte?

Es kam keine Antwort außer dem leisen Plätschern der Wellen.

Was hatte ich vergessen, als ich den Fluss überquert hatte? Ich konnte nicht anders, ich malte mir einen Palast mit roten Säulen aus, ein großes, weiches Bett, in dem ich lag, umschlungen von warmen Armen, goldene Bartstoppeln an meiner Brust, meine Hand auf breiten Schultern, dem Untergang geweihte Liebende am letzten Tag der Welt.

Aber die Welt hat nicht geendet, flüsterte Sie in mir. *Die Welt endet und beginnt von Neuem. Das ist das Mysterium, wenn du den Mut hast, ihm nachzugehen.*

Ich gehöre dem Tod, nicht dem Beginn, wehrte ich ab.

Ah, sagte sie.

Ich hörte das Rasseln kleiner Steine, als klettere jemand anderes die Felsen herauf. Ich wartete ab, wer es wohl sein würde, und war mir nicht sicher, auf wen ich hoffte.

Es war Tia.

Sie erschrak, als sie mich sah, und fiel fast hin. »Herrin! Ich habe nicht damit gerechnet, dass du hier bist.«

»Du hast nicht damit gerechnet, dass irgendjemand hier ist«, erwiderte ich. »Du bist fortgegangen und hast die Einsamkeit gesucht. Ich gehe.«

»Nein«, widersprach sie. »Bleib.« Tia schaute weg, aufs Meer hinaus. »Es gibt da etwas, das ich …«

»Setz dich zu mir«, forderte ich sie auf. Sie kauerte sich neben mir zusammen, drückte die Knie mit den Armen fest an die Brust. »Ich weiß, dass es Dinge gibt … ich meine, wenn man glaubt …«

Ich sah sie an und wartete darauf, dass sie weitersprach.

»Es gibt doch Dinge, die ein Kind wegmachen können, nicht?«

»Ah«, sagte ich.

»Ich will nicht … Ich kann nicht … Kos weiß es noch nicht, aber wenn er es erfährt, wird er sich wünschen, ich wäre tot.«

»Kos wird nichts dergleichen tun«, entgegnete ich. »Dich trifft dabei keine Schuld, genau wie alle Gefangenen. Er liebt dich von ganzem Herzen. Er hat alles riskiert, um dich zu retten. Kos wird sich niemals von dir abwenden.« Ich hatte genug von dem Mann gesehen, um dies zu wissen, hatte in Pylos die Liebe und die Erleichterung in seinen Zügen gelesen, als er seine Schwester entgegen aller Hoffnung lebendig vor sich gesehen hatte.

»Aber ich entehre ihn doch«, beharrte Tia.

»Das tust du nicht«, widersprach ich. »Bist du dir sicher?«

»Ich glaube schon. Meine Blutungen sind lange her.«

»Lass mich sehen«, forderte ich sie auf. »Heb deinen Kittel hoch. Ich fasse nur deinen Bauch an.«

Sie zuckte zusammen, tat jedoch wie geheißen.

»Lehn dich ein bisschen zurück.« Tia war so dünn, dass ihre Hüftknochen scharf hervorstanden, dazwischen war jedoch eine kleine, fleischige Wölbung, die dort nicht hätte sein sollen. Unter meiner Hand fühlte sie sich fest an, so straff und prall wie ein Muskel, ragte vier Fingerbreit über den Beckenknochen hinaus. Ich drückte sanft, und sie war fest. »Ja«, sagte ich, »du bist schwanger. Wie viele Monate hast du deine Blutungen nicht gehabt?«

»Ich weiß nicht«, antwortete Tia. »Seit ich auf dem Schiff war, das nach Pylos gefahren ist, glaube ich. Drei, vier Monate? Kannst du es wegmachen? Meine Mutter hat einmal gesagt, es gibt Kräuter dafür?« Ihre Stimme klang hoffnungsvoll.

Ich schüttelte den Kopf. »Die gibt es, aber ich habe keine. Und selbst wenn ich welche hätte, würde ich sie dir nicht geben. Du bist schon zu weit. Sie könnten dein Tod sein.« Ich verschob die Finger, drückte ein wenig und spürte es, das schwache Zucken einer Bewegung, fast nicht zu merken, das Regen eines Kindes, das noch viele Monate vor sich hatte, ehe es Luft atmete.

Tia biss sich auf die Lippe. »Das wäre vielleicht besser.«

»Das wäre nicht besser«, widersprach ich. »Tia, schau mich an.«

Sie tat es, und ich sah nicht, was ich zu erblicken fürchtete, das echte Verlangen zu sterben. »Ich kann es Kos nicht sagen«, stieß sie hervor. »Aber früher oder später wird er es erfahren.«

»Er wird es erfahren«, stimmte ich ihr zu. »Und es wird alles gut sein. Kos würde dir niemals etwas zuleide tun.«

Sie beugte sich vor, krümmte sich über ihren Knien. »Alle werden es wissen. Ich will es einfach nur loswerden. Willst du mir sagen, ich soll es zur Welt bringen?«

»Alle Frauen hier wissen, was es bedeutet, Kriegsbeute zu sein, sogar die wenigen, die aus der Stadt entkommen sind. Es gibt viele, die das Kind ihres Häschers geboren haben. Niemand wird dir Vorwürfe machen oder dich für ehrlos halten. Weißt du noch, was Prinz Äneas vorhin gesagt hat?«

Sie blickte zu mir auf und schüttelte den Kopf.

»Jedes Leben des Volkes ist kostbar. Ist unersetzlich. Einschließlich deins.«

»Sogar das kleinste Kind«, sagte sie. »Aber Sibylle, ich will dieses Kind nicht! Ich werde es ansehen und hassen. Ich werde es ins Meer werfen. Ich werde mir wünschen, es wäre nie zur Welt gekommen oder dass es tot wäre. Sag mir, dass ich es an irgendeinem verlassenen Ort aussetzen darf, wenn es da ist.«

»Nein«, sagte ich. »Das darfst du nicht.« Und es war Ihre unerbittliche Gnade, die aus mir sprach. »Ihre Hand liegt auf ihm.«

»Es wird sterben?«, fragte sie.

Ich streckte die Hand aus und legte sie auf ihren Bauch. »Das Kind ist eine Tochter«, verkündete ich. »Und wenn sie am Leben bleibt, so gehört sie der Herrin der Toten.«

Auf dem Schiff, neben Tia, hatte ich von einem Mädchen in Schwarz geträumt, mit langen roten Haaren, vom Tod, der durch granatapfelrote Lippen zu mir sprach. Diese Lippen waren vielleicht immer die Ihren, nicht aber die sommersprossigen Hände, schmal und hell wie Tias. Diese Hände gehörten dem echten Mädchen. »Sie ist die Enkelin Iasos, des Bootsbauers, und wenn sie entwöhnt ist, wirst du sie mir geben, auf dass sie meine Schülerin wird. Ich werde sie als Tochter des Schreins aufziehen, und sie wird die Sibylle sein, wenn ich dahin bin.«

»Du wirst sie zu dir nehmen?«, fragte Tia. »Wirklich?«

»Ja.« Ich zog ihren Kittel herunter. »Ich werde dein Kind zu mir nehmen. Sie wird Ehre haben und einen Platz in der Welt. So ist es.«

Du bist nicht allein, hatte Sie gesagt. Ich trug Sie nicht allein. Da war auch noch dieses winzige Stückchen Leben mit der Fähigkeit, Sie aufzunehmen, Jene Die Pythia Sein Würde, wenn ich nicht mehr war.

»Wirst du das auch Kos sagen?«, wollte Tia wissen.

»Ich werde es Kos sagen«, versprach ich. »Ich helfe dir, es ihm zu sagen, wenn du willst. Aber er wird nicht zornig auf dich sein, ganz gleich, wie sehr er die Achaier verflucht und ihnen schreckliche Rache schwört.«

Er tat nichts dergleichen. Vielmehr weinte er und bat Tia um Verzeihung dafür, sie nicht beschützt zu haben.

»Ich hätte da sein müssen«, sagte er bitter. »Ich hätte lieber sterben sollen, als zuzulassen, dass dir das widerfährt.«

»Wenn du tot wärst«, wandte ich sanft ein, »wer sollte dann jetzt für Tia sorgen? Wer sollte sie und das Kind, das sie trägt, ernähren? Sie braucht einen lebendigen Bruder.«

»Es ist meine Schuld«, klagte er. »Tia, teure Schwester.« Er weinte an ihrem Hals, während sie ihn in den Armen hielt und ebenfalls weinte.

»Es ist nicht deine Schuld, Kos«, widersprach sie. »Ich weiß, dass du alles getan hättest, um zu verhindern, dass das geschieht. Es ist meine Schuld. Ich hätte fliehen müssen. Ich hätte irgendetwas anderes tun müssen. Ich träume wieder und wieder davon. Und jedes Mal stehe ich nur wie erstarrt da und tue gar nichts.«

»Es gab doch keine Zuflucht«, wandte er ein. »Wohin hättest du denn fliehen sollen?«

Ich ließ sie vor mir weinen, allein auf den Felsen mit den kreisenden Möwen. »Ihr seid zusammen«, sagte ich. »Jetzt könnt ihr nichts für eure Familie tun, außer zu leben. Lebt so, wie eure Eltern es sich gewünscht hätten, und sorgt füreinander.«

»Das ist alles, was jeder von uns tun kann«, stimmte Kos zu. »Für den anderen sorgen.«

»Wir sind jetzt alle eine Sippe«, sagte ich. »Das Seevolk und das Rossvolk, die Untere Stadt und die Zitadelle. Wir müssen handeln wie eine Sippe, einander verbunden in Ehre und Liebe.«

Kos wischte seiner Schwester eine Träne vom Gesicht. »Dieses Kind ist das letzte unseres Blutes. Versprich mir, dass du gut auf dich Acht gibst und keine Dummheiten machst. Mutter hat sich doch so sehr eine Enkelin gewünscht. Weißt du noch, wie sie war, als Kianna schwanger war? Alle haben auf einen Jungen gehofft, nur Mutter wollte die ganze Zeit ein Mädchen.«

Tia lachte und weinte gleichzeitig. »Das stimmt. Genau das hat sie getan.«

»Ich verspreche dir, ich werde gut für euch beide sorgen«, gelobte Kos. »Bis die Zeit gekommen ist, sie der Herrin zu übergeben, wie die Sibylle es sagt.«

»Sie wird meine Schülerin sein«, bestätigte ich. »Sie wird mir eine Tochter sein.«

Als ich mit den beiden fertig war, stand die Sonne hoch am Himmel, und ich hatte Durst. Ich ging davon, auf die Quelle zu, und mein Kopf schmerzte so heftig, dass ich nichts anderes wollte, als mich im Schatten der Steine auszustrecken.

»Sibylle?«, fragte Neas. »Wo willst du hin?«

»Ich gehe beten«, antwortete ich unwirsch.

»Oh.« Er fuhr zurück. »Ich wollte dich nicht belästigen.«

»Es tut mir leid«, sagte ich, da ich mich wieder auf meine Pflicht besann. »Wie kann ich dir helfen, Prinz Äneas?«

Er kam heran und blieb neben mir stehen. »Das hast du gut gemacht«, sagte er.

Ich zuckte die Achseln. »Dies sind keine Verletzungen, die ich zu heilen vermag. Nur die Zeit kann das und die Gunst der Götter. Und manche dieser Wunden werden niemals verheilen.«

Er blickte auf mich herab. »Was ist, wenn das Kind ein Junge ist?«

»Darüber zerbrechen wir uns den Kopf, wenn es so weit ist«, erwiderte ich.

Neas zog eine Braue empor. »Du weißt es nicht?«

»Ich glaube es«, sagte ich. »Ich glaube, dass ich Ihre Zeichen richtig gedeutet habe. Aber sicher kann man sich nie sein.«

»In Pylos schienst du dir sicher zu sein.«

»Das ist die Art heiliges Mysterium, die einen vielleicht einmal im Leben überkommt, so ganz und gar ein Gefäß für Sie zu sein. Ich kann nicht noch einmal auf solche Führung hoffen.« Ich blickte aufs Meer hinaus. »Jene Die Pythia War hat mich gelehrt, dass wir um Ihre Führung bitten und unsere Augen und Herzen benutzen müssen, wenn Ihr Wille nicht eindeutig ist. Ich tue mein Bestes und hoffe, dass ich nicht irre oder der Narretei oder der Überheblichkeit verfalle.«

»Mehr oder weniger wie ein Prinz«, stellte er fest.

»Vielleicht, Prinz Äneas.«

»Neas.«

»Ja.«

»Dann geh nur«, sagte er. »Ich sorge dafür, dass niemand dich an der Quelle behelligt.«

»Stattdessen werden sie dich behelligen«, bemerkte ich. »Gibt es denn niemanden, dem du dich anvertrauen kannst? Xandros?«

Neas wandte den Blick ab. »Xandros ist mein Freund«, sagte er. »Ein guter Gefährte und einer, dem mein Herz vertraut. Doch jetzt steht das zwischen uns – dass mein Kind am Leben ist und seine tot sind.«

Ich hielt den Atem an. »Ich habe nicht gewusst, dass er Kinder hatte.«

»Er hatte zwei Töchter. Ein kleines Mädchen von drei Jahren und ein Kleinkind, das gerade Laufen gelernt hat. Sie wurden getötet, weil sie zu klein waren, um nützliche Sklaven zu sein. Als sie die Mädchen packen wollten, hat seine Frau sich so sehr gewehrt, dass sie sie auch umbringen mussten.«

Ich wandte den Kopf ab. »Aber dein Sohn lebt«, sagte ich, und die Worte blieben mir fast in der Kehle stecken.

»Er war vier, nicht drei«, erwiderte Neas, und seine Stimme zitterte nur ganz wenig. »Er hat sich versteckt, während sie seine Mutter geschändet und getötet haben. Mein Vater hat ihn gefunden und ihn aus dem Haus geschafft, während es über seinem Kopf in Flammen aufging. Ich bin zu spät mit der Flotte nach Wilusa zurückgekehrt. Wären wir daheim gewesen, wäre das nicht geschehen.«

»Jetzt hörst du dich an wie Kos«, stellte ich fest.

»Kos war nicht der Anführer. Das war ich.« Seine Stimme klang schroff. »Die Verantwortung liegt bei mir.«

»Nein«, widersprach ich gepresst. »Die liegt bei Neoptolemos. Er war es, der in Pylos eine Flotte um sich geschart hat, der junge Könige zum Krieg aufgewiegelt hat. Er ist derjenige, der nach Gold und den Frauen anderer Völker getrachtet hat. Ich habe ihn beobachtet. Ich habe ihn bei den Festen gesehen, wie er von Ruhm und Reichtümern gesprochen und Verlangen und Ehrgeiz entfacht hat. Ich habe so dicht dabeigestanden wie jetzt vor dir, und ich habe ihm zugesehen. Ich weiß genau, wo die Verantwortung liegt.«

Ich ergriff die Hände des Prinzen. »Er war auf Sklaven aus, um sie in Millawanda zu verkaufen, der Freien Stadt. Auf dem Rückweg nach Pylos haben sie haltgemacht und viele Sklaven verkauft. Dort sind viele unserer Leute. Andere sind nach Tiryns gebracht worden, aber wenn du jemals gesehen hast, wie Tiryns über der Ebene von Argos emporragt, die Stadt Der Gewaltigen Mauern, dann wirst du wissen, dass es keine Möglichkeit für uns gibt, sie anzugreifen. Aber in Millawanda könnten wir vielleicht noch ein paar Verlorene aus unserem Volk finden und sie befreien.«

»Wir haben Pylos überfallen, weil es das Einzige war, was mir einfiel«, sagte Neas. »Es waren auch Männer aus Pylos unter jenen, die Wilusa niedergebrannt haben, und ich wusste, dass die Stadt keine mächtigen Wehrmauern hat. Ich wusste nicht, was wir sonst tun konnten, außer zu versuchen, ein paar der Unseren zurückzuholen und Rache zu nehmen.« Er ließ meine Hände los. »Aber ich bin ein Mann von zweiundzwanzig Jahren, kein Knabe, der ziellos von Ort zu Ort rennt. Und mein Verlangen nach Blut ist nicht so groß, dass ich uns alle in den Untergang reiße, um Dinge zurückzugewinnen, die unwiederbringlich sind.«

»Nichts kann dir die Toten wiederbringen«, sagte ich sanft, »nicht auf dieser Seite des Flusses.«

»Ich weiß«, antwortete er. »Und doch komme ich mir vor wie Theseus, der wie von Sinnen durch die Windungen des Labyrinths eilt, wo sich an jeder Biegung ein neuer fürchterlicher Anblick bietet. Ich träume, und es verfolgt mich. Ich bin so tief versunken im Schrecken, dass ich den Wein nicht schmecken und die Sonne über mir nicht sehen kann. Die Welt ist untergegangen. Und ich weiß nicht, weshalb ich noch am Leben bin.«

»Du bist am Leben«, gab ich zu bedenken, »weil du Glück hast, weil du klug bist, weil irgendein Gott dir seine Gunst schenkt. Du bist am Leben, weil diese Menschen einen Anführer brauchen. Weil die Welt untergeht und dann neu ersteht.«

»Wenn dies der Wille der Herrin des Meeres ist«, sagte er, »so ist es eine bittere Gunst.«

»Das ist die Gunst der Götter oft«, erwiderte ich.

»Ich glaube, wir müssen nach Millawanda fahren«, sagte er. »Auch wenn wir die Stadt nicht angreifen können, vielleicht gelingt es uns ja, mit der Beute aus Pylos die Freiheit einiger der Unseren zu erkaufen.«

Die wiederum in Wilusa erbeutet wurde, dachte ich. Ein gewaltiger Raubzug spannt sich über das Meer, wo redliche Kaufleute sich nicht hinwagen, wie sie es damals getan haben, als Jene Die Pythia War gewesen ist. Jedes Jahr werden mehr Felder unbestellt bleiben, weniger Boote werden zum Fischen hinausfahren, weniger Kinder werden stark und gesund heranwachsen. Wie soll ich Tote zum Leben erwecken, auf dass sie Äcker pflügen, die brachliegen, Gebüsch roden und junge Olivenbäume pflanzen? Seit zehn Jahren stehe ich in Ihren Diensten, doch wenn Jene Die Pythia War keine Antworten auf diese Frage wusste, wie soll ich sie dann finden?

»Außerdem habe ich mit Jamarados und Livo darüber gesprochen, dem Schiffsführer der *Schwalbe.* Wenn sie uns nicht finden können und nicht untergegangen sind, dann segeln sie vielleicht nach Millawanda.«

»Dann müssen wir zur Freien Stadt«, entgegnete ich.

»Aber danach weiß ich nicht weiter«, sagte er. »Ich kann nicht weiter sehen als bis zur nächsten Biegung des Labyrinths.«

Ich lächelte. »Dann musst du es Theseus gleichtun und dem Ariadnefaden folgen. Denn es gibt Wege durch finstere Orte, die uns, die wir in Dunkelheit aufgezogen worden sind und dort nichts zu befürchten haben, wohl bekannt sind.«

Neas sah mich an. »Darum geht es eigentlich in dieser Geschichte, nicht wahr?«

»Ja, mein Prinz, so ist es«, bestätigte ich. »Alle Könige müssen den Abstieg wagen, bevor sie gekrönt werden, alle wahren Könige in den alten Geschichten. Manchmal wird das heute unterlassen, in Häusern, die Sie gekränkt haben. Doch davon sollte ich nicht sprechen.«

Das Blut der Iphigenie, das in Aulis vergossen worden war, hatte ihn nicht berührt, und er brauchte heute keine weiteren Schrecken.

»Also nach Millawanda«, entschied er. »Aber ich finde, wir sollten hier noch einen Tag warten und Rast machen. Wir können hoffen, dass die *Schwalbe* und die *Maidenauge* auftauchen, und selbst wenn sie es nicht tun, brauchen die Männer Ruhe.«

»Ruhe und Hoffnung«, stimmte ich zu. »Wir werden Trankopfer für die Herrin der See ausgießen und Ihr für Ihre Huld danken und auch für die Herrin der Toten, die uns auf Ihrer Schwelle ausharren lässt.«

»Ein Ruhetag«, sagte er. »Wir werden von den Fischen essen, die Xandros fängt, und am Strand Spiele abhalten, zu Ehren der Göttlichen Schwestern. Zumindest Wettläufe werden machbar sein. Und Wettkämpfe im Schwimmen.«

»Auf der Seeseite«, warf ich ein. »Lass uns die Tote Stadt nicht dadurch stören, dass wir nach ihren Schätzen tauchen.«

»Nein«, stimmte er zu. Dann lächelte er mich an. »Danke, Herrin. Mein Herz ist leichter.«

»Geteilte Bürden sind halbe Bürden«, erwiderte ich und lächelte über das alte Sprichwort. Es war tatsächlich so, dass meine Kopfschmerzen nachgelassen hatten.

9

Die Seeräuberstadt

Drei Wochen lang waren wir von der Insel der Toten nach Millawanda unterwegs. Die letzten träumerisch-trägen Tage des Sommers waren angebrochen. Die Zeit verging ohne Wind, und wir mussten rudern. An den Nachmittagen zogen häufig Gewitter auf, und wir liefen den nächsten Strand an, um das Wüten nicht auf See abwettern zu müssen; war allerdings keine Insel in der Nähe, so segelten wir vor dem Sturm und ließen unsere Reise zur Freien Stadt vom Wind beschleunigen.

An einem solchen Nachmittag war Kos am Steuerruder, und ich stand im Bug der *Delphin*. Das Meer schimmerte türkis. In der Ferne, weit zu unserer Rechten, erhob sich wie ein Juwel eine Insel, die ich nicht kannte.

Xandros trat neben mich, lehnte sich an die Reling und beugte sich darüber.

»Ah, da ist er ja«, bemerkte er lächelnd.

Ich folgte seinem Blick. Ein Schatten jagte dicht unter uns dahin, länger als ein ausgewachsener Mann. Ein Delphin ritt auf unserer Bugwelle.

Gleich darauf durchbrach seine Nase die Wasseroberfläche. Es war ein altes Tier, das Gesicht von Narben gezeichnet. Es schien, als lächele er zu Xandros herauf.

»Er ist schon seit vier Tagen bei uns«, meinte Xandros. »Immer derselbe alte Bursche.«

»Er sieht aus wie Kos«, stellte ich fest, »mit dieser Narbe.«

Xandros lachte. »Das stimmt. Vielleicht hat er ihm früher schon geähnelt.«

»Früher?«, fragte ich.

»In Wilusa und auf den Inseln sagt man, Delphine sind die Seelen der Seeleute, die auf dem Meer verschollen sind. Deswegen begleiten sie unsere Schiffe. Und deswegen darf man ihnen niemals etwas zuleide tun. Es könnten ja unsere Verwandten sein oder unsere Freunde.«

Der Delphin schnellte mit einem weiten Satz aus der Bugwelle, schoss glänzend über die Oberfläche und tauchte direkt vor uns wieder ein. Binnen eines Augenblicks war sein Schatten wieder unter uns, ritt auf unserem Schub übers Meer.

»Das wusste ich nicht«, sagte ich. »Ich kenne die Mysterien der Herrin des Meeres nicht.« Ich beobachtete wieder, wie der Delphin emporstieg und sank, stets im Sog unserer Fahrt. »Xandros, warum nennen die Menschen Neas den Geliebten der Herrin des Meeres? Warum steht er unter Ihrem Schutz? Und wieso ist er ein Prinz und unser Anführer, wenn sein Vater am Leben ist und hier bei uns weilt und keins von beiden ist?«

»Der erste Teil ist leicht zu beantworten«, meinte Xandros. »Er ist Ihr Sohn. Neas ist der Sohn der Aphrodite Cytherea. Natürlich wacht sie über ihn. Welche Mutter täte das nicht? Der letzte Teil ist verworrener. Das ist eine lange Geschichte.«

»Erzähl sie mir«, bat ich, »während du dich vom Steuern ausruhst.«

Xandros lächelte und lehnte sich auf die Reling, dann ließ er sich nieder, so dass seine Beine über dem Wasser baumelten. Tropfen sprühten auf seine Füße. »Dann setz dich. Es ist wirklich eine lange Geschichte.«

Ich tat es.

»Zu Zeiten meines Großvaters, als König Priamos jung und seine Herrschaft noch nicht gefestigt war, heiratete er ein Mädchen aus einem alten Edelgeschlecht, ein Mädchen aus dem Ufervolk, das schon dort gewesen war, bevor Priamos' Geschlecht nach Wilusa gekommen war. Sie gebar ihm drei Töchter und starb bei der Geburt der dritten. Er heiratete abermals, diesmal eine Nichte des hethitischen Kaisers, die eine reiche Mitgift in die Ehe brachte und das Bündnis festigte. Sie hatte viele Kinder, darunter Hektor, Alexandros und die Zwillinge. Die Töchter seiner ersten Gemahlin wurden in Ehren gehalten, doch ganz offensichtlich würden sie nicht die Mütter von Priamos' Erben werden, da Hekabe so viele Söhne hatte. Die mittlere Tochter starb als Kind an einem Fieber. Kassandra, die Jüngste, wurde dem Schrein Apollos übergeben, des Herrn des Bogens, der Wilusa mehr zugetan war als allen anderen Städten. Sie war unsere Sibylle, genau wie du.«

Xandros warf mir einen Blick zu. »Ich habe von ihr gehört«, sagte ich. »Und wie sie als Agamemnons Gefangene nach Mykene gebracht wurde.«

Xandros nickte. »Die älteste Tochter hieß Lysisippa. Sie wurde dem Schrein der Herrin des Meeres übergeben, dem heiligsten aller Schreine. Es gibt einen heiligen Ort, wo der Fluss aus dem Berg Ida hervorströmt. Es ist eine Grotte, fünfmal so hoch wie ein Mann, wo Gänge bis zu den tiefsten Wurzeln des Berges hinabführen.«

»Ein sehr großes Mysterium«, meinte ich.

»Ein sehr heiliger Ort«, erwiderte er. »Wo die Wasser der Welt geboren werden, geweiht sowohl der Aphrodite als auch Ihrer Schwester.«

»Ein Schoß«, entsann ich mich, »und ein Grab. Kein Wunder, dass dies der heiligste Ort des Volkes ist.«

Xandros war ganz meiner Meinung. »Es ist fürwahr der heiligste aller Orte. Und er befindet sich am Fuße des Ida, einen Tagesmarsch von der Stadt entfernt. Jedenfalls war es so, dass Lysisippa ebendiesem Schrein übergeben wurde, der der älteste und ehrwürdigste aller Schreine ist, und dass sie Priamos' ältestes Kind war.«

Wieder hob sich der Delphin aus dem Wasser, sein Kopf streifte fast Xandros' Füße.

»Da du den Ida niemals gesehen hast, lass dir sagen, dass er sehr grün und fruchtbar ist, mit Weiden, groß und üppig genug für jedes Ross auf der ganzen Welt. Wenn der Regen einsetzt und das Land ergrünt, vor der Zeit, da die Fohlen zur Welt kommen, bringen die Häuser Wilusas alle ihre Pferde auf die Hänge des Berges, wo das Gras jung und zart ist und die Hitze und die Fliegen ihnen nicht zu schaffen machen. So hat das Volk der Rösser es gehalten, seit es nach Wilusa gekommen ist. Anchises war ein jüngerer Sohn eines der edlen Geschlechter, und er ist mit den Pferden hinausgezogen und hat sie umsorgt, denn in den mächtigen Rössern der Trojas bestand unser ganzer Reichtum.«

»Ah«, machte ich.

»In jenen Tagen war er prachtvoll anzusehen, groß und von aufrechtem Wuchs, ein junger Mann von sechzehn Jahren. Lysisippa war zehn Jahre älter und damals schon Cytherea. Daher besaß sie die ganze Majestät ihres Amtes und all die Schönheit, die Aphrodite Ihren Priesterinnen schenkt. Anchises erblickte sie, und sie rührte sein Herz. Von diesem Moment an gab es auf der Welt keine Frau für ihn außer Lysisippa.«

»Wie es manchmal eben passiert«, meinte ich.

»Er war nicht von ausreichend hohem Stande, um sie zu besitzen, sie war nun mal Priamos' Älteste und er der jüngere Sohn eines geringeren Hauses. Und außerdem war sie Cytherea und konnte keines Mannes Gemahlin sein. Doch er warb trotzdem um sie. Er dichtete Lieder für sie, die er des Nachts auf den Weiden sang. Er schwor Aphrodite einen Eid, dass er ihr zeit seines Lebens treu sein und keine andere Frau auch nur ansehen würde. Und endlich bewegten seine Gebete Aphrodite höchstselbst. Lysisippa kam nachts zu ihm, als er über seine Pferde wachte, und sie lag bei ihm auf den Hängen des heiligen Berges.«

»Gewiss ist das Cytherea doch gestattet«, warf ich ein.

»Das ist es«, bestätigte er. »Als die Zeit kam, da Anchises in die Stadt zurückkehren musste, verging nicht ein Tag, an dem er nicht von Lysisippa sprach, zum Verdruss aller um ihn herum. Und als abermals die Fohlenzeit kam, kehrte er aufs Land zurück. So hielt er es zwei Jahre lang. Inzwischen wollte sein Vater, dass er sich vermählte. Doch er sagte allen, dass es ein schwerer Frevel wäre, wenn er das täte, da er der Herrin der See einen Eid geschworen habe, dass er in seinem Leben außer Lysisippa keine Frau anrühren würde.«

»Was hat seine Familie getan?«, wollte ich wissen.

Xandros zuckte die Achseln. »Was konnte sie tun? Er blieb unverheiratet und verbrachte so viele Tage des Jahres wie möglich auf dem Ida. Lysisippa brachte Neas in dem Sommer zur Welt, nachdem Prinz Alexandros die achaische Prinzessin als Kriegsbeute mitgebracht hatte, und als die Zeit für ihn kam, die Häuser der Frauen zu verlassen und bei seinem Vater zu leben, wurde die Stadt bereits belagert. In diesem Jahr ging er nicht zu seinem Vater. Damals bin ich geboren worden. Die Untere Stadt war bereits erobert und niedergebrannt worden, und alle, die konnten, waren fortgegangen.«

»Ist das weit?«, erkundigte ich mich, da ich nichts über diese Gegend wusste.

»Weit genug.« Xandros sah mich an und lächelte. »Weit genug für eine Frau, die kurz vor der Niederkunft steht und deren Haus abgebrannt ist, während überall achaische Räuberbanden umherstreifen. Aber sie ist nicht gestorben. Und sie hat auch nicht viel darüber gesprochen. Ich wurde geboren, als sie gerade erst seit ein paar Tagen in Kaikus war.«

Wieder tauchte der Delphin auf, diesmal beinahe direkt unter meinen Füßen, und tändelte mit dem Bug des Schiffes. Ein wissender Ausdruck lag auf seinem Gesicht.

»Also blieb Neas dieses ganze Jahr über im Schrein. Und auch das ganze nächste Jahr. Die Stadt fiel, und alle Kinder des Königshauses wurden getötet, sogar die Säuglinge, die von den Mauern geschleudert wurden.« Seine Stimme klang gepresst, und ich wusste, dass er an seine eigenen Töchter dachte. Xandros sah mich nicht an. Stattdessen starrte er mit trockenen Augen aufs Meer hinaus. »Danach gab es monatelang keine Herrschaft und nur wenig zu essen. Einige von denen, die der Belagerung entronnen waren, sind in jenem ersten Jahr verhungert. Lysisippa behielt ihn im Schrein, und er entging diesem Schicksal.«

»Als er schon lange in dem Alter war, da er die Mysterien verlassen sollte«, bemerkte ich.

»Ja«, sagte Xandros. »Aber die Herrin der See liebte ihn als Ihren eigenen Sohn. Neas hat im Allerheiligsten am Fuße Ihres Thrones gespielt. Er fürchtete Ihre Missbilligung nicht, nicht mehr, als jeder geliebte Sohn seine Mutter fürchtet. Er war mehr als sechs Jahre alt, als er aus dem Schrein herauskam, zu seinem Vater nach Wilusa zog und man ihn als den Sohn des Anchises kannte.«

Und wie sollte sie ihn auch fortschicken?, dachte ich. Ein so kleines Kind in Krieg und Hungersnot hinauszuschicken ist keiner Mutter möglich. Und ganz offensichtlich hatte die Herrin nichts dagegen einzuwenden gehabt.

»Seitdem hat er stets die Gunst der Herrin des Meeres genossen«, sagte Xandros. »Kein Mann ist je von einem Schiff verloren gegangen, das er befehligt hat, und kein Schiff unter seinem Befehl ist jemals gesunken, es sei denn, man zählt die *Drohung* mit, und die war damals weit von ihm entfernt. Er ist ein Glückskind. Gesegnet. Wenn etwas für ihn gut ausgehen kann, dann geht es gut aus. Wenn Sie Ihre Hand ausstrecken und ihm beistehen kann, dann tut Sie es.«

»Um ihn durch den Sturm und zur Insel der Toten zu geleiten«, sagte ich.

Xandros nickte. »Oder wohin auch sonst. Als er nach Wilusa kam, wussten alle, dass er Lysisippas Sohn war und das letzte Kind aus dem Geschlecht des Priamos. Also haben die Herrscher und Anführer, die überlebt hatten, einen Rat gegründet, und dieser hat in Wilusa geherrscht, bis jetzt. Er war als Prinz Äneas bekannt, aus Hochachtung, doch schon als junger Mann hat er sehr deutlich zu verstehen gegeben, dass er kein Verlangen danach hatte, den Rat zu stürzen und sich selbst zum König zu machen, und dass er sich stattdessen der Weisheit des Rates beugen werde.«

»Das ist in der Tat weise für einen jungen Mann«, stellte ich fest. »Besonders für einen, der von den Göttern begünstigt ist und sämtliche Vorteile der Schönheit und Tapferkeit genießt. Die meisten Männer könnten der Versuchung der Macht nicht widerstehen und dem Blendwerk von Menschen, die etwas zu gewinnen haben.«

»Neas ist nicht so wie die meisten Männer«, entgegnete Xandros. »Er ist derjenige, der immer alles richtig gemacht hat.«

Und doch hat es ihm wenig genützt, dachte ich. Er war mit der Flotte fort, als die Stadt niedergebrannt wurde. Er konnte seine Gemahlin nicht retten, die er geliebt hat. Sein Sohn sieht ihn mit großen, gepeinigten Augen an, genau wie alle anderen Kinder hier. Er kann nicht kämpfen, ohne unersetzliche Männer zu verlieren, und es gibt keine Zuflucht. Er kann die Ehre seiner Väter nicht hochhalten und gleichzeitig das Leben der Menschen des Volkes schützen. Er kann keine Entscheidung treffen, die nicht falsch ist. Die Gunst der Herrin des Meeres bietet in diesem Labyrinth nur wenig Führung.

»Du wirst ihm folgen, was immer er auch entscheidet?«, fragte ich.

Xandros blickte auf, offenkundig überrascht von der Frage. »Bis ans Ende der Welt«, antwortete er.

Ich blickte weg, aufs Meer hinaus. Niemand hatte mich je mit einem solchen Ausdruck in den Augen angesehen wie der von Xandros, wenn er von Neas sprach. Ob sie nun tatsächlich Liebende waren oder ob es sich lediglich um jene Art von Freundschaft handelte, die zwischen Halbwüchsigen entsteht, bis das Brautbett zwischenkommt, das Gefühl war existent. Liebe kann man ebenso wenig beherrschen wie die See. Sein Herz war wohl für alle Zeit vergeben.

Mehrere Tage später erreichten wir die Seeräuberstadt, Millawanda, die die Menschen von den Inseln die Freie Stadt nennen. Vor drei Generationen hatte sie ihre Freiheit gewonnen, Freiheit sowohl vom hethitischen Kaiser als auch von dem Großkönig von Mykene, jenem Atreus, der Agamemnons Vater gewesen war. Seitdem führte sie ein Zwischendasein und hielt an ihrer Unabhängigkeit fest, eine Stadt, die mit keiner Macht im Bunde war.

Alle trieben hier Handel. Als wir in das gewaltige Rund des Hafens einfuhren, umgeben von den eckigen hethitischen Wehrmauern mit den gedrungenen Türmen, sahen wir Schiffe aus aller Herren Länder. Schnelle kretische Schiffe mit vielen Rudern, achaische Schiffe aus einem Dutzend verschiedener Gebiete, die flinken, dunklen Segler der Inselleute von Lazba mit den auf den Bug gemalten Augen, genau wie bei den Schiffen aus Wilusa, breite tyrianische Handelsschiffe mit zwei Segeln und sogar die schlanken ägyptischen Schiffe, deren dreieckige Segel für mich sonderbar aussahen.

Vorn im Bug brüllte Kos, und Xandros und ich blickten in die Richtung, in die er zeigte.

An einem der großen Kais, die vom Land ins Wasser hinausragten, lag die *Maidenauge*, die *Schwalbe* dicht neben ihr. In ihrem Schatten waren alle drei vermissten Fischerboote vertäut.

Auf der *Sieben Schwestern* erhob sich gewaltiger Jubel und übertönte den Lärm und das Getöse des Hafens. Dann wurden aus dem Geschrei Worte. »Ä-Ne-As! Ä-Ne-As! Ä-Ne-As! Aphrodite Cytherea!« Wieder einmal war das Glück dem Geliebten der Herrin des Meeres treu geblieben.

Unsere Schiffe legten am Kai an, und die Menschen unseres Volkes stürzten aufeinander zu, fielen sich in die Arme und begrüßten einander mit fröhlichen Worten. Jamarados, der Führer der *Maidenauge*, umarmte Xandros heftig.

Neas sprang mit einem Satz auf den Steg, fasste die Unterarme der Männer und umarmte sie wie Brüder.

»Wir dachten, ihr wärt gesunken«, sagte Jamarados zu Xandros. »Wir dachten, wir sind alles, was noch übrig ist.«

»Wir dachten auch, ihr wärt verloren gegangen«, erwiderte Xandros. »Und ich bin froh, dass wir uns beide geirrt haben.«

Die Nacht senkte sich herab, ehe wir alles geordnet und Neas das Hafengeld bezahlt hatte, so dass wir bei den anderen Schiffen festmachen konnten. Auf derlei achten sie sehr genau in der Freien Stadt. In den meisten Häfen würden Kaufleute es sich zweimal überlegen, ob sie von einem Mann mit acht Kriegsschiffen verlangen, dass er bezahlt, in Millawanda jedoch tun sie das nicht. Zahlte man nicht, so blieb einem der Hafen verschlossen. Niemand würde einem Proviant verkaufen oder Handel mit einem treiben. Sollte die Mannschaft beschließen, die Dinge selbst in die Hand zu nehmen, so verfügte die Stadt über eine Wache, die von ihrem Fürsten und einem Rat der Kaufleute unterhalten wird. Bei Bedarf können sie mehrere Hundert Männer aufbieten, die alle gelobt haben, die Besitztümer der Stadt zu schützen. Nicht einmal Neoptolemos wäre töricht genug, die Geduld Millawandas auf die Probe zu stellen.

Jamarados hatte ein großes Haus im Hafenviertel gemietet. Rasch räumte er sein eigenes Quartier für Neas, und alle machten sich daran, sich einzurichten. Neas wies die Hälfte der Mannschaften an, des Nachts auf den Schiffen zu bleiben.

Ich quetschte mich mit zehn anderen Frauen in ein großes Gemach neben dem Haupthof, ein luftiger, mit Wandmalereien geschmückter Raum, der offensichtlich für die Frauen und Kinder des Haushalts gedacht war. An und für sich war er groß, aber nicht für elf Frauen.

Trotzdem war das Gemach kühl und angenehm, mit einem kleinen Brunnen im Hof und einem blau-weißen Fliesenboden. Die Wandmalereien dagegen entsprachen der Sitte der Inseln, mit tiefblauen Fischen, die innerhalb geometrischer Muster schwammen. Es war sehr hübsch.

Es war seltsam, sich so mit den anderen Frauen an einem zivilisierten Ort aufzuhalten, nicht zum Rat gerufen zu werden. Nach einer Weile steckte ich mir das Haar mit den Kupfernadeln auf, so wie Jene Die Pythia Gewesen War es mich gelehrt hatte, legte mir den Schleier um, so dass er zwar mein Haar bedeckte, nicht aber mein Gesicht, und machte mich auf die Suche nach den Männern.

Ich fand Neas in einem Raum auf der anderen Seite des Hofes. Hier gab es keine Haupträume in der Mitte des Gebäudes mit einem Herd, so wie ich es gewöhnt war, sondern eine Reihe von Gemächern, die auf viereckige Innenhöfe hinausgingen, wie es auf den Inseln üblich war. Neas mischte Wein und Wasser in einem schlichten Kupferkrug und schenkte seinen Gästen ein. Xandros war da und Jamarados, außerdem der Schiffsführer der *Jäger* und Anchises. Zwei der anderen Männer kannte ich nicht.

Einer davon war ein Greis in Anchises' Alter mit einem säuberlich gestutzten spitzen Bart, der von Grau durchzogen war. Der andere war zwanzig Jahre jünger, ähnelte ihm aber so sehr, dass unverkennbar war, dass es sich um seinen Sohn handelte. Beide waren reich gekleidet und trugen bestickte Gewänder.

Im Türrahmen hielt ich inne. Ich wusste nicht, was hier Sitte war, und ich spürte, wie Anchises' Blick auf mir ruhte und mich vertreiben wollte. Neas bemerkte die finstere Miene seines Vaters; er schaute auf und bemerkte mich.

»Ihr Herren«, sagte er, »dies ist Sibylle. Sie dient der Herrin der Toten, in eurer Mundart Jener Die Ereshkigal Genannt Wird.«

Ich neigte den Kopf.

Der ältere der Herren blickte auf und bedachte mich beinahe mit einem Lächeln. »Ich bin Hattuselak, und dies ist mein Sohn Elaskas. Ich war Gast und Freund des Anchises im lichten Wilusa. Fürwahr, Elaskas' Mutter war entfernt mit ihm verwandt.«

»Die Enkelin des Großonkels meines Vaters«, erklärte Anchises.

»Es ist mir eine Freude, euch in Millawanda willkommen zu heißen«, sagte Hattuselak zu Neas. »Ich hoffe doch, du wirst mich mit der Schilderung deiner Reise beehren.«

Sie redeten bis tief in die Nacht, so dass ich selbst endlich schlafen ging. Ich wusste, dass ich am Morgen erfahren würde, was sich zugetragen hatte.

Neas und Xandros suchten mich zusammen auf, als ich gerade mein Haar zum Trocknen in der Sonne ausbreitete. Ich hatte es mit klarem Süßwasser aus dem Brunnen gewaschen und endlich all das Salz herausbekommen, dann hatte ich es gekämmt und sämtliche Knoten entwirrt. Sauber und gekämmt reichte es mir bis zu den Knien. Es war friedlich hier im Sonnenschein, während das Plätschern des Brunnens beinahe den Lärm und das Schwatzen des Volkes übertönte.

Trotzdem hörte ich ihre Schritte näher kommen und wusste, ohne hinzusehen, wer es war. »Ja, Prinz Äneas?«, fragte ich.

Er ließ sich neben mir auf dem Brunnenrand nieder. Xandros blieb stehen und hielt sich in seiner Nähe.

»Es sind Sklaven hier«, berichtete Neas. »Neoptolemos hat ungefähr fünfzig oder sechzig Frauen und ältere Kinder hierhergebracht. Sie wurden verkauft, und ein paar sind aus der Stadt fortgeschafft worden, aber die meisten sind noch hier. Wenn wir nicht das Gesetz von Millawanda brechen und uns ihrer mit Gewalt bemächtigen wollen, wird es Hunderte von Deben Gold kosten, um sie alle von ihren jetzigen Besitzern einzutauschen.«

»Ich glaube nicht, dass es eine gute Idee ist, sie mit Gewalt zu befreien«, gab Xandros zu bedenken. »Danach müssen wir irgendwie aus dem Hafen kommen. Habt ihr die Befestigungen gesehen?«

»Und nach dem, was du sagst, würden wir Dutzende von Menschen gleichzeitig holen müssen, an Dutzenden von Orten.« Ich hob den Kopf und ließ mein Haar zurückfallen. »Und dann kämpfen und mit ihnen durch die Straßen zu den Schiffen fliehen, ehe wir aus dem Hafen ausbrechen. Gold ist diesmal vielleicht die bessere Lösung.«

»Das Problem ist nur …«, begann Neas.

»Wir haben keine Hunderte Deben Gold«, vollendete Xandros den Satz.

»Wieso habe ich dieses Problem kommen sehen?«, überlegte ich laut.

»Weil du uns daran gehindert hast, Pylos bis auf den letzten Rest auszurauben«, behauptete Neas.

»Ach, jetzt ist es also meine Schuld?«, fragte ich. »Wenn ihr so lange gewartet hättet, bis Pylos ganz und gar leer gewesen wäre, wärt ihr Neoptolemos geradewegs in die Arme gelaufen.«

»Vieles davon konnte man ohnehin nicht tragen«, bemerkte Xandros.

»Ich weiß«, erwiderte ich. »Ihr habt euch ja alles gegriffen, das nicht aus massiver Bronze oder in die Erde eingegraben war.«

»Das hätte ich mir auch noch geholt, wenn du uns mehr Zeit gelassen hättest«, grinste Xandros. »Diese Riesenkrüge voller Linsen …«

»Und wo hättest du die auf der *Delphin* verstaut?«, wollte Neas ebenfalls lächelnd wissen. »Hattest du denn noch Platz nach den hundert Weinamphoren?«

»Vielleicht hätte er sie einfach vertäuen und hinterherschleppen sollen«, schlug ich vor.

»Dann wären wir bestimmt ungemein seetüchtig gewesen«, gab Xandros zurück.

Neas schüttelte den Kopf. »Ihr seid beide albern wie Kinder.«

»Und du nicht?«, fragte ich.

»Ich bin ein äußerst ernsthafter Mann.«

»In der Tat«, stellte Xandros fest und zog ein langes Gesicht, das fast wie das von Anchises aussah, aber nicht ganz.

Neas verdrehte die Augen, doch er lächelte noch immer. Die beiden sahen besser aus; eine Nacht voller Ruhe an Land, in richtigen Betten hatte ihnen gutgetan. »Das Problem besteht noch immer darin, dass wir keine Hunderte Deben Gold besitzen. Und wir haben nichts, was wir verkaufen oder eintauschen könnten, das so viel wert ist.«

»Außer den Schiffen«, sagte ich.

»Außer den Schiffen«, bestätigte Xandros mit schmerzlicher Miene.

»Aber wenn wir eins von den Schiffen verkaufen, wo bringen wir dann noch fünfzig Menschen mehr unter?«, wollte Neas wissen. »Wir sitzen in den Kriegsschiffen ohnehin schon fast aufeinander, und es sieht so aus, als würde es noch schlimmer werden. Eines von den Fischerbooten ist kaum noch seetüchtig, und vielleicht müssen wir es abwracken und alles auf die großen Schiffe schaffen.«

»Von den drei Booten ist keins in guter Verfassung«, meinte Xandros. »Ich würde wirklich nicht gern mit einem davon hinausfahren, jedenfalls nicht so weit, dass der Hafen außer Sicht ist.«

»Nun, sie werden so weit hinausmüssen, dass der Hafen außer Sicht ist. Ganz gleich, wohin wir fahren«, stellte Neas fest.

»Fahren wir denn?«, fragte Xandros. »Warum nicht hierbleiben? Es ist nicht zu Hause, aber es ist nicht so weit weg. Viele Menschen hier sprechen unsere Sprache. Es ist nicht Ahhiyawa.«

»Und was sollen wir tun?«, fragte Neas. »Wir haben vierhundert Menschen. Fischer, Bauern, Pferdezüchter. Nur haben wir keine Gehöfte, keine Pferde und drei leckgeschlagene Fischerboote. Wir haben keine Möglichkeit, unseren Lebensunterhalt zu verdienen. Und die Kaufleute von Millawanda werden uns nicht ohne Weiteres auf Treu und Glauben Schulden machen lassen. Wir würden uns selbst in die Sklaverei verkaufen.«

»Und was sollen wir woanders tun?«, hielt Xandros dagegen.

Neas sah mich an. »Eine neue Stadt gründen.«

»Eine neue Stadt? Das kann nicht dein Ernst sein! Wir sind doch nur vierhundert Menschen.«

»Xandros, wir sind alles, was vom Volke übrig ist. Wir müssen zusammenhalten«, sagte Neas eindringlich. »Wir können uns nicht einfach in Millawanda in alle acht Winde zerstreuen.«

»Neas …«

»Xandros, ich brauche dich an meiner Seite. Ich muss dich an meiner Seite haben, wenn ich mit den anderen Schiffsführern rede.« Neas beugte sich vor.

Xandros stieß einen langen Atemzug aus. »Ich halte zu dir. Das weißt du. Allerdings habe ich nicht die leiseste Ahnung, was du vorhast.«

»Neas hat recht«, bemerkte ich. »Wenn wir hierbleiben, haben wir vierhundert einzelne Geschicke, und es wird das Volk nicht mehr geben. Wir werden in der Freien Stadt verschwinden, dreihundert Männer mit Schulden, die sie nicht begleichen können. Und das wird das Ende sein. Wir müssen zusammenbleiben und weiterziehen. Und irgendwie müssen wir Gold auftreiben, um es gegen die Sklaven einzutauschen.«

Neas lehnte sich zurück. »Und genau das ist die Kunst.«

Ich folgte neben ihm seinem Beispiel. »Fürwahr.«

Xandros setzte sich und lehnte sich an die Umrandung des Brunnens. »Das wird gefährlich, nicht wahr?«

10

Tauschhandel

Neas war außer sich. Ich konnte ihn über den ganzen Hof hinweg brüllen hören. Rasch eilte ich hinüber, um nachzusehen, was vor sich ging.

Xandros lotste gerade zwei kleine Jungen zur Tür hinaus. Sie waren sauber, trugen jedoch nichts als Lendentücher am Leib und sahen aus, als wären sie zehn und zwölf Jahre alt. »Kommt, ihr beiden«, sagte Xandros gerade. »Wir suchen euch einen Schlafplatz, und dann können wir zum Hafen hinuntergehen.« Er sah mich an und zog eine Augenbraue hoch, als ich an ihm vorbeiging. Ich kannte ihn nicht gut genug, um zu wissen, ob das eine Warnung war oder nicht.

Ich betrat den Raum, den Neas zum Arbeiten benutzte. »Was ist los, Prinz Äneas?«

»Er ist ein Narr«, grollte Neas.

»Xandros?«

»Nicht Xandros.« Aufgebracht schritt Neas über den Fußboden auf und ab. »Amynter, der Schiffsführer der *Jäger.* Er ist losgezogen und hat sich in die Sklaverei verkauft, um seine beiden Söhne zurückzubekommen. Er hat sie bei einem Händler gegen sich selbst eingetauscht.«

»Die Jungen, die gerade hinausgegangen sind?«

»Ja, die Jungen, die gerade hinausgegangen sind.« Neas nahm einen Becher vom Tisch und stellte ihn gleich darauf wieder zurück. »Jetzt habe ich also keinen Steuermann mehr für die *Jäger.* Und zwei Kinder mehr am Hals.«

»Prinz Äneas«, sagte ich in meinem vernünftigsten Tonfall, »welcher Vater würde nicht dasselbe tun, wenn er erfährt, dass seine Kinder noch am Leben sind? Welcher Vater würde im Tausch gegen ihre Freiheit nicht die Knechtschaft wählen? Amynter hat nichts eingetauscht, das nicht ihm gehört hat.«

»Ja. Nun denn. Ich habe trotzdem keinen Führer für die *Jäger.*« Allmählich beruhigte er sich, doch er schritt weiter auf und ab. »Ich hätte eine Möglichkeit gefunden, die Jungen einzutauschen, wenn er nur abgewartet hätte. Jetzt habe ich einen meiner besten Männer verloren, einen erfahrenen Schiffsführer, für den es keinen Ersatz gibt. Und wer weiß, ob der Kaufmann, der ihn gekauft hat, bereit ist, ihn wieder einzutauschen? Ein erfahrener Kämpfer ist viel wert.«

»Das wären diese Knaben in einem Freudenhaus auch gewesen«, sagte ich.

Jäh blieb Neas stehen und sah mich an. »Meinst du?«

»Natürlich ist es das, was Amynter gedacht hat«, erklärte ich. »Als er den Wert seiner Söhne in Gold geschätzt hat.«

»Nun ja«, brummte Neas.

»Es ist schwer«, sagte ich, während ich mich auf die Tischkante setzte, »unser Leben und das derer, die man liebt, in Gold umzurechnen. Zu sich selbst zu sagen, ganz unverblümt, was bin ich wert? Was kann ich, das etwas wert ist?«

»Genau das habe ich mich auch gefragt«, meinte Neas. »Was können wir tun, um Hunderte Deben Gold zu beschaffen?« Er drehte sich um und nahm von Neuem den Becher zur Hand. »Was bin ich wert, der Prinz eines Volkes, das es nicht mehr gibt? Ich habe nichts, was mir gehört, außer meinem Schwert.«

»Du hast acht Kriegsschiffe und Krieger, um sie zu bemannen«, erwiderte ich. »Das ist das Vermögen, das wir besitzen. Keine Pferde, keine Gehöfte, keine Ländereien oder Werkstätten. Die Frage, die wir stellen müssen, lautet, was können wir damit anfangen?«

»Mir fällt nur eins ein«, sagte Neas. »Wahrhaftig zu Freibeutern werden. Auch so spät im Jahr sind noch Handelsschiffe unterwegs, reich beladen. Entlang der Küste und auf den Inseln gibt es Dörfer ohne starke Wehrmauern.«

Und so geht es fort, dachte ich. Andere Schiffe kapern, die ihren Geschäften nachgehen, und die Mannschaften versklaven. Fischerdörfer überfallen, die außer ihren Frauen keinerlei Reichtümer ihr Eigen nennen. Diese Menschen für die Unseren eintauschen. Sie in die Knechtschaft verkaufen, um unsere Leute zu befreien.

Einen Augenblick lang war mir, als vernähme ich die Stimme Jener Die Pythia Gewesen War neben mir. *Kann ich das Meer von den Seeräubern befreien oder Männer von den Toten auferstehen lassen, damit sie brachliegende Äcker pflügen? Du musst über die Ursache der Dinge nachdenken, über die Gestalt der Welt. Dergleichen musst du verstehen, wenn du Könige beraten willst.*

Wir würden unsere Klagen gegen die ihren eintauschen, und andere Frauen würden weinen, andere Städte brennen, andere Eltern vergeblich nach ihren Kindern suchen. Und so geht es weiter, eine Spirale, die hinabführt in die Finsternis, jedes Jahr tiefer.

Neas sah mich an. »Fällt dir etwas Besseres ein?«

»Nein«, sagte ich langsam. »Ich sehe auch nicht, was wir sonst tun könnten. Aber vielleicht sollten wir um die Führung meiner Herrin ersuchen, ehe wir eine so gewichtige Entscheidung treffen. Ist es nicht das, wozu Orakel da sind?«

»Kannst du das hier tun?«

»Das kann ich«, antwortete ich. »An einem heiligen Ort geht es besser, aber ich kann Sie in jedem abgedunkelten Raum suchen.«

Wir entschieden uns für ein Gemach im Inneren des Hauses, das nur ein Fenster hatte. Dies verhängte ich mit drei Lagen Stoff und stellte das Kohlebecken auf. Ich fühlte mich seltsam angespannt und belebt. Es war Wochen her, dass ich versucht hatte, etwas zu sehen, das letzte Mal war gewesen, bevor ich Pylos verlassen hatte. Sorgfältig bemalte ich mir das Gesicht schwarz und weiß. Neas saß still in der Ecke, wie es sich für einen Bittsteller ziemt, und bedachte die Frage, die er der Sibylle stellen würde. Wir waren schon fast bereit, als Xandros an die Tür klopfte.

Neas öffnete.

»Entschuldigt«, sagte Xandros, »aber Hattuselak ist hier. Er muss sofort mit dir sprechen, Neas. Er sagt, es sei wichtig.«

»Einen Moment«, erwiderte Neas und sah mich an.

»Geh«, wies ich ihn an. »Ich bin noch nicht ganz so weit.«

Er ging und schloss die Tür hinter sich. Ich schürte die Kohlen in dem Becken, dann kniete ich daneben nieder und blickte ins Feuer.

Warte, wisperte sie. *Es ändert sich, während du wartest.*

Ich konnte es wie Strudel um mich herum fühlen, die Gestalt der Zukunft, die sich wandelte. Wie der unter Wasser dahinwallende Oktopus, den ich auf der Insel der Toten gesehen hatte, oder sein gemalter Artgenosse, der sich auf dem Boden des Tempels in Pylos zu winden schien. Fest heftete ich den Blick auf eine glühende Kohle. Wabern in den Flammen.

Auch diese Stadt wird brennen, dachte ich. *Nicht dieses Jahr, sondern im nächsten oder in dem danach. Die Mauern und Türme werden sie nicht retten. Es gibt zu viel Gold in Millawanda. Auch die Freie Stadt wird in Flammen aufgehen.*

Die Tür ging auf. Neas war wieder da; Freude glänzte auf seinem Gesicht. Er sah erleichtert aus, dachte ich, als läge unverhofft etwas vor ihm.

Er kam und kniete mir gegenüber nieder. »Ich bedauere die Störung, Herrin.«

»Ich habe gesehen, was es zu sehen gibt«, erwiderte ich. »Wir können nicht hierbleiben. Auch diese Stadt wird fallen, und dann sind wir aus einer Plünderung geradewegs in die nächste geflüchtet.«

»Wir gehen fort«, sagte Neas. »Hattuselak hat mir gezeigt, wie.« Er konnte die guten Neuigkeiten nicht länger für sich behalten. »Die Kaufleute von Millawanda haben sich beraten. Seit vielen Monaten hat es keiner von ihnen mehr gewagt, seine Handelsschiffe auszuschicken, um seine Waren jenseits des Meeres zu verkaufen. In diesem Jahr gibt es zu viele Piraten. Im Frühling wurden die ersten drei Schiffe gekapert, nur Stunden nachdem sie den Hafen verlassen hatten. Seitdem ist keins mehr ausgelaufen. Aber Millawanda ist abhängig vom Handel. Wenn die Händler nicht wagen, ihre Schiffe auszuschicken, wird die Stadt Hunger leiden, auch wenn ägyptische und kretische Schiffe einlaufen.«

»Was hat das mit uns zu tun?«, fragte ich, obwohl es mir allmählich klar wurde.

»Sie werden uns reich dafür entlohnen, mit unseren acht Kriegsschiffen einer Flotte Handelsschiffe das Geleit zu geben, entlang der lydischen Küste und hinunter nach Byblos. Hattuselak hat bei den anderen Händlern für unsere Ehre gebürgt und bei seinem Leben geschworen, dass wir ihre Schiffe nicht selbst plündern werden, sondern sie stattdessen mit ihrer ganzen Fracht sicher nach Byblos bringen. Als Gegenleistung bekommen wir die Sklaven, die Neoptolemos aus Wilusa hergebracht hat.«

»Die Sklaven sind sehr wertvoll«, meinte ich. »Aber wenn ihre Schiffe nicht auslaufen können, ohne verloren zu gehen, dann ist es gleichgültig, wie viele Sklaven es in Millawanda gibt.«

»Richtig«, sagt er. »Genau das hat auch Hattuselak gesagt. Er meinte, dies wäre eine Gelegenheit, die sich nicht noch einmal bieten würde – acht starke Schiffe, bemannt mit ehrenhaften Kriegern und befehligt vom Sohn seines Freundes. Wir können sie sicher nach Byblos geleiten.«

»Das ist weit«, gab ich zu bedenken. »Warst du schon einmal dort?«

Neas schüttelte den Kopf. »So weit die Küste hinunter noch nicht. Bis Rhodos und bis zur lydischen Küste bin ich schon gekommen. Jamarados war schon einmal in Byblos, und südlich von hier ist er bis Ashkelon gesegelt. Wir haben in Ugarit Handel getrieben, bevor es geplündert und niedergebrannt wurde.«

»Wann war das?«, erkundigte ich mich.

»Vor fünf Jahren«, antwortete Neas. »In dem Frühling, als ich Kreusa geheiratet habe. Es war eine große Stadt, eine alte Stadt. Und jetzt gibt es sie nicht mehr. Ich war auf jener letzten Handelsfahrt nicht dabei, aber Jamarados und Xandros, als Xandros noch Ruderer auf der *Maidenauge* war. Sie kamen an, und die Stadt war nichts als ein Haufen Asche und unbestatteter Toter.«

Mich schauderte, trotz der stickigen Hitze im Raum. Das Kohlebecken war warm. *Was geschieht hier?,* fragte ich. *Warum, Erhabene Herrin, gehen all die Städte und Werke der Menschen eines nach dem anderen zugrunde? Selbst so fern, wo der Fluch, den Agamemnon heraufbeschworen hat, keine Wirkung hat? Was geschieht mit unserem Volk?*

Neas sah das Kohlebecken an. »Bringt uns dieser Kurs Gutes? Das ist die Frage, die ich Ihr stellen möchte.«

»Ja, Prinz Äneas«, sagte ich. »Er bringt uns Gutes.« Sie beantwortete seine Frage, nicht aber die meine.

Ein paar Tage später stachen wir von Millawanda aus in See. Neas hatte sich der Fischerboote entledigt, weil sie nicht mithalten konnten. Er hatte sie gegen Verpflegung und andere Vorratsgüter sowie gegen die Freiheit Amynters eingetauscht, des Schiffsführers der *Jäger*. Mit den fünfzig Sklaven, die wir von den Kaufleuten Millawandas zurückbekommen hatten, war es sehr eng auf den Kriegsschiffen. Fünfzehn Handelsschiffe schlossen sich uns an; mit dreiundzwanzig Schiffen waren wir also eine sehr große Flotte. Es dauerte den halben Vormittag, aus dem Hafen auszulaufen.

Die *Delphin* segelte an der seewärts gerichteten Flanke der Schiffskarawane, ungefähr auf halber Höhe. Xandros war fast verzweifelt bemüht, die Handelsschiffe zusammenzuhalten, statt dass sie unter Segeln hierhin und dorthin streunten wie ein Hütehund und eine aufsässige Gänseherde.

Es war ein wunderschöner Anblick. Dreiundzwanzig Segel blähten sich auf dem tiefblauen Meer unter einem blauen Himmel, bei goldenem Sonnenschein und lauer Luft. Als ich allein am Bug stand, erblickte ich einen Schatten in unserer Bugwelle. Es war wieder der alte Delphin, dessen zerfurchtes Gesicht lächelte und der uns zurück aufs Meer hinausgeleitete. »Ich glaube«, sprach ich ihn an, »du bist ein Freund von Xandros, irgendein alter Seemann, der uns aus Liebe begleitet.« Der Delphin schnellte in einem langen Sprung empor, spielte mit dem Schaum und sank wieder unter uns in die Tiefe. »Und du bist ein koketter Bursche«, fügte ich mit einem Lächeln hinzu.

Am Steuer erblickte ich sodann Xandros. Kos half unserem neuen Ruderer. Bai konnte seine Bank nicht wieder übernehmen, ehe sein Schlüsselbein verheilt war. An seiner Stelle gab es einen neuen Ruderer. Kassander, der ältere Sohn von Amynter aus Millawanda. Er gab sich große Mühe. Mit zwölf war er alt genug, um das Handwerk zu lernen, doch er konnte den Rhythmus noch nicht sehr gut halten und kam ständig dem Ruderer hinter ihm in die Quere. Xandros blickte angestrengt geradeaus und verzog bei jedem unbeholfenen Schlag das Gesicht, doch er sagte nichts und ließ Kos seine Arbeit tun.

Fast vier Wochen lang waren wir unterwegs nach Byblos, und die Saison der Schifffahrt ging zu Ende. Während der Reise hatten wir neunmal haltgemacht und in großen und kleinen Städten Handel getrieben. Die erste war Halikarnassos gewesen, kaum zwei Tagesreisen die Küste hinunter, und dann Knidos am Kap. Dann wandten wir uns auf die offene See und setzten nach Rhodos über, der größten der Inseln. Kamiros ist in der Tat eine große Stadt, befestigt wie Millawanda, wenn auch nicht im selben Maße. Dies war der letzte Ort, wo die Mundart, die dort gesprochen wurde, der von Wilusa ähnlich genug war, dass jeder sich verständlich machen konnte. Danach mussten wir uns auf Männer wie Jamarados verlassen, die sich ein wenig Lydisch und andere Sprachen angeeignet hatten.

Nach Kamiros traten wir die Überfahrt nach Patara an der lydischen Küste an, und dann ging es weiter nach Myra. Dann überquerten wir den großen Meerbusen und steuerten Korakes in Karia an und fuhren dann weiter bis nach Soli bei Kyrenia, wo das Kupfer herkommt. Die Kaufleute tauschten Wein, Salz, Oliven und Öl gegen große Barren Rohkupfer ein. Diese werden von kundigen Handwerkern eingeschmolzen und mit Zinn vermengt; so wird Bronze gewonnen. Das Verhältnis ist nicht immer gleich, und es ist ein Zeichen großen Könnens zu wissen, wie man die beiden Metalle mischen muss, um Schwerter herzustellen, die scharf sind und nicht leicht zerbrechen. Neas erklärte mir all diese Dinge, während die Kaufleute an Land waren und Handel trieben.

Von Soli aus waren wir fünf Tage auf See und segelten die Küste Kyrenias entlang und übers Meer nach Osten. Nachdem wir das tückische Kap sicher umrundet hatten, wendeten wir uns nach Süden und liefen in den Hafen von Paltos ein, nicht weit südlich von der Stelle, wo Ugarit einst gewesen war. Von dort aus folgten wir dem Küstenverlauf nach Süden bis nach Arkha und dann weiter nach Byblos.

Inzwischen schlug das Wetter um. Die Zeit der Schifffahrt ging zu Ende, und wir mussten bis zum Frühling warten, ehe wir wieder auslaufen konnten.

»Wir bleiben in Byblos«, entschied Neas. »Hier können wir überwintern und im Frühling vielleicht andere Schiffe zurückgeleiten. Ich sorge für einen Ort, wo wir die Schiffe an Land ziehen und sie instand setzen können. Auf jeden Fall werden sie neu geteert werden müssen.«

»Wir haben auch ein paar angefaulte Planken«, meinte Jamarados. »Gibt es jemanden unter uns, der sich auf das Handwerk des Bootsbauers versteht?«

Kos trat von einem Fuß auf den anderen. Er war es nicht gewöhnt, in Prinz Äneas' Rat das Wort zu ergreifen, und ich fragte mich, warum Xandros ihn mitgebracht hatte. »Mein Vater war Bootsbauer. Ich habe das Handwerk nicht erlernt, aber ich habe dergleichen mein ganzes Leben lang um mich gehabt. Ich kann mir das ja mal ansehen.«

Xandros nickte. »Ich habe schon Schäden notdürftig ausgebessert; ich weiß, wie die Planken liegen sollten, allerdings weiß ich nicht, wie man sie ablagert und vorbereitet. Und das Ablagern dauert mindestens Monate. Ein paar Jahre wäre besser.«

»Woher bekommen wir das Holz?«, fragte Amynter.

Neas schaute auf die Küste hinaus, auf den geschäftig wimmelnden Hafen. »Für ihr Holz sind sie hier bekannt. Hier gibt es Zedern, die besten auf der ganzen Welt.«

»Das stimmt«, pflichtete Jamarados ihm bei. »Das ist der vorrangige Reichtum dieser Gegend, neben dem Handel. In Ugarit haben wir damals Zedernholz gekauft, das fertig abgelagert war und gleich zum Bauen verwendet werden konnte. Gewiss können wir auch hier welches eintauschen, obwohl es teuer war.«

Neas atmete hörbar aus. »Alles ist teuer. Und was wir eintauschen, muss monatelang reichen, bis wir wieder in See stechen können.«

»Werden wir das tun?«, wollte Amynter wissen. »Uns nächstes Frühjahr von Neuem anheuern lassen?«

»Es ist unter der Würde eines Prinzen von Wilusa, Handel zu treiben wie ein Inselbewohner«, grollte Anchises. »Es wäre besser, wenn du deinen Weg mit dem Schwerte machen würdest, wie es sich für einen Edelmann ziemt.«

»Es wäre besser, wenn ich das Wohl des Volkes über meine eigene Ehre stellen würde«, gab Neas barsch zurück.

»Es wäre besser, wenn du dich auf den letzten Rest Ehre besinnen würdest, den dir deine edlen Onkel und dein edler Großvater hinterlassen haben, und dich für zu gut erachten würdest, um wie ein Kaufmann zu schachern. Der Gewaltige Hektor hätte niemals …«

»Vater«, fiel Neas ihm ins Wort. »Der Gewaltige Hektor ist nicht hier.«

»Der Gewaltige Hektor hatte die Ehre, für seine Stadt zu sterben«, verkündete Anchises und hielt Neas' Blick stand.

Wie betäubt vor Entsetzen standen wir alle da und wussten nicht, was wir sagen sollten.

Neas wandte sich schließlich ab. »Ich gehe nach den Vorräten sehen«, sagte er und ging davon.

Anchises sah ihm nach, dann blickte er in die Runde der schweigenden Ratsversammlung, als wolle er einen von uns herausfordern, sich zu Wort zu melden. Niemand tat es. Alle Schiffsführer starrten auf ihre Füße oder aufs Meer hinaus. Und dann gingen sie mit einigen wenigen Worten auseinander, bis nur noch Xandros und ich übrig waren.

»Wir sind alle ohne Ehre«, bemerkte Xandros und blickte in die Richtung, in die Neas verschwunden war. »Nur fühlt Neas es am meisten, da er am meisten zu verlieren hatte. Fürst Anchises spricht aus, was wir alle wissen.«

»Es hat keinen Sinn, es auszusprechen«, wehrte ich hitzig ab. »Sieht er denn nicht, dass das keine Rolle spielt? Was ist Ehre gegen das Überleben?«

Xandros starrte mich an. »Herrin, weißt du denn gar nichts über die Herzen der Männer?«

»Ich sehe, dass wir überleben müssen.«

»Und es ist gleichgültig, wie wir das anstellen?«

»Natürlich nicht«, erwiderte ich. »Und ich schlage auch nicht vor, dass wir das Vertrauen dieser Händler missbrauchen, die zu schützen wir versprochen haben. Aber wir müssen etwas tun. Wir können nicht einfach nur dasitzen und darauf warten, dass die Flut uns verschlingt. Xandros, hier geht es nicht nur um uns. Dies ist nicht nur ein unglückliches Schicksal, das über das Volk gekommen ist.«

Xandros strich sich das Haar aus dem Gesicht. »Und was ist es dann?«

»Ich weiß es noch nicht.« Ich lehnte mich an die Reling. »Ich kann den Umfang dessen, was hier geschieht, nicht erkennen. Als sähe man einen Sturm kommen und wüsste nicht, wie groß er ist.«

»Ich verstehe nicht«, sagte Xandros tonlos. »Wie kann man eine Küste zeichnen? Und wie kann man sehen, wie groß ein Sturm ist? Er ist zu groß, als dass man das sehen könnte.«

»Aber wenn man es könnte«, wandte ich ein, »dann könnte man verstehen, was man unternehmen muss.«

»Man muss einen Strand finden, wo man an Land gehen kann, oder so weit aufs offene Meer hinausfahren, dass man den Sturm abwettern kann«, gab Xandros zurück.

»Ja«, sagte ich. »Aber die Götter können es sehen.«

»Wir sind keine Götter«, entgegnete Xandros.

»Wie viel geringer als Götter sind Helden?«, fragte ich. »Gewiss sind doch Helden nur wenig geringer als Götter?«

Xandros schüttelte den Kopf, und er lächelte. »Herrin, du sprichst zu mir von Mysterien, von Dingen, die weit jenseits meines Begreifens liegen. Es steht mir nicht an, diese Dinge zu sehen.«

»Sie liegen nicht jenseits deines Begreifens«, widersprach ich. »Sie sind jenseits dessen, was du gelernt hast, genau wie für mich.«

Er legte den Kopf schief. »Wie meinst du das?«

»Kannst du lernen, ein Schiff neu zu beplanken?«

Xandros nickte. »Ja. Ich meine, ich weiß nicht, wie es geht, aber wenn Kos es mir zeigt, natürlich kann ich es dann lernen.«

»Kann jeder das hier lernen?«

Er lehnte sich seinerseits gegen die Reling und lächelte. »Nun ja, nein. Nicht jeder. Amynter hat sehr starre Gewohnheiten, und Kassander versteht noch nicht genug von der Seefahrt, um zu wissen, was notwendig ist. Und es gibt einige, die einfach zu schwer von Begriff sind. Bootsbau ist ein schwieriges Handwerk.«

»Könnte ich es lernen?«

»Du bist eine Frau.«

Ich verschränkte die Arme vor der Brust. »Wenn ich es versuchen würde, Xandros. Könnte ich es lernen?«

»Ja«, antwortete er. »Wenn irgendjemand dich unterweisen würde.«

»Und wie hat der erste Bootsbauer es gelernt?«, fragte ich.

Wieder neigte Xandros den Kopf zur Seite. »Ich weiß es nicht. Woher soll ich das wissen? Vielleicht haben die Götter es ihn gelehrt.«

»Und wenn die Götter mich die Gestalt der Wolken lehren würden und wie sie sich bewegen, dann könnte ich den Sturm verstehen«, sagte ich.

»Vielleicht ist es nicht der Götter Wille, dass wir in Kenntnis all ihrer Mysterien kommen«, gab er zu bedenken.

»Woher sollen wir wissen, was Ihr Wille ist?«, fragte ich. »Wir wissen es nicht, es sei denn, wir fragen Sie. Vielleicht hat der erste Bootsbauer mit einem alten Baumstamm am Meer gesessen und ihn behauen, während die Herrin des

Meeres ihm zugelächelt hat. Und schließlich war er froh, ihn über die Wellen gleiten zu sehen. Vielleicht war es so.«

Xandros schüttelte den Kopf. »Herrin, du führst mich zu weit vom Ufer fort.«

Ich lächelte. »Und du folgst mir«, gab ich zurück. Niemand war jemals so weit mit mir mitgegangen. Ich legte ihm die Hand auf den Arm.

Xandros erstarrte, und ich zog meine Hand zurück, während er über meine Schulter blickte.

Ich drehte mich um. Zehn Schiffe liefen gerade in den Hafen ein. Das vorderste war mit dem Sonnenwagen bemalt.

»Neoptolemos«, sagte ich.

11

Junge Götter

Die Fürsten von Byblos sind starke Herrscher. Sie lassen nicht zu, dass Schlägereien auf den Straßen ausbrechen, weil das dem Handel abträglich wäre. Der Prinz war ein Mann namens Hiram, der Vierte oder Fünfte dieses Namens. Er war jung und energisch, ungefähr fünf Jahre älter als Neas.

Wir waren noch nicht lange in der Stadt, als er Neas zu einer Audienz zu sich lud. Jamarados ging mit, um zu übersetzen, und Amynter und Xandros als Gefolge. Außerdem war Xandros ein wenig mit der Sprache vertraut, gab aber aus diplomatischen Gründen den Anschein, als sei sie ihm völlig fremd.

Wie es schien, gab Prinz Hiram Neas ausdrücklich zu verstehen, dass jegliche Blutfehden zwischen ihm und Neoptolemos innerhalb der Mauern von Byblos ruhen mussten, sonst würden beide in den Verliesen unter der Zitadelle landen.

Als ich das hörte, war ich froh, dass Neas Anchises nicht zu der Audienz mitgenommen hatte. Ich glaubte nicht, dass eine lange Aufzählung von Neas' Vorfahren Hiram nachsichtiger gestimmt hätte.

Und so rasteten wir im selben Hafen wie unsere Feinde. Irgendwie bezweifelte ich, dass Neoptolemos Hirams Friedensverpflichtung mehr zusagte als Neas, doch auch ihm blieb nicht viel anderes übrig, als die Waffen ruhen zu lassen. Das Wetter wurde schlecht. Der Herbst war gekommen.

Es wurde Zeit für das Fest der Rückkehr. An einem stürmischen, von Regenwolken verdüsterten Tag sprach ich Neas darauf an.

Neas seufzte. »Ich wollte, wir könnten die Bräuche unseres Volkes bewahren. Hier gibt es Riten aller Völker, und Prinz Hiram hat anscheinend nichts gegen derlei einzuwenden, vor allem, wenn sie nicht in der Öffentlichkeit abgehalten werden.«

»Die Ägypter haben hier einen Schrein«, sagte ich. »Gewiss kann doch niemand etwas gegen Riten sagen, die in den eigenen vier Wänden stattfinden.« Mit einer Geste deutete ich auf die hohen Mauern und das solide Tor. »Vor allem, wenn es niemand sehen kann. Worüber ich mir mehr Gedanken mache, ist, wie wir es anstellen können. Es kann keine Prozession geben, es sei denn, wir marschieren im Kreis um den Hof herum.«

»Hinter dem Haus ist eine Vorratsgrube«, überlegte Neas. »Sie wird für Getreide und Bohnen benutzt. Die Wände sind aus Erde und nicht aus Stein, und sie ist nur ungefähr hüfttief, mit Brettern als Abdeckung, um Tiere fernzuhalten. Würde das gehen?«

»Es wird gehen müssen.« Ich scharrte mit dem Fuß im

Staub. »Der Boden ist festgestampft, und wahrscheinlich ist darunter Stein. Etwas Tieferes zu graben ist nicht möglich.« Wir gingen und begutachteten die Vorratsgrube. Sie war nicht perfekt, doch es würde gehen.

Schwieriger war die Frage, wer die anderen Rollen spielen würde. Ich würde natürlich den Part der Demeter übernehmen. Sie hat am meisten Text, und ihre Rolle ist diejenige, die das ganze Ritual im Fluss hält. In Pylos hatte ich das bereits zweimal getan, seit Jene Die Pythia Gewesen War gestorben war. Auf ein paar der Chorrollen konnten wir verzichten, doch ich brauchte trotzdem einen guten Sänger für den Part des Herrn der Toten. Dessen Rolle ist eine der schwersten, und in der Tat ist es eine der begehrtesten Rollen für einen Priester, mit Spannweite und Gefühl, das von Wut über Furcht und Kummer bis zu Verständnis dafür reicht, wie die Welt sein muss. Ich würde den Part auf jeden Fall kürzen müssen, denn niemand konnte in so kurzer Zeit den ganzen Text auswendig lernen, es sei denn, er wäre ein Priester mit geschultem Gedächtnis. Einen Ungeweihten in dieser Rolle zu unterweisen ist fast schon ein Frevel, doch ich sah keine Möglichkeit, diesen Ritus ohne den Herrn der Toten zu begehen.

Die Jungfrau ist leichter zu spielen. Ihr Text ist kurz und besteht zum großen Teil aus Wiederholungen, und nur für einen einzigen Teil davon bedarf es einer guten Stimme. Schließlich würde sie die meiste Zeit damit verbringen, in der Vorratsgrube zu hocken und auf ihren Auftritt zu warten, während der Herr der Toten und ich abwechselnd sangen.

Nach einigem Überlegen entschied ich mich für Tia.

»Ich? Das kann ich nicht!«, wehrte sie ab und strich sich das Haar hinter die Ohren. »Ich bin doch nicht geweiht.«

»Du brauchst nicht geweiht zu sein«, entgegnete ich. »Normalerweise wird die Jungfrau von einer Altardienerin gesungen. Ich selbst habe jahrelang in Pylos die Jungfrau gesungen, aber manchmal tut das auch irgendein Mädchen mit reiner Stimme und liebreizendem Gesicht.«

»Ich kann nicht vor all den Menschen auftreten«, sträubte sie sich, doch in ihren Augen schimmerte ein Licht. Einst, vor diesem Kriege, dachte ich, war sie eins jener Mädchen gewesen, die um ihre Schönheit wussten und die mit Freuden für die Ihren sangen. Diese Schönheit und diese Freude war noch immer in ihr, tief unter ihrer Trauer.

»Tia«, sagte ich, »du musst es tun, für das Volk. Wir alle müssen jetzt nach besten Kräften tun, was wir können, ob man uns nun dafür geschult hat oder nicht.«

Eine Hand kroch hinab zu der schwellenden Rundung unter ihrem Gewand, und sie schlug die Augen nieder. »Ich bin keine Jungfrau.«

»Kore auch nicht«, entgegnete ich und setzte mich neben sie. »Während der ganzen Sommerhitze hat Sie über die verdorrten Lande unter der Erde geherrscht, Ihre Hand in der Hand des Todes. Sie hat als Königin der Toten an einem dunklen Ort gelebt, wurde von den Ihren fortgeschleppt und zu Seiner finsteren Braut gemacht. Und jetzt ist Ihre Mutter gekommen, um Sie auszulösen. Sie hat ihre Tochter vom Tod zurückgewonnen. Und so legt Persephone Ihre schwarzen Gewänder ab und schickt sich an emporzusteigen. Nackt wartet Sie in Finsternis in der Erde. Und Sie vergisst. Alles, was vorher geschehen ist, liegt nun hinter ihr. Sie wartet, während Ihre Mutter dem Tod ihr Lied vorträgt. Und dann tritt Sie heraus, in Weiß gekleidet, unschuldig wie ein Neugeborenes, umschlungen von den Armen Ihrer Sippe.« Ich hielt inne und nahm ihre Hand. »Tia, du bist die Richtige dafür, das weiß ich.«

Und so stimmte sie zu.

Für den Herrn der Toten gab es eigentlich nur eine Möglichkeit: Es musste ein Mann sein mit hinlänglicher Ausstrahlung und genug Gefühl für den richtigen Zeitpunkt. Außerdem hatte Neas als Kind genug Riten miterlebt, derer er eigentlich nicht hätte ansichtig werden dürfen. Zudem hatte er eine kräftige Stimme, ein wenig zu hell und lieblich für den Herrn der Toten, aber dafür klangvoll und wandelbar. Wir verbrachten Stunden miteinander, während ich ihn die Rolle aus dem Gedächtnis lehrte, und ich war fürwahr froh, dass Jene Die Pythia Gewesen War mich jeden einzelnen Part vollständig hatte auswendig lernen lassen.

Wäre er ein Priester gewesen, dachte ich bei mir, so hätten wir gut zueinandergepasst. So wie die Dinge lagen, passten wir eigentlich zu gut zusammen; unsere Stimmen vermischten sich, hell und dunkel, wie Feuer und Schatten. Doch er war kein Priester, und ich tat gut daran, das nicht zu vergessen.

Endlich kam die Nacht des Festes. Ich weckte Neas um Mitternacht.

In der kühlen Luft vor dem Morgengrauen trat er unruhig von einem Fuß auf den anderen. »Ist es nicht bald so weit?«

»Nein«, antwortete ich. »Wir müssen warten, bis die

Sterne anfangen zu verblassen. Sonst musst du deinen Part in die Länge ziehen, während wir auf die Morgendämmerung warten, und das willst du bestimmt nicht tun.« Ich zupfte die Falten seines Umhangs zurecht. Neas trug ein dunkles Gewand, das eigentlich Amynter gehörte und ihm ein wenig zu kurz war, und meinen schwarzen Mantel, zweifach gefaltet und mit Gold an der Schulter festgeheftet, so dass er zu einem kurzen Umhang wurde, wie Männer ihn tragen. Mit dem Schwert an der Seite und dem gekämmten Haar gab er einen durchaus annehmbaren Herrn der Toten ab. Ich trug mein langes schwarzes Gewand, das allmählich alt und abgetragen genug war, um tatsächlich so auszusehen, als hätte ich monatelang in der Wildnis nach meiner Tochter gesucht.

Tia kam ein wenig später heraus, als die Menschen im Hause sich unüberhörbar zu regen begannen. Sie hielt einen Laib Brot umklammert. Ich starrte darauf. »Darf ich nichts essen?«, fragte sie entsetzt.

»Nein, nein, schon gut«, beschwichtigte ich. In Wahrheit hätte sie fasten sollen, doch in diesem Stadium ihrer Schwangerschaft war das keine gute Idee. »Es ist fast so weit«, sagte ich. »Nur zu, steig in die Grube.«

Das Brot fest in der Hand, kletterte Tia in die Grube, und Neas legte wieder drei oder vier Bretter darüber. Wenn sie dort unten auf dem Boden saß, konnte sie zu uns heraufschauen, doch für die Menschen, die allmählich im Pferch Platz nahmen, war sie nicht zu sehen.

Als die meisten da waren, begann ich in einer Ecke des Hofes die Klage, leise und verhalten. Kos ging umher und entzündete die Fackeln, wie ich ihn gebeten hatte, und allmählich wurde die Rundung der Pferche von Licht erhellt. Das ganze Volk saß auf Mänteln auf dem Boden oder lehnte hinten am Zaun. Irgendjemand hatte für Anchises und die Männer, die verwundet waren, zwei Bänke ins Freie gezerrt. Ich konnte die Augen der Kinder im Fackellicht schimmern sehen. Neas' Sohn saß auf dem Schoß seines Großvaters. Amynters Söhne saßen einen Augenblick lang tatsächlich still. Ich ließ meine Stimme im zunehmenden Licht anschwellen.

Dies ist ein Lied, das von keinem Instrument getragen wird, nur von dem nackten Schmerz einer Mutter, die nach ihrem verlorenen Kinde ruft.

Neas saß mit gekreuzten Beinen vor den Zuschauern, und ich sah, wie er das Gesicht in den Händen barg. Ich hoffte inständig, dass er nicht weinen würde, doch ich konnte den Kopf nicht drehen, um ihn anzusehen. Also zog ich den letzten Ton in die Länge und richtete meine ganze Willenskraft darauf, dass er durchhielte.

Und dann stimmte er rein und voll ein, dieselbe Melodie, aber mit anderen Worten; wie sehr er diese Gemahlin liebte, die er ihrem Volk entrissen hatte, wie sie die Finsternis seines ewigen Grabes erhellt und den Sommer in die Gefilde der Tiefe gebracht hatte. Wo sie wandelte, erblühten Blumen.

Jetzt endlich konnte ich mich zu ihm umdrehen, und ich sah, dass seine Augen voller Tränen waren, nicht jedoch seine Stimme. Was für ein Priester wäre er geworden, dachte ich bei mir, wäre er kein Prinz! Sein Gefühl für den richtigen Zeitpunkt war absolut vollkommen. Als meine Arme sich gen Himmel reckten und die Beschwörungen begannen, hoben sich die seinen als vollendetes

Spiegelbild, streckten sich mir entgegen, so dass es den Anschein hatte, als zögen wir aneinander, ohne uns zu berühren. Nur unsere Stimmen kündeten von Anklage und Gegenanklage und dann von Versöhnung.

Die Sterne waren verschwunden. Rosige Schlieren und weiße Wolkenfasern zierten den Himmel. Die Sonne stand direkt hinter dem Horizont. Ein Windhauch trug den süßen Duft frischgebackenen Brotes von den Öfen herüber.

Neas trat zurück. Jetzt war es an ihm, die Klage anzustimmen. Jetzt war er es, der einen Verlust erlitt. Die Hälfte des Jahres würde er in Dunkelheit hausen, würde in die Höhlen der Gebeine und des Leides zurückkehren. Mit dem Fuß schob er das dritte Brett fort.

Tia stieg aus der Finsternis herauf; ihr weißes Gewand leuchtete, und ihr langes Haar wallte in der Morgenbrise um ihre Schultern. Ich konnte ohne Weiteres glauben, dass Blumen sprossen, wo ihr Fuß auftrat. Ihre klare, hohe Stimme durchschnitt die Stille, schwankte beim ersten Ton wie die eines Kindes und fand dann sicheren Halt.

Ich schaute zu Kos hinüber und nickte, und er stimmte die Hymne an, die das ganze Volk singt, das »Andaos Kore«. »Sie steigt empor, die Goldene, und verstreut Segen. Goldene, wir beten dich an! Freude bringst du uns, Freude und Licht …«

Ich umarmte sie, und in ihrem Antlitz war ein Leuchten, das mir verriet, dass ich sehr viel mehr vor mir hatte als nur sie, dass sie ganz und gar von Liebe beseelt war, wie ich es gehofft hatte. »Willkommen, teure Tochter«, sagte ich. »Segenbringende.« An sie gedrückt, fühlte ich das Kind in ihrem Leib, und ich wusste, dass wir in diesem Ritual zu dritt waren, Tia und Jene Die Pythia Sein Würde und ich.

Ich wusste, dass Tia es ebenfalls spürte, denn sie schlang die Arme um mich und stammelte leise: »Danke, ich danke dir.« Für die Zuschauer sah das Ganze gewiss wie ein ungemein überzeugendes Wiedersehen aus.

Danach gab es frischgebackenes Brot und Honig. Die Kinder rannten lachend herum. Sogar Anchises schien guter Laune zu sein, und Neas nahm ein paar Scherze darüber, dass er der Herr der Toten sein sollte, wirklich sehr gutmütig auf.

Er war der Sohn seiner Mutter, dachte ich bei mir. Er hätte Priester werden sollen. Wäre es so gewesen, wir hätten genau zueinandergepasst. Entschlossen verbannte ich diesen Gedanken aus meinem Kopf.

Kos drückte mich an sich, den anderen Arm um Tia geschlungen, die munter schwatzte und noch mehr Brot aß. Für dieses Gebet brauchte ich mich nicht abzusondern. Stumm und mit vollem Herzen sagte ich *Geliebte Herrin, ich danke dir.*

Noch Tage später herrschte Festtagsstimmung. Der Regen kam, und zwischen den Pflastersteinen spross junges Gras. Die Luft war kühl, die Brise vom Meer her vertrieb den Gestank über der Stadt. Tia wurde runder, so wie es jetzt auch sein sollte, und wirkte nicht mehr so dünn und verhärmt.

Neas und Kos waren oft im Hafen; sie beschafften das Holz, um unsere Schiffe instand zu setzen, und beaufsichtigten die Arbeit. Schließlich brauchte Kos doch Hilfe. Wir bezahlten einen Bootsbauer aus der Stadt dafür, dass er Kos beistand und seine drei Lehrjungen mitbrachte. Kos holte sich ebenfalls drei geeignete Knaben, damit sie etwas über dieses Handwerk lernten.

In der Zwischenzeit verkaufte Jamarados einige der Dinge, die wir aus Millawanda mitgebracht hatten, für einen guten Preis; er und Xandros gingen oft auf die Märkte, und allmählich begannen auch einige von den anderen, gelegentlich in die Stadt zu gehen. Eines Tages, als es warm war und nicht regnete, beschloss ich, mich auch ein wenig umzusehen. Obgleich ich nicht der Herrin des Meeres diente, erschien es mir weise, Ihren Tempel aufzusuchen, da ich jetzt zu Ihrem Volk gehörte und auf See Ihrer Gnade ausgeliefert war. Außerdem war ich neugierig.

Der große Tempel der Herrin der See, die man in Byblos Ashteret nennt, war kein einzelnes Gebäude. Ein ganzes Stadtviertel war dafür vorgesehen, mit einem großen Marktplatz im Inneren. Die Straßen waren mit so geschickt behauenen Steinblöcken gepflastert, dass die Fugen kaum zu sehen waren, aus den Brunnen ließ sich leicht Wasser schöpfen. Auf diesem Marktplatz wurden alle Güter der Welt feilgeboten – Tauben und Lämmer für Opfer, kostbare Metalle und Edelsteine, Lebensmittel, Elfenbein, Horn und Alabaster und sogar Tuch aus feinstem ägyptischen Leinen. Ganz zuletzt – und am teuersten – konnte man hier jenen Papyrus erwerben, dem Byblos seinen Namen gibt, um etwas darauf niederzuschreiben.

All dieses Handeltreiben ging unter den Augen der Götter vonstatten, und die Priester strichen hier ein Zehntel des Gewinns ein, Gebühren, die in Gestalt eines

Deben Silber oder eines Zickleins entrichtet wurden. Ihr Heiligtum war mit duftendem Zedernholz überdacht, und die Dachbalken waren so breit wie ein erwachsener Mann, ein Zeichen für den Wohlstand dieser Stadt.

Mit dem schwarzen Umhang, den ich um mich geschlungen hatte, und dem schlichten Gewand sah ich aus wie eine Dienstmagd, die Einkäufe macht. Vornehme Frauen gingen in Byblos nicht zu Fuß, sondern ließen sich in prächtigen Sänften mit Vorhängen aus edlem Stoff tragen, begleitet von Trägern und Sklaven; und ich sah ganz gewiss nicht aus wie eine Priesterin aus Byblos.

Ich wusste nicht, was ich erwartet hatte. Wohl so etwas Ähnliches wie die Tempel auf den Inseln, nicht aber diese riesige Halle, in der Echos widerhallten, den Altar, dem noch immer der Geruch von Blut anhaftete, obgleich es mitten am Vormittag und kein Festtag war. Menschen schlenderten zwischen den Säulen dahin. Manche suchten Schutz vor der bereits sengenden Sonne, andere lungerten nahe am Marktplatz herum oder unterhielten sich mit den Tempelmädchen. Bisher war mir nicht klar gewesen, dass man als Preis für ein Opfer Zeit mit Ashterets Dienerinnen verbringen und mit den Sklavenmädchen beiseitegehen konnte, die dem Tempel gehörten. Aus diesem Grund ist der Tempel des Abends hell erleuchtet, und es werden ständig Opfer dargebracht, von Seeleuten aus aller Herren Länder.

Mitten am Vormittag waren die Öllampen nicht entzündet, und die Fackeln waren zu Asche verbrannt; mächtige Rußstreifen zierten die geschnitzten Säulen. Ich ging in die Mitte der Halle. Meine Schritte hallten laut in der Leere.

Das Bildnis war aus erlesenem Stein gehauen und ragte fast so hoch empor wie zwei erwachsene Frauen. Gemalte, starre Augen blickten zum Meer hinüber. Ihre Arme waren steif erhoben; eine Hand hielt ein Sistrum, die andere eine Korngarbe, denn in Byblos herrschte sie über mehr als die See. Eine gemalte heilige Schlange wand sich um den Saum ihres dunklen Rockes, ebenso steif und leblos wie sie selbst. Hier war Macht zugegen, doch sie wohnte nicht in dieser Statue.

Ich kniete zu ihren Füßen nieder und wartete.

Nichts geschah. Ich hörte Schritte kommen und gehen, den Lärm des Marktplatzes draußen, wie Wellenrauschen. Und sonst nichts. Wenn Sie Worte für mich hatte, so vernahm ich sie nicht.

Nach einiger Zeit stand ich auf und ging die linke Seite der Halle entlang. Die Wände des Tempels waren bis dicht über meinem Kopf aus Stein gemauert, darüber bestanden sie aus Zedernplanken. Auch die Dachbalken und die hohe Decke waren aus Zedernholz.

Die Steinmauern waren mit Schnitzereien bedeckt. Manche davon bestanden aus den Kratzzeichen, die die Menschen an dieser Küste verwenden, um Worte auszudrücken, doch ich konnte sie nicht lesen. Jene Die Pythia Gewesen War hatte gemeint, ich bräuchte die Sprache der Inseln nicht zu schreiben oder zu lesen, und diese hier war unendlich viel verzwickter und schwieriger, mit Zeichen, die einander so sehr ähnelten, dass man Übung brauchen würde, um sie auseinanderzuhalten. Ich konnte ein Muster erkennen, aber auch nur das – oft wiederholten sich die Zeichen, die für häufige Worte in der Sprache von Byblos stehen. Es war eine Sprache, die ich nicht beherrschte. Ohne die Worte waren die Bilder darüber hübsch und sonst nichts.

Gerade wandte ich mich zum Gehen, als ich eine Stimme hörte, die ich kannte.

»Bleib noch ein bisschen«, sagte Xandros. »Bitte.«

Ich dachte, er hätte mit mir gesprochen, und drehte mich um. Im Schatten der Säule gegenüber, fast unter Ihrem Bildnis, stand Xandros mit dem Rücken zu mir.

»Ich kann nicht«, sagte sie. Sie zog ihre Hand weg, und ich erblickte sie, als sie ins Sonnenlicht hinaustrat, das durch die Tür hereinfiel. Sie war ungefähr fünfzehn, in der frühen Blüte der Weiblichkeit, schlank, mit kleinen Brüsten. Das Haar fiel ihr in geölten Locken den halben Rücken hinab, Reifen umspannten ihre Arme, und die wallenden Rüschen ihres Rockes waren scharlachrot und golden bestickt. Ihre Haut hatte einen warmen Elfenbeinton, ihre Lippen und Brustwarzen waren rot bemalt. Sie war sehr schön.

»Noch ein bisschen?«, fragte er. Sie zögerte, die fein gezeichneten Brauen zusammengezogen. »Nur einen Moment«, sagte sie und trat zu ihm. Ihre Arme hoben sich und legten sich um seinen Hals, ihre helle Haut hob sich von seinem schwarzen Haar ab. Er küsste sie, und ich hätte wegschauen sollen. Ich hätte nicht zusehen sollen, wie sich sein Mund auf dem ihren regte, zärtlich und fordernd, wie seine Hand die untere Wölbung ihres Rückens liebkoste. Doch ich konnte nicht wegschauen, obgleich mir das Herz in die Kehle stieg.

»Kann ich dich wiedersehen?«, fragte er und richtete sich auf. Ihre Nasen berührten einander fast; ihre hell und gerade, seine dunkel von der Sonne. »Später?«

»Ja«, sagte sie. »Später. Ich verspreche es.« Ich hörte das Klatschen ihrer vergoldeten Sandalen auf dem Steinboden, als sie davoneilte.

Er hatte mich im Schatten der Säule nicht gesehen. Ich wartete, bis er gegangen war.

Mit meinem verdrehten Bein und meinem staubigen schwarzen Gewand sah ich aus wie eine Sklavin, die Einkäufe macht. Und wieso auch nicht? War ich nicht als Sklavin geboren worden? Was sollte es mich kümmern, was Xandros tat? Er war nicht mein Verwandter oder mein Geliebter. Kaum mein Freund. Er war schlicht und einfach der Führer des Schiffes, auf welches das Schicksal mich verschlagen hatte.

Ich ging zum Hafen zurück, und rasende Wut erfüllte mich. Wieso sollte es mich kümmern? Wusste ich es denn nicht besser? Welchen Grund hatte ich zu denken, dass Xandros nicht so war wie all die anderen Seeleute, die es in den Häfen trieben und sich vergnügten, ohne an morgen zu denken? Wieso sollte er nicht so sein wie all die anderen Männer, die auf nichts als Schönheit aus sind?

Nun, davon habe ich wenig zu bieten, dachte ich, als ich steifbeinig durch die Tür des Hauses schritt und meinen schwarzen Umhang hinter mir herzog. Wenig genug. Oh, genug, um Männer zu erschrecken und vor Angst vor mir auf die Knie fallen zu lassen. Genug, um am Ende mit Ihren weißen Händen nach ihnen zu greifen.

Ich werde mich von dem Tanz abwenden, hatte ich versprochen, *und niemand soll mich Liebste nennen.*

Ich legte mich auf meine Matte auf dem Boden und starrte mit trockenen Augen an die Decke, und mir ging auf, dass ich dies hier mit Bitterkeit annehmen konnte oder nicht. Ich konnte mir einbilden, dass Xandros mich betrogen hatte, während er mir doch nichts versprochen hatte, während zwischen uns doch nichts als Freundschaft war. Oder ich konnte wissen, dass es mein Schicksal war, nicht das seine, das hier eingeschritten war. Ich war diejenige, die gelobt hatte, sich von dem Tanz abzuwenden, keine Liebe außer der Ihren zu brauchen.

Ich hatte kein Wort zu ihm gesagt, ebenso wenig er zu mir. Er wusste nicht, dass ich ihn bei seiner Tändelei gesehen hatte. Und ich würde niemals ein Wort darüber verlieren.

Ich rollte mich auf der Matte herum und vergrub das Gesicht in meinem Gewand. Nein, ich würde nichts sagen. Ich würde nicht zulassen, dass dies die Freundschaft zwischen uns vergiftete. Schließlich hatte ich immer gewusst, dass ich allein sein würde.

Die Tage des Winters verstrichen. Kos schien der Ansicht zu sein, dass die Arbeiten an den Schiffen ordentlich ausgeführt worden waren. Doch der Friede konnte nicht von Dauer sein. Wenn Männer aus aller Herren Länder zusammen in einen Hafen gesperrt sind, werden Worte gewechselt, Beleidigungen ausgetauscht. Außerdem kannte ich Neoptolemos, und ich hätte wissen müssen, dass er Prinz Hirams Warnungen nicht ewig beherzigen oder dass er sie zumindest durch Verrat umgehen würde.

Schreie und der Lärm rennender Männer weckten mich, und ich eilte gerade noch rechtzeitig auf den Hof hinaus, um zu sehen, wie sich das geschlossene Tor öffnete, Amynter mit dem Schwert in der Hand davor. Jamarados brüllte, und im Licht einer einzigen Fackel sah ich sie durch das Tor kommen. An Kos' langem Messer war Blut, und er schleifte Neas halb mit sich. Blut befleckte Neas' Gewand, und er presste die Hände an die Seite seines Brustkorbs, während es auf den Boden tropfte.

»Was ist passiert?«, wollte Amynter wissen.

»Schließt das Tor«, befahl Jamarados. »Und macht die Fackeln aus. Schickt Männer mit Bögen auf die Mauer.« Er drehte sich um und brüllte von Neuem: »Die Fackeln aus, sage ich! Unsere Bogenschützen stehen sonst genau vor dem Licht!«

Männer eilten auf die Mauer. Derjenige, der mir am nächsten war, war Bai, der beim Klettern das Gesicht verzog, aber trotzdem hinaufklomm.

Ich rannte zu Neas und rief nach Lide, der Frau, die sich am besten aufs Heilen verstand. Jetzt sah ich, dass auch andere verletzt waren, allerdings keiner so sehr.

»Was ist passiert?«, fragte ich Jamarados.

»Wir sind gerade von den Schiffen zurückgekommen, als ein paar Männer uns im Dunkeln überfallen haben.« Jamarados schnitt eine Grimasse. »Neoptolemos.«

»Wo ist Xandros?«, fragte ich.

»Er war nicht bei uns«, antwortete er. »Er war im Tempel.« Jamarados schaute zu den Mauern hinauf. »Wir werden Wache halten, aber ich glaube eigentlich nicht, dass sie uns hierher folgen. Dieses Anwesen anzugreifen würde sie Männer kosten und Prinz Hirams Zorn über sie bringen, weil sie den Frieden gebrochen haben. So, wie es ist, können wir nicht beweisen, dass Neoptolemos etwas damit zu tun hatte. Es könnten auch gewöhnliche Diebe gewesen sein.«

»Gewöhnliche Diebe überfallen eine Schar bewaffneter Männer?«, fragte ich ungläubig.

Jamarados zuckte die Achseln. »Es waren Achaier. Aber wir können es nicht beweisen. Und sie sind zuerst auf Neas losgegangen.«

Ich folgte Lide und Kos in Neas' Gemach. Sie hatten ihm das Gewand abgestreift, und ich konnte die klaffende blutige Wunde in seiner Seite sehen.

»Wasser«, befahl Lide. »Sauberes Wasser, frisch aus dem Brunnen. Und Tücher. Sofort!« Kos machte sich eilig auf, um das Verlangte zu holen.

Ich ging zur Tür und versuchte, das gute Dutzend Menschen abzuwehren, die sich alle in den Raum drängen wollten. »Prinz Äneas ist verletzt«, sagte ich. »Bitte lasst Lide ihn versorgen.«

»Ist er tot?«, wollte ein Mann wissen.

»Nein«, antwortete ich und trat ein wenig zur Seite, so dass er Neas sehen konnte, der halb im Bett saß, während Lide seine Wunde reinigte. Ich wusste, dass das Gerücht sich in Windeseile verbreiten würde, wenn ich ihm diesen Blick verwehrte. »Er ist verletzt; jetzt lasst ihm ein wenig Ruhe.«

Allmählich zerstreuten sie sich, jeder Einzelne von mir beruhigt und getröstet. Als niemand mehr da war, ging ich wieder hinein. Lide wrang gerade ein blutiges Tuch aus, und das Wasser in der Schüssel sah aus wie Blut. Einen Verband fest um die Körpermitte gewickelt, lag Neas still da, das Gesicht weiß und verzerrt.

»Er hat viel Blut verloren«, sagte Lide leise, »aber soweit ich es sagen kann, hat die Klinge Haut und Muskeln aufgeschlitzt und ist dann an der letzten Rippen abgerutscht.

Sie ist nicht in den Magen oder in die Eingeweide eingedrungen. Prinz Äneas hat großes Glück gehabt.« Eine Bauchwunde ist fast immer tödlich, obwohl es viele Tage dauern kann, bis man daran stirbt.

»Er ist schwach und fiebert, aber wenn das Fieber vergeht, sollte er ungefähr in einer Woche wieder auf den Beinen sein«, fuhr sie fort. »Ich wache heute Nacht bei ihm. Er braucht jetzt Ruhe.«

Ich ließ Neas in ihrer Obhut und ging zurück in den Hof, wo noch immer Männer auf den Mauern Wache hielten. Im Gang bemerkte ich ein kleines Bündel. Erst dachte ich, jemand habe etwas fallen gelassen, bis mir klar wurde, dass es ein Kind war.

Wilos blickte auf, mit Augen, die ebenso blau waren wie die von Neas. »Ist mein Vater tot?«, fragte er sehr leise.

Ich kniete neben ihm nieder. In all der Aufregung war er vollkommen vergessen worden. »Nein«, erwiderte ich. »Dein Vater wird wieder gesund. Er ist bei dem Kampf verletzt worden, aber jetzt schläft er. Wenn er aufwacht, darfst du zu ihm und kannst mit ihm reden.«

Wilos biss sich auf die Unterlippe und sagte nichts. Ich hob ihn hoch und setzte ihn auf meine Hüfte. Für ein Kind von fast fünf Jahren war er klein und leicht. »Dann komm«, sagte ich. »Wir gehen ihn jetzt gleich besuchen.«

Wir betraten das Gemach, und Lide erhob sich. »Nur einen Moment für Prinz Wilos«, erklärte ich und setzte den Jungen neben dem Bett ab. »Siehst du?«, sagte ich zu Wilos. »Er schläft.«

Der Kleine streckte die Hand aus und berührte die Finger seines Vaters. »Papa?«

Neas' Lider flatterten. »Wilos? Es ist alles gut, mein Junge.« Er öffnete die Augen. »Bald bin ich wieder gesund.«

Wilos' Mund arbeitete, doch es kam kein Laut heraus.

»Ich sterbe nicht«, erklärte Neas. »Ich werde jetzt schlafen, weil es Nacht ist. Lide bringt dich ins Bett, und dann schläfst du auch.«

Ich blickte zu Lide hinüber. »Ich bleibe bei ihm.«

»Komm, Prinz Wilos«, sagte sie. »Es ist schon längst Schlafenszeit für dich. Komm, wir gehen jetzt wieder zu Bett.«

Sie gingen hinaus, und Neas schloss die Augen. »Das war gut«, sagte er.

»Schlaf, Neas«, antwortete ich. »Ruh dich aus. Ich bleibe hier.«

Jene kalte Stunde vor dem Morgengrauen war angebrochen, wenn es selbst in einer großen Stadt still wird. Nicht ein einziger Hund bellte, die Stadt war verstummt. Ich döste auf dem Stuhl neben Neas' Lager. Die Lampe war herabgebrannt. Das einzige Geräusch war sein Atem, und ich sah dem Heben und Senken seines Brustkorbs zu. Sein Fieber war weder besser noch schlimmer geworden. Ich fühlte die Gegenwart meiner Herrin nicht im Mindesten. Was unter den gegebenen Umständen eine Erleichterung war. Wenn das Fieber von ihm wich, würde er am Leben bleiben.

Bei jedem Atemzug hob und senkte sich das schwertförmige Amulett auf seiner Brust, und die Bronze glänzte im Lampenlicht. Ich nickte ein und fuhr jäh auf.

Jemand war hereingekommen, ohne dass ich es gehört

hatte. Er saß auf dem Stuhl hinter der Tür, das Haar von der Sonne gebleicht, ein junger Mann mit müdem Gesicht. Er war in einfaches, fleckiges Leder gekleidet, und ich hätte ihn für einen Mann aus Byblos gehalten, wäre nicht der Schatten zusammengelegter Flügel gewesen.

»Wer bist du?«, fragte ich, denn ich hatte schon früher die Götter gesehen.

»Du hast keine Angst?«, fragte er mit einem halben Lächeln zurück.

»Sollte ich Angst haben?«, erkundigte ich mich. »Ich diene der Herrin der Toten und stehe unter Ihrem Schutz.«

»Die meisten Menschen fürchten die Götter«, meinte er.

»Die meisten schon«, pflichtete ich ihm bei. »Ich aber fürchte die Menschen und das, was sie tun.«

Wieder lächelte er. »Du bist tapfer. Das gefällt mir. Ich komme nur zu den Tapferen.«

Ich blickte auf den schlafenden Neas hinunter, auf das Schwert an seinem Hals. Mit gefasster Stimme fragte ich: »Dann bist du seinetwegen hier?«

»Nicht so, wie du meinst. Ich bin nicht der Tod.«

»Das weiß ich«, erwiderte ich.

»Ich war es, der das Messer von ihm gewendet hat«, sagte er, »so dass es an seiner Seite abgeglitten ist. Hätte ich nicht geschrien, so hätte er sich nicht umgedreht, und der Stich hätte ihn in die Niere getroffen. Und dann wäre er gestorben.«

Ich blickte in Neas' Antlitz hinunter und ließ nicht zu, dass meine Augen blinzelten. »Warum hast du das getan?«, wollte ich wissen. »Neas gehört doch nicht zu deinem Volk.«

Er hob die Schultern. »Er ist ein tapferer Mann. Und er trägt mein Schwert.«

»Das hat Xandros im Tempelviertel für ihn gekauft«, sagte ich. »Er hat gesagt, es bringt Glück.«

»Nun, dann hat es ihm eben Glück gebracht.« Er lächelte ein wenig verlegen.

»Wer bist du?«, fragte ich abermals.

»Ich bin Mik-el, einer der Krieger, die Baal dienen.«

Ich schüttelte den Kopf; ich war Ihre ehrfurchtgebietende Majestät gewohnt, geheimnisvoll und jenseits des Verstehens. »Du bist anders als jeder Gott, der mir jemals begegnet ist.«

»Ich bin ein sehr junger Gott«, meinte er, und diesmal zuckte er wirklich die Schultern, während seine Flügel vibrierten

»Götter können jung sein? Es kann neue Götter geben?«

»Es hätte doch wohl kaum Götter des Krieges geben können, bevor es Krieger gegeben hat«, sagte er. »Oder Götter des Getreides und der Ernte, bevor die Menschen gelernt haben, Saat auszubringen und das Land zu bestellen. Es gab einmal eine Zeit davor, das ist noch gar nicht so lange her.«

»Aber meine Herrin …«, setzte ich an.

»Deine Herrin ist alt«, entgegnete er. »Sie war schon alt, als der erste Mensch aufschaute und sich fragte, warum sein Bruder zu Boden gefallen war und nicht weiterlief, als die erste Frau ein totes Kind einwickelte und es in die Erde legte wie in einen Schoß. Sie war alt, als ich geboren wurde.«

»Wie wurdest du geboren?«, wollte ich wissen.

Mik-els Flügel verschoben sich ein wenig, als lehne er sich auf seinem Stuhl zurück. Seine Augen blickten in weite Ferne. »Ich weiß es nicht genau. Ich weiß, woran ich mich zu erinnern scheine. Aber ich bin mir nicht sicher, ob es mir passiert ist oder jemand anderem, den ich kenne.«

»Erzähl es mir«, bat ich, »wenn es dir nichts ausmacht. Die Nacht ist lang.«

Er betrachtete den schlafenden Neas. »Ja, die Nacht ist wirklich lang«, stimmte er zu und zuckte abermals die Achseln. »Warum also nicht?«

»Einst vor langer Zeit«, so erzählte er sodann, »lebte an einem großen Fluss ein junger Mann, der ein Flusspferd erlegte, das toll geworden war und Menschen tötete und Boote umstürzte. Er brachte das Tier im Schilf zur Strecke. Sein Volk war froh und machte ihn zum Häuptling. Viele Jahre lang führte er die Menschen, und ihre Zahl wurde größer. Seine Kinder wuchsen heran und wurden stark, und sein Volk gedieh. Doch dann tauchte ein Krokodil auf. Es war zweimal so lang wie ein Mann. Zuerst fraß es die Ziegen des Volkes, und dann fraß es seine Kinder. Die Menschen gingen zum Häuptling und sagten: ›Als du jung warst, hast du das Flusspferd getötet. Geh jetzt und erschlag dieses Krokodil, das unsere Kinder verschlingt!‹ Und so zog der Häuptling mit ein paar anderen Männern aus, und sie fanden die Stelle, wo das Krokodil lebte. Es kam zum Kampf, und das Krokodil biss dem Häuptling mit einem gewaltigen Streich den Fuß ab. Mit letzter Kraft trieb dieser seinen Speer ins Gehirn des Ungetüms, und es verendete. Die Menschen waren von dem Krokodil erlöst, doch ihr Häuptling war tot.«

Ich lächelte, denn ich hatte das Gefühl, diese Geschichte schon einmal gehört zu haben.

»Sie bestatteten ihn mit allen Ehren am Rande der Wüste und dichteten Lieder über ihn. Sie stellten einen Stein auf und schnitzten ein Bild eines Königs, der mit dem Speer ein Krokodil durchbohrt, und sie legten davor Blumen und Feigen nieder und beteten darum, dass sie stets einen König hätten, der sein Leben für sein Volk geben würde. Seine Söhne und Enkel riefen seinen Geist an, auf dass er ihnen beistehe, wenn sie jagten. Bald taten andere es ihnen gleich.«

»Und was ist aus ihm geworden?«, wollte ich wissen.

Mik-el neigte den Kopf zur Seite. »Er ist nicht weitergezogen, er hat den Fluss nicht überquert, wie du es ausdrücken würdest. Er ist geblieben und hat über sein Volk gewacht und ihren Beschwörungen gelauscht. Während seine Söhne alt wurden, flüsterte er ihnen ins Ohr und wusste nicht, ob sie es vernahmen oder nicht. Manchmal hatte es den Anschein, als hörten sie ihn. Also blieb er. Bald waren alle, die er gekannt und geliebt hatte, alt geworden und gestorben, doch es waren neue Menschen da, Kinder seiner Kindeskinder, die am Flussufer jagten. Und ihm schien, dass es noch immer Jäger gab, die seines Beistands bedurften und die seinen Namen flüsterten. Also blieb er und beschloss, dass er ausharren würde, solange es Menschen gab, die ihn brauchten.«

»Das war vor langer Zeit«, bemerkte ich.

»Vor vielen Menschenleben«, erwiderte er. »Bevor Schiffe die Meere befuhren oder Äcker gepflügt wurden.

Als alle Menschen, die es auf der Welt gab, in eine von diesen großen Städten gepasst hätten.«

»Warum geht es mit der Welt zu Ende?«, fragte ich. »Die Städte gehen eine nach der anderen zugrunde. Wie die Insel, die einst Thera war und im Meer versunken ist.«

Mik-el seufzte. »Das ist etwas, was jenseits deines Begreifens liegt. Ich bin mir nicht sicher, dass ich selbst es ganz verstehe. Siehst du, da gibt es diese gewaltigen Steinplatten, die auf einem Meer aus Feuer schwimmen wie Eisberge auf dem Wasser, und manchmal stoßen sie zusammen ...«

»Was ist ein Eisberg?«, wollte ich wissen.

Mik-el blinzelte. »Das ist ein großer ... ach, nicht so wichtig. Es geschieht nicht wegen der Götter oder dergleichen. Es ist wie Wellen am Meeresufer. Das ist die Art und Weise, wie es in der Welt zugeht.«

»Aber die Götter haben die Welt doch erschaffen«, wandte ich ein. »Oder etwa nicht?«

»Und die Welt hat die Götter erschaffen.« Mik-el beugte sich vor. »Am Anfang gab es gar nichts, nicht einmal die Zeit. Und dann gab es etwas. Ein Wort. Einen Gedanken. Und dann, binnen eines Augenblicks, gab es alles. Strahlendes Licht überall. Sterne und Sternenstoff wirbelten alle ins All hinaus. Und es gab alles und nichts.«

»Tag und Nacht?«, fragte ich.

»Abend und Morgen«, sagte er. »Und Zeit. Denn jetzt gab es vorher und nachher. Es gab Erde und Wasser und Luft und Sonne und Feuer. Und die Wasser kamen zusammen und regneten auf die Erde herab, und es gab Meere.«

»Und aus Gäa und Kronos, aus Erde und Zeit, wurden die anderen Götter geboren«, sagte ich.

»Genau«, bestätigte er. »Jedenfalls in gewisser Weise. Ich glaube, das ist wahrscheinlich die beste Erklärung, die ich anbieten kann.«

»Warum gehen also die Städte zugrunde?«, fragte ich abermals. »Und warum hast du Neas geholfen?«

»Ich weiß nicht genau, ob ich den ersten Teil so erklären kann, dass du es verstehst«, antwortete er, »aber was den zweiten angeht, ich habe eurem Anführer geholfen, weil er ein tapferer Mann ist und nicht hinterrücks durch Verrat niedergestreckt werden sollte. Er trägt mein Schwert.«

»Weil Xandros es ihm geschenkt hat«, wandte ich ein.

»Er ist der, den ich einst gesehen habe«, erwiderte Mik-el. Er lächelte, und sein Gesicht erhellte sich. »Es gab einen jungen Mann in meinem Volke, den Sohn des Sohnes meines Sohnes in der vierzehnten Generation. Er wollte wissen, wohin der Fluss strömt. Und so fuhr er in einem Schiff aus Binsen am Flussufer entlang und durch die verworrenen Kanäle des Deltas, an Orten vorbei, wo einst Städte sein würden, bis er ans Meer kam. Er blickte auf die See hinaus, wo das Wasser bis zum Horizont reicht, und er wusste, wie groß die Welt war. Da erwachte Furcht in seinem Herzen und außerdem große Sehnsucht, alles zu wissen und jedes Gestade zu sehen, bis ans Ende der Welt zu reisen und die Spuren der Winde zu verstehen. Und als er in jener Nacht am Strand lag, während die Sterne über seinem Haupte kreisten, da fragte er sich, woraus sie wohl gemacht waren und ob die Dunkelheit um sie herum nichts anderes war als ein weiteres Meer. Ich wusste, dass er, und würde es zehntausend Menschenleben dauern, in jeden Winkel des Weltalls segeln würde. Er kommt und geht, überquert den Fluss und kehrt zurück, und ich helfe ihm, wenn ich kann. Ich finde ihn, wenn ich kann. Er ist der vierzehnfache Sohn des Sohnes meines Sohnes, einer der Söhne meines Herzens.«

»Xandros ist ein guter Mann«, sagte ich. »Ich bin froh zu sehen, dass er einem Gott lieb und teuer ist.«

»Und sogar einem jungen Gott«, meinte er, und um seinen Mund zuckte es leicht.

»Und sogar einem jungen Gott«, stimmte ich zu. »Mikel Der Baal Dient.«

Hinter mir regte sich Neas. »Sibylle?«

Ich drehte mich um. »Neas? Wie fühlst du dich?«

Er hob den Kopf ein wenig. »Durstig«, sagte er.

Ich legte ihm die Hand auf die Stirn, und sie war kühl und feucht. Das Fieber war vergangen. »Ich hole dir Wasser.«

»Wer war eben hier?«, wollte er wissen. »Ich dachte, ich hätte Stimmen gehört, aber ich sehe hier niemanden.«

»Ich habe gebetet«, antwortete ich, während ich ihm Wasser einschenkte, denn es stimmte, außer uns beiden war niemand im Raum.

12

Byblos

Ich erwachte im Morgengrauen, als Lide hereinkam. Sie begutachtete Neas' Verband und schien zufrieden zu sein. Also ging ich zu Bett, während sie bei ihm blieb. Später am Vormittag weckte mich Kos. Benommen setzte ich mich halb auf und überlegte, ob wohl mit Tia irgendetwas nicht in Ordnung war.

»Jamarados sagt, Neas will dich sehen. Komm.«

Ich fuhr mir mit den Fingern durchs Haar und stand auf. Mein Kopf fühlte sich bleischwer an.

Jamarados, Amynter, Anchises und andere drängten sich in Neas' Gemach. »Was geht hier vor?«, wollte ich wissen. Nach der Tatsache zu schließen, dass Neas aufrecht dasaß, schien sich sein Zustand nicht plötzlich verschlechtert zu haben.

»Gerade ist ein Bote von Prinz Hiram gekommen«, berichtete Amynter. »Er sagt, Neas soll sofort zur Audienz erscheinen.«

»Es geht um gestern Abend«, meinte Neas. »Ganz sicher.«

»Du kannst nicht hingehen«, wandte Jamarados ein. »Nicht in diesem Zustand.«

»Prinz Hiram ist nicht berechtigt, dem Prinzen von Wilusa Befehle zu erteilen«, verkündete Anchises lauthals. Niemand beachtete ihn.

»Wenn du nicht hingehst«, fragte Amynter, »was tut Hiram dann? Das Ganze vergessen?«

»Er kann nicht auf diese Weise das Gesicht verlieren«, erwiderte Neas. »Kein Prinz kann sich das leisten. Nein, dann schickt er Männer, um mich mit Gewalt zu holen.«

»Du solltest heute überhaupt nicht aufstehen«, meldete sich Lide von ihrem Platz neben seinem Bett her zu Wort. »Wenn du dich zu viel bewegst, reißt du die Wunde wieder auf und blutest. Und du darfst kein Blut mehr verlieren.«

»Und wenn ich an deiner Stelle gehe?«, fragte Jamarados. »Vielleicht ist Hiram damit zufrieden.«

Neas schaute sich im Raum um. »Wo ist Xandros?«

»Vor einer Weile war er noch hier«, antwortete Amynter. »Aber ich glaube, er ist wieder fortgegangen.«

»Es wird Hiram wohl kaum zufriedenstellen, wenn du gehst«, sagte ich zu Jamarados. »So tapfer dein Angebot auch ist. Er will Neas sehen, und er wird Neas zu sehen bekommen, so oder so.«

»Ich muss hingehen«, entschied Neas und schob seine Decke weg.

»Du kannst nicht bis zur Zitadelle zu Fuß gehen«, wandte ich ein. »Dann fällst du um.«

»Er braucht nicht zu laufen«, meinte Jamarados, »wenn die Sibylle mitkommt. Hochgeborene Frauen lassen sich in Sänften tragen. Schafft eine Sänfte für sie herbei, und da er derjenige von höchstem Stande ist, kann er sie mit ihr teilen. So machen es die Ägypter.«

Ich ging, um ein saubereres Gewand anzuziehen und mir das Haar zu kämmen, während sie nach einer Sänfte schickten und Neas bereit machten. Amynter kam mit uns, Jamarados jedoch wurde befohlen zurückzubleiben. Für den Fall, dass wir für einige Zeit Prinz Hirams Gäste sein sollten, wollte Neas, dass jemand mit gesundem Urteilsvermögen die Befehlsgewalt hatte.

Die Zitadelle war groß und eindrucksvoll, genau wie man es erwarten würde. Prinz Hiram empfing uns in seiner Audienzhalle, einem großen, mit Zedernholz getäfelten Raum, dessen Dachbalken goldene Kappen zierten. Bemalt war er nicht, und der Boden war schlicht, ganz anders als die Gemächer, die ich gewohnt war.

»Wenigstens hat er nur ein paar Wachen«, brummte Amynter leise vor sich hin.

Neas nickte, schwieg jedoch. Von der Sänfte an der Tür bis ans Ende der Halle zu gehen war Anstrengung genug.

Ich stimmte Amynter zu. Das hier sah mehr aus wie eine Drohung als wie eine Gefangennahme.

Hiram war ein stattlicher Mann, ein paar Jahre älter als Neas, mit kurzem schwarzem Bart und leuchtenden Augen unter kühn geschwungenen Brauen. Er erhob sich weder von seinem Stuhl, noch bot er uns Sitzgelegenheiten an. »Prinz Äneas«, sagte er auf Achaisch, und mir war nicht klar, ob er den Titel respektvoll oder ironisch meinte. Doch dafür wusste ich, wieso Jamarados diesmal als Dolmetscher überflüssig war.

»Prinz Hiram.« Neas neigte den Kopf.

»Ich habe gehört, es hat gestern Nacht Händel gegeben, zwischen euch Denden und den Achawoi. Ich glaube, ich habe dich und den Prinzen der Achawoi gewarnt, dass ich keine Fehden zwischen euch dulden werde, die den Frieden meiner Stadt stören.«

Neas zog die Brauen empor. »Mir ist von einer Rauferei nichts zu Ohren gekommen. Ein paar Männer sind von gemeinen Wegelagerern überfallen worden und haben sich zur Wehr gesetzt. Die Diebe sind geflohen. Mit einer Blutfehde hat das nichts zu tun.«

»Vielleicht ist es so, wie du sagst.« Ich konnte sehen, dass Hiram ihm nicht glaubte.

»Mein Prinz, mir ist nichts von irgendwelchen Streitigkeiten mit den Achaiern bekannt«, beteuerte Neas. »Meine Männer und ich wissen, dass wir den Frieden dieser Stadt nicht stören dürfen.«

Hiram sah ihn an, und seine Augen wurden schmal. »Glaubt nicht, dass ich über eure Pläne in Unkenntnis bin. Nur weil ich nicht Ägyptens Schoßhund bin, solltet ihr nicht glauben, dass ich solche Torheiten unterstütze. Byblos erträgt euch Piraten, es heißt euch nicht willkommen. Und wir werden nicht Teil eures Bündnisses sein. Wenn der Pharao eure Vorhaut als Trophäen sieht und ihr einem Leben der Fron in Ägypten entgegengeht, dann denkt daran, dass ich euch gewarnt habe.«

»Ich verstehe deine Worte nicht«, sagte Neas, doch ich sah, dass Hiram dies ebenso wenig glaubte, wie er Neas' Worte zuvor geglaubt hatte.

»Es wird keine Auseinandersetzungen mehr geben«, verkündete Hiram. »Ich hoffe, das ist klar.«

»Es ist klar«, versicherte Neas und neigte den Kopf. Und damit war die Audienz beendet.

Amynter beugte sich dicht zu uns herüber, als er auf dem Heimweg neben der Sänfte herging. »Was sollte das alles?«, fragte er.

»Warte, bis wir hinter unseren Mauern sind«, flüsterte ich. Noch umgaben uns Hirams Eskorte und die Sklaven, die die Sänfte trugen.

Wir kamen durch das Tor, und insgeheim dachte ich, Jamarados würden vor Erleichterung halb die Sinne schwinden. Er half Neas in sein Gemach und brachte ihm frisches Wasser, und wir berichteten ihm, was sich zugetragen hatte.

»Ich verstehe diese Warnung nicht«, sagte ich. »Wisst ihr, was für einen Plan er meint?«

Neas schüttelte den Kopf. »Wo in aller Welt ist Xandros? Ich hätte ihn dort gut brauchen können.«

»Ohne Zweifel bei seinem Mädchen«, bemerkte ich bitter.

»Mädchen?« Jamarados blickte auf. »Ach, du dachtest … Im Tempel? Das ist kein Mädchen, das ist einer von den Tempeleunuchen.«

»Von den was?«

»In diesen Ländern«, erklärte Jamarados, »werden die Priester kastriert wie die Stierkälber. Sie sind weder Mann noch Frau. Sie dienen Ashteret, genau wie die Mädchen.«

»Ah«, sagte ich verständnislos. Etwas Derartiges war mir nie in den Sinn gekommen. Machbar war es wahrscheinlich schon, dachte ich, obwohl ich mir nicht vorstellen konnte, was Xandros an einem solchen Wesen begehren könnte. Oder vielleicht doch. Vielleicht konnte ich es mir nur allzu gut vorstellen.

Neas musterte mich unverwandt und wechselte das Thema. »Also, wenn er zurückkommt, schickt ihn zu mir. Aber was noch wichtiger ist, wovon hat Hiram geredet? Wir haben vor, im Frühling Handelsschiffe nach Millawanda zurückzugeleiten. Wenn es irgendeine Verschwörung gegen Ägypten gibt, so haben wir nichts damit zu schaffen. Und ich frage mich, was Neoptolemos eigentlich in Byblos macht.«

»Ich weiß es nicht«, sagte Jamarados grimmig. »Aber ich glaube, wir sollten es besser herausfinden.«

Am Ende war es Xandros, der es herausfand.

Der Winter schritt voran, und die See war stürmisch. Nichtsdestotrotz trafen neue Schiffe in Byblos ein.

Eines Tages stand ich neben Neas und Jamarados auf der Mauer, von wo aus wir ein winziges Stück des Hafens sehen konnten. Wir konnten gerade noch etliche Schiffe ausmachen, die um die Mole herumgerudert wurden.

»Lyder, Karianer, Achaier, Kreter, alle außer den Ägyptern«, bemerkte Jamarados. »Sogar ein paar Völker, von denen ich noch nie gehört habe, die Schardana, die behaupten, sie leben auf einer Insel, die drei Wochen zu Schiff westlich von Pylos liegt, jenseits von Illyrien. Ich habe noch nie erlebt, dass im Winter so viele Kriegsschiffe unterwegs sind.«

Xandros war nun zu uns getreten. »Was die Schardana angeht«, sagte er, »da habe ich eine Idee.«

Neas fragte Xandros nicht, wo er gewesen sei. Inzwischen hatten wir uns daran gewöhnt, dass er in der Stadt herumwanderte. Allmählich beherrschte er die Sprache wie ein Einheimischer, und seine Kenntnisse über den hiesigen Handel konnten sich mit denen von Jamarados messen. Womit er seine Zeit außerdem noch verbrachte, ging uns nichts an.

»Dann lass hören«, forderte Neas ihn freundlich auf.

»Meine Freundin hat sich mit einem schardanischen Schiffsführer unterhalten«, erzählte er. »Sie kommen von so weit her, dass niemand ihre Sprache spricht, und sie haben keine Ahnung, dass wir keine Freunde der Achaier sind.« Er kam der offensichtlichen Frage zuvor. »Meine Freundin hat eine Begabung für Sprachen.« Genau wie Xandros, dachte ich. Er hatte eine schnellere Auffassungsgabe, als er glaubte.

»Und was tun die Schardana dann hier?«, wollte Jamarados wissen. »Normalerweise treiben sie doch keinen Handel in Byblos.«

»Sie sind aufgefordert worden, sich an einem Feldzug zu beteiligen, der sie alle reich machen würde. Es heißt, sie könnten daran teilhaben, Städte zu plündern, wenn sie mit ihren Kriegsschiffen dazukommen könnten.«

»Wessen Städte?«, fragte Neas.

»Wer ist denn nicht hier?«, fragte ich zurück. »Ägypten natürlich. Wer sonst hat genug Reichtum, dass es sich lohnen würde?«

»Ägypten«, brummte Jamarados. »Das klingt logisch.«

»In der Tat«, stellte Neas fest. »Das hat Hiram gemeint. Er glaubt, wir sind bei diesem Plan auch dabei.«

Jamarados stieß einen Pfiff aus. »Ich frage mich, ob sie

das wirklich durchführen können. Hier müssen an die zweihundert Schiffe liegen. Und wenn sie erst im Frühling in See stechen, können noch mehr dazukommen. Da gibt es viel mehr Gold zu holen, als wenn man Handelsschiffe nach Millawanda begleitet.«

»Und viel gefährlicher ist es auch«, gab ich zu bedenken. »Nach allem, was ich gehört habe, ist Ägypten unvorstellbar mächtig.«

»Auch nicht mehr als die Hethiter«, meinte Jamarados. »Wir waren mit ihnen verbündet, und sie waren mächtige Freunde.«

»Nicht mächtig genug, um zu verhindern, dass die Stadt niedergebrannt wurde«, warf Neas ein. »Zur Zeit meines Großvaters hatten sie Macht, aber jetzt ist nicht mehr so viel davon übrig.« Er wandte sich an Xandros. »Glaubst du, deine Freundin kann es einrichten, dass du dich mit dem schardanischen Schiffsführer auf einen Becher Wein zusammensetzen und möglichst viel herausfinden kannst? Welche Städte? Wann? Wie wollen sie mit den Befestigungen fertigwerden?«

»Und was ist mit der ägyptischen Flotte?«, fragte Jamarados. »Gewiss, sie sind keine Seeleute wie die Kreter, aber eine Flotte haben sie, und über die würde ich mich nicht lustig machen.«

»Das müsste gehen«, meinte Xandros und sah dabei aber nicht sehr glücklich aus.

Eine Woche später, weit nach der Sonnenwende, kam Xandros eines Abends spät nach Hause und weckte uns. Er roch nach abgestandenem Wein und billigem Räucherwerk, war aber stocknüchtern. Ich rollte mich von meiner Schlafmatte und ging zu den anderen, um zu hören, was geschehen war.

»Der Plan lautet folgendermaßen«, berichtete Xandros. »Sie laufen aus, sobald die richtige Jahreszeit anbricht, und segeln die Küste entlang nach Süden. Sie werden Ashkelon und die ägyptische Garnison dort plündern und dann über die Städte des Deltas herfallen, nachdem die Ernte eingebracht worden ist. Sie glauben, wenn die Ägypter hören, dass Ashkelon gefallen ist, wird ihre Flotte in See stechen und der Stadt zu Hilfe eilen. Außerdem soll der Pharao seine Armee nach Norden schicken, durch Gaza, und das ganze Delta bis Memphis soll unbesetzt zurückgelassen werden.«

Jamarados atmete hörbar aus. »Das ist gewagt.«

»Und taktisch klug«, bemerkte Neas. »Wer hat den Plan ersonnen?«

»Ratet mal«, gab Xandros zurück.

»Neoptolemos«, sagte ich. »Dies ist dieselbe List.«

Neas nickte. »Dieselbe List, die uns von Wilusa weggelockt hat. Ein guter Anführer ist er, das muss man ihm lassen.«

Ich spürte Ihre kalte Hand auf meinem Rücken. Noch mehr niedergebrannte Städte, noch mehr verwüstetes Land. Wo würde das enden?

»Er will Großkönig werden«, entfuhr es mir, und mir war kaum bewusst, dass ich die Worte laut aussprach. »Orestes, Agamemnons Sohn, ist tot und alle seines Hauses auch. Der Sohn des Achilles will über die Achaier herrschen.«

»Was schert uns das?«, fragte Jamarados. »Wen kümmert es, wer über die Achaier herrscht?«

»Er ist verflucht durch das Blut, das in Aulis vergossen wurde«, entgegnete ich. »Auf ihm und seiner ganzen Sippe liegt dieser finstere Fluch. Die Furien verfolgen ihn und alle, die mit ihm segeln.«

Erschrocken blickte Xandros auf. »Erwägen wir etwa, mit ihnen zu fahren?«

Jamarados nickte. »Das ist eine Möglichkeit. Entweder sind wir für oder gegen sie, und bei zweihundert Schiffen glaube ich nicht, dass wir gegen sie sind. Und in Ägypten gibt es Gold. Wir sollten darüber nachdenken.«

Xandros wurde blass. »Ich segele nicht mit den Männern, die nur zum Vergnügen meine Kinder ermordet haben«, stieß er hervor und ging.

Neas sah ihm nach. Ich wartete.

Endlich schüttelte Neas den Kopf. »Wir fahren nicht mit Neoptolemos«, entschied er. »Zwischen uns steht Blut, das nach Rache schreit, und es gibt nicht genug Gold in Ägypten, um es zum Schweigen zu bringen.«

»Das ist unsere Gelegenheit, Frieden mit ihm zu schließen«, wandte Jamarados ein. »Ich will ja nur darauf hinweisen.«

Ich erinnerte mich an jenes Gesicht im Fackelschein, wie er den jungen König von Pylos gedrängt hatte, gegen Wilusa in See zu stechen, an sein Lächeln und seine verschatteten Augen.

»Neoptolemos ist heimtückisch«, sagte ich. »Er hat versucht, Neas auf einer dunklen Straße zu ermorden. Zwischen uns kann es keinen Frieden geben. Er kann bei so einem Friedensschluss nichts gewinnen und alles verlieren.«

»Wir haben auch viel zu verlieren«, meinte Neas. »Den

ganzen Winter lang habe ich jeden Mann zurückgehalten, der seine Blutschuld von den Achaiern einfordern wollte, weil das Volk sich das nicht erlauben kann. Wir sind wenige, und wir sind ohne Heimat, Vagabunde und Wanderer auf dem Meer. Wir sind nicht viel mehr als die Piraten, als die Hiram uns bezeichnet hat.«

»Und doch sind wir mehr«, wandte ich ein. »Wir sind auch Frauen und Kinder.«

»Und um ihretwillen habe ich jeden zurückgehalten, der von Ehre spricht.« Neas sah mich an. »Um ihretwillen habe ich mich selbst zurückgehalten.« Seine Lippen wurden schmal, und ich wusste, dass das stimmte.

»Mein Prinz«, sagte ich, »das beweist größeren Mut als alles andere.«

Er lächelte. »Ich bin froh, dass du das denkst. Aber es gibt noch mehr, die mich einen Feigling nennen werden, weil ich Neoptolemos nicht von Angesicht zu Angesicht gegenübergetreten bin. Wenn wir friedlich nach Millawanda zurückfahren, gibt es viele, die das tun werden.«

»Ich sage euch«, beharrte Jamarados, »man wird uns nicht friedlich nach Millawanda zurückfahren lassen. Glaubt ihr etwa, wenn die Zeit der Seefahrt anbricht, lassen sie irgendein Schiff diesen Hafen verlassen, das den Pharao vielleicht warnen könnte? Glaubt ihr, sie werden nicht mit ihren Hunderten über uns herfallen und unsere Männer niedermachen, unsere Schiffe für ihren Feldzug stehlen? Wenn wir nicht für sie sind, werden wir gegen sie sein. Neoptolemos ist nicht töricht genug, uns in seinem Rücken frei herumlaufen zu lassen.«

»Dann müssen wir sofort aufbrechen«, sagte ich.

Jamarados setzte eine gereizte Miene auf. »Herrin, du

bist ein Orakel, kein Seemann! Es ist mitten im Winter, und die Stürme fahren einer nach dem anderen auf diese Küste nieder. Wir können jetzt nicht zurückfahren. Der Wind ist für Millawanda absolut ungünstig.«

»Und genau richtig für Ägypten«, sagte Neas.

Wir fuhren beide zu ihm herum.

»Oh nein«, stieß Jamarados hervor. »Du denkst doch nicht etwa das, was ich glaube?«

»Der Pharao wird für die Kunde, die wir haben, gut bezahlen«, gab Neas zu bedenken. »Und wenn er Gefahr läuft, von See aus angegriffen zu werden, dann braucht er vielleicht selbst ein paar Seeräuber. Wenn wir schon kämpfen müssen, würde ich lieber gegen Neoptolemos antreten, als an seiner Seite zu stehen.«

»Siehst du, wie viele Schiffe da draußen liegen?«, fragte Jamarados und zeigte in Richtung des Hafens.

Neas grinste wie ein halbwüchsiger Knabe. »Warst du nicht derjenige, der mir erzählt hat, wie mächtig der Pharao ist? Wie groß seine Flotte ist?«

»Wie sollen wir auch nur aus dem Hafen herauskommen? Ich sage dir, sie lassen uns nicht auslaufen.«

»Dafür brauchen wir Xandros«, stellte Neas fest. »Ich habe einen Plan.« Er schlug Jamarados auf die Schulter. »Keine Sorge. Es wird schon alles gut gehen«, beteuerte er und ging, um sich auf die Suche nach Xandros zu machen.

Jamarados und ich sahen einander in die Augen.

»Ich hoffe, du weißt, was du tust«, knurrte er.

Vierhundert Menschen können kein Geheimnis bewahren. Daher wusste im Augenblick niemand außer uns fünfen, dass wir planten, Byblos bald zu verlassen. Wir hatten Xandros und Amynter in das Geheimnis eingeweiht, weil sie Pläne für unsere Abreise schmieden mussten, ansonsten jedoch dachte das ganze Volk, wir würden den Winter in Byblos verbringen und dann nach Millawanda zurückkehren. Den anderen Schiffsführern würde man es sagen müssen, doch Neas zog es vor, bis zum Tag vor dem Auslaufen zu warten. Wir wussten, dass nur sehr wenig Zeit vergehen würde, bis alle Welt Bescheid wusste, wenn wir erst anfingen, den Leuten reinen Wein einzuschenken.

Der Mondwechsel stand in fünf Tagen bevor. Diese Nacht sowie die davor und die danach boten die beste Gelegenheit, um uns unentdeckt aus dem Hafen zu schleichen. Inzwischen brachte Xandros so viel wie möglich über die Schiffe in Erfahrung, die regelmäßig ausliefen. Hauptsächlich Fischer aus Byblos, die an schönen Tagen vor dem Morgengrauen hinausfuhren und gegen Mittag zurückkehrten.

»Das ist unsere beste Chance«, meinte Xandros, als wir zusammenstanden und uns berieten. »Ja, wenn man genau hinschaut, sehen unsere Schiffe im Wasser anders aus, aber wenn wir die Segel gesetzt und die Ruder eingezogen haben, dann können wir in einer dunklen Nacht damit durchkommen, wenn wir ihnen richtig antworten, falls sie uns anrufen.«

»Das ist an dir und Jamarados«, erwiderte Neas. »Meinst du, ihr bringt das so fertig, dass sie nicht misstrauisch werden?«

Xandros nickte ernst. »Solange ich kein langes Gespräch führen muss. Den Akzent kann ich vortäuschen, wenn ich nicht viel reden muss.«

»Dann fass dich kurz«, meinte Neas. »Die *Delphin* sollte am besten zuerst auslaufen. Das erste Schiff wird am ehesten angerufen werden, wenn wir an den Kriegsschiffen vorbeikommen.«

»Und das letzte wird am ehesten erwischt«, brummte Amynter.

»Deswegen fährt die *Sieben Schwestern* ja auch als Letzte«, gab Neas zurück. »Die *Maidenauge* läuft als zweites Schiff aus, und du folgst ihnen mit der *Jäger.* Dann kommen die *Geflügelte Nacht,* die *Wolke* und die *Schwalbe.* Stellt Bogenschützen bereit, für den Fall, dass ihr jemanden zum Schweigen bringen müsst.«

Jamarados schüttelte den Kopf. »Ich weiß nicht, ob wir jemanden haben, der scharfäugig genug ist, um nachts vom Deck eines fahrenden Schiffes aus jemanden zum Schweigen zu bringen. Und wenn wir anfangen zu schießen und irgendjemanden nur verwunden, schreit er los und bringt die ganze Stadt über uns. Ich glaube, sich dumm und stumm zu stellen ist klüger.«

»Nimm es, wie es kommt«, wies Neas ihn an. »Wenn du einen Bogenschützen hast, der so einen Schuss fertigbringt, gut. Wenn nicht, stell dich eben dumm und stumm. Du wirst nach eigenem Ermessen handeln müssen. Ich verlasse mich auf dein Urteilsvermögen.«

Herrin, dachte ich, *wir brauchen eine wolkenverhangene Nacht mit Wind vom Land her, ohne Regen oder schlechtes Wetter draußen auf dem Meer. Mir ist klar, dass ich eine Menge verlange, aber es ist für Deinen Sohn, also lässt es sich doch vielleicht ermöglichen?*

In der ersten der drei Nächte regnete es in Strömen. Im Hafen schlugen die Wellen hüfthoch gegen die Mole, und der Wind war böig und wehte von Süden her. Neas war reizbar, weil er die Schiffsführer angewiesen hatte, ihre Männer bereitzuhalten und sie nicht in die Tavernen, die Schenken und die Tempel gehen zu lassen.

»Bei diesem Wetter können wir nicht auslaufen«, sagte er. »Nicht unter Segel. Wir könnten rudern, aber dann sehen sie, dass wir keine Fischer sind.«

»Dann warte«, riet Jamarados. »Morgen klart es vielleicht auf.«

Es klarte nicht auf. Den ganzen nächsten Tag regnete es.

Als der Abend sich herabsenkte, schritt Neas gerade unruhig im Hof auf und ab, als Amynter hereinkam. »Da unten an der Straße sitzt eine Gruppe Achaier unter einer Zeltplane. Sie beobachten uns.«

»Sind sie bewaffnet?«, wollte Neas wissen.

»Selbstverständlich«, knurrte Amynter.

Neas marschierte zur Ecke des Hofes. Seine Schritte wirkten ein wenig zögerlich, obwohl die Wunde in seiner Seite gut zu verheilen schien. Dann drehte er sich um und sah mich an. »Was sagst du, Herrin?«, fragte er förmlich. »Wie lauten die Worte unserer Sibylle?«

Ich breitete die Arme aus und fühlte das schwache Beben der Macht, das an ihnen entlanglief. »Es liegt in deiner Hand, Prinz Äneas. Die Herrin der See vertraut ihrem Sohn.«

»Dann fahren wir heute Nacht«, entschied Neas. »Ich weiß. Das Wetter«, kam er Amynter und Jamarados zuvor. »Aber morgen Nacht ist es vielleicht auch nicht besser, und dann nimmt der Mond wieder zu. Und mit jeder Nacht, die wir abwarten, wird die Möglichkeit größer, dass Neoptolemos herausfindet, was wir vorhaben.« Er wandte sich an Xandros. »Ich möchte, dass du gehst und auf den Schiffen alles zum Auslaufen klarmachst. Sag den Männern, sie sollen sich bereithalten. Ich komme bald nach.«

Xandros nickte und eilte davon.

»Und was ist mit den Achaiern?«, wollte Amynter wissen.

»Mit denen werden wir uns vielleicht näher befassen müssen«, erwiderte Neas. Es hatte fast den Anschein, als freue er sich darauf.

13

Ashterets Hand

Vierhundert Menschen können sich nicht irgendwo hinschleichen. Wenn vierhundert Menschen durch die Straßen von Byblos schleichen, dann ist das eine Prozession, kein heimlicher Aufbruch. Niemandem, nicht einmal den Achaiern, würde dergleichen entgehen.

Es wurde beschlossen, dass wir uns in nach Schiffen eingeteilten Gruppen zum Hafen hinunterstehlen sollten, immer nur eine Gruppe auf einmal. Diejenigen, die auf der *Delphin* untergebracht waren, sollten als Erste gehen. Neas und fünf oder sechs ausgewählte Männer würden uns begleiten und sich der Achaier annehmen, die das Haus beobachteten, falls sie noch da waren, wenn die Ersten von uns kurz nach Mitternacht abmarschbereit waren.

Um Mitternacht goss es in Strömen. Der Regen machte aus den Straßen Trampelpfade aus Schlamm und Unrat. Es war vollkommen dunkel. Mit meinem dicksten Umhang, den sie sich über den Kopf gezogen hatte, war Tia aus ein paar Schritt Entfernung so gut wie unsichtbar.

Ich legte ihr die Hand auf den Arm. »Ist alles in Ordnung?«

Sie zuckte die Achseln. »Mir ist einfach nicht gut. Es ist nichts weiter.«

»Ich zerre dich wirklich nicht gern bei diesem Wetter nach draußen«, versicherte ich, »aber es ist nur ein kleines Stück zu Fuß bis zum Schiff hinunter, dann kannst du dich in die vordere Kabine setzen und dich ausruhen. Von da an muss Xandros die Arbeit machen.«

»Fertig?«, fragte Neas, der gerade um die Ecke kam. Er trug seinen Lederharnisch und hielt das Schwert bereit.

Xandros nickte. »Wir sind so weit.«

Die Menschen von der *Delphin* standen bereit, sie trugen so wenig bei sich wie nur irgend möglich. Fast unsere gesamte Habe und unsere Vorräte waren bereits zum Hafen geschafft und an Bord verstaut worden.

»Dann los«, befahl Neas. Er und die Männer, die er ausgesucht hatte, öffneten behutsam das Tor und traten in den Regen hinaus.

Xandros wartete neben mir und zählte leise. Schon jetzt klebte das regennasse schwarze Haar an seiner Haut. »Er hat gesagt, wir sollen warten, bis wir bis fünfhundert gezählt haben«, erklärte er. »Das sind fünfmal hundert.« Dann streckte er den Arm aus und drückte mir die Hand. »Keine Angst«, sagte er. »Es wird schon alles gut.«

Vor uns hörten wir einen gedämpften Schrei, der fast im Regen unterging.

»Wartet«, sagte Xandros. Er zählte zu Ende.

Dann schob er abermals das Tor auf, und wir drängten uns in den peitschenden Regen hinaus, meine Hand auf der glitschigen Straße fest unter Tias Ellenbogen.

Neas kam zu uns zurück. In dem schwachen Licht konnte ich erkennen, dass sein Schwert dunkel vor Blut war. Er beugte sich dicht zu Xandros vor, musste aber trotzdem schreien, damit man ihn durch den Regen hören konnte. »Los«, befahl er. »Wir haben uns um ihre Wachen gekümmert. Von denen ist keiner davongekommen. Aber wir haben keine Zeit zu verlieren, nicht, wenn wir uns in kleinen Gruppen auf den Weg machen.«

Xandros nickte und wandte sich an Kos. »Dann kommt. Geradewegs hinunter zur *Delphin*.«

Ich eilte mit Tia dicht hinter Xandros her, und die anderen folgten uns. Drei menschliche Körper lagen am Ende der Straße, dort, wo sie auf die Hauptstraße traf, die zum Hafen hinunterführte. Einer davon regte sich noch.

Ein junger Mann lag inmitten seines Mageninhalts und seiner Gedärme und versuchte, etwas aus Eingeweiden hervorzuwürgen, die er nicht mehr besaß. Ein Schwert hatte ihm den ganzen Leib aufgerissen, und das Blut bildete eine Lache um ihn herum, die sich im Regen ausbreitete.

»Geh«, sagte ich zu Tia und wandte mich dem Sterbenden zu.

Ich bückte mich, damit er mein Gesicht sehen konnte, auch ohne Farbe weiß unter der schwarzen Kapuze. Dann legte ich ihm die Hand auf die Stirn. »Fahr dahin«, sagte ich. »Such dir unbehelligt deinen Weg zum Fluss und zum Land der Sonne, die niemals stirbt.«

Er konnte nicht sprechen, doch ich sah, wie seine Augen sich weiteten und dann Einverständnis bekundeten, als Xandros neben mich trat.

»Xandros?«, fragte ich.

Er nickte knapp und zog sein Bronzemesser aus der Scheide. Mit einem raschen Schnitt durchtrennte er die Kehle des jungen Mannes. Ich fuhr zurück, und der Blutschwall bespritzte mein Gewand. Mein Fuß rutschte weg, und ich fiel auf die schlammige Straße.

Xandros packte mich am Arm und zog mich auf die Beine. Sein Mund war fest zusammengekniffen. Er sagte nichts. Es war nicht nötig. Wir folgten den anderen zum Schiff.

Wir erreichten die *Delphin* als Letzte. Kos hatte Tia schon an Bord geholfen. Xandros half mir hinauf und drehte sich um, wahrscheinlich, um Wache zu halten. Ich ging in die vordere Kabine hinunter, wo Tia mit dem Neunjährigen und seiner Mutter Polyra hockte. Auch Bai war dort und schob unsere Bündel umher, damit Tia es bequem hatte. Sie war bis auf die Haut durchnässt und zitterte. Bai schnürte ein Bündel auf, das er zuvor an Bord gebracht hatte, und zog einen schönen, warmen Wollumhang heraus, den er ihr umlegte. »Es geht schon«, beteuerte sie, doch sie lächelte und wehrte ihn nicht ab.

Er ging wieder aufs Deck hinauf, und ich kniete neben Tia nieder. Der Junge schlüpfte gerade in einen trockenen Kittel, während seine Mutter ihn ausschalt. Es war sehr eng in der Kabine, mit all unseren Habseligkeiten sowie sechs großen Säcken voller Linsen, die ganz vorn in die Bugspitze gepackt worden waren, und einem guten Dutzend großer Töpfe voll grüner Oliven in Salzlake, die in den Ecken standen.

Und dann warteten wir. Nach einer Weile ging ich

wieder hinaus. Es regnete noch immer heftig, und von der Morgendämmerung war nichts zu sehen. Unten auf dem Landungssteg bemerkte ich eine Bewegung. Ein Kind wurde zum Deck hinaufgereicht, während etliche andere wartend an Bord standen.

Ich ging zum Heck. Kos stand am Steuerruder, eine Hand an dem Tau, mit dem wir am Steg festgemacht waren. »Wo ist Xandros?«, fragte ich.

»Ich dachte, er wäre vorne bei euch«, antwortete Kos.

»Nein«, sagte ich. »Er ist gar nicht an Bord gekommen. Ich dachte, er hält Wache.«

»Ich habe ihn nicht gesehen«, beteuerte Kos.

»Vielleicht ist er ja auf dem Steg«, meinte ich. »Oder er spricht mit Neas. Ich gehe ihn suchen.« Eine nervöse Anspannung überkam mich. Ich konnte nicht einfach unter Deck sitzen, zwischen den Vorräten kauern und darauf warten, dass jemand uns auslaufen hörte. Rasch ging ich zur *Sieben Schwestern* hinüber. Dort waren inzwischen fast alle an Bord. Neas half gerade der letzten Frau über die Reling. Er drehte sich zu mir um.

»Wo ist Xandros?«, fragte ich.

»Hier«, antwortete der Gesuchte. Barhäuptig kam er den Steg entlang, und eine in einen Umhang gehüllte Gestalt folgte ihm. Es war ein junger Mann mit honigfarbener Haut und schwarzem Haar, das aus einer hohen, klaren Stirn zurückgebunden war. Selbst im Regen war er wunderschön.

»Oh nein«, fuhr Neas auf. »Xandros, nein.«

»Das ist Ashterah«, sagte Xandros, »und sie kommt mit.«

»Nein, das tut sie nicht«, widersprach Neas. »Wir haben ohnehin schon genug Mäuler zu stopfen.«

»Ich kann sie jetzt nicht zum Tempel zurückschicken«, gab Xandros zurück. »Sie weiß, wohin wir wollen. Wir müssen sie mitnehmen.«

Die Augen des Jünglings blickten von einem Mann zum anderen. Er beherrschte die Sprache Wilusas nicht oder jedenfalls nicht gut. Auch klatschnass, auch ohne die prächtigen Kleider war er beinahe unerträglich anmutig.

»Wir könnten sie in den Hafen stoßen«, fauchte Neas, »dann erzählt sie es niemandem.«

Xandros' Hand kroch auf seinen Gürtel zu, ballte sich zur Faust. »Das würdest du nicht tun. Aber die Achaier vielleicht, wenn wir sie zurücklassen.«

Ihre Blicke bohrten sich ineinander.

Neas sah weg und zog eine Grimasse. »Du bist eine verdammte Heimsuchung. Schön, schaff sie auf die *Delphin*. Und mach voran! Wir sind alle an Bord, und ihr sollt als Erste auslaufen!«

Die Ruderer saßen auf den Bänken. Hastig kletterte ich über die Reling. Bai musste die Hand nach unten strecken und Ashterah heraufziehen. Man konnte deutlich sehen, dass er noch nie auf einem Schiff gewesen war. Ich nahm seinen Arm und lotste ihn nach achtern, zwischen den Ruderbänken hindurch. »Dort«, sagte ich, zeigte auf die Heckkabine und sprach sehr langsam. »Dort sollst du hin.«

Dann ging ich wieder nach vorn und kam an Xandros vorbei. Bai saß wieder auf seiner Bank; seine Schulter war verheilt. Amynters Sohn Kassander stand zwischen den Bänken bereit, um im Flüsterton Befehle weiterzusagen. Die Ruderer konnten sich weder der Trommel noch ihrer Gesänge bedienen, während wir uns durch die Finsternis stahlen, also mussten alle Befehle durch einen Läufer übermittelt werden. Kassander sah beklommen aus. Ich schätzte ihn auf ungefähr zwölf Jahre, ein paar Jahre jünger als Ashterah.

Tröstend legte ich ihm die Hand auf die Schulter und beugte mich zu ihm. »Alles wird gut werden«, versicherte ich. »Wir verlassen uns auf deine Tüchtigkeit, und du wirst uns nicht enttäuschen. So ist es.«

»Ich danke dir, Erhabene Herrin«, antwortete er und ging nach achtern, wo er den Schiffsführer hören konnte.

Bai grinste. »Er ist ein guter Junge.«

»Ja«, stimmte ich zu. »Bin ich dir im Weg, wenn ich hier stehe?«

»Nein, aber du solltest dich ducken, wenn sie anfangen, zu schießen.«

Kassander kam die Reihen wieder herunter und sprach mit jedem zweiten Mann. »Der Schiffsführer sagt, ihr sollt jedes zweite Ruder ausfahren und sie so leise wie möglich ins Wasser tauchen.«

Mir kam das Manöver sehr laut vor, doch wahrscheinlich wurden die Geräusche durch den Regen und das Plätschern des Wassers am Steg gedämpft.

Wir setzten uns in Bewegung. Obgleich der Regen herabprasselte und der Wind auffrischte, fühlte ich, wie allmählich ein Glücksgefühl in mir aufstieg. Wir waren unterwegs, wir fuhren wieder aufs Meer hinaus, wir entkamen Neoptolemos und den Achaiern, wir waren abermals in Ihrer Hand.

»Aphrodite der Wogen, behüte uns«, flüsterte ich und fühlte den Wind wie Ihren Atem auf meinem Gesicht.

Jene Die Pythia Gewesen War hatte recht gehabt,

dachte ich, als wir auf die erste Dünung trafen und stetig und glatt jede Woge erklommen. Gleiches strebte zu Gleichem, und das Blut des Seevolkes floss in meinen Adern. Ich war nie seekrank gewesen, nicht einmal während des Sturms, der uns zur Insel der Toten geführt hatte, und meine Seebeine waren ebenso standfest wie die von Xandros.

Ich hörte die Wachen auf der Mole rufen, doch ich verstand nicht, was sie sagten. Sie hatten uns gesehen. Ihrem Tonfall entnahm ich, dass sie nicht erkannt hatten, wer wir waren, sich jedoch wunderten, was wir vorhatten.

Xandros antwortete ihnen ein wenig verhalten.

Wieder riefen sie etwas, diesmal war es eine befehlsgewohnte Stimme.

Xandros' Antwort bestand aus einem einzigen Wort.

Wieder ein Ruf, näher und fordernder. Sie waren nicht überzeugt. Das konnte ich an ihrem Tonfall hören.

Eine andere Stimme antwortete von unserem Achterdeck her, eine Knabenstimme, hoch und rein. Sie klang unschuldig und bestürzt, rasselte Worte in der Sprache von Byblos herunter. Ashterah.

»Aphrodite Cytherea, Aphrodite des Meeres, ich hatte nicht damit gerechnet, dass du meine Gebete gar so umgehend erhörst!«, flüsterte ich.

Ashterah plauderte mit den Wachen. Gelächter tönte von der Mole herüber. Wir glitten vorüber; die Ruder auf der linken Seite wurden auf Xandros' Befehl hin über dem Wasser in der Schwebe gehalten.

Und dann waren wir an ihnen vorbei, kamen aus dem Hafen heraus ins offene Meer. Die *Delphin* machte einen

Satz, bäumte sich auf wie ein Pferd, das seine Freiheit wittert. Wir schnellten vorwärts, als das Segel sich blähte und den zunehmenden Wind einfing, der uns nach Süden trieb. Nach Ägypten.

Das Wetter besserte sich nicht. Als der Morgen dämmerte, fuhren wir unter tief hängenden, dichten Wolken auf südlichem Kurs über unruhiges Wasser. Von meinem geschützten Platz hinter der Ruderdeckreling aus konnte ich drei andere Schiffe erkennen, breit aufgefächert, die genau wie wir vor dem Sturm dahinjagten – die *Geflügelte Nacht,* die *Jäger* und die *Maidenauge.* Die anderen mussten vor oder hinter ihnen sein, zu weit entfernt, als dass man sie hätte sehen können. Ich ging nach hinten und kletterte zu Xandros, der am Steuer stand, aufs Achterdeck. Eine Bö schleuderte mich hart gegen die Reling.

»Vorsicht!«, brüllte Xandros. »Die See ist rau.«

»Sind die anderen Schiffe da?«, fragte ich, den Schmerz ignorierend.

»Sie haben es alle ohne Schwierigkeiten aus dem Hafen geschafft. Aber seitdem habe ich keinen von den anderen mehr gesehen. Unmöglich, bei diesem Wetter dicht zusammenzubleiben«, schrie Xandros mir zu.

Kassander kam unter fliegender Gischt das Deck entlanggeschlingert. Er sah verängstigt aus. »Herrin, Kos sagt, dass du sofort zum Bug kommen musst. Tia braucht dich.«

Ich eilte zur Kabine und wusste, was ich vorfinden würde.

Tia lag zusammengekrümmt auf den Linsensäcken; ihr Gewand war unterhalb der Taille völlig durchnässt.

»Ihr Geburtswasser ist geflossen«, berichtete Polyra. »Und die Wehen sind gerade mit Macht über sie gekommen.«

Ich zog sie zur Tür der Kabine. »Ist es denn nicht noch zu früh?«, flüsterte ich.

Sie nickte. »Einen ganzen Mond, glaube ich. Wir brauchen Lide. Sie ist die kundigste Hebamme unter uns.«

»Lide ist auf der *Sieben Schwestern*«, antwortete ich. »Wir sind zu weit voneinander entfernt. Als ich auf Deck war, konnte ich die *Sieben Schwestern* nicht einmal sehen. Und selbst wenn wir in Sichtweite wären, könnten wir bei diesem Wetter unmöglich längsseits gehen und sie an Bord holen.«

Polyra stieß einen langen Atemzug aus. Dann sog sie wieder einen ein. »Hast du jemals bei einer Niederkunft mitgeholfen?«

»Ich? Nein. Es ist mir verboten, Blut zu vergießen oder dabei zuzusehen. Ich war nie auch nur in der Nähe einer Geburt.«

»Ich habe selbst zwei erlebt«, meinte Polyra. »Und ich war dabei, als meine Mutter von meiner kleinen Schwester entbunden wurde, als ich noch ein junges Mädchen war. Das ist schon mal etwas. Auf jeden Fall weiß ich, wie es vonstattengehen sollte.«

»Ich werde tun, was du sagst«, versprach ich. »Ich werde helfen, wie ich nur kann.«

Wieder holte Polyra tief Atem. »Bring meinen Sohn in die hintere Kabine. Es ziemt sich nicht für ihn, hier zu sein. Und hol Xandros' Messer. Ich werde eine scharfe Klinge brauchen, wenn die Zeit gekommen ist.«

Ich brachte den Jungen nach achtern und übergab ihn

Kos. Dieser umklammerte meinen Arm und beschwor jeden Gott, der ihm einfallen wollte. »Du sorgst doch dafür, dass ihr nichts zustößt, nicht wahr?«, flehte er.

»Polyra und ich werden tun, was wir können«, versicherte ich, löste seine Finger von meinem Ärmel und drückte sie. »Tia ist jung und stark. Es wird schon alles gut gehen.«

Für das Kind sprach ich nicht. Ich konnte Ihre Schwingen ganz in der Nähe fühlen. Einen ganzen Mond zu früh und auf hoher, wild wogender See von einem Mädchen geboren, das kaum selbst eine Frau war, an einem Ort ohne Wärme hatte es kaum eine Chance.

Wieder ging ich nach vorn, vorbei an den Ruderern, die mit gesenkten Köpfen im Regen saßen, während die salzige Gischt aufspritzte und mich durchnässte. *Barmherzige Herrin,* betete ich, *ich habe gewusst, dass Deine Hand auf diesem Kinde ruhte. Ich bete darum, dass ich nicht falsch gedeutet habe.*

Ich fühlte Sie wie den Puls meines eigenen Herzens. *Blut ist in der Stadt der Meeresherrin vergossen worden, das Blut Ihres Volkes. Tod muss für Tod einstehen.*

All dies behielt ich für mich und hoffte, dass man es meinem Gesicht nicht ansah, als ich die Tür öffnete. Dann saß ich neben Tia und sprach tröstende Worte, gab ihr frisches Wasser zu trinken. Zwischen den Wehen war Zeit.

Der Tag kam, grau und unruhig, während wir vor den Winden dahinstoben und die See tobte und kämpfte.

Jede Wehe flutete heftig über Tia hinweg; sie bog den Rücken durch, und ihre Lippen waren blutig gebissen. Ich konnte nicht sagen, ob sie dichter aufeinanderfolgten oder nicht. Sie schienen endlos, und doch war zwischen ihnen Zeit.

Die Nacht kam, und der Sturm war schlimmer geworden. Der Wind heulte ein unheimliches Lied durch die Ritzen zwischen den Planken über uns.

Tia trank etwas und döste zwischen den einzelnen Wehen ein wenig, sank mit halb offenen Augen in einen dumpfen Dämmerzustand. Polyra schüttelte den Kopf. »Es ist fast einen ganzen Tag her, dass ihr Wasser verströmt ist. Sie muss bald gebären, wenn sie ein lebendes Kind zur Welt bringen soll.« Es war schwer, im Dunkeln festzustellen, ob es voranging. Hier gab es nichts als Tias raue Schreie, ihre Hände, die meine umklammerten, vor Schmerz wild scharrten, eine Welle der Finsternis nach der anderen erklommen.

Die Zeit stand still. Auf dem Meer gingen vielleicht unsere Schiffe unter. Gewiss war Xandros am Steuerruder festgebunden, schlotterte vor Kälte und Erschöpfung und hielt unseren Bug in die Wogen gerichtet.

Tia, Polyra und ich kämpften, als läge die ganze Zukunft des Volkes in diesem einen Kind. Das ganze Schiff mochte jeden Augenblick sinken, doch daran würden wir nicht denken. Dieses eine Leben war das Einzige, an das sich zu denken lohnte.

Im ersten grauen Licht der Morgendämmerung untersuchte Polyra Tia von Neuem. »Schau«, stieß sie hervor und zog mich hinunter, während Tia im Verebben einer Wehe nach Luft rang. Zwischen diesen straff gedehnten Lippen war etwas Bleiches, Haarloses zu sehen.

»Das ist der Kopf des Kindes«, erklärte Polyra. Sie kniete nieder und ergriff Tias Hand. »Beim nächsten Mal musst du anfangen zu pressen«, wies sie sie an. »Verstehst du? Wir haben es fast geschafft.«

Und Tia presste mit aller Macht, schreiend. Ich konnte nicht feststellen, dass sich der Kopf auch nur im Mindesten bewegte. Ich konnte mir nicht vorstellen, dass irgendetwas dort hindurchpassen sollte. Noch einmal. Und noch einmal.

»Gib mir das Messer«, befahl Polyra.

Ich hatte Xandros' Waffe mit Meerwasser gereinigt. Sie war aus Bronze und sehr scharf. Polyra wickelte die Klinge zum größten Teil in ihren Mantel, so dass nur eine fingerlange Spitze oben hervorschaute.

Tia machte sich daran, der Wehe standzuhalten. »Pressen, pressen«, drängte ich und hielt ihre Hand. »Jetzt, Tia.«

Die Klinge blitzte, die Spitze schnitt an der Ecke jener gedehnten Öffnung ins Fleisch. Blut tropfte, und der Kopf bewegte sich. Ein kleines, blutiges Gesicht, dunkel vor Anstrengung, ein seltsam verlängertes Köpfchen.

»Das ist genau richtig!«, verkündete Polyra und legte das Messer neben sich. »Genau richtig, Tia. Noch einmal pressen, genau auf dem Höhepunkt der Wehe, damit die Schultern freikommen.«

Tia schluchzte und biss sich heftig auf die Lippen. »Jetzt, Liebling.«

Sie schnappte nach Luft, und ich sah, wie es herausglitt, in Polyras Arme, Schultern, Leib und lange Beine. Polyra hob es hoch und blies in seinen Mund, machte mit ihrem eigenen Atem seine Nase und seine Kehle frei. Und dann schrie es, ein hoher Laut wie von einer Möwe.

Wieder blitzte das Bronzemesser auf und durchtrennte die Nabelschnur.

»Noch einmal pressen für die Nachgeburt«, befahl Polyra.

Tia versuchte, sich hochzustemmen. »Lasst mich sehen!«

Polyra reichte mir das Kind und bückte sich, um die Nachgeburt zu entbinden.

Es war leicht und unglaublich winzig, Arme und Beine wie Stöckchen unter durchscheinender Haut, kahl und ohne Wimpern oder Brauen, doch die winzigen Beinchen strampelten, und sie schrie.

»Tia«, sagte ich und reichte ihr das Kind, »du hast eine wunderschöne Tochter.«

Tränen strömten zwischen ihren Lidern hervor, und sie barg das Neugeborene an ihrem Körper. Kleine, blutige Händchen auf ihrer Brust. »Oh«, stammelte sie, »oh, komm her, komm her. Winzig, so winzig.« Ich glaube, sie bemerkte es kaum, als die Nachgeburt herauskam. Sie zuckte zusammen, als Polyra den Schnitt, den sie gemacht hatte, mit Salzwasser auswusch, doch sie unterbrach ihr Gurren nicht auch nur einen Moment lang. Ich lehnte mich mit dem Rücken gegen die Linsensäcke und weinte.

Polyra hantierte geschäftig herum, brachte Tücher, um das Blut aufzunehmen, und zog den warmen Wollmantel um Tia und den Säugling. »Du musst sie dicht an deinem Körper halten«, wies sie sie an. »Sie ist sehr dünn, und sie kann an der Kälte sterben. Hier gibt es nichts, um sie zu wärmen, außer dir.«

Das kleine Mädchen war an Tias Herzen verstummt;

ihre Augen waren geschlossen, vielleicht im Schlaf. Auch Tia schloss die Augen, während der Mantel beide fest umhüllte.

Polyra kroch davon, und ich folgte ihr. Sorgfältig säuberte sie das Messer.

»Wird sie am Leben bleiben?«, fragte ich.

Polyra sah mich an. »Das fragst du mich? Du bist doch die Dienerin des Todes. Was sagt Sie dir?«

»Nichts«, antwortete ich und begriff, dass es genau das war, was ich spürte. Der Pulsschlag Ihrer Schwingen war verschwunden. Die Krise, worin auch immer sie bestand, war vorüber.

»Sie wird leben, wenn sie trinken kann«, meinte Polyra. »Und warm bleiben kann. Solche ganz kleinen Kinder können manchmal nicht trinken und sterben dann. Oder sie sterben vor Kälte. Aber ich denke, Tia wird sie warm halten. Manchmal atmen sie auch nicht, aber die hier scheint keine Mühe mit dem Schreien zu haben, und sie scheint recht kräftig zu sein.«

»Das ist gut«, sagte ich und versuchte, ein wenig von meiner Würde wiederzufinden. »Sie wird nach mir Pythia sein.«

»Vom Tod geboren«, meinte Polyra. »Eigentlich ja dem Tod gestohlen.«

»Alle Kinder werden dem Tod gestohlen«, erwiderte ich. »Das ist das Mysterium. Ich habe es nicht verstanden, bis jetzt.«

Polyra tätschelte mir die Schulter, und in ihren Augen lag etwas beinahe Mütterliches. »Geh und sag es Kos«, drängte sie. »Wahrscheinlich ist er schon ganz krank vor Sorge.«

Ich ging hinaus auf Deck. Es war früh am Morgen, und der Sturm ließ allmählich nach. Durch den Regen hindurch konnte ich Xandros im Heck sehen, an seinem Steuerruder festgebunden. Kos kam auf mich zugestolpert, platschte knietief durch Seewasser. Die Hälfte der Ruderer schöpfte. Niemand ruderte. Das geblähte Segel trug uns voran.

»Tia? Wie geht es ihr?« Sein Gesicht war grau und seine Augen blutunterlaufen. Das Blut auf meinen Kleidern musste beängstigend wirken.

»Tia geht es gut«, verkündete ich und umarmte ihn. »Sie ist jung und stark und erholt sich bereits. Sie und das Kind schlafen. Es ist ein kleines Mädchen.«

Kos zog mich in seine gewaltigen Arme und hob mich hoch. »Gepriesen seien Deine Herrin und Cytherea Aphrodite und alle anderen Götter! Ein kleines Mädchen, und Tia wohlauf. Ela, ela, Cytherea!«

Mit einem Platschen stellte er mich wieder auf die Füße.

»Und das Schiff?«, erkundigte ich mich. »Wir scheinen aus dem Schlimmsten heraus zu sein. Es schaukelt nicht mehr so sehr wie vorher.«

»Keine allzu großen Schäden«, berichtete Kos. »All das Wasser hier ist über die Reling geschlagen, es kommt nicht aus einem Leck unterhalb der Wasserlinie. Wir laufen dem Sturm davon, und es wird besser, weil die See nicht mehr so hoch geht wie vorher. Trotzdem, es hat einen Grund, dass die Leute bei diesem Wetter nicht hinausfahren. Und wir haben den Jungen verloren.«

»Den Jungen?«, fragte ich und dachte einen Moment lang an Polyras Sohn.

»Ashterah«, erklärte Kos. »Er ist während der Nacht über Bord gegangen, als es am schlimmsten war.«

»Wie schrecklich.« Ich blickte nach achtern. Xandros' aschfahles Gesicht, gefesselt an sein Schiff, verriet mir alles. Das und das Schlagen Ihrer Schwingen, das ich gespürt hatte. Ein Leben begonnen, eins beendet.

»Er glaubt, es sei seine Schuld«, meinte Kos. »Es macht ihn halb irre, und er lässt mich das Steuerruder nicht übernehmen. Wie dem auch sei, wir wettern gerade einen Sturm ab, und ich dachte, es ist am besten, wenn ich nicht mit ihm streite.«

Ich ging aufs Achterdeck. »Xandros?«

Er schwieg. Das Seil hatte Striemen in seine Seite geschnitten, über die Salzwasser gespritzt war. Er fragte mich nicht nach Tia und dem Kind.

»Xandros?«

Er schwieg. Ich stand neben ihm, während die Sonne durch die Wolken brach. Der Morgen verstrich. Draußen auf dem Meer konnte ich die *Sieben Schwestern* erkennen, die *Jäger* und die *Geflügelte Nacht.*

»Möchtest du Wasser?«, fragte ich und bot ihm einen vollen Schlauch an. Er schüttelte den Kopf und wollte nicht trinken, wollte mich nicht ansehen.

Es war Nachmittag, als wir einen langen, niedrigen Umriss am Horizont erblickten. Die Sonne stand heiß über unseren Köpfen, und die durchnässten Decks dampften in der Hitze.

»Land!«, schrie Kos im Bug.

Ich schaute hin und hörte ein Geräusch hinter mir. Xandros war in seinen Banden ohnmächtig geworden. Ich durchschnitt das Seil mit seinem Messer und ließ ihn aufs Deck hinabgleiten, während Bai das Steuerruder zu fassen bekam.

Wir hatten Ägypten erreicht.

14

Die Mündungen des Nils

Ich erinnere mich nicht mehr, wie wir zu den Mündungen des Nils gelangten. Ich weiß noch, dass wir uns, nachdem wir das erste Mal Land entdeckt hatten, drei Tage an der Küste entlangmühten, aber ich verbrachte nur sehr wenig von dieser Zeit an Deck.

Tia bekam Fieber. Manchmal, erklärte mir Polyra, stellt sich Fieber ein, nachdem das Kind entbunden ist. Die Mutter könnte dann immer noch sterben. Bei einem so winzigen Säugling gäbe es dann auch für ihn keine Hoffnung. Ich machte mir schreckliche Sorgen und saß neben ihr, wusch ihr Gesicht und ihre Brüste mit kaltem Wasser.

Am dritten Morgen erwachte Tia mit kühler, feuchter Stirn, und das fiebrige Glänzen war aus ihren Augen verschwunden. Das Fieber, was immer es auch verursacht hatte, war vergangen.

Xandros dagegen schien es jeden Tag schlechter zu gehen. Er aß nicht und trank nur ein wenig Wasser. Am dritten Tag kroch ich in die Bugkabine und fand ihn wach vor. Er lag da und starrte zu dem Sonnenlicht empor, das durch die Ritzen im Deck über seinem Kopf strömte. Ich setzte mich neben in.

»Xandros«, sagte ich, »du musst aufhören, so zu trauern.«

Er sah mich an, mit schmerzlichem Blick in einem Gesicht, das zu schmal war, zu kantig. »Es ist meine Schuld, verstehst du das denn nicht? Ich habe sie ihren Eiden entrissen. Ich habe sie von dem Ort fortgebracht, wo sie zu sein gelobt hatte. Ich habe den Fluch der Herrin der See über sie gebracht und über mich!«

Ich betrachtete sein Gesicht und sah, dass er das wirklich glaubte, doch ich fühlte keinen Schatten auf uns. »Du warst nicht schuld an Ashterahs Tod«, sagte ich.

»Wenn ich sie nicht aus Byblos …«

»Wenn du sie nicht aus Byblos fortgebracht hättest, hätten die Achaier sie erschlagen wegen dem, was sie wusste«, widersprach ich. »Das hast du zu Neas gesagt. War das gelogen?«

»Nein.« Er schaute weg. »Möglicherweise hätten sie das getan. Ich hätte ihr nichts erzählen sollen.«

»Vielleicht nicht«, pflichtete ich ihm bei, zog die Beine an und machte es mir neben ihm bequem. »Aber wenn du Ashterah nicht um Hilfe gebeten hättest, wie hätten wir dann den Schiffsführer der Schardana befragen und herausfinden können, was sie planen? Wir brauchten ihre Hilfe. Keiner von uns spricht die Sprache der Schardana.«

Xandros rollte sich auf die Seite, so dass ich nur sein verfilztes Haar sehen konnte, seinen schmutzigen Chiton. »Ich weiß es nicht. Alles, was ich weiß, ist, dass ich Ihre Priesterin gestohlen habe und dass die Herrin des

Meeres mich verflucht hat. Jeder, den ich liebe …« Er verstummte, das Gesicht von mir abgewandt, und ich verstand.

Xandros war derjenige gewesen, der nicht trauerte, der nicht trank oder Streit anfing, der nicht weinte oder klagte, der sich nicht auf der Suche nach dem Tod auf seine Feinde stürzte. Xandros war derjenige, der sein Schiff durch jedes Wetter steuerte, Neas stets in allem treu ergeben. Und doch waren in weniger als einem Jahr seine Frau und seine Töchter getötet worden, seine Stadt war gefallen, seine Freunde dahin. Alles, was er früher gekannt hatte, war auf immer verloren. Kos hatte seine Schwester, und sie hatte ihn. Neas hatte seinen Vater und seinen Sohn. Xandros hatte niemanden außer einer Priesterin, der er in einem Tempelbordell begegnet war, und selbst sie war ihm genommen worden.

Ich legte ihm die Hand auf die Schulter. »Xandros, mein Freund«, sagte ich. »Es liegt kein Fluch auf dir. Ashterah hat der Herrin der See gedient. Es ist das Vorrecht der Götter, die Hand nach Ihren Dienern auszustrecken, wenn Sie es wollen, Ihre Dienerinnen zu sich zu rufen, wann immer es Ihnen beliebt. Wenn Ashterah von der Herrin des Meeres gerufen wurde, dann ist das etwas zwischen ihr und ihrer Herrin. Das kannst du nicht auf dich nehmen. Es gehört dir nicht.«

Er schwieg.

»Das weiß ich«, versicherte ich. »Ich weiß es so, wie ich meinen Namen weiß. Und wenn meine Herrin mich rufen sollte, so hätte das nichts mit irgendjemand anderem zu tun.«

In Byblos bringen sie Blutopfer dar, hatte ich gehört.

Und es ist nicht immer das Blut eines Vogels oder eines Lamms. Ashterah hatte das gewusst. Und vielleicht hatte sie wirklich jenen Ruf vernommen. Wer kann solche Dinge wissen?

Sanft rieb ich die angespannte Linie seiner Schulter, harte Muskeln unter sonnenbrauner Haut. Ich wollte ihn weiter berühren, zu sehr, viel zu sehr, doch ich hielt inne. »Komm, Xandros«, sagte ich. »Komm auf Deck, an die frische Luft.«

Er schüttelte den Kopf, doch ich zog an seiner Hand. Als er sich aufsetzte, wurden seine Augen groß, und er griff nach meinem Ärmel.

»Ist dir schwindelig?«, erkundigte ich mich.

Er nickte.

»Das würde mich nicht wundern«, meinte ich. »Du hast seit fast vier Tagen nichts gegessen oder mehr als ein paar Schlucke getrunken. Komm an Deck, ins Licht und trink ein bisschen Wasser.«

»Ich will nicht ...«

»Du musst hinaufkommen«, beharrte ich. »Kos wird das Kind in seine Sippe aufnehmen und ihm seinen Namen geben. Du bist sein Schiffsführer und musst anstelle seiner Verwandten Zeuge sein. Wenn du es nicht tust, kränkst du den treuesten Mann deiner ganzen Mannschaft.« Ich war streng, doch er machte mir Angst. Dies hier ging jetzt schon zu lange so, mit nichts als ein wenig Wasser.

Ich dachte, er würde sich auch weiterhin weigern, doch dem war überraschenderweise nicht so. Ich schaffte ihn hinaus auf Deck. Die Winde wehten frisch und kühl, und die Sonne schien warm auf die wettergebleichten

Planken. Das Segel war eingerollt worden, und wir trieben ruhig zwischen den anderen Schiffen, wie eine Schar Seevögel, die auf den Wogen Rast machen. Im Süden wartete eine grüne Masse.

Unter der hoch stehenden Sonne hob Kos das Kind in die Höhe, damit alle sie sehen konnten. Das ist eigentlich Aufgabe eines Vaters, sie wird jedoch vom nächsten Verwandten übernommen, wenn niemand anderes da ist. Tia stand neben ihm.

»Ihr Name ist Kianna«, verkündete Kos und zog die Kleine wieder an seine Brust.

Nach ihrer Schwester, dachte ich. Die, deren Schicksal für alle Zeit ungewiss sein wird.

Kos hielt den Säugling in einem Arm, und der andere schlang sich um Tias Schultern. Xandros überquerte mit wenigen Schritten das Deck, nur ein klein wenig unsicher auf den Beinen. »Meinen Glückwunsch, mein Freund«, sagte er und ergriff Kos' Hand. Dann beugte er sich herab und küsste Tia auf die Stirn, eine Geste, die sonderbar an Neas gemahnte. »Deine Tochter ist wunderschön. Möge die Sonne viele Male über ihrem langen, glücklichen Leben aufgehen.«

Da wusste ich es. Ich hatte zwei Worte für das, was ich fühlte: rein und süß. Mir war, als würde seine Anmut mir das Herz brechen, das schwarze Haar, das wie eine Rabenschwinge glänzte, wie er sich mit sanftem Lächeln über dieses kleine Mädchen beugte, das lebte, während seine eigenen Töchter Aas für die Vögel waren. Ich wusste es. Ebenso wie ich wusste, dass er nicht mir gehören würde.

Unauffällig ging ich und holte Wasser. Ich brachte

es ihm, während er mit Kos sprach, und er trank, ohne nachzudenken, sah sich erst beim zweiten Schluck um.

»Setz dich«, sagte ich und deutete auf die Ruderbank. »Rede im Sitzen.«

Der Säugling zappelte, und Tia nahm ebenfalls Platz, damit sie ihn an die Brust legen konnte. Im hellen Sonnenlicht konnte ich das Mädchen genauer betrachten. Tatsächlich war sie gar nicht völlig kahl. Ihr Kopf war mit zartem, weichem Flaum bedeckt, der vielleicht rötlichgolden werden würde. Ihre Augen, jetzt beim Trinken vor Wonne fest zusammengekniffen, waren von einem kühlen Graublau, wie Sturmwolken weit draußen auf dem Meer. Ihre Finger waren lang und weiß, und es war nicht viel Säuglingsfleisch an ihr, und doch war die Linie ihres Kiefers scharf und rein unter einer Haut wie Sahne. Xandros hatte recht, dachte ich bei mir. Sie ist in der Tat ein wunderschönes Kind. Und wenn wir sie durchbringen, wird sie eine wunderschöne Frau.

Der Traum fiel mir wieder ein, den ich geträumt hatte, als ich wenige Tage nach unserem Aufbruch aus Pylos neben Tia kauerte. Der Hang voll junger Olivenbäume mit dem Fluss dahinter; meine Herrin, die aus einem von rotgoldenem Haar umrahmten Antlitz zu mir sprach, ein Mädchen mit langen, sommersprossigen Händen. *Aber wo ist dieser Hang?*, fragte ich mich. *Herrin, hilf mir, den Ort zu finden, und ich finde die Priesterin für Dich.*

Als der Abend kam, ging Neas mit einigen seiner Männer an Land. Noch vor der Morgendämmerung war er zurück. Ich kam im grauen Licht an Deck und hörte ihn mit Xandros sprechen. »Wir müssen uns nach Osten halten«, sagte er. »Wir müssen zum Hafen von Tamiat.

Die Bauern, die im Schilf leben, sagen, dort wohnen die großen Gebieter.«

»Wir brauchen einen Hafen«, meinte Xandros.

Obwohl unsere Schiffe nicht auf tiefes Wasser angewiesen waren, waren sie doch nicht für die gewundenen Kanäle und die Schlammbänke dieser Küste gedacht. Selbst einen Bogenschuss weit entfernt konnte ich das feuchte, üppige Grün des Landes riechen, die tausend Mündungen des Nils, die sich durch dichtes Schilf und Bäume hindurch einen Weg ins Meer suchten. Es muss doch einen größeren Kanal geben, wo der Fluss breiter ist, dachte ich. Und einen Hafen.

Neas erteilte seinen Schiffsführern Befehle, und als Jamarados und Xandros sich eilig daranmachten, sie auszuführen, winkte er mich zur Reling. Er blickte zur Küste hinüber und schwieg.

»Mein Prinz?«, fragte ich.

Er schwieg weiterhin, als wolle er irgendeine schwierige Frage aufschieben. »Seltsam, nicht wahr?«, sagte er schließlich.

»Ja«, stimmte ich zu. Noch nie hatte ich etwas wie dieses Land gesehen. In der Dunkelheit vor dem Morgengrauen ertönte der Ruf eines Vogels, den ich nicht kannte.

»Und doch nicht seltsam«, sagte Neas. Dann blieb er eine Weile stumm und sah zu, wie die Sterne der Nacht ins Meer sanken. »Über diese Dinge spreche ich nicht mit den anderen, weil sie glauben würden, ich sei von den Göttern berührt, und bei einem Schiffsführer ist das nicht immer etwas Gutes.«

»Es macht ihnen doch nichts aus, dich den Geliebten der Herrin des Meeres zu nennen«, wandte ich ein.

»Ah, aber das ist etwas anderes«, erwiderte er, »wenn sie es als Glücksbringer sagen. Aber du weißt ja, wie diese Geschichte endet, Ihr Geliebter, Ihr Sohn.« Neas zog eine Braue empor.

»Nein, ich kann verstehen, dass das kein angenehmer Vergleich ist. Ihre Berührung kann sowohl Segen als auch Fluch sein.«

»Wo wir gerade von Flüchen sprechen«, sagte er, und ich wusste, dass er endlich zur Sache kam. »Xandros hat mir gesagt, dass ein Fluch auf ihm lastet. Dass die Herrin der See ihn verdammt hat, weil er Ihre Priesterin gestohlen hat.«

»Es gibt keinen Fluch!«, rief ich und riss mit einem Ruck die Hand von der Reling. »Xandros ist krank vor Kummer, aber dabei ist keine unsterbliche Hand im Spiel.«

»Bist du sicher?«, fragte Neas. »Du weißt doch, dass ich mir keinen Schiffsführer leisten kann, auf dem ein Fluch liegt, nicht, wenn ihm so viele Menschenleben anvertraut sind.«

»Es gibt keinen Fluch«, wiederholte ich. »Ist denn ein Fluch vonnöten, mein Prinz, damit ein Knabe, der niemals einen Fuß in ein Boot gesetzt hat, in einem Sturm über Bord fällt?« Unverwandt blickte ich ihm in die Augen. »Gehen nicht immer wieder Männer in schweren Stürmen verloren, ohne dass ein Fluch dabei mitwirkt? Und das sind Seeleute, Männer, die an die Bewegungen eines Schiffes gewöhnt sind. Ein junger Mann, der noch nie auf dem Wasser war, braucht für einen Fehltritt wohl kaum göttliches Eingreifen.«

Ich sah, wie sich seine Schultern entspannten. »Das ist

wahr. Sie hätte überhaupt nicht an Deck sein dürfen, aber Xandros sagt, sie wollte sehen, was hier vor sich ging.«

Und sie hatte nicht das Blut des Seevolkes in ihren Adern, dachte ich, jene Sicherheit, die mir vom ersten Moment an zu eigen gewesen ist, da ich ein Schiff betreten habe. Es bedarf nur eines Augenblicks der Unachtsamkeit, um über Bord gespült zu werden. Vielleicht war es bloß ein Unglücksfall.

Neas lächelte. »Also, wenn es keinen Fluch gibt, dann muss Xandros seine Pflicht tun. Er hat angeboten, mir sein Schwert zurückzugeben. Ich werde es nicht annehmen. Ich brauche ihn auf der *Delphin*, wo er hingehört. Und wir fahren die Küste nach Tamiat hinauf, um zu sehen, wie der Pharao unsere Neuigkeiten aufnimmt.«

Der Pharao war natürlich nicht in Tamiat. Ägypten ist ein gewaltiges Königreich, viele Male so groß wie ganz Achaia zusammengenommen, und der mächtige Nil durchschneidet es von Süden nach Norden. Von den Mündungen des Nils ist es eine Reise von etlichen Wochen bis dorthin, wo der Nil bei Elephantine aus den Höhlen der Unterwelt emporsteigt. Der Pharao Ramses, der Dritte dieses Namens, herrschte von der Stadt Theben aus, weit im Süden. Tamiat wurde von einem Wesir regiert, der an seiner Stelle sprach.

Dieser Wesir schien Neas ein tüchtiger Mann zu sein, und er erfasste die Lage sofort. Entweder sagte Neas die Wahrheit, was bedeuten würde, dass das Reich in Gefahr war, oder er war ein falscher Bote, ausgeschickt von denselben Seeräubern, um Ägypten dazu zu verleiten, die Flotte zu verlegen und einen Weg frei zu machen, dem die Freibeuter folgten. Zu unseren Gunsten sprachen der Zustand unserer Schiffe und die Anzahl der Frauen und Kinder, die normalerweise nicht Teil einer Piratenschar waren. Zu unseren Ungunsten wirkte es sich aus, dass niemand uns kannte, und warum sollten wir nicht an der Verschwörung beteiligt sein, von der wir sprachen?

Der Wesir entschied sich für einen Mittelweg, indem er uns weder für Lügner hielt noch uns Glauben schenkte. Er schickte schnelle Kundschafterschiffe nach Ashkelon, die dort abwarten sollten, ob tatsächlich eine Seeräuberflotte auftauchte. Weitere Schiffe hielt er in Tamiat bereit, während er wiederum andere mit uns nach Süden schickte, zu der großen Stadt Memphis. Sie würden uns den Nil hinaufgeleiten, zur Hauptstadt Unterägyptens, wo wir unsere Botschaft der vertrauenswürdigsten Stellvertreterin des Pharaos überbringen könnten, seiner Schwester Prinzessin Basetamon. Dort würde sie sich anhören, was wir zu sagen hatten, und dort würden wir nicht in der Lage sein zu entfliehen, wenn sich erwies, dass wir unaufrichtig waren.

So kam es, dass wir uns anschickten, in Begleitung von zehn ägyptischen Kriegsschiffen einen der größten Mündungsarme des Nils hinaufzufahren. Zuerst war der Fluss schmal und flach und strömte zwischen Bäumen mit tief hängendem Geäst voller Ranken dahin, die Ufer von Binsen überwuchert, so dass man unmöglich sagen konnte, wo das Wasser endete und das Land begann. Lotosblüten schwängerten die ohnehin schon von Gerüchen gesättigte Luft mit ihrem Duft. Hin und wieder flatterte eine aufgeschreckte Ente auf, und Reiher fischten im flachen Wasser.

Dasselbe taten auch die Krokodile. Eines glitt an der *Delphin* vorüber, so lang wie ein ausgewachsener Mann, und betrachtete Tia und ihr Kind an der Reling mit verschlagenem Blick. Plötzlich musste ich an Mik-els Geschichte denken. Ich konnte mir leicht vorstellen, weshalb das Böse für jene Menschen die Gestalt eines Krokodils annehmen sollte, und ich überlegte, ob er wohl hier geboren worden war, vor langer Zeit, im Morgengrauen der Welt.

Am zweiten Tag wurde der Fluss breiter und der Pflanzenwuchs an seinen Ufern spärlicher. Jetzt sahen wir Bauernhöfe, Männer, die auf Gerstenfeldern arbeiteten und die Ernte einbrachten, gebückte Frauen, die Bohnen von leuchtend grünen Ranken pflückten. Es gab keine Olivenhaine. Es gab auch keine Mandelbäume oder irgendwelche der anderen Bäume, an die ich gewöhnt war, außer Feigenbäumen, die dicht bei den Häusern wuchsen, ihrer Früchte wegen gepflanzt. Fischerboote wichen uns hastig aus, zu viele, um sie zu zählen. Lastkähne warteten darauf, die Ernte aufzunehmen.

Als Kos einmal am Steuerruder stand, kam Xandros nach vorn und trat neben mich an den Bug. »Siehst du das, was ich sehe?«, fragte er und deutete mit einem Kopfnicken auf ein Dorf am Ufer neben uns. Ein splitternackter kleiner Junge hütete Gänse und starrte unsere Flotte an, sein Stöckchen in der Hand. Hinter ihm stieg Rauch aus dem Backhaus des Dorfes auf und kräuselte sich in den stillen Himmel empor.

»Was soll ich sehen?«, fragte ich.

»Keines von den Dörfern hat Wehrmauern«, sagte er. »Nicht ein einziger Lehmziegel. Und es sind nicht nur die kleinsten Dörfer, die unbefestigt sind. Schau dir die Städte an. Dort gibt es keine Mauern zwischen den Häusern und den Feldern, und die Felder reichen bis ans Flussufer hinunter.«

»Davon muss Neoptolemos gehört haben«, meinte ich. »Kein Wunder, dass er dieses Land für eine leichte Beute hält.«

»Wer hat je von so etwas gehört!«, staunte Xandros. »Städte ohne Mauern? Kinder, die Fremde anstarren, ohne jede Furcht, dass einer von uns einen Pfeil auf die Sehne legt?«

»Menschen, die Frieden erlebt haben«, sagte ich. »Lange Jahre des Friedens. Lange genug, dass Krieg etwas ist, zu dem man hinauszieht, nicht etwas, was zu einem kommt.« Ich beugte mich vor und blickte auf den Fluss hinaus. »In diesem Land ist eine Stärke, wie ich sie noch niemals gesehen habe, seine gewaltige Größe und seine Ruhe. Die Götter dieser Menschen sind stark. Und ihr Volk hat seit vielen Menschenleben keine Angst mehr verspürt.«

Xandros schüttelte den Kopf. »Dann mögen ihre Götter ihnen beistehen, wenn Neoptolemos kommt! Ich bezweifele, dass unter diesen Dorfleuten auch nur ein gutes Schwert zu finden ist, nicht eines unter zwanzig Männern.«

Ich spürte Ihre Hand auf meinem Rücken wie ein Wispern des Windes. *So sieht Frieden aus. Du kannst ihn nicht finden, wenn du ihn niemals gesehen hast, Kind des Krieges, Kind des Volkes.*

Und so beobachtete ich die Menschen. Ich erhob mich mit der Sonne und sah zu, wie sie ihren Tag begannen.

Ich sah die Priester der kleinen Tempel ihre Arme zur Sonne emporheben, sah die Bauern ihrem Tagewerk nachgehen und die Frauen zum Wasser herunterkommen, um ihre Krüge zu füllen. Manche hielten inne, um zuzusehen, wie unsere schwarzen Schiffe vorüberglitten. Doch niemand lief voller Angst davon, um Familie und Besitztümer zu verstecken. Sie waren neugierig, nicht furchtsam.

Das ist Frieden.

Noch ein Tag, und die Mündungsarme des Nils vereinigten sich, und ich sah, warum man ihn den mächtigsten Strom der Welt nennt. Von einem Ufer aus wich das andere in die Ferne zurück, als wären wir auf hoher See. Breit und glatt floss er zwischen seinen Ufern dahin, ohne jegliche Wirbel oder Felsen, wie sie in anderen Flüssen zu finden sind. Manchmal kamen wir an Untiefen vorbei, wo Krokodile eine Handspanne tief im Wasser auf Sandbänken lagen, so dass nur die Höcker und Knochenkämme ihrer Köpfe zu sehen waren.

Der Verkehr auf dem Fluss nahm zu – Binsenboote wie runde Körbe, gerade groß genug für einen einzigen Mann, die an den Ufern entlanggestakt wurden, Kähne mit fünfzig Rudern, Galeeren, die rasch flussaufwärts zogen, die schrägen Segel gekippt, um den Wind von achtern einzufangen. Es war Sitte, dass die Schiffe, die nach Süden fuhren, sich am rechten und die, die auf Nordkurs waren, sich am linken Ufer hielten. Zuerst kam mir das seltsam vor, bis mir klar wurde, dass es mit Sicherheit Zusammenstöße gäbe, wenn wir alle durcheinanderfahren würden, und größere Schiffe kleinere Boote versenken könnten. So blieben die kleineren Fahrzeuge dichter am Ufer, während die größten und schnellsten die Flussmitte nutzten.

Und so kamen wir nach Memphis.

War mir als kleines Mädchen Pylos groß vorgekommen, so war ich eines Besseren belehrt worden, als ich Millawanda erblickt hatte. War mir Millawanda geschäftig und lebendig erschienen, so hatte ich Byblos noch nicht gesehen. Und wenn ich Byblos für prachtvoll gehalten hatte, so lag das einzig und allein daran, dass ich niemals Memphis erblickt hatte. Ich sage euch, es gibt keine schönere Stadt, noch wird es eine geben, bis die Welt endet, auch wenn die Ägypter schwören, dass ihre Pracht nichts ist, verglichen mit der Thebens, mit dem gewaltigen Erhabenen Haus des Gottes und dem Großen Hause des Pharaos, die um den Ehrenplatz wetteifern. Theben habe ich nicht gesehen. Und doch fiel es mir schwer, mir vorzustellen, dass irgendeine Stadt so schön sein könnte wie Memphis.

Die Straßen waren breit und mit weißem Stein gepflastert; hohe Dattelpalmen wiegten sich in leichten Brisen. Jenseits der breiten Häuser und der strahlenden Tempel stand die Ernte leuchtend grün auf den Äckern, jede Feldfrucht reif und bereit. Wie mit einem Messer abgeschnitten, ging das Grünland in Wüste über, so dass man mit einem Fuß auf bewässerten Feldern und mit dem anderen im Sand stehen konnte. Gelbe Hügel wölbten sich sanft empor, und ein kleines Stück dahinter schienen die Schatten dreier vollkommen ebenmäßiger Berge aufzuragen. Dies alles unter einem Himmel von so durchdringendem Blau, dass mir klar war, woran die Künstler gedacht hatten, als sie Tongefäße blau glasiert hatten. Die Glasur war ein blasseres Abbild des Himmels.

Man brachte uns äußerst zuvorkommend in langen Häusern aus Lehmziegeln unter, die den Soldaten der Einheit des Widders gehörten. Anders als bei allen anderen Völkern, denen ich jemals begegnet war, gab es bei den Ägyptern Männer, die nichts anderes taten, als Soldaten zu sein, Monat um Monat, Jahr um Jahr, als wäre dies ein Gewerbe, das sie sich zu eigen gemacht hätten. Dorfbewohner und Handwerker verstanden sich ebenso wenig auf das Schwert wie Fischer auf den Pflug. Statt dass die großen Herrscher der einzelnen Gebiete, der Nomen, Männer aus ihrem Haushalt in den Krieg führten, zahlten sie alle Steuern, um die Soldaten der Krone zu unterhalten, die in Gruppen mit unterschiedlichen Namen eingeteilt waren.

Die Einheit des Widders war gerade nicht in Memphis, sie war irgendwo hingeschickt worden, um bei der Ernte zu helfen. So geschah es in der Erntezeit meistens, hörte ich. Sie wurden dorthin befohlen, wo Überfluss herrschte, damit nichts Essbares verdarb, und sie kehrten mit Vorräten zurück, die dann der Öffentlichkeit zur Verfügung gestellt wurden, entweder um die Armee zu ernähren oder irgendeine Stadt oder ein Dorf, wo die Ernte schlecht gewesen war.

Die Soldatenunterkünfte waren einstöckig und aus festen Lehmziegeln erbaut, kühl an heißen Tagen und warm bei Nacht, mit gut angelegten Latrinen und einem breiten Hof, von dem aus man den Fluss und eine Landungsbrücke sehen konnte. Dort waren unsere Schiffe festgemacht. Es sah nicht aus wie zu Hause, doch es war sauber und kühl, und anscheinend war es das Beste, was wir bekommen konnten.

Lide wusch Neas' beste Kleider aus, kaum dass wir an Land gegangen waren. »Er wird sie bald brauchen«, meinte sie und breitete sie zum Trocknen in der Sonne aus. »Er soll eine Audienz mit dieser Prinzessin bekommen.« Sie rümpfte die Nase, was deutlich zeigte, was sie von Frauen hielt, die sich mit Männeraufgaben befassten.

Ich streife mein schwarzes Gewand ab und wusch es und den Schleier gleich mit. Sollte es eine Audienz geben, so musste ich ebenfalls bereit sein. Wenn der Stellvertreter des Pharaos seine Schwester und somit eine Frau war, dann würden die Ägypter vielleicht nichts gegen meine Anwesenheit einzuwenden haben oder sie eigenartig finden, wie es die Männer in Millawanda und Byblos fürwahr taten. Während ich meine Sachen zum Trocknen ausbreitete, betrachtete ich sie beschämt. Die Farbe war von tiefem Schwarz zu einer Art Rostbraun verblasst, und vom vielen Tragen waren sie zerrissen und zerschlissen. Ich würde aussehen wie eine Bettlerin, doch wir hatten nichts Besseres. Wenigstens hatte ich noch meine Farben.

Noch bevor der Nachmittag verstrichen war, rief Neas nach seinen Kleidern und nach mir. Prinzessin Basetamon hatte zwei Sänften geschickt und verlangt, dass Neas sich augenblicklich zu ihr begeben solle. Ich ging mit ihm und außerdem Xandros und Jamarados, die beiden Schiffsführer, die am geschicktesten im Umgang mit Fremden waren.

Ich saß neben Neas in der Sänfte aus Zypressenholz und blickte durch Leinenvorhänge hinaus, so fein gewoben, dass sie fast durchsichtig waren. Vier hochgewachsene, dunkelhäutige Männer trugen die Sänfte; sie sahen sich so ähnlich, dass sie Brüder hätten sein können. Alle vier hatten ihre Köpfe kahlrasiert, und ihre Körper glänzten von duftendem Öl.

Neas und ich wechselten einen Blick. Entweder wurde er wahrlich wie ein Prinz empfangen, oder diese Menschen waren schlicht und einfach unvorstellbar reich.

Letzteres war der Fall. Als wir den Palast erreichten, ließ man uns eine Weile in einem Vorzimmer warten, da noch viele andere Menschen der Prinzessin ihre Anliegen vortragen wollten und heute offenbar ein Tag war, an dem sie sich Bittgesuche anhörte. Der Raum, in dem wir warteten, war fünf Mannslängen hoch, und jeder Zoll der Wände und der mächtigen Säulen war reichlich, wie in Ägypten üblich, mit Schnitzereien und den farbigen Inschriften verziert. Über unseren Köpfen war die Decke dunkelblau umrandet, und in ihrer Mitte hing eine sonnenförmige Skulptur mit echtem Blattgold überzogen. Auch ein Springbrunnen mit klarem Wasser war vorhanden, und eine Dienstmagd kam und wusch uns Hände und Arme, auf dass wir nur ja nicht den Staub der Straße unter die königlichen Augen trügen.

Nach einiger Zeit kam ein Mann zu uns. Sein Kopf war kahl, und er war alt. Gekleidet war er in einem langen Rock aus gefälteltem Leinen, außerdem trug er einen Stab in der Hand und hatte ein Leopardenfell über die linke Schulter und seine weiß behaarte Brust geschlungen. Zu unserem Erstaunen begrüßte er uns in der Sprache Wilusas.

»Sei willkommen im großen Haus des Schwarzen Landes, Prinz der Windigen Türme«, sagte er mit nur ganz leichtem Akzent. »Ich bin Hry, ein Priester Thoths, des Herrn aller Gelehrsamkeit. In wenigen Augenblicken wirst du vor Prinzessin Basetamon treten, Sie Die In Memphis Mit Pharaos Stimme Spricht, Die Von Amon Geliebte. Ich werde ihr deine Worte auf Khemet verkünden, das ist die Sprache, die die Götter dem Volk des Schwarzen Landes geschenkt haben.«

»Du sprichst die unsere gut«, stellte Neas fest. »So gut habe ich sie noch in keinem Land gehört.«

Die dunklen Augen des Priesters funkelten. »Vor vielen Jahren habe ich die Welt bereist, auf der Suche nach Wissen, so wie Thoth selbst es einst getan hat. Ich war in vielen Ländern und kam schließlich nach Wilusa, der Stadt der Windigen Türme, wo ich am Herd des Priamos gesessen und neuen Geschichten gelauscht habe. Gehörst du zu seiner Sippe, Prinz Äneas?«

Neas' Zögern war so flüchtig, dass vielleicht niemand außer mir es bemerkt hätte. »Ich bin sein Enkel«, antwortete er, »und der Letzte aus seinem Geschlecht. Meine Mutter war Lysisippa, seine älteste Tochter.«

Hry lächelte. »Ich erinnere mich gut an sie, Prinz Äneas. Sie war ein schönes junges Mädchen, eine Maid, die für den Dienst irgendeiner Göttin vorgesehen war. Sie hatte deine Augen und dein Haar, ja, dasselbe Antlitz, wenngleich nicht deine Haltung, und sie war nicht groß.«

»Mein Vater war ein hochgewachsener Mann«, erklärte Neas. »Anchises, der Sohn des Capys. Er lebt noch und ist hier bei uns.«

Hry schüttelte den Kopf. »Ich glaube nicht, dass ich ihn kenne.«

Und wie sollte er auch?, dachte ich. Anchises ist zehn

Jahre jünger als Lysisippa. Er müsste ein Kleinkind gewesen sein, als Lysisippa eine Maid war.

»Ich werde euch auch darin unterweisen, wie die Dinge bei Hofe vonstattengehen«, sagte Hry. »Da ihr in unserem Lande seid, erwarten wir, dass ihr die gebührende Ehrfurcht an den Tag legt.«

Neas nickte. »Wir wünschen auf keinen Fall, jemanden irgendwie zu kränken. Es ist weise, als Reisender die Gesetze und Bräuche seiner Gastgeber zu achten und die Götter des Gastortes auf angemessene Weise zu ehren.«

»Ah, du bist in der Tat Lysisippas Sohn!« Um Hrys Augenwinkel herum gruben sich tiefe Falten in die Haut. »Nie habe ich ein Kind gesehen, das so ausgehungert nach Geschichten aus anderen Ländern war, so voller Interesse an den Göttern und Sitten anderer! Wäre sie eine Tochter Ägyptens gewesen, so wäre sie dem Großen Tempel geweiht worden, doch ihre Gaben waren in ihrer Stadt erkannt worden, und sie sollte gehen und in einem mächtigen Schrein dienen, und so leuchtete ihr Wert hell! Das ist einer von Thoths Leitsätzen, falls du das nicht wusstest.« Er überlegte einen Moment lang, übersetzte die Worte im Kopf. »Eine Lampe strahlt hervor wie die Sonne, wenn man sie unter einen Korb stellt.«

»Wenn ich eine Lampe hätte«, erwiderte Neas, »dann würde ich sie nicht unter einen Korb stellen.«

Hry sah ihn einen Augenblick lang an und lachte dann. »Ich sehe, dass du das nicht tätest, Prinz Äneas. Denn ist es nicht just eine solche, die du da mitgebracht hast?« Er musterte mich, und ich sah ihn wahrhaftig, den Alten eines alten Volkes und die Ibisgestalt, die ihn umgab, die Augen so scharfsichtig wie der Himmel.

Ehrerbietig neigte ich den Kopf. »Heiliger«, sagte ich. »Wir harren deiner Huld.«

Er hob mein Kinn an, und ich hörte, wie Neas nervös von einem Fuß auf den anderen trat. »Mit dir möchte ich gern noch länger sprechen, Maid der Nephthys.«

»Nephthys?«, fragte ich.

»So nennen wir hier die Gemahlin des Herrn des Roten Landes«, erklärte er.

»Das Rote Land?«, wiederholte ich.

Neas räusperte sich. »Die Audienz?«, erinnerte er. »Die Flotte, die plant, Ägypten niederzubrennen? Vielleicht könnt ihr beide euch ja später über die Götter unterhalten?«

Hry lachte. »Ein wahrer Sohn des Horus! Nun wohl, wir hören auf, von unserem Gewerbe zu schwatzen.«

Als wir an der Reihe waren, führte er uns in das Audienzgemach.

Es war eine sehr große Halle, mit Säulen, die die Decke trugen. Edelleute standen dazwischen, bunt wie Blumen auf einer Wiese; ihre gefärbten Leinengewänder und die gestärkten weißen Röcke leuchteten. Gold glänzte an ihren Hälsen, ihren Armen, an ihren Ohren und sogar an den Schnüren ihrer Sandalen. Am Ende der Halle befand sich ein Steinpodest, und auf einem Stuhl aus geschnitztem Ebenholz saß die Prinzessin. Ihr Gewand war grün, unter den Brüsten gerafft, und ein schwerer Kragen aus Gold und Malachit bedeckte ihre Brust. Ihr schwarzes Haar war zu vielen Zöpfen geflochten, jeder einzelne mit Perlen aus Gold und Malachit verziert. Auf ihrer einen Seite stand ein Sklave mit einem Fächer aus schillernden Federn und auf der anderen ein weiterer Sklave mit einem Gepard, den er an einer Kette hielt. Es war das erste Mal, dass ich eine dieser großen Katzen sah. Das Tier saß geduldig wartend auf den Hinterläufen und hätte geschnitzt und bemalt sein können, wäre nicht das schwache Zucken seiner Ohren gewesen.

Dann sah ich nichts mehr, denn wir verneigten uns tief, Jamarados und Xandros hinter uns. Hry sprach, er übersetzte Neas' Worte in Khemet. Die Prinzessin antwortete etwas, und ihre Stimme klang melodiös. »Ihr dürft euch erheben«, sagte Hry.

Ihr Blick ruhte auf Neas' Gesicht, und ich erkannte, dass ihre Augen unter der grünen Farbe über ihren Brauen braun waren, eine schwache Falte begann sich zwischen ihnen abzuzeichnen. Eine Frau von fünfundzwanzig oder mehr Jahren, alt genug für die Verantwortung, die ihr Bruder ihr anvertraute.

Hry übersetzte ihre Fragen; wie viele Schiffe und welcher Art, mit Mannschaften aus welchen Ländern, mit jeweils wie vielen Rudern? Während Neas ihr schilderte, was wir in Byblos gesehen haben, winkte sie zur Seite. Ein untersetzter Mann mittleren Alters, der nichts als einen weißen Rock und goldene Armreifen trug, trat vor, setzte sich auf die Stufen vor ihrem Stuhl und nahm Papyrus und einen Griffel zur Hand, den er in eine dunkle Flüssigkeit tauchte. Sofort begann er, auf dem Papyrus zu kratzen. Ich begriff, dass er die Zahlen festhielt, die Neas nannte, die Beschreibungen der Schiffe und ihrer Besatzungen.

Die Prinzessin stellte viele Fragen. Neas beantwortete sie alle. Ich konnte sehen, dass ihn ihre Gründlichkeit beeindruckte, ihre Kenntnisse in Kriegsdingen. Nach jenem ersten Blick sah sie mich nicht mehr an, ebenso wenig wie Xandros oder Jamarados. Wir waren nicht wichtig. Wir waren ein Teil von Neas' Gefolge, so wie die geduldige Großkatze ein Teil der ihren war.

Sie schien Neas sehr lange zu befragen, und der Papyrus wurde gegen ein zweites Blatt ausgetauscht, ehe sie fertig war.

Hry wandte sich zu uns um. »Die Von Amon Geliebte, Sie Die In Memphis Mit Pharaos Stimme Spricht, heißt euch, zu eurem Volk zurückzukehren. Ihr seid Gäste hier, und Pharaos Dankbarkeit für eure guten Dienste ist euch gewiss. Sie wird in ein paar Tagen wieder mit dir sprechen. In der Zwischenzeit wird euch die königliche Wache mit frischer Verpflegung versorgen, und ihr dürft euch in der Stadt frei bewegen. Eure Schiffe allerdings müssen vertäut bleiben, gewiss siehst du das ein.«

»Das tue ich«, versicherte Neas. »Und sage Ihrer Majestät, dass ich ihr Wohlwollen zu schätzen weiß.« Er neigte den Kopf, und ich sah, wie ihre braunen Augen seinen Bewegungen folgten. Dann verließen wir mit Hry die Halle. Und so kamen wir nach Ägypten. Ob wir jedoch Gäste oder Gefangene waren, blieb abzuwarten.

15

Das Schwarze Land

In dieser Nacht schlief ich an Land oder versuchte es vielmehr. Es war so lange her, seit ich zum letzten Mal ohne das Wiegen eines Schiffes unter mir geschlummert hatte, dass es mir nun schwerfiel, überhaupt in den Schlaf zu finden. Es kam mir so vor, als bewege sich der Boden sonderbar unter mir. Wenn ich die Augen öffnete, hörte es auf, doch sobald ich sie wieder schloss, bewegte sich der Boden von Neuem. Mir wurde klar, was außerdem fehlte – Xandros' leises Atmen, schlafend oder wachend. Ich hatte nicht gewagt, ihn in der Stimmung, in der er gewesen war, allein zu lassen.

Vielleicht schlief ich nicht, weil er jetzt ohne mich war. Ich setzte mich auf.

Aber gewiss würde er doch keine Torheit begehen. Und er teilte sich einen Raum mit einem halben Dutzend Männer. Es war schließlich nicht so, dass er sich die Pulsadern aufschneiden könnte, ohne dass es jemand merkte.

Allerdings würde Xandros dergleichen gewiss nicht im

Zimmer bei seinen Männern versuchen, raunte meine innere Stimme mir zu.

Leise erhob ich mich und ging hinaus in die kühle ägyptische Nacht. Ich überquerte den Hof, dessen weiße Pflastersteine noch warm von der Sonne des Tages waren, und ging auf die Landungsbrücke zu. Ich war nicht überrascht, Xandros dort zu sehen.

Als er meine Schritte hörte, drehte er sich um. Er hatte kein Messer in der Hand oder irgendwo sonst, wo ich es hätte sehen können. Er wartete ganz einfach, als hätten wir verabredet, uns zu treffen.

»Kannst du nicht schlafen?«, fragte er.

»Nein«, antwortete ich. »Es fühlt sich seltsam an, an Land zu schlafen.«

»Für mich auch«, sagte er.

Ein kleines Stück flussabwärts waren die Landungsbrücken des Palasts von Fackeln hell erleuchtet, und mehrere bemalte Boote lagen bereit. Im Licht der Lampen am Bug konnte man die Ruderer darauf erkennen. Sie aßen und würfelten und warteten darauf, dass die erhabenen Edelleute herauskamen und von irgendeinem Festmahl nach Hause gerudert werden wollten. Noch ein kleines Stück weiter wurde ein schnelles Kundschafterschiff bereit gemacht. Es stieß vom Steg ab und machte sich flussabwärts auf den Weg, zurück nach Tamiat, zum Meer.

»Denkst du, sie hat uns geglaubt?«, fragte Xandros.

»Ich glaube schon«, antwortete ich. »Aber ich weiß es nicht. Es ist schwer, die Betonung und den Klang einer Frage in einer Sprache zu erkennen, die ich nicht verstehe. Wenn ich Khemet sprechen könnte, wüsste ich es. Vielleicht sollte ich es lieber lernen.«

»Du könntest Khemet lernen«, meinte er.

»Das könnte ich.« Ein halb ausgeformter Gedanke wand sich an die Oberfläche. »Ich könnte lesen lernen.«

Xandros sah mich an. »Ich glaube, das könntest du«, meinte er bedächtig. »Ich habe nicht gedacht, dass eine Frau das kann, aber wenn es eine könnte, dann du.«

»Das stimmt«, bestätigte ich.

Wir standen noch eine Weile schweigend da und sahen zu, wie der Mond weiß und rein am Himmel stand.

Ich blickte zu den Räumen zurück, wo Neas schlief, und ich fragte mich, ob er im Schlaf wohl die Glieder wegstreckte wie ein Kind oder ob die Disziplin ihn auch hier im Griff hatte und Prinzgebaren von ihm verlangte.

»Ah«, sagte Xandros leise. »Du also auch.«

Rasch sah ich ihn an. Sein Gesicht war still und nachdenklich. »Ja«, sagte ich. »Und du?«

Er bedachte mich mit seinem ganz eigenen, wehmütigen schiefen Lächeln. »Immer.«

»Wie lange schon?«, wollte ich wissen.

»Schon immer. Seit unserer Knabenzeit.«

»Ist je etwas daraus geworden?«, fragte ich sanft.

»Er ist ein Prinz, und ich bin ein Fischer«, erwiderte er. »Natürlich nicht. Aber er ist mein Anführer, und das wird er sein, solange ich lebe.«

»Er ist ein Prinz, aber du bist der Führer eines Kriegsschiffes, der Schiffsführer, dem er am meisten vertraut«, wandte ich vorsichtig ein. »Und du bist sein Freund. Gewiss macht das doch etwas aus.«

»Glaubst du?«, fragte Xandros. »Ich nicht. Wir wissen beide, wer wir sind.« Er schaute auf den Fluss hinaus. »Wir sollten schlafen.«

»Das stimmt.«

»Gar nicht so leicht, wenn Kos die ganze Zeit schnarcht«, bemerkte er.

»Das verstehe ich«, sagte ich. Die Nacht war lebendig und seltsam. Xandros hatte genug gesagt, und er wollte nicht weitersprechen.

»Ich wollte auf der *Delphin* schlafen«, verkündete er. »Willst du mitkommen? Wenn es seltsam ist, an Land zu schlafen, meine ich.«

»Das könnte ich tun.« Wir schritten über die vertrauten Planken und gingen in die Bugkabine hinunter, still und winzig und leer. Ich rollte mich in Tias gute Wolldecke, die ohne Zweifel in der Hitze eines Nachmittags hier zurückgelassen worden war, als eine Wolldecke wahrlich unnötig erschienen war. Xandros streckte sich hinter mir aus. Fast konnte ich seine Wärme an meinem Rücken spüren, und ich wollte mich an ihn schmiegen. Ich wusste es besser, doch ich brachte es nicht über mich wegzurücken. Also lag ich da, berührte ihn nicht ganz.

Ich hörte, wie er sich regte, verhalten, zögernd. Beinahe fühlte ich, wie seine Hand mein Haar streifte. Würde er mich berühren? Und was würde ich tun, wenn er es tat?

Xandros wurde still. Ich lauschte, während sein Atem langsam und gleichmäßig wurde und er unter dem sanften Plätschern des Flusses an den Brückenpfosten und dem leisen Knarren des Schiffes in den Schlaf davontrieb.

Eine Frage zumindest war in dieser Nacht beantwortet worden, dachte ich. Ich wusste, dass ich mir wünschte, dass er mich berührte, dass ich an ihn geschmiegt schlafen wollte. Kein Mann hatte mich jemals begehrt, kein Mann, den ich selbst hätte haben wollen. Es erschien mir mehr als grausam, Xandros, den Sohn des Markai mehr zu begehren als alle anderen Männer.

Ich lag wach und lauschte seinem Schlaf, bis ich selbst einschlief.

Wir warteten scheinbar endlos. Keine Nachricht kam aus dem Palast. Neas schritt auf der Landungsbrücke auf und ab. Jamarados war an seiner Seite und zählte die Tage an seinen Fingern ab.

»Hör zu, Neas«, sagte er. »Man braucht mindestens vier Tage von Tamiat nach Ashkelon und wahrscheinlich mehr bei dem widrigen Wind. Sie müssen die ganze Strecke rudern, also brauchen sie eine Woche oder eher zehn Tage. Und dann vier Tage für die Rückfahrt nach Tamiat und noch mal vier den Nil herauf nach Memphis. Und das, wenn sie Neoptolemos in Ashkelon vorgefunden haben, als sie dort ankamen. Wir wissen, dass er nicht gleich nach uns ausgelaufen ist. Sie haben auf weitere Schiffe gewartet und darauf, dass das Wetter umschlägt. Also bestenfalls achtzehn Tage, von unserer Abfahrt aus Tamiat an. Und wahrscheinlich hören wir danach noch eine oder zwei Wochen lang nichts.«

Neas seufzte. »Ich weiß.«

»Wir warten«, sagte Jamarados. »Das ist alles, was wir tun können.«

Ich konnte nicht warten. Am zweiten Tag nach diesem Gespräch ging ich allein zum Tempel von Thoth. Er ist Teil der Anlage des Großen Tempels, ein kleiner Abschnitt dieses riesigen Bereichs aus Gebäuden und Höfen. Der Tempel hier war so groß wie viele Städte.

Ich wanderte durch Höfe, die der Öffentlichkeit zugänglich waren, und versuchte, mich zurechtzufinden. Endlich erblickte ich die Statue des ibisköpfigen Thoth und glaubte zu wissen, wo ich mich befand. Die Türwächter standen mit Stäben in den Händen vor den Toren. Ich ging zu ihnen und bemühte mich, mit Gesten und seinem Namen nach Hry zu fragen. Ernst schüttelten sie die Köpfe.

Ein junger Mann mit kahlrasiertem Kopf kam ans Tor, und sie öffneten es für ihn, während er eine Unterhaltung mit ihnen begann; vermutlich fragte er, was ich wollte. »Hry, Hry«, sagte ich.

Er nickte und gab abermals eine unverständliche Antwort, dann ging er hinein. Nicht lange danach kam er mit einem anderen Mann zurück; dieser trug einen weißen Rock und ein Leopardenfell über der Brust, genau wie Hry es getan hatte. Er sagte ein paar Worte zu mir, zu denen auch »Hry« gehörte.

Wieder versuchte ich, Hrys Größe und sein Gebaren durch Gesten anzudeuten. Gewiss mussten sie ihn doch kennen, so alt und geachtet, wie er war.

Der junge Mann sagte etwas zu dem älteren, das ich nicht verstand, bis auf ein Wort: »Wilosat.«

»Wilosat?«, wiederholte ich. Das musste »wilusisch« heißen, entweder auf einen Menschen oder auf die Sprache bezogen. Ich klopfte mir gegen die Kehle. »Wilosat?«

Der Priester sprach abermals und ging wieder hinein. Gleich darauf kam Hry mit ihm heraus.

»Ah, die Maid der Nephthys!«, stellte er fest, und ein Lächeln erhellte sein Gesicht. »Es freut mich, dass du mich aufgesucht hast.«

»Es tut mir leid, Hry«, beteuerte ich, »wenn ich dir

Unannehmlichkeiten bereitet habe. Ich bin nicht sehr gut darin, mich verständlich zu machen, obgleich ich deinen Namen genannt habe, als ich nach dir gefragt habe.«

Der alte Mann lachte. »Hry ist nicht mein Name, Kind. Das ist mein Titel. In deiner Sprache wären die Worte, die ihm am nächsten kämen, wohl Der Welcher Liest. Ich bin einer von den Priestern, die für die Texte zuständig sind, sowohl für die heiligen als auch für die weltlichen, und wir werden alle mit Hry angeredet. Mein eigener Name ist Der Mit Dem Sonnenlichte Ammons Wandelt.« Er nahm meinen Arm. »Komm, gehen wir hinein in den schattigen Hof, das ist ein besserer Platz zum Reden.«

Tatsächlich war es drinnen wunderschön. Vier Dattelpalmen umstanden ein rechteckiges Wasserbecken und beschirmten steinerne Bänke.

Hry ließ sich neben mir nieder und streckte mit einem Seufzer die Beine aus.

»Warum also hast du mich aufgesucht, Tochter Wilusas?«

»Ich will lernen, Khemet zu sprechen«, platzte ich heraus. »Und ich will lesen lernen.«

Er sah mich an, und alles Lachen war aus seinem Gesicht verschwunden. »Warum willst du das?«

»Weil es nützlich ist. Weil es meinem Prinzen helfen wird. Und weil ich Wissen erwerben will«, antwortete ich. »Ist das denn verboten?«

»Nein, ganz und gar nicht«, wehrte Hry ab. »Im Schwarzen Land gibt es viele Frauen, die lesen. Und wie könnten wir Seefahrern verbieten, unserer Sprache zu erlernen?«

Er sah mich unverwandt an. »Das ist es also, was du in Ägypten erbeuten möchtest.«

»Wir sind nicht auf Beute aus, wie Eure Erhabenheit wohl weiß«, erwiderte ich.

Er lächelte. »Jeder, der nach Ägypten kommt, ist auf der Suche nach irgendeinem Schatz. Jeder, der unsere Reichtümer sieht, will einen Teil dieser Schönheit für sich. Manche, wie dieser Neoptolemos, den ihr nennt, wollen mit dem Schwerte Gold und Elfenbein rauben. Manche, wie dein Prinz, glaube ich, wissen noch nicht, wonach sie suchen. Und du? Du bist auf der Suche nach dem größten Reichtum von allen. Was willst du wirklich, Maid der Nephthys?«

Ich sah ihm in die Augen und antwortete, als sei er Jene Die Pythia Gewesen War; die Worte sprudelten über meine Lippen. »Ich will alles wissen. Ich will wissen, wie sich die Wolken fortbewegen und warum Inseln ins Meer stürzen. Ich will wissen, wie man Mandelbäume pflanzt und wie man dafür sorgt, dass Kinder aufrecht und gesund heranwachsen. Ich will wissen, wie Fürsten herrschen sollten und warum die Menschen lieben. Ich will die Sterne am Himmel verstehen und alle Worte, die jemals gemacht worden sind. Ich will mir jede Geschichte merken, die jemals erzählt worden ist.«

»Du willst«, stellte Hry fest, »ein Gott sein.«

»Nein.« Ich war erschrocken. »Nein, ich meine nicht …«

Er nickte. »Doch, das tust du. Du sehnst dich nach Wissen, wie unser *Ba* sich nach der Sonne sehnt und ihr hinter die westlichen Hügel in die Welt darunter folgt. Es gibt Dinge, die wir im Schlaf oder im Tode wissen, in jenem Traum, der jenseits alles Erwachens ist. Wissen sitzt am Fuße des Throns der Isis, wo sie neben ihrem Gemahl Osiris das Urteil über die Toten fällt.«

»Ich bin die Dienerin des Todes«, sagte ich. »Ich diene der Herrin der Toten.«

»Dann also Isis«, meinte er. »Und nicht Nephthys. Kennst du ihre Geschichte?«

»Nein«, antwortete ich.

Hry rückte ein wenig auf der Bank hin und her. »Dann werde ich sie dir erzählen, die du alle Geschichten kennen willst. Ich werde dich Khemet lehren. Und Lesen. Dies ist das Haus Thoths, des Gebieters aller Gelehrsamkeit. Niemand, der nach Wissen verlangt wie du, wird jemals abgewiesen, denn wir achten alle Gelehrsamkeit, ungeachtet ihrer Quelle, selbst wenn sie in Gestalt einer Maid in schwarzen Leinenlumpen daherkommt, die einer fremden Göttin dient.«

Ich blickte auf mein zerschlissenes Gewand hinab und fühlte, wie mir die Röte ins Gesicht stieg. »Meister Hry«, beteuerte ich, »ich würde nicht in Lumpen gekleidet vor dich hintreten, wären die Gefahren unserer Reise nicht gewesen. Es ist keine mangelnde Achtung, ich habe nur nichts anderes.«

Er zog eine Braue empor. »Hat euch denn die Prinzessin keine Kleider gesandt? Oder irgendetwas anderes, was ihr sonst noch braucht?«

»Sie hat etwas zu essen geschickt«, erwiderte ich. »Getreide und Bohnen, in großzügiger Menge. Ich glaube, sie will abwarten, ob wir lügen oder nicht.«

»Ihr lügt nicht«, sagte Hry. »Ich kenne Wilusa von früher, stolz und kühn. Wenn ihr in so verzweifelter Not hierherkommt, dann deshalb, weil ihr in großer Gefahr schwebt. Ich glaube Prinz Äneas.«

Ich fühlte, wie mir Tränen in die Augen traten. Mir war nicht klar gewesen, wie sehr ich gefürchtet hatte, auf Unglauben zu stoßen.

»Sie ist vorsichtig, wie es einer Herrscherin wohl ansteht. Wenn Nachricht aus Ashkelon kommt, wird sie euch glauben, und ihr werdet geehrt werden«, versicherte er.

Ich sagte nicht, dass Vorsicht in anderen Ländern bei einem Herrscher nicht sehr hoch angesehen war. Vor allem anderen schätzt das Volk Kühnheit, sogar noch vor dem Mut und der Ehre. Die Leichtfüßigen sind es, die wir lieben, die Wagemutigen, die Leidenschaftlichen – Prinz Alexandros, der die achaische Königin entführte und die mächtige Sippe ihres Gemahls beleidigte, derselbe Prinz, der Neas' Halbonkel war. Wir würden lieber besungen untergehen, als am Leben zu bleiben, dachte ich bei mir. Und vielleicht haben wir ja genau das getan.

Ägypten war nicht so. Ägypten war alt. Und Umsicht wurde hoch geschätzt. Ich fürchtete, dass ihnen das diesmal nichts nützen würde, nicht gegen die Flinken und die Neidischen.

Jetzt war mir klar, warum Neoptolemos Ägypten überfallen wollte. So viel Reichtum, so unzulänglich verteidigt, stellte eine unglaubliche Versuchung dar. Doch mehr noch, ich konnte verstehen, warum die Herzen der Menschen von Neid erfüllt wurden, vom Neid auf Dinge, die sie nicht begreifen konnten, auf Pracht und Überfluss, die sie sich niemals erträumt hätten. Ich hatte die Märkte gesehen. Ganz gewöhnliche Frauen kauften unverschleiert ein, die Ohren mit vergoldeten Bronzestiften geschmückt. Gewöhnliche Marktstände boten Spiegel, duftende Öle und sogar die kostspielige Myrrhe feil, die Jene Die Pythia Gewesen War als den kostbarsten Schatz von allen betrachtet hätte. Die Straßen waren sauber und gekehrt. Die Märkte waren voller Fische, Getreide, Früchte und allem, was gut war, und selbst die Ärmsten schienen Brot zu haben.

Hry war zwanzig Jahre älter als Anchises, und er war gesund und rüstig. Er erzählte mir, dass es in Ägypten nichts Besonderes war, sechzig Jahre zu leben, und dass es viele Männer gab, die sogar noch ein Jahrzehnt älter wurden. Bei uns galt ein Mann von vierzig Jahren als alt, und Anchises war noch keine fünfzig. Wer würde die Schätze Ägyptens nicht an sich raffen wollen – ein langes Leben, Nahrung im Überfluss, Pracht und Herrlichkeit?

Dann hörte ich Sie neben mir. *Es ist leichter zu zerstören als aufzubauen, es ist leichter zu ernten als zu säen und zu hegen. Das Werk von Generationen kann im Feuer einer Stunde vernichtet werden, die Bauwerke eines Jahrhunderts im Krieg eines Sommers. Ein Kind braucht zehn Monde, um zur Welt zu kommen, fünfzehn Jahre, um heranzuwachsen, und kann binnen eines Augenblicks getötet werden. Sie können die Schätze Ägyptens nicht stehlen, weil sie sich nicht darauf verstehen, sie zu bewahren. Was nützt es, die Ernte zu rauben, wenn sie jene niedermachen, die die Felder bestellen? Im nächsten Jahr wird es kein Getreide geben. Was nützt es, die Olivenbäume in Brand zu stecken? Werden sie dann Früchte für die Eroberer tragen?*

»Maid?« Hry berührte meinen Arm. »Ist dir nicht wohl?«

»Wie soll ich Tote auferstehen lassen, um die Felder zu pflügen, die brachliegen?«, fragte ich, und es waren die Worte Jener Die Pythia Gewesen War. »Wie kann ich zurückholen, was verloren ist? So viel ist verloren, und wir sind so wenige.«

Hry nahm meine Hand. »Mein teures Mädchen, ich weiß es nicht. Das liegt in den Händen der Mächtigen Isis, nicht in den meinen. Aber ich verspreche dir, um meines Freundes und Gastgebers aus Wilusa willen und auch um Priamos' und Lysisippas willen, wenn es in Thoths Hallen Wissen gibt, das dir helfen kann, so soll es dein sein.«

Ich schaute ihn an und sah, dass seine alten Augen voller Tränen standen. »Ich danke dir«, sagte ich. »Ich danke dir so sehr.«

Und so begann ich etwas, das mir wie meine zweite Lehrzeit erschien. Jeden Vormittag ging ich zum Tempel von Thoth, von Sonnenaufgang bis zu der Stunde, da die Sonne genau im Zenit stand, und lernte. Hry lehrte mich Worte auf Khemet und machte mir vor, wie ich den Mund bewegen musste, um ihre Laute zu formen. Dabei machte er mich mit den ägyptischen Symbolen vertraut und damit, wie sie klingen.

Und er erzählte mir Geschichten. Er erzählte mir, dass Osiris und Seth Brüder waren und wie Seth seinen Bruder verraten und ihn getötet hatte, wie Isis im Mondlicht die Sümpfe des Deltas nach den verstreuten Teilen seines Leichnams abgesucht hatte.

Hry nahm mich mit in den Tempel, in jene Bereiche, wo dies erlaubt war, und ich sah zu, wie sie die Statue der Isis in reines Leinen kleideten und sie mit Öl salbten. Danach kniete ich zusammen mit den anderen während der Hymnen nieder und trat dann vor, um mit der Stirn den Saum ihres Rockes zu berühren.

Später, als ich mit Hry unter der Dattelpalme saß, wischte ich mir das Duftöl von der Stirn. »Was ist das für ein Geruch?«, wollte ich wissen und atmete zwischen meinen Händen tief ein. »Das ist das Erstaunlichste, was ich jemals gerochen habe. Wie alle Blumen der ganzen Welt.«

Er lächelte. »Das ist die Essenz von Rosen. Rosen sind Blumen, die im Land der Zwei Ströme wachsen, in jenen Gefilden, die einst Mittani und das Land der Hethiter waren. Dort verwenden sie es dafür, Könige zu salben. Wir salben Götter damit.«

Am Nachmittag kehrte ich in die Soldatenunterkünfte zurück, wo das Volk lebte. Es gab genug zu essen, aber nur wenig zu tun. Neas schritt auf und ab und führte wieder und wieder dieselben Gespräche mit seinen Schiffsführern. Jamarados ging in die Stadt und trieb Handel, so gut er konnte. Xandros blieb, was mich jedoch nicht überraschte. Des Nachts schlief ich neben ihm auf der *Delphin,* so keusch, als wäre er mit mir verwandt. Doch auch so war es wenigstens etwas, seinem Atem zu lauschen oder leise mit ihm zu reden, wenn der Schlaf nicht kommen wollte. Wenn ich mir auch mehr wünschte, so war ich klug genug, nicht darum zu bitten.

Am vierzehnten Tag nach unserer Audienz kam ein Bote zu Neas und teilte ihm mit, dass er Prinzessin Basetamon sogleich seine Aufwartung machen solle. Wir machten uns auf den Weg, Neas und ich, Jamarados und Xandros, mit Hry als Übersetzer, genau wie beim ersten Mal.

In der Sänfte konnte ich spüren, wie die Muskeln in Neas' Schenkeln vor nervöser Anspannung zuckten. Grimmig lächelte er mich an. »Wenn es schlecht ausgeht, bleib hinter mir und Xandros. Wir werden versuchen, uns einen Weg hinaus freizukämpfen.«

»Du bist verrückt«, erwiderte ich und dachte an die zahllosen Speerträger und Bogenschützen.

Neas grinste. »Ja«, sagte er, beugte sich herab und küsste mich.

Seine Lippen waren warm und weich, schmeckten nach Olivenöl und Brot, berührten einen scheinbar endlosen Moment lang die meinen.

Völlig aus der Fassung geraten blickte ich zu ihm auf. Daran hatte ich nie zu denken gewagt. Angesichts seiner Trauer um seine Gemahlin hatte ich es mir schon vor Monaten aus dem Kopf geschlagen. Doch in diesem Moment hätte ich etwas sagen sollen. Oder vielleicht die Hand nach ihm ausstrecken. Doch ich tat gar nichts.

Sein Lächeln verblasste. »Ich weiß nicht, warum ich das getan habe«, sagte er.

»Ich auch nicht«, antwortete ich. Bei dem Versuch, nicht schwärmerisch zu klingen, hörte ich mich stattdessen verdrossen an.

»Wahrscheinlich verrückt«, meinte er. »Du hast es mir ja gesagt.« Er wandte den Blick ab.

»Das stimmt«, bestätigte ich. Warm, so warm; weiche goldene Stoppeln auf seinem Kinn. Die geschlossenen Vorhänge der Sänfte zauberten eine Illusion von Abgeschiedenheit.

»Ich hätte es besser wissen müssen«, sagte er. »Ich werde es nicht wieder tun.«

»Nein, vermutlich nicht.« Ich hoffte, dass er die Enttäuschung in meiner Stimme nicht bemerkte.

Draußen machten die Träger halt, setzten die Sänfte im Hof des Palasts ab.

»Wünschst du mir Glück?«, fragte Neas.

»Du brauchst kein Glück«, erwiderte ich. »Die Götter wissen, dass du die Wahrheit gesagt hast.«

»Die Wahrheit braucht zweimal so viel Glück wie die Unwahrheit«, bemerkte er und bedachte mich mit einem übermütigen Grinsen, als er die Vorhänge aufschlug und ausstieg.

Diesmal kamen wir sofort in die Audienzhalle, und es waren keine anderen Bittsteller anwesend. Hry ging vor uns her und nickte mir ernst zu.

Zur Linken der Prinzessin verharrte ein junger Mann auf einem Knie, ungefähr so alt wie Xandros. Er war mit einem kurzen weißen Rock und dem gestreiften Kopftuch über dem rasierten Schädel bekleidet, das Soldaten zu tragen pflegten. Ein breites Band aus rötlichem Gold umschloss seinen Oberarm.

Hry begann zu übersetzen, als die Prinzessin sprach. »Vernehmt nun die Worte Ephis, Führer des Kundschafterschiffes *Erhabenheit,* das Pharaos Auftrag übernommen hat, die Wahrheit der Worte dieser Denden zu ermitteln.«

Stückweise bekamen wir die Geschichte zu hören. Der Wesir von Tamiat hatte drei Kundschafterschiffe unter dem Befehl seines jüngsten Sohnes nach Ashkelon geschickt, um zu überprüfen, ob wir die Wahrheit sagten.

Nach neun Tagen mit schlechtem Wetter waren sie in Ashkelon angelangt und hatten nichts Ungewöhnliches bemerkt, woraufhin der Sohn des Wesirs verkündet hatte, wenn er eine Piratenflotte befehligen würde, so wäre er ganz sicher nicht bei dieser Witterung auf See, sondern würde stattdessen immer noch in Byblos darauf warten, dass das Wetter umschlug. Es schien aufzuklaren, also hatte er befohlen, die Küste hinaufzusegeln, nach Byblos. Zwei Tage später hatten sie hundert Schiffe gesichtet, von denen noch immer einige gerade von Byblos aus in See stachen, allesamt Kriegsschiffe auf Südkurs. Die Flotte der Seevölker bemerkte sie, und zehn Schiffe hatten sich sofort aus dem Verbund gelöst, um sie zu stellen.

Da hatte der Sohn des Wesirs gewusst, dass alles, was wir gesagt hatten, der Wahrheit entsprach. Er hatte seinen Schiffsführern zugebrüllt, so viel Fahrt aufzunehmen, wie sie konnten, und so schnell wie möglich vor dem Wind zu segeln, nach Ashkelon oder nach Ägypten. Dieser junge Mann hatte das letzte Schiff befehligt, das am weitesten hinten lag, und er hatte augenblicklich gewendet und die Flucht ergriffen. Er hatte mit angesehen, wie erst das zweite Schiff eingeholt wurde und dann jenes, das der Sohn des Wesirs führte. Eins war von Brandpfeilen getroffen worden und bis zur Wasserlinie verbrannt. Das Schiff ihres Befehlshabers war gerammt und geentert worden.

»Wir haben mit aller Kraft gerudert«, berichtete er. »Der Wind wäre von achtern gekommen, wenn wir auf offenem Meer gewendet hätten, anstatt uns dicht an der Küste zu halten, genau richtig für den Kurs auf Tamiat. Wir sind nicht nach Ashkelon gefahren, sondern haben geradewegs auf Ägypten zugehalten und unsere Freunde dem Tod preisgegeben.« Ich hörte den Unterton der Trauer in seiner Stimme, sogar auf Khemet, hörte, wie die Worte ihm in der Kehle stecken blieben. »Wir haben dem Pharao die Kunde überbracht, wie man es uns befohlen hat. Die Seevölker kommen mit zweihundert oder mehr Schiffen über uns, mit allen Völkern der Inseln.«

Mittlerweile beherrschte ich Khemet gut genug, um einiges von dem zu verstehen, was die Prinzessin sagte, als sie sich an ihren Schreiber wandte, obgleich Hry uns ihre Worte übersetzte.

»Überbring diese Botschaft dem Sohne Ras, meinem Bruder Ramses, dem Löwen von Ägypten. Die Seevölker haben sich in ihren Ländern verschworen, die Akaiwasha, die Mešweš, die Peleset, die Tjeker, die Šekelìs, die Schardana des Meeres. Sie alle haben gegen uns zu den Waffen gegriffen. Sie werden wie eine Seuche über Ägypten kommen. Ich werde sämtliche Schiffe bereit machen und sie nach Tamiat schicken, wohin ich mich auch selbst begeben werde, und wir werden der Ankunft des Pharaos harren.«

Dann wandte sie sich an uns, und ihre Augen begegneten Neas' Blick. Wieder sprach sie und wartete, bis Hry übersetzte. »Prinz der Denden, du hast uns einen großen Dienst erwiesen. Die Dankbarkeit des Schwarzen Landes ist dir gewiss. Du sagst, dies sind Feinde von euch, die bereits euer Heimatland verwüstet und euch nichts als eure Schiffe gelassen haben. Wenn wir dir alles geben, was du brauchst, um sie instand zu setzen, wirst du dann in unsere Dienste treten? Wirst du dich unserem Kampf gegen die Seevölker anschließen? Wenn du dich in unsere

Dienste stellst, werden wir dich reich belohnen und deinem ganzen Volk Zuflucht gewähren. Gewiss werden es so starke und tapfere Männer wie du in den Diensten des Pharaos bald zu großem Ruhm bringen, und ich sage, dass mein Bruder jenen gegenüber, die ihm wacker dienen, fürwahr großzügig ist.«

Neas zögerte nicht. Obwohl er durch Hry antwortete, ruhte sein Blick auf dem Gesicht der Prinzessin. »Erhabene Herrin, nichts würde uns größere Freude bereiten, als die Waffen gegen die Achaier und gegen Neoptolemos zu erheben, denn das Blut, das zwischen uns steht, ist wahrlich bitter. Wir werden es mit dem größten Vergnügen tun, und wir werden sie niedermachen, in Pharaos Diensten und um unserer eigenen Ehre willen.«

Sie erhob sich von ihrem Stuhl, ihre Zöpfe klirrten leise, wenn sie sich bewegte, denn sie waren aus purem Gold. In den Händen hielt sie ein schweres goldenes Armband, so breit wie vier Finger und mit Bildern verziert, die eine Löwenjagd darstellten. Sie trat vor, nahm Neas linke Hand in die ihre und schob es auf seinen Arm. »So nimm denn dies als Zeichen deines Auftrags.«

»Ich werde ihn getreulich erfüllen«, versicherte Neas und sah ihr mit einem Lächeln in die Augen. »Wir brechen nach Tamiat auf, sobald man es uns gestattet.«

Zwei Tage später legten sie ab. Bis dahin herrschte ein ständiges, eiliges Hin und Her. Ägyptische Sklaven brachten Unmengen von Proviant, Wasser und Bier. Das meiste war für die Schiffe bestimmt, vieles jedoch war auch für uns an Land. Alle Frauen und Kinder des Volkes sowie ein paar Greise wie Anchises würden in Memphis bleiben, in den Unterkünften der Einheit des Widders. Wir würden nicht in die Schlacht ziehen. Stattdessen würden die Kriegsschiffe mit Kämpfern bemannt sein, so wie es sein sollte.

Am zweiten Tag trafen achtzig Bogenschützen ein, schlanke, dunkle Männer aus dem Süden Ägyptens, bewaffnet mit Bögen aus Holz und Horn. Ihre Arme waren stark und muskulös, und ihre Köpfe waren rasiert und glänzten in der Sonne. Sie bewegten sich auf den Befehl ihres Anführers hin wie ein einziger Mann, den Bogen in Ruhestellung vor dem Körper, jeder in genau gleichem Abstand zu seinem Nachbarn. So etwas hatte ich noch nie gesehen.

Jamarados musterte die Männer und lächelte. »Das sind nubische Bogenschützen«, erklärte er mir. »Sie gehören zu den besten Kämpfern der Welt. Die Nubier kommen aus der großen Wüste, wo ein Mann erst als Mann gilt, wenn er einen Geier im Flug erlegen kann. Sie ziehen auf unseren Schiffen in die Schlacht; sie werden an Deck stehen und auf den Feind schießen, während wir steuern.«

»Machen sie das immer so?«, wollte ich wissen, als die Männer alle gleichzeitig ihre Bögen hinlegten und einen Köcher voller Pfeile links davon abstellten. »Immer alles zusammen?«

»Sie sind Soldaten«, sagte Jamarados. »Dafür wurden sie geschult, seit sie Knaben waren. Jeden Morgen üben sie in den Hügeln oberhalb von Memphis an Zielscheiben. Vor ein paar Tagen habe ich ihnen zugesehen. In derselben Zeit, die ich brauche, um einmal Atem zu holen, können sie ein mannsgroßes Ziel mit Pfeilen spicken. Ich habe Neas vorgeschlagen, die Prinzessin zu bitten, dass sie auf einem unserer Schiffe mitkommen. Schließlich sind sie ganz wild auf einen Kampf, und sie können ja nicht nach Tamiat schwimmen.«

Ich hatte gedacht, manchen von den Männern würde es vielleicht nicht gefallen, dass Neas sie in fremde Dienste stellte, und das sagte ich Jamarados auch.

»Herrin«, antwortete er, »du kennst dich mit Kriegern nicht aus. Neas hatte in Byblos seine liebe Not damit, die Männer davon abzuhalten, Ehrenkämpfe mit den Achaiern vom Zaun zu brechen, und bei keinem hatte er mehr Mühe als bei Xandros. Glaubst du, wir vergessen unsere Frauen und unsere Familien? Denkst du, wir vergessen, was wir verloren haben? Ich glaube, es gibt nicht einen Mann unter uns, der nicht erleichtert ist, endlich Gelegenheit zu bekommen, es den Achaiern zurückzuzahlen.«

»Habt ihr es ihnen denn nicht in Pylos heimgezahlt?«, fragte ich. »Gewiss zählt das doch.«

»Das zählt.« Er nickte. »Aber nicht genug. Neas kennt die Gemüter seiner Männer am besten. Geleitschutz für Handelsschiffe im Austausch gegen Waren ist ja schön und gut, aber das hier sagt uns mehr zu. Ich würde zehnmal lieber mein Schwert an Ägypten verkaufen, als geringer zu sein, als wir sind. Und wenn wir es ihnen heimgezahlt haben, dann werden wir sehen, was als Nächstes kommt.«

»Ich kann mir vorstellen, dass ihr im Dienst des Pharaos bleiben könntet«, meinte ich.

Jamarados nickte. »Ja, das könnten wir. Und schlecht wäre es nicht. Bestimmt besser als Millawanda. Der Lohn ist höher, und ich habe von den Nubiern gehört, dass man auch Dreingaben bekommt. Ramses ist jung, aber er ist wohlgelitten. Wir könnten es schlechter treffen, als einem guten König zu dienen.«

»Wir haben schon einen König«, gab ich zu bedenken. »Neas ist unser König.«

Jamarados zuckte die Achseln. »Neas sagt, er ist kein König. Und was hat er schon, über das er herrschen könnte?«

Ja, was?, überlegte ich. Solange wir keine Stadt hatten, waren wir kein Königreich, sondern nur ein Haufen herumirrender Schiffe auf der Suche nach einer Zuflucht. Jetzt, da es schien, als hätten wir eine gefunden, worüber konnte ich mich da beklagen?

Vielleicht darüber, zurückgelassen zu werden.

Am zweiten Tag sah ich bei Sonnenuntergang zu, wie sie aufbrachen. Die *Sieben Schwestern* legte als Erste ab; Neas stand am Steuerruder, das Haar mit einer Lederschnur zurückgebunden. Er reckte die Faust in die Höhe, als Gruß an die Menschen auf der Landungsbrücke, und die im Westen versinkende Sonne blitzte auf Basetamons goldenem Armreifen dicht unterhalb seiner Schulter. Ein gewaltiges Geschrei brandete auf, und mir schnürte es die Kehle zu. Schönheit ohne Maß, Ruhm ohne Preis. Was immer es von all dem gab, es gehörte Neas, jetzt und für alle Zeit.

Die *Delphin* kam als Letzte. Ich stand neben Tia, während Kos das Deck hinabschritt und den Rudergesang anstimmte. Bai blickte von seinem Ruder auf und hätte gewunken, wenn er die Hände frei gehabt hätte. Xandros stand am Steuer. Das Haar fiel ihm offen auf die Schultern, und seine Augen blickten weit voraus, den Fluss hinab.

Erhabene Herrin, betete ich, *wenn er sich aufmacht, um Dich zu suchen, so kann ich ihn nicht davon abhalten. Diesmal kann ich ihn nicht davon abhalten. Ich muss ihn Deiner Obhut überlassen.*

Erhabene Herrin, wache über diese Männer, die ich liebe.

16

Zu Land und zur See

Drei Tage später trafen zehn Lastenträger vom Palast ein und brachten zahllose Dinge für das Volk, einen Teil des Preises für unsere Leben und unsere Schiffe. Kupferpfannen, um Fische darin zu braten, schwere Tontöpfe für Eintopfgerichte und Suppen, einen Beutel Salz und andere Lebensmittel sowie zehn Ballen Leinen. Das meiste davon war weiß und ziemlich leicht, zwei Ballen jedoch waren bedruckt, einer mit einem Muster aus grünen Fischen und einer mit Lotusblüten auf braunem Grund. Außerdem war ein kleiner schwarzer Ballen dabei, von dem ich wusste, dass er für mich bestimmt war.

Ich stand mit den Frauen im Hofe neben der verwaisten Landungsbrücke und sah zu, wie sie die Lebensmittel und den Stoff aufteilten, ungefähr siebzig Frauen und vierzig Kinder und außerdem fünf Männer, die ihres Alters oder ihrer Gebrechen wegen zurückgeblieben waren.

Plötzlich kam Lides Sohn das Flussufer entlanggerannt und schrie aus vollem Halse: »Seht! Seht doch!«

Ich rannte zur Landungsbrücke.

Von Süden her kam eine gewaltige Flotte den Fluss herunter. Ägyptische Galeeren, rot und grün bemalt, drängten sich auf dem Wasser, ihre Ruder schlugen in vollendetem Gleichtakt. In ihrer Mitte, blau bemalt und vergoldet, rauschte das größte Schiff dahin, das ich jemals gesehen hatte, eine riesige Galeere mit sechzig Rudern. Ihre Segel waren aus weißem Leinen, und auf dem Deck standen nubische Bogenschützen, als wären sie aus Holz geschnitzt. Trommelklänge und die hohen, süßen Klagelaute von Flöten hallten über das Wasser. Überall am Ufer waren die Menschen angerannt gekommen, um zuzusehen. Als das Schiff auf Höhe der Stadt angelangt war, erhob sich lauter Jubel.

Lides Sohn hüpfte neben mir auf und ab. »Wer ist das?«, wollte er wissen. »Ist das ein Gott?«

»Fast«, antwortete ich, die Hand auf seiner Schulter. »Das ist der Pharao.«

Mittlerweile hatte sich auf den Landungsbrücken des Palasts hastig ein Menschenzug gebildet, und die Edelleute wetteiferten miteinander um die besten Plätze. Als die Große Galeere an der Brücke anlegte, konnte ich gerade noch Prinzessin Basetamons Gestalt ausmachen, ehe die drängende Menge sie verdeckte.

Ramses selbst war unmöglich zu verwechseln. Eine bemalte Laufplanke senkte sich auf den Landungssteg, und ein Dutzend nubische Bogenschützen schritt darüber. Ich sah die Sonne auf der goldenen Schlange blitzen, die er an der Stirn trug, dem Uräus, dem Symbol der Königswürde. Unter dem Stirnreif, der den Uräus hielt, trug er anstelle der Zwillingskronen ein blau-goldenes Kopftuch.

Ein Kriegerkönig, genau wie der zweite Ramses oder der legendäre Thutmosis. Die Menge jubelte wild.

Prinzessin Basetamon trat vor und verneigte sich tief. Er nahm ihre Hand und hob sie auf, und zusammen gingen sie zum Palast, umgeben von den Bogenschützen und gefolgt von der bunten Menge, die auf dem Schiff des Königs mitgereist war.

Neben mir gab Anchises ein abschätziges Geräusch von sich.

»Genau so ein König hätte Äneas sein sollen«, sagte er leise.

»Er möchte nicht König sein«, meinte ich.

Anchises bedachte mich mit einem langen Blick. »Er wurde dazu geboren, König zu sein«, erwiderte er. »Es spielt keine Rolle, ob er das möchte oder nicht. Die Götter haben es für ihn so erwählt, und sie haben ihn für uns erwählt. Sibylle, sag mir nicht, dass ausgerechnet du das nicht siehst.«

Ich wandte den Blick ab und schaute auf den Fluss und die Stadt. »Ich sehe es«, sagte ich.

»Ich weiß, dass du mich nicht magst. Aber vergiss nicht«, fuhr er fort, »alles, was ich getan habe, habe ich getan, um ihn zum König zu machen, denn ohne ihn wird das Volk zugrunde gehen. Und bevor ich über den Fluss setze, möchte ich wissen, dass es nicht umsonst war.«

Das Sonnenlicht malte Feuerstreifen auf den Fluss, wurde von Kräuselwellen zurückgeworfen und blitzte wie aufstiebende Funken, als könne man aus dem Wasser Feuer schlagen, kalt und warm zugleich.

»Er wird König sein«, sagte ich. »Er wird ein mächtiges Haus gründen. Ein noch ungeborener Sohn wird über eine große Stadt herrschen, und aus seinem Geschlecht werden Könige hervorgehen, die Menschen und Länder regieren werden. Viele Jahre werden vergehen, bevor diese Dinge geschehen, aber es ist so.«

»Es wird nicht in Ägypten geschehen?«, fragte Anchises.

»Nein.« Das Licht auf dem Wasser trieb mir Tränen in die Augen, und Ihre Hand lag kalt auf meinem Rücken. Ich konnte die Funken emporfliegen sehen. Seelen, die vom Grunde eines tiefen Brunnens aufzusteigen schienen. »Es wird fern von hier sein, in einem anderen Land. Er wird die Götter Wilusas in eine neue Heimat bringen, und an jenem Orte werden sie ihn segnen. Er wird junge Olivenbäume pflanzen und Felder pflügen, die brachliegen.«

Ich taumelte und wäre fast hingefallen. Es hat durchaus seinen Grund, dass die Sibylle eigentlich sitzen sollte.

Anchises ergriff meinen Arm. Als ich ihm ins Gesicht sah, war dort zum ersten Mal Respekt zu lesen. »Setz dich«, sagte er schroff. »Setz dich auf die Brüstung hier.«

Ich tat es. Er brachte mir einen Becher Wasser, und ich betrachtete das Gefäß. So schlicht, wirklich. Gebrannter Ton, der einfaches Flusswasser enthielt.

»Du wirst diesen Ort nicht erblicken«, sagte ich. »Du wirst auf See sterben.«

»Ich brauche ihn nicht zu erblicken«, antwortete er leise. »Ich habe ihn in deinen Augen gesehen.«

Ich schaute zu ihm auf und sah einen Augenblick lang, was Lysisippa gesehen haben musste, einen Mann, der würdig war, mit der Herrin des Meeres zu verkehren. Neas hatte seine Königswürde nicht ausschließlich von seiner Mutter geerbt.

»Ich danke dir«, sagte ich.

Er zuckte die Achseln. Seine Augen waren blau, und als er einen Moment lang den Blick von mir abwandte, sah er aus wie Neas. »Ich bin zu alt, um eine Prophezeiung zu fürchten, dass ich auf See dahinscheide. So etwas passiert. Mein Sohn und mein Enkel sind es, um die mir bang ist. Du hast gesagt, ein noch ungeborener Sohn würde diese Stadt gründen.«

Ich dachte einen Augenblick lang darüber nach, lauschte, obgleich Ihre Stimme von Neuem für mich kaum zu vernehmen war. »Ich glaube nicht, dass Wilos etwas zustoßen wird«, sagte ich vorsichtig. »Das sehe ich nicht. Aber ich sehe einen Bruder. Und was daraus wird, weiß ich nicht.«

»Das liegt in den Händen der Götter«, sagte Anchises fromm und goss ein wenig Wasser als Trankopfer in den Staub.

Am nächsten Tag fuhr der Pharao mit seiner ganzen Flotte nach Norden, und Prinzessin Basetamon begleitete ihren Bruder. Mit ihnen zogen alle Soldaten aus ganz Memphis. Sollten sie den Feind nicht stellen, sollte Neoptolemos durchbrechen und den Fluss hinauffahren, so würde er auf wenig Widerstand stoßen. Alle hochrangigen Würdenträger waren fort. Sie verbrachten mit ihren Männern eine Nacht in Memphis und zogen dann nach Norden; Gebieter über ferne südliche Ländereien, die ihrem König nacheilten, zu spät für die Schlacht, die mittlerweile gewiss in Ashkelon oder auf hoher See begonnen hatte. Zehn Tage lang marschierten sie vorbei, Schar auf Schar, und dann waren sie fort. Alle Männer, die dem Ruf des Pharaos zu den Waffen Folge leisten würden, hatten es bereits getan.

Und die Tage vergingen.

Es war Frühling, die Zeit der Seefahrt hatte begonnen. Die Tage wurden länger, dehnten sich dem Hochsommer entgegen. Es wurde noch heißer.

In den Ländern Achaias oder in Wilusa war das Fest des Abstiegs vorbei, und die Herrin hauste unter der Erde bei Ihrem finsteren Gemahl. Die Oliven würden heranreifen, das Korn würde geschnitten werden.

Hier in Ägypten war die Ernte vorüber. Die Jahreshitze herrschte, und die Felder lagen leer da und wurden in der Sonne trocken und hart. Der Fluss strömte flach und träge dahin. Stille lag über der Stadt. Die weißen Häuser dörrten in der Sonne. Was immer auch geschah, was immer auch ihr Schicksal entscheiden würde, es geschah fern von hier, auf dem großen grünen Meer, das ich so gut kannte. Und so harrte ich in Memphis aus.

Hry fand mich bei unserem Unterricht zerstreut und unaufmerksam. Eines Morgens legte er seine Schreibtafel weg und sagte: »Lass uns in den Garten hinausgehen und ein wenig Melonenwasser trinken.«

Dankbar erhob ich mich und ging mit ihm. Wir saßen unter den Bäumen und tranken Wasser mit süßen Melonenstücken darin, Wasser aus den Zisternen unter dem Tempel, wo es tief in der Erde selbst im Sommer kühl blieb.

Draußen auf der Straße war ein Geräusch zu vernehmen, und ich fuhr hoch.

Hry legte mir die Hand auf den Arm. »Es ist nichts«, beschwichtigte er.

Ich lauschte. Er hatte recht. Es war nur der Torwächter, der einen Küchensklaven einließ, die Arme voller Töpfe.

»Wir warten«, sagte ich, »und können nichts tun.«

»So ist es oft«, meinte Hry. »Warum erzählst du mir nicht eine Geschichte?«

»Ich dir?«, staunte ich. »Aber du bist doch der Lehrer und ich die Schülerin.«

Hry nippte an seinem Melonenwasser. »Du bist auf dem Meer gereist und hast Inseln gesehen, die ich niemals erblickt habe. Du kennst Geschichten, die ich nicht kenne. Erzähl mir eine neue Geschichte, wie ich dich gebeten habe, denn so wird Wissen angesammelt.«

Ich überlegte einen Moment lang. Irgendetwas war an der Stille, an dem Warten, das mich an Neas' Augen erinnerte, damals, als er auf der verwünschten Insel gestanden und von einer großen grünen Woge gesprochen hatte, die sich höher und höher auftürmte. »Lass mich dir von der Insel der Toten berichten«, sagte ich.

Hry hörte zu und stellte keine Fragen, bis ich zum Schluss kam. Dann beugte er sich vor, und seine Augen leuchteten hell.

»Wie lange ist das her?«, fragte er.

»Neas hat gesagt, die Insel sei zur Zeit seines Ururgroßvaters untergegangen. Sie habe viele Tage lang gebrannt, und das Meer war voller Gebeine und Baumtrümmer.«

Hry lächelte, was völlig unpassend schien. »Du hast mir in der Tat eine wunderbare Geschichte erzählt, Maid der Isis«, sagte er. »So wie die Scherben eines zerbrochenen Topfes zusammenpassen, so fügt sich die Mär unserer Leben zusammen. Du hast mir ein Stück gegeben, das genau passt.«

»Ich verstehe nicht«, erwiderte ich.

»Komm mit.« Freudig erregt führte mich Hry in den Tempel. Wir durchschritten einen Gang und dann noch einen, bis wir in die riesigen Archive kamen, wo Schriftrollen die Wände bedeckten, vom Boden bis zur Decke, jede in Leinen eingeschlagen und mit Siegeln versehen. Er wanderte erst einen Gang hinauf und dann einen weiteren und untersuchte ein Siegel nach dem anderen. »Nur einen Moment, mein liebes Mädchen. Ich finde die richtige Rolle schon.«

Endlich fand er die Rolle, die er suchte, und er ließ sich auf einem Schemel nieder und breitete sie auf seinen Knien aus. Ich schaute ihm über die Schulter, doch ich konnte die meisten Worte noch immer nicht lesen.

»Dies«, verkündete Hry, »hat sich unter der Herrschaft Ramses des Großen ereignet, dem Zweiten dieses Namens, im zweiundzwanzigsten Jahre seiner Regentschaft.« Er begann zu lesen. »Und im Norden, deutlich sichtbar von Gizeh aus, erschien eine gewaltige Rauchsäule. Entlang des Binsenmeeres rann das Wasser davon, so dass die Fische auf festem Land um sich schlugen und der Meeresboden bis auf die Grundfesten freilag Es war ein sehr großes Wunder, und viele kamen, es zu schauen. Der Pharao befahl, dass eine Schar seiner Männer auf Kundschaft ausziehen sollte, und sie fuhren in ihren Wagen auf dem Grund des Meeres dahin, als wären sie auf dem Lande. Und dann rauschte das Meer auf einmal wieder heran, in einer gewaltigen grünen Woge, so hoch wie die Dächer einer mächtigen Stadt, und all jene, die sich auf den Meeresgrund hinausgewagt hatten, gingen zugrunde. Das Meer kehrte dorthin zurück, wo es gewesen war. Doch viele Tage lang verweilte die Feuersbrunst im Norden, eine Rauchsäule bei Tage und eine Flammensäule bei Nacht.«

»Das ist ja dieselbe Geschichte!«, rief ich.

»In der Tat«, pflichtete Hry mir bei. »Und jetzt will mir scheinen, dass diese Säule aus Rauch und Feuer, die die Menschen gesehen haben, von dieser Insel hergerührt haben muss, auch wenn sie weit weg war, jenseits des Meeres. Doch ein so großes Unglück muss selbst aus weiter Ferne sichtbar gewesen sein, wenn der Rauch hoch in den Himmel gestiegen ist.«

Ich blickte nach oben, als könne ich den Himmel sehen, obwohl wir uns in einem Gebäude befanden. »Wie hoch ist der Himmel?«, fragte ich.

»Wie tief ist das Meer?«, fragte Hry zurück. »Ich habe in Ländern gelebt, wo es häufig geregnet hat. Ich glaube, der Himmel muss wirklich sehr hoch sein, denn gewaltige Wolken treiben darin wie Schiffe auf dem Meer. Und wie Fische schwimmen sie in unterschiedlichen Tiefen und mit unterschiedlicher Geschwindigkeit. Manchmal bewegen sie sich sehr schnell und manchmal nicht. Manchmal kann man sehen, wie zwei Wolken aneinander vorbeiziehen, eine unter der anderen.

»Der Himmel ist das Gegenteil des Meeres«, sagte ich.

»Nicht das Gegenteil«, widersprach Hry. »Die Umkehrung. Er befolgt viele derselben Regeln, aber die Tiefe reicht von hier aufwärts, nicht nach unten. Man taucht tiefer, wenn man höher aufsteigt, bis man den Ort erreicht, wo der Mond und die Sonne sind. Und jenseits davon, noch viel weiter weg, sind die Sterne, wie Muscheln am Meeresgrund.«

»… und wenn die Finsternis um sie herum nur ein weiteres Meer wäre«, flüsterte ich. Etwas drängte gegen meine Gedanken wie ein Traum, den ich beinahe vergessen hatte.

»Was?«, fragte Hry.

»Das hat ein Mann gesagt, dem ich in Byblos begegnet bin«, erklärte ich errötend. Ich war mir nicht sicher, ob es gut klang zu hören, dass ich glaubte, ich hätte mich mit einem Gott unterhalten.

»Ein Gelehrter?«, wollte Hry wissen.

»Ein Krieger«, erwiderte ich vorsichtig. »Ein Krieger namens Mik-el, der einst im Schwarzen Land gelebt hat.«

»Ah!« Er klang erfreut. »Dann hatte er gewiss einiges an Gelehrsamkeit zu bieten.«

»Ja«, bestätigte ich. »Ich glaube, er war neugierig.« Ich dachte an die trägen Kanäle des Deltas, an die großen Krokodile an den Ufern, an den jungen Krieger in seiner schäbigen Kluft aus Leder und Bronze. An seine staubigen, zusammengelegten Flügel. »Er hat alle Zeit der Welt, um zu lernen.«

Er sah mich an und lächelte. »Und das ist es, was du willst, Tochter Wilusas. Aber nur die Götter haben alle Zeit der Welt.«

»Ich weiß«, antwortete ich. Ein Leben vermochte nur so wenig zu fassen, verglichen mit allem, was es auf der Welt gab.

Sechsundfünfzig Tage waren vergangen, seit Neas und das Volk in den Krieg gezogen waren. Ich tat gerade irgendetwas Nichtiges, als Tia zu mir kam, das Kind in einer Tuchschlinge an der Brust. »Schau«, sagte sie.

Auf dem Fluss war ein weißes Segel zu sehen, ein Kundschafterschiff, das mit aller Kraft gegen die Strömung anruderte, das Segel noch zusätzlich aufgespreizt, um so schnell wie möglich stromaufwärts voranzukommen. Als es näher kam, sah ich, genau wie Tia, die Spuren von Rauch und Ruß an seinem Bug, die verbrannte Stelle an der Reling, wo ein Brandpfeil getroffen hatte und gelöscht worden war. Unwillkürlich hob Tia mit einer Geste des Schreckens die Hand an den Mund.

»Es ist ein ägyptisches Schiff«, beschwichtigte ich. »Ein Bote.«

»Aber die Botschaft …«, stammelte sie. »Bai …«

»Es legt an der Palastbrücke an«, sagte ich und sah zu, wie das Schiff im Wasser wendete; die Ruder auf der rechten Seite hoben sich wie eins aus dem Wasser. Es waren acht Ruderpforten zu sehen, doch nur sechs Ruder schlugen auf jeder Seite. Auch dieses Schiff hatte Männer eingebüßt.

»Ich gehe nachsehen«, stieß ich hervor und rannte aus dem Hof und auf den Palast zu, so schnell mein Fuß es mir erlaubte. Ich wartete auf niemanden. Die halbe Stadt würde versuchen, dorthin zu gelangen.

Ich rannte. Der Atem blieb mir in der Kehle stecken. Heftig stieß und schob ich mich durch die Menge, die zur Landungsbrücke flutete, und wurde halb in einen Stand voller Töpferwaren gedrängt. Ich konnte mich nicht daraus befreien.

Also stieg ich auf den größten der Töpfe und hielt mich an dem Pfosten fest, der den Baldachin über dem Stand trug. Ich konnte über die Menge hinwegsehen, konnte jedoch nicht hören, was der junge Mann sagte, der vom Schiff auf die Brücke hinabsprang und zu reden begann.

Was ich hörte, war das Aufbrüllen der Menge, das ganz vorn anhob und wie eine Welle nach hinten rollte. Ich schlug auf die Schulter des Mannes vor mir ein. »Was ist?«, schrie ich auf Khemet. »Was ist passiert?«

Er drehte sich zu mir um. »Ein Sieg! Ein sehr großer Sieg! Isis und Ihrem Sohne Horus sei Dank! Ein großer Sieg!«

»Wirklich?«

»Wirklich!« Und er nahm meinen Kopf zwischen beide Hände und drückte mir einen nassen Kuss auf die Nase. »Ein großer Sieg!«

Mit den Ellbogen bahnte ich mir einen Weg näher an die Landungsbrücke heran. Der junge Schiffsführer war fort, wahrscheinlich war er in den Palast gegangen, um Bericht zu erstatten. Ein Schreiber hatte seinen Platz eingenommen und las der Menge wieder und wieder vor, was auf seinem Stück Papyrus geschrieben stand. Ich verstand nicht alles, aber doch das meiste, denn die Worte waren simpel.

»Vernehmt die Worte des Ramses, Pharao von Ägypten. Wir sind dem Feinde an Land und zur See entgegengetreten, und er ist in Blut und Tränen untergegangen. Die Söhne des Schwarzen Landes haben den Feind besiegt, obgleich er so zahlreich war wie die Sterne am Himmel. Wir haben viele Sklaven und große Reichtümer erbeutet, und viele der Feinde wurden erschlagen.«

»An Land und zur See«, flüsterte ich. Also hatte es eine Seeschlacht gegeben. Was bedeutete, dass unsere Schiffe mittendrin gewesen waren. Von ihnen jedoch verkündete die Botschaft des Pharaos nichts.

Anfängliche Freude wurde zu Geflüster. Wir hatten gewonnen, doch es wurde nichts über diese oder jene Schar verlautbart, nichts von diesem oder jenem Mann gesagt. Wir mussten noch immer warten, um herauszufinden, was wir wirklich wissen wollten.

Am siebten Tag trafen unsere Schiffe ein. Ich war im Tempel des Thoth und erfuhr es erst, als ich an diesem Nachmittag zurückkam. Als ich auf die Unterkünfte der Einheit des Widders zuhielt, hörte ich viele Stimmen, und dann sah ich die Spitze eines Mastes über das flache Dach lugen. Wieder rannte ich in der Hitze des Nachmittags los.

Nur fünf Schiffe lagen an den Landungsstegen, fünf von den acht, die ausgelaufen waren. Wer fehlte? Ich ging näher heran.

Die *Sieben Schwestern* hatte festgemacht, das Deck hier und dort zerkerbt und geschwärzt. Hinter ihr lagen die *Perle* und Amynters *Jäger.*

Der Hof kam in Sicht, und dort waren sie, die Männer des Volkes und alle anderen, streckten die Arme aus, liebkosten und weinten.

Die *Geflügelte Nacht* und die *Delphin* lagen ein Stück weiter unten am Steg, und das Herz schlug mir mit einem Satz in die Kehle. Wo waren die Männer?

Ich begann mich durch die Menge zu drängen, als Kos mich um die Taille packte, hochhob und stürmisch umarmte. »Danke, dass du auf Tia und das Kind aufgepasst hast«, sagte er.

»Wo ist Xandros?«, fragte ich und war davon überrascht, wie sehr meine Stimme zitterte.

Kos setzte mich ab und blickte mir so eindringlich ins Gesicht, als wäre ihm gerade etwas zum allerersten Mal in den Sinn gekommen. Er lächelte. »Um den brauchst du keine Angst zu haben; er ist gleich da drüben bei Neas. Nicht einen Kratzer hat er sich eingehandelt, und das, obwohl wir zwei achaische Kriegsschiffe geentert haben.«

Irgendwo stiegen die Klagerufe einer Frau auf, die gerade Schlimmeres erfahren hatte. Lide hastete geschäftig umher und half den Männern, die Verwundeten auf Tragen aus zwischen zwei Stangen gespanntem Leinen vom Deck der *Perle* zu heben. Es waren neun oder zehn, die nicht laufen konnten, und Lide war überall, trieb die Träger an und wies ihnen den Weg.

Auch Neas war dort. Als ein Knabe zwischen zwei Männern an ihm vorbeigetragen wurde, bückte er sich und umfasste dessen Handgelenk, als sei er ein Verwandter oder ein Freund. Es war Kassander, Amynters Ältester. Die Verbände um sein Bein waren braun von angetrocknetem Blut. Lide stieß Neas fast beiseite und nahm den Jungen in ihre Obhut.

Xandros schaute auf und blickte über die Menge hinweg, als hätte ich seinen Namen gerufen. Unsere Blicke trafen sich.

»Sibylle?«, sagte eine Stimme neben mir. »Kommst du? Einer der Verwundeten ist gestorben, und wir brauchen dich. Es ist ein Mann namens Harmos, aus der Mannschaft der *Geflügelten Nacht*.«

»Ich komme«, antwortete ich. Dann folgte ich dem Sprecher in den Raum, wo Lide die Verwundeten gebettet hatte, und machte mich daran, meines Amtes zu walten.

Er wurde an jenem Abend am Ufer des Nils verbrannt, so wie die anderen, die bei der Schlacht umgekommen waren, auf einem großen Scheiterhaufen an seiner Mündung eingeäschert worden waren. Die Ägypter fanden das unvorstellbar grauenvoll, schritten jedoch nicht ein, solange es nur die Toten des Volkes waren, die verbrannt wurden.

Es waren so viele. Neas nannte über dem Feuer ihre Namen zusammen mit dem von Harmos. So viele Männer, die ich gekannt hatte. Drei Schiffe waren ganz und gar verloren. Am Feuer schilderte Neas uns, was sich zugetragen hatte, mit einer Stimme, die jedem Barden zur Ehre gereicht hätte.

»Als der Pharao nach Tamiat kam«, berichtete er, »hat er uns zusammen mit zwanzig ägyptischen Schiffen nach Ashkelon geschickt. Alles in allem hatte er über hundert Schiffe, die anderen jedoch besaßen fast zweihundert. Als wir nach Ashkelon kamen, war die Stadt geplündert.« Er ließ den Blick über das Volk schweifen, über die Gesichter, die im Feuerschein sichtbar waren. Er brauchte nichts zu beschreiben. Sie hatten die Plünderung einer Stadt erlebt und das, was danach kam.

»Wir haben wieder Kurs auf Ägypten genommen, weil wir jetzt wussten, dass die Feindesflotte irgendwo zwischen uns und der Hauptflotte in Tamiat sein musste. Und so war es auch. Einen ganzen Tag lang sind wir gesegelt, und am Morgen des nächsten Tages sahen wir sie vor uns.«

Und das war eine beachtliche seemännische Leistung, dachte ich bei mir, etwas so Kleines wie eine Flotte auf dem Meer zu finden. Und auch keine geringe diplomatische Leistung, die ägyptischen Schiffe mitzunehmen, als führe Neas den Befehl über sie und nicht umgekehrt!

»Sie schickten sich soeben an, die Ägypter zu stellen. Brandpfeile flogen, und die ägyptischen Schiffe ruderten, während der Wind für die große Flotte von achtern kam.«

Einige der Gesichter regten sich im Licht des Feuers. Tia hielt Kianna an der Brust, Bais Arm fest um ihre Schultern geschlungen. Ich hatte mir bereits gedacht, dass sie vielleicht endlich zu einer Einigung gekommen waren. Sie lehnte sich an seine vernarbte Schulter, und das Kind war still.

Neas Stimme war klar und volltönend, sein Gesicht vom Feuer überhaucht. »Wir sind über sie hergefallen wie der Wolf über die Schafe. Noch ehe sie überhaupt gemerkt haben, dass wir da waren, waren wir mit achtundzwanzig Schiffen hinter ihnen. Es geschah bei jenem ersten Aufeinandertreffen, als sie wendeten, um sich zur Wehr zu setzen, dass die *Schwalbe* von einem großen lydischen Schiff mit zwanzig Rudern gerammt wurde. Es hat sie unter Wasser gedrückt, und sie ist gesunken. Viele von ihren Männern konnten sich schwimmend retten, denn die *Geflügelte Nacht* und die *Wolke* waren ganz in der Nähe. Dies sind die Namen jener, denen es nicht gelungen ist.« Und er nannte sie alle, mit einer Pause hinter jedem Namen. Bei jedem ertönte ein allgemeines Aufstöhnen, denn jeder der Männer war irgendjemandes Freund gewesen, irgendjemandes Bruder.

»Die *Delphin* schob sich längsseits neben das lydische Schiff«, fuhr Neas fort, »und die nubischen Bogenschützen und unsere Männer haben es geentert. Karosanas wurde getötet und Kassander verwundet.«

Karosanas, dachte ich. Der große, schweigsame Ruderer aus der letzten Reihe unter dem Heck, mit dem dichten Bart und der gebrochenen Nase. Und Kassander, der Botenjunge. Ich schaute über das Feuer hinweg, und Xandros' Gesicht war so still, als ruhe es unter Wasser. Im Geiste konnte ich ihn am Steuerruder sehen, mit wehendem schwarzem Haar. Gewiss hatte er zum Schwert gegriffen, als sie dicht am Heck gewesen waren, war mit einem Satz zwischen die Ruderbänke hinuntergesprungen, leichtfüßig, behände und der Gefahr ausgesetzt.

»Das lydische Schiff ist gesunken«, berichtete Neas weiter, »und sie hätte die *Delphin* mit in die Tiefe gerissen, hätte diese nicht zurückgerudert und sich befreit.

Kos, dachte ich. Ich konnte ihn die Schlagzahl brüllen hören, Xandros abermals am Steuer. »Linke Seite auf zwei. Rechte Seite. Alle zurück!« Und irgendwie waren sie seinen Anweisungen gefolgt. Entgegen jeder Hoffnung hatte die *Delphin* sich rückwärts von dem Wrack gelöst.

Ich hatte den Anschluss an Neas' Schilderung verloren. Die *Maidenauge* und die *Sieben Schwestern* waren geradewegs in einen Sturm aus Brandpfeilen hineingerauscht und hatten direkt auf Neoptolemos' *Sonnenwagen* zugehalten. Das Segel der *Maidenauge* hatte Feuer gefangen, und sie hatte mit flammendem Deck die *Sonnenwagen* gerammt.

»Jamarados ist auf diesem Deck gefallen«, sagte Neas leise. »Er fiel im Kampf gegen drei Achaier, und zwei davon hat er in die Unterwelt mitgenommen. Er war ein tapferer Schiffsführer, ein weiser Freund und ein teurer Ratgeber. Das ganze Volk wird ihn vermissen. Genau wie ich.« Er hielt inne, und seine Kehle arbeitete, und einen Augenblick lang schwieg er.

»Neoptolemos aber ist nicht gefallen«, fuhr er schließlich fort. »Er ist auf das Deck eines anderen achaischen Schiffes gesprungen, das nahe herankam, und die *Maidenauge* ist verbrannt und gesunken. Dies sind die Namen der Männer, die umgekommen sind, denn nur zwei haben sich auf die *Sieben Schwestern* retten können.« Und er sagte die Namen von Jamarados' Mannschaft auf, alle außer zwei Männern. Die anderen achtundzwanzig waren tot.

Die nubischen Bogenschützen hatten ihre Sache gut gemacht. Von den Decks der *Wolke* und der *Perle* aus hatten sie die Schiffe der Schardana mit Pfeilen eingedeckt, bis es endlich einem von ihnen gelungen war, dicht an die *Wolke* heranzukommen. Der Kampf auf ihrem Deck hatte wild und heftig getobt, und die Schützen auf der *Perle* hatten nicht gewagt, in das Gewühl zu schießen, weil sie fürchteten, die Männer von der *Wolke* zu treffen. Zwölf der Bogenschützen und zehn Mann der Besatzung waren an Bord der *Wolke* gefallen, ehe die Schardana ins Meer gedrängt worden waren. Dann war die *Wolke* im Meer versunken.

Alles in allem waren mehr als achtzig der feindlichen Schiffe versenkt worden, und Ägypten hatte fast vierzig eingebüßt.

»Überall um dieses Meer herum«, sagte Neas, »weinen die Frauen, und Kinder sind vaterlos geworden. Überall auf dieser Welt, die wir kennen, werden Männer niemals zurückkehren. Wir aber, die Männer des Volkes, sind zurückgekommen!«

Er hob einen großen Tonbecher voller Wein, trank und zerschlug ihn dann. Um uns herum ertönte ein Aufbrüllen. Bai öffnete eine große Weinamphore, und Tia und Polyra begannen, sie herumzureichen.

Neas erhob sich. Der Scheiterhaufen brannte weiter. »Auf die geehrten Toten!«, rief er laut.

»Auf die geehrten Toten!«, tönte es zurück, und dann: »Ela, Sohn der Aphrodite! Äneas! Äneas!«

Xandros' Gesicht war gerötet, als er schrie: »Ela! Sohn Cythereas!«

Einer der Ruderer begann, die Trommel zu schlagen, und bald wand sich der Schlangentanz um das Feuer. Harmos, dachte ich bei mir, wurde eine Bestattung zuteil wie einem König.

Leise trat ich von den Tanzenden weg, in die kühlere Luft fern des züngelnden Feuers.

Gleich darauf blickte ich auf. Neas stand hinter mir. Das Licht des Feuers schimmerte golden auf seinem Haar.

»Willkommen daheim, Prinz Äneas«, sagte ich förmlich.

»Sibylle«, antwortete er.

Ich setzte mich auf die steinerne Brüstung, die den Hof von der Landungsbrücke trennte. »Du hast deine Sache gut gemacht.«

Neas ließ sich neben mir nieder. »So gut ich konnte«, erwiderte er. »Wir haben so viele Männer verloren. Aber ich glaube, eine solche Schlacht wird es ein Zeitalter lang nicht mehr geben. An Land sind die Männer des Pharaos den Seeräubern gegenübergetreten. Es heißt, sie hätten Tausende niedergemacht. Es wird lange dauern, bis sie wiederkommen.«

»Vielleicht erleben die Inseln jetzt ein wenig Frieden«, meinte ich.

Neas schüttelte den Kopf. »Wie denn? Jetzt gibt es noch weniger Männer, die fischen und die Äcker bestellen. Es gibt noch mehr Menschen, die zum Äußersten entschlossen sind. Ich glaube, es wird mehr Piraten geben anstatt weniger, mehr Völker, die wie wir in die Verzweiflung getrieben worden sind.«

»Aber fürs Erste sind wir in Sicherheit«, gab ich zu bedenken.

»Ja«, stimmte Neas mir zu. »Fürs Erste.« Er streckte die Hände aus, und es war, als trüge er Handschuhe aus Feuer. »Er ist ein guter König. Der junge Ramses. So nennen ihn seine Männer. Der alte Ramses hat ewig geherrscht, heißt es. Er ist ein gerechter Mann, ein Mann mit Ehre. Und er weiß, dass er uns etwas schuldig ist, dafür, dass wir so hinterrücks über den Feind hergefallen sind.«

»Hast du die Schlacht für ihn gewonnen?«

»Nein, aber der Sieg wäre ihn sonst sehr viel teurer zu stehen gekommen. Er ist ein König von der Sorte, die die Leben ihrer Männer zählt.« Neas schaute zum Feuer hinüber, zu den Tanzenden.

»So wie du«, sagte ich.

»Ich will kein König sein.«

»Das hat Jamarados auch gesagt«, erwiderte ich, ehe ich es bedacht hatte.

Seine Lippen wurden schmal. »Jamarados wird mir fehlen.«

»Mir auch«, versicherte ich und meinte es ernst.

»Wir werden eine Zeit lang hierbleiben«, sagte er. »Die Schiffe haben schweren Schaden genommen, alle außer der *Perle.* Und wir alle brauchen Ruhe.«

»Das stimmt«, pflichtete ich ihm bei. Er schien zufrieden zu sein, nicht zu tanzen, sondern stattdessen bei mir zu sitzen. Vielleicht war Ruhe ja der Lohn, auf den Neas in Ägypten aus war. Ruhe und ein Ende der Windungen des Labyrinths.

17

Sehnsüchte

Am nächsten Morgen ging ich in den Tempel des Thoth. Als ich zurückkam, wartete Neas auf mich.

»Ein Bote ist gekommen«, berichtete er, »und hat uns zu einem Fest eingeladen, in sechs Tagen. Der Pharao gibt ein großes Festmahl, um den Sieg zu feiern. Ich soll hingehen, mit vier von meinen Männern, die ich selbst aussuchen soll, und fünf Frauen. Eine davon solltest du sein, aber ich finde nicht, dass noch andere gehen sollten. Die Ägypter sind nicht wie wir, und sie verstehen nicht, dass wir unsere Frauen nicht in der Öffentlichkeit zeigen.«

Ich starrte ihn finster an. »In Pylos waren Frauen bei öffentlichen Feiern zugegen, wenn auch nicht beim Abendmahl im kleinen Kreis.«

Neas lief rot an. »Hast du … äh … gesehen, was die ägyptischen Frauen anhaben … auf Festen …? Ich meine, ich schon, in Tamiat, und …«

Beinahe hätte ich gelacht. »Ich habe gesehen, was sie im Tempel tragen und was sie auf dem Marktplatz anhaben. Also ehrlich, Neas! Hast du denn noch nie Brüste gesehen?«

Sein Gesicht war dunkelrot. »Nicht rot gepudert«, gab er zurück. »Und sie … äh … sie bemalen sich die Brustwarzen.«

»Du musst ja ziemlich genau hingesehen haben«, bemerkte ich.

Er zog den Kopf ein, und es kam mir in den Sinn, dass er das vielleicht wirklich getan haben könnte.

»Ich gehe ganz bestimmt hin«, verkündete ich und warf mein Haar zurück. »Ich sehe keinen Grund, warum ich nicht dabei sein sollte, genau wie die ägyptischen Priesterinnen. Und ich werde sehen, ob es noch andere Frauen aus dem Volk gibt, die die Zahl vollmachen wollen. Wer sollen die Männer sein?«

»Xandros«, antwortete er sofort. »Und Maris, der Führer der *Perle*. Amynter, obwohl es ihm wahrscheinlich kein Vergnügen bereiten wird.« Damit gab ich ihm im Stillen recht. Amynter war ziemlich sittenstreng, obwohl er ein hervorragender Seemann war. Menschen aus fremden Ländern misstraute er. Niemals hatte er auch nur ein Wort einer fremden Sprache erlernt, was für einen Mann, der Handel trieb, nicht wirklich förderlich sein konnte. Jamarados wäre besser geeignet gewesen, aber Jamarados war tot.

»Der Letzte«, meinte Neas, »sollte natürlich mein Vater sein.«

»Natürlich«, pflichtete ich ihm bei und dachte bei mir, dass Amynter und Anchises einander Gesellschaft leisten könnten. Maris hatte ein junges Weib namens Idele, eine der Frauen, die in Millawanda zurückgekauft worden waren, also könnte sie mitkommen, wenn sie es wünschte. Ich hielt sie für klug und neugierig, trotz der Sklaverei, die sie erlebt hatte. Kurz nachdem wir in Ägypten angekommen waren, hatte sie eine Fehlgeburt erlitten, jetzt jedoch, da ihr Gemahl unversehrt zurückgekehrt war, schien sie wieder heiter.

Am Schluss waren es nur drei Frauen, nicht fünf. Viele von den anderen wollten nicht gehen, fürchteten sich davor, sich mit den Ägyptern abzugeben, oder sorgten sich um ihren guten Namen. Tia konnte nicht mitgehen, weil sie ihr Kind stillen musste. Idele aber wollte mitkommen und Lide zu meiner Verblüffung auch.

»Es kommt ja nicht oft vor, dass ich Gelegenheit habe, ein königliches ägyptisches Festmahl zu erleben«, meinte sie. »Und wenn ich splitternackt gehen muss, ich gehe hin!«

»Ich glaube nicht, dass wir wirklich nackt sein müssen«, bemerkte ich, hatte jedoch keine Ahnung, welche Kleidung für einen solchen Anlass angemessen war.

Also fragte ich Hry.

Um seine Augen herum zeigten sich feine Fältchen, und er lächelte. »Oh, ihr werdet trefflich aussehen«, versicherte er. »Ihr alle. Ihr solltet alle zum Ankleiden in den Tempel kommen; ich finde schon für jeden von euch etwas Passendes.«

Ich versuchte, Einwände zu erheben, doch er wehrte ab. »Betrachte es als Geschenk von mir. Betrachte es als Gastschuld für die Großherzigkeit von König Priamos von Wilusa. Und sag das deinem Prinzen. Er ganz besonders sollte prachtvoll aussehen. Ich kümmere mich um alles!«

Und so gingen wir am sechsten Tag alle zusammen in den Tempel des Thoth; Xandros und Amynter machten dabei Gesichter wie Männer, die mit ihrer Hinrichtung rechnen.

Lide, Idele und ich wurden in ein lang gestrecktes Bad geführt. Es lag zwar unter freiem Himmel, befand sich jedoch um diese Tageszeit im Schatten. Der Platz zwischen den Säulen war mit Palmen und anderen Pflanzen in gewaltigen Kübeln gefüllt. Sie bildeten einen grünen Schutzschild, der uns völlig vom Baderaum der Männer ganz in der Nähe abschirmte.

Eine Dienerin stand mit einem Topf voll duftendem Öl und einem Rasiermesser neben mir. »So, wie es die Priesterinnen machen?«, wollte sie wissen.

»Ja«, antwortete ich. »Auf jeden Fall. Alles so, wie ihr es macht. Bis auf mein Haar.«

Ich hatte bereits herausgefunden, dass sich im Schwarzen Land die meisten Frauen von Stand den Kopf vollkommen kahl rasieren. Die wunderschönen, kunstvollen Zöpfe, die sie tragen, sind Perücken.

»Ich muss mein Haar behalten, es ist Teil meines Amtes«, erklärte ich auf Khemet.

Sie nickte und machte sich daran, alles andere einzuölen und zu rasieren. Als sie fertig war, tauchte ich in das Becken und spülte alles ab. Es war sehr seltsam, meinen Körper so im Wasser zu sehen, nackt wie den eines Kindes. Nicht ein Haar auf meinen Armen oder Beinen, selbst meine Scham war glatt, wie ich sie nicht mehr gesehen hatte, seit ich angefangen hatte, zur Frau zu werden.

Lide folgte mir platschend ins Becken. Auch sie sah sonderbar aus. Sie bedachte mich mit einem Grinsen von der Seite her. »Ich kann mir vorstellen, dass es so kühler ist. Weißt du, dass die Dienstmagd behauptet, manche Ägypterinnen würden zweimal täglich baden? Und sie zupfen sich die Haare aus, damit sie nicht nachwachsen. Die Männer auch. Sie fangen an, sich den Bart zu zupfen, sobald er zu sprießen beginnt.«

»Deshalb also all diese glatten Gesichter«, meinte ich. Mir kam ein Gedanke. »Wie hast du dich denn mit der Dienstmagd verständigt?«

Lide schnaubte abfällig. »Wo ich jeden Tag auf dem Markt bin? Um diese endlosen Favabohnen, die die Königin uns schickt, gegen etwas anderes einzutauschen, damit wir ein wenig Abwechslung haben? Wie lange sollte es denn dauern, genug zu lernen, um ein bisschen plaudern zu können? In Byblos habe ich die Sprache auch gelernt, während wir dort waren.«

Ich lächelte. »Amynter lernt nie auch nur ein Wort.«

»Amynter redet auch nie mit Einheimischen.« Lide schwamm ein paar Züge in dem Becken, und plötzlich musste ich an den Flachsfluss denken. Lide hatte mich als kleines Kind über Wasser gehalten, als ich Schwimmen lernte. Das hatte ich vergessen. Plötzlich vermisste ich meine Mutter.

Lide musste es in meinem Gesicht gelesen haben, oder vielleicht erinnerte auch sie sich an den Fluss, der unsere Heimat gewesen war. »Ach, Kind«, sagte sie. »Deine Mutter wäre jetzt stolz auf dich, wäre sie hier und könnte dich sehen. Ich habe dein Bein gerichtet, weißt du, als du damals unter den Wagen gekommen bist, aber ohne ihre Pflege wärst du gestorben. Sie war eine starrköpfige Frau. Das hast du von ihr.«

Ihre Arme trieben im klaren Wasser dicht unter der Oberfläche, ihr Blick war in weite Ferne gerichtet. »Sie war mit mir auf dem Schiff, das von Wilusa abgelegt hat, als wir beide König Nestor zugelost worden sind. Deine Mutter war ein hübsches Mädchen, und ihr ist eine Menge Aufmerksamkeit zuteilgeworden. Die haben sie ziemlich übel zugerichtet. Ein paar von uns sind umgekommen, aber sie nicht. Sie hatte Lebensgeister in sich, die sich nicht brechen ließen. Als wir in Pylos ankamen, war klar, dass sie schwanger war. Eines von den anderen Mädchen, dem es genauso ergangen war, ist nachts über Bord gesprungen und ertrunken. Danach habe ich immer darauf geachtet, dass ich nachts nahe bei deiner Mutter gesessen habe.« Sie sah mich an und zog eine Braue hoch. »Deine Mutter hat erraten, worum es mir ging. Sie hat mich mit scharfem Blick angesehen, genau wie du, und hat gesagt: ›Lide, ich werde mich nicht umbringen. Ich werde einen Sohn großziehen, der ihnen die Eier abschneiden wird.‹«

Ich lachte, dann verstummte ich. »Aber ich war kein Sohn.«

»Nein, das warst du nicht«, entgegnete Lide. »Und du hast mehr getan, als sie jemals hätte erträumen können. Du hast uns alle wohlbehalten zu den Unseren gebracht und uns zu einem sicheren Hafen geführt. Deine Mutter wäre sehr stolz auf dich.«

Ich brach in Tränen aus, hüfttief in einem ägyptischen Badebecken.

Lide kam zu mir und schloss mich in die Arme. »Still, Kind. Nie hast du dich auch nur mit einem Wort beklagt, seltsam und von den Göttern berührt, wie du bist. Du bist eine Einzelgängerin, aber trotzdem brauchst du ein paar Menschen, die für dich da sind.«

Ich sagte nichts, sondern weinte nur an ihrer Schulter.

»Komm jetzt«, sagte sie. »Komm und lass dich von den Mädchen schön machen. Das ist etwas, das du bestimmt noch nie getan hast.«

»Nein«, sagte ich und schniefte ein wenig. »Es spielt keine Rolle, ob der Tod schön ist.«

»Heute Abend bist du nicht der Tod«, sagte sie.

Im Zwielicht zog ich mich an. Hry hatte die Mägde angewiesen, dass ich wie die hochrangigen Priesterinnen ihres eigenen Volkes gekleidet werden sollte, und die Mädchen hatten sich das zu Herzen genommen. Ein Gewand aus durchscheinendem weißem Leinen, so dünn, dass ich die Umrisse meiner rasierten Beine recht deutlich darunter erkennen konnte. Der Rock war gesteift und in Dutzende von Falten gelegt worden, jede so breit wie mein Finger, und unter den Brüsten wurde er von einem Gürtel aus vergoldetem Leder gehalten. Über dem Gürtel wurden meine Brüste mit rotem Puder bestäubt und meine Brustwarzen wunderschön dunkelrot bemalt. Über die Schultern kam ein kurzer Umhang aus dünnem Leinen, in kunstvolle Falten gelegt, der vorn und hinten bis zur Taille herabhing. Meine nackten Arme zierten goldene Armreifen, und ein paar große goldene Ringe hingen von meinen Ohren herab.

Die Mägde waren sich nicht sicher, was sie mit meinem Haar anfangen sollten, schließlich jedoch flochten sie es zu zwölf Zöpfen und umwickelten das Ende eines jeden mit Golddraht. Dann bemalten sie mir das Gesicht.

Noch nie hatte jemand anderes das für mich getan. Es schickt sich nicht, die Farben der Pythia zu tragen, bevor man selbst Pythia ist, und ich hatte mir keine Schülerin genommen. Eines Tages würde dies Kiannas Aufgabe sein, dachte ich, doch es würde noch lange Jahre dauern, bis ihre kleinen Hände sicher genug wären, um mir die Augen zu umranden.

Sie bemalten mir die Augenlider mit Lapislazuliblau und zogen die Augen mit Kohlestift nach. Meine Wangen wurden rot gepudert und meine Lippen ebenso eingefärbt wie meine Brustwarzen. Als sie mir endlich den blank polierten Spiegel hinhielten, damit ich hineinsehen konnte, erkannte ich mich kaum wieder. Aus dem Spiegel blickte mir ein dunkeläugiges ägyptisches Mädchen entgegen, klein und zierlich, mit runden Brüsten, Augen, die Feuer sprühten, und einem geheimnisvollen Lächeln.

»Du bist schön«, sagte eine der Dienerinnen. »Dies nennen wir hier im Schwarzen Land Schönheit.« Ihre Hand strich leicht über meine Wange. »Du hast gute Knochen. Im Tode wirst du schön sein.«

»Ich bin der Tod«, erwiderte ich geistesabwesend und drehte den Spiegel. Einen Augenblick lang sah ich beinahe ein anderes Gesicht, gekrönt mit dem Uräus, der heiligen Schlange Ägyptens.

»Ah«, meinte die Dienstmagd, »aber im Schwarzen Land ist der Tod schön. Wenn du vor Osiris' Thron stehst, musst du dich in Acht nehmen, denn Isis' Schönheit blendet, wie die Schönheit des Mondes, wenn man lange unter der Erde war.«

Und ich fühlte Sie wie ein Flüstern neben mir. *Dies ist auch Mein Antlitz,* sagte Sie.

»Dies ist auch mein Gesicht«, sagte ich und berührte voller Staunen meine Lippen.

Draußen hörte ich Hry rufen. »Komm heraus, Tochter Wilusas! Bring die Frauen mit und komm! Die Sänften warten im Hof, und die Stunde ist gekommen!«

Wir kamen auf den von Fackeln erleuchteten Hof heraus. Neas wartete neben der ersten Sänfte, wo er mit Hry Platz nehmen würde. Auch er war rasiert worden, und er trug einen knielangen Rock aus feinem Leinen, ebenso gefältelt und gesteift wie der meine. An seinem Arm strahlte der Armreif der Prinzessin. Neben ihm stand Xandros.

Sein schwarzes Haar wurde am Hinterkopf von einer goldenen Spange gehalten und sein Leinenrock von einem Gürtel aus vergoldetem Leder. Seine Glieder waren rasiert, und seine glatte braune Brust glänzte von duftendem Öl, Myrrhe, Rosen und noch etwas anderes. Als er mich erblickte, blieb ihm der Mund offen stehen. Er zerrte an Neas' Arm.

Neas drehte sich um, und auch sein Mund klappte auf. Doch er war ein Prinz und gewann seine Fassung schneller wieder als Xandros. »Sibylle?«

»Prinz Äneas«, grüßte ich sehr würdevoll, während ich zu ihnen trat. Wenn ich langsam ging, sah man mein Hinken kaum.

»Du siehst anders aus«, bemerkte Xandros

Neas lächelte. »Du siehst schön aus.« Seine Augen verrieten, dass er es ernst meinte. Ich war es nicht gewohnt, dass Männer mich auf diese Weise ansahen, und dass Neas es jetzt tat, brachte mich in Verlegenheit.

»Kommt, kommt«, drängte Hry. »Wir dürfen uns nicht verspäten. Bitte steigt alle in die Sänften.«

Er winkte Neas zur ersten Sänfte. Ich trat zurück und stieg mit Xandros in die zweite. Ich wollte nicht mit der geringschätzigen Miene zusammensitzen, die ich auf Anchises' Gesicht gesehen hatte, oder mit dem Ausdruck des Entsetzens auf Amynters Zügen. Fast hätte ich gelächelt, als ich Lide zu Anchises in die Sänfte steigen sah. Sollte er nur versuchen, sie zu belehren!

Die Sänften wurden von den Tempelträgern angehoben. Knaben gingen mit Fackeln voraus. Xandros schwieg. Endlich wagte er einen schnellen Seitenblick. »Du siehst hübsch aus«, stellte er fest. Er achtete sorgsam darauf, mich nur vom Hals aufwärts zu betrachten, doch als ich den Kopf wandte, sah ich, wie sein Blick zu meinen Brüsten und meinem Leib huschte, halb entblößt in dem feinen Leinen.

»Danke«, antwortete ich. »Ich finde, du siehst auch gut aus.« Und das war alles, was wir sagten, bis wir im Palast anlangten.

An gewöhnlichen Tagen sitzen die Ägypter beim Essen auf Schemeln um einen Tisch herum oder vielleicht auch einfach auf dem Boden. Für ein Festmahl jedoch wurden Kissen um lange, niedrige Tische herum ausgebreitet, und die Gäste saßen aufrecht oder zurückgelehnt da, ganz wie sie wollten. Auf einem Podest am Ende der Halle standen drei Tische, dem Raum zugewandt, wo der Pharao und seine höchsten Würdenträger essen würden. Der Tisch in der Mitte war dem Herrscher selbst vorbehalten, und niemand sonst würde mit ihm daran Platz nehmen. Der Tisch auf der linken Seite war für Prinzessin Basetamon vorgesehen.

Heute Abend war sie in reinstes Weiß gekleidet, doch der riesige Kragen aus Lapislazuli und Edelsteinen, den sie trug, war so groß, dass er ihr fast bis zur Taille reichte. Ihr Haar war hoch aufgesteckt und mit Juwelen beladen. Ringe glitzerten an ihren Fingern, mit goldenen Netzen verbunden, die man an ihren Handgelenken befestigt hatte, so dass ihre Hände mit Gold bedeckt waren. Neben ihr schaute ihr Bruder aus dunklen Ägypteraugen, die Doppelkrone auf dem Haupt.

Man geleitete uns zu Kissen am unteren Ende der Halle, wo die Schiffsführer und die rangniedrigeren Priester saßen. Kaum hatten wir uns zurückgelehnt, da stimmten die Musikanten mit Harfe und Flöte ein Lied an, und Diener kamen mit dem ersten Gang des Festmahls herbei.

Man setzte mir Entenkükenbraten mit zarten Palmherzen vor, gebratenen Fisch auf einem Bett aus Kräutern, Oliven aus Achaia und Muscheln aus der Tiefe des Meeres. Es gab auch Wein, süß und dunkelrot, aus Byblos und den Ländern, an die es grenzte, Kuchen aus Mandelmehl, mit Sesampaste überzogen.

Wir aßen und plauderten und schauten uns um, als ein Diener zu Neas trat. »Prinz Äneas«, sagte er respektvoll, »die Prinzessin Basetamon wünscht deine Gesellschaft.«

Neas blickte auf. »Oh. Gut. Also dann.« Er stand auf und folgte dem Diener. Ich sah, wie er sich fast bis zum Boden verneigte, als er sie begrüßte, und dann vor dem Pharao niederkniete und mit der Stirn den Boden berührte.

»Das sollte er nicht tun«, sagte Anchises scharf.

»Sei still«, wies ich ihn zurecht.

»Das ist wichtig«, erklärte Amynter. »Wenn der Pharao uns wohlgesonnen ist, können wir vielleicht in seinen Diensten bleiben. Gut genug gekämpft haben wir.«

Ich war überrascht, in Amynter einen Verbündeten zu finden, und sah ihn an. Er zuckte die Schultern. »Ich will hierbleiben. Gutes Essen, guter König, gutes Wetter. Und reichlich von allem, was ein Mann braucht.« Er nahm sich einen Entenflügel und biss nachdenklich hinein. »Ich habe genug. Meine Söhne brauchen einen Ort, wo sie heranwachsen können und wo sie keine Sklaven sein werden. Wenn Neas sich mit dem ägyptischen König einig werden kann, bin ich dafür.«

Ich beobachtete Neas.

Der Pharao sagte etwas zu ihm, und er antwortete. Was immer er auch sagte, es schien die Prinzessin zu erfreuen. Sie klopfte auf die Kissen neben sich und zog ihn zu sich herunter, damit er sich setzte, wobei ihre Schultern sich fast berührten. Dann lachte sie über irgendetwas, das er sagte, nahm ein Stück Mandelkuchen und reichte es ihm.

Mit einem schwachen, höflichen Nicken nahm Neas es an, wobei seine Augen nicht von ihrem Gesicht wichen.

Amynter folgte meinem Blick und zuckte abermals die Achseln. »Was immer dafür nötig ist.«

Anchises war außer sich. »Diese bemalte Hure!«

»Versuchst du, uns umbringen zu lassen?«, zischte ich ihn an. »Sie sind unsere Gastgeber, und wir schulden ihnen sogar die Kleider, die wir am Leibe tragen.«

»Mein Sohn ist kein …«

»Ich bringe ihn hinaus«, erbot sich Lide und stand auf. Maris erhob sich ebenfalls und half Lide mit einem entschuldigenden Kopfnicken in Richtung seiner jungen Gemahlin, einen noch immer vor Wut schäumenden Anchises aus der Halle zu führen. Niemandem fiel es auf. Es herrschte ein zu reges Kommen und Gehen unter den Dienern, und eine Tanztruppe begann ihre Darbietung damit, dass junge Männer auf einem blank polierten Streifen in der Mitte des Tisches akrobatische Kunststücke vollführten.

Neas lachte über etwas, was Basetamon gesagt hatte, und beugte sich zu ihr hinüber. Sein Arm berührte beinahe ihre Brüste.

»Mit ihren Brüsten scheint er kein Problem zu haben«, murmelte ich vor mich hin.

Xandros folgte meinem Blick und verzog das Gesicht. »Er ertrinkt in ihren Augen. Du hättest das in Tamiat erleben sollen. Wenn sie dachten, wir Fremde verstehen ihre Sprache nicht, haben sie Witze darüber gemacht und Wetten abgeschlossen, wie lange es dauern würde, bis die Prinzessin ihre neue Jagdkatze ausprobiert.« Er zuckte die Schultern. »In Ägypten steht es den Frauen ebenso frei, Liebschaften zu haben, wie den Männern. Und er ist etwas Neues, etwas anderes.«

Ich schaute den Tisch entlang. Jagdkatze, in der Tat. Neas sah aus wie ein junger Löwe. »Etwas Prachtvolles«, sagte ich. Es stimmte, ich hatte noch nie einen so schönen Mann gesehen wie Neas. Gekleidet wie ein Prinz, wie sollte sich eine Frau ihm da nicht zuwenden?

Xandros nickte. Sein Tonfall hatte etwas Spöttisches an sich, obgleich er doch selbst die Zielscheibe des Scherzes war. »Was haben wir dagegen aufzubieten? Gegen alle Pracht Ägyptens?«

»Wir sind seine Freunde«, sagte ich.

»Ich bin sein Freund, solange mir Leben und Atem bleiben. Und das werde ich für nichts aufs Spiel setzen.« Xandros hob den Becher an die Lippen. Seine dunklen Augen blickten ernst. »Und es ist genug.«

»Auch ich bin seine Freundin«, erwiderte ich. »Und seine Sibylle. Das ist alles, was die Götter für mich vorgesehen haben.« Das wusste ich. Ich sollte mir nicht mehr wünschen. Er war mein Prinz und ich sein Orakel.

Xandros sah mich von der Seite her an, als wollte er noch mehr sagen.

Ich nahm einen der schweren Becher und hielt ihn ihm hin. Neas mochte von Basetamon betört sein, und ich konnte mich wohl kaum beklagen, wenn es so war, Xandros jedoch war es nicht. Gleichgültig, wohin wir zogen oder was uns widerfuhr, Xandros blieb immer er selbst, neugierig, klug und wahrhaftig.

Mit einem halben Lächeln hielt er mir den Becher an die Lippen, und ich trank Wein aus seiner Hand, als wären wir einander versprochen. Seine Augen ruhten dunkel und warm auf mir. »Freunde«, sagte er.

»Allezeit«, antwortete ich und wusste, dass ich es ernst meinte für den langen Lauf der Jahre.

Wir traten als sehr viel kleineres Häufchen den Rückweg an, als wir es auf dem Hinweg gewesen waren. Anchises, Maris und Lide waren bereits gegangen. Äneas blieb. Es waren nur Amynter, Idele, Xandros und ich, die zurückkehrten. Amynter war betrunken und taumelte davon, sobald seine Sänfte vor den Unterkünften der Einheit des Widder abgesetzt worden war. Idele machte sich eilends auf herauszufinden, was aus Maris geworden war. Ich ging zur Landungsbrücke hinunter.

Die gestärkten Falten meines Gewandes waren verschwunden, und die Goldreifen zerrten schwer an meinen Ohren. Meine Hände rochen nach gebratenem Fleisch, und es war sehr heiß gewesen, die Luft mit Räucherwerk geschwängert, mit Duftkegeln, Lampenöl, Essen und den Essenzen von zweihundert Gästen. Am Fluss war es kühl.

Ich hörte Schritte hinter mir und wusste, dass es Xandros war. Er kam und trat neben mich, und wir sahen zu, wie im Palast die Lichter ausgingen. Nach ein paar Augenblicken setzte er sich auf den Landungssteg und zog seine vergoldeten Sandalen aus. Ich streifte auch meine ab, ließ mich neben ihm nieder und plätscherte mit den Füßen im Wasser. Im weißen Mondschein wirkte mein verdrehter Knöchel grotesk, eine Verhöhnung glatten Fleisches, blau geädert. Wassertropfen blitzten auf meiner Haut.

Unsere Schultern berührten sich fast. Eines nach dem anderen erloschen die Lichter über dem Wasser. Eines davon war das im Schlafgemach der Prinzessin, wo sie Neas auf mit Duftwasser besprengten Laken zu sich herabzog. Vielleicht ließ sie auch eine der Lampen brennen, um seine goldene Haut zu sehen, wenn er sich über sie beugte.

Ich fragte mich, ob Xandros wohl dasselbe dachte. Wahrscheinlich. »Morgen bringe ich Hry alles zurück, was wir geborgt haben«, sagte ich.

»Das ist gut«, erwiderte er. Schweigend saßen wir da. Xandros schlenkerte einen Fuß platschend im Wasser vor und zurück. »Lernst du viel? Von Hry, meine ich«, wollte er wissen.

»Ja. So viel«, antwortete ich. »So viele Dinge, von denen ich gar nicht gewusst habe, dass ich sie nicht wusste, wenn das nicht unsinnig klingt.«

»Es klingt nicht unsinnig«, meinte er. »Gefällt es dir?«

»Ja.« Wie sollte es nicht?

Xandros seufzte. »Wir können nicht hierbleiben«, sagte er. »Nicht, ohne so zu werden wie der Rest, die Nubier und die Libyer im Dienst des Pharaos.«

»Wie meinst du das?«

»Sie haben keine Götter, kein eigenes Volk. Sie sind keine Sklaven, aber sie gehören Ägypten. Und Ägypten wird sie niemals ziehen lassen.« Xandros platschte mit dem Fuß im Fluss. »Ich habe sie in Tamiat gesehen. Barbaren. Fremde. Stiefkinder der Götter. Menschen, denen nicht genug Glück beschieden war, um in Khemet geboren worden zu sein.« Sein Tonfall war heftig, und er warf mir von der Seite her einen raschen Blick zu. »Die Leute reden in meiner Gegenwart. Ich sehe wohl aus wie ein dummer Seemann.«

Ich lächelte. »Ihnen ist nicht klar, wie schnell du dir Sprachen aneignest.« Es stimmte, dass Xandros auf den ersten Blick nicht so klug wirkte, wie er war, weil er meistens schwieg und in Gesellschaft anderer nicht schnell das Wort ergriff.

»Sie lassen es gern zu, dass wir ihnen dienen. Sie brechen sogar das Brot mit uns. Aber wir sind nicht dasselbe wie sie. Wir sind die Kinder minderer Länder, geringerer Götter. Niemand ist wirklich würdig, nur die Menschen, die in Khemet geboren worden sind. Die Schlimmsten unter ihnen verabscheuen unsere barbarischen Bräuche. Die Besten haben ach so großes Mitleid mit uns.«

»Vielleicht haben sie ja Grund dazu«, gab ich zu bedenken. »Schau dir das Land an, das sie aufgebaut haben. Was haben wir, was sich damit vergleichen lässt?«

»Unsere Ehre«, gab Xandros zurück. »Unser Mannestum. Nicht das, was die Götter einem bei der Geburt mitgeben, zählt, sondern wie man es trägt.«

»Manchmal zählt es eine ganze Menge, was einem bei der Geburt mitgegeben wird«, bemerkte ich und dachte an die Kinder, die Kinder der Sklavinnen, aus Schändungen geboren.

»Es ist dieses schreckliche Mitleid, das mir zusetzt«, erklärte Xandros. »Wir Armen, die wir nicht in Khemet geboren sind. Aber mit ein bisschen Arbeit können wir vielleicht lernen, zivilisiert zu sein!«

»So ist es doch gar nicht«, widersprach ich; ich dachte an Hry und den Tempel, an die Dienstmägde, die sich solche Mühe gegeben hatten, mich schön zu machen. Hry, der meinen Geschichten gelauscht hatte wie ein Gleichgestellter, wie ich ein Diener der Götter.

»Nicht?«, fragte er. »Siehst du sie hierherkommen, unsere Speisen essen? Unsere Feste feiern?«

»Hry hat es getan«, gab ich zu bedenken. »Er war Gast und Freund des Priamos.«

»Vielleicht«, sagte Xandros. »Aber für alles gibt es Ausnahmen. Den meisten ist es gleich, was außerhalb von Ägypten geschieht. Sie wissen nicht, wo unsere Länder sind, und es kümmert sie nicht. Es spielt keine Rolle. Alles, was wirklich wichtig ist, geschieht hier.«

»Xandros«, fragte ich, »wer außer Ägypten hätte Neoptolemos und die große Flotte aufhalten können? Wer sonst hat diese Macht?«

»Niemand. Aber das wird es für uns nichts besser machen oder für die Völker der Inseln. Was das betrifft, hat Neas recht.«

»Es hätte es schlimmer gemacht, wenn Ägypten gefallen wäre«, meinte ich. »Xandros, neidest du ihnen denn ihren Frieden und ihren Wohlstand so sehr?«

»Nein, mich ärgert ihre Selbstgefälligkeit«, erwiderte er. »Es ärgert mich, dass sie sich nicht zu sorgen brauchen wie wir. Sie können sich nicht dazu herablassen, sich anzustrengen, damit ihre Kinder wohlbehütet sind, sie verlassen sich auf Männer, die nichts anderes tun, als Soldaten zu sein, und auf Söldner aus fremden Ländern, damit sie das tun, womit sie sich nicht die Hände schmutzig machen wollen! Glaubst du etwa, es gefällt mir zu töten? Glaubst du, ich tue diese Arbeit gern?«

Seine Augen flammten.

»Alles, was ich jemals wollte«, sagte er, »war, zur See zu fahren. Der Rest … es ist besser als der Tod. Und es ist das, was Neas von mir braucht. Also tue ich es. Aber ich bin nicht wie er. Ich will nicht töten. Und es ist mir jedes Mal ein Gräuel.«

»Du kannst es so gut«, sagte ich und dachte an den jungen Wachposten auf der Straße von Byblos.

Sein Mund spannte sich. »Ja.«

Ich suchte nach Worten. »Xandros, dies hier ist nicht für immer. Wir werden es hinter uns lassen. Äcker werden zu pflügen und Olivenbäume zu pflanzen sein, und ja, es wird Meere geben, in denen gefischt werden muss. Wir werden zum Ende von all dem hier gelangen, und es wird Frieden herrschen.«

»Glaubst du das wirklich?«

»Ja, das glaube ich«, antwortete ich. »Ich habe es für Neas vorausgesehen.«

Suchend sah Xandros mir ins Gesicht. »Dann müssen wir fort.«

»Wir werden fortgehen«, erwiderte ich. »Unsere Bestimmung liegt nicht in Ägypten.« Sosehr ich mir auch wünschen mochte, dass es anders sei, dachte ich. Ich könnte von den Archiven träumen und von den langen, behäbigen Tagen, dem geordneten Rhythmus des Tempels, dem bedächtigen Dienst an den Göttern. Ich könnte hier so glücklich sein. Ich könnte alles finden, was ich suchte. Ich könnte keiner anderen Liebe bedürfen als Ihrer, hier, in der Stille des Dienstes an Ihr.

Ich stand auf. »Wir werden Ägypten verlassen«, sagte ich. »Dein Wunsch wird in Erfüllung gehen.« Und ich ging rasch hinein, ehe er mich weinen sehen konnte.

Neas kam am nächsten Tag erst am Nachmittag zurück, und ich bekam ihn nicht zu Gesicht. Amynter berichtete mir höchst zufrieden, der Pharao habe versprochen, uns gegen guten Lohn in seinen Diensten zu behalten, und Neas habe zugestimmt. Er pfiff bei der Arbeit vor sich hin. Obgleich er die Sprache nicht beherrschte, war Ägypten doch durchaus gut genug für ihn.

Genau wie für mich.

Ich ging zum Tempel des Thoth, und mein Herz war schwer. Es gab nichts, was ich Hry sagen konnte. Was könnte es auch geben? Er hatte sich mir gegenüber immer nur gütig gezeigt. Und jetzt hatte es den Anschein, als beabsichtige Neas, dass wir für immer in Ägypten bleiben sollten.

Ständig war er fort, im Palast, und ich wusste, was das bedeutete. Lachend kam er zu uns zurück und roch nach Myrrhe und kostbarem Harz, den weißen Leinenrock gefältelt wie ein ägyptischer Prinz. Er stutzte sich sogar das Haar und trug es unter einem Soldatenkopftuch, wie die strahlenden, schönen Krieger, die die Wände des Tempels von Thoth zierten.

Und ich, ich wurde von Ruhelosigkeit ergriffen. Der Unterricht machte mir Freude, doch wenn ich danach zurückkehrte, glaubte ich, ich würde verrückt werden, während ich mit Tia und Polyra dasaß und Favabohnen kochte, in einer nicht enden wollenden Folge von Töpfen über Feuern im Hof der Soldatenunterkünfte.

Hry spürte, was in mir vorging. Eines Morgens bat er mich, des Abends wiederzukommen, anstatt den Vormittag über zu bleiben.

»Warum?«, wollte ich wissen.

»Es wird Zeit, dass du etwas über die Sterne lernst«, erwiderte er.

Meine erste Regung war, mich zu weigern. Wieso sollte ich tun, was er sagte, und am Abend zu ihm gehen? Dann besann ich mich eines Besseren. Unsere Schiffe steuerten nach den Sternen. Je mehr ich über sie erfuhr, desto mehr konnte ich Xandros behilflich sein.

Ich stand neben Hry auf dem Dach des Großen Tempels, während er auf diesen oder jenen Stern zeigte, und ich lernte ihre Namen auf Khemet, Namen, die ich nur in der Sprache von Wilusa gekannt hatte. Als die Nacht vorrückte, wurden die Feuer der Stadt mit Asche bedeckt, und es wurde dunkel, und der Himmel über uns leuchtete in der klaren Wüstenluft heller, als ich es jemals erlebt hatte. Er war so schwarz, dass es schien, als besitze er Tiefe.

»Siehst du?«, sagte Hry leise. »Es ist ein Meer.«

»Beinahe kann ich ferne Umrisse erkennen«, sagte ich. »Ein kleiner Schemen hier und dort, wie etwas, das zu schwach ist, um es auszumachen. Wie etwas, das zu weit entfernt ist.«

»Als Knabe«, meinte Hry, »konnte ich viel schärfer sehen. Jetzt sind die am wenigsten hellen Sterne für mich verloren.«

Ein bleicher Schimmer im Sternbild der Andromeda, wie ein vager Lichtkreis. »Wenn ich besser sehen könnte …«

Hry lachte leise in sich hinein. »Wenn du besser sehen könntest, würdest du die Gestalt der Sterne kennen. Du würdest den Himmel befahren.«

»Das stimmt.« In den schwarzen Tiefen konnte ich es fast erkennen. »Ich würde ein Schiff aus Mondlicht und Silber bauen, und Xandros würde es für mich steuern.« Ich lächelte Hry an. »Und wir würden über die Ströme der Sterne hinaussegeln, weit fort, zu fremden Inseln in diesem Ozean, wo niemals Menschen gewandelt sind.«

»Und der Wind, der eure Segel füllen würde, ist die Sehnsucht«, sagte Hry. »Die Sehnsucht ist es, die unserem *Ba* Flügel verleiht. Sich selbst im Besitz solcher Macht zu sehen muss zu etwas führen.«

»Wirklich?«, fragte ich.

Hry tätschelte mir den Arm. »Du musst lernen, Geduld zu haben. Noch ist es nicht an der Zeit für dich, in See zu stechen.«

Und ich wusste nicht, ob er damit die See der Sterne meinte oder das sehr viel gewöhnlichere Meer, das zwischen dem Schwarzen Land und der Welt lag.

18

Sothis

Ein paar Tage später trat ich gerade aus dem Tempel, als Lide die Stufen zu mir heraufgeeilt kam. »Da bist du ja!«, rief sie. »Du musst sofort kommen. Und bring den Priester mit.«

»Was ist passiert?«, fragte ich. »Kianna? Ist dem Kind etwas zugestoßen?« Aber wenn es so war, was konnte Hry uns dann nützen?

»Nein, nicht das Kind«, antwortete Lide. »Geh und hol den Priester. Ich erkläre es euch unterwegs.«

Ich rannte wieder hinein und holte Hry, von dem ich mich gerade verabschiedet hatte. Zusammen traten wir ins Freie.

»Kommt mit«, drängte Lide. »Es ist wichtig.«

»Ist jemand krank?«, erkundigte sich Hry. Er keuchte ein wenig in der Hitze.

Lide führte uns durch die Stadt, dorthin, wo die nubischen Bogenschützen in der Nähe ihre Unterkünfte am Rande der Wüste übten. »Das kann man wohl sagen«, antwortete sie.

Ich gab mir alle Mühe, schneller zu gehen, doch in den Straßen fiel ich hinter den beiden zurück. Rennen konnte ich nicht sehr gut, selbst nach so langer Zeit nicht. Die Unterkünfte der Nubier? Wieso in aller Welt sollte Lide Hry dort brauchen? Als wir näher kamen, sah ich, dass es nicht nur die Nubier waren, die dort lebten, sondern dass sie das Lager der Sklaven bewachten, die bei der großen Schlacht erbeutet worden waren, obgleich dieses Lager mit jedem Tag kleiner wurde, da die Sklaven in kleinen Gruppen ins ganze Land geschickt wurden.

Die Sonne schien grell, und so weit vom Fluss entfernt regte sich kaum ein Luftzug. War doch einmal einer zu spüren, so war er knochentrocken und roch nach fernen Wüsten, nicht nach den grünen Ufern. Die Gefangenen hatten ein paar Zelte zum Schutz gegen die Sonne, zerlumpte Decken, die über ein paar Stöcke gehängt worden waren, und sonst nichts. Lide stand ein kleines Stück entfernt neben einem Zelt, während Hry niederkniete und hineinschaute. So schnell wie möglich schloss ich zu ihnen auf.

»Achaier?«, fragte ich. Und dann brauchte ich nicht mehr zu fragen. Der Knabe, der in dem Zelt lag, war mein Bruder.

Aren lag zusammengerollt auf der Seite und zitterte in der Sommerhitze vor Fieber. Er war größer, als ich ihn in Erinnerung hatte, mit langem, hellem, schweißverklebtem Haar. Dreizehn, dachte ich. Er ist jetzt dreizehn, ein junger Mann und kein Kind mehr. Auf seinem Chiton waren Blutflecke zu sehen, und er krümmte sich fest zusammen.

Ich wandte mich an Lide. »Ist er kastriert worden?«

»Beschnitten«, antwortete sie. »Alle ägyptischen Männer werden beschnitten, sogar ihre Sklaven.«

Hiram hatte etwas davon gesagt, dachte ich, in Byblos, doch ich hatte gedacht, er hätte das bildlich gemeint, dass der Pharao sich die Vorhäute sämtlicher Gefangenen holen würde. Anscheinend nicht.

»Die Schnitte haben angefangen zu schwären«, erklärte Lide. »Bei solchen Wunden passiert das manchmal. Er hat schreckliches Fieber.« Sie kniete nieder und hob einen Topf mit Wasser hoch, doch er wandte mit zusammengekniffenen Augen den Kopf ab.

Einer der Nubier war von hinten an uns herangetreten, vermutlich fragte er, was wir hier taten. Hry erhob sich, und ich sah, wie der Mann sichtlich Haltung annahm, als er den Priester erblickte.

Lide tauchte den Saum ihres Kittels ins Wasser und schickte sich an, Aren das Gesicht abzutupfen. Sie war bei seiner Geburt dabei gewesen, fiel es mir wieder ein. Ich erinnerte mich gut daran. Sie hatte das Blut von seinem Säuglingsgesicht gewischt und ihn auf die Brust meiner Mutter gelegt.

Hry wandte sich wieder an uns. »Ich habe dem Hauptmann gesagt, dass dieser junge Mann kein Achaier ist, sondern ein Dende«, sagte er in der Sprache Wilusas. »Einer von eurem Volke, der bei der Schlacht über Bord gegangen ist. Er muss versehentlich gefangen genommen worden sein. Ich habe ihm gesagt, der Knabe sei der Bruder der verehrten Herrin, und ich werde dafür sorgen, dass wir ihn in den Tempel bringen dürfen, wo unsere Ärzte sich um ihn kümmern können.«

Ich ergriff Hrys Hand. »Das willst du wirklich tun?«

Er lächelte, und die Sonne brannte auf seinen alten, kahlen Kopf herab. »Selbstverständlich. Er ist doch dein Bruder, oder nicht?«

»Ja«, beteuerte ich. »Er ist mein Bruder.«

Es dauerte eine Weile, bis Hry Träger und eine Sänfte herbeigerufen hatte. Die Sonne ging unter, ehe wir Aren in den Tempel des Thoth trugen und ihn der Obhut des Wundarztes überließen, zu dem Hry am meisten Vertrauen hatte. Dann führte Hry mich und Lide auf den Hof mit dem Wasserbecken hinaus und schickte nach kühlem Wasser. »Kommt, setzt euch«, sagte er. »Mein Freund wird tun, was er kann, und wir müssen ihm Raum lassen, damit er arbeiten kann. Er wird die Schnitte säubern und die schwärende Haut entfernen müssen. Und dann gibt es Arzneien, die er ausprobieren wird. Aber es ist besser, wenn wir ihm nicht im Wege sind.«

In der kühlen Abendluft nahmen wir Platz und tranken Wasser. Die Sterne kamen zum Vorschein.

Hry tätschelte mir die Hand. »Du liebst deinen Bruder bestimmt sehr.«

»Ich kenne ihn kaum«, erwiderte ich. »Er war zwei Jahre alt, als ich zum Schrein gekommen bin. Seitdem habe ich ihn kaum gesehen.«

»Außer in Pylos«, gab Lide zu bedenken. »Als du ihn ausgeschickt hast, um uns zu suchen und uns zu sagen, dass wir zum Hafen kommen sollen.«

»Das war ich nicht«, wehrte ich ab. »Das war Sie. Allerdings habe ich Xandros davon abgehalten, ihn zu töten.« Vor meinem geistigen Auge sah ich sie wieder vor mir, vor den geborstenen Toren und der mit blühenden Ranken bedeckten Mauer; Xandros mit wehendem offenem

Haar, dessen Schwert zu einem Rückhandschlag emporzuckte, um dem Gegner den Bauch aufzuschlitzen, Aren mit seinem geborgten Schwert, zu langsam beim Abwehren.

Ich hatte mich zwischen sie geworfen, und Ihre ganze Macht hatte mich erfüllt.

»Wird er am Leben bleiben?«, fragte ich Hry.

»Das werden wir die Ärzte fragen müssen«, erwiderte er. »Es gibt nirgendwo geschicktere Heiler auf der ganzen Welt als hier. Er ist in guten Händen.«

Schweigend saßen wir im Sternenlicht.

Nach einer Weile gingen wir den Arzt suchen. Aren lag in einem Bett in einer kühlen Kammer, die den Brisen vom Fluss ungehindert Zutritt gewährte. Seine Genitalien waren verbunden und mit einem Leinentuch bedeckt, und seine Augen waren geschlossen.

Der Wundarzt wusch sich gerade die Hände. Er drehte sich um und trocknete sie mit einem Tuch ab. »Ich habe den Schnitt gereinigt«, berichtete er. »Ich habe die brandige Haut entfernt und die Wunde gut ausgewaschen, dann habe ich sie ausgebrannt, mit einem Messer, das erst in kochendes Wasser getaucht und dann durch eine Flamme gezogen wurde. Danach habe ich sie mit Honig behandelt und mit sauberem Stoff verbunden. Und ich habe ihm einen Tee eingegeben gegen das Fieber. Er wird ein paar Tage hierbleiben und gepflegt werden müssen, aber ich bin zuversichtlich.«

Ich betrachtete meinen Bruder. Aren schlief; Schweiß stand auf seiner weißen Stirn. Er sah mir überhaupt nicht ähnlich, dachte ich im Stillen. Er sah auch meiner Mutter nicht ähnlich. Er sah aus wie Triotes.

»Wir haben Schüler der Heilkunst, die des Nachts Wache halten«, sagte der Arzt. »Du brauchst dir um seine Pflege keine Sorgen zu machen.«

»Das tue ich auch nicht«, versicherte ich. Ich kannte die Gewissenhaftigkeit, mit der alles im Tempel des Thoth getan wurde.

»Geht heim«, wies der Arzt uns an. »Und ruht euch aus.«

Lide und ich gingen, doch ich konnte nicht schlafen. Ich erhob mich und kehrte noch vor dem Morgengrauen zurück.

Mittlerweile kannte man mich im Tempel, und die schläfrigen Torwächter ließen mich ein. Im Gang der Gemächer des Heilens brannte eine Lampe, doch der Schüler, der Wache hielt, verwehrte mir den Zutritt nicht. Ich betrat das Zimmer und setzte mich.

Arens Gesicht sah weniger gerötet aus. Ich legte die Hand auf seine Stirn. Das Fieber schien nachgelassen zu haben. Meine Hand sah dort seltsam aus, aber vielleicht kam das nur daher, dass sein Antlitz so sehr das eines Fremden war, ein junger Mann, nicht das Kind, an das ich mich erinnerte. Seine Nase war gerade und kräftig, sein Unterkiefer kantig und noch immer zu groß für sein Gesicht.

Aren schlug die blauen Augen auf. Er sah mich an »Mutter?«, fragte er, noch immer im Halbschlaf.

»Nein, Aren«, sagte ich. »Ich bin es.« Mir war nicht klar, dass auch er sie immer noch vermisste.

Seine Augen wurden groß. »Pythia?«

»Ja.« Ich fühlte, wie mir die Tränen kamen.

»Wie bist du hierhergekommen? Wo bin ich?«

»Du bist im Tempel des Thoth«, erklärte ich. »In der Obhut der Ärzte. Und ich war schon vorher hier.«

»Als ich dich das letzte Mal gesehen habe, bist du mit einem Haufen Piraten aus Pylos davongesegelt«, stieß Aren hervor. »Wie bist du in einen ägyptischen Tempel gekommen?«

»Das ist eine lange Geschichte«, meinte ich.

»Erzähl sie mir.«

Also tat ich es. Später kam der Arzt mit einer Schale Gerstenmus und einem weiteren Becher Tee für Aren zurück. »Du siehst besser aus, junger Mann«, stellte er auf Khemet fest.

Aren sah mich an. »Er sagt, du siehst besser aus«, übersetzte ich.

»Wie kommt es, dass du ihre Sprache sprichst?«, wollte er wissen.

»Ich bin dabei, sie zu lernen«, antwortete ich. »Es ist gar nicht so schwer.«

»Sag ihm, ich will mir den Schnitt ansehen«, bat mich der Arzt. »Und vielleicht solltest du lieber hinausgehen. Das ist nicht gerade etwas, was ich meiner Schwester gern zeigen würde.«

Ich übersetzte für Aren, und seine Züge verhärteten sich. »Es waren die Ägypter, sie haben das getan. Sie haben mir meine Männlichkeit abgeschnitten.«

»Nicht alles«, widersprach ich. »Nur die Vorhaut. Das ist bei allen ägyptischen Männern so. Bei den meisten wird es gemacht, wenn sie das Mannesalter erreichen.«

»Ich werde niemals …«, setzte er an und errötete bis zu den Haarwurzeln.

»Doch, du wirst«, erwiderte ich. »Das hält ja auch all die Ägypter nicht davon ab, oder? Es ist nicht die Vorhaut, die einen zum Eunuchen macht, es sind die Hoden.«

»Eigentlich möchte ich mit dir nicht über meine Hoden reden«, murmelte Aren undeutlich.

»Dann gehe ich eben hinaus«, meinte ich. »Und komme heute Nachmittag wieder.«

Ich ging zurück in die Soldatenunterkünfte und schlief.

Im Laufe der nächsten paar Tage erholte sich Aren, und ich begann mich zu fragen, was wohl geschehen würde, wenn er wieder gesund war. Ich konnte ihn doch nicht in das Sklavenlager zurückschicken.

Es dauerte vier Tage, bis ich Neas zu fassen bekam. Ich fand ihn im Hof, in weißes Leinen gekleidet, mit einem neuen goldenen Kragen um den Hals, der zu dem Löwenjagdreifen an seinem Arm passte. Seine Haut war glatt und geölt, doch er sah müde aus.

Ich wartete nicht ab, sondern berichtete ihm sofort alles, was vorgefallen war. »Du verstehst doch, warum ich ihn in den Tempel schaffen musste«, schloss ich. »Er ist mein Bruder.«

Neas sah mich mit derselben Miene an, mit der er Xandros in Byblos bedacht hatte, als dieser Ashterah zu den Schiffen mitgebracht hatte. »Das verstehe ich. Aber er ist auch ein Achaier, einer der Männer, gegen die wir gekämpft haben.«

»Er war nicht dabei, als Wilusa geplündert wurde«, wandte ich ein. »Dafür habe ich gesorgt. Sein Vater wollte Aren nicht mitnehmen. Er ist noch nie zur See gefahren, bis zu diesem letzten Feldzug mit der großen Flotte.«

»Das ist gut«, meinte Neas, und ich wusste, dass er die Angelegenheit wohlwollend bedachte. Er würde alles wohlwollend bedenken, was ich ihm vortrug, ganz gleich, wie sehr es ihn verdrießen oder wie viele Schwierigkeiten es heraufbeschwören würde, die sonst nicht bestünden. »Also wird keiner der Männer in direkter Blutfehde mit ihm liegen. Aber trotzdem ist er ein Achaier, ein Mann ihres Volkes.«

»Er ist mein Bruder, von derselben Mutter geboren, einer Tochter Wilusas«, beharrte ich. »Wenn ich zum Volk gehöre, dann gehört er auch dazu.«

Neas seufzte, und ich wusste, dass ich gewonnen hatte. »Was willst du?«

»Ihn hierherbringen«, antwortete ich. »Ich kann doch nicht zulassen, dass mein Bruder zum Sklaven wird.«

»Wohlan«, brummte Neas. »Aber der Junge wird selbst auf sich Acht geben müssen. Ich laufe nicht herum und schütze ihn vor irgendjemandes Groll.«

»Wenn du ihn begrüßt, ist das genug«, sagte ich. »Kein Mann wird deinen Zorn riskieren.«

»Ich wünschte, das wäre wahr«, erwiderte Neas. »Vielleicht war es einmal so, aber diesmal nicht.« Er seufzte. »Ich brauche deinen Rat, Sibylle.« Damit führte er mich zur Seite, zum Flussufer. Da wusste ich, was er meinte. Ich hatte eigentlich nicht erwartet, dass er darüber sprechen würde, war mir nicht einmal sicher, ob er es genauso fühlte wie ich, da er so oft nicht da war.

»Es gibt zwei Lager«, sagte Neas. »Ich müsste ein Narr sein, um es nicht zu sehen. Die einen, die Ägypten verlassen wollen, wie mein Vater, und die anderen, die mit dem Handel, den ich mit dem Pharao geschlossen habe, zufrieden sind und hierbleiben wollen.« Er sah mich an. »Ich weiß, dass du Ägypten liebst und viele Freunde gefunden hast. Du verstehst, warum ich dieses Abkommen geschlossen habe.«

»Ja, ich verstehe es.« Und das tat ich auch, zumindest teilweise. Für einen Söldnerkontrakt war das Abkommen durchaus nicht schlecht, besser, als Handelsschiffen Geleitschutz zu geben. Doch ich sah seinem Gesicht an, dass er auch andere Geschäfte meinte.

Ich legte ihm die Hand auf den Arm, und er zuckte nicht zurück, doch er kam mir auch nicht entgegen.

»Neas«, sagte ich behutsam, »es gibt solche und solche Abkommen.«

Er hielt meinem Blick stand. »Sie ist eine schöne Frau. Ich kann mich nicht beklagen.« Dann drehte er sich um und setzte sich auf den Steg, dort, wo Xandros und ich in der Nacht des Festmahls den Mond betrachtet hatten.

»Neas.« Ich ließ mich neben ihm nieder. Wir berührten uns nicht.

»Ich bin ein Prinz«, sagte Neas. »Mein ganzes Leben lang habe ich gewusst, was das bedeutet. Prinzen wählen nicht. Sie kennen ihre Pflicht ihrem Volke gegenüber und wissen, was die Ehre erfordert. Ich hatte Glück, als mein Vater Kreusa als Gemahlin für mich ausgewählt hat. Sie war liebenswert und schön, und ich hätte keine bessere Wahl getroffen, als ich siebzehn war und sie vierzehn. Mit der Zeit habe ich angefangen, sie zu lieben.«

»Das ist der Segen der Herrin der See, Cytherea, die wir Aphrodite nennen«, meinte ich. »Du wirst von ihr geliebt, und sie hat dir alles geschenkt, was sie zu geben vermochte.«

»Ja.« Seine vergoldeten Sandalen glitten ins Wasser. »Aber jeder Mann weiß, dass es eine Zeit gibt, da man nicht mehr auf die Gaben seiner Mutter bauen kann. Man muss die Dinge in eigener Sache angehen. Ein Mann kann sich nicht darauf verlassen, dass seine Mutter alles richtet, dass seine Mutter ihn ganz macht.«

»Das trifft auch auf Frauen zu«, erwiderte ich. »Als ich zum ersten Mal Pythias Farben getragen habe und mir klar war, dass Jene Die Pythia Gewesen War nicht da sein würde, um mich zu leiten, da wusste ich, dass ich wirklich allein war. Und dass ich niemals wieder sicher und geborgen sein würde.«

Neas sah mich von der Seite her an. »Waren wir jemals sicher und geborgen?«

»Nein, aber wir haben es geglaubt. Glaubt Kianna nicht, dass sie sicher ist, wenn Tia und Kos auf sie aufpassen und Bai und Xandros und alle anderen?«

»Und ich«, fügte er hinzu. »Sie ist hier sicher, und es gibt genug zu essen für alle. Ich habe mein Abkommen geschlossen. Und so stehen die Dinge jetzt.« Er schlug mir leicht auf die Schulter, als wäre ich einer seiner Männer, stand auf und ging davon.

»Mein Prinz«, sagte ich und wusste, dass er mich nicht hörte. »Du bist so viel mehr wert als alles Korn und alle Favabohnen der Welt.«

Und so kam Aren zu uns und blieb. Xandros nahm ihn in seine Schiffsmannschaft auf und übertrug ihm die Aufgabe, sich um Kassander zu kümmern, während dieser langsam genas. Sie waren im selben Alter, und Kassander fiel das Gehen noch immer schwer. Ich hatte keine Angst, dass sie sich streiten würden, denn ich wusste, dass der Botenjunge ein stiller Knabe war, den die Schmerzen in seinem verheilenden Bein noch schweigsamer machten. Genau wie ich würde er niemals flink auf den Füßen sein, doch das ist für einen Ruderer auch nicht notwendig. Seine Arme und sein Rücken waren es, die schwere Arbeit verrichten mussten.

Eines Abends, nicht lange danach, kam ich spät zu Hry, um die Sterne mit ihm zu betrachten.

Es dauerte lange, bis die Lichter der Stadt zu erlöschen begannen, und auf den Straßen schienen viel mehr Menschen unterwegs zu sein als sonst. Ich fragte Hry danach, und er lächelte.

»Siehst du dort? Siehst du, wie am östlichen Horizont diese Gruppe Sterne gerade über die fernen Hügel lugt? Heute Nacht werden sie nicht höher klimmen, aber morgen Nacht wird Sothis klar und kalt aus der Wüste emporsteigen, und er wird am Himmel in sein Jagdhorn stoßen. Der Klang wird von einem Ende des Schwarzen Landes bis zum anderen vernommen werden, und Hapi wird die großen unterirdischen Kammern des Nils bei Elephantine öffnen und die Flut entfesseln. Vierzig Tage lang wird der Fluss anschwellen, wird die Felder bedecken und Khemet Leben bringen. Morgen Nacht, wenn Sothis aufsteigt, werden große Feste gefeiert, und die nächsten fünf Tage sind die Geburtstage aller Götter.«

»Ich wurde in der Nacht geboren, in der Sothis zum ersten Mal emporsteigt«, entgegnete ich. »Das hat Lide mir gesagt, und sie war Hebamme bei meiner Geburt.«

Ein breites Lächeln überzog Hrys Gesicht. »Das ist ja wundervoll! Hier im Schwarzen Land wissen wir, dass die Kinder, die in der Nacht von Sothis' Erscheinen geboren werden, von den Göttern geliebt werden, dass jene, die ihren Geburtstag mit den Göttern teilen, ihre Auserwählten sind. Es war kein Unglück, das dich als die Ihre gezeichnet hat, sondern reines Sternenlicht.«

Ich schaute zum Horizont, wo Sothis auftauchen würde. Er hatte vor jener Morgendämmerung kalt und hell gestrahlt, als die schwarzen Schiffe nach Pylos gekommen waren, so hell wie in der Nacht meiner Geburt.

Von den Landungsbrücken des Tempels erhob sich lautes Geschrei, und Männer strömten auf den Hof hinaus. Von unserem Platz auf dem Dach aus sah ich andere Priester wie Hry in ihren Amtsgewändern zu einem kleinen Steingebäude am Ende des Kais eilen.

»Was geht da vor?«, wollte ich wissen.

»Der Fluss steigt«, antwortete Hry. »Der Priester ist hingegangen, um den Wasserstand an den Steinen zu messen, und es hat begonnen. Hapi hat das Wasser losgelassen!« Seine Stimme brach, und mir wurde klar, welche Freude ihm dies bereitete. »Das Wunder ist abermals geschehen, und die Götter haben ihren Bund mit Khemet erneuert!«

Hry legte mir die Hand auf den Kopf. »Morgen, Tochter Wilusas, wirst du ein Frohlocken erleben, wie du es noch nie gesehen hast. Feiere mit deinem Volk, denn ihr werdet den Überfluss des Schwarzen Landes mit uns teilen, so wie ihr dieses Jahr seine Mühen und Gefahren geteilt habt. Ich schicke Fisch und Wein, auf dass ihr die Götter ehren könnt!«

Diese Feier ist nicht unsere Feier. Wir ehren die Götter nicht, wenn ein Stern aufgeht. Andererseits feiert das Volk gern, schlägt Wein und Fisch nicht leichtfertig aus, wenn sie ihm geschenkt werden. Und das wäre in der Tat eine grobe Unhöflichkeit Hry und unseren Gastgebern gegenüber.

Neas wurde natürlich zu dem Fest im Palast gebeten. Vor Sonnenuntergang machte er sich auf den Weg, eingeölt und rasiert, den Rock in zahllose Falten gelegt und den Gürtel mit Gold beschlagen. Als er ging, schenkte er mir ein Lächeln, während ich gerade mit Polyra dabei war, die Bratspieße aufzustellen, um die Fische über dem Feuer zu rösten. Sie sollten mit Öl beträufelt werden, damit die Haut knusprig wurde, und es gab süße Melonen, mit Honig bestrichenes Brot und geschlagene, auf Steinen gebackene Eier, die mit klein geschnittenen Kräutern gefüllt und mit Ziegenkäse bestreut waren. Ich trug mein neues schwarzes Gewand, das genauso geschnitten war wie das letzte, nur nicht vom vielen Tragen zerschlissen.

»Gute Nacht, Prinz Äneas«, sagte ich.

»Glück und Segen, Sibylle«, antwortete er. Wir tauschten ein weiteres Lächeln, dann war er fort.

Eine Stunde später trafen Lastenträger mit sechs großen Töpfen Bier aus dem Palast ein; jeder von den Kübeln reichte einem ausgewachsenen Mann bis zur Hüfte. »Verehrte Herrin«, sagten sie, »wir sind Diener des Palasts, und wir sind Prinz Äneas begegnet, als er gekommen ist. Er hat uns geheißen, dieses Bier hierherzubringen, auf dass sein Volk am Fest teilhaben kann.«

»Man kann sich darauf verlassen, dass Neas ans Bier denkt«, bemerkte Xandros. Er öffnete einen der Kübel, tauchte seinen Becher hinein und leerte ihn in einem Zug.

Sprachlos starrte ich ihn an, dann dankte ich den Trägern und wies sie an zu gehen.

»Xandros«, schalt ich und eilte zu ihm zurück, »ist dir jemals der Gedanke gekommen, dass Neas das da vielleicht gar nicht geschickt hat? Dass hier irgendetwas nicht stimmen könnte?«

»Natürlich«, erwiderte er gelassen. »Deswegen habe ich ja sofort getrunken. Es wird noch Stunden dauern, bis die Kübel geöffnet werden und alle davon trinken. Bis dahin wird deutlich zu merken sein, ob ich wohlauf bin oder nicht.«

»Und wenn nicht?«, verlangte ich zu wissen.

»Dann weißt du, dass du es wegschütten musst«, antwortete Xandros. »Und was du Neas sagen musst.«

»Bei allen Göttern«, stieß ich hervor, »ich wünschte, ich könnte dich in den Nil werfen.«

»Und wem soll ich deiner Meinung nach befehlen, davon zu trinken? Bai? Kos? Kassander? Auf mir lastet der Fluch der Herrin des Meeres, also kommt es weniger darauf an, was mir zustößt.«

Ich biss die Zähne zusammen. »Xandros, zum tausendsten Mal, es gibt keinen Fluch!«

»Das sagst du«, gab er zurück.

Meine Erwiderung ging in dem Wortgewirr einer Schar von Leuten unter, die ein paar Fragen zu den Gerichten hatten. Als ich kurz darauf nach ihm Ausschau hielt, sah ich ihn bei Kos sitzen, der Kianna auf dem Schoß hielt, während Tia in einem gewaltigen Topf mit Favabohnen rührte. »Gekochte Bohnen, gebackene Bohnen, gedämpfte Bohnen«, murmelte ich vor mich hin. »Das Land der Bohnen.«

Als das Essen schließlich fertig war und Xandros eindeutig nichts fehlte, setzte er sich mit einer gefüllten Schale neben mich. »Ich fühle mich heute Abend ja so gut«, bemerkte er vielsagend und nahm einen riesigen Bissen von seinem Stück Brot.

Ich schenkte ihm nicht die geringste Beachtung.

Die Nacht senkte sich herab, und die Sterne kamen klar und hell zum Vorschein und bedeckten das Gewölbe des Firmaments. Und auch den Fluss. Als es Nacht wurde, kam das Nilvolk zum Ufer herunter, und bald funkelten überall auf dem breiten Strom winzige Lichtpunkte. Ich ging zur Landungsbrücke und blickte nach Osten.

»Was ist das?«, fragte Xandros und trat neben mich.

»Hry hat mir erzählt, sie töpfern kleine Lampen in der Gestalt von Booten, um Isis zu ehren, und die Menschen lassen sie auf dem Fluss schwimmen. Es ehrt Sie und bringt Glück, wenn sie weit treiben, bevor sie ausgehen. Die, die wir sehen, müssen gleich oberhalb von Memphis ins Wasser gesetzt worden sein, aber ehe die Nacht zu Ende ist, bekommen wir bestimmt noch welche zu sehen, die von weit flussaufwärts kommen.«

»Sie sind schön«, sagte er leise. »Wie Sterne auf dem Wasser.«

»Das stimmt«, bestätigte ich und erkannte, dass er genau wie ich die Magie der Szenerie erkannte.

Sothis stieg im Kielwasser des Abendsterns, des Sterns der Cytherea, über den Horizont. Die Lichter funkelten auf dem Fluss, während sie über die kleinen Kräuselwellen glitten. Irgendwo stromaufwärts wurde ein Schiff auf dem Wasser erleuchtet, Musik klang deutlich zu uns herüber. Eine leichte Brise spielte mit meinem Haar.

Hinter uns hörten wir, wie Kos seine Trommeln hervorholte. Gleich darauf fing er an, sie zu schlagen, und die reinen Männerstimmen der Ruderer erhoben sich, eine hohe, helle Knabenstimme darunter. Es war Aren. Ich hatte ihn lange nicht mehr singen gehört, doch ich kannte alle Worte, die er sang. Die Stimmen des Volkes, das die Lieder sang, die wir in der Verbannung anstimmen.

Das Lied veränderte sich, und es war eine fröhliche Weise, ein Liebeswerben, angeführt von Kos' kräftiger, tiefer Stimme. Als Nächste stimmte Tia ein. Ich drehte mich um und sah sie, wie sie im Licht des Feuers stand, sein Schein verwandelte ihr weißes Gewand. Eine wunderschöne Stimme, mit Tiefen wie die See. Sie sah Bai an, der mit Kianna auf dem Schoß dasaß und ihr zusah. Die Kleine saß mit seiner Hilfe aufrecht da, ihre großen grauen Augen so dunkel wie der Himmel.

Das Lied endete, und andere Trommler setzten ein, und ich sah, wie sich die Tanzreihe zusammenfand. Noch nicht der Schlangentanz, sondern ein buntes Wirbeln aus Kleidern und Gliedern, die das Bier leicht und flink gemacht hatte.

Xandros nahm meine Hand. »Komm und tanz mit«, sagte er, und seine Hand war warm auf der meinen.

»Ich tanze nicht«, wehrte ich ab. »Ich weiß nicht, wie das geht.«

»Ich zeige es dir.« Er lächelte mich an, strahlend und teuer, so vertraut wie ein Bruder, so fremd wie das Meer.

Ich schloss einen Augenblick lang die Augen, damit ich dieses Lächeln nicht mehr sah. »Ich kann nicht«, sagte ich. »Mein Bein.«

»Ich trage dich«, versprach er, schlang einen Arm um meine Taille und wirbelte mich in den Tanz. Mein Fuß berührte kaum den Boden.

Licht und Schatten und die schwindelnden Kreise des Rundtanzes, Xandros' bloße Arme, die mich umschlossen, meine Arme an seiner Brust. Ich konnte mich auf dem linken Fuß von ihm wegdrehen, und am Ende jeder Drehung fing er mich wieder ein, holte mich zurück zu ihm wie im Netz eines Fischers. In jedem Gesicht, das ich dabei erblickte, entdeckte ich ein Lächeln.

Am Ende einer langen Drehung sah ich mich Kos gegenüber, der jetzt ebenfalls tanzte. »Kleine Priesterin!«, sagte er. »Ich wusste doch, dass Xandros dich zum Tanzen bringen kann!« Er hob mich hoch, er roch nach Bier und Schweiß und wirbelte mich herum. »Sei bei uns in unserer Freude, Sibylle!«

Sei bei uns in unserer Freude. Die Worte liefen unter meiner Haut dahin wie ein Gebet, wie der dumpfe Rhythmus der Trommeln. *Sei bei uns in unserer Freude. Sei bei uns in unserer Freude.* Kos war schön, jedes Haar auf seinem Kopf war kostbar, jede Schwiele an seinen Rudererhänden.

Und noch schöner war Xandros, der mich wieder für sich beanspruchte, einen großen Topf mit kühlem Bier in der Hand. Ich nahm ihn von ihm entgegen und trank reichlich. Sein Haar löste sich aus der Lederschnur, die es zusammenhielt, und seine Brust glänzte vor Schweiß.

»Du kannst ja doch tanzen«, stellte er fest.

»Ja«, sagte ich und stellte den Biertopf hin. »Tanz mit mir.«

Sei bei uns in unserer Freude. In unserer Freude. Die Trommeln tönten wilder und schneller, der Schlangentanz begann, Xandros' Hände auf meinen Hüften, die sich im Takt der Musik bewegten.

Nach sechs oder sieben Runden fing er mich auf, als ich taumelte, und wir tranken abermals. Sothis schimmerte klar und kühl über dem mit Sternen bestreuten Wasser. Ich lehnte mich in seinen Arm, und wir setzten uns auf die Brüstung.

»Heute Nacht ist die Nacht meiner Geburt«, sagte ich. »Ich werde heute Nacht achtzehn Jahre alt.«

»So jung«, meinte er. Seine Stirn war schweißnass. »Ich bin schon zwanzig.«

»Zu alt«, wandte ich ein, »um noch Jungfrau zu sein.«

»Dagegen können wir etwas unternehmen«, sagte Xandros und küsste mich.

Der Kuss war warm und süß, und er schmeckte nach Bier, und ich wollte, dass es immer weiterginge. Meine Hand hob sich und liebkoste sein Haar, die Linie seines Kinns, hielt ihn an mich gedrückt, so dass er nicht aufhören konnte, als hungere etwas in mir, etwas, das ich mir niemals hätte vorstellen können. Die Trommeln und sein Mund, meine Arme um seinen nackten Oberkörper, seine Hände auf meinem Rücken. Ausgehungert. Nicht loslassen, niemals loslassen.

Ich weiß nicht, wie lange wir so dasaßen, aneinandergepresst. Der Himmel kreiste über uns, und das Feuer brannte herunter. Die Musik verstummte, und Kos verstaute die Trommel. Endlich lösten wir uns voneinander, als Aren sich neben mir über das Geländer beugte und sich in den Fluss erbrach.

»Zu viel Bier«, stellte Xandros fest und tauchte aus unserer Umarmung auf.

»Ja, Herr«, antwortete mein Bruder, der ein wenig grün aussah. Falls ihm auffiel, was ich tat, so kümmerte es ihn in seinem Zustand nicht.

»Wie viele Krüge?«, wollte Xandros wissen.

»Ungefähr fünf, glaube ich«, sagte Aren.

»Trink Wasser und leg dich hin«, wies Xandros ihn an. »Du wirst dich morgen früh nicht besser fühlen, aber irgendwann geht es dann wieder.«

»Ja, Herr.« Aren stolperte davon.

Ich fühlte, wie mein Kopf wieder klar wurde; ich hatte nicht annähernd so viel getrunken wie Aren.

Der Saum meines Gewandes war verrutscht, da, wo Xandros meinen Schenkel gestreichelt hatte. Um das Feuer herum war niemand mehr zu sehen, außer zwei oder drei Menschen, die zu schlafen schienen. Eine wogende Masse ein Stück weiter unten am Steg schien aus Maris und Idele zu bestehen, die im Schatten mit etwas beschäftigt waren, was mich anscheinend ganz und gar nichts anging, aber mit viel Ächzen und Stöhnen verbunden war.

Xandros berührte mein Kinn mit einem Finger, drehte mein Gesicht zu sich herum. »Es ist doch nicht verboten, oder?«

»Nein«, sagte ich. »Ein Gemahl ist mir verboten, aber nicht ein Geliebter.« Ich sah ihm in die Augen, und ich wollte ihn wieder küssen.

Dann stand ich auf und sah das Zögern in seinem Gesicht, den Augenblick der Unentschlossenheit. Ich nahm seine Hand, so wie er die meine ergriffen hatte, um mich in den Tanz hineinzuziehen. »Komm mit.«

Ich führte ihn auf die *Delphin*, und wir sanken in der warmen Dunkelheit zu Boden, Haut an Haut. »Liebe mich. Liebe mich«, flüsterte ich, und er lachte und küsste meinen Hals.

Er zog mir das Gewand über den Kopf, und ich löste seinen Rock, und es war ein Tanz anderer Art, einer, den ich nicht kannte.

Ich strich mit den Händen über seinen Körper, lernte seine Umrisse kennen, die weiche Haut und die harten Muskeln, die kleine Kuhle am Ende seines Rückgrats. Als ich ihn genau da streichelte, stöhnt er auf und vergrub das Gesicht in meinem Haar.

»Ist das schön?«, flüsterte ich. Meine Finger glitten abermals seinen Rücken hinab und hielten dann einen Atemzug lang inne und dann noch einen Moment länger, ehe ich ihn genau an derselben Stelle wieder liebkoste.

Er presste sich fester an mich. »Ja. Ja, das ist schön.« Dann rollte er sich von mir herunter, lag neben mir. »Aber wenn du nicht willst, dass das hier sofort vorbei ist, dann warte damit lieber noch einen Moment.« Sein Gesicht war angespannt. Ich fühlte eine seltsame Macht dabei, ihn so hungrig und erregt zu sehen, zu wissen, dass er mich begehrte.

Xandros lächelte. Sanft fuhr er mit dem Finger um meine Brustwarze, wobei er mein Gesicht nicht aus den Augen ließ.

»Fester«, sagte ich. »So?« Seine Hände griffen wieder zu, zog und dehnten.

Überrascht schrie ich auf, doch es fühlte sich gut an. »Ja, so«, sagte ich und streckte die Arme nach ihm aus. »Alles.«

Schließlich fühlte ich einen brennenden, aber kurzen Schmerz, der schnell von meinem Verlangen überlagert wurde. Ich hielt seine Hüften umfasst, zog und presste ihn an mich, als gäbe es da etwas, nach dem es mich mehr und mehr verlangte, das ich aber nicht benennen konnte.

Er stöhnte und bäumte sich auf, und ich hielt ihn fest, bis er von mir herunterglitt, aus mir heraus und mich noch immer von Verlangen erfüllt zurückließ. Ich stöhnte, bog den Rücken durch und drückte mich an ihn.

Xandros lachte ganz tief in der Kehle. »Ich weiß, was du willst«, sagte er und schob die Hand zwischen meine Schenkel, rieb und liebkoste, während ich mich fast wie von Sinnen gegen ihn drängte. Da war etwas, wonach mich verlangte, und ich würde es auch bekommen.

Und die Welt wurde dunkel und hell und wieder dunkel; meine Hüften bebten unter seiner Hand, und dann lag ich im Dunkeln, sein Kopf auf meine Schulter gebettet, sein Arm um meinen Leib.

»Das will ich«, flüsterte ich.

»Ich auch.« Seine eine Hand zog träge Kreise auf meinem Bauch, zärtlich und ruhig. »Am Anfang habe ich nicht gewusst, dass du so schön bist.«

»Das bin ich doch gar nicht«, wehrte ich ab und verbarg mein Gesicht hinter dem Vorhang seines Haares.

»Für mich schon«, entgegnete er. »Glaubst du etwa, dein Bein spielt im Liegen eine Rolle?«

Und plötzlich lachte ich, obgleich mir Tränen in die Augen stiegen. »Wahrscheinlich nicht.«

Ich fuhr mit den Händen durch sein langes Haar, ebenso weich und dunkel wie meins. »Du bist schön, Xandros. Du bist alles, was gut und wahrhaftig ist.«

Ich fühlte sein Lächeln an meiner Haut. »Oh, preise mich noch mehr.«

Ich senkte die Lippen auf seine Stirn hinab. »Ich fand dich immer ansehnlich. Sogar am ersten Tag, als ich dich kennengelernt habe. Als du beinahe Aren getötet hättest.«

»An dem Tag habe ich nicht gedacht, dass du du warst«, sagte er.

»Ich war ich und Sie zugleich«, antwortete ich.

Er lag sehr still, und ich dachte schon, er wäre eingenickt, als er sagte: »Ich fand dich auch schön. Ich hatte vorher nur nicht die geringste Ahnung davon, dass der Tod schön sein könne. Ich meine, das ist doch fast schon ein Frevel, nicht wahr? Den Tod leibhaftig wandeln zu sehen, Ihre Füße mit Menschenblut getränkt, und etwas an Ihr schön zu finden.«

»Die Götter sind schön«, gab ich zu bedenken.

Er küsste mich, sanft und innig. »Aber als ich dich auf die *Delphin* getragen habe, wurde mir klar, dass du auch eine junge Frau warst, jünger als ich, und kein altes Weib. Eine junge Frau mit einem Gesicht, das unter der Farbe das meiner Schwester hätte sein können.«

»Wir sind uns ganz ähnlich.« Ich stockte. Seit ich geweiht worden war, hatte ich nicht mehr davon gesprochen. »Mein Großvater war ein Bootsbauer in der Unteren Stadt«, sagte ich leise. »Meine Mutter war seine einzige Tochter, bevor sie geraubt wurde. Sie ist im Schatten des Großen Turmes aufgewachsen, im Rauschen des Meeres.«

Xandros streichelte mein Haar. »Mein Vater war Fischer und sein Großvater vor ihm auch.«

»Meinst du … Meinst du, du hättest die Enkelin eines Bootsbauers lieben können?«

In seiner Stimme lag ein Lächeln, als verriete auch er ein Geheimnis. »Ich hätte die Enkelin eines Bootsbauers lieben können. Ein Mädchen, das mit mir in der Unteren Stadt aufgewachsen ist, ein wunderschönes, lächelndes Mädchen, das gern tanzt und sich wirklich darauf versteht, Fische auszunehmen.« Ich drückte das Gesicht gegen seine Schulter. »Vielleicht hätte ich die Enkelin eines Bootsbauers geheiratet, meine teure Freundin, die Schwester meines Herzens.«

Plötzlich schnürten mir Tränen die Kehle zu, und ich versuchte, meine Stimme nicht zittern zu lassen, also flüsterte ich: »Ich hätte einen Fischer heiraten können. Wenn nichts von alldem jemals geschehen wäre und wir in Wilusa wären.«

Er küsste mich, so dass ich nichts mehr zu sagen brauchte. Die Götter haben es anders gewollt, hatte meine Mutter gesagt. Etwas aber hatten sie uns gelassen.

Xandros schmiegte sich enger an mich, so warm und so nahe, als sei er mein Schatten.

Im Halbschlaf lag ich an seinen Arm gedrückt da und fuhr mit der Hand an seinem Körper hinunter zwischen seine Beine. »Weißt du«, bemerkte ich schläfrig, »das einzige Problem bei all dem Rasieren sind die Stoppeln.«

Er lachte. »Von meiner Seite aus gesehen ist das irgendwie auch ein Ärgernis, weißt du das?«

Und wir lachten und dösten und kuschelten uns unter der Decke aneinander.

Noch vor dem Morgengrauen erwachte ich und merkte an seinem Atmen, dass auch er nicht mehr schlief. Gleich darauf hörte ich, wie er aufstand und hinauf an Deck ging, vernahm das Plätschern, als er sein Wasser über die Reling abschlug. Dann kam er zurück und legte sich neben mich.

Ich lehnte mich an ihn.

»Bist du wach?«, flüsterte er.

»Ja«, antwortete ich. »Aber wir brauchen nicht wach zu sein.«

»Nein, noch nicht.« Er vergrub das Gesicht in meinem Haar.

Irgendwo draußen auf dem Fluss rief der erste Wasservogel.

»Xandros?«

»Ja?«

Ich verschränkte meine Finger mit den seinen. »Bevor ich Pythia war, bevor ich Linnea war, war mein Name Möwe. Ich heiße Möwe.«

Ich fühlte seinen Atem. »Möwe«, flüsterte er, »ist ein schöner Name. Du bist Möwe.«

Und eng umschlungen schliefen wir wieder ein.

19

Überschwemmung

Am Morgen erwachte ich und sah, dass Xandros mich unverwandt betrachtete. Helles Sonnenlicht strömte durch die Ritzen zwischen den Brettern herein und malte leuchtende Muster auf unsere Haut. Ich lächelte ihm zu. »Guten Morgen«, sagte ich und reckte einen verkrampften Arm.

»Guten Morgen.« Er suchte meinen Blick. »Du bist dir ganz sicher …«

»… dass es nicht verboten ist? Absolut. Vollkommen. Ich bin mir sehr sicher, dass es nicht verboten ist. Sonst hätte ich es nicht getan.«

Er zog eine Braue hoch. »Nein, wahrscheinlich nicht.«

Darauf gab es nicht viel zu erwidern, außer gnadenloser Aufrichtigkeit – »Ich würde mein Gelübde nicht für dich brechen« –, doch das wollte ich nicht aussprechen, also schwieg ich und schmiegte mich stattdessen an ihn. Es dauerte geraume Zeit, bis wir schließlich aufstanden.

Als ich mich endlich aufmachte, um Tia und den anderen Frauen beim Aufräumen zu helfen, war es fast Mittag. Ich hielt Kianna auf dem Schoß, während Tia einen der großen Töpfe scheuerte, und wünschte mir, ich hätte nicht den Geschmack von abgestandenem Bier im Mund. Kianna gab an meiner Schulter gurgelnde Laute von sich und trat mit ihren kleinen Füßen gegen meinen Schoß. Ihre Beinchen wurden allmählich kräftiger. Krabbeln konnte sie noch nicht, doch sie konnte sich auf dem Bauch Zoll für Zoll vorwärtsschieben wie eine Blindschleiche und machte dabei kleine Eulengeräusche.

»Wirst du Bai heiraten?«, fragte ich.

Tia hielt den Blick gesenkt. »Ja«, sagte sie. »Am Anfang hatte ich Angst, auch nur daran zu denken, wegen Kianna. Ich meine, kleine Kinder machen schon eine Menge Mühe, wenn es die eigenen sind, und du weißt schon, von ihm zu erwarten, dass er das alles hinnimmt, wenn … Ich hatte Angst, dass es nicht gut geht. Und deshalb habe ich gedacht, vielleicht sollte ich erst darüber nachdenken, irgendjemand zu heiraten, wenn sie drei ist und zu dir kommt. Kos sagt, ich brauche nicht gleich zu heiraten.«

»Das könntest du tun«, meinte ich. »Ich habe dir versprochen, dass Kianna meine Schülerin und Nachfolgerin wird, und das wird sie auch.« Ich rieb die Wange an Kiannas weichem Haar, während sie an meiner Schulter herumkletterte. »Ich nehme sie zu mir, wenn sie entwöhnt ist, und sie wird für mich wie eine Tochter sein.«

»Vielleicht hast du ja bis dahin selbst eine Tochter«, bemerkte Tia.

»Ich könnte doch mehr als eine Tochter haben«, entgegnete ich. Und schlug die Augen nieder, entsetzt, dass ich errötete. »Bist du überrascht?«, fragte ich Tia.

»Das Einzige, was die Leute überrascht, ist, dass ihr so lange gebraucht habt.« Tia grinste. »Ihr passt gut zusammen, du und Xandros. Kos sagt, er und Xandros sind schon sehr lange befreundet und er hätte immer jemanden wie dich gebraucht. Und es hat sich doch schon seit Monaten angebahnt, oder etwa nicht?«

»Ich denke schon.« Noch nie hatte ich wirklich über einen Mann geredet, ganz bestimmt nicht mit einer gleichaltrigen Freundin. Ich wusste nicht recht, wie ich anfangen sollte.

Neas' Ankunft ersparte es mir, etwas zu erwidern. Er kam durchs Tor geschlendert und sah sehr zufrieden mit sich aus. »Wo ist Xandros?«, wollte er wissen.

Wieder lief ich rot an, doch Tia antwortete, ehe ich Gelegenheit dazu hatte. »Er und Kos sind fischen gegangen«, sagte sie. »In einem von diesen kleinen Korbbooten.«

Neas sah verdrossen drein. »Dann sind sie bestimmt den halben Tag lang fort. Ich wollte Xandros das hier zeigen.« Er hielt uns ein Schwert hin.

Die Waffe war um eine Handspanne länger als unsere Schwerter und schmaler, mit einer blattförmigen, sanft gebogenen Klinge. Diese war auf beiden Seiten geschliffen, und das Heft war mit Wolle umwickelt, die in einem dunklen Purpurrot gefärbt und mit Golddraht befestigt war. Abgesehen davon war das Schwert schmucklos, und die sauberen, hellen Umrisse der Klinge glänzten im Licht.

»Wo hast du das her?«, fragte ich Neas.

»Von einem der Nubier«, antwortete er. »Er hat es mir geschenkt. Er hatte mehrere, er hat sie den Gefangenen aus Byblos und aus den Städten an der Küste abgenommen.«

»Es ist schön«, meinte ich. »So etwas habe ich noch nie gesehen. Darf ich?«

Neas hob eine Augenbraue, reichte mir jedoch das Schwert. »Ich dachte, es ist dir verboten, Blut zu vergießen?«

»Ich habe nicht vor, dich damit umzubringen«, gab ich zurück. »In der Hand halten darf ich es doch wohl, oder?« Die Waffe war solide und schwer wie ein ganzes Maß Korn, doch sie war wunderbar ausgewogen, so dass ich sie halten konnte, ohne mich übermäßig anzustrengen. Sie war viel schmaler als unsere Schwerter, und die Spitze war geschliffen. Man konnte damit Hiebe gegen den Gegner führen oder die Spitze einsetzen, und doch war es stark genug, um damit den Stoß eines Speers abzuwehren. Und das sagte ich auch zu Neas.

Seine Brauen hoben sich noch ein Stück weiter. »Unsere Sibylle versteht etwas von Schwertern?«

»Neas«, erwiderte ich, »ich kann sehen, was deutlich vor meinen Augen steht. Das hier ist besser als alles, was wir haben. Damit könntest du die Abwehr eines Mannes durchbrechen, während er dich immer noch nicht erreichen kann, und gegen einen Speerkämpfer könntest du damit parieren.«

»Das stimmt«, pflichtete er mir bei. »Und wenn ich einen Schild hätte, könnte ich mich lange genug gegen Bogenschützen behaupten, um nahe heranzukommen.« Er sah mich an, und seine Augen leuchteten ebenso hell wie die Klinge. »Sibylle, mit Schwertern wie diesem könnte ein Mann die Welt beherrschen. Es gibt nichts, was ihnen standhalten könnte, nicht einmal Streitwagen. Und wenn man Schwerter wie dieses mit Männern zusammenbringt, die wie die Nubier gelernt haben, in dicht geordneten Reihen zu kämpfen, anstatt wie wir einzeln zu fechten, dann könnten nicht einmal Streitwagen die Formation sprengen. Das ist das Problem, das die Nubier jetzt haben. Sie können keinen Nahkampf führen, wenn die Wagen ins Spiel kommen. Aber mit Schwertern wie diesem könnte man die Pferde in Stücke hauen, und die Männer auf den Wagen wären zu nahe, um ihre Speere wirksam einsetzen zu können.«

»Mit Schwertern wie diesem und Männern, die geübt darin sind, dicht beieinander zu kämpfen, könnte eine kleine Schar einen viel zahlreicheren Feind abwehren«, sagte ich nachdenklich. »Wir könnten gewinnen, obwohl wir nur wenige sind.«

»Ja.« Neas blickte auf die Klinge und schluckte. »Aber niemand tut das. Die Schardana haben ein paar von diesen Waffen und die Männer aus Tyros und Ugarit Das Nicht Mehr Ist, aber sie kämpfen genau wie wir, jeder Mann stürzt sich auf der Jagd nach Ehre in den Kampf. Die Ägypter haben die Nubier, und du hast ja gesehen, wie sie wie ein Mann kämpfen, aber gegen Streitwagen können sie nicht standhalten.« Er schaute zu mir auf. »Siehst du es? Mit Schwertern wie diesem sind die Tage des Streitwagens zu Ende. Dies sind die Schwerter, die Ugarit zerstört haben, und dies sind die Schwerter, gegen die nichts bestehen kann.«

»Außer«, fügte ich hinzu, »eine Schar Männer mit

Schilden und Schwertern wie diesem, die wissen, wie man geordnet kämpft.«

»Der Feind könnte vorstürmen, um Ehre zu gewinnen, selbst mit solchen Schwertern, und er würde an ihnen zerschellen wie an einem Felsen.«

»Wir konnten jedem die Stirn bieten«, sagte ich.

»Du siehst es!« Neas ergriff meine Hand. Es war etwas Leichtes an ihm, etwas, das mich plötzlich an Mik-el erinnerte. »Sibylle, du siehst es! Die Ägypter sehen es nicht!«

»Du hast das den Ägyptern gegenüber erwähnt?«, fragte ich entgeistert.

»Sie haben die Schwerter doch schon«, meinte Neas, »von Gefangenen erbeutet oder als Handelsgeschenke erhalten. Und sie verstehen nicht. Sie sehen mich alle nur blinzelnd an und sagen: ›So wurde es zu Zeiten unserer Großväter nicht gehandhabt. Das ist nicht der Weg des Maat.‹ Sie haben eine der am allerbesten ausbalancierten Klingen genommen und sie vergoldet, für Zeremonien, aber sie begreifen nicht, was man damit ausrichten kann.«

»Vielleicht verstehen sie es ja«, gab ich zu bedenken. »Aber das spielt keine Rolle. Alles muss gemäß dem Maat gemacht werden, dem Gleichgewicht. Was wohlgetan ist, sollte niemals verändert werden.«

»Aber die Welt verändert sich«, hielt Neas dagegen.

»Das weiß ich«, erwiderte ich. »Mein Prinz, wir sind ein junges Volk mit jungen Göttern. Wenn es eine neue Art und Weise gibt, etwas zu tun, dann werden wir es versuchen. Vielleicht ist es töricht, oder vielleicht könnte es von Vorteil sein.«

»Wie können wir das wissen, ehe wir es versuchen?«, fragte Neas.

»Genau das meine ich ja, Neas. Du siehst gute Gründe dafür, etwas zu versuchen, und sie sehen keine. Es gibt hier ein Sprichwort: ›Mach es nicht ganz, wenn es nicht zerbrochen ist.‹«

Neas zuckte die Achseln. »Wir haben in der Tat gute Gründe. Wir stehen auf Messers Schneide, und alles, was uns einen Vorteil verschafft, könnte zwischen unserem Überleben und dem Tod des ganzen Volkes den Ausschlag geben.« Er nahm das Schwert wieder an sich und wog es prüfend in der Hand. »Nach so etwas habe ich gesucht. Die Götter wissen, dass ich darum gebetet habe. Das hier ist es.«

»Aber nicht das Schwert allein«, widersprach ich. »Das andere bist du. Du musst sie lehren, in fester Schlachtordnung zu kämpfen wie die Nubier. Und das hat noch niemand jemals getan.«

»Dann werden wir es lernen«, sagte er. »Deswegen bin ich ja auf der Suche nach Xandros. Er wird es sehen können.«

»Bestimmt«, pflichtete ich ihm bei. »Von allen Männern hier wird er es sehen.«

Neas blickte hinaus auf den angeschwollenen Nil. »Wir sind nicht wie sie«, sagte er leise. »Für sie bedeutet Sicherheit die alten Bräuche, die Dinge, die Jahr um Jahr gleich bleiben.«

»Und für uns verändert sich die Welt«, setzte ich hinzu.

Neas nickte. »Hätten wir an den alten Bräuchen festgehalten, an Zitadelle und Unterer Stadt, an Rossvolk und Seevolk, das sich jeweils nur um die Seinen schert, verbunden nur durch Sippenbande, so würden wir sterben. Du bist nicht in der Stadt aufgewachsen, Sibylle. Du weißt nicht, wie weit wir uns schon von unseren Traditionen entfernt haben. Um die Kinder ohne Sippe aus den Fischerbooten kümmern sich andere.«

»Bei uns gibt es so viele Frauen«, meinte ich, »die ihre eigenen Kinder verloren haben, so viele, die keine Familienbande haben. Ist es seltsam, dass sie ein verwaistes Kind des Volkes zu sich nehmen?«

»In der Stadt wäre es seltsam«, beharrte Neas.

»In der Gefangenschaft lernt man es anders«, sagte ich sanft. »Es ist gleich, von welchem Stande man einst war, wenn alle gemeinsam Sklaven sind, und es ist gleich, wessen Kind es ist, wenn es eins von unseren ist. Du hast es auf der Insel der Toten selbst gesagt, Neas. Jedes Leben des Volkes ist kostbar. Sogar Kianna. Sogar Aren. War es in der Stadt nicht so?«

»Nein.« Er schüttelte den Kopf. »Damals waren wir genau wie alle anderen. Es gab jene, die viel mehr hatten als andere, und manche Kinder waren erwünscht, und manche wurden ausgesetzt.« Er sah mir in die Augen. »Das Kind einer Schändung wäre auf den Hügeln den wilden Tieren überlassen worden, und du wärst nicht Sibylle.«

»Und Bai würde Tia nicht heiraten«, sagte ich.

»Tia würde ihr ganzes Leben in Kos' Haus verbringen, ohne Aussicht auf eine Heirat und von allen bemitleidet, sie würde von seinen milden Gaben leben.«

»Das wird nicht geschehen«, stellte ich fest.

»Nein.« Neas lächelte. »Das Volk hat zu wenig Frauen. Drei Männer kommen auf jede Frau, und eine junge Frau, die hübsch und wortgewandt ist und gesunde Kinder gebären kann, kann zwischen ihren Freiern wählen, geschändet oder nicht. Wenn sie Bai erwählt, dann ist er derjenige, der dabei gewinnt, nicht sie.«

»Wir müssen Acht geben«, sagte ich langsam, »das Gute zu bewahren, das aus all dem erwachsen ist, wenn wir in unserer neuen Stadt sind. Das Volk zu bewahren, zu dem wir geworden sind. Vielleicht ist es das, was die Götter schon immer beabsichtigt haben.«

Neas wandte den Blick ab. »Unsere neue Stadt. Siehst du das wirklich, oder waren das aufmunternde Worte, die du in dunklen Zeiten zu mir gesprochen hast?«

»Es ist wahr«, beteuerte ich. »Ich weiß es, so wie ich nur irgendetwas weiß. Wir werden nicht in Ägypten bleiben, Neas. Das ist nicht unser Schicksal.«

Ich war mir nicht sicher, ob er beklommen oder erleichtert aussah. »Wo sollten wir hin? Wir können nicht nach Byblos zurückkehren oder in die Küstenstädte. Jede Hand dort wird sich um des Blutes ihrer Männer willen, die mit der großen Flotte verloren gegangen sind, gegen uns erheben. Ich sehe keine andere Wahl, als in Ägypten zu bleiben.« Er sah mich unverwandt an. »Und außerdem dachte ich, es gefällt dir hier.«

»Das stimmt«, versicherte ich von ganzem Herzen. »Aber es ist nicht unsere Bestimmung, hier zu sterben. Du wirst in einem fernen Land eine neue Stadt gründen. Das ist es, was ich gesehen habe.«

»Und du, Sibylle?«, fragte er. »Wo wirst du sterben?«

»Ich weiß es nicht«, antwortete ich. »Nicht mehr als jeder andere Sterbliche.«

Ich wünschte, es würde hier geschehen, in diesem uralten Land. Hier würde ich liegen, unter dieser Sonne, an diesem stillen Ort, der mit tiefen Stimmen des

Friedens nach mir ruft. Ich weiß nicht, warum ich das Schwarze Land so liebte oder warum es mich mit einem tiefen Beben erfüllte. Rückblickend argwöhnte ich, dass ich dieses Land schon früher geliebt hatte. Liebe hat kein Ende.

Und so verfiel unser Leben in einen friedlichen Rhythmus, verschmolz einen Augenblick lang mit den tiefen Ebben und Fluten des Schwarzen Landes. Die Flut stieg und fiel. Tia heiratete Bai und tauschte die Kammer, die sie mit mir geteilt hatte, gegen einen Raum mit ihm.

Das Hochwasser ging zurück, und die Zeit der Feldarbeit begann; große, schläfrige schwarze Ochsen pflügten auf den Äckern das fruchtbare Erdreich. Irgendwie fand Xandros an Tias statt den Weg in meine Kammer. Manchmal lagen wir nachts nur still im Dunkeln und lauschten den leisen Geräuschen des Flusses, des schlummernden Volkes. In anderen Nächten wandte ich mich ihm zu und entdeckte in der Finsternis unbekannte Welten.

Auf den Feldern Ägyptens begannen die ersten Bohnen zu sprießen; zwei grüne Blätter entfalteten sich unter der Sonne. Tagsüber unterwies Neas seine Männer in der Kunst, in strenger Schlachtordnung zu kämpfen. Wie er es vorausgesagt hatte, war Xandros der Erste, der begriff, was Neas wollte. Tag für Tag schwitzten sie, Schilde aus Stierhaut in der Linken, Schwerter in der Rechten. Natürlich hatten nicht alle neue Schwerter, doch es gab mehr und mehr davon in unseren Reihen. Viele waren den Gefangenen oder jenen abgenommen worden, die bei der Schlacht mit der großen Flotte niedergemacht worden waren, und als die ägyptischen Soldaten erfuhren, dass wir gewillt waren, Bier dafür einzutauschen, waren sie gern bereit, uns ihre Trophäen zu überlassen.

Ich sah ihnen auf dem Hof zu. Neas brüllte den Männern die Befehle zu wie ein Schiffsführer seinen Ruderern, und Xandros und Maris gaben sie weiter. Tatsächlich waren es die Ruderer, die ihre Sache am besten machten, schließlich waren sie es gewohnt, sich im Gleichtakt zu bewegen und sich nach dem Rudergesang zu richten. In drei Reihen standen sie hintereinander, die Schilde am linken Arm; jeder deckte die rechte Seite des Mannes neben sich, und die Ruderer eines jeden Schiffes bildeten jeweils eine Schar. Xandros schrie den Männern von der *Delphin* die Befehle zu, und sie wandten sich Kos zu, dem ersten Mann zur Rechten, drehten sich erst in die eine und dann in die andere Richtung, rückten im selben Tempo vor, die Schwerter gezogen. In dem Staub, den ihre Füße aufwirbelten, sah ich endlose Schatten. Während ich neben den Kochtöpfen stand, war mir, als sähe ich andere Füße sich dort regen, nicht nackt und sonnengebräunt wie die ihren, sondern in bronzebeschlagenen Ledersandalen mit Metallplaketten mit Adlerprägung.

Wie die sich der Sonne öffnenden Blätter erahnte ich den Beginn von etwas Neuem.

Als die Feldarbeit getan war, beorderte der Pharao die Schiffe nilabwärts, weil Gerüchte von Seeräubern umgingen. Wir warteten, und die Männer brachen auf. Diesmal hatte Xandros einen Brustharnisch aus Leder und ein gutes neues Schwert, und er bedachte mich mit einem Lächeln von der Seite her, die Hände am Steuerruder, als die *Delphin* von der Landungsbrücke davonglitt.

Vierzig Tage lang waren sie fort und kehrten zurück, ohne einen Feind gesehen, geschweige denn sich ihm zum Kampf gestellt zu haben. Xandros kam eifrig und fröhlich in mein Bett, und ich küsste seinen Hals und seine Brust, als wären wir ein Jahr getrennt gewesen.

Hinterher lagen wir erfüllt da und murmelten einander süße Worte zu.

»Es gibt keine große Flotte«, berichtete Xandros. »Was es einst gegeben hat, ist zerschmettert. Ein paar Schiffe sind übrig, aber die sind zum größten Teil weit verstreut und halten sich verborgen. In diesem Winter wird es wenig Überfälle geben und nichts, was Ägypten etwas anhaben kann.«

»Das ist gut.« Ich dachte nicht ausschließlich an Schiffe.

»Die Jahreszeit für die Seefahrt geht zu Ende«, meinte er.

»Und Neas beabsichtigt wohl hierzubleiben«, sagte ich.

Xandros lachte kurz auf, als wäre das nicht wirklich komisch. »Nun, *er* zieht jedenfalls bestimmt nicht weiter. Die Prinzessin hat ihm gesagt, sie habe es kaum aushalten können, als er mit den Schiffen fort war. Das nächste Mal sollen wir ohne ihn fahren, während er in Memphis bleibt.«

Ich richtete mich auf einen Ellenbogen auf. »Er soll in Memphis bleiben?«

»Ja.«

»Bei den Frauen und Kindern und Greisen, während seine Schiffe Jagd auf Seeräuber machen?«

Xandros nickte. »Das sagt die Prinzessin. Sie ist völlig verzückt von ihrem Barbarenprinzen. Und sie sagt, man dürfe ihm niemals gestatten, sich wieder von ihrer Seite zu entfernen.«

»*Gestatten?*« Ich zog eine Braue hoch.

»Das ist das Wort, das sie benutzt hat«, bestätigte Xandros.

»Wird Neas das hinnehmen?«

Xandros schüttelte den Kopf. »Ich weiß nicht, was ihm anderes übrig bleibt. Wenn er nicht tut, was sie sagt, was dann?«

»Unser Abkommen ist mir ihrem Bruder geschlossen worden, nicht mit ihr«, sagte ich.

»Ihr Bruder ist in Theben«, gab Xandros zu bedenken. »Und die Zeit der Seefahrt ist vorüber. So oder so fahren wir vor dem Frühjahr nicht weiter.«

Die Tage waren am kürzesten im ganzen Jahr, und die Felder Ägyptens grünten. Anchises suchte mich auf, als ich aus dem Tempel von Thoth zurückkam.

»Sibylle«, sagte er förmlich, »ich möchte mit dir sprechen.«

Ich ging mit ihm beiseite, obgleich ich ihn mit Sorge betrachtete. Der Umgang mit ihm war für mich nie das gewesen, was ich als erfreulich bezeichnen würde. »Wie kann ich dir behilflich sein, mein Fürst Anchises?«, erkundigte ich mich.

»Ich möchte, dass du mit meinem Sohn darüber sprichst, Ägypten zu verlassen«, antwortete er, den Mund verzogen, als schmerze es ihn, mich darum zu bitten. »Vielleicht hört er ja auf deinen Rat, so wie er den meinen nicht achtet.«

Bedachtsam fragte ich: »Warum willst du, dass ich das tue?«

»Wenn es nicht bald geschieht, wird es überhaupt nicht

geschehen«, erwiderte Anchises. »Vier Männer aus dem Volke haben bereits Ägypterinnen zum Weibe genommen.«

Das zumindest war wahr. Und es war zu erwarten gewesen. Ein halbes Jahr waren wir jetzt hier, und das Volk bestand aus dreimal so vielen Männern wie Frauen. Unsere Männer, die mit reichem Lohn und reicher Beute aus der Schlacht zurückgekehrt waren, die als Helden galten, welche dem Pharao geholfen hatten, Ägypten vor Schaden zu bewahren, waren für ägyptische Frauen nicht ohne Reiz. Vier hatten sich bisher vermählt, und ich war mir sicher, dass es noch mehr werden würden, ehe der Winter vorbei war.

»Hast du Angst, es könnten fünf werden, mein Fürst?«, fragte ich.

Er kniff den Mund zusammen, und einen Augenblick lang hatte er sehr große Ähnlichkeit mit seinem Sohn. »Es werden niemals fünf sein«, erwiderte er. »Man hält meinen Sohn nicht für einen angemessenen Gemahl für die Schwester des Pharaos. Und das wird er auch niemals sein. Obwohl sein Großvater in alten Zeiten die Tochter des Herrschers der Hethtiter zur Frau genommen hat!«

»Diese Zeiten sind lange vergangen«, sagte ich behutsam. »Und selbst in den Tagen, da Wilusa mächtig war, haben die Großkönige Ägyptens ihre Töchter nicht ausgesandt, auf dass sie die Herrscher anderer Länder ehelichen. Nein, ich denke, du hast recht. Äneas wird Basetamon niemals heiraten.«

»Ist es das, was wir sein sollen?«, fragte er, und sein Blick begegnete dem meinen; das Alter oder das Licht ließ seine blauen Augen ein wenig tränen. »Wir sollen nicht mehr sein als die Konkubinen und die gedungenen Kämpfer eines fremden Reiches?«

»Manche Menschen würden behaupten, das ist besser als die Sklaverei.« Ich würde das behaupten, würde er fragen. Doch er hatte mich noch nie gefragt, was ich dachte.

»Ist das alles, worauf wir hoffen? Der Peitsche zu entgehen? Was ist aus unserem Stolz geworden, aus unserer Herrschaft?«

»Mein Fürst, hättest du jemals die Peitsche geschmeckt, so würdest du es nicht gering schätzen, ihr zu entgehen«, erwiderte ich ein wenig scharf. Dann jedoch seufzte ich. »Du hast recht damit, dass dies nicht unsere Bestimmung ist. Ich spreche mit Neas, wenn ich kann.«

»Ich nicht«, sagte er und lächelte beinahe. »Wenn ich noch mehr davon rede, wird er nur halsstarrig und hört umso weniger auf dich.«

»Dann sind wir uns einig«, antwortete ich. »Ich werde tun, was du wünschst.«

Eine Woche später traf ich Neas allein an, als wir wieder eine Hochzeit feierten. Einer von Maris' Ruderern heiratete eine ägyptische Witwe, eine Frau mit einem Fischerboot, zwei kleinen Söhnen und keinem Mann, der ihr dabei half, auf dem Fluss zu fischen. Sie zerbrachen nach ägyptischem Brauch gemeinsam einen Krug, und dann tanzten wir den Schlangentanz, wobei ein paar aus ihrer Sippe sich ebenfalls ins festliche Gewühl stürzten.

Ich fand Neas am Feuer, wo er im Takt in die Hände klatschte, jedoch nicht mittanzte. Sein Haar war auf knapp Fingerlänge gestutzt und sein Gesicht glatt rasiert.

»Mein Prinz«, sagte ich und trat neben ihn.

»Sibylle.«

»Mein Prinz«, wiederholte ich, »ich glaube nicht, dass ich bei deiner Hochzeit mit Basetamon tanzen werde.«

Anstatt mich anzusehen, schaute er ins Feuer. »Nein, das wirst du wohl nicht tun.«

»Und wenn sie deiner müde wird, mein Prinz?«

Neas zuckte die Achseln. »Wir werden eine Kampftruppe sein, die ihr Bruder für wertvoll hält. Er wird ein Schwert in seiner Hand nicht so leicht wegwerfen, wie sie einen Zeitvertreib verwirft. Nächstes Jahr wird kein Friede herrschen. Es wird Überfälle und Krieg an der Westgrenze geben. Die Libyer sind durch die große Flotte kühn geworden, und sie werden Scherereien machen.«

Ich nahm seine beiden schwieligen Hände in die meinen, brachte ihn dazu, mich anzusehen. »Neas, ist dies das Beste, was wir zustande bringen?«

»Ich bringe nichts Besseres zustande«, antwortete er, und seine Augen waren voll Trauer. »Was soll ich denn tun? Mich mitten in der Nacht davonstehlen, das Volk auf die Schiffe gepfercht, und hoffen, dass Basetamon uns nicht verfolgt? Und wo sollen wir hin?«

»Wenn wir nicht nach Osten zu den Küstenstädten segeln können, dann müssen wir eben nach Westen fahren.«

Neas zuckte die Schultern. »Zu den Libyern? Den Schardana?«

»Denk darüber nach«, drängte ich. »Das ist alles, worum ich dich bitte.«

»Ich werde nachdenken, Sibylle«, sagte er.

Auf der anderen Seite des Feuers sah ich Amynter mit der Tante der Braut tanzen, einer rundlichen, lächelnden

Frau von ungefähr fünfunddreißig Jahren. Ja, ich hatte bei ihrer Ankunft richtig gehört. Auch sie war Witwe, mit mehreren halbwüchsigen Kindern. Sie sah aus wie eine Frau, die Amynters Söhne unter ihre Fittiche nehmen und sie liebevoll dazu anhalten würde zu essen. Er sprach nur wenig Khemet, und sie beherrschte unsere Sprache überhaupt nicht, doch sie schienen sich gut zu verstehen.

Die Erntezeit kam, und die ersten Feldfrüchte wurden gepflückt, die grünen Bohnen und das Obst. Das Jahr hatte seinen Kreislauf vollendet. Die Tage wurden wieder länger.

Ich zählte die Schiffsführer. Xandros würde mitkommen und die meisten Männer der *Delphin* auch. Maris würde mit der *Perle* ebenfalls folgen, genau wie seine junge Gemahlin und die meisten Seeleute, allerdings nicht der Mann, der geheiratet hatte. Amynter und die *Jäger* würden nicht mitfahren. Er machte der Witwe den Hof und war ganz offensichtlich zufrieden mit seinem Los. Die *Geflügelte Nacht* und ihr Schiffsführer würden sich wahrscheinlich sträuben. Wir waren mit neun Kriegsschiffen und drei Fischerbooten in See gestochen. Wenn wir Ägypten verließen, dann mit drei Schiffen. Anchises hatte recht. Viele würden jetzt nicht mehr fortgehen, und ihre Zahl würde mit jedem Tag größer werden.

Und ich, ich hatte einen Grund mehr zu bleiben.

In Augenblicken des Schreckens fragte ich mich, was Xandros wohl sagen würde, und dann wies ich mich zurecht, dass das überhaupt keine Rolle spielte. Die Töchter Pythias gehören der Herrin der Toten, Töchter des Schreins. Ich konnte mein Kind behalten, genau wie Kianna, ohne Hunger fürchten zu müssen. Für die Kinder der ägyptischen Tempel wird gut gesorgt, und Hry hatte mir sehr deutlich zu verstehen gegeben, dass ich in Thoths Diensten aufs Herzlichste willkommen wäre. Wenn ich zu bleiben wünschte, so würde es mir nicht an einem Heim mangeln und dem Kind ebenso wenig.

Und doch.

Ich fühlte, dass Ihr Weg mich übers Meer führte. *Trage mich,* hatte sie gesagt, *wie ein ungeborenes Kind in deinem Leibe zu einem neuen Ort. Trage mich mit dem Volke.* Wenn ich blieb, würde ich aus Ihren Diensten austreten. Ich würde Sie ebenso verlieren wie Xandros.

Was er tun würde, brauchte ich mich nicht zu fragen. Er würde dahin folgen, wohin Neas ging.

Die Ernte war eingebracht. Die Trockenzeit begann. Bald würden die Meere offen stehen, und die Schiffe aller Reiche würden in See stechen.

An einem heißen Tag, als die Sonne direkt über uns stand, machte Kianna ihre ersten Schritte von der Hand ihrer Mutter zu meiner, dann plumpste sie mit ihrem dick gewickelten Hinterteil in den Schmutz und lachte. Ihr Haar war gesprossen, fein und rot, es schimmerte wie Kupfer, und ein paar Sommersprossen zeigten sich auf ihrer Nase.

Als wir gelacht und sie geherzt hatten, sah Tia mich bedeutsam an. »Sie werden Schwestern sein.«

Ich nickte.

»Hast du es Xandros gesagt?«

»Wenn er es nicht merkt, dann weil er nicht will«, meinte ich und sah ihr nicht in die Augen. »Es ist ja nicht so, als hätte er noch nie eine schwangere Frau gesehen.« Und auch über sie sann ich nach, über die älteren Schwestern meines Kindes, die die Achaier erschlagen hatten. Jemand hatte ein Kind, so alt wie Kianna, getötet. Irgendein Mann, den ich in Pylos gesegnet hatte, hatte ihren kleinen Körper mit dem Schwert in Stücke gehauen, ein Kind, das Xandros geliebt und in den Armen gehalten hatte, mit dem er des Nachts auf und ab gegangen war und mit dem er gesprochen hatte, als es noch im Leib seiner Mutter gewesen war. Kein Wunder, dass er nichts bemerkte. Niemals könnte er noch einen Verlust wie diesen ertragen.

»Er wird es sehen, wenn er es sehen will«, sagte ich und hielt Kianna fest, als sie sich an meine Hände klammerte. Ihr süßer Kleinkindgeruch stieg mir ins Gesicht.

Oder nicht. Er wird mit Neas weit übers Meer fahren, und ich werde hier in Memphis bleiben, dachte ich. Er wird es nicht wissen, aber das Kind wird in Sicherheit sein.

Am nächsten Tag kam Amynter mit Neuigkeiten aus dem Palast. Unsere Schiffe wurden nach Sais im westlichen Delta verlegt, um bereit zu sein, falls die Libyer einen Krieg anfingen. Unsere Schiffe würden auslaufen, und Neas würde in Memphis bleiben.

In dieser Nacht lag ich in unserem Bett, aber Xandros kam nicht.

Ich wartete und wälzte mich herum und dachte nach. Die Geräusche des Volkes verstummten allmählich. Und noch immer kam er nicht.

Schließlich entrollte ich mich aus meiner zusammengekrümmten Stellung und stand auf. Möglicherweise war er krank. Oder vielleicht einer seiner Männer. Es gab viele gute Gründe für seine Abwesenheit. Ich ging nicht aus Sorge zur Tür hinaus. Ich fragte mich nur, wo er steckte.

Er stand mit Neas am Fluss. Hinter ihnen zog der aufgehende Mond ein Band aus Silber über das Wasser, schien auf Neas' Haar; sie hatten die Köpfe zusammengesteckt und unterhielten sich mit gedämpften Stimmen. Ich wollte mich schon wieder ins Zimmer zurückziehen, als Xandros mich entdeckte und mich zu sich winkte.

»Ich bin froh, dass du wach bist«, sagte Neas, und seine Augen blickten beklommen. »Ich brauche deinen Rat.«

»Mitten in der Nacht?«

Xandros machte ein ernstes Gesicht. Ich fragte mich, worüber die beiden wohl geredet hatten.

Neas nickte. Er drehte sich um, schaute über den Fluss und wandte mir den Rücken zu. »Sibylle, es ist an der Zeit, Ägypten zu verlassen.«

»Verlassen?«

»Hast du mir nicht gesagt, es sei nicht unsere Bestimmung zu bleiben?« Ich konnte sein beschattetes Gesicht nicht erkennen und sah stattdessen Xandros an. Dieser schüttelte fast unmerklich den Kopf und schnitt ein paar Grimassen, von denen ich keine Ahnung hatte, was sie bedeuten sollten. Wollte er damit sagen, dass ich ihn drängen sollte fortzugehen, oder meinte er, dass Neas in einer eigenartigen Stimmung war, die ich nicht noch ermutigen sollte?

»Ich muss wissen, wie wir das ganze Volk nach Sais

schaffen sollen«, sagte Neas, der mir noch immer den Rücken zuwandte.

»Wieso Sais?«, wollte ich wissen.

»Weil der Pharao dort ist«, antwortete Neas. »Oder dort sein wird. Und dort müssen diejenigen des Volkes sein, die nicht mit uns gehen.«

»Wenn wir das Weite suchen und uns aufs wilde Meer und zu den Gestaden der Schardana aufmachen«, fügte Xandros ernst hinzu. »Wir wissen, dass nicht jeder mitkommen wird. Eigentlich ungefähr die Hälfte. Aber wir müssen in den Diensten des Pharaos stehen, nicht in denen der Prinzessin. Damit ihnen nichts geschieht, wenn wir aufbrechen.«

»Der Pharao wird sie nicht verstoßen«, meinte Neas. »Nicht, wenn die Libyer ihn bedrängen. Vor allem, da sie die Männer sind, die ihm die Treue gehalten haben.«

»Anders als wir Eidbrecher«, bemerkte Xandros grimmig.

Ich sah ihn an. Was hat dies alles ausgelöst?, versuchte ich ohne Worte, sondern allein mit meinem Blick auszudrücken.

Ich wusste nicht, was Xandros meinem Mienenspiel entnahm.

»Das Volk nach Sais zu schaffen wird nicht schwer«, sagte er jetzt. »Basetamon gefällt es nicht, dass du so viel Zeit in den Unterkünften der Division des Widders verbringst. Du könntest sagen, das Volk würde lieber nach Sais ziehen, um näher bei seinen Männern zu sein, da der Pharao lieber Sais als Stützpunkt nutzen will als Memphis. Wenn es zum Krieg mit den Libyern kommt, liegt Memphis zu weit südlich, um nützlich zu sein.«

Neas nickte. »Das könnte ich tun. Ich bezweifele, dass Basetamon sich daran erinnern wird, dass vielleicht irgendein Ruderer in Sais bleiben könnte. Das wird keine Rolle für sie spielen, nicht, wenn ich mitgehe.«

»Das Problem«, stellte ich fest, »ist, dich nach Sais zu schaffen. Solltest du nicht eigentlich hierbleiben?«

»Richtig«, bestätigte Neas.

Ich grübelte und blickte über das Wasser hinweg auf die *Sieben Schwestern,* die am Landungssteg lag, hoch im Wasser, ohne Ladung und ohne Mannschaft. »Der Einzige, der Basetamons Befehle widerrufen kann, ist der Pharao.«

»Und der Pharao will Neas in Sais haben, damit er seine Schiffe befehligt. Schließlich bezahlt er ihn dafür«, bemerkte Xandros recht vernünftig.

»Also schicken wir eine Nachricht an den Pharao, dass Neas es sehr bedauert, nicht selbst nach Sais kommen zu können, weil Basetamon will, dass er in Memphis bleibt«, schlug ich vor. »Das kann ich niederschreiben. Dafür habe ich hinlänglich gut schreiben gelernt.«

»Und dann befiehlt der Pharao ihm, nach Sais zu kommen«, schloss Xandros.

»Ich fahre nach Sais, wir richten uns dort ein, und dann segeln diejenigen von uns, die mitfahren, ganz einfach davon.« Neas drehte sich um und schlug Xandros auf die Schulter. »Danke für deinen Rat, mein Freund. Und für den deinen, Sibylle. So werden wir es machen.«

Ich sah ihm nach, als er davonging. Xandros seufzte und stützte sich auf die Brüstung, während er über den Fluss blickte.

»Was ist passiert?«, wollte ich wissen. »Warst du die ganze Zeit hier draußen und hast mit Neas geredet?«

Er nickte. »Er hat mich gebeten, Stillschweigen zu bewahren. Wir müssen fort, Möwe.« Sein Arm legte sich um meine Taille, suchte nach Wärme. »Bald, um seinetwillen, wenn schon nicht um unserer selbst willen.«

Ich lehnte mich an ihn. »Ich bin froh, dass er mit dir geredet hat.«

»Ich bin froh, dass er endlich so weit ist«, erwiderte Xandros. »Hat dieses Unterfangen den Segen deiner Herrin?«

Ich holte Atem. Der Wind, der über den Fluss blies, war nur der Wind, er zerrte an meinem Haar und ließ Kräuselwellen auf dem Wasser tanzen. Es war nichts Eigentümliches daran, keinerlei Gefühl, dass Sie dicht bei mir war. »Sie sagt nichts«, antwortete ich. »Ich weiß es nicht.«

»Wir müssen fort, Möwe«, wiederholte Xandros.

Ich schloss die Augen und schwieg. Noch immer wusste ich nicht, was ich tun würde. Das Volk würde mit Neas gehen, und die, die zurückblieben, würden zu etwas anderem werden. Ich konnte bleiben. Mir würde kein Leid geschehen. Ich würde sicher und geborgen und im Tempel willkommen sein. Die Wahl lag noch immer bei mir.

Und Sie schwieg noch immer.

20

Ein Falke zur Sonne

Ich schrieb den Brief von Neas an den Pharao und sorgte dafür, dass er mit einem der Botenschiffe im Dienste Amons nach Süden geschickt wurde. Eine Woche verging, und der Befehl, nach Sais aufzubrechen, erging an unsere Schiffe. Kraft der Befehlsgewalt der Prinzessin Basetamon wurde uns die Erlaubnis erteilt, unsere Familien und unsere Habe nach Sais mitzunehmen, wo wir leben würden. Anstelle von Soldatenunterkünften würde es uns diesmal freistehen, uns in der Stadt eine Bleibe zu suchen, wo immer wir wünschten. Prinz Äneas jedoch würde in Memphis bleiben und Prinzessin Basetamon Gesellschaft leisten.

Als ich am nächsten Morgen zum Tempel des Thoth kam, war mein Herz schwer. Ich ging mit Hry am Wasserbecken entlang und nahm schließlich im Vormittagsschatten Platz. »Ich möchte nicht von hier fortgehen«, sagte ich.

Er dachte, ich meinte lediglich Memphis. »Tochter Wilusas, so weit ist es doch nicht. Nicht einmal für einen alten Mann wie mich. Und dir hat man nicht befohlen, nach Sais zu reisen. Du könntest hierbleiben.«

»Ich kann nicht«, wehrte ich ab. »Sie hat mir diese Verantwortung auferlegt, verstehst du das nicht? Ginge es nur um mich, so gäbe es keinen Ort auf der Welt, wo ich lieber verweilen würde, aber ich bin nicht leichtfertig in Ihre Dienste getreten. Sie hat mich ausgeschickt, um Ihrem Volke zu dienen, und ich muss mitfahren.« Ich senkte den Kopf und blinzelte, um die Tränen zurückzuhalten.

»Vielleicht kehrst du ja am Ende des Sommers aus Sais zurück«, orakelte Hry. »Wenn die Libyer besiegt sind.«

Ich konnte nicht sprechen und ihn anlügen, also schüttelte ich nur den Kopf.

Hry legte mir die Hand auf die Schulter. »Vielleicht ist es ja gar nicht Sais, wohin du aufbrichst.«

Erschrocken blickte ich zu ihm auf.

Er lächelte mich an. »Teure Tochter, glaubst du, das Alter hat mich meines Verstandes beraubt? Ich kannte Wilusa von früher her, vergiss das nicht.« Er senkte die Stimme. »Und ich habe mein Leben im Dienst der Götter verbracht. Ich weiß, was sie von einem verlangen können. Was siehst du, Tochter der Isis?«

»Ich sehe eine Stadt in einem fernen Land«, antwortete ich. »Ich sehe junge Olivenbäume an Hängen über einem Fluss wachsen, einen Hirsch, der vor der Jagd her durch die Dornenranken bricht, eine Wölfin, die auf einer Klippe um ihre verlorenen Jungen heult, und Lorbeerbäume neben einem Schrein.« Umrisse zeigten sich im Wasser des Beckens, als hätte ich sie monatelang zurückgehalten, hätte die Zukunft von mir ferngehalten. »Feuer, das von einem Scheiterhaufen lodert, Korn, das auf dem Felde reift. Aber der Weg dorthin ist nicht einfach. Die Wasser sind dunkel, und da ist ein Berg, von Rauch gekrönt, ein Pfad, der in die Finsternis hinabführt.« Ich schauderte.

Hrys Hand lag auf meiner Schulter, und einen Moment lang dachte ich, Jene Die Pythia Gewesen War sei es, die zu mir sprach. »Du fürchtest die Finsternis nicht, du, die du in Finsternis wohnst. Gerade du unter allen Sterblichen brauchst keine Angst vor Ihren heiligen Orten zu haben. Wenn die Zeit kommt, wirst du wissen, was zu tun ist.

»Er ist ein König«, sagte ich. »Und ich weiß, wie Könige gemacht werden.«

Hry nickte. »In jedem Land war es so. Auch ich habe meine Rolle gespielt, als Ramses vor acht Jahren den Thron bestiegen hat. Ich kenne die Reise und den Preis dafür, bei Tage hervorzutreten.«

Er küsste mich auf die Stirn. »Geh in Frieden und mit meinem Segen, Tochter der Götter. Wenn die Zeit für dich kommt, ins Schwarze Land zurückzukehren, dann wirst du es tun und alle Tage deines Lebens hier in Frieden verbringen.«

Ich schaute zu ihm auf. »Weißt du, ob das wahr ist?«

»Du wirst zurückkommen«, versicherte er, »wenn auch hundert Jahre vergehen sollten, denn dein *Ba* sehnt sich nach Wissen wie der Falke nach der Sonne. Die Türen dieses Tempels werden dir offen stehen.«

»Ich werde kommen«, gelobte ich. »Auch wenn es hundert Jahre dauern sollte.«

Plötzlicher Lärm eilender Füße auf Stein war zu hören, und eine der jungen Wachen kam hereingehastet. »Hry«, stieß er hervor, »es ist eine Nachricht vom Palast gekommen. Prinzessin Basetamon verlangt nach deiner Anwesenheit, zusammen mit dem Orakel der Denden. Sie wünscht, dass das Orakel ihr die Zukunft weissagt und Magie für sie wirkt.«

Hry warf mir einen raschen Blick zu. »Wir kommen, so schnell wir können.«

Ich zog meinen schwarzen Schleier um mich. »Hast du Farben?«, fragte ich, und meine Stimme zitterte nicht. Ob sie nun wusste, was wir vorhatten, oder nicht, ich würde ihr als das gegenübertreten, was ich wahrhaftig war, als die Stimme Meiner Herrin.

Wir teilten uns eine Sänfte, Hry und ich. Unterwegs sprachen wir nicht. Die Träger gehörten der Prinzessin.

Das Gemach, in das wir geführt wurden, hatte keinerlei Ähnlichkeit mit den gewaltigen Hallen des Palasts, in denen ich zuvor gewesen war. Die Wände waren reich bemalt; jeder Zoll, vom Boden bis zur Decke, war mit Schnitzereien und Schriftzeichen bedeckt. Fenster fehlten, und der Raum wurde lediglich von einem Kohlebecken in der Mitte des Fußbodens und ein paar Lampen erhellt, die an Ketten hingen. Kissen waren auf dem Boden verstreut. An einem Ende des Gemachs verströmte Räucherwerk eine Wolke dichten, duftenden Rauchs. Es war sehr stickig und sehr dunkel. Vielleicht hielt sie dies für den richtigen Ort, um ein Orakel zu begrüßen, mir jedoch stellten sich die Nackenhaare auf.

Das Gesicht schwarz und weiß bemalt, während mein

schwarzer Schleier sich wie die Schwingen eines Geiers hinter mir blähte, verneigte ich mich vor ihr.

Hinter ihr vernahm ich ein leises Tappen wie von weichen Füßen. Einer der Geparden stand von seinem Platz zwischen den Kissen auf, während der Tierbändiger still in einer Ecke stand. Die Großkatze spitzte die Ohren.

»Du darfst dich erheben«, sagte die Prinzessin, und ich blickte ihr ins Gesicht. Aus der Nähe sah sie beklommen aus, ihre Augen hatten die Farbe von Honig.

»Wie darf ich Eurer Majestät dienen?«, fragte ich.

»Äneas sagt, du kannst die Zukunft vorhersagen«, antwortete sie. »Ich will, dass du mir die Zukunft weissagst.«

»Eure Majestät, habt Ihr keine Wahrsager in Khemet?«, fragte ich. »Gewiss braucht Ihr mich doch nicht.«

Basetamon schritt auf und ab wie eine ruhelose Katze. »Natürlich habe ich Wahrsager. Ich habe Dutzende. Aber keiner von ihnen sagt die Wahrheit. Sie werfen Lose und sie verkünden Nichtigkeiten. ›Vorsicht ist weise. Die Götter halten uns in ihren Händen.‹« Sie haben keine Macht. Äneas sagt, du hast welche.«

»Eure Majestät«, entgegnete ich behutsam, »ich bin die Stimme Meiner Herrin. Doch ich heiße sie nicht sprechen, ebenso wenig, wie Eure Dienstmägde es Euch heißen. Es mag sein, dass die Herrin der Toten Worte für Euch hat und sich zu diesem Zwecke meiner bedient, oder es mag auch nicht sein. Sie spricht nicht auf meinen Befehl.«

Die Prinzessin wischte meine Worte mit einer Geste beiseite. »Natürlich. Ich weiß, dass man den Göttern nicht befiehlt zu sprechen. Aber ich will, dass du es versuchst.«

»Das werde ich nach besten Kräften tun, Majestät«, versicherte ich. Eine andere Antwort konnte ich nicht geben, nicht ihr, ganz gleich, wie sehr es mir auch widerstreben mochte.

»Was brauchst du?«, wollte sie eifrig wissen. »Eine Schlange? Eine Taube als Opfer?«

»Nichts außer dem, was Ihr hier habt«, wehrte ich ab. »Nur das Feuer. Um mehr als das geht es bei meiner Magie nicht. Sie wird sprechen, oder Sie wird es nicht tun.«

»Während der Herrschaft des Großen Ramses gab es einen Mann, der weissagen und Stäbe in Schlangen verwandeln konnte«, sagte sie. »Er hat den Fluss zu Blut werden lassen.«

»Ich werde nichts zu Blut werden lassen«, erwiderte ich und dachte im Stillen, dass das fürwahr ein beeindruckender Trick gewesen sein musste. Dann ließ ich mich vor dem Kohlebecken auf den Kissen nieder, doch mein Herz schlug schnell. Geduld, dachte ich. Wenn Sie nicht spricht, muss ich tun, was Pythia mich gelehrt hat, und meine Augen und meinen eigenen Verstand benutzen, so wie ich es wieder und wieder getan habe.

Basetamon nahm mir gegenüber Platz. Ich konnte den Puls an ihrem Hals pochen sehen. Auch sie war nervös. Ihre Hände verschlangen sich ineinander.

»Was begehren Eure Majestät zu wissen?«, fragte ich und senkte dabei die Stimme.

»Ich will wissen, was geschehen wird«, antwortete sie. »Ich will wissen, ob ich glücklich sein werde.«

»Seid Ihr denn jetzt nicht glücklich?«, fragte ich. Wenn irgendeine Frau auf der ganzen weiten Welt Grund hatte, glücklich zu sein, so war doch gewiss sie es, die Schönheit, hohe Geburt und Macht ihr Eigen nannte, Achtung und gute Diener und Neas als Geliebten.

Basetamon schüttelte den Kopf, und ihre honigfarbenen Augen blickten wie aus weiter Ferne. »Ich bin niemals glücklich gewesen. Aber in letzter Zeit ist es immer schlimmer geworden. Meine Träume sind schwer, und ich kann nicht schlafen. Ich habe kein Verlangen nach Speisen und träume von Schlangen.« Sie blickte in das Kohlebecken. »Ich wurde mit meinem Onkel vermählt, als ich neun war. Ich war fünfzehn, als er gestorben ist, als er versucht hat, meinen Bruder zu töten. Unser Sohn, mein Sohn, ist dreizehn und weit fort, er lernt den Krieg von meinen Brüdern. Mein Bruder hält das für das Beste.«

»Es muss schwer für Euch sein, von Eurem Sohn getrennt zu sein«, meinte ich.

Sie schüttelte den Kopf. »Eigentlich nicht. Er hat mich niemals genug geliebt. Er macht mir Kummer.« Basetamon sah mir ins Gesicht. »Ich will wissen, ob Äneas mich liebt. Er sagt, er tut es. Ich liebe ihn mehr als Himmel und Erde. Er ist mein Leben. Er ist der Einzige, der jemals mir gehört hat, mit Leib und Seele.«

Sie streckte die Hand aus und liebkoste die langen Ohren der Großkatze. »Ich werde ihn für alle Zeiten an meiner Seite behalten. Er braucht keine Furcht zu haben, dass ich ihn verstoßen werde. Er wird für immer mein sein, und wenn ich sterbe, wird er mit mir begraben werden.«

Ein kalter Schauer lief mir den Rücken hinab, der nichts mit Ihrer Gegenwart zu tun hatte. »Erzählt mir von diesen Schlangenträumen, Herrin«, sagte ich sanft.

»Ich träume von Schlangen. Sie winden sich um meinen Körper. Schnüren mir die Glieder ab. Ich träume, dass meine Knochen brechen. Ich kann nicht essen. Wenn du mich ansiehst, würdest du niemals wissen, dass ich einst dick war.« Sie breitete im Feuerschein die langen dünnen Arme aus. »Als junges Mädchen. Als ich verheiratet wurde. Aber jetzt kann ich nicht essen, und ich bin schön. Und ich kann nicht schlafen, und meine Augen sind trübe. Ich bin heilig und wunderbar.«

»Habt Ihr Prinz Äneas gesagt, dass er das Grab mit Euch teilen soll?«, erkundigte ich mich vorsichtig. Die Ägypter würden dergleichen als sehr große Ehre betrachten, das wusste ich, Neas dagegen wäre da gewiss ganz anderer Meinung.

Basetamon lächelte. »Ja, das habe ich getan. Nicht lange bevor die Nachricht von meinem Bruder kam, dass eure Schiffe aufbrechen sollen. Ich habe meinem Bruder gesagt, dass Äneas bei mir bleiben muss, weil ich ohne ihn verloren bin. Ich habe Äneas gesagt, dass er mit mir begraben wird, dass er für alle Zeiten neben mir im Grabe liegen wird und dass unsere *Kas* in der Finsternis zusammen speisen werden. Und dann habe ich ihn geheißen, sich neben mich zu legen und mir mit der Zunge Lust zu schenken, und ich habe ihm gesagt, wenn wir beide Leichen sind, machen wir es genauso.«

Jetzt verstand ich, wieso er Xandros aufgesucht hatte. Und was Xandros mir nicht gesagt hatte.

Ich gab mir alle Mühe, ein ausdrucksloses Gesicht zu machen und das Grauen, das ich empfand, nicht in meiner Stimme durchklingen zu lassen. »Eure Majestät«, sagte ich,

»Ihr erweist ihm zu viel Ehre. Eure Schönheit muss ihn so blenden wie die der Isis! Vergesst nicht, er ist nur ein Sterblicher!«

»Das vergesse ich nicht«, sagte sie. »Ich lauge ihn aus, und er erhebt sich stundenlang nicht mehr. Ich wollte, er hätte Osiris' goldenes Glied, damit er für alle Zeit in meiner Macht aushalten könne.«

»Aber Osiris war tot«, wandte ich ein. »Und sein Geschlecht war aus Metall, nicht aus Fleisch und Blut, weil Isis nicht alle Teile von ihm finden konnte, die Seth zerschnitten und über das Land verstreut hatte.«

»Und eines Tages wird Äneas ebenfalls tot sein«, erwiderte Basetamon. »Und ich auch. Wir alle werden Leichen sein, die auf das Natron warten. Aber er wird an diesem Tag so schön sein wie eh und je. Ich habe ihm gesagt, wenn er zuerst stirbt, bewahre ich ihn einbalsamiert in meinem Gemach auf, bis ich sterbe, damit wir zusammen in einem Grab liegen können.«

»Ihr erweist ihm zu viel Ehre«, wiederholte ich. »Niemals kann er Eure Gesellschaft in der nächsten Welt angestrebt haben.« Tatsächlich war ich mir durchaus nicht sicher, ob er in dieser sehr großen Wert darauf legte.

»Warum nicht?«, wollte sie wissen.

»Ihr steht so hoch über ihm wie die Sonne über den Hügeln«, beteuerte ich. »Ihr seid die vornehmste Herrin von ganz Ägypten. Gewiss findet Äneas, dass er unwürdig ist.«

Basetamon warf die Zöpfe von ihrem langen, glatten Nacken zurück; ihre Hände regten sich ruhelos. »Er hat den Körper eines Löwen. Und er ist so schön wie ein Wüstenfalke. Er ist mein. Und ich mache ihn würdig.

Jetzt prophezeie für mich, Orakel! Sag mir, ob ich glücklich sein werde!«

Gehorsam beugte ich mich über das Kohlebecken und murmelte sinnlose Worte, während mein Verstand wie wild arbeitete. Ich glaubte nicht, dass sie jemals glücklich sein konnte, denn die Schlangen waren in ihr, nicht um sie herum. Sie wandelte in einer Finsternis, die ich nicht zu durchdringen vermochte.

»Erhabene Herrin«, sagte ich in meiner Muttersprache. »Heilerin der Herzen und Gemüter, in Deren Dunkelheit wir alle geboren sind, wandele mit der Herrin von Ägypten und führe sie zu den Feldern des Friedens.«

Basetamon beobachtete mich, und die Augen des Geparden schimmerten in der Düsternis.

Ich sah ins Feuer.

»Was siehst du?«, wollte sie wissen.

Wäre ich an meinem eigenen Herd gewesen, so hätte ich schroff erwidert, dass ich gar nichts sah, weil sie keine zwei Atemzüge lang still sein konnte. Doch ich war nicht an meinem Herd. Und sie war hier die Herrscherin. Ich holte einfach tief Atem und ließ ihn wieder ausströmen.

»Ich sehe Feuer«, antwortete ich.

»Und?«, fragte sie atemlos.

»Ich sehe Flammen emporsteigen«, sagte ich. »Rauch, der sich in der Luft windet.« Von einem Kohlebecken, dachte ich, das genau vor mir steht. Will sie denn nicht schweigen, wenn sie möchte, dass ich etwas sehe?

»Wie von einem Opfer an unserem gemeinsamen Grabe?«, fragte sie.

»Wie von einem Opfer«, suchte ich Zeit zu gewinnen. »Rauch, der nach kostbaren Harzen duftet.«

»Was siehst du sonst noch?«

»Klagende Trauergäste«, antwortete ich. »Scharen von klagenden Trauernden. Priester und Musikanten. Sogar den Pharao selbst.« Noch nie hatte ich eine Prophezeiung völlig frei erfunden. Doch während ich sprach, konnte ich es mir beinahe vorstellen, wie der Pharao in seinem Leinenrock dastand, seine Züge eine Maske des Kummers.

»Ist er sehr traurig?«, wollte Basetamon begierig wissen.

»Er trauert schrecklich«, versicherte ich. »Sein Gesicht ist streng und von Trauer gezeichnet. Ich kann sehen, dass er leidet.«

Basetamon legte die Hände aneinander. »Das ist ja wundervoll! Ein Opfer an unserem gemeinsamen Grabe! Ist es wahr, dass man in deinem Lande die Toten verbrennt?«

»Das stimmt«, erwiderte ich. »Wir errichten keine Denkmäler wie ihr. Stattdessen errichten wir einen Scheiterhaufen für die Bestattung.«

Basetamon schauderte. »Wie schrecklich! Seht ihr wirklich zu, wie sie verbrennen?«

»Wir singen«, sagte ich, »und preisen die Toten. Wir gießen Trankopfer aus und verbrennen Räucherwerk. Und dann tanzen wir.«

Basetamon schüttelte den Kopf. »Wie bizarr! Aber das wird der arme Äneas niemals erdulden müssen. Er wird für alle Zeit neben mir liegen.« Damit richtete sie sich auf und drückte mir einen Beutel in die Hand. »Du hast mir einen großen Dienst erwiesen, Orakel! Meinen Dank!« Die Prinzessin erhob sich, und ihr leinenes Gewand wallte um sie herum. »Jetzt geh! Und fahre mit meinem Segen nach Sais!«

»Eure Majestät.« Plötzlich sah ich, wie eine Tür sich öffnete. »Wollt Ihr nicht ebenfalls nach Sais kommen? Wollt Ihr Prinz Äneas nicht mitnehmen, auf dass er für Euch Heldentaten vollbringt? Um Eurer wert zu sein, muss er sich im Kriege hervortun, muss der Wüstenfalke sein, als den Ihr ihn bezeichnet habt. Lasst ihn allen zeigen, dass er der Ehren würdig ist, die Ihr ihm erwiesen habt.«

Sie drehte sich um. »Wirklich?«

»Wirklich, Herrin«, beteuerte ich. »Ich weiß, dass er findet, er ist Eurer nicht wert, wie ich gesagt habe. Bitte gebt seinem Stolz Gelegenheit, in Eurem Namen heldenhafte Taten zu vollbringen, die für alle Ewigkeit auf den Wänden Eures Grabes niedergeschrieben werden mögen.«

Basetamon lächelte. »Das würde er für mich tun?«

»Nur für Euch, Majestät«, antwortete ich.

»Dann fahren wir mit«, entschied sie. »Wir fahren nach Sais.« Sie griff unter die Kissen und zog noch einen Beutel hervor, den sie mir in die Hände drückte. »Nimm dies hier und verwende es klug.«

Ich lugte in die Beutel. Einer war mit Myrrhe gefüllt und der andere mit Weihrauch; genug, um einen König einzuäschern. »Ich danke Euch, Eure Majestät«, sagte ich. So kostbar das Geschenk auch war, ich nahm es mit einem Schaudern entgegen und konnte mich des Gefühls nicht erwehren, dass es ein böses Omen sei.

Wir brachen nach Sais auf. Neas fuhr nicht auf der *Sieben Schwestern,* sondern auf Basetamons großer Barke. Er reiste wahrhaftig an ihrer Seite nach Sais.

Es war eine angenehme Reise. Auf unseren Schiffen herrschte drangvolle Enge, denn unser Volk hatte in Memphis viele Habseligkeiten angeschafft, und das Ganze war mehr wie der Umzug etlicher Haushalte als wie eine Kriegsflotte. Doch die Hälfte davon, rief ich mir ins Gedächtnis, würde in Sais bleiben.

Xandros hatte mit Amynter gesprochen. Dieser wollte in Ägypten bleiben, im Dienst des Pharaos. Als er hörte, dass Neas ihn von allen Eiden ihm gegenüber entbinden würde, war er aufrichtig froh, obgleich er Neas sehr zugetan war.

»Mein Glück ist aufgebraucht«, sagte er zu Xandros, als wir eines Abends am Bug der *Delphin* standen, während alle Schiffe am Ufer des Nils Rast machten. »Ein Mann hat im Leben nur eine bestimmte Menge Glück. Das meine habe ich auf See und im Krieg verschenkt. Und ich muss an meine Söhne denken. Es ist Zeit, dass ich irgendwo bleibe. Diesen Sommer werde ich für den Pharao auf See Wache halten, aber dann verlasse ich die Schiffe. Stattdessen werde ich heiraten und Händler werden. Es ist noch nicht zu spät, etwas Neues zu lernen. Sollen die Jungen in den Krieg ziehen, wenn sie wollen. Ich bin fertig damit.«

Xandros drückte ihm die Hand. »Ich verstehe dich. Meine Zeit ist noch nicht gekommen, aber ich verstehe es.«

»Mach nur ja rechtzeitig Schluss«, warnte Amynter. »Ich kenne zu viele gute Männer, die sich zu sehr auf ihr Glück verlassen haben.«

»Ich werde es mir merken«, versicherte Xandros und lächelte.

Maris würde mitkommen. Alles ins allem, glaubten wir, würden wir mit drei Schiffen aufbrechen, mit ungefähr hundert Männern und vielleicht zwanzig Frauen und zwanzig Kindern in unserer Schar. Von den verheirateten Männern würden die meisten bleiben wollen.

»So wenige«, sagte Xandros und legte mir den Arm um die Schultern. Zusammen sahen wir zu, wie die Sonne jenseits der Wälle der Wüste im Westen unterging, während der Fluss unerbittlich nordwärts strömte. Wir hatten keine Möglichkeit, uns zurückzuziehen, da die Bugkabine von fünf Menschen bewohnt wurde, doch das hieß, dass er weniger Gelegenheit hatte, mich ohne Kleider zu sehen. Ich fragte mich, wie lange ich noch schweigen konnte. Selbst in weiten Gewändern würde man es mir bald deutlich ansehen. Neas hatte es nicht bemerkt, doch er war auch sehr abgelenkt gewesen.

»So wenige«, sagte ich. »Aber genug.«

Mehr sprachen wir nicht darüber. Noch war die Zeit nicht gekommen.

Wir blieben vier Tage in Sais. In der fünften Nacht, einer Nacht ohne Mond, machte Xandros die Runde bei den Wachposten und bei der Hafenwache. Er sagte ihnen, dass wir mit drei Schiffen auf Kundschaft flussabwärts fahren würden, weil Gerüchte umgingen, dass sich die Libyer am Ufer des westlichsten Arms des Nildeltas sammelten. Das klang durchaus vernünftig. Drei Schiffe waren angemessen für eine Kundschafterfahrt. Und wir hatten dergleichen schon vorher getan.

Bei Nacht beluden wir die Schiffe – mit all jenen der Unseren, die mitfahren würden, und mit all unserer Habe. Ruderer rempelten sich auf Decks an, die ihnen nicht vertraut waren. Nicht alle aus einer Schiffsbesatzung hatten vor mitzufahren, und ein paar Männer von der *Jäger* und der *Geflügelten Nacht* wollten mitkommen. Also entstand im Dunkeln einiges an Verwirrung.

Ich stand neben der *Delphin* in der Finsternis und half Tia an Bord, die die schlafende Kianna fest an die Schulter drückte. Bai schwang ihre Bündel über die Reling und hielt das Kind, während Tia an Bord klomm. Ich lächelte ihn an. »Weißt du noch, Herrin?«, fragte er leise. »Wie wir aus Byblos abgefahren sind, als sie geboren wurde?«

»Ja, ich weiß es noch«, antwortete ich. »Ich weiß noch, dass du Tia einen warmen Mantel gebracht hast.«

»Und der Knabe«, sagte Bai. »Der, der über Bord gegangen ist.«

Wir schauten beide zum Landungssteg zurück, wo Xandros mit Amynter sprach und Abschied nahm.

Aren drängte sich an ihnen vorbei und kam auf mich zu. »Ich komme nicht mit«, verkündete er.

»Was?«

»Ich komme nicht mit«, wiederholte Aren. Entschlossen reckte er den Kiefer. »Ich gehöre nicht dorthin, und ich gehe nicht mit.«

»Aren …«

»Pythia«, sagte er, »du weißt doch, dass ich nicht zu euch gehöre. Und auch nicht dahin, wo ihr hinfahrt.«

»Aren, was wirst du tun? Ich kann dich doch nicht einfach hierlassen!«

Er legte mir die Hand auf die Schulter. »Ich bin der Sohn des Triotes und ein Mann. Ich bleibe in den Diensten des Pharaos.«

Ich sah ihn an und suchte nach Worten. Mir waren noch keine eingefallen, als Xandros den Steg herunterkam. »Es geht los«, sagte er. »Neas ist hier. Er hat sich heimlich aus dem Palast geschlichen, aber es könnte jeden Augenblick bemerkt werden, dass er weg ist. Wir müssen sofort aufbrechen.«

»Leb wohl«, sagte Aren.

»Bist du dir sicher?«

»Ja«, sagte er und umarmte mich. »Viel Glück, Schwester.«

Ich hatte immer gewusst, dass er auf einem anderen Weg wandelte als ich. »Viel Glück, mein Bruder.«

Xandros stieg an Deck und ging nach achtern zum Steuerruder. Es war Bai, der den Arm nach unten streckte, meine Hand ergriff und mir an Bord half.

»Leb wohl«, flüsterte ich, und diesmal wusste ich, dass es für immer war.

Aren war bereits wieder den Landungssteg hinuntergerannt, als wir ablegten. Die *Perle* stieß zuerst vom Steg ab, gefolgt von der *Sieben Schwestern*. Die *Delphin* legte als Letzte ab. Wir trieben an der *Jäger* und der *Geflügelten Nacht* vorüber, die sicher an ihren Liegeplätzen vertäut waren. Der Fluss wiegte uns sanft.

Vorbei an den stillen Fischerstegen, an den Kais, wo die Kornkähne ihre Ladung löschten, glitten wir dahin, in die Finsternis hinein; unsere Ruder schlugen gedämpft und stetig wie ein Herz. Keine Rufe ertönten, als wir an den vor Anker liegenden ägyptischen Kriegsschiffen vorbeikamen. Hinter mir hörte ich, wie Xandros einem Wachposten einen Gruß zurief. Nach einem Jahr war sein Khemet fließend und fehlerlos.

»Gute Jagd!«, rief der Posten.

»Danke«, erwiderte Xandros. »Wir töten ein paar Libyer für dich.«

Ich ging zum Heck und trat neben ihn. Sei Haar war offen, und ich betrachtete seine Hände am Steuerruder, ruhig und fest. Vor uns hinterließ die *Sieben Schwestern* eine weiße Kielspur auf dem Wasser.

Xandros lachte leise.

»Was denkst du?«, wollte ich wissen.

»Ich denke, dass ich irgendwann einmal gern am hellichten Tage aus einem Hafen auslaufen möchte, ohne dass jemand hinter uns her ist«, antwortete er.

Beinahe hätte ich gelacht. »Das wäre schön, nicht wahr?«

Hinter uns flammte auf den breiten Terrassen des Palasts jäh ein Feuer auf. Fast gleichzeitig hörte ich, wie auf der *Sieben Schwestern* die Trommeln einsetzten.

»Schlag übernehmen, Kos!«, rief Xandros. »Es wird Zeit, dass wir Fahrt aufnehmen!«

Unsere Trommeln griffen den Rhythmus auf, eilten uns voraus.

»Rechte Seite, Schlag überspringen!«, schrie Xandros, und die Ruder auf der rechten Schiffsseite verharrten in der Luft, während die auf der linken Seite sich ins Wasser gruben und wir uns auf den westlichsten Flussarm zudrehten, in die Mitte des Stroms. Wir schaukelten ein wenig, als wir das Kielwasser der *Sieben Schwestern* kreuzten. Das Feuer hinter uns wurde jetzt von Bäumen und Dattelpalmen verdeckt, die bis ans Flussufer hinunterreichten. Ich konnte es noch immer schwach durch die Blätter schimmern sehen, doch Sais lag ein gutes Stück hinter uns.

»Rudert!«, brüllte Xandros. »Weiter so!« Er warf mir einen raschen Blick zu. »Wir werden eine Weile so viel Fahrt machen wie möglich, um einen Vorsprung zu gewinnen. Ich weiß nicht, was das zu bedeuten hatte. Vielleicht hat es gar nichts mit uns zu tun, aber es hat keinen Sinn, es darauf ankommen zu lassen.«

Ich nickte.

Die Nacht glitt vorüber wie die Mauern des Deltas aus verschlungenen Bäumen und Unterholz, aus Schilf, das höher aufragte als mein Kopf. Als sich die Morgendämmerung rosig und weiß über dem Fluss zeigte, war der Kanal auf zwei Schiffsbreiten geschrumpft, mit Untiefen zu beiden Seiten. Tia und Polyra kamen aus der Bugkabine und schickten sich an, die Ruderer mit Bierschläuchen und Brotfladen zu laben; die Männer aßen abwechselnd. Vor uns flaute die Geschwindigkeit der *Perle* und der *Sieben Schwestern* ab, jedoch hielten sie nicht an

»Wie weit ist es noch bis zum Meer?«, wollte ich wissen.

»Einen Tag«, antwortete Xandros. »Im Augenblick laufen wir ebenso sehr auf West- wie auf Nordkurs. Wir werden die See etliche Tagesreisen westlich von Tamiat erreichen, so breit ist das Delta.«

»Und dann?«

»Nach Norden, übers Meer«, antwortete er und nahm dankbar einen Laib Brot von Tia entgegen. Ohne sich vom Steuerruder abzuwenden, biss er hinein. »Dort leben die Schardana. Es gibt dort mehrere große Inseln, heißt es, und noch mehr Festland. Man sagt, dort schneit es wie auf den höchsten Bergen zu Hause. Und dass es dort so riesige Wälder gibt, dass ein Mann einen ganzen Mond lang darin wandern kann, ohne die andere Seite zu erreichen.«

Ich versuchte, mir das vorzustellen. Hauptsächlich jedoch sah ich Ägypten davongleiten, sah das Schwarze Land hinter mir zurückbleiben und zu Vergangenem werden.

»Du wolltest nicht fortgehen«, sagte Xandros.

Ich schüttelte den Kopf. »Nein.«

»Du hättest nicht mitkommen müssen.«

»Doch, ich musste.« Ich wusste nicht recht, wie ich anfangen sollte, ihm die Gründe zu erläutern. Doch wahrscheinlich würde er sie ohnehin verstehen.

Er lächelte mich von der Seite her an, die Hände mit dem Steuerruder beschäftigt. »Es tut mir leid.«

»Ach, Xandros«, antwortete ich. »Nur du allein kommst auf den Gedanken, das zu sagen.« Ich hockte mich neben ihm auf die Reling. Klein, wie ich bin, reichten meine Füße nicht ganz bis aufs Deck hinunter.

»All diese Schriftrollen. All das für immer.« Einen Augenblick lang klang er beinahe wehmütig.

»Sie werden noch da sein«, sagte ich. »Wenn ich im Schwarzen Land eins gelernt habe, dann, dass es sich nicht schnell ändern wird.«

»Ich dachte, du hättest noch etwas anderes gelernt«, meinte er und schielte zu mir herüber, um zu sehen, ob ich lachen würde.

»Das auch«, erwiderte ich und küsste ihn.

»Lenk niemals den Mann am Steuer ab«, bemerkte Kos, der gerade auf Achterdeck kam. »Xandros, wenn du vorhast, nicht aufzupassen, lass mich das Ruder übernehmen.«

Xandros übergab Kos das Steuerruder und setzte sich neben mich. Gemeinsam sahen wir zu, wie die Sonne in unserem Kielwasser aus dem Nil emporstieg.

21

Der Kerker der Winde

Zu meinem Erstaunen hatten wir eine unbeschwerte Reise. Obgleich es noch früh im Jahr war und die Zeit für die Seefahrt gerade erst begonnen hatte, war das Meer ruhig und das Wetter warm. Der Wind wehte leicht und aus wechselnden Richtungen; und wenn er unsere Fahrt nach Norden auch nicht beschleunigte, so behinderte er sie doch nicht.

Innerhalb von fünf Tagen kam links von uns Land in Sicht, ein gewaltiger Berg, der sich aus dem Meer erhob. Rauch und Wolken umgaben seinen Gipfel. Ich stand mit Xandros an Deck, und wir beobachteten, wie das Land näher kam, während er stetig Kurs hielt und Kos am Segel bereitstand.

»Das ist wohl der Berg, den man den Kerker der Winde nennt«, meinte Xandros. »Die Schardana haben mir erzählt, es ist der höchste Gipfel auf der Insel Skylla.«

»Wie groß ist diese Insel?«, staunte ich. Das Gestade vor mir schien sich weiter und weiter auszudehnen.

»Groß. So groß wie das Mündungsgebiet des Nils, haben sie gesagt. Es ist die größte Insel.«

»Ich wünschte, sie hätten sie für dich zeichnen können«, sagte ich. »In Ägypten hatten sie Zeichnungen von dem Fluss und von den Meeresküsten, mit Namen darauf und Bildern von den Bewohnern aller Länder.«

Xandros zog eine Augenbraue hoch. »Hatten sie eine Zeichnung von den Inseln der Schardana?«

»So weit sind sie nicht gekommen«, antwortete ich. Ich sagte ihm nicht, dass sie das nicht für notwendig gehalten hatten. Nichts Wichtiges ereignete sich jemals in den Ländern der Schardana.

An diesem Abend steuerten wir die Schiffe dicht an den Strand und schickten Männer an Land. Es gab keine Dörfer oder Siedlungen in der Nähe, also nutzten wir die Gelegenheit, unsere Wasserfässer an einem Bach zu füllen, der ins Meer floss. Die meisten aus dem Volke waren froh, an Land schlafen zu können, und zum ersten Mal seit vielen Tagen hatten Xandros und ich die Bugkabine für uns.

Ich ließ mir sehr viel Zeit damit, alles Mögliche hin und her zu räumen und Säcke mit Lebensmitteln und Gepäck neu zu verstauen, während Xandros sich hinlegte. Es war dunkel, aber mir war klar, dass er auf mich wartete, und als er die Hand ausstreckte und sie mir auf den Rücken legte, wusste ich, dass es Zeit war.

Ich kniete mich neben ihn. »Xandros«, begann ich. »Es gibt da etwas, was ich dir sagen muss.«

Seine Hand auf meinem Rücken hielt inne. »Wegen Neas? Jetzt, da er frei ist?«

»Nein«, wehrte ich ab. »Nein, nicht das.«

»Was dann?« Seine Stimme war gefasst, wartete auf einen Schlag anderer Art.

Seine Hand auf meinem Rücken, kniete ich in der Dunkelheit. »Ich bekomme ein Kind«, sagte ich. »Im Sommer, wenn Sothis emporsteigt.«

»Ah«, sagte er sehr leise. Dann erhob er sich und verließ die Kabine. Ich hörte, wie seine Füße das Deck hinunterschritten.

Einen Augenblick später stand ich auf und folgte ihm.

Xandros stand am Heck, ans Steuerruder gelehnt, und blickte auf das stille Meer hinaus. Er sah mich nicht an.

»Du hast es gewusst«, sagte er. »Du hast es schon lange gewusst.«

»Ja.«

»Du hättest in Ägypten bleiben können.« Ich konnte seine Miene nicht deuten.

»Ich wusste, dass du das sagen würdest.«

Der abnehmende Mond ging auf, zog einen Pfad aus Licht über die Wellen. Ich versuchte nicht, ihn zu berühren.

»Ich kann dir keine Sicherheit bieten«, sagte er, und sein Blick ging in weite Ferne, wie damals nach dem Sturm, als Ashterah über Bord gegangen war. »Ich kann das Kind nicht schützen. Ich habe nichts.«

»Ich brauche nichts von dir«, erwiderte ich.

Xandros fuhr herum, und seine Augen flammten. »Brauchst du überhaupt jemals etwas von irgendjemandem? Du sitzt da, eingehüllt in deine widernatürliche Ruhe, als ob du uns allen von weit her zusiehst, als wären wir amüsante kleine Insekten! Brauchst du überhaupt irgendetwas? Kümmert dich jemals irgendetwas?«

»Natürlich«, fauchte ich zurück. »Gerade du solltest das wissen.«

»Du benimmst dich aber nicht so«, schnappte er. »Du benimmst dich nicht so, als ob dir an irgendjemandem von uns etwas liegt.«

»Du meinst, ich benehme mich nicht so, als ob ich dich liebe«, sagte ich. Meine Hände zitterten jetzt, nicht aufgrund Ihrer Gegenwart, sondern vor Zorn.

»Nein, das tust du auch nicht!«

»Nun, du liebst mich doch auch nicht!«, schrie ich zurück. »Du liebst Neas, und das ist in Ordnung. Das verstehe ich. Du hast nie so getan, als wäre ich diejenige, die du liebst. Aber wenn ich es nicht bin, dann mögen die Götter mich holen, wenn ich diejenige bin, die weint und dir nachläuft! Ich brauche dich nicht, und wir werden gut ohne dich zurechtkommen!«

»Hör auf, mich anzubrüllen!«

»Ich brülle doch gar nicht!«, schrie ich. »Hör du auf zu brüllen!«

»Ich brülle nicht«, brüllte er zurück. »Ich schreie!«

»Nein, tust du nicht!«

»Tue ich doch!«

Vom Ufer her ließ sich das schläfrige Dröhnen von Kos' Stimme vernehmen. »Es ist mir völlig egal, ob ihr schreit oder brüllt, aber hört auf damit, damit ich schlafen kann!«

Ich sah Xandros an, und er sah mich an. Und im selben Moment fingen wir beide an zu lachen. Und dann war es unmöglich, damit aufzuhören. Ich lachte und weinte und setzte mich am Heck des Schiffes aufs Deck.

Xandros ließ sich neben mir nieder und legte den Arm

um mich. »Schwangere Frauen sind sonderbar«, meinte er.

»Untersteh dich ja, mich von oben herab zu behandeln«, erwiderte ich und rückte dichter an ihn heran.

»Ich behandele dich nicht von oben herab. Ich sag's bloß.«

»Dann sag's eben nicht.«

»Schön.« Er legte den Kopf auf meine Schulter. Sein dunkles Haar an meinem Gesicht war fein und feucht.

Nach einem Augenblick ergriff ich seine Hand und verschlang meine Finger mit den seinen. »Ach, Xandros.«

»Liebst du mich?«, fragte er.

»Natürlich«, antwortete ich. »Ich liebe nur Neas auch.« Seine Hand hielt meine warm umfasst. Wir gehörten zusammen. Seit jeher.

»Nun ja. Wenn das so ist.« In seiner Stimme war kein Groll. Von allen anderen verstand er mich am besten.

»Du liebst Neas doch.« Ich konnte ihn mir kaum ohne diese Liebe vorstellen, ohne Neas als seinen Leitstern, nach dem er steuerte, so beständig wie jedes Sternbild.

Er nickte. »Immer. Aber du weißt ja, wo das hinführt. Genau dorthin, wo es immer hingeführt hat.«

»Dann trösten wir einander also. Ist das genug?«, überlegte ich. Ich konnte keinem Mann angehören, keines Mannes Ehefrau sein, und bisher hatte mir das niemals gefehlt. Xandros jedoch würde mir fehlen, seine Abwesenheit würde ich so schmerzlich empfinden wie eine Wunde.

Xandros drehte seine Hand in meiner. Beide Hände hatten dieselbe Form, dieselbe Farbe, als wäre meine

Hand zu der eines Mannes gemacht worden. »Genug wofür?«

»Für Glück«, sagte ich.

Xandros hob den Kopf. »Ich habe keine Ahnung, was das überhaupt bedeutet. Ich bringe einfach nur jeden Tag hinter mich. Und du und Neas, ihr sagt mir immer wieder, dass wir das alles überstehen werden, aber ich kann zählen. Wir werden immer weniger und weniger. Ich sehe die Zukunft nicht. Im Augenblick kann ich keinerlei Zukunft sehen. Und jetzt sagst du mir, dass du ein Kind bekommst.«

»Xandros«, sagte ich und nahm sein Gesicht zwischen meine Hände. »Vertrau mir dieses eine Mal. Wenn ich Tod vor uns gesehen hätte, wenn ich den Tod dieses Kindes gesehen hätte, dann hätte ich Ägypten niemals verlassen.«

»Wirklich?«

»Wirklich«, versicherte ich. »Ich habe daran gedacht. Aber ich bin mitgekommen.«

»Und was jetzt?«, wollte er wissen.

»Wir warten auf ein Zeichen«, antwortete ich. »Sie wird ein Zeichen schicken.«

Xandros schüttelte den Kopf. »Das ist doch Wahnsinn.«

»Das ist Glaube«, entgegnete ich. »Es ist mein Gewerbe, an Orakel zu glauben.«

Er neigte von Neuem den Kopf und berührte meinen Leib ganz leicht mit einer Hand. »Wann?«

»Ich habe es dir doch gesagt. Im Sommer. Wenn Sothis aufgeht.«

»Vier Monate?«

»Ja.« Ich lächelte. »Du warst ein bisschen abgelenkt.«

»Ich wollte es nicht wissen«, sagte er.

»Ich weiß.«

Er blickte nicht zu mir auf, und ich konnte nicht sagen, ob sich die Tränen nur in seiner Stimme oder auch in seinen Augen zeigten. »Ich kann dich nicht beschützen.«

»Ich weiß, dass du es versuchen wirst«, erwiderte ich. »Und das ist alles, was jeder tun kann. Aber bedenke dies – wenn Meine Herrin mich nicht schützen kann, wie könntest du es dann tun?«

Xandros lachte, und in dem Klang war etwas Gelösteres, als hätte irgendetwas in seiner Brust nachgegeben. »Das tue ich immer wieder. Menschen lieben, die von den Göttern berührt worden sind.«

»Ich weiß. Vielleicht solltest du dich einmal fragen, warum.«

»Jetzt spielst du schon wieder die Ratgeberin.«

»Das ist Gewohnheit«, sagte ich und drückte das Gesicht in sein Haar. »Xandros, lass mich ein Mensch bleiben. Nenn mich bei meinem Namen.«

Er hob den Kopf. »Möwe«, sagte er. »Du bist Möwe.« Und er legte seine Lippen auf die meinen.

Der Tod weckte uns. Klagegeschrei erhob sich von der *Sieben Schwestern,* die förmliche Bestattungsklage, die mit dem Tod einhergeht. Xandros und ich fuhren senkrecht in die Höhe; dann rannten wir aufs Deck hinaus.

Konnte Wilos über Bord gefallen sein?, überlegte ich. Gewiss, er war erst sechs, doch der Knabe konnte schwimmen wie ein Fisch, und das Meer war vollkommen ruhig.

Xandros war bereits ganz vorn im Bug, als ich an Deck kam. »Was ist? Wer ist gestorben?«, rief er übers Wasser.

Lide antwortete ihm. »Fürst Anchises.«

»Er ist auf See gestorben«, flüsterte ich. »Im Angesicht der Berge von Skylla.« Ich schaute zu Xandros auf. »Lass mich meinen Schleier holen, dann setzen wir über.«

Sie hatten ihn mittschiffs aufgebahrt und ihm das um die Schultern wallende Haar gekämmt. Lide stand neben ihm, einen Schleier auf dem Kopf.

»Was ist passiert?«, wollte ich von ihr wissen, denn sein Leichnam wies keinerlei Spuren auf.

»Sein Herz hat des Nachts aufgehört zu schlagen«, sagte sie. »Das ist alles. Er war ein alter Mann, sechsundvierzig Jahre alt.«

Wilos kam und blieb neben der Bahre stehen. Er sagte nichts; in seinem hellen Haar fingen sich die ersten Strahlen der Sonne, die in einem Kranz aus Gold aus dem Meer aufstieg.

»Prinz Wilos«, sagte ich, »dein Großvater war ein großer Fürst der alten Art, von der es keine mehr geben wird. Ehre sein Andenken.«

Er schaute zu mir auf. »Prinz?«

»Ja«, bestätigte ich, »du bist ein Prinz. Du bist ein Prinz Wilusas Das Einst War und eines Königreiches, das noch sein wird. Und das ist es, wofür sich dein Großvater sein ganzes Leben lang gemüht hat.«

Wilos nickte, den Blick fest auf das reglose Gesicht geheftet. Er weinte nicht.

Gleich darauf kam Neas von unten an Deck. Auch er weinte nicht, doch sein Gesicht war gerötet.

»Sibylle«, sagte er. »Und Xandros.«

»Es tut mir aufrichtig leid«, beteuerte Xandros und drückte ihm nach Kriegerart das Handgelenk. »Wenn es irgendetwas gibt, was zu tun in meiner Macht steht, dann werde ich es tun.«

»Wir verbrennen ihn am Strand«, entschied Neas. Seine Stimme klang rau, als hätte er seine Tränen bereits allein vergossen. »Und dann feiern wir mit Totenspielen. Neun Tage lang werden wir zu seinem Andenken feiern.«

Xandros nickte. »Als wir gestern unsere Wasserfässer gefüllt haben, hat es für mich so ausgesehen, als ob man in diesem Land gut jagen könnte. Wir werden jagen und ein richtiges Bestattungsfestmahl abhalten.«

»Wenn wir neun Tage lang bleiben, dann gehe ich an Land«, verkündete Lide geschäftig. »Wir können einen Ofen bauen und eine Feuergrube zum Braten anlegen, wenn wir so lange bleiben.«

Neas nickte, die Augen auf das nahe Ufer gerichtet, auf die Hänge des gewaltigen Berges. »Sibylle, wirst du tun, was sich ziemt?«

»Gewiss«, versprach ich.

Wir verbrannten Anchises an diesem Abend. Die Männer hatten Holz aufgetrieben, denn im Wald gab es jede Menge tote Äste. Bai ging mit Wilos und einigen der anderen Knaben auf die Jagd, und es gelang ihnen, ein paar Wasservögel zu schießen. Die Männer hatten mehr Glück und brachten eine junge Hirschkuh zur Strecke. In der Zwischenzeit hatte Lide für einen Ofen und für ihre Bratgrube gesorgt, und wir hatten aus dem Korn Ägyptens ungesäuertes Brot gebacken.

Es war eine schöne Frühlingsnacht, warm und wolkenlos, und die Sterne schienen nahe genug zu sein, um sie zu berühren. Ich stand neben dem Feuer und sang mit klarer Stimme den Abstieg und dann die Begrüßung. Die Worte klangen nicht tränenerstickt. Ich konnte nicht um Fürst Anchises weinen. Er hatte gelebt, um zu tun, was er tun wollte, und sein Sohn würde ein König sein und sein Enkel nach ihm.

Neas goss Wein für seinen Schatten aus, und Wilos schnitt sich feierlich eine Strähne seines weichen Haares ab und legte sie dem alten Mann auf die Brust.

Anchises hatte seinen kostbaren Enkel aus dem Feuer gerettet, aus dem Untergang der Stadt. Er hatte alles erreicht, wonach er gestrebt hatte, und nun begab er sich in das Land unter uns, zu Lysisippa. Ich konnte nicht um ihn weinen.

Der Scheiterhaufen aus trockenem Holz flammte heftig auf. Kos' Trommel tönte tief und gedämpft. Der Wind frischte auf, und ich trat zurück, damit die wirbelnden Funken nicht meinen Schleier erfassten. Auf der anderen Seite des Feuers sah ich, wie Kianna sich in Tias Armen zurücklehnte, um besser sehen zu können. Ihre Augen waren so dunkel wie der Nachthimmel, und ihr Blick folgte den Funken; sie griff empor, als könne sie sie einfangen, streckte den Arm nach Wilos aus.

Herrin, dachte ich, *wird sie ihm dienen, so wie ich Neas diene? Eines Tages, wenn wir beide tot und verbrannt sind, wird sie dann den Abstieg singen, während er das Trankopfer ausgießt? Möge es Dein Wille sein, dass es so ist.*

Neun Tage lang blieben wir auf Skylla, neun Tage der Ruhe. Es war nicht etwa so, dass wir die Rast dringend brauchten, sondern dass wir uns daran erinnern mussten, wer wir waren. Es war viele Monate her, dass das Volk nach seinen eigenen Bräuchen gelebt hatte. Im Schwarzen Land gab es keine Wolken, keinen Regen, keine Hirsche und auch nicht das Rauschen der See. Dieses Land war uns neu, doch es war weniger fremd als jenes, das wir verlassen hatten.

Am vierten Tag traf ich Neas allein an dem kleinen Bach, der ins Meer strömte. Ich erschrak, als ich ihn erblickte, und er blickte auf, als wäre er ebenso überrascht.

»Es tut mir leid«, sagte ich. »Ich wollte dich nicht stören.«

»Ich habe gebetet«, erwiderte er, doch er lächelte und streckte mir die Hand hin. »Aber ich muss nicht unbedingt allein sein.«

»Für deinen Vater?«, fragte ich.

»Für Basetamon.«

Ich ging zu ihm, setzte mich neben ihn ans Bachufer und streckte meinen verdrehten Fuß dem kühlen Wasser entgegen. »Das war nicht die Antwort, die ich erwartet hatte«, bemerkte ich.

Er zuckte die Achseln. »Nun ja, wahrscheinlich nicht.«

»Bist du froh, sie verlassen zu haben?«

»Ja und nein«, erwiderte Neas. »Ich kann es nicht erklären, nicht einmal ansatzweise.«

Ich lehnte mich zurück und schaute zu den knospenden Blättern über uns empor. Ein kleiner Baum neigte sich nickend über den Bach. »Sie hat nach mir geschickt«, sagte ich leise. »Sie wollte, dass ich ihr die Zukunft weissage.«

Neas zog eine Augenbraue hoch. »Und, hast du es getan?«

»Nein«, sagte ich. »Ich konnte nichts für sie sehen.«

Er seufzte. »Im Königlichen Hause von Ägypten heiraten sie ihre eigene Sippschaft«, sagte er. »Sie denken sich nichts dabei, eine Neunjährige mit ihrem Onkel zu vermählen. Und die Ehe muss so schnell wie möglich vollzogen werden, wenn ein Erbe gezeugt werden soll. Ihr Sohn wurde empfangen, bevor sie das erste Mal Blut vergossen hatte. So etwas tut man in Wilusa nicht. Für uns wäre es ein Frevel und ein Verbrechen, wenn ein Onkel seine Nichte zur Frau nimmt, wenn diese noch ein Kind ist.«

»Die Götter verbieten nichts ohne Grund«, bemerkte ich. »Oft stirbt das Kind, wenn die Mutter so jung ist, und manchmal stirbt sie auch.«

Neas kletterte auf die Felsen im Bachbett hinunter und zupfte an dem Moos, das dort wuchs, das Gesicht von mir abgewandt. »Sie war seltsam und schön, so klug wie ein Mann, so lieblich wie der Mond und genauso wechselhaft. Eben konnte sie noch verspielt sein, und dann war sie plötzlich traurig.« Er nahm ein Stück Moos und betrachtete es eindringlich, als sei er ganz gebannt davon, blickte überall hin außer in mein Gesicht. »Den einen Tag hat sie mich voller Leidenschaft umarmt, und am nächsten hat sie mich verflucht und mich fortgeschickt. Sie hat mich Barbar genannt und mich liebkost, als wäre ich eine von ihren Katzen, hat mein Geschlecht ihren Mägden und Dienern gezeigt und vorgeführt, wie es sich in ihrer Hand aufgerichtet hat wie das eines Ziegenbocks. Und im nächsten Moment hat sie mir beteuert, ich wäre ihre

Seele und sie würde mich mehr lieben als alle anderen Menschen.« Er schüttelte den Kopf und blickte zu mir auf. »Ich verstehe das nicht.«

»Ich auch nicht.« Meine Stimme klang ruhig, obwohl mir das Herz im Leibe fror. »Manchmal sind Frauen so. Oft ist das so, wenn sie irgendeine schwere Verletzung erlebt haben, aber ich weiß keine Abhilfe dafür außer Zeit und Güte.«

»Ich habe ja versucht, gütig zu sein«, sagte er. »Nicht nur, weil sie unser aller Geschick in den Händen hielt. Aber sie war schön und krank, und ich dachte, vielleicht ...« Er stockte. »Hast du gewusst, dass sie dich bedroht hat?«

»Wieso?«, fragte ich.

»Am Ende hat sie dem ganzen Volk gedroht. Sie hat gesagt, sie würde es nicht zulassen, dass ich irgendjemanden mehr liebe als sie. Sie hat mich gefragt, ob ich sie immer noch lieben würde, wenn sie Wilos töten ließe oder meinen Vater oder dich oder Xandros oder Amynter. Ich habe gesagt, das würde ich, aber ich würde sie nie wieder ohne Tränen ansehen, und, Sibylle, du kannst dir nicht vorstellen, welche Furcht mein Herz ergriffen hat!« Neas wandte den Blick ab. »Sie hat geweint und gesagt, dass sie das niemals tun würde. Es sei die Torheit einer Liebenden, dass sie so eifersüchtig sei. Aber wie konnte ich sicher sein? Sie hatte die Macht, dergleichen zu tun. Und sie hat mir gern wehgetan, um zu sehen, ob ich sie trotzdem liebe.«

Zorn kochte in mir. Hätte ich Basetamon vor mir gehabt, so hätte ich alle meine Gelübde gebrochen, kein Blut zu vergießen. Doch das war es nicht, was Neas hören wollte, also schwieg ich.

»Sie hat gesagt, ich hätte zu viel Stolz und sie werde ihn brechen. Also hat sie mich von einer ihrer Dienerinnen quälen lassen. Und dann hat sie das Mädchen geohrfeigt und sie fortgeschickt, hat unter Tränen und Kummer an mir gehangen. Und dann wieder war sie genauso ruhig und so klug und so geistesgegenwärtig wie ihr Bruder und hat im Rat gesessen, als wäre sie der Pharao. Sie hat ihren Feldherren gegenüber meinen Verstand gepriesen und sie aufgefordert, mir zu gehorchen.«

Ich streckte die Hand nach seiner Schulter aus und sah, wie er zurückzuckte und mir dann ganz bewusst gestattete, seinen Arm zu berühren. Ich zog die Hand weg. »Neas«, sagte ich, »Basetamon hat viel Unrecht getan.«

»Das wollte sie nicht«, erwiderte er. »Sie ist von Geistern heimgesucht und getrieben worden. Und sie war traurig.«

»Ja«, meinte ich und bemühte mich mit aller Kraft, meine Gedanken zu ordnen. »Aber trotzdem hat sie viel Unrecht getan. Und du warst weise, ihr das Leben deines Volkes nicht anzuvertrauen.«

Er nickte. »Ich weiß. Jeden Monat ist sie weiter und weiter gegangen. Ich weiß nicht, wo es geendet hätte.«

»Es hat damit geendet, dass du fortgegangen bist«, sagte ich. »Was auch klug war. Was immer ihr die Götter an Heilung schicken werden, es wird sich zu seiner Zeit einstellen.« Ich legte ihm den Arm um die Schultern und fühlte, wie er sich anspannte wie Tia, hielt ihn fest, als sei er Tia. »Und dir werden sie ebenfalls Linderung schicken. Mein teurer Prinz, du hast getan, was du konntest.«

»Ich wünschte, ich wäre kein Prinz«, sagte er.

»Ich weiß«, antwortete ich. »Aber du hast keine andere

Wahl. Die Götter haben das Volk in deine Hände gegeben, und du hast uns alle zusammengehalten und uns vor Schaden bewahrt. Du bist unser König.«

»Ich weiß.« Er senkte den Kopf.

»Du weißt doch, dass du das sein musst, nicht wahr?«, fragte ich leise.

Neas nickte. Er sah mich an, und seine Augen waren trocken. »Ja. Es geht nicht anders.«

Ich seufzte, dachte an das, was kommen musste und was ich tun musste. »Was weißt du darüber, wie Könige gemacht werden?«

»Es hat zu meinen Lebzeiten niemals einen König des Volkes gegeben, seit Priamos getötet wurde, damals, als ich noch ein Kind war. Ich weiß, dass es da etwas gibt, irgendein heiliges Mysterium, aber ich weiß nicht, was.«

»Auf der Insel der Toten hast du zu mir gesagt, du kommst dir vor wie Theseus, der durch die Windungen des Labyrinths eilt, weißt du noch? Das ist eine alte Geschichte, und sie ist wahr. Alle Könige müssen in die Unterwelt hinabsteigen, ins Reich von Kummer und Trauer, zur Schwelle des Todes. Befindet Sie sie für würdig, so kehren sie zurück. Andernfalls werden sie von den Gefilden der Nacht verschluckt.« Ich sah Neas an und nahm seine Hand. »Zwei Gefährten dürfen mit ihm kommen, um sich den Schatten zu stellen, und Ariadne, Ihre Dienerin, wird ihn führen. Manchmal aber tritt der Held die lange Reise, die in die Unterwelt führt, schon an, lange bevor er die Tür der Nacht durchschreitet. Er kennt den Tod und die Niederlage und unermessliches Leid.«

»Er durchläuft das Labyrinth«, sagte Neas. »Und ich

habe es durchlaufen. Und immer hast du mich geführt, und Xandros war mir ein wahrer Gefährte.«

»Ja«, bestätigte ich. »Und wenn du dich wirklich und wahrhaftig an diesen Abstieg machst, dann werden wir da sein. Du wirst den Schatten nicht allein gegenübertreten. Wenn du zurückkehrst, wirst du nicht allein König sein.« Es bedurfte keines Orakels vorherzusehen, wie Xandros sich entscheiden würde – er würde für Neas in die Tiefen der Unterwelt hinabsteigen, treu wie immer und ohne jemals nach dem Preis zu fragen.

Neas nickte, und seine Miene war angespannt, aber nicht ängstlich. »Und Wilos? Wird er eines Tages die Tür des Todes durchschreiten müssen?«

»Wenn er König sein soll, ja«, antwortete ich.

Er schüttelte den Kopf. »Das könnte ich keinem Manne wünschen, schon gar nicht meinem eigenen Sohn.«

»Lieber Neas«, sagte ich, »du kannst die Schlachten deines Sohnes nicht für ihn schlagen. Er wird kein kleiner Junge sein, sondern ein erwachsener Mann mit eigenen Kümmernissen und eigenen Siegen. Und er wird nicht allein sein. Vielleicht wird Kianna oder ein Kind, das noch nicht geboren ist, ihn führen oder als wahrer Gefährte an seiner Seite schreiten.«

Sein Blick huschte zu meinem Leib. »Ah. Ich habe es mir gedacht. Weiß Xandros Bescheid?«

»Ja«, sagte ich.

»Wehe ihm, wenn er nicht tut, was recht und schicklich ist«, knurrte Neas.

Ich lachte. »Du hörst dich an, als wäre ich deine Tochter!«

»Du bist meine Freundin«, sagte er und ergriff meine

Hand mit jenem gegenseitigen Griff ums Handgelenk, als wäre ich ein Schiffsführer und ein Mann.

Ich erwiderte den Druck. »Ja, und das werde ich sein, bis die Welt endet.«

Zusammen gingen wir schließlich zum Volk zurück.

Wir stachen an einem schönen Frühlingsmorgen von Skylla aus in See und ließen die Asche unserer Feuer am Strand zurück, wo die Wellen sie fortspülen würden.

Das gute Wetter hielt nicht an. Wir folgten der Küste in Richtung Norden, vorbei an den rauchenden Bergen, und hielten auf die Meerenge zu, wo, wie die Schardana Xandros erzählt hatten, die Insel Skylla fast das Festland berührte. Die Meerenge war in Sicht, als sich der Himmel auftat und es zu regnen begann.

Xandros band sich ans Steuerruder, und ich saß mit Tia, Polyra und ihrem Sohn in der Bugkabine, Kianna auf meinem wild schwankenden Schoß. Kianna greinte die ganze Zeit leise und unaufhörlich, damit wir auch ganz sicher verstanden, dass ihr dies alles überhaupt nicht zusagte, und hörte erst damit auf, als ihr der Mund im wahrsten Sinne des Wortes mit der Brust ihrer Mutter gestopft wurde.

Nach einer Weile war ich sicher, dass mir jeden Moment übel werden würde. Ich ging hinaus auf Deck und traf auf Kos, der gerade vom Heck kam.

»Geh wieder hinein!«, schrie er mir durch den Wind zu.

»Gleich!«, antwortete ich. »Was hast du vor?«

Kos beugte sich dicht zu mir, damit ich ihn verstehen konnte. »Ich gehe nach vorn zum Bug, um zur

Sieben Schwestern hinüberzurufen! Gegen diesen Wind können wir nicht anrudern. Unsere Ruderer sind völlig erschöpft, und wir kommen nicht voran. Wir müssen wenden, damit wir den Wind von achtern haben.«

»Dann kommen wir aber nicht zum Festland!«, schrie ich zurück.

»Herrin, so wie es jetzt ist, müssen wir nur bis nach Skylla kommen. Wir müssen hier heraus! Früher oder später erwischt uns eine von diesen Wogen von der Seite!«

Ich nickte. »Ich gehe wieder hinein.«

Ich hörte, wie er zu den anderen Schiffen hinüberbrüllte und berichtete, was los war. Dann fühlten wir, wie das Schiff wendete, hörten, wie der Rudergesang sich beim Wenden änderte und dann verstummte, als das Segel halb am Mast emporgezogen wurde und der Wind es erfasste. Gleich darauf hörte ich, wie Bais Ruder direkt vor der Tür eingezogen und eingerastet wurde.

Ich streckte abermals den Kopf hinaus. Bai stützte sich auf sein Ruder; sein Kopf hing herab, und der Regen rann an seinem nackten Rücken herunter. Die Narbe der alten Pfeilwunde zeichnete sich blass auf seiner Brust ab. »Wir sind umgekehrt?«, fragte ich.

Er nickte. »Wir können nicht mehr«, keuchte er. »Wir mussten kehrtmachen.«

Es wurde Nacht, während wir uns vom Wind über das Wasser schieben ließen. Es war nicht der schlimmste Sturm, den ich je erlebt hatte, doch als ich im Morgengrauen aufs Deck trat, zwischen wogender See und tief dahinjagenden Wolken, erblickte ich zu meiner Rechten einen wohlbekannten Berg, den vertrauten Umriss einer Landzunge und einen Strand.

Ich ging zum Heck, blieb neben Xandros stehen und reichte ihm verdünnten Wein.

Durstig stürzte er ihn hinunter, die Hände noch immer am Steuerruder, während ich ihm den Schlauch an die Lippen hielt.

»Wir sind wieder da«, bemerkte ich.

Er nickte. »Hier haben wir Anchises verbrannt. Genau wieder da, wo wir waren. Eine Menge Mühe für nichts und wieder nichts.«

Hinter uns sah ich sowohl die *Sieben Schwestern* als auch die *Perle* dahinziehen. »Zumindest scheint niemand zu Schaden gekommen zu sein. Ich nehme an, dass die Herrin der See wollte, dass wir zurückkommen. Dass es hier noch etwas zu tun gibt. Aber ich weiß nicht, was es ist.«

»Nicht?«

»Nein«, bekräftigte ich und kam ihm zuvor. »Und nein, es ist kein Fluch! Ich glaube einfach nur, dass Sie will, dass wir etwas tun. Ich muss nur herausfinden, was.«

22

Der goldene Zweig

Als der Regen aufhörte, errichtete Neas am Strand einen Altar aus herumliegenden Steinen und opferte der Herrin des Meeres. Wir hatten keine Lämmer oder Ziegen, also bestand das Opfer aus den Flammen und ein wenig von der Myrrhe, die Basetamon mir geschenkt hatte. Ich versicherte Neas, dass Myrrhe sich bestens für die Göttin eignete und dass dies in Ägypten ihre gewohnte Speise sei. Um ganz sicher zu sein, goss er auch noch Wein als Trankopfer aus.

»Erhabene Herrin«, betete er laut. »Barmherzige Mutter der See, aller Geschöpfe darin und aller Vögel, die darüber fliegen, Du hast uns zu diesem Orte zurückgebracht, und wir verstehen nicht, warum. Wenn Du es uns zeigst, so werden wir uns nach Kräften bemühen zu erfüllen, was immer Du von uns verlangst. Wir werden Dir zu Ehren neun Tage lang hier verweilen, wie wir es Anchises zu Ehren getan haben, und am Ende dieser Zeit werden wir mit Deinem Segen in See stechen.«

Neun Tage, dachte ich, müssten doch gewiss ausreichen, damit der Wind sich drehte und dass Sie Ihren Willen kundtun konnte.

Und so rasteten wir.

Am zweiten Tag kam Wilos zu mir, als ich Tia gerade half, Fische auszunehmen. Schüchtern stand er neben mir und wartete, bis ich aufblickte.

»Ja, Wilos?«, fragte ich.

»Ich habe etwas gefunden«, sagte er. »Und ich weiß nicht, aber vielleicht könnte es das sein.«

»Das?«

»Das, weswegen wir hier sind«, erklärte er. »Ich habe es gefunden. Ich glaube, es ist eine Höhle, in der ein Ungeheuer haust.«

»Eine Höhle, in der ein Ungeheuer haust?« Ich klang ungläubig. Auf der Landzunge und entlang der steilen Ufer, zwischen denen der Bach ins Meer strömte, gab es ein paar Höhlen, die nicht sehr tief waren, doch wir hatten jetzt elf Tage hier verbracht, ohne etwas Gefährlicheres zu Gesicht bekommen zu haben als einen Fuchs. Möglicherweise gab es Bären in dieser Gegend, aber unsere Männer hätten doch gewiss schon Spuren von ihnen entdeckt.

Wilos trat von einem Fuß auf den anderen. »Kommst du mit, und bringst du meinen Vater auch mit?«

Ich nahm nicht nur Neas mit, sondern auch Xandros, Kos und Bai, alle mit Schwertern und ein paar schweren Speeren ausgerüstet. Bai hatte außerdem seinen Bogen dabei. Neas war dagegen, dass Wilos mitging, doch ich wies ihn darauf hin, dass der Knabe uns den Weg zeigen musste, und Xandros fand, er sei nicht zu jung für eine Bärenjagd, vorausgesetzt, er hielte sich hinter den Männern. Und beschwerlicher als ich hätte er es auch nicht. Was stimmte, ich war mittlerweile fast im siebten Monat und wurde allmählich schwerfällig und unförmig.

Rasch gingen wir den Bach hinauf. Der Tag war warm, und wir waren länger als eine Stunde unterwegs. Das Rauschen des Meeres verklang hinter uns. Allmählich wünschte ich mir, ich hätte davon abgesehen mitzukommen. Entlang der Bachufer war der Boden hier größtenteils felsig, und die Bäume waren klein und verkümmert.

»Dort«, sagte Wilos und zeigte mit dem Finger.

Der Bach floss durch eine kleine Schlucht, und hoch oben an einem Hang war ein Eichenhain; die jungen Blätter der Bäume warfen einen lichtgesprenkelten Schatten über den Eingang einer Höhle. Ich wartete mit Wilos am Bach, während Neas, Xandros, Kos und Bai hinaufkletterten und sie erkundeten. Sie waren lange fort, bis Kos schließlich herauskam und zu uns herunterrief: »Es droht keine Gefahr. Ihr könnt heraufkommen!«

»Was gibt es dort oben?«, rief ich zurück. Wenn dort gar nichts war, mussten sie eben alle wieder herunterkommen.

Dann klomm ich hinauf. Es wurde allmählich heiß, und ich war froh über den Schatten am Ende des Anstiegs. Wilos rannte vor mir den Hang hinauf.

»Was habt ihr gefunden?«, wollte ich wissen.

»Alles in Ordnung«, beschwichtigte Neas. »Hier gibt es nichts Lebendiges.«

»Die Gebeine eines Ungeheuers«, verkündete Xandros. Er sah aus, als wünsche er sich sehnlichst, irgendwo anders zu sein.

»Komm und schau, was du davon hältst«, sagte Neas.

Ich trat vor und wartete, bis meine Augen sich an das trübe Licht gewöhnt hatten. Auf dem Boden der Höhle lag ein Skelett, die Beine und Füße noch in der Erde vergraben. Es hatte Rippen wie ein ausgewachsener Mann, und ich hätte es für menschlich gehalten, hätte ich den Kopf nicht gesehen. Ich kniete daneben nieder. Der Schädel war riesig und wölbte sich überall dort vor, wo das nicht der Fall sein sollte: Er wies gewaltige Knochenleisten über den Augen auf und einen Unterkiefer, der gewiss vorgestanden hatte. Ein paar abgenutzte Zähne waren noch vorhanden. Ich streckte die Hand aus und berührte ihn leicht. Der Schädelknochen war glatt und kalt wie Stein.

»Siehst du das hier?«, fragte Bai. Er hob einen Stein auf, der neben dem Gerippe gelegen hatte, auf einer Seite geschärft. Weiße verschlungene Linien zeigten die Riefen in dem Feuerstein. »Das ist eine Art Axt oder ein Beil.«

Ich griff danach. »Richtig«, meinte ich. »Ich habe Menschen Steinbeile benutzen sehen, hoch oben in den Bergen von Pylos. Arme Leute, die sich keine Bronze leisten können.«

»Ich habe hier keinerlei Metall gesehen«, sagte Neas.

Ich wandte mich wieder dem Skelett zu und streifte mit den Fingern Erde von den Rippen. Es sah beinahe aus wie ein Mensch.

»Was ist das?«, fragte Xandros. »Ein Zyklop?«

»Vielleicht«, antwortete ich. »Aber er hatte zwei Augen.« Meine Hände berührten eine Rippe, folgten der rötlichen Schliere darauf. »Und er hatte Freunde. Sie haben ihn aufgebahrt.«

»Woher weißt du das?«, ließ Neas verlauten.

»Die Flecken auf seinen Gebeinen«, sagte ich. »So begraben wir Priester. Und die Dienerinnen der Herrin der Toten. Wir gehen nicht ins Feuer, sondern schlafen in tiefen Höhlen wie dieser hier.«

Sie hatten ihn zurechtgelegt. Keine Leiche würde einfach in einer solchen Stellung zu Boden stürzen, auf dem Rücken, seine Axt neben sich und mit Ocker bestäubt. Vielleicht hatten sie ihm das Haar gekämmt, Blumen um seinen Leichnam gelegt, hatten sich Haarsträhnen abgeschnitten, um sie ihm auf die Brust zu legen. Ich konnte es beinahe vor mir sehen, und einen Augenblick lang glaubte ich tatsächlich, es wäre so. Seltsame, hässliche Menschen, aber mit Trommeln und dem Klagegeheul der Frauen, als sie ihn hier in die Höhle legten. Irgendjemandes Geliebter, irgendjemandes Vater, irgendjemandes Sohn. Hatte jemand den Abstieg gesungen?

Xandros schob sich langsam auf den Ausgang zu. »Ich glaube, wir sollten nicht hier sein«, brummte er.

»Wenn dieses Grab ein heiliger Ort ist, dann nicht«, meinte Neas. »Das Letzte, was wir brauchen, ist, dass die Herrin der Toten über uns verstimmt ist.«

»Sie wird nicht verstimmt sein«, erwiderte ich. »Wenn ihr hinausgehen wollt, dann könnt ihr das tun. Ich werde das, was übrig ist, von Neuem begraben und den Abstieg für ihn singen.«

»Ich helfe dir«, verkündete Wilos.

»Nein«, entschied Neas.

»Ich habe ihn gefunden.« Wilos schaute zu seinem Vater auf. »Und du kannst nicht erwarten, dass die Herrin ihn ganz allein begräbt. Sie ist doch schwanger!«

Neas' Mund zuckte, doch er hatte dem Edelmut seines Sohnes nichts entgegenzusetzen. »Nun gut. Hilf der Sibylle, wenn du möchtest. Ist dir das recht?«

»Wilos ist bestimmt eine große Hilfe«, versicherte ich ihm. »Und es besteht ja keine Gefahr.«

Xandros sah eindeutig skeptisch aus, doch sie gingen hinaus. Die gleißende Sonne schien durch den Höhleneingang herein und ließ Wilos' helles Haar aufleuchten wie einen Strahlenkranz um seinen Kopf. »Danke, dass du hierbleibst, Prinz Wilos«, sagte ich. »Wenn du mir helfen könntest, die Erde aus der Ecke dort herbeizuschaffen, damit wir ihn wieder bedecken können?« Ich legte seine Axt neben den Toten.

Wilos machte sich mit Feuereifer ans Graben und schleppte die Erde in seinem Kittel heran. Lide hätte bestimmt das eine oder andere übers Wäschewaschen zu sagen gehabt, doch ich zog es vor zu schweigen.

Der Knabe half mir, die Erde wieder über den Rippen und der Brust festzuklopfen. Seine kleine Hände waren braun und stark. »Glaubst du, er ist getötet worden?«, fragte er.

Ich schüttelte den Kopf. »Ich sehe keine gebrochenen Knochen oder irgendetwas, das zersplittert ist. Und ihm fehlen die meisten Zähne, bis auf ein paar wenige, die sehr, sehr abgenutzt sind. Siehst du?« Während wir arbeiteten, zeigte ich ihm, was ich meinte. »Ich glaube, er war ein alter Mann.«

»Wie mein Großvater«, meinte Wilos.

»Ja.« Ich wusste, dass er Anchises sehr vermisste. Und das war nichts Schlimmes. Anchises wurde vermisst, weil er von seinem einzigen Enkel geliebt worden war.

»Glaubst du, er war ein König?«

»Vielleicht«, antwortete ich. »Oder ein Priester.«

»Ich wollte, ich könnte ein Priester werden«, sagte Wilos.

Ich blickte in sein gefasstes Kindergesicht auf, sah, wie er beim Arbeiten seine eigenen Hände betrachtete. »Wirklich?«, fragte ich leise. Er war auch ihr Enkel, der Enkel Lysisippas, der Tochter des Priamos, die die Dienerin der Herrin der See gewesen war.

»Hm-hm. Aber stattdessen muss ich ein Prinz sein.«

»Weißt du, du könntest beides sein«, sagte ich. »Manche Götter haben Priester, die noch andere Dinge tun. Und ein König muss manchmal auch ein Priester sein.«

»Werde ich denn mal König sein?«, fragte er.

»Ja«, antwortete ich. »Eines Tages, wenn du so alt bist wie dein Vater jetzt, dann wirst du unser König sein, und du wirst das Volk beschützen, genau wie dein Vater es tut.«

»Das hört sich ziemlich schwer an«, meinte er und häufte die Erde sachte über die Augenlöcher des Schädels.

»Das ist es auch«, bestätigte ich. »König zu sein ist wirklich schwer. Aber du wirst Menschen haben, die dir helfen.«

»Wen denn?«

»Kianna zum Beispiel«, sagte ich.

Wilos schnaubte. »Kianna ist doch ein Baby. Sie ist bestimmt keine große Hilfe.«

»Aber sie wird dann kein Baby mehr sein. Sie wird die Sibylle sein, die Dienstmagd der Herrin der Toten. Und sie wird dir helfen, so wie ich deinem Vater helfe.«

Er sann einen Augenblick darüber nach. »Wird sie hübsch sein?«

»Ich denke schon.« Kianna war ein schönes Kind, wie ich es im Voraus gewusst hatte, mit rotgoldenem Haar, großen grauen Augen und milchheller Haut, die in der Sonne sommersprossig wurde.

»Lide sagt, sie ist ein kluges Kind«, überlegte Wilos. »Vielleicht sollte ich sie heiraten. Ich meine, wenn sie hübsch und klug ist und mir dabei helfen wird, König zu sein.«

»Das sind sehr wichtige Dinge, die muss man gut bedenken«, stellte ich fest und fragte mich, wie viel Gerede Wilos in Ägypten aufgeschnappt und wie viel Anchises gesagt hatte. »Es ist wichtig für einen König, die Richtige zu heiraten. Aber ich glaube nicht, dass du Kianna heiraten kannst, weil sie die Sibylle sein wird.«

Ich klopfte die letzte lockere Erde fest. »Jetzt muss ich den Abstieg singen. Kannst du mir helfen und mit den Händen auf den Boden trommeln?«

Wilos nickte, und ich stimmte den Abstieg an, den langen, hohen Teil am Anfang und dann den tieferen Part der Klage. Als ich zu diesem Wechsel kam, fiel Wilos in höherer Tonlage ein; seine Knabenstimme war ebenso rein und klar wie die seines Vaters und schwang sich über die meine empor. Gemeinsam beendeten wir den Gesang.

»Ich wusste gar nicht, dass du das kennst«, staunte ich.

Er zuckte die Achseln. »Ich habe es dich ja oft singen hören.«

»Das stimmt wohl.« Ich schickte mich an aufzustehen.

Zu oft hatte ich in so wenigen Monaten den Abstieg gesungen.

»Kann ich auch ein Priester sein? Auch wenn ich König bin?«, wollte er wissen.

Ich blickte auf ihn hinab, wie er dort in dem verirrten Sonnenstrahl hockte und seinen schmutzigen Kittel ausschüttelte. Seine Großmutter war Cytherea, und seine Großtante war Kassandra, vielleicht das größte Orakel, das das Volk jemals gekannt hatte. Es lag ihm im Blut, lag ihm tief in den Knochen. Und er war der Erstgeborene, als Prinz geboren. So etwas war in der Stadt nicht üblich, doch wir waren nicht mehr in der Stadt.

»Ja, Wilos«, sagte ich. »Du wirst auch ein Priester sein. Du wirst ein Priester des Königs der Götter sein und außerdem König des Volkes. Es gibt keinen Grund, weshalb du nicht beides zugleich sein kannst.«

Ich nahm seine Hand, und zusammen verließen wir die Höhle.

Draußen in dem Hain übten sich die Männer im Zielschießen. Bai hatte seinen Bogen hervorgeholt, und sie versuchten abwechselnd, einen bestimmten Baumstamm zu treffen. Xandros stellte sich dabei ziemlich ungeschickt an, und die anderen hatten mit dem Schießen aufgehört, standen herum und machten Witze, während Xandros im Unterholz nach seinem Pfeil suchte.

Er fand ihn und brachte ihn zurück. »Mach's besser«, knurrte er und hielt Kos den Pfeil hin.

»Mit Leichtigkeit, mein Freund, mit Leichtigkeit«, erwiderte Kos, legte den Pfeil auf die Sehne und zielte nach oben auf den Baum.

Neas packte ihn am Arm. »Warte!«

Etwas blitzte in den Bäumen auf. Ein weißes Taubenpaar zog seine Kreise durch die Luft und landete auf dem Ast, den sie sich ausgesucht hatten.

Kos ließ den Bogen sinken, und wir alle atmeten heftig aus.

»Tauben«, stieß Neas mit gedämpfter Stimme hervor. »Wir haben Meine Mutter um ein Zeichen gebeten. Als ich klein war, hat ein Paar weiße Tauben in den Dachbalken des Großen Tempels der Herrin des Meeres genistet. Ich erinnere mich an sie. Ich habe sie immer mit Brotstückchen gefüttert, und sie sind zu mir gekommen. Eine hat sich sogar auf meiner Schulter niedergelassen. Das ist das Zeichen. Sie hat gewusst, dass ich mich daran erinnern würde.«

Die Tauben hockten auf dem Ast und sahen zu uns hernieder. Dann flogen sie gemeinsam auf, flatterten durch die Bäume und landeten ein kleines Stück entfernt. Neas ging los. Sie erschraken nicht, sondern warteten nur, bis er näher kam.

Als er direkt unter ihnen angekommen war, blickte er hinauf. »Was wollt ihr mir zeigen? Warum seid ihr hier?«

Flügelschlagend stoben sie empor, und er folgte ihnen.

Sechsmal flatterten sie auf und flogen ein kleines Stück, ehe sie sich von Neuem niederließen, und sechsmal folgten wir ihnen durch den sonnengesprenkelten Wald, in den Schatten einer gewaltigen Eiche, deren Stamm im Umfang so viel maß wie Neas und Xandros zusammen. Die Vögel landeten im unteren Geäst des Baumes und gurrten.

Blassgrüne Blätter wanden sich um den Ast, eine

Traube herabhängender goldener Beeren, klein und zart.

»Der goldene Zweig«, flüsterte ich.

Neas sah mich an.

»Für die Königswürde«, erklärte ich. »Um durch die Tür der Nacht in die Unterwelt zu gelangen und unversehrt zurückzukehren, brauchen wir diese Beeren, denn sie sind der Totenkönigin heilig. In Ägypten wachsen sie überhaupt nicht und in Akaiawa nur selten. Du musst den Zweig herunterholen, ohne ihn zu beschädigen. Deshalb hat die Herrin der See uns hergebracht, damit wir das tun.«

»Das sind vom Boden aus fünf Mannslängen!«, stellte Kos fest. »Diesen Baum kann man nicht erklettern.«

Neas' Blick huschte zu Wilos' schmutzigem Kittel, dann zu dem Baum über ihm.

»Mein Sohn«, sagte er, »zieh dein Hemd aus und halt es zwischen den Händen, so wie du die Erde getragen hast, und stell dich unter den Ast.« Er streckte die Hand nach Bais Bogen aus.

Die Tauben erhoben sich erneut, wanden sich in immer größeren Kreisen aus dem Wäldchen in den Himmel empor.

Sorgfältig wählte Neas den makellosesten Pfeil aus. Keiner von uns atmete, als er ihn auf die Sehne legte und den Bogen spannte.

Der Pfeil zischte aufwärts. Er durchtrennte den Ansatz des Zweiges dort, wo er an dem Baum haftete, und das Bündel aus Beeren und Blättern fiel in Wilos' Kittel.

Kos brüllte jubelnd auf, und die anderen fielen ein.

Wilos johlte ausgelassen, als Neas den Zweig aus dem Stoff hob und ihn hochhielt.

Ich lächelte. »Oh, gut gemacht, Prinz Äneas! Gut gemacht!«

Mit einem triumphierenden Lächeln legte er mir das Bündel in die Hände. »Für dich, Herrin. Bis die Zeit kommt, sich seiner zu bedienen.«

»Das wird nicht mehr lange dauern«, antwortete ich.

Am Ende der neun Tage stachen wir abermals in See. Diesmal war das Meer ruhig, und der Wind blies frisch, aber nicht stark. Zwei Tage später kamen wir zu der Stadt, die über die Meerenge wacht, in der, wie es heißt, Charybdis lebt. Messina ist eine recht große Stadt mit starken Mauern, auf einer Landzunge errichtet, und der Hafen liegt unterhalb der Stadt, von einem Dorf umgeben. Ich fragte mich sorgenvoll, was uns dort wohl für ein Empfang zuteilwerden würde, und das aus gutem Grunde, denn als unsere Schiffe in den Hafen einliefen, hatten sich bereits alle Männer der Stadt versammelt, um uns zurückzuschlagen.

Neas wies uns an, unsere Bögen unter Deck zu lassen, und Xandros rief die Stadtbewohner über das Wasser hinweg auf Schardanisch an. Die Sprache ist nicht dieselbe, aber sie ist der ihren ähnlich genug, dass Xandros ihnen das Wort »Handel« verständlich machen konnte anstelle von »Gebt uns eure Frauen und eure Vorräte«. Danach zeigten sie sich etwas zugänglicher und ließen eine kleine Anzahl der Unseren an Land kommen, obgleich sie ihre Zitadelle weiterhin verschlossen hielten und das Volk, das sich dorthin geflüchtet hatte, dort ausharrte. Ein paar von den Männern jedoch kamen zum Hafen herunter und waren bereit, mit uns zu handeln.

Xandros, der am besten Schardanisch sprach, besorgte den größten Teil des Redens. Er erfuhr von den Leuten aus der Stadt, dass an diesen Küsten häufig Piraten auftauchten und dass vor einigen Jahren eine Schar Achaier hier gewesen war, die ihnen großes Ungemach bereitet hätten. Xandros berichtete ihnen, was in Ägypten mit der großen Flotte geschehen war und dass es nicht sehr wahrscheinlich sei, dass die Achaier in naher Zukunft zurückkehren würden.

Wir tauschten ägyptisches Bier gegen Wein und Oliven, einen erlesenen Bronzedolch sowie einen Teil der Myrrhe aus dem Beutel, den ich bei mir hatte, gegen eine beachtliche Menge Korn, Erbsen und Linsen, genug, um uns mehrere Wochen lang zu ernähren. Ihr Tempel hatte schon seit einem Jahr keine Myrrhe mehr, da es so schlecht um den Handel bestellt war. Tatsächlich waren wir die ersten fremden Schiffe, die in diesem Jahr gekommen waren, obgleich bereits Frühsommer über dem Land lag.

Schließlich blieben wir eine Woche lang. Der Hafen war gut ausgestattet, und Maris wollte einen Teil des unteren Rumpfes der *Perle* neu abdichten, wo ein kleines Leck entstanden war. Groß war es nicht, aber es war besser, Probleme zu vermeiden.

»In einem Sturm kann so etwas aufreißen«, meinte Kos. »Am besten kalfatert und teert man so ein Leck, bevor es schlimmer wird.«

Also saß ich da, wurde immer behäbiger und versuchte,

mich von dem Geruch des geschmolzenen Teers fernzuhalten, von dem mir übel zu werden drohte. Eigentlich war es ein wunderschönes Fleckchen, um herumzusitzen; die Luft war sommerschwer, und der warme Sonnenschein brach sich glitzernd auf dem Meer. Ich saß am Strand, während Kianna im Sand wühlte und Tia nach Muscheln grub, um Suppe daraus zu machen.

Dort fand Neas uns. Er kam herbei, setzte sich neben mich und streckte seine langen Beine auf dem Sand aus, wobei er die Füße in dessen Wärme vergrub. »Noch ein Tag«, sagte er. »Dann ziehen wir wieder weiter.«

»Wohin?«, fragte ich.

»Sollte ich dich das nicht fragen?«, gab er zurück.

Ich schüttelte den Kopf. »Du bist der künftige König, und wie du schon festgestellt hast, verstehe ich nichts von der Seefahrt.«

Er zuckte die Achseln. »Dann nach Norden, an der Küste entlang. Es heißt, diesen Sommer waren noch überhaupt keine Handelsschiffe hier. Ich nehme zusätzliche Ladung an Bord und bringe sie nach Norden. Wir müssten eigentlich guten Tauschhandel treiben können. Und außerdem möchte ich herausfinden, woher die Schwerter kommen.«

»Die Schwerter der Schardana?«, fragte ich. »Kommen sie von hier?«

Neas nickte. »Nördlich von hier, ein Stück die Küste hinauf, gibt es ein Volk, das weiß, wie man sie herstellt. Wenn wir sie benutzen wollen, müssen wir wissen, wie man sie instand setzt und wo wir mehr davon herbekommen. Die Leute hier benutzen sie, aber sie schmieden sie nicht. Was denkst du?«

Ich spreizte die Hände, und mein Bauch wölbte sich prall darunter. »Ich sehe nichts. Schon seit einigen Wochen nicht mehr, seit wir die Höhle auf Skylla verlassen haben. Das Kind beansprucht jetzt alles. Ich glaube nicht, dass ich etwas werde sehen können, bevor sie geboren ist. Ich bin zu sehr dem Leben geweiht.«

»Ein seltsames Mysterium«, bemerkte Neas.

»Ja, aber ich habe gehört, es ist oft so.« Jetzt, da ich Leben in mir trug, war ich aus dem Totenreich verbannt, lebte in den oberirdischen Gefilden, so wie es die Herrin tut, wenn Sie Ihren dunklen Mantel abwirft und ins Sonnenlicht hinaustritt und Blumen unter Ihren Füßen erblühen. Ich hatte mir niemals ausgemalt, wie es sein würde, so zu wandeln, die helle Sommerluft zu spüren, ohne eine Ahnung von den Abgründen darunter.

»Also nach Norden. Und vielleicht beeilt sich deine Tochter ja mit ihrer Ankunft, damit ich nicht länger auf meine Sibylle verzichten muss.«

»Nicht allzu sehr«, wehrte ich ab. »Nicht ehe Sothis emporsteigt und der Hochsommer kommt.«

Und so segelten wir nordwärts die Küste hinauf, machten in jeder kleinen Stadt halt und trieben Handel. Die meisten waren nicht mehr als Fischerdörfer; ärmliche Weiler mit einigen wenigen Familien, die in den Wald rannten, sobald sie unsere Segel erblickten. Manchmal war niemand mehr da, mit dem man Tagesgeschäfte machen konnte, und Xandros rief vergeblich in die leeren Straßen, dass sie keine Seeräuber, sondern ehrbare Männer seien, worauf ihm nur Stille antwortete.

Einen Monat später waren wir ein Stück von der Küste

entfernt, und ich stand neben Xandros an der Reling, nachdem wir eine dieser Ortschaften verlassen hatten.

»Kommt es dir nicht auch so vor«, meinte ich, »als ob hier eigentlich viel mehr Menschen leben sollten? In diesen Wäldern gibt es reichlich Wild, und das Wasser ist voller Fische.«

»Und zwar guter Fische«, stellte er fest. »Und noch dazu dicht am Ufer. Sie haben das Meer nicht leergefischt. Um Wilusa herum ist das Wasser allmählich verödet. Wir mussten viel weiter hinausfahren, um einen Fang zu machen, als mein Vater in seiner Knabenzeit, hat er gesagt. Nachdem die Stadt das erste Mal geplündert worden war, haben wir mehr Fischfang als Ackerbau betrieben. Aber die Menschen hier scheinen nicht viel zu fischen. Oder es sind zu wenige, als dass man es merken würde.«

»Piraten«, meinte ich.

Er nickte. »Ein ganzer Haufen von diesen Städten hat Männer mit der großen Flotte ausgeschickt. Männer, die beschlossen haben, dass sie ein oder zwei Schiffe nehmen und mit den Schardana in See stechen wollten. Sie werden nie zurückkommen.«

»Sie sind in Ägypten«, sagte ich. »Man hat ihnen die Vorhäute abgeschnitten, und sie arbeiten auf den Feldern des Pharaos.«

»Oder auf dem Meeresgrund, wo wir sie hingeschickt haben«, setzte Xandros hinzu.

»Ihr Wohlstand ist dahin«, stellte ich fest. »Wer fischt in diesen Gewässern?«

»Niemand«, antwortete Xandros. »Also überfallen sie sich gegenseitig. All diese Stämme liegen miteinander im

Krieg. Ihnen bleibt nichts anderes übrig. Sie schieben einfach nur die Beute untereinander hin und her.«

»Und die Beute wird immer karger«, sann ich. »Jedes Jahr gibt es weniger Korn, weniger Oliven.« Auch hier wankte die Welt in ihren Grundfesten, gingen Städte unter. Wer konnte in solchen Zeiten junge Olivenbäume pflanzen oder Felder roden, um Getreide anzubauen?

»Was wiederum bedeutet, dass sie plündern oder verhungern müssen«, stellte Xandros fest. »Das sind Elende. Würden wir hier verweilen, so könnten wir genug Fische fangen, um das Volk zu ernähren, selbst mit nur drei Schiffen. Aber wie sollten wir an dem, was wir haben, festhalten? Irgendjemand, der verzweifelt ist, würde uns plündern.«

»Könnten sie das tun? Mit den neuen Schwertern?«

Xandros nickte. »Vielleicht können sie uns nicht im Kampf besiegen, aber sie könnten im Handumdrehen unser Lager niederbrennen. Wir haben keine Mauern, keine sichere Zuflucht, wo du und die anderen bleiben könntet. Also würde es uns nicht viel nützen, einen Angriff abzuwehren, wenn wir genau wissen, dass sie euch alle als Sklaven rauben und alles plündern werden, sobald wir auf Fischfang ausfahren.«

Ich dachte darüber nach und fand keinen Ausweg. Befestigungsanlagen zu errichten dauerte sehr lange, und soweit mir bekannt war, gab es auch niemanden unter uns, der wusste, wie das zu bewerkstelligen war. Die meisten Männer, die aus Wilusa entkommen waren, waren Seeleute, keine Baumeister und Städter.

Meine Wehen setzten am dritten Abend nach Sothis' Erscheinen ein. Wir segelten gerade kurz vor Sonnenuntergang dahin und hielten Ausschau nach einem Strand, der nicht zu felsig war, um dort die Nacht über haltzumachen. Schon den ganzen Tag lang hatte ich mich sonderbar gefühlt, war abwechselnd von Hochstimmung und Müdigkeit übermannt worden, und ich hatte Rückenschmerzen, die nicht vergehen wollten. Ich stand vorn im Bug und schritt auf und ab, als mein Geburtswasser in einem Schwall abging und meine Röcke durchtränkte.

Ich schrie auf, und Tia kam angerannt und drückte Kos, der sprachlos dastand, Kianna in die Arme.

»Komm jetzt«, sagte sie. »Gehen wir nach unten.«

»Ich will nicht«, sträubte ich mich. Aus irgendeinem Grund erfüllte mich der Gedanke, in die Kabine zu gehen, mit Furcht, vielleicht, weil ich dort erlebt hatte, wie Tia sich so lange gequält hatte. »Ich will hierbleiben und mich an der Reling festhalten.« Und dann überflutete mich eine Woge des Schmerzes, und ich umklammerte die Reling und krallte mich fest.

Als ich die Augen wieder öffnete, brüllte Xandros zur *Sieben Schwestern* hinüber. Der Schmerz kam zurück, während ich zusah, wie die *Sieben Schwestern* auf uns zuhielt, und als er wieder verebbte, streckte Xandros gerade die Arme aus, um Lide an Bord zu helfen, während das andere Schiff längsseits lag.

Lide kam geschäftig herbeigeeilt. Ich hielt mich an Tias Armen fest. »Komm, lass mich nachsehen«, sagte sie.

»Ich gehe nicht nach unten«, beharrte ich.

»Schön«, gab sie nach. »Kos, sag den Männern, sie sollen sich um ihre eigenen Angelegenheiten kümmern. Tia, du hilfst mir, und alles wird gut gehen. Setz dich, Pythia. Lass mich jetzt bitte nachsehen.«

Sie setzte mich aufs Deck, spreizte meine Beine und gab summende Geräusche von sich. Abermals übermannte mich eine Schmerzwelle. Als sie nachließ, sah ich Lide an.

»Wie lange geht das schon so?«, wollte sie wissen.

»Erst eine kleine Weile«, antwortete ich. »Seit mein Wasser geflossen ist. Aber ich habe mich schon den ganzen Tag lang merkwürdig gefühlt, und mir hat der Rücken wehgetan.«

Sie nickte. »Es kommt sehr plötzlich, nicht wahr? Durchaus möglich, dass das schon den ganzen Tag so gegangen ist und du es bloß nicht gemerkt hast. Das Kind hat sich ordentlich gesenkt, und dein Leib öffnet sich schnell. Das schmerzt wahrscheinlich sehr, aber so sollte es schneller gehen. Tia, frag Xandros, ob wir anlanden können. Wenn sie nicht nach unten gehen will, dann wäre ich lieber an Land.«

Wieder erfasste mich eine Wehe.

Lide drückte meine Hand, und ich wetterte den Schmerz ab. Polyra war zurückgekommen und kauerte an meiner anderen Seite. »Gut, gut«, brummte Lide. »Der Leib öffnet sich sehr schön. Die Wehen schnell und dicht hintereinander. Du machst das ganz wunderbar.«

Ich fühlte mich gar nicht wunderbar. Aber ich hatte auch keine Angst. Es war, als hätte ich Sie wieder in meinem Inneren, als wäre ich abermals von etwas sehr viel Größerem in Besitz genommen worden. Leben, dachte ich. Von irgendeiner seltsamen Göttin.

»Noch einmal«, sagte Lide.

Von irgendwo über mir vernahm ich Tias Stimme. »Xandros sagt, er steuert so nahe wie möglich an diesen Strand dort heran. Er ist steinig, aber es sieht aus, als wären es kleine Steine, und wir können ziemlich dicht heranfahren.«

Irgendein Teil von mir, der weit weg war, dachte belustigt, dass es gar nicht zu Tia passte, über einen Strand zu berichten und das, was Xandros gesagt hatte, Wort für Wort zu wiederholen. Vielleicht fürchtete sie sich.

»Es ist nicht so wie damals bei dir«, versicherte Lide über meinen Kopf hinweg, und ich wusste, dass ich recht hatte. »Du warst zu jung, und das Kind kam zu früh. Sie ist bereit. Sie ist mehr als bereit.«

Wogen fluteten heran und verebbten. Ich konnte die Brandung am Strand hören. Fest umklammerte ich Tias Hand. Irgendwo außerhalb der Schmerzen konnte ich hören, wie Xandros den Befehl gab, die Ruder einzuziehen; seine Stimme überschlug sich dabei. Wasser spritzte um den Bug.

»Komm jetzt«, sagte Lide, nahm meinen Arm und half mir auf. »Zwischen den Wehen schaffen wir dich an den Strand hinüber. Tia, sag deinem Mann, er soll gehen und ein Feuer anzünden. Wir werden die Wärme brauchen. Polyra, wo ist mein Messer?«

»Nicht schneiden«, flehte ich.

Lide drückte die Hand an meine Wange. »Doch nicht für dich, Mädchen. Für die Nabelschnur. Du bist sperrangelweit offen. Ich kann den Kopf des Kindes sehen.« Ihre Stimme veränderte sich. »Kos, komm her und hilf uns, sie hochzuheben!«

Zwischen den Wehen nahm Kos mich auf die Arme

und hob mich über die Reling. Eine weitere Schmerzwelle überrollte mich, stärker als zuvor. Ich konnte ihn schwer atmen hören, hörte das Seewasser um seine Knöchel plätschern.

»Setz mich ab«, stammelte ich. »Kos, setz mich ab!« Ich schlug heftig um mich.

»Kos, setz sie ab!« Das war Tia.

Wellen, die mich weiter und weiter drängten.

»Doch nicht ins Wasser, du Idiot!« Das war Lide.

Meine Füße platschten knöcheltief im Meer. »Ich muss! Ich muss!«, stieß ich hervor. Dann kauerte ich mich hin und packte Tias Arm.

Lide bedachte Kos mit saftigen Flüchen. »Ein paar Schritte mehr hätten dich ja wohl nicht umgebracht!«

Der Lärm der Mannschaft, die das Schiff auf den Strand setzte. Xandros' Stimme.

Tia, die Kos herumkommandierte. »Geh und hilf mit dem Schiff. Geh schon. Sie versuchen, auf den Strand zu laufen.«

Ich umklammerte ihren Arm fester. Die Zeit blieb an einem Ort jenseits des Schmerzes stehen. Drei Tropfen Blut drangen zwischen meinen gespreizten Beinen hervor, fielen ins Wasser. Mit einem Ausatmen glitt das Kind heraus, der lange, breite Leib fiel in Lides Hände, und die Nabelschnur rutschte hinterher. Ein Bein landete im kalten Meerwasser, und das Kind schrie.

Es war kein winziges Maunzgeräusch, wie Kianna es von sich gegeben hatte, sondern ein Gebrüll aus vollem Halse, empört und lautstark. Das Messer blitzte auf. Die Nabelschnur teilte sich, und Lide hob das Kind aus dem Wasser, das an ihm zerrte.

»Na also!«, sagte sie befriedigt. »Was für ein großer, kräftiger Junge! Du hast einen prachtvollen Sohn, Sibylle.«

Ich fühlte Tias Arme um mich, die mich stützten, und streckte eine Hand nach ihm aus, dorthin, wo er in Lides Händen hing. Ja, es war ein Junge. Sein kleiner Phallus war aufgerichtet und sein Skrotum von der Geburt geschwollen. Braune Haut und breite Schultern, eine dichte Kappe aus schwarzem Haar auf dem Kopf. Sein Gesicht war vom Schreien verzerrt, die Augen fest zugekniffen.

»Oh, oh, oh …«, stammelte ich.

Eine weitere Schmerzwoge, doch ich bemerkte sie kaum. »Da ist die Nachgeburt«, verkündete Lide. »Alles hübsch in einem Stück. Halt still.«

Die See nahm sie mit. Salzwasser brannte, als die nächste Welle sich anbahnte.

»Lass mich ihn nehmen«, bat ich.

Tia half mir auf. »Komm, hier entlang. Bai macht ein Feuer. Komm aus dem Wasser.«

Ich stand auf, und Lide legte ihn mir in die Arme. Seine kleine Faust öffnete und schloss sich an meinem Schlüsselbein, und er weinte wie ein blökendes Lämmchen.

»Er ist so groß«, sagte ich.

Sie führten mich, halb auf Tia gestützt, zu dem Feuer, das Bai gerade in Gang brachte, und setzten mich auf irgendjemandes Mantel, eine Decke um die Schultern.

»Er ist ein prachtvoller, großer Bursche«, stellte Lide fest. »Und ordentlich brüllen kann er auch. Setz dich jetzt.«

Das Feuer flammte auf. Ich hielt meinen Sohn in den Armen.

»Er ist ja doppelt so groß wie Kianna«, stellte ich fest.

»So ungefähr«, bestätigte Tia. Ihre Röcke dampften. Wir waren alle bis auf die Haut durchnässt.

Ich saß da und sah zu, wie die Schiffe anlandeten. Die *Sieben Schwestern* war noch nicht am Ufer. Die Sonne war gerade unter den Wellen versunken, und die Sterne zeigten sich. Mir war es wie eine Ewigkeit vorgekommen, doch es konnte nicht sehr lange gedauert haben. Das sagte ich auch zu Lide.

»Überhaupt nicht lange«, pflichtete sie mir bei. »Schnell, für eine erste Niederkunft. Und dann ein so kräftiges Kind. Machen wir es dir bequem, damit du stillen kannst. Manchmal wollen sie am Anfang nicht recht, aber es ist gut, es zu versuchen. Das bringt die Blutung besser zum Stehen.«

Ich wartete im Feuerschein, meinen Sohn an der Brust. Sanft hob ich meine Brustwarze an und rieb sie über seine Wange. Er drehte den Kopf und schnappte zu; sein zahnloser Mund war erstaunlich kräftig. Auf seinem Gesicht lag ein Ausdruck völliger Zufriedenheit.

Ich saß da und betrachtete ihn, fühlte, wie die Krämpfe nachließen, seltsam unwirklich, als sähe ich allem von hoch oben zu. Bald darauf brachte Lide mir etwas warmen Wein, und ich trank ihn benommen. Der Kleine schloss die Augen und seufzte; die Brustwarze rutschte ihm aus dem Mund.

Xandros kniete neben mir nieder. »Wie geht es dir?«

Ich hob einen Zipfel des Mantels an, damit er das Kind sehen konnte. »Es ist ein Junge. Ein großer, kräftiger Junge.«

Sein Haar war schwarz wie meins und das von Xandros, und er hatte die breite Brust und die ausladenden Schultern seines Vaters.

Xandros ließ den Kopf auf meine Schulter sinken, den Arm um mich geschlungen. Tränen strömten ihm übers Gesicht.

Bewegung, ein Aufflammen von Fackeln. Neas stand mit Maris und Wilos am Rande des Feuerscheins wie vor der Tür eines Hauses. »Dürfen wir dich begrüßen?«, fragte er.

Lide trat zurück, öffnete eine unsichtbare Tür. »Prinz Äneas.«

Xandros blickte auf.

Neas kniete vor mir nieder. »Herrin, darf ich dir meine Glückwünsche entbieten?«

»Ich danke dir«, sagte ich und öffnete abermals den Mantel, damit er das Kind sehen konnte.

»Es ist ein Baby«, stellte Wilos fest.

Neas betrachtete den Knaben ernst. »Wie soll er heißen?«

Ich sah Xandros an. In Wahrheit hatten wir niemals über Namen für einen Jungen gesprochen. »Markai«, sagte ich.

Neas nickte und berührte sanft die Stirn des Kindes. »Markai, Sohn des Xandros, Sohn des Markai«, sagte er. »Du bist willkommen in unserer Gemeinschaft, Sohn des Volkes.«

Xandros' Blick begegnete dem von Neas. »Danke«, sagte er, und seine Augen standen voller Tränen. »Mein Sohn und ich werden stets an deiner Seite stehen.«

Wilos sah mich an, und plötzlich lächelte er. »Wenn ich König bin«, verkündete er, »dann kann Markai einer von meinen Schiffsführern sein, das verspreche ich.«

»Das ist ein gutes Versprechen«, lobte Neas und zauste Wilos das Haar. »Mögest du ihm so ein treuer Gefährte sein, wie ich es Xandros bin.« Und er streckte den Arm aus und umfasste Xandros' Handgelenk.

Das Kind gab ein Schluckaufgeräusch von sich und wandte sich wieder meiner Brust zu.

23

Die Tür der Nacht

Von jenen ersten Wochen nach Markais Geburt ist mir außer ihm nicht viel im Gedächtnis geblieben. Er war ein großer Junge und wollte ständig trinken. Er trank und schlief und schlief und trank wieder, während der Morgen zum Mittag und zum Sonnenuntergang und zur Nacht wurde. Nach ein paar Tagen floss für mich alles ineinander. Ich schlummerte mit ihm im Schatten der Reling der *Delphin*, während wir über die blauen Wogen glitten, und erwachte, um festzustellen, dass wir bei irgendeinem kleinen Dorf angelangt waren, wo sich Handel treiben ließe. Ich schlief ein, Markai fest in den Armen, und merkte beim Aufwachen, dass ich neben ihm in der Bugkabine lag und irgendjemand einen Umhang über mich gebreitet hatte, um die Kälte der Nacht abzuwehren.

Eines Nachts wachte ich von panischer Angst erfüllt auf und griff nach ihm; meine Brüste schmerzten vor Milch. Markai seufzte und gab im Schlaf einen leisen Grunzlaut von sich, erwachte jedoch nicht. Seine Stirn war kühl und feucht, und sein Wickeltuch war trocken. Er hatte gegen Mitternacht getrunken, schien jedoch nicht geneigt, aufzuwachen und abermals zu trinken.

Ich erhob mich und ging hinaus ins schwache Licht des frühen Morgengrauens. Die *Delphin* war auf einen weißen Sandstrand gezogen worden. Die Wellen schaukelten sie ein wenig, wenn sie gegen ihr Heck schlugen. Xandros hielt Wache und saß im Bug. Als er mich entdeckte, lächelte er.

»Wo ist Markai?«, erkundigte er sich.

»Er schläft.« Ich setzte mich neben ihn. »Und das ist eine Überraschung. Mir scheint, er tut nichts anderes, als zu trinken.«

»Das wird sich bald ändern«, meinte Xandros. »Drei Wochen. Und er ist groß. Heute hat er eine ganze Wache lang durchgehalten. Ich habe geschlafen, als du ihn gestillt hast. Ich habe meine Wache angetreten, als du geschlafen hast.«

Ich sah mich in der warmen Sommernacht um, fühlte, wie die Brise vom Wasser her mein feuchtes Haar liebkoste, meinen verschwitzten Körper und meine schweren Brüste. »Ich sehe bestimmt schrecklich aus.«

Xandros legte den Kopf zur Seite, als dächte er eingehend über diese Vermutung nach. »Du siehst aus wie eine Frau mit einem drei Wochen alten Säugling«, stellte er fest.

Ich lachte. »Mit solchen Antworten solltest du Gesandter werden!«

»Ich dachte, das wäre ich schon«, erwiderte er.

»Ich auch«, meinte ich. »Das ist ziemlich anders als Fischen, nicht wahr?« Ich schaute auf den Strand, auf die unter der Asche schwelenden Lagerfeuer, auf die Menschen des Volkes, die im Mondlicht schliefen. Am Rand des Lagers konnte ich mehrere Männer ihre Runden drehen sehen, Wachen wie Xandros, in deren Obhut wir waren, während wir schliefen.

»Das stimmt«, gab er zu. »Aber es gibt gute Fische in diesen Gewässern. Diese Bucht ist wunderschön.«

Südlich von uns zog sich der weiße Sandstrand in einem vollendeten Halbmondbogen dahin, lang und breit, während grün bewachsene Hügel sich wogend zu ihm hinabzogen. Im Norden erhob sich der Berg. Als ich ihn ansah, stellten sich die Haare in meinem Nacken auf, und ich spürte Ihre Hand wie eine kalte Meeresbrise. Der Berg sah aus wie ein schlafend hingestrecktes Ungetüm; er ragte über dem blauen Meer und den Inseln auf, das Haupt in Wolken oder Dampf gehüllt. »Xandros«, sagte ich.

»Ja?«

»Dieser Berg.«

»Was ist damit?«

Ich konnte den Blick nicht davon abwenden. »Er ist wie der Kerker der Winde«, sagte ich. »Oder wie Thera Das Einst War. Eine Schmiede. Ein Tor.«

Er betrachtete den Berg. »Er tut doch überhaupt nichts. Er hat nichts getan. Da hängt nur so eine kleine Wolke über ihm, die sich anscheinend niemals verzieht.«

Ich schüttelte den Kopf. »Ich glaube nicht, dass er gerade jetzt etwas tut. Aber er wird etwas tun. Vielleicht dauert es noch sehr lange, vielleicht auch nicht. Aber er ist es trotzdem. Was immer er auch ist. Ein Tor.«

»Ich wünschte, du würdest nicht schon vor dem Frühstück Prophezeiungen aussprechen«, knurrte Xandros, doch er sah beklommen aus, wie ein götterfürchtiger Mann, der einen Scherz macht, der ihm nicht zusteht.

Ich legte den Kopf auf seine Schulter. »Mit uns hat es nichts zu tun. Nicht jetzt. Schließlich haben wir ja nicht vor, hier zu leben. Aber ich wünschte wirklich, ich könnte auf die andere Seite gelangen, nach Norden, die Küste hinauf.«

»Da fahren wir morgen hin«, meinte Xandros. »Oder vielmehr heute. Warum?«

»Dort ist etwas.« Ich fühlte Ihre Hand in meinem Rücken, fühlte Sie wie ein Wispern in meinen Gedanken. »Einer von Ihren heiligen Orten. Ich muss dorthin und Neas auch.«

»Wieso?«

»Damit er König sein kann«, antwortete ich. »Als er den goldenen Zweig gefunden hat, wusste ich, dass es nicht mehr lange dauern würde. Nur bis Markai geboren war. Sie hat auf ihn gewartet.«

»Die Herrin der Toten hat auf Markai gewartet?«, fragte Xandros.

»Ja.« Ich lehnte den Kopf an seinen Hals. Es war schön, einen Augenblick mit ihm allein zu sein, während die Sterne über uns verblassten und die sieben Schwestern im Meer versanken. »Sie hat auf das Leben gewartet.«

Xandros schluckte. »Er ist ein Prachtbursche.«

»Das ist er«, bestätigte ich. »Und ich liebe ihn mehr, als ich es jemals für möglich gehalten hätte.« Was auch stimmte. Andererseits hatte ich niemals viel über die Liebe nachgedacht.

Xandros nickte an meinem Kopf. »Ja.« Er schluckte

abermals, doch seine Stimme war gefasst. »Deshalb haben die Achaier meine Frau getötet. Sie wollte nicht zulassen, dass sie ihr die Mädchen wegnehmen. Sie hat sich so sehr gewehrt …« Seine Stimme brach, und er senkte das Gesicht in mein Haar.

Ich legte die Arme um ihn und hielt ihn fest, während er endlich weinte; ich schlang mich ganz und gar um ihn, als würde es das besser machen, obwohl ich wusste, dass dem nicht so war. Ich hatte genug Trauer gesehen.

Als er den Kopf schließlich wieder hob, wichen die blauen Schatten der Nacht, und der Tag zog auf. Zwei Jahre, dachte ich. Er hat zwei Jahre gebraucht, um weinen zu können. Zwei Jahre und ein neues Kind in seinen Armen. Unter Deck vernahm ich ein hungriges Greinen.

»Ich muss Markai holen und ihn stillen«, sagte ich.

Xandros nickte. »Geh schon. Es ist ja nicht nötig, dass er auf sein Frühstück warten muss.«

Als ich ihn gestillt hatte und mit ihm auf das Deck hinaustrat, schickte sich das Volk gerade an, das Lager abzubrechen. Markai in einer Schlinge an meiner Seite, machte ich mich auf die Suche nach Neas. Ich fand ihn neben dem Feuer, wo er Brot vom Vortag aß; er war soeben von der Morgenwache gekommen.

»Prinz Äneas«, sagte ich förmlich, obgleich ich nicht wie eine Priesterin des Todes aussah, mit strähnigem, ungewaschenem Haar und einem Säugling auf der Hüfte, »wir müssen zur Nordseite des Berges segeln, die Küste hinauf. Dort müssen wir ein Lager aufschlagen, und ich muss auf die Hänge des Berges steigen.«

Neas sah mich überrascht an, was er jedoch erwiderte, war: »Wenn es das ist, was deine Herrin verlangt, dann werden wir es selbstverständlich tun, Sibylle.« Er blickte zu dem Berg hinauf. Eine kleine Rauchwolke stieg auf, rosig in der Morgendämmerung. »Ich habe überlegt«, sagte er, und seine hellen Augen schienen in weite Ferne zu schauen. »Ich habe nachgedacht, als ich ihn gesehen habe.«

»Er erinnert dich an Thera Das Einst War«, sagte ich leise.

Er nickte. »Das stimmt. Und ich weiß nicht, warum.« Neas sah mich an und führte mich ein kleines Stück vom Feuer weg, wo Lide gerade Wilos mit Honig beschmiertes Brot zum Frühstück reichte. »Heute Nacht ist etwas Eigenartiges geschehen. Ich kann es nicht erklären. Ich bin kein Mensch, der …«

»Du bist kein Priester«, sagte ich. »Und doch hast du etwas gesehen.«

Neas nickte angespannt, und ich erkannte, dass er nicht nur betroffen war, sondern dass er sich fürchtete.

»Was hast du gesehen?«, fragte ich. »Es könnte sein, dass es von Bedeutung für deine Suche ist, auf der Reise, die du machen musst, um König zu werden.«

Neas schüttelte den Kopf. »Ich habe keine Ahnung. Ich hoffe nicht. Und doch war es so seltsam …«

»Was hast du gesehen?«, wiederholte ich.

Neas schaute zurück zum Berg, zum Meer. »Ich hielt letzte Nacht Wache, und alles war still. Es war sehr dunkel, und vielleicht bin ich eingenickt, ich weiß es nicht. Aber ich bin plötzlich aufgewacht, weil ich Rudergeräusche gehört habe. Ich dachte, ich könnte Schiffe sehen. Ich konnte sie im Dunkeln hören. Sie fuhren unter Rudern, und ich wollte schon rufen und Alarm schlagen, weil ich dachte, es wären irgendwelche Überreste der großen Flotte, bis ich genauer hingeschaut habe. Kriegsschiffe wie diese hatte ich noch nie gesehen, obwohl es eindeutig Kriegsschiffe waren. Sie hatten mehrere Ruderreihen übereinander, und sie waren riesig, zwei- oder dreimal so lang wie die *Sieben Schwestern*. Sie kamen um die Landzunge, fast direkt unterhalb des Berges, und die Männer haben gerudert, als führen sie geradewegs in die Unterwelt. Ich konnte die Trommeln hören und die Stimmen ihrer Schiffsführer, das Rauschen der Ruder im Wasser, so wirklich wie nur irgendetwas.« Neas' Augen starrten blicklos, als träume er noch immer.

»Was ist dann passiert?«, fragte ich.

»Das Ganze wurde von einem unheimlichen Licht erhellt, als ob der Himmel Feuer gefangen hätte. Und dann habe ich gesehen, was es war.« Neas schüttelte den Kopf. »Der Berg hat gebrannt. Die Schiffe kamen auf uns zu, auf eine Hafenstadt zu, die in Flammen stand. Menschen sind zu den Kais geeilt, sind ins Meer hinausgewatet und haben ihre Kinder hoch über ihre Köpfe gehalten, während Feuer von oben herabgeregnet ist. Ich konnte hören, wie auf den Decks Befehle gebrüllt wurden, die Schiffe so nahe heranzubringen, wie sie nur konnten. Eines der Schiffe hat Feuer gefangen und ist verbrannt. Und einen Moment lang habe ich gesehen …« Er stockte.

»Was hast du gesehen?«, fragte ich sanft, als wäre er ein Anwärter auf das Priesteramt und ich fürchtete, den Bann zu brechen.

»Ich habe mich selbst gesehen«, sagte er.

Ein Frösteln überlief mich.

»Ein junger Mann auf dem Deck eines der Schiffe. Er trug einen eigenartig gearbeiteten Bronzeharnisch über einem roten Hemd, aber sein Kopf war unbedeckt, und er hatte kurz geschnittenes braunes Haar und eine Narbe auf der Stirn. Er hat Befehle gerufen, hat sich abgemüht, an einem der großen steinernen Kais längsseits zu gehen, um Menschen an Bord zu nehmen. Sie haben versucht zurückzurudern, um die Fahrt aus dem Schiff zu nehmen, ohne dabei die unterste Ruderreihe am Kai zu zerschmettern. Auf den Wellen trieben Steine wie Schaum. Ein brennender Steinbrocken ist direkt neben ihm gelandet, und er ist einfach darüber hinweggestiegen. Er hat seine Pflicht getan, aber mir war die ganze Zeit, als hielte er Ausschau nach jemandem, den er auf dem Kai nicht finden konnte.« Neas hielt inne und sah mich an, seine blauen Augen leuchteten sehr hell. »Herrin, kannst du mir sagen, ob das eine Art Prophezeiung war? Und wieso habe ich das mit weit offenen Augen geträumt?«

»Es wird vielleicht passieren«, antwortete ich. »Aber erst in ferner Zukunft. Und was das Warum betrifft …« Ich spreizte die Hände. »Vielleicht war es so, dass er auch nach dir gesucht hat. Schließlich hast du schon einmal Menschen aus einer brennenden Stadt gerettet, auf Schiffen, die unter Rudern gefahren sind. Vielleicht hat der, der du in der Zukunft sein wirst, in seiner Vergangenheit nach dem gesucht, der du jetzt bist, hat versucht, sich über den Fluss hinweg zu erinnern und an deinem Wissen teilzuhaben. Du bist seine Erinnerung, und er ist deine Vision.«

Neas schüttelte den Kopf. »Das ist für mich sehr tiefes Wasser.«

»Ja«, pflichtete ich ihm bei. »Selbst ich kann nicht mehr tun, als zu raten, was das alles bedeutet. Und vielleicht werden wir es noch viele Jahre lang nicht verstehen.«

Neas nickte. »Dann müssen wir mit dem weitermachen, was vor uns liegt.« Er blickte auf. »Es ist Zeit, König zu sein.«

»Ja, mein Prinz«, sagte ich. »So ist es.«

Wir fuhren um die Landspitze herum, zwischen den Inseln und dem Berg hindurch. Er ragte über mir empor, die Flanken sommergrün; Weiden und Bäume und kleine Täler in allen erdenklichen Grünschattierungen, wunderschön vor dem blauen Wasser. Der Tag war wolkenlos und windstill.

Auf der anderen Seite lag ein kleines Dorf zwischen den Hügeln; Weinberge stiegen terrassenförmig an der Bergflanke empor. Die Menschen aus dem Dorf rannten voller Furcht davon, als sie die Schiffe erspähten, und erst als die Sonne hoch am Himmel stand, konnten wir sie zurücklocken und sie davon überzeugen, dass wir Handel treiben wollten.

»Wir brauchen einen Lagerplatz«, sagte ich zu Xandros, der sich seines immer besser werdenden Schardanisch bediente, um mit ihnen zu sprechen. »Und frag sie, ob es hier eine Höhle gibt.«

Ich merkte es während des Gesprächs genau, als er danach fragte. Stille senkte sich über die Menge. Xandros schaute sich um. Endlich meldete sich eine Greisin zu Wort, deren Haar zum Teil von einem Tuch bedeckt war. Dabei sah sie mich an.

Xandros übersetzte. »Sie will wissen, ob du die Höhle der Sibylle suchst.«

»Das tue ich.« Ich sah der alten Frau in die Augen.

»Sibylle ist tot«, ließ sie mich durch Xandros wissen. »Sie ist vor zwei Jahren gestorben, im Sommer. Sie kann dir keinen Rat geben.«

»Ich bin die Sibylle für diese Menschen«, sagte ich. »Ich stehe seit elf Jahren in Ihren Diensten, und ich habe die Mysterien erfahren. Ich suche Ihre Höhle.«

Die Alte sah mich an. Alle Dorfbewohner sahen mich an. Ich sah nicht aus wie eine Sibylle, mit einem Säugling an der Brust, offenem Haar und unbemaltem Gesicht. Sie schwiegen.

Ich hielt dem Blick der Greisin stand. »Mutter«, sagte ich, »willst du es mir nicht sagen?«

Sie nickte kaum merklich.

Xandros übersetzte für sie. »Sie sagt, sie wird ihren Enkel schicken, damit er dir den Weg zeigt, aber er wird die Höhle nicht betreten. Sie sagt, du sollst das Kind nicht mitnehmen. Es geht sehr steil hinauf.«

Ich nickte. »Ich danke dir, Mutter.«

Der Knabe trat vor, ein langgliedriger Junge von etwa zwölf Jahren.

Ich übergab Markai an Tia. »Wenn du eine Weile auf ihn aufpassen könntest«, sagte ich.

Sie nickte. »Natürlich. Aber bleib nicht zu lange fort. Ich kann ihn stillen, aber er wird nach dir verlangen.«

Die Höhle war schwer zu finden. Der Eingang lag im Schatten einer Felsspalte, dicht unterhalb eines Plateaus in einer der Felswände, von dem aus man in eine tiefe

Schlucht blickte. Ich hätte ihn nicht bemerkt, hätte ich nicht gewusst, wonach wir suchten.

Ich sagte dem Jungen, er könne gehen, und trotz der Verständigungsschwierigkeiten musste ich mich klar genug ausgedrückt haben, denn er schoss davon wie ein Hase, zurück zu alltäglichen Gefilden. Ich stand im Schatten der Felsen auf dem steilen Pfad. »Erhabene Herrin«, sagte ich, »Du hast Deine Dienerin hierhergeführt, zu diesem heiligen Ort. Wenn es Dein Wille ist, dass ich die Stille dieses Schreins nicht störe, bitte lass es mich wissen. Andernfalls werde ich wissen, dass ich tue, was Du beabsichtigst. Ich werde den Sohn der Aphrodite Cytherea hierherbringen, auf dass er nach Deinem Willen König des Volkes sein möge. Wenn ich Dich missverstanden habe, so vergib mir bitte meine Unwissenheit und lehre mich, welches Deine Wünsche sind.« Von Schweigen umgeben stand ich da. Um mich herum waren die hellbraunen Felsen von Flechten überwuchert. Der Berg schlief.

Ich setzte den Fuß über die Schwelle in die Höhle. Zuerst erschien sie mir ganz wie die, in der ich aufgewachsen war, nur dass der vordere Raum kleiner war und ein Spalt im Dach dafür sorgte, dass ein wenig Licht hereinfiel und man sich nicht wirklich unter der Erde befand. Im Boden war eine rußgeschwärzte Feuergrube zu sehen, doch die Asche war verschwunden. Hier hatte seit etlichen Jahren niemand mehr gewohnt. Es waren keine Töpfe vorhanden, keinerlei wie auch immer beschaffene Gegenstände. Ich überlegte, ob sie wohl mit der alten Sibylle zu Grabe getragen worden waren und wie lange es dauern mochte, bis wieder eine kam, vom Blut oder von Magie an diesen Ort gerufen.

Ich trat durch den Eingang im hinteren Teil des Raumes.

Ein langer Gang, gerade nicht ganz hoch genug, als dass ich darin hätte aufrecht gehen können, lag vor mir und führte geradewegs in die Erde hinein.

Ich zog die Schuhe aus und legte sie neben die Tür. Ja, darüber waren die Haken, mühsam in den Fels gebohrt, um den Schleier daran aufzuhängen. »Ein Schoß, ein Tor, ein Grab«, flüsterte ich. Jetzt verstand ich es besser als damals, als Pythia es erklärt hatte. Geburt und Tod, Tod und Geburt. Es war eine Höhle, ein Grab, ein Geburtskanal. Ich schritt in die Finsternis hinein, strich mit der Hand am Felsen entlang und zählte meine Schritte.

Sechzig Schritte ohne Biegungen oder Abzweigungen. Hinter mir war das Licht zu einer weißen Raute geschrumpft. Der Höhlengang öffnete sich zu einem gewaltigen Gemach, so hoch wie ein Tempel, so breit wie eine Halle. Fünf Gänge gingen davon ab. Ich seufzte. Ich würde diese Höhle Schritt für Schritt auswendig lernen müssen. Und das würde einige Zeit dauern. Eine Woche oder mehr, wenn ich sichergehen wollte, dass bei den Riten nichts misslang. Einige der Gänge würde ich künstlich blockieren müssen, damit sich während der Riten niemand verirrte, da ich nicht alle unterirdischen Abzweigungen kannte. In Anbetracht der an Honigwaben gemahnenden Beschaffenheit des Steins konnten es durchaus Hunderte von Gabelungen und Kreuzungen sein, manche davon mit gefährlichem Gefälle. Es würde seine Zeit dauern. Ich musste die Arbeit allein tun. Niemand außer mir und meiner Schülerin konnte hier eintreten. Und meine Schülerin war ein Kind, das gerade Laufen gelernt hatte und noch an der Mutterbrust lag.

»Erhabene Herrin«, sagte ich laut zu der hallenden Decke. »Erhabene Herrin, wenn der Mond abnimmt, werde ich Äneas, den Sohn des Anchises, in Deine Hallen bringen. Ich danke Dir.«

Ich machte kehrt und ging hinaus ins Sonnenlicht. Für dies hier würden Vorkehrungen getroffen werden müssen, und mein Sohn hatte gewiss Hunger.

Die Arbeit zu vollenden dauerte volle zwei Wochen. Das Volk lagerte auf dem Strand in der Nähe von Cumai, dem Dorf, das dem Schrein am nächsten war. Jeden Tag ging ich und bereitete die Höhle vor, immer ein paar Stunden lang, während Markai bei Tia blieb. Er hielt den halben Vormittag durch, ohne zu trinken, wurde jedoch noch immer mindestens siebenmal am Tage gestillt. Er kam mir so groß vor, wie Kianna gewesen war, als sie doppelt so alt war wie er.

Am Tag des dunklen Mondes lachte Markai zum ersten Mal. Dann, als mich das anscheinend freute, tat er es wieder, die runden dunklen Augen fest auf mein Gesicht gerichtet. Ich drückte ihn an mich und küsste seinen dicken kleinen Bauch, inhalierte seinen süßen Babygeruch und lachte zurück.

Neas räusperte sich. Er stand ganz in der Nähe, gewaschen und gebadet, das Haar sauber und glänzend, und trug ein reines Gewand. »Herrin«, sagte er, »ich habe meine beiden Gefährten für die Reise ausgewählt. Dieses

Vorrecht gebührt Maris und Xandros, und keiner will darauf verzichten.«

Ich nickte. »Wohlan. Ich komme und spreche mit ihnen.«

Dann stand ich in der Sonne und sprach mit den Schiffsführern, während sich das Volk um sie versammelte. »Äneas, Sohn des Anchises«, sagte ich, »bist du entschlossen, diesen Weg zu beschreiten?«

Neas nickte. »Das bin ich«, antwortete er. »Ich werde bis in die Unterwelt hinabsteigen, auf dass ich den Rat der Schatten und den Segen der Könige von Wilusa Das Einst War erbitten kann. Steht die Tür offen?«

»Es ist leicht, in die Unterwelt hinabzusteigen«, gab ich zu bedenken, »die Tür der Nacht zu durchschreiten. Zurückzukehren dagegen ist schwer. Viele Helden und Söhne von Helden haben es versucht, und viele sind gescheitert.«

»Ich werde mich an der Tür der Nacht versuchen«, verkündete Neas. Er sah Xandros zu seiner Rechten und dann Maris zu seiner Linken an. »Meine Gefährten und ich werden es versuchen, denn ich möchte Zwiesprache mit Anchises halten und mit den anderen Vorvätern meines Geschlechts.«

Ich sah die drei an. »Ihr werdet heute keine Speisen zu euch nehmen und nichts anderes trinken als Wasser. Wenn die Sonne untergegangen ist, werdet ihr zum Schrein kommen; folgt dem Pfad, den ich gekennzeichnet habe.« Ich fing Xandros' Blick auf, da ich genau wusste, dass er das Unbekannte nicht schätzte. »Wisset, dass es keine Schande ist, falls ihr beschließt, doch nicht zu kommen, denn die Unterwelt ist kein Ort für die Lebenden.«

Neas nickte. »Wir werden da sein, Herrin.«

Und so war es auch. Der Himmel war finster, denn in dieser Nacht war der Mond nicht zu sehen, eine Wolkenbank zog vom Meer herein. Ich wartete in der ersten Höhle; ein Feuer brannte vor mir in der wiederhergestellten Feuergrube, und mein Haar war mit uralten Kupfernadeln hochgesteckt, die vor wer weiß wie vielen Jahren von den Inseln herübergebracht worden waren. Ich hörte ihre Füße auf dem Pfad, noch ehe sie nahe waren, hörte, wie Maris im Dunkeln stolperte und fluchte und Neas ihn zurechtwies, er solle sich vom Rand der Schlucht fernhalten.

Ich erwartete sie.

»Prinz Äneas«, sagte ich, und ich sah, wie sie zusammenfuhren, obwohl sie mit mir gerechnet hatten. »Warum habt ihr die Sibylle aufgesucht, du und deine Gefährten?«

Sie kamen durch die Tür und standen vor mir, bewaffnet und wie Krieger gekleidet, jeder in seinem besten Gewand.

»Weil ich König sein will«, antwortete Neas. »Wenn ich das Volk führen soll, muss ich König sein.«

»Wenn du würdig bist.« Ich wandte den Kopf und sah aus einem schwarz umrandeten Auge zu ihm hinüber. »Setzt euch.«

Sie traten vor und kauerten sich zusammen ums Feuer. Ich griff hinter mich und holte das Räucherwerk für das Feuer hervor, Myrrhe und Weihrauch aus Ägypten, Lorbeer und Meeresstern von den Felswänden oberhalb des Schreins. Die Blätter knisterten in den Flammen. Die Myrrhe gab betäubenden Rauch von sich.

Dann nahm ich eine steinerne Schale zur Hand. Die

Schale war eines der Dinge, die ich in den dunklen Winkeln des Schreins gefunden hatte, sie war unermesslich alt. »Trinkt«, sagte ich.

Es sah aus wie Blut.

Es war roter Wein, in den ich die Beeren des goldenen Zweiges eingelegt hatte, seit wir Skylla verlassen hatten und mir klar war, dass ich dieses Gemisch brauchen würde.

Neas trank zuerst davon und reichte die Schale erst Xandros und dann Maris. Als Letzte nahm ich einen Schluck. Mein Kopf sollte klarer sein als der ihre, und morgen würde ich das Kind stillen müssen.

Ich goss den Bodensatz als Trankopfer ins Feuer, und es dampfte. Und ich stimmte die Lieder an. Wie Theseus sich ins Labyrinth begab und tief in den Windungen der Erde auf den Minotaurus traf, wie er ihn dort erschlug und zurückkehrte, indem er Ariadnes Faden folgte. Wie er unter der Erde zum König wurde und es wusste, als er auf der Heimfahrt vergaß, das weiße Segel zu setzen. Als er die schwarzen Segel erblickte, noch immer als Zeichen der Trauer gehisst, stürzte sich sein Vater von den Klippen, und Theseus wurde König.

Ich sah, wie ihre Augen starr wurden, groß und dunkel. Der Boden unter meinen Füßen schien weit entfernt zu sein. Ich erhob mich.

»Legt eure Schwerter ab«, wies ich sie an. »Und die Rüstungen. Gegen die Bestien der Unterwelt werden sie euch nicht helfen. Legt diese Zeichen des Stolzes ab, eure Armreifen und eure bestickten Leinengewänder. Ihr müsst in den Tod gehen, wie ihr aus ihm hervorgegangen seid, nackt wie ein Kind.«

Unbeholfen zogen sie sich aus, und ich wusste, dass die Magie wirkte. Maris schauderte.

»Kommt«, sagte ich, »wenn ihr dazu entschlossen seid.« Ich hob den Schleier. »Kommt.«

Neas war hinter mir. »Ich komme.«

Sechzig Schritte im Stockfinstern. Ich zählte sie. Für sie war es eine Ewigkeit. Ich hörte sie hinter mir atmen und ging rascher, damit sie mich nicht berührten, wenn ich in die große Höhle hinaustrat und sie verwirrt in den riesigen offenen Raum hinausstolperten.

»Sohn des Anchises«, flüsterte ich, und das Flüstern hallte ringsum wider. »Sohn des Anchises, was führt dich zum Fluss?«

Und da sah ich ihn. Den Kahn, der in der Finsternis auf uns zukam, den Fährmann mit seinen dürren Knochenhänden.

Neas trat vor. »Ich bin gekommen, um meinen Vater zu suchen, der diese Reise vor mir gemacht hat.«

»Du bist nicht tot«, sagte der Fährmann.

»Ich bin mit dem goldenen Zweig gekommen«, erwiderte Neas, und es schien mir, als hielte er ihn wieder in der Hand, so wie damals im Wald.

»Dann darfst du übersetzen«, sagte der Fährmann. »Du und deine Gefährten.«

Wir fuhren auf das schwarze Wasser hinaus, und es plätscherte mit vielen Stimmen um das Boot herum.

»Zweimal überqueren wir den Fluss«, sagte ich. »Wenn wir sterben, setzen wir über diesen Strom, den Styx. Und wenn wir geboren werden, überqueren wir den anderen Fluss, die Lethe.«

»Erinnerungen«, sagte Neas.

»Denn die Erinnerungen sind süß und voller Freude, und wenn wir sie nicht hinter uns zurücklassen, so können wir nicht leben«, fuhr ich fort.

»Erinnerungen sind bitter«, widersprach Xandros. »Und würden wir sie mitnehmen, so würden wir wahnsinnig werden.«

»Das auch«, pflichtete ich ihm bei.

»Und doch würde ich mich lieber erinnern«, meinte Neas. »Ich würde das Bittere mit dem Süßen in Kauf nehmen.«

»Ah«, gab Xandros zu bedenken, »du bist auch der Sohn einer Göttin.«

»Da ist das Ufer«, verkündete ich, und es hatte den Anschein, als ob wir von dem Kahn auf ausgedörrten Boden traten. Die Fähre verschwand hinter uns im Nebel. »Wir sind im Land des Todes. Wir haben die Tür der Nacht durchschritten.«

24

Das Königreich des Todes

Wir schritten durch einen dunklen Wald. Über uns leuchteten die Sterne. Die hohen Zypressen schienen einander im Wind zuzuraunen.

»Was ist das hier für ein Ort?«, wollte Neas wissen.

»Dies ist der Ort, der niemals gewesen ist«, antwortete ich. »Das Land, wo die Sonne niemals geschienen hat, wo der Mond niemals aufgegangen ist. Hier leben wir im Sternenlicht.«

»Es ist schön«, bemerkte Xandros, und Staunen schwang in seiner Stimme. »Es erinnert mich an die Berge hinter Byblos, wo die großen Zedern stehen.« Er stolperte und stieß mich leicht an.

In weiter Ferne hörten wir im Wald eine Taube rufen und dann eine Stimme. »Xandros?«

Ich drehte mich um. Ashterah stand am Waldrand. Ihr langer Rock war aus Silber, und Sehnsucht und Verblüffung leuchteten in ihrem Gesicht, genauso strahlend, wie ich sie im Großen Tempel von Byblos gesehen hatte.

Xandros fuhr zusammen.

Ihre Augen waren dunkel und mit Kohlestift umrandet, und sie lächelte. »Komm«, sagte sie und eilte mit einem Blick über die Schulter in den Wald.

»Warte!« Xandros rannte ihr nach. »Ashtherah, warte!«

Mit einem Satz schickte Neas sich an, ihm zu folgen, doch ich packte ihn am Arm. Xandros verschwand im Schatten der Bäume, tauchte im Wald unter, als hätte es ihn nie gegeben.

»Wieso hältst du mich zurück?«, fragte Neas. »Wir müssen ihn finden.«

»Nein«, wehrte ich ab, obwohl ein Schmerz in meiner Brust tobte. »Er hat gefunden, was er suchte.« Ich zog an seinem Arm, und wir gingen weiter.

Der Himmel wurde lichter. Die Sonne ging über der ägyptischen Wüste auf, über den Roten Landen des Westens. Hoch über uns hing ein Wüstenfalke im reglosen Himmel. Die ersten Sonnenstrahlen färbten den Sand unter unseren Füßen orangerot.

Maris sank in die Knie und bedeckte die Augen mit den Händen. »Nein«, flüsterte er.

Neas kniete neben ihm nieder. »Steh auf, mein Bruder«, drängte er. »Komm.«

»Nein …«, stöhnte Maris und sank besinnungslos zu Boden.

»Wir müssen ihn tragen«, entschied Neas, schlang den Arm um Maris und versuchte, ihn hochzuheben.

Ich schüttelte den Kopf. »Nein. Er hat gefunden, was er suchte. Ich weiß nicht, was für ein Schmerz ihm in Ägypten widerfahren ist, aber es ist hier.«

Neas erhob sich, und sein Gesicht war bleich. »Dann weiß ich, was kommt«, sagte er.

Vor uns waren die Ufer des Nils, die grünen Felder und die Mauern von Memphis. Wir gingen auf die Stadt zu.

Die Wälle waren verwaist. Die Straßen waren leer. Bäume wiegten sich in der Brise, die vom Fluss her wehte, Baldachine waren zum Schutz vor der Tageshitze aufgespannt, doch es waren keine Menschen zu sehen, keine Tiere. Die Märkte waren stumm, die Waren lagen zur Schau gestellt auf den Tischen. Die Brunnen waren abgedeckt und voll, doch keine Frau holte Wasser, kein Tier trank. Alles war still. Die Sonne brannte auf weiße Straßen herab, auf Paläste, die wie polierte Bronze schimmerten.

Schweigend nahm Neas meine Hand.

»Dies ist ein gefährlicher Ort«, sagte ich. »Die schlafende Stadt.«

»Für uns beide«, erwiderte er.

Ich schaute mich um, und dort war der Tempel. Die Tür stand offen. Aus dem Augenwinkel nahm ich eine Bewegung wahr und ging darauf zu.

Neas griff nach meiner Hand und zog mich zurück. »Gib Acht!«

Eine Natter lag zusammengerollt im Schatten der Tür auf dem Boden.

»In Träumen sind Schlange nicht der Tod«, sagte ich.

»Bist du sicher?«, fragte Neas.

Ich antwortete ihm nicht, sondern ging zur Tür. Im Inneren des Tempels ragten riesige Säulen zur düsteren Decke empor; der Staub bildete goldene Wirbel in dem Licht, das von irgendwo hoch über uns kam. »Ist dies die Zukunft?«, fragte ich. »Oder die Vergangenheit?«

Die Schlange sprach: »Die Götter erkennen die Zukunft

nicht, denn die Sterblichen schreiben sie. Wir können nur die Vergangenheit sehen.« Sie glitt näher. »Komm herein«, sagte sie, und ihre Stimme erschien mir wie die meiner Mutter. »Und wähle deine eigene lange Bestimmung. Dieser Mann ist nicht dein Schutzbefohlener.«

»Er ist mein Freund«, entgegnete ich.

»Er ist mit einem Makel behaftet«, erwiderte sie. »Er liebt dich nicht. Und er wird dich an seine Bestimmung fesseln, was immer auch die deine sein mag. Lass jetzt los. Es ist nicht leicht, aber du wirst froh darüber sein. Sonst wirst du viele Jahre lang mit Blut und Eisen gebunden sein.«

Hinter ihr war der Raum mit den Schriftrollen, Borde über Borde voller Pergamente ragten in das Licht an der Decke empor. Neas schwieg. Ich schaute ihn an und sah, dass auch er erstarrt war; ein Ausdruck der Trauer lag auf seinem Gesicht.

»Sieh ihn dir richtig an«, drängte die Schlange, und mir schien, als sähe ich einen Achaier dort stehen, mit Helm und Waffen. Eine grauenhafte Wunde entstellte sein Gesicht. »Patroklos von Achaia«, sagte die Natter. »Und noch viele andere. Er wurde für die Waffen geboren, um zu töten und in Blut unterzugehen.« Die Stimme der Schlange klang betrübt. »Er war dein Feind, und jetzt ist er dein Prinz, geboren, um in den Ruinen zu leben, die er geschaffen hat.« Ich sah ihn an, und er war in meinen Augen gleichzeitig stattlich und fremd, ein Mann, den ich noch nie gesehen hatte und den ich nicht kannte.

»Du sagst mir, er ist einer von ihnen, ein Mann des Blutes. Aber du sagst mir nichts, was ich nicht weiß.« Ich hatte die Liebe zum Kampf in seinem Gesicht gesehen, die Freude, die er an den waghalsigsten Plänen fand, daran, den Preis zu überschlagen und festzustellen, dass es sich lohnte.

Die Stimme der Schlange war voller Bedauern, und mir schien es, als sei es die Stimme Jener Die Pythia Gewesen War. »Und du, Tochter, könntest vielleicht verstehen. Du könntest so viel mehr sein. Die Welt wird alt werden, während du Männerspiele des Blutes und des Todes spielst, der Kriege und Königreiche und Prinzen und dich um das grämst, was dein hätte sein können.«

»Erhabene Herrin«, sagte ich bedächtig, »mir ist bewusst, dass Du die Wahrheit sprichst. Und vielleicht werde ich bereuen; ich weiß es nicht. Aber ich bin das, als was ich geboren wurde, und dies ist das, was ich wähle.« Meine Stimme war jetzt kräftiger, und meine Augen standen voller Tränen. »Ich bin nicht weise oder tiefgründig. Ich bin nicht der Fluss mit seinen Strömungen oder der Berg mit seinen Geheimnissen. Ich bin nicht die Würdigste oder die Beste. Ich bin nicht Nacht, sondern Feuer. Ich liebe die Morgendämmerung und den Himmel, das Dröhnen der Trommeln am Feuer und die Leidenschaft der Geburt. Ich bin nicht für die Orte der Tiefe geschaffen, für Deine Unterwelt. Ich bin eine Löwin, und ich brauche die Sonne.«

Die Schlange verwandelte sich. Löwenköpfig stand sie vor mir, die goldene Sekhmet Ägyptens; Ihr Frauenleib war in scharlachrotes Leinen gehüllt. »Es ist nichts Falsches daran, eine Löwin zu sein«, sagte sie.

Ich senkte den Kopf. »Nein, Herrin.«

Sie kam näher, und ich fühlte Ihren Atem. Eine Hand hob mein Kinn, und ich blickte in Ihre Augen, so dunkel wie die Räume zwischen den Sternen. Und mir war, als ob Sie schnurrte.

»Alle Menschen sehen Mich so, wie es ihrer Natur entspricht«, sagte Sie. »Verstehst du?«

»Ich glaube schon«, antwortete ich. »Aber, Herrin …«

»Wenn du eine Löwin bist, dann ist es eben das, was du bist. Das helle Feuer des Tages ist nicht weniger heilig als die Nacht.« Sie hob den Blick, schaute über meine Schulter. »Ich vertraue dich Meinem Freund an. Mögest du unser beider Segen haben, Dienstmagd des Todes.«

Ich schaute dorthin, wohin sie zeigte. Hinter Neas stand ein junger Mann von unübertrefflicher Schönheit in der Tür. Sein Kopf war nach ägyptischem Brauch rasiert, und Seine dunkle Haut glänzte vor Öl. Er trug einen gefältelten Leinenrock, und in der Hand hielt Er einen Speer. Hinter Ihm erhob sich der schwache Schatten von Flügeln.

Er sah Sekhmet an und zuckte die Schultern. Dann lächelte Er mich an, ein schiefes Lächeln, das ich schon einmal gesehen hatte. »Hallo, Möwe.«

»Mik-el?«

»Ich glaube, wir werden gut miteinander auskommen«, meinte er. »Ich habe da ein paar Ideen.«

»Wie kann ich zugleich Dir und Ihr dienen?«, fragte ich. »Mik-el, ich bin schon geweiht. Und Du gehörst zum Leben und zur Welt über der Erde.«

»Hast du noch immer nicht gelernt, dass die beiden ein und dasselbe sind?«, fragte Sie. »Hat Hry dich nicht gelehrt, dass es oben genauso ist wie unten? Tod ohne Leben ist bedeutungslos und grausam, und Leben ohne Tod ist eine leere Posse. Alle Dinge müssen zu ihrer

Zeit sein, in ihrem Lauf. Dass ein alter Mann stirbt, wenn seine Zeit gekommen ist, ist nichts Böses. Das weißt du.«

»Ja«, bestätigte ich, und meine Stimme bebte. »Aber wenn ein Kind an der Mutterbrust abgeschlachtet wird, das ist böse.« Ich senkte den Kopf. »Ich habe gesehen, wie die Welt zugrunde geht, Herrin. Städte gehen unter, eine nach der anderen. Mehr Menschen, als Sterne am Himmel stehen, leiden Hunger. Männer sind verzweifelt. Und ich kann nichts dagegen tun.«

»Du tust es doch schon«, sagte Mik-el. »Was glaubst du denn, was du getan hast, als du versucht hast, Ägypten zu bewahren, als du dein Volk übers Meer geschafft hast und es andernfalls vielleicht tot wäre? Du kannst nicht alles auf einmal tun und auch nicht ganz allein, weißt du?«

»Aber das will ich«, begehrte ich auf, noch immer verzweifelt vor Sehnen und Verlangen. »Sag mir, wie! Wie soll ich Tote auferstehen lassen, um Äcker zu pflügen, die brachliegen? Wie soll ich junge Olivenbäume pflanzen?«

Mik-el lächelte, und es war ein wunderschönes Lächeln. »Immer einen Baum nach dem anderen«, antwortete Er.

Ich biss mir auf die Lippe, und meine Augen flossen über vor Tränen.

»Komm«, sagte Er sanft. »Wenn du entschlossen bist, dann komm. Es gilt, eine Stadt zu gründen.«

Ich nickte und nahm Seine Hand.

Und dann stand ich neben Neas in einem Kornfeld. Er weinte. Er hockte am Boden und umklammerte seine Knie mit den Armen.

Ich bückte mich und legte die Arme um ihn. »Was ist

geschehen, mein Prinz?« Weder Mik-el noch Sie war zu sehen oder eine Spur des Tempels.

»Hast du sie nicht gesehen?«, fragte Neas.

»Wen?«

»Basetamon. Sie ist tot. Sie hat sich selbst bei lebendigem Leibe verbrannt.«

Ich fühlte, wie mich ein Schauer überlief, als ich an das Feuer dachte, das wir gesehen hatten, als wir Sais verließen, an meine erfundene Prophezeiung.

»Als ihr klar war, dass ich mit den Schiffen davongesegelt bin, hat sie einen Scheiterhaufen errichtet und sich selbst verbrannt. Wenn wir nicht bis in alle Ewigkeit beieinanderliegen könnten, würde sie ihr Leben ebenfalls verlieren, ein Leben nach dem anderen.« Neas zitterte in meinen Armen. »Sie hat sich selbst verbrannt. Oh, ihr Götter! Sie hat sich bei lebendigem Leibe verbrannt!«

Ich nahm sein Gesicht zwischen meine Hände. »Neas! Neas! Das ist doch nicht deine Schuld!«

»Ich wusste, dass sie vielleicht irgendetwas tun würde. Geglaubt habe ich es nicht, aber ich wusste, dass es möglich wäre.« Er schaute an mir vorbei, zum Rand der Felder hinüber, wo der Wald auf den Fluss traf, als blicke er ihr nach. »Ich habe es gesehen. Ich habe gesehen, wie ihr Gesicht verkohlt ist und ihr Fleisch gezischt hat, während ihr Bruder, den man in den Palast gerufen hatte, voller Entsetzen und Kummer dastand. Sie hat sich meinetwegen umgebracht.«

»Neas!« Ich packte seine beiden Hände. »Was hättest du anderes tun sollen? Dableiben als ihre Geliebter? Du bist nicht derjenige, der sie verändert hat.«

»Vielleicht hätte ich ihr helfen können.«

»Und vielleicht hätte sie dich getötet. Oder Wilos oder mich oder irgendjemand anderes, den du geliebt hast. Wahnsinn ist schon schlimm genug, aber Wahnsinn zusammen mit Macht ist grauenvoll.«

»Sie war nicht wahnsinnig, nur sonderbar und traurig. Nur versehrt. So schrecklich versehrt.«

»Neas.« Jetzt hörte er mir zu, und er war ruhiger. »Ihre Heilung liegt in den Händen der Herrin der Toten. Diese Macht besitzt du nicht. Du hast sie nie besessen. Du kannst nicht mit ihr an den Orten der Tiefe wandeln, und du konntest sie nicht heilen. Du bist kein Mensch, der das jemals konnte. Sollen wir dem Löwen Vorwürfe machen, weil er nicht fliegt? Dem Ochsen, weil er nicht schwimmt?«

»Ich bin kein Ochse«, entgegnete er.

»Nein, mein Prinz, das bist du nicht. Du bist ein Mensch, der versucht, das zu tun, was das Beste ist. Und man kann von dir nicht mehr verlangen als das. Man kann nicht mehr verlangen, als du bereits selbst von dir verlangst, denn du erwartest schon mehr als alle anderen.«

»Es ist nicht genug«, sagte er. »Ich habe gewusst, dass ich nicht König sein kann. Seit meiner Knabenzeit, als die Menschen anfingen, mich auszuhorchen, ob ich mich über den Rat von Wilusa stellen würde, habe ich gewusst, dass ich das nicht kann.«

»Mein Prinz«, erwiderte ich, »das ist das Mysterium.« Und als ich es aussprach, wusste ich, dass es die Wahrheit war. »Jeder Mann, der glaubt, er wüsste, was das Beste ist, der glaubt, er könne alles richten, sollte nicht König sein. Aber selbst vorzutreten, wenn es keinen Besseren für eine Aufgabe gibt und sie gelöst werden muss, ist nicht aufsässig. Es ist das, was getan werden muss. Du musst es tun. Es gibt sonst niemanden.«

»Es gibt immer noch Maris und Xandros«, murmelte Neas.

»Und glaubst du, einer von ihnen würde einen besseren König abgeben?«

»Nein.« Er schüttelte den Kopf. »Sie sind gute Männer, und sie sind meine Freunde. Aber nein, sie wären keine besseren Könige.«

Ich nahm seine Hand und zog ihn auf die Füße. »Dann steh auf und geh hier ein Stück mit mir. Ich sehe Anchises auf dich zukommen.«

Auf den satten Wiesen entlang des Flusses schritt Anchises dahin, und mir schien, als sei er anders, als ich ihn früher erlebt hatte. Sein Haar war grau, doch er bewegte sich mit der Spannkraft der Jugend. Neas rannte ihm entgegen, und sie umarmten sich.

»Mein Sohn«, sagte Anchises, »du sollst wissen, dass ich stolz bin, dass du so weit gekommen bist.«

»Ich werde nicht der König sein, den du dir gewünscht hast«, stieß Neas abrupt hervor. »Wilusa ist nicht mehr, und ich kann es nicht zurückholen. Ich kann die Vergangenheit nicht für dich wiedererstehen lassen oder meinen heldenhaften Onkeln nacheifern.«

Anchises senkte den Kopf. »Ich weiß. Und ich habe dir zu lange meine Hoffnungen aufgebürdet. Ich hatte Angst um dich. Und es war ein Fehler von mir zu denken, du würdest jemals weniger sein als das, was die Ehre erfordert.«

»Meine Ehre oder deine?«, fragte Neas.

»Meine«, antwortete Anchises, und seine Augen blickten in weite Ferne. »Ich bin es, der für Wilusa hätte sterben sollen, ich, der hätte da sein müssen, als sie unsere Tempel niedergebrannt und unsere Angehörigen getötet haben, als Agamemnon die Schwester meiner Lysisippa von ihrem Altar fortgezerrt und sie geschändet hat. Aber ich war nicht da. Ich war ausgezogen, um den Herrscher der Hethiter um Hilfe zu bitten. Ich habe keine Heldentaten auf dem Schlachtfeld vollbracht, und ich hatte noch nicht einmal den Anstand zu fallen!«

Neas nahm seinen Vater in die Arme, und endlich wusste ich, was so gebrannt, was Anchises verzehrt und verbittert hatte, dieselbe Schuld, die so schnell auch in Neas' Brust aufflammte. »Mein Vater«, sagte er, »dein Dienst an deinem Volk war fürwahr schwer, du hast uns am Leben erhalten und bist mit uns in eine neue Heimat gezogen. Wenn alle Männer tot wären, wer sollte die Erinnerung an Wilusa Das Einst War bewahren? Wer hätte Wilos retten sollen? Wer hätte ihn aus dem Feuer bergen sollen? Denn er wird unser nächster König sein.«
Anchises nickte. »Das wird er in der Tat sein. Das ist sicher.« Er nahm Neas an der Hand und führte ihn am Fluss entlang. Ich folgte den beiden. »Komm. Es gibt da etwas, das ich dir zeigen möchte.«

Neben einer Weide, deren Zweige ins Wasser hingen, übte sich ein junger Mann im Umgang mit dem Bogen. Er war schlank und dunkel, mit einem herzförmigen Gesicht, braunen Augen und langen, flinken Gliedern.

»Das ist dein Sohn«, sagte Anchises. »Er wartet hier darauf, geboren zu werden. Wenn die Zeit kommt, wird er den Fluss überqueren und seine Augen in deiner Welt aufschlagen.«

Der Knabe blickte nicht auf, er schien uns nicht einmal zu bemerken.

»Mein Sohn«, sagte Neas mit vom Staunen gedämpfter Stimme. »Wilos' Bruder.«

»Ja«, bestätigte Anchises. »Sie werden das Volk gemeinsam regieren, das Seevolk und das Volk der Hügel, und es wird keine Zwietracht zwischen ihnen herrschen.«

»Und nach ihnen?«

»Wer kann sagen, was die Zukunft bereithält?«, meinte ich. »So viel hängt von dem ab, was wir tun. Ob wir zaudern oder nicht.«

Anchises lächelte. »Und doch gibt es Dinge, die vielleicht sein werden, ein stolzes Geschlecht und eine stolze Stadt, Sohn der Aphrodite. Nein, diese Dinge wird es nicht geben, würdest du dich morgen ins Meer stürzen, doch das wirst du nicht tun. Ich sage dir das Einzige, was man zu einem König sagen kann. Die Dinge, die du ersehnst, können noch werden.«

Neas senkte den Kopf. »Und das ist die größte Bürde von allen. Zu ersehnen.«

»Wärst du frei von Sehnsucht, so hättest du dich nicht an der Tür der Nacht versucht«, erwiderte Anchises. »Wärst du nicht von Verlangen erfüllt.«

»Und was hätte ich dann?«, fragte Neas, und seine Augen waren ruhig und blau.

»Frieden«, antwortete Anchises. »Hier, frei von Verlangen, ist Frieden.«

Neas schaute sich um. »Auf diesen endlosen Feldern, wo sich niemals etwas verändert?«

»Ja«, sagte sein Vater sanft.

Neas blickte sich um, und ich sah, wie sich sein Gesicht

entspannte, als fiele ein Fieber von ihm ab, wie ein Mann mit einer furchtbaren Wunde, der endlich gestorben und mit jenem letzten Erschlaffen der Muskeln außer Reichweite des Schmerzes getrieben ist. Ich hielt den Atem an.

Neas sah mich an und lächelte. »Das ist nichts für mich«, sagte er. »Lieber den Schmerz und auch die Freude.«

»Ich dachte mir, dass du das sagen würdest«, bemerkte Anchises.

Ich stieß den Atem aus, von dem ich gar nicht gemerkt hatte, dass ich ihn angehalten hatte.

»Komm und wandele am Fluss«, sagte Anchises.

Ich wusste nicht, ob diese Aufforderung auch mir galt, doch Neas hielt mir die Hand hin, und ich ergriff sie. Sie war warm und wirklich, Fleisch und Blut, keine Einbildung.

Überall am Flussufer schritten Menschen dahin. Manchmal löste sich einer von ihnen von den anderen, rief Abschiedsworte, tauschte Umarmungen und versprach freudig, sich zu erinnern. Dann traten diese Menschen in den Fluss, und das Wasser überspülte sie wie strömende Perlen und Silberglanz. Und dann erfasste eine Brise sie, und sie trieben klar und leicht auf das Sonnenlicht zu, das von oben herabflutete.

»Was geschieht hier?«, wollte Neas wissen.

»Sie werden geboren«, antwortete ich, und meine Stimme war dünn vor Verwunderung. »Zweimal überqueren wir den Fluss. Wenn wir sterben, setzen wir über den Styx und gelangen in die Gefilde der Unterwelt und wohnen dort einige Zeit. Dann überqueren wir diesen Fluss, die Lethe, und kommen in die Welt über der Erde.«

»Sie erinnern sich nicht?«, fragte er.

»Nein.« Betrübt schüttelte ich den Kopf. »Nicht einmal du. Nicht einmal ich.« Ich schaute zu dem Licht hinauf. »Aber wir werden diesen Ort nicht auf diesem Weg verlassen. Wir gehen durch das Horntor, aus dem die wahren Träume kommen.«

Ich fühlte, wie wir emporstiegen, sah das Horntor vor uns in perlmuttgleichem Glanz schimmern. »Wir haben an diesem Ort geträumt, mein teurer König. Wir haben Dinge geträumt, die wahr sind, und jetzt müssen wir in die Welt über der Erde zurückkehren.«

Das Licht war gleißend hell, und ich klammerte mich an ihn. Heller und heller, bis ich schließlich die Augen schloss.

Ich öffnete sie.

Ich lag über Neas' nacktem Körper hingestreckt in der Vorkammer der Höhle von Cumai und schaute in das helle Sonnenlicht, das durch den Spalt in der Decke hereinströmte.

Mühsam stützte ich mich auf einen Ellenbogen. Mein Mund war trocken, und meine Brüste schmerzten vor Verlangen danach, Markai zu stillen. Ich vernahm ein Stöhnen.

Xandros lag in dem Licht, das durch den Eingang hereindrang, eine Hand fast in der Asche der Feuergrube. Er rollte sich herum und übergab sich.

»Xandros?« Ich kroch zu ihm hinüber. »Alles in Ordnung?«

Er nickte, sagte jedoch nichts. Die Farbe kehrte in sein Gesicht zurück, und seine Hände zitterten nicht.

Ich erhob mich und ging zu Neas. »Neas?«

Er schlug die Augen auf. Einen Moment lang blickten

sie mich ausdruckslos an, dann kam die Erinnerung jäh zurück. »Sibylle?«

»Ja. Kannst du dich aufsetzen?« Ich half ihm, sich aufzurichten.

Xandros rief nach mir. »Ich bekomme Maris nicht wach.«

Wieder stand ich auf, diesmal weniger unsicher, und ging zu ihm und kniete nieder.

»Was ist los?«, fragte Neas von der anderen Seite des Raumes her.

»Maris ist tot«, antwortete ich.

Wir trauerten um ihn und krönten gleichzeitig Neas. Für Maris war ein großer Scheiterhaufen am Strand errichtet worden. Nicht nur war er der Schiffsführer der *Perle* gewesen, er war auch das Opfer, das Neas' Königswürde besiegelte, der Mann, der freiwillig neben seinem Prinzen in die Dunkelheit gegangen und den Tod angenommen hatte, der dort wartete. Das restliche Räucherwerk aus Ägypten wurde auf den Scheiterhaufen gestreut, und wir alle klagten und weinten um ihn, für seine junge Frau Idele, grau vor Kummer, den Leib schwer von dem Kind, das er niemals erblicken würde.

Ich sang mit erstickter Stimme den Abstieg. Vielleicht, wenn ich den Trank nicht so stark zubereitet hätte oder wenn es weniger gewesen wäre …

Er gehört mir, flüsterte Sie dicht neben mir. *Sein Herz war nicht so stark wie sein Körper. Er hat sich für seinen König hergegeben. Er hätte nicht mitkommen müssen.*

Ich senkte den Kopf und ließ den Rauch über mich hinwegsteigen.

Natürlich gab es keine Krone. Die Krone von Wilusa war schon vor Generationen von den Achaiern erbeutet worden. Sie krönten ihn mit Ranken und Sommerblumen, tranken ihm mit Bechern voll des hiesigen Weines zu.

Neas trank, und dann riefen sie ihn zum König aus. »Äneas! Äneas! Sohn der Aphrodite!« Sie begannen den Schlangentanz, wanden sich rund ums Feuer. Ich saß da, und der Wein wurde in meinem Mund zu Essig.

Xandros kam mit unserem Sohn im Arm zu mir, reichte mir Markai und legte die Arme um mich, die Wange an die meine geschmiegt. »Nicht.«

»Nicht was?«

»Trauere nicht um ihn.«

»Er war so jung«, sagte ich. »Es ist meine Schuld.«

»Ich wäre auch beinahe geblieben«, gestand er. »Ich wollte bleiben. Ich hätte bei Ashterah bleiben können. Ich hätte von all diesem Kummer und Leid geheilt werden können. Es war meine Entscheidung.«

»Warum bist du nicht geblieben?«, fragte ich.

Xandros ließ das Kinn auf meiner Schulter ruhen. »Nun ja, es gibt da Neas und dich und Markai. Ich denke, in der Zukunft werde ich jede Menge Zeit haben, um tot zu sein.«

Darüber musste ich lächeln. »Wahrscheinlich.«

Xandros zuckte die Achseln. »Und du auch.«

»Als ich den Abstieg gesungen haben, habe ich die ganze Zeit gedacht, wie froh ich bin, dass du es nicht warst. Das ist so schlecht von mir. All diese Trauer Idele und ihrem Kind zu wünschen anstatt mir …«

»Das ist das Problem bei der Liebe«, meinte Xandros.

»Sie lässt dich einen Menschen mehr lieben als einen anderen.«

»Ich kann nicht mehr *nicht* lieben. Ich kann nicht so tun, als würde ich für Markai und Kianna nicht mehr empfinden als für die anderen Kinder. Ich kann nicht so tun, als wäre mir dein Leben nicht teurer als das anderer Männer. Und als Priesterin ist das falsch. Falsch, Xandros.«

Xandros berührte mein Gesicht, die nasse Spur einer einzigen Träne. »Es ist menschlich. Dagegen kannst du nichts machen. Nur die Götter können jeden gleich lieben.«

Ich vergrub das Gesicht an seinem Hals. »Ich bin so froh, dass du es nicht warst«, flüsterte ich. »Dass du nicht derjenige warst, den Sie behalten wollte.«

»Ich auch«, murmelte er.

25

Ab Urbe Condita

Am fünften Tag stachen wir in See, einem strahlenden Sommertag mit Wind von achtern, um uns nordwärts die Küste hinaufzutreiben. Die große Bucht verschwand hinter uns, der Berg versank in der Ferne. Wir folgten der Küste. Felder reiften, und Klatschmohn blühte. Das Wetter war vollkommen. Eine angenehme Kühle lag in der Luft, die vom Herbst kündete, von einer tiefer stehenden Sonne am Horizont. Der Sommer ging zu Ende, und die Ernte wurde eingefahren.

Ohne Kos kam mir das Leben auf der *Delphin* sonderbar vor. Maris' zweiter Schiffsführer hatte viel weniger Erfahrung und hatte erst am Steuer gestanden, seit wir Ägypten verlassen hatten, also beförderte Neas Kos zum Schiffsführer der *Perle.* Gewiss, er war von niederer Geburt, aber er hatte seinen Wert wieder und wieder bewiesen. Xandros begann, Bai zu lehren, wie man ein Schiff steuert. Die Rudergesänge kannte er bereits, wann jedoch es diese Befehle einzusetzen galt, war etwas, was er vom ersten Ruder aus nicht hatte erkennen können, da der Bug das Meer voraus verbarg und er die anderen Ruderer nicht sehen konnte. Xandros ließ ihn unter seiner Aufsicht das Steuerruder übernehmen und gab ihm dabei ohne Unterlass Anweisungen.

Hin und wieder machten wir halt und trieben ein wenig Tauschhandel, doch Dörfer waren meistens rar. Vielleicht gab es im Landesinneren Siedlungen, doch wir bekamen sie nicht zu Gesicht. Bei einem winzigen Ort, der aus kaum fünf oder sechs Häusern und ein paar Booten bestand, waren wir an Land gegangen und feilschten um frisches Brot. Ich ging mit Markai spazieren. Manchmal quengelte er, und wir wanderten am Feldrand entlang.

»Siehst du die Blumen?« Ich pflückte eine rote Mohnblume mit goldgeränderter Mitte und hielt sie für seine eifrig zugreifende Hand hoch. »Rot ist hübsch.«

Jetzt, flüsterte Sie hinter mir. *Sogleich. Ihr müsst die Küste hinaufsegeln. Jetzt gleich.*

Es war wie in jener Nacht in Pylos, bevor die Schiffe gekommen waren, eine schreckliche Gewissheit, dass etwas passieren würde. *Jetzt gleich.*

Die Blume noch immer in der Hand, rannte ich fast zu Neas zurück.

»Wir müssen aufbrechen«, stieß ich hervor.

Er warf einen Blick auf mich und fuhr zu seinen Männern herum. »Alle zurück auf die Schiffe! Wir legen ab, sofort!« Xandros blickte mitten im Feilschen auf, eine seiner Augenbrauen hob sich. Dann beendete er das Geschäft so rasch wie möglich.

»Wo fahren wir hin?«, fragte Neas.

Es beschämte mich ein wenig, alles zu den Schiffen

hasten zu sehen, als wäre ein Feind im Anmarsch. »Nach Norden«, antwortete ich. »Nach Norden, bis Sie uns sagt, dass wir anhalten sollen.« Ich rückte Markai auf meiner Hüfte zurecht. »Ich weiß nicht, warum. Es tut mir leid, Neas.«

»Dein Wort genügt mir«, erwiderte er schlicht. »Xandros! Lass die *Delphin* beladen! Wir brechen auf!«

Nach Norden, mit dem Wind von achtern. Zwei Tage lang segelten wir dahin, ohne anzuhalten, ohne die Schiffe des Nachts auf den Strand zu ziehen. Und das Ufer glitt neben uns dahin, golden und reif.

In der zweiten Nacht zog Nebel auf, und wir hätten die *Sieben Schwestern* und die *Perle* nicht sehen können, hätten wir nicht alle Lampen ans Heck gehängt, etwas, das wir in Ägypten gelernt hatten.

Neas rief zu uns herüber, und bald lagen alle drei Schiffe längsseits. Wortlos reichte ich Tia Markai, und Xandros schwang mich über die Lücke zwischen den Schiffen hinweg.

Kos klomm gerade auf der anderen Seite über die Reling der *Sieben Schwestern.* »So kann es nicht weitergehen«, verkündete er ohne Umschweife, und ich dachte daran, wie weit er seit jenem ersten Rat gekommen war, an dem er teilgenommen hatte, als er zu schüchtern gewesen war, um zu sprechen. »Ich kann Brandung zur Rechten hören. Ich habe keine Ahnung, wie nahe sie ist oder wie steil die Küste abfällt. Wenn wir so weitermachen, laufen wir auf. Wir müssen ankern und warten, bis der Nebel sich lichtet.«

Xandros nickte. »Ich bin draußen auf der Seeseite, aber mir gefällt das auch nicht, einfach so draufloszufahren, ohne etwas sehen zu können. Und hier gibt es eine merkwürdige Strömung, dichter am Ufer. Ich finde, wir sollten warten.«

Neas sah mich an. »Herrin? Die Vorsicht gebietet, dass wir warten, und die Regeln der Seefahrt erfordern es. Was sagst du?«

Ich fühlte nichts. Sie sprach nicht. Das Gefühl der Dringlichkeit, das mich vorangetrieben hatte, war verschwunden. Ich suchte nach Ihr und fand Schweigen. »Wir sollten warten«, sagte ich. »Ich sehe darin keine Gefahr.«

Neas nickte, und Kos stieß sichtlich einen Seufzer der Erleichterung aus. Sie waren bereit gewesen weiterzufahren, wenn Neas es verlangt hätte, doch sie waren froh, es nicht tun zu müssen. »Anker werfen!«, brüllte Neas. »Wir warten, bis der Nebel aufklart!«

»Morgen früh verzieht er sich bestimmt«, meinte Xandros. »So warm, wie es bisher war, brennt die Sonne ihn sicher schnell weg.«

Bai übernahm die Wache. Xandros kam zu mir in die Bugkabine, um neben mir zu schlafen, und während Markai schlummerte, liebte er mich leise und zärtlich. Danach schmiegte ich mich an seine Schulter und ließ das Meer uns beide wiegen.

Vielleicht war es die Stille oder die Erlösung des Liebesakts nach langem Warten, aber Xandros schlief bis nach dem Morgengrauen. Ich ließ ihn schlafend zurück, Markai als kleines Bündel dicht neben ihm. Auf ihren Gesichtern lag derselbe Ausdruck der Ruhe.

Der Morgen graute, und der Himmel schimmerte rosig. Der Nebel hob sich.

Wir lagen vor einer Flussmündung, wo ein breiter Strom sich ins Meer ergoss. Er floss zwischen sommergrünen Ufern dahin, und hinter ihm waren dicht bewaldete Hänge, wogende Hügel und die Schatten ferner Berge am Horizont. Möwen kreischten im Wind. Sie tanzten und tauchten, als die Sonne über den Hügeln aufging, golden und strahlend. Ich sah zu, und mein Herz machte angesichts dieser puren Schönheit einen Satz.

Neas stand mit erhobenen Armen auf dem Deck der *Sieben Schwestern*, und das Licht vergoldete ihn.

Da ich niemanden durch Rufen wecken wollte, kletterte ich zu ihm hinüber. Er sah, was ich vorhatte, und bekam mich unter den Achseln zu fassen, hob mich hoch, just als die Schiffe voneinander fortschwankten. Einen Augenblick lang standen wir so da, seine Arme um mich geschlungen, und fühlten, wie die Sonne uns beide emporhob.

»Schau!«, sagte er. »Das ist kein Wasservogel. Was ist das?«

Etwas Großes kam auf uns zugeflogen und ließ die aufs Wasser hinabstoßenden Möwen aufflattern. Ungefähr in Höhe der Mastspitze schoss es über uns dahin, und sein Schatten huschte über Neas hinweg.

»Das ist ein junger Adler«, stieß ich hervor.

Das Licht ließ die Klauen des Vogels aufleuchten, als er sich landeinwärts wandte, sie blitzten wie Gold.

Neas sah mich an und ich ihn. »Ja«, sagte er.

Ich nickte. »Wir sollten den Fluss hinauffahren, mein König.«

Sobald die Ruderer alle wach waren, machten wir uns auf den Weg; die *Sieben Schwestern* ruderte sehr langsam voran und lotete die Tiefe des vor uns liegenden Wassers mit einem mit Steinen beschwerten Knotenseil aus. Der Fluss war nicht gerade ungeheuer breit, aber er war tief und ruhig genug, dass wir darauf dahingleiten konnten. Hier, in einiger Entfernung von der Meeresküste, gab es Bäume und Wiesen; Äste neigten sich über den Strom.

Ich stand neben Xandros im Heck der *Delphin*, denn in der Enge des Flusses traute er keiner anderen Hand am Steuerruder als seiner eigenen. »Sieh mal dort!«, sagte ich. »Das sieht aus wie der Rauch von Herdfeuern.«

Vor uns, jenseits einer Flussbiegung, waren ein paar dünne Rauchfäden zu erkennen.

Die *Sieben Schwestern* hielt an und trieb gegen die Strömung, und Xandros befahl, dass unsere Ruderer innehalten sollten. Wir waren in Rufweite zur *Sieben Schwestern*, und die *Perle* war dicht hinter uns.

»Das Wasser wird flach«, rief Neas zu uns zurück. »Wir versuchen, auf der linken Seite eine Fahrrinne zu finden.«

Wieder schoben sie sich langsam vorwärts; nur zwei Ruder arbeiteten.

»Hier herrscht Trockenzeit«, meinte Xandros. »Siehst du dort, entlang des Ufers? Sonst führt dieser Fluss mehr Wasser. Er ist ohne Weiteres schiffbar, wenn man bei trockenem Wetter mit einem Kriegsschiff hier hinauffahren kann.«

Neas fand die Fahrrinne, und wir folgten ihm.

Entlang der Ufer machten die Bäume reifen Gersten- und Kornfeldern Platz. Da war ein Weinberg; die Trauben hingen schwer an den Reben. Es folgten Gemüsegärten, die niemand abgeerntet hatte.

»Hier stimmt etwas nicht«, stellte ich fest. »Wo sind die

Menschen? Das Korn steht reif auf den Feldern, und es sind keine Schnitter zu sehen.«

Xandros nickte. »Dort.« Er zeigte mit dem Kinn.

Eine kleine Ecke des Feldes war gemäht worden; die Ährenstängel waren abgebrochen, als wären sie von ungeschickten, unachtsamen Arbeitern geschnitten worden. Dahinter wies ein Hain aus Mandelbäumen grüne Stellen auf. Ein Teil der Bäume war verbrannt worden.

Auf der *Sieben Schwestern* wurden die Ruder eingezogen, und das Schiff glitt ans Ufer. Als wir näher kamen, sahen wir, was sie erblickt hatten. Direkt vor uns lag eine befestigte Stadt. Vor ihr erstreckten sich Landungsstege zum Ufer hinunter, und graue Steinmauern ragten empor. Es war eine kleine Stadt, vielleicht nicht größer als Pylos, mit einer schlichten Mauer und zwei Wachtürmen, nicht höher als vier Mannslängen. Ein paar Rauchfäden stiegen auf, und ich konnte frisches Brot riechen. Die Tore waren geschlossen.

»Nicht schon wieder«, knurrte Xandros und lächelte mich mit einem schiefen Grinsen an. »Ich werde es allmählich leid, Menschen, die glauben, dass wir gekommen sind, um sie auszuplündern und ihnen das Dach über dem Kopf anzuzünden, hervorzulocken, um mit ihnen zu handeln.«

Neas und mehrere andere kletterten über die Reling der *Sieben Schwestern* und kamen zu Fuß zu uns zurück. »Glaubst du, wir sollten Tauschhandel anbieten?«, fragte er.

Xandros nickte. »Anscheinend haben sie reichlich zu essen.«

Ich beugte mich über die Reling. »Neas, irgendetwas

stimmt hier nicht. Wieso haben sie ihre Ernte nicht eingebracht? Bei dem Nebel gestern Nacht sollte man doch meinen, sie würden alles unter Dach und Fach bringen wollen, ehe das Wetter schlecht wird.«

Der Rest der Männer kam von der *Sieben Schwestern* heruntergeklettert, die Waffen bereit, für den Fall, dass es zu einem Missverständnis kam. Es war schon mehr als einmal vorgekommen, dass wir zu den Schwertern hatten greifen müssen, bevor klar war, dass wir Waren eintauschen wollten.

Neas ließ den Blick über die Felder schweifen, und mir kam der Gedanke, dass er und Xandros wahrscheinlich niemals Korn geschnitten hatten. Sie waren Seefahrer, keine Bauern. »Du hast recht«, meinte er. »Das ist merkwürdig.«

Metall blitzte auf den Mauern, Licht blinkte auf Helmen.

»Bewaffnet euch«, befahl Neas und ging zurück zur *Sieben Schwestern*, um seine Ausrüstung zu holen.

Ich half Xandros dabei, seinen Harnisch anzulegen, das neue Schwert an der Seite und den neuen Schild am Arm.

Tia kam und blieb neben mir stehen. »Was ist denn los?«

Ich zeigte ihr, was wir betrachtet hatten, die nicht abgeernteten Felder und den zum Teil verbrannten Mandelhain.

Unsere Männer nahmen ihre Positionen ein. Xandros rief etwas zu den Stadtmauern hinauf. Ich konnte mehrere Bewaffnete auf der Mauerkrone sehen, doch sie antworteten nicht. Vielleicht war die Sprache hier jener der Schardana zu wenig ähnlich.

»Warum sind die Felder nicht verbrannt, wenn sie von Feinden angegriffen worden sind? Und wenn sie nicht überfallen wurden, wieso steht die Ernte dann noch auf dem Feld?«, grübelte ich. »Das ergibt doch keinen Sinn. Wieso haben sie nicht geerntet?«

Tia packte mich am Arm. »Es sind die Frauen. Sie haben nicht genug Männer. Deshalb haben sie nur das kleine Stück gemäht. Irgendjemand hat sie angegriffen und hat vor wiederzukommen, so wie man einen Kaninchenbau dort belässt, wo er ist, und immer nur ein paar mit der Schlinge fängt, wenn einem der Sinn danach steht. Warum die Felder verbrennen und Essbares einbüßen? Sie können sie doch zurücklassen und wiederkommen, wenn das Korn reif ist. Es kann doch nirgendwohin flüchten!«

»Ja! Ich glaube, du hast recht.« Ich nahm Markai auf den Arm, kletterte über die Reling und landete im Schlamm. Dann eilte ich zu Neas.

Er war noch nicht in Bogenschussweite der Mauern, doch er schien sich über mich zu ärgern. »Sibylle, du bist zu nahe an der Stadt. Geh zurück. Sie antworten nicht auf unsere Rufe, und der Kerl da drüben fuchtelt immer wieder mit seinem Speer in meine Richtung.«

»Wie viele Männer hat du gezählt?«, fragte ich ihn.

»Fünf auf der Mauer«, antwortete Neas. »Ich nehme an, der Rest hat sich hinter dem Tor versammelt und wird jeden Augenblick hervorstürmen. Du musst zurück zu den Schiffen. Und Tia auch.« Er warf einen Blick hinter mich, wo Tia mir mit Kianna auf dem Arm folgte.

»Ich glaube nicht, dass es dort drinnen noch mehr Männer gibt«, entgegnete ich. Rasch erklärte ich, was Tia gesagt hatte.

Neas schüttelte den Kopf. »Vielleicht habt ihr recht. Oder vielleicht auch nicht. Aber sie benehmen sich nicht so, als wollten sie reden, und wenn sie so viele Männer haben, wie es für eine solche Ansiedlung üblich ist, sind wir in der Unterzahl, wenn sie auf uns losgehen. Geht zurück.«

»Wir müssen mit ihnen reden«, beharrte ich. »Lass Xandros vortreten und es noch einmal versuchen.«

»Sie antworteten ihm nicht«, wehrte Neas ab. »Wenn er auf Schussweite herangeht, wird er noch getroffen.«

»Dann lass mich gehen«, erwiderte ich und hob das Kinn. »Sie sehen doch, was ich bin. Ich bin eine Frau mit einem kleinen Kind und kein Feind, der über sie herfallen könnte, wenn sie mich nahe heranlassen. Lass mich mit Xandros gehen.«

Neas öffnete den Mund und schloss ihn wieder.

Xandros trat leise zu uns. »Möwe, bist du dir da sicher?«

»Ja.« Ich warf Tia einen raschen Blick zu. »Ich bin mir sicher.«

Ich rückte Markai so an meiner Schulter zurecht, dass er deutlicher zu sehen war, und machte einen Schritt vorwärts.

»Ich komme mit«, verkündete Tia. Sie war an meiner Seite, Kianna, deren lange nackte Beine herabbaumelten, auf der Hüfte. »Wenn eine Frau gut ist, dann sind zwei noch besser.«

»Das sind eure Kinder!«, stieß Neas hervor, und ich konnte nicht sagen, ob seine Stimme ungläubig oder empört klang.

»Ja«, sagte ich. Und wir gingen los.

Xandros folgte uns mit leeren Händen, den Schild auf

dem Rücken, bereit, ihn nach vorn zu schwingen und mich und Markai zu schützen

»Oh, Liebste, du weißt hoffentlich, was du tust«, flüsterte er.

Herrin, dachte ich, *das hoffe ich auch.*

Wir schritten auf die überhängende Mauer zu. Xandros rief auf Schardanisch: »Volk dieser Stadt, wir wollen euch nichts zuleide tun. Wir sind Händler, ehrbare Männer mit Familien, wie ihr sehen könnt! Wir wollen nur mit euch reden! Lasst keine Missverständnisse zwischen uns aufkommen!«

Lange herrschte Schweigen. Wir sahen, wie sie auf der Mauer miteinander sprachen, die Köpfe dicht zusammengesteckt. Dann rief eine Stimme auf Schardanisch zurück: »Wir sehen euch und eure Kinder. Aber wir wollen keinen Handel treiben. Ihr habt nichts, was wir begehren. Steigt auf eure Schiffe und verzieht euch.«

Xandros sah mich an.

Ich hob die Stimme. »Wir haben Männer, die eure Ernte einbringen können, und wir tauschen ihre Arbeit gegen einen Anteil an dem Getreide.«

Wieder steckten sie die Köpfe zusammen. Es hatte den Anschein, als berieten sie sich sehr lange. »Gibt es jemanden, der für euch spricht und der hereinkommen und mit unserem König verhandeln wird?«

»Ja«, antwortete Xandros. »Unser König Äneas ist hier. Er wird mit euch sprechen.«

Tia ging zurück und nahm Neas' Platz ein, während Xandros und ich mit Markai warteten. Neas legte Schwert und Helm ab und trat vor.

Er warf Xandros einen Blick von der Seite zu. »Geh

zurück«, wies er ihn an. »Du musst hier draußen den Befehl übernehmen. Du bist mein Stellvertreter, und wir können nicht beide dort hineingehen. Und nimm Markai mit. Die Sibylle kommt mit mir. Ihr Schardanisch ist besser als meins.«

Xandros nahm mir das Kind aus den Armen. »Du wirst über sie wachen.«

»Als wäre sie meine eigene Gemahlin«, versprach Neas.

Xandros zog eine Braue hoch.

»Es wird schon alles gut gehen«, sagte ich.

Und dann gingen Neas und ich auf die Stadt zu. Die Tore öffneten sich knarrend, und wir traten ein.

Es war in der Tat eine kleine Stadt, mit ungepflasterten Straßen und niedrigen, schindelgedeckten Häusern; eine Straße, breit genug für einen Streitwagen, führte geradewegs vom Tor weg, dorthin, wo sich wahrscheinlich die Tempel und der Palast befanden. Zwei Knaben kamen angerannt, schlossen das Tor hinter uns und legten einen Riegel vor. Sie waren erst zwölf oder dreizehn Jahre alt, keine Männer im waffenfähigen Alter, und ich wusste, dass Tia recht hatte.

Ein mit einem Brustharnisch und uralten Beinschienen gewappneter Mann kam von der Mauer herunter, über den Wehrgang und die Treppe aus hölzernen Planken an deren Innenseite. Er war es gewesen, der uns von der Mauer aus zugerufen hatte, und als er näher kam, sah ich, dass ihm der linke Unterarm fehlte. Aus der Ferne hatte ich das nicht bemerkt. Drei andere folgten ihm, und sie schienen durchaus in guter Verfassung zu sein.

»Hier entlang«, sagte er. Die Männer umringten uns, und wir schritten rasch die Hauptstraße hinunter.

Der Palast war ein langes, niedriges Gebäude mit einem Dach aus roten Ziegeln und einem von Steinpfeilern getragenen Säulengang entlang der Vorderseite. Rauch stieg aus einem Herdloch in der Mitte des Gebäudes empor. Der Hof bestand aus festgestampfter Erde, nicht aus Stein. Die meisten Häuser waren auf steinernen Fundamenten aus Holz errichtet worden. Es war ein sehr bescheidener Ort.

Und doch breitete ein Mandelbaum seine Zweige über die Vorhalle, und der Tempel auf der anderen Straßenseite zeigte eine gewisse Anmut. Der Himmel über uns war blau, und die Dachenden waren mit Schmuckfliesen verziert. Wir gingen hinein. Herbstlicher Sonnenschein strömte durch den Rauchabzug herein und beleuchtete ein großzügig angelegtes Gemach mit einem Fußboden aus bemaltem Stein, eine farbig dargestellte Löwenjagd. Während ich in der plötzlichen Düsternis des Raumes blinzelte, sah ich Bewegung entlang der Wände, das Wallen von Röcken. Vor dem Herd stand ein geschnitzter Stuhl. Darauf saß der König.

Er war vielleicht zehn Jahre älter als Neas, doch sein dunkles Haar war bereits von Weiß durchzogen. Sein Gewand bedeckte seinen Schoß und seine Glieder mit Falten aus weißem Leinen und scharlachroter Wolle, doch etwas daran, wie er das linke Bein hielt, wie die Ferse nicht ganz den Boden berührte, kam mir sonderbar vor. »Du sagst, ihr seid Händler«, sagte er. »Und doch glaube ich, dass du lügst.«

Neas hob mit einem Ruck den Kopf. »Ich bin Äneas,

Sohn des Anchises, König von Wilusa Das Einst War. Ich lüge nicht.«

»Und doch seid ihr nur gekommen, um Handel zu treiben?« Der Blick des Königs war scharf und durchdringend, und ich erkannte den wirklichen Herrscher in ihm. Einen Mann, mit dem zu befassen sich lohnte.

»Wir sind gekommen, um Handel zu treiben, ja«, bestätigte Neas. »Wir haben Ware aus vielen Häfen, und vor einiger Zeit sind wir aus Ägypten gekommen.«

Der König warf einen Blick auf mich. »Und doch hat die Frau da behauptet, ihr werdet die Arbeit eurer Hände gegen Lebensmittel eintauschen.«

»Wir schätzen ehrliche Arbeit nicht gering«, antwortete Neas. »Und wir sind bereit, diese Arbeit gegen Verpflegung zu tauschen. Wir haben unsere Familien bei uns, wie ihr gesehen habt, denn Wilusa ist nicht mehr.«

Hinter mir regte sich etwas, doch ich konnte mich nicht umdrehen.

»Nun, wir wissen, dass Wilusa nicht mehr ist«, meinte der König. »Wir haben es von Männern vernommen, die mit den Achaiern in der großen Flotte gekämpft haben, welche die Städte Ägyptens plündern wollte. Und wir wissen, dass ihr in dieser Schlacht für den Pharao gekämpft habt.«

»Heißt das, dass Blut zwischen uns steht?«, wollte Neas wissen. »Was mich betrifft, so habe ich keinen Zwist mit dir oder deinem Volk. Ich kenne nicht einmal den Namen dieser Stadt oder ihres Königs.«

»Diese Stadt heißt Latium«, erwiderte der Gefragte. »Und ich bin ihr König. Latinus werde ich genannt, wie jeder, der hier herrscht. Wir haben keine Männer auf die große Flotte geschickt. Hier haben wir es nicht nötig, als Söldner auszuziehen.«

»Herr«, sagte Neas ehrerbietig, obgleich seine Stimme stählern klang, »Höflichkeit ist eine alte Tugend, und mir ist nicht zu Ohren gekommen, dass sie hierzulande weniger geschätzt wird. Wir sind Söldner aus bitterer Notwendigkeit. Ein König muss tun, was für sein Volk nötig ist, ganz gleich, wie klein die Zahl der Seinen ist.«

»Das muss er fürwahr«, bekräftigte Latinus und seufzte. »Aber manchmal werden einem Antworten im Traume zuteil, oder die Zukunft kann aus dem Flug der Vögel vorhergesagt werden, von Männern, die darin geübt sind, derlei zu deuten. Heute Morgen sah ich einen jungen Adler den Fluss herauf auf mich zufliegen, und er kam herbei und ließ sich auf den Dachbalken dieses Hauses nieder, und dort verschlang er einen Fuchs, den er gefangen hatte. Was schließt du daraus?«

Neas sah mich nicht an. »Ich habe denselben Adler gesehen, als ich auf meinem Schiff stand, und wir sind ihm gefolgt. Aber nicht ich bin es, der darin geübt ist, solche Dinge zu deuten. Das ist die Aufgabe der Sibylle, die hier neben mir steht.«

Der König sah mich an. »Ich dachte, sie wäre dein Weib.«

»Mein Weib ist tot«, erwiderte Neas. »Mein Sohn und ich sind allein auf der Welt.« Er blickte sich in der Halle um. »Und du auch, scheint es. Wo sind die Krieger, die deinen Thron schützen müssten? Die Söhne deines Hauses, die an deiner Seite stehen sollten?«

»Die Söhne meines Hauses sind tot«, antwortete Latinus, und seine Stimme war fest und grimmig. »Sie sind von den Rutoli erschlagen worden, als wir im Kampf auf sie trafen, als ich schwer verwundet wurde und die Krieger meines Volkes getötet worden sind.«

Neas nickte. Die Anzahl der Männer, alles in allem nicht mehr als zehn und vielleicht ebenso viele Halbwüchsige, konnte ihm nicht entgangen sein. Auch mir war es aufgefallen.

»Die Rutoli sind unsere Nachbarn im Norden, und sie sind ein kriegerisches Volk. Sie haben drei Schiffe zur großen Flotte geschickt, und nur eins davon ist zurückgekehrt. Seitdem haben sie Krieg mit uns geführt; sie hielten uns für leichtere Beute als den Pharao.« Seine dunklen Augen blitzten, als wollten sie sagen, dass jeder, der ihn für eine leichtere Beute hielt als den Großkönig von Ägypten, ihn zu gering schätzte. Sie hatten ihren Stolz, diese Menschen.

»Durch Verrat sind sie über uns hergefallen, als wir auf den Feldern gearbeitet haben. Ehe wir zu den Waffen greifen konnten, war die Hälfte unserer Männer tot. Noch mehr sind in der Schlacht gefallen, die darauf folgte. Wir haben sie zurückgedrängt und uns zu den Toren durchgeschlagen, und sie haben uns nicht belagert. Warum sollten sie? Sie wissen, dass wir nicht fortkönnen und dass sie jederzeit wieder in voller Stärke anrücken und beenden können, was sie begonnen haben. Es ist ihnen dienlich, ihre eigene Ernte einzubringen, ehe sie kommen, um sich die unsere zu holen.« Latinus sah erst mich und dann wieder Neas an. »Du siehst also, König Äneas von Wilusa Das Einst War, du bist in verhängnisvollen Zeiten zu einem dem Untergang geweihten Volke gekommen. Wir warten darauf, dass sie kommen, und wir wissen, dass wir Latium zumindest fürwahr teuer verkaufen werden. Was nützen uns unsere Schmiedewerkstätten und unsere Türme, wenn wir keine Männer haben, um unsere Schwerter zu führen oder unsere Mauern zu verteidigen?«

Neas nickte bedächtig. »Und doch bin ich unerwartet mit über hundert Kämpfern zu euch gekommen. Wie viele zählen eure Rutoli?«

»Fast dreihundert«, antwortete Latinus. »Und wir können insgesamt nicht mehr als zwanzig Mann ins Feld schicken.«

»Haben sie Streitwagen?«, erkundigte sich Neas.

»Nein, sie kämpfen einzeln zu Fuß«, erwiderte der König. »Mit dem Speer oder dem Schwert.«

Neas schaute zu Boden, und ich erkannte, was er dachte. Ich sah in diesem Moment die Form des Ganzen, all die Windungen und Gabelungen des Labyrinths, all die Pfade über Land und Meer, die zu diesem Herbstmorgen geführt hatten. Mein Herz klopfte angesichts solcher Schönheit heftig.

Dann blickte Neas auf und sah dem König in die Augen, und ein Lächeln lag auf seinen Lippen. »König Latinus, deine Mauern sind stark, und ohne Zweifel sind auch deine Männer stark und tapfer. Aber du hast recht, es sind zu wenige, um Latium allein zu verteidigen. Mein Volk ist müde, und wir sind weit übers Meer gezogen, auf der Suche nach einem Land, wo wir in Frieden leben und die Bräuche unserer Vorväter pflegen können, die heiligen Riten unserer Götter. Hundertsechsundzwanzig Männer habe ich bei mir, aber nur einundzwanzig Frauen und zweiundzwanzig Kinder. Das sind nicht genug, denke ich, um das Volk zu erhalten. Aber es sind mehr als genug, um Latium zu verteidigen und alle Feldfrüchte zu ernten, die auf euren Äckern warten, genug, um hier im Meer zu fischen und eure Dächer auszubessern. Es sind genug, um Felder zu pflügen, die brachliegen, und um junge Olivenbäume zu pflanzen.«

Mir stockte der Atem, und ich biss mir heftig auf die Lippe.

Latinus musterte ihn eingehend. »Wenn du all das tun kannst«, sagte er, »wenn du die Rutoli zurückschlagen und unsere Ernte einbringen kannst, damit wir im kommenden Winter nicht Hunger leiden, dann werde ich dich Bruder nennen und dir geben, was immer du verlangen magst. Ich werde dich meinen Sohn nennen, und du wirst nach mir König von Latinum sein. Ich werde den letzten Schatz meines Hauses in deine Obhut geben.«

Wieder hörte ich Kleider hinter mir rascheln, und ein Mädchen trat neben seinen Stuhl.

»Die Hand meiner Tochter Lavinia«, verkündete er.

Sie war klein und schlank, nicht älter als dreizehn Jahre, mit herzförmigem Gesicht und großen dunklen Augen; braunes Haar fiel ihr, zu einem Zopf geflochten, über die Schultern. Sie legte eine Hand auf die Schulter ihres Vaters und sah Neas an, und ihr Rücken war aufrecht. Wenn sie Angst hatte, so sah man es ihrer Miene nicht an.

»Sie ist mein einziges noch lebendes Kind«, erklärte Latinus. »Und ihr Erbe ist das Königreich.«

Neas neigte respektvoll den Kopf. »Prinzessin Lavinia«, sagte er, »ich übernehme die Aufgabe, die Rutoli zu besiegen, mit gutem Willen, denn deine Hand ist eine Ehre ohnegleichen.« Er sah ihr in die Augen, als er den

Kopf hob, und, Kind, das sie in ihrem weißen Gewand war, zuckte sie doch nicht zurück.

Neas trat vor, und Latinus streckte die Hand aus. »Ich gebe dir mein Wort.«

Neas griff nach seiner Hand, und die beiden Männer umfassten das Handgelenk des anderen. »Und ich dir das meine. Mögen alle Götter Zeuge dessen sein, was wir heute beschlossen haben, und uns den Sieg schenken.«

»Möge es so sein«, bekräftigte Latinus.

26

Latium

Wir machten uns mit Feuereifer daran, die Ernte Latiums einzubringen. Die Erntezeit war fast vorbei, und die Tage, bis das feuchte Wetter das Korn verdarb, waren gezählt. Viele unserer Männer waren Seeleute und hatten noch nie solche Arbeit verrichtet, daher ging nicht alles so glatt und so schnell vonstatten, wie wir es uns vielleicht wünschten, obwohl die Frauen, die nicht durch kleine Kinder daran gehindert wurden, ebenfalls mithalfen. Ich passte sowohl auf Markai als auch auf Kianna auf, während Tia arbeitete, und versuchte, mit den beiden im Schlepptau Trauben zu pflücken, so gut ich konnte. Markai hatte ich mir beim Pflücken auf den Rücken gebunden. Kianna spielte zu meinen Füßen und hielt gelegentlich inne, um sich eine dicke, reife Weinbeere in den Mund zu stecken. Dann musste ich meinerseits innehalten und ihr die Kerne aus dem Mund klauben, damit sie sich nicht daran verschluckte. Sie war noch zu klein, um sie richtig auszuspucken.

Und stets hielten wir wachsam Ausschau nach den

Rutoli. Es würde nicht lange dauern, bis sie wiederkamen.

In der zwölften Nacht regnete es heftig, und als der Morgen kam, war die Welt in Nebel gehüllt. Der Fluss plätscherte leise an den Landungsstegen, angeschwollen vom Regen der vergangenen Nacht. Die Gerste, die wir nicht mehr unters Dach hatten bringen können, war niedergedrückt.

Kurz nach dem Morgengrauen stand ich mit Neas auf der Mauer. Hinter uns stieg der Duft von frischem Brot von Latiums Öfen auf, wo runde, harte Laibe gebacken wurden, deren Inneres jedoch süß und warm war.

»Morgen ist es so weit«, verkündete Neas mit der Gewissheit eines Orakels.

Ich sah ihn an. »Das weißt du?«

Er nickte und blickte noch immer zum Fluss hinüber. »Ich kenne den Krieg, Sibylle. Die Ernte ist vorbei. Bald kommen die Kälte und kühle, nasse Tage, die sich nicht gut für Feldzüge eignen. Der morgige Tag aber wird wolkenlos und strahlend hell, und heute Nacht ist Vollmond. Sie werden heute Nacht ihre Stadt verlassen und morgen früh über uns herfallen; sie werden glauben, dass sie die Menschen Latiums auf den Feldern antreffen, wo sie sich bemühen zu bergen, was noch übrig ist.«

»Würdest du es so machen?«, erkundigte ich mich.

»Ja«, meinte er. »Wenn ich wirklich ein Räuber wäre.«

Ich sprach aus, was mir Sorgen bereitet hatte. »Können wir gewinnen, Neas? Sie werden uns zahlenmäßig mehr als zwei zu eins überlegen sein. Latinus hat gesagt, sie sind fast dreihundert, und zusammen mit den Männern von Latium sind wir insgesamt weniger als hundertfünfzig.«

Neas sah mich an, und es war dasselbe Lächeln, das ich in Byblos gesehen hatte. »Wir können gewinnen. Sie haben noch nie eine feste Schlachtordnung gesehen. Niemand hier hat so etwas schon einmal gesehen.« Er legte die Hände auf die Brüstung und beugte sich darüber. »Dafür haben wir gelernt, so zu kämpfen. Dies ist die richtige Waffe, und dies ist der richtige Zeitpunkt. Ich fühle es in jeder Faser meines Körpers.«

»Und der richtige Ort?«, fragte ich.

Neas nickte. »Und der richtige Ort. Hier werde ich wohnen und auch die Söhne meines Hauses, mein Leben lang. Fühlst du es nicht?«

»Doch.« Er hätte ein Priester sein können, wäre er kein Prinz gewesen.

»Es ist ein wunderschöner Ort«, sagte er.

Latium hatte keine leuchtend weißen Mauern, keine gewaltige Bibliothek, keine Tempel mit prächtigen Säulen. Es gab keine breiten Prachtstraßen, keine hohen Türme. Es war eine kleine Stadt mit ungepflasterten Straßen, hölzernen Häusern mit Schindeldächern, Landungsbrücken und einem schiffbaren Fluss, mit urbaren Feldern.

»Du wirst ihn schön machen«, erwiderte ich.

Neas zeigte in die dem Fluss entgegengesetzte Richtung. »Diese bewaldeten Hänge dort, die nach Westen liegen. Siehst du die Reben nicht, die darauf angepflanzt werden können? Und die überwucherte Wiese dort drüben? Ein Olivenhain? Und im nächsten Frühling können wir das brachliegende Feld am Flussufer unter den Pflug nehmen.«

»Ja«, bestätigte ich. »Ich sehe, dass es so sein wird. Du wirst hier ein guter Herrscher sein, wenn Latinus den

Fluss überquert hat und du dich mit Lavinia vermählt hast.«

Er warf mir einen raschen Blick zu, dann sah er wieder zum Fluss hinüber. Einen Augenblick lang schwieg er, und ich dachte, er würde nicht sprechen, dann tat er es doch. »Glaubst du, sie wird mich hassen?«

»Dafür, dass du die Ehe vollziehst?« Ich legte ebenfalls die Hände auf die Brüstung. »Du musst sie vollziehen. Sonst ist sie in den Augen unseres Volkes oder des ihren nicht gültig.«

»Sie ist zwölf«, sagte Neas. »Und ich bin doppelt so alt wie sie. Und nicht an zarte junge Mädchen gewöhnt.«

»Sie ist eine Prinzessin«, entgegnete ich. »Und sie wurde dazu erzogen, ihre Pflicht zu tun. Sie wird tun, was getan werden muss.«

»Aber wird sie mich dafür hassen?«, fragte er. »Eine Königin, die mich hasst, wird uns nichts als Leid bringen. Und ich habe kein Verlangen danach …«

Eine zweite Basetamon zu erschaffen, dachte ich. Noch jemanden auf diese Weise zu verletzen. »Du musst die Ehe vollziehen«, wiederholte ich. »Aber du musst so behutsam sein, wie du kannst. Und ich weiß, dass das schwer ist.«

»Wenn zweihundert Menschen darauf warten, das blutige Laken zu sehen?« Neas verzog das Gesicht.

»Mein Prinz«, gab ich zu bedenken, »sie müssen Blut sehen, aber sie müssen nicht wissen, wo das Blut herkommt.«

Ich hielt seinen Blick mit meinem fest, bis ich mir sicher war, dass er begriff. »Es ist besser, wenn die Ehe im Stillen und später vollzogen wird, wenn genug Zeit für

Umsicht ist und ihr einander besser versteht. Und wenn es darum geht, einen Sohn zu zeugen, nun, von einem Mond auf den anderen hat es damit ja keine Eile.«

»Gewiss werden die Frauen sie doch fragen«, wandte Neas ein.

Ich nickte. »Und du musst Sorge tragen, was sie sagen wird. Aber sie scheint ein kluges Mädchen zu sein. Solange du all dies auf eine Art und Weise tust, die nicht den Anschein erweckt, als würdest du sie verschmähen, sondern dass sie dir so viel wert ist, dass du keine Fehler riskieren willst.«

Er nickte. »Sie ist mir wirklich viel wert. Nicht ihrer selbst wegen, sondern um der Zukunft willen. Ich brauche eine Königin, die nicht mein Feind ist.«

»Vielleicht wirst du sie mit der Zeit auch um ihrer selbst willen schätzen«, meinte ich.

Neas zuckte die Achseln, doch in seiner Stimme klang Schmerz mit. »Ich suche nicht nach Liebe, Sibylle. Ich bin König, und auch ich wurde dazu erzogen, meine Pflicht zu tun. Aber es gibt Zeiten, da wünsche ich mir, ich könnte ein einfacher Schiffsführer sein.« Er sah mir einen Augenblick lang in die Augen. »Wie Xandros.«

»Neas«, sagte ich und wusste, dass ich mehr als eine Frage beantwortete. »Das bist du nicht.«

Er schaute weg und nickte. »Ich weiß.« Und wir sprachen nicht mehr darüber.

Die Rutoli rückten am nächsten Morgen an. Eine Stunde nach Sonnenaufgang kamen sie über den fernsten Hügel. Wir standen auf der Mauerkrone und zählten sie. Latinus hatte recht. Ich zählte zweihundertsechzig.

Im Hof unter uns rüsteten sich unsere Männer für die Schlacht. Die Kämpfer von Latium standen auf der Mauer. Diejenigen, die Bögen besaßen, würden sie einsetzen, und die etwa fünf Mann ohne Bogen würden das Tor bemannen.

Als die Rutoli über den letzten Hügelkamm kamen, waren wir gewappnet.

Ich würde nicht unten warten. Ich konnte nicht. Markai war bei Tia im Palast, ich jedoch konnte nicht dortbleiben. Stattdessen bemalte ich mir das Gesicht und legte mein neuestes Gewand an. Was immer auch geschah, es würde viele geben, die mich brauchten, ehe der Tag zur Neige ging. Und nach diesem langen Weg würde ich zusehen, wie das Blut vergossen wurde, das für mich und für mein Kind floss, ob es sich nun schickte oder nicht.

Ich fühlte nicht einen Hauch Ihrer Missbilligung, nur Ihre Gegenwart. »Herrin der Unterwelt«, flüsterte ich. »Herrin der Schlachten, Löwenköpfige Sekhmet, Herrin des Krieges.«

Unten im Hof blickte Xandros zu mir herauf. Die Männer der *Delphin* nahmen um ihn herum ihre Plätze ein.

Ich fing seinen Blick auf.

Er lächelte und schwieg. Es gab nichts zu sagen. Wir wussten alles, was es auszusprechen gab, sprachen mit den Augen.

Jetzt waren die Rutoli vor den Toren und riefen Latium auf, sich zu ergeben.

Latinus hatte die Innentreppe erklommen, die zu dem Turm neben dem Tor emporführte, und er antwortete ihnen selbst mit schallender Stimme. »Das werden wir nicht tun!«, schrie er. »Wenn ihr haben wollt, was unser ist, müsst ihr es euch holen!«

Ich verstand ihre Antwort nicht, doch ich sah, wie sie ihre Speere schüttelten, hörte ihr Gebrüll.

Das Tor öffnete sich.

Wieder brüllten die Rutoli, schlugen mit ihren Schwertern auf ihre Schilde, schrien Herausforderungen und Flüche.

Durch das Tor marschierte die erste Kompanie unserer Männer, die Mannschaft der *Sieben Schwestern* unter vollen Waffen, mit einem schardanischen Schwert und einem Schild für jeden Mann, vier Reihen zu je acht Kämpfern, die jeweils ihren Nebenmann deckten. Das Stampfen ihrer Füße im vollendeten Gleichtakt war wie Donnergrollen.

Hinter ihnen folgten die Männer der *Delphin*. Jenseits des Tores schwenkten sie nach links, und die Schar der *Perle* folgte ihnen nach. Deutlich konnte ich Kos in der ersten Reihe erkennen, in der Position vorn rechts, nach der sich die Männer richteten. Sie schwenkten links von den Männern der *Delphin* ein. Drei Kompanien standen aufgereiht da, Neas zur Rechten, Xandros in der Mitte und Kos auf der linken Seite.

Die Rutoli hielten inne. Was immer sie von Latium erwartet hatten, das hier war es nicht.

Dicht hinter den Kämpfern von der *Perle* schlugen die Torflügel zu. Unsere Truppen warteten vor dem Tor. Kein Laut war zu hören. Unsere Männer brüllten nicht oder fuchtelten mit den Schwertern herum, sie sangen nicht und schrien auch nicht die Namen ihrer Ahnen oder ihrer Götter. Sie warteten einfach in Reih und Glied, reglos und unerbittlich wie die nubischen Bogenschützen in Ägypten.

Die Rutoli brüllten.

Es waren hochgewachsene, starke Männer, das stimmte. Jeder trug die Waffen seiner Wahl, und sie standen in Gruppen aus Verwandten oder Freunden zusammen, jede mit einem Anführer ihres Hauses oder Geschlechts. Einige wechselten von einer Schar zur anderen. Manche hatten Schwerter und andere kurze Speere. Sie schwärmten aus, prahlten und drohten schreiend. Ich konnte hören, wie ihre Fürsten sie anfeuerten, doch aus dieser Entfernung konnte ich die Worte nicht verstehen.

Unsere Männer warteten.

Eine Brise vom Fluss her hob meinen Schleier an. Der Himmel war von vollendetem herbstlichem Blau.

Die Anführer der Rutoli brüllten und hoben ihre Speere. Und dann griffen sie an.

Sie zerschellten an unseren Reihen wie das Meer an den Klippen.

Wir begegneten ihnen in einem Aufbranden und einem Wirbel aus Blut, und sie prallten zurück. Zehn oder zwölf Männer lagen am Boden. Einige regten sich, andere nicht. Nicht einer der unseren fiel. In den Reihen der *Perle* war Bewegung, als zwei Verwundete aus der ersten Reihe ins Innere des Gliedes zurücktraten; ihre Schiffsbrüder rückten vor, und die Schilde schlossen die Lücke wie eine Mauer.

Wieder schrien die Fürsten, und wieder fluteten sie wie Meereswogen vorwärts. Schwerter blitzten, und die Morgenluft trug Schreie heran.

Sie prallten abermals ab, und noch immer standen unsere Kompanien unverrückbar da. Jetzt lagen drei unserer Männer am Boden, doch unsere Reihen schlossen sich über ihnen. Ich hörte Neas' Stimme, ruhig und weithin vernehmbar, wie auf See. »Standhalten! Haltet stand, Söhne Wilusas! Haltet stand für die Unseren und für unsere Götter!«

Ein drittes Mal stürmten sie heran.

Dreißig oder mehr ihrer Männer waren gefallen und erhoben sich nicht wieder, und jetzt erfüllte sie der Blutdurst der Verzweiflung.

Nicht einer unserer Männer rührte sich von der Stelle. Nicht einer trat aus der Reihe.

Als sie dieses Mal zurückgeschlagen wurden, wusste ich, dass es endgültig war. Einzeln und in Gruppen strömten sie davon, trugen ihre Verwandten auf dem Rücken; ein paar humpelten verwundet dahin oder ließen ihre Waffen auf das Schlachtfeld fallen. Sie flohen auf eine Baumreihe zu, und es gab niemanden, der sie wieder zum Angriff trieb.

»Haltet eure Stellung!«, schrie Neas. »Verfolgt sie nicht! Bleibt in Reih und Glied!« Wir würden uns nicht durch den Sieg dazu verleiten lassen, unsere Schlachtordnung aufzugeben. Ein paar Männer wollten vorstürzen, doch ihre Waffenbrüder hielten sie zurück. Wir standen regungslos. Während die Rutoli in heillosem Durcheinander von den Toren Latiums davonrannten, standen wir an Ort und Stelle. Ein Dutzend Tote ließen sie auf dem Schlachtfeld zurück, und vierzig weitere Tote und Verwundete schleppten sie mit sich fort. Während die Sonne am Himmel emporklomm, ließen sie die Felder vor

Latium leer zurück. Als außer den Toten keine Rutoli mehr in Sicht waren, ließ Neas die Männer wegtreten. Krieger bückten sich, um sich der Verletzten anzunehmen. Die Tore Latiums öffneten sich.

Ich stieg von der Mauer herab und begab mich zu denen, die Wunden davongetragen hatten.

Es waren nicht so viele, wie ich befürchtet hatte. Zehn Verletzte und nur zwei, die wahrscheinlich sterben würden. Die anderen wiesen unterschiedliche Schwert- und Speerwunden auf. Einem hatte ein Hieb, den er mit dem Schild abgefangen hatte, einen gebrochenen Arm eingetragen, einem anderen ein gebrochenes Handgelenk. Ein Mann war von einem Speer übel ins Bein getroffen worden, der meiner Meinung nach das Knie bleibend beschädigt hatte.

Die Frauen von Latium kamen herbei, während ich bei denen ausharrte, die am schwersten verletzt waren. Ich hörte Wasser plätschern, während ich mich über einen von ihnen beugte, und als ich aufblickte, sah ich Lavinia mit einem Krug in der Hand. Ihr Mund war des Gestanks wegen fest zusammengepresst.

»Danke, Prinzessin«, sagte ich und nahm den Krug entgegen.

Sie kniete neben mir nieder und half mir, den Mann aufzurichten, damit er trinken konnte. »Ihr habt für unsere Stadt geblutet«, sagte sie und sprach sehr deutlich, damit ich sie verstehen konnte.

»Nein, Prinzessin«, wehrte ich ab. »Für das, was uns gleichermaßen gehört. Für eine Heimat, endlich, für ein freies Volk. Durch unser vermischtes Blut werden wir überdauern.«

Sie blickte auf das Blut an ihrer Hand, die der Verwundete umklammert hielt. »Durch unser vermischtes Blut«, wiederholte sie. Sie wusste ebenso wie ich, dass unser Blut zwar auf dem Schlachtfeld ineinanderfließen mochte, wo es sich jedoch mischen sollte, war im Schoß der Frauen.

Neas kam herbei und blieb hinter uns stehen. Er hatte eine lange Risswunde an der Innenseite des rechten Arms, die eine Speerspitze hinterlassen hatte, doch sie hatte bereits aufgehört zu bluten. »Sibylle?« Er verstummte jäh, als er Lavinia erblickte.

»Die Prinzessin hilft mir«, erklärte ich.

»Ah.« Neas fand keine passenden Worte. »Schön. Xandros sagt, er braucht dich dort drüben. Einer von den Männern ist gestorben.«

Ich stand auf. »Ich gehe schon.« Damit machte ich mich auf den Weg über die aufgewühlte Erde. Als ich Xandros erreichte, blickte ich mich um.

Neas kniete neben dem Verwundeten und machte irgendeinen Scherz mit ihm, während Lavinia dem Mann die Stirn wusch.

Xandros berührte mich an der Schulter, umarmte mich jedoch nicht. Solange ich die Farben trug, würde er das nicht tun. »Was siehst du?«, fragte er leise.

»Einen Knaben mit herzförmigem Gesicht und viel Geschick mit dem Bogen«, antwortete ich und wandte mich zu ihm um. »Ich sehe dich.« Gesund und wohlbehalten.

»Nun ja«, brummte Xandros mit reumütigem Schulterzucken. »Ich habe eben Glück.«

»Das stimmt«, bemerkte ich.

»Nur die Götter wissen, wieso.« Er schaute über seine Schulter dorthin, wo der Tote lag, einer der Ruderer der *Perle.* Sein Bruder kniete neben ihm.

»Nur die Götter«, pflichtete ich ihm bei.

In dieser Nacht verbrannten wir die Toten unter den hellen Sternen des Herbstes. In der darauffolgenden, einer Regennacht, feierten wir die Vermählung eines Königs.

Draußen trommelte der Regen herab, im Inneren der großen Halle von Latium jedoch brannte ein warmes Feuer, und Schatten tanzten an den Wänden, unsere und die der Menschen aus der Stadt. Ich ließ den Blick über ihre Gesichter schweifen. Es gab nur wenige Männer und Jünglinge, die Männer Latiums, größtenteils jedoch waren es Frauen, dachte ich, Frauen, die auf Schändung und Plünderung gefasst gewesen waren, darauf, dass man sie von ihrem Land und ihrer Sippe fortschleppte, ihre Kinder ermordete oder zu Sklaven machte. Stattdessen feierten sie ein Hochzeitsfest.

Ich stand neben Xandros, als Latinus Lavinias Hand in die von Neas legte. Dieser trug ein Gewand aus scharlachroter Wolle mit einem goldenen Gürtel, und sein helles Haar war gekämmt und glänzte im Licht. Er überragte Lavinia um einiges. Sie trug ihr weißes Kleid, und ein safranfarbener Schleier bedeckte ihr Gesicht und ihr Haar golden wie eine Wolke.

Ihr Vater hielt ihre Hände einen Moment lang vereint in der seinen, dann ließ er sie los. Mit einer Hand hob er sanft den Schleier von den Augen seiner Tochter. Ihr Gesicht war blass und reglos, wie in Marmor gemeißelt. Neas beugte sich herab und küsste ihre Lippen. Sie rührte sich nicht, obgleich sich ihre Augen schlossen und dann wieder öffneten.

Unsere Männer brachen in Jubel aus.

Ich musterte das Gesicht ihres Vates und erkannte Strenge darin, aber keinen Missmut. Dieser neue Schwiegersohn hatte alles getan, was er verlangen könnte. Sein Volk war in Sicherheit. Das ist schließlich die erste Pflicht eines Königs, und sie muss Vorrang vor allem anderen haben, sogar vor dem eigenen Kind.

»Ich danke den Göttern …«, murmelte Xandros.

Ich blickte zu ihm auf und schmiegte mich gegen seinen warmen Arm. »Wofür?«

»Dass ich kein Prinz bin.«

Ich lächelte und lehnte meinen Kopf gegen den seinen. »Ich auch.«

Während des Festes unterhielt ich mich mit Kos. Eine Menge Wein war nötig, um diesen Mann betrunken zu machen, und obgleich die Hälfte der Feiernden bereits sinnlos berauscht waren, war Kos noch immer auf den Beinen. Ich setzte mich neben ihn an eine der langen Tafeln, die in der Halle aufgestellt worden waren, und wir sahen zu, wie ein paar von den Männern der *Perle* auf dem Tisch tanzten. Kos sah über den Tisch hinweg, und ich folgte seinem Blick.

Am Herd verteilten die Frauen das letzte Essen, Teller mit gebratenem Fisch, der in der Asche gegart worden war. Ich wusste, welche von ihnen er beobachtete. Hin und wieder lugte sie rasch zu ihm herüber, ein vorsichtiger Blick, aber nicht ohne Interesse. Sie hatte lockiges braunes Haar, eine breite Stirn und zwei kleine Jungen, die ihr auf dem Fuße folgten, einer vielleicht drei und einer ungefähr fünf. Eine Witwe, dachte ich. Etwa fünfundzwanzig, mit zwei Kindern an den Rockfalten.

»Wirst du sie heiraten?«, erkundigte ich mich.

Kos blickte in seinen Becher, als fände er dort die Wahrheit. »Bestimmt. Wenn sie mich nimmt.« Dann sah er mich an. »Wir haben etwas getan, das unmöglich war. Wir haben Land und Meer überquert, bis ans Ende der Welt, bis zu einem Ort wie jenem, den wir zurückgelassen haben. Und sie freuen sich, uns zu sehen. Ich hätte auch eine Frau mit Gewalt verschleppt, wenn es nicht anders gegangen wäre, aber ich würde lieber einer den Hof machen, die willig ist, und wissen, was ich bekomme.«

»Und du wirst ihre beiden kleinen Knaben nicht töten«, meinte ich. Mir war klar, was die Frauen von Latium bei dieser Übereinkunft gewinnen würden.

»Bei allen Göttern, nein!«, verwahrte sich Kos. »Es sind feine Jungen. Anscheinend bin ich letzten Endes doch der Schiffsbauer, und ich brauche ein paar Lehrlinge.«

»Und ein paar eigene, um ihnen nachzufolgen«, setzte ich hinzu.

Kos nickte. »Wenn es Ihr Wille ist. Aber ich würde den Brüdern meiner eigenen Kinder nichts zuleide tun, neue Kinder oder nicht. Das weißt du doch.«

»Das weiß ich«, bestätigte ich. »Aber das ist viel mehr, als irgendeine Frau hier hätte erwarten können, die im Krieg erbeutet worden wäre.«

Kos nahm einen tiefen Zug aus seinem Weinbecher. »Ich konnte mir nicht vorstellen, wie ihr das anstellen wolltet«, sagte er. »Du und Neas. Dass irgendein Volk uns willkommen heißt, einen Ort, wo wir uns einpassen können wie das Schwert in die Scheide. Aber hier hat jeder etwas davon. Wir bekommen eine fertig erbaute Stadt, mit Menschen, die uns hier haben wollen, mit Frauen, die bereit sind zu heiraten, mit guten Mauern und gutem Land. Sie kriegen Männer, die verteidigen können, was sie haben, und die sie nicht ausplündern oder versklaven werden. Du hast ein Leben für uns erhandelt. Und ich habe keine Ahnung, wie du das gemacht hast.«

»Es war Ihr Wille«, erwiderte ich schlicht.

Doch so einfach war es natürlich niemals.

Auf der anderen Seite des Raumes sah ich, wie Neas den Kopf neigte, um mit seiner Braut zu sprechen. Er gab sich Mühe, dachte ich bei mir. Und sein Schardanisch wurde allmählich besser.

Xandros und ich schlossen uns nicht der lärmenden, ausgelassenen Menge an, die ihnen bis zur Tür des Schlafgemachs folgte. Stattdessen schlüpften wir in den Regen hinaus und rannten über die Straße, auf der das schlammige Wasser dahinströmte, zum Säulengang des Tempels. Keuchend erreichten wir das Dach. Der Regen war kalt. Er glitzerte auf seinen Wimpern.

»Meine teure, teure Freundin«, sagte er. Uns war kalt, aber seine Augen waren warm.

Ich lachte. Meine Füße waren mit Schlamm bedeckt, und aus meinem Haar rannen Regentropfen. Ich war nicht schön oder erlesen, doch er küsste mich trotzdem. Wir klammerten uns unter dem Säulendach aneinander, während der Regen herabprasselte und die Tropfen zu feinem Dunst zerstoben, wenn sie auf den Boden trafen. Nach einiger Zeit tasteten wir uns in das kleine Gemach im hinteren Teil des Tempels, wo sich meine Habseligkeiten befanden. Ich zog ihn in der Dunkelheit neben mir nieder.

»Kann das wirklich wahr sein?«, flüsterte er.

Ich berührte seine Lippen mit dem Finger, zog ihren Umriss nach, die gebogene Linie seines Kinns. »Wir sind daheim, Xandros. Endlich daheim.«

Er küsste meine Finger, warme Lippen auf kalten weißen Händen.

In dem hell erleuchteten Schlafgemach des Palasts lagen Neas und Lavinia in ihrem Ehebett, mit einem Kohlebecken, um sie zu wärmen, und Hängelampen, um ihnen Licht zu spenden, eine scharlachrote Decke zusammengefaltet am Fuße des Bettes, die Laken rein. Ich hoffte, dass Neas tat, was ich ihm geraten hatte. Ich hoffte, dass Lavinia das war, wofür ich sie hielt.

»Du denkst schon wieder«, sagte Xandros. Er küsste meinen Hals. »Das solltest du lassen.«

»Du hast recht.« Ich zog ihn an mich, und wir liebten uns, während der Donner über uns anschwoll und Regen gegen die Schindeln des Dachs peitschte.

»Dies ist genug«, sagte Xandros viel später schläfrig, das Gesicht an meiner Schulter, und ich wusste, dass er sich endlich selbst die Frage beantwortet hatte, die er vor so vielen Monaten gestellt hatte.

»Ja«, sagte ich. »Es ist genug.« Ich küsste ihn auf die Stirn und wühlte die Hände in sein langes, weiches Haar.

Eins gab es noch zu tun.

Es wurde Winter, bevor ich die Höhle fand. Sie befand sich in den Hügeln, einen Vormittag zu Fuß von Latium entfernt, oberhalb des kleinen Flusses, wo dieser durch eine flache Schlucht strömte. Den abgenagten Knochen nach, die überall auf dem Boden verstreut waren, hatten einst Wölfe hier gehaust, doch sie waren fort.

Der Eingang war so niedrig, dass ich mich bücken musste, tiefer im Inneren jedoch war die Decke höher. Ein Gang führte abwärts und tiefer in die Höhle hinein. Er wurde bald zu eng, um hindurchzukriechen, doch es gab mehrere Seitenkammern, die meisten davon zu klein, als dass ein Mann darin hätte stehen können. Ideal war es nicht. Zu klein und zu weit von Latium entfernt, um zweckdienlich zu sein. Und es gab keinerlei Wasserquelle, die näher lag als der Fluss.

Doch irgendetwas hatte sie an sich, ein Geräusch der Macht. Ich stand in der vorderen Höhle, einen Haufen abgenagter Knochen vor mir, hob die Arme und fühlte es. *Dies ist der Ort,* flüsterte Sie. *Hierher hast du Mich gebracht.* Ich streckte die Arme hoch empor, fühlte, wie Sie sich in mir wand und spannte. *Hier,* wisperte Sie. *Hier.*

Und ich ließ Sie los, ließ Sie wie Wasser aus mir herausströmen, in den Fels, in die Luft.

Dann kniete ich auf dem kalten Boden nieder und legte die Hände auf Stein. »Herrin«, sagte ich, »ich habe getan, was Du verlangt hast. Hast Du mich verlassen?«

Nein. Ich bin immer bei dir, flüsterte sie. *Ich bin in dir.*

»Wie soll ich es wissen?«, fragte ich. »Wie soll ich wissen, was Du von mir willst, wenn alles anders ist?«

Du wirst es wissen, antwortete Sie. *So wie du es immer gewusst hast. So wie Ich dir stets gegeben habe, was du brauchst. Alles ist immer anders. Die Welt endet, und dann beginnt sie von Neuem.*

»Früher hatte ich nichts, wofür ich hätte beten müssen«, sagte ich. »Und jetzt habe ich zu viel. Markai und Xandros, Neas und Wilos, Tia und Bai und Kianna und Kos. Neas' junge Gemahlin. Lide und Aren und Hry und das Volk Wilusas, die Menschen aus Latium. Alle. Ich stehe nicht abseits. Ich bin nicht der Tod.«

Ich fühlte, wie Ihre Gegenwart über mich hinwegflutete, und es war Liebe. Tod und Leben und Erinnerung. Säuglinge, die ihre erste Luft einatmeten, und Blut auf dem zertrampelten Gras. Anchises auf seiner Bahre und Markai, der sich im Mutterschoß regte, das Korn, das golden in der Sonne stand, und der von den Lichtern der Isis erhellte Nil.

»Teure Herrin«, sagte ich und senkte den Kopf; meine Tränen fielen wie ein Trankopfer in den Staub.

Du bist Meine Dienerin, sagte Sie. *Ich werde dich rufen, wenn Ich dich brauche. Geh und liebe.*

27

Sieben Hügel

An seinem dritten Geburtstag zog Markai zu seinem Vater. Feierlich trugen wir seine Schlafmatte und seine Kleider zur Hintertür des Tempels hinaus, die Straße hinunter, um die Ecke und zu dem zweiten Haus dort. Markai trug sein kostbares Holzpferdchen, das Kos für ihn geschnitzt hatte, und stolzierte ein wenig unsicher dahin, während Xandros und ich uns ohne Unterlass darüber unterhielten, was für ein großer Junge er jetzt war und wie stolz wir auf ihn waren und dass ein großer Junge wie er aus der Obhut der Frauen entlassen werden und den ganzen Tag lang Dinge für große Jungen tun musste. Von der Schwelle des Hauses, das Xandros gebaut hatte, konnte man das Dach des Tempels sehen.

Das Haus hatte einen Hauptraum mit zwei Schlafkammern dahinter. In einer davon richteten wir Markais Sachen her, sein Bett und seine Decken, die weichen Wickeltücher aus Hirschleder, die ihm gehört hatten, seit er ein Säugling gewesen war. Er war schon öfter hier gewesen, hatte jedoch nicht unter dem Dach seines Vaters geschlafen.

Xandros ließ sich mit gekreuzten Beinen neben dem Bett nieder. Gleich darauf kroch Markai auf seinen Schoß. »Warum darf Kianna bei dem Baby im Tempel bleiben?«

»Weil Kianna ein Mädchen ist und die Schülerin deiner Mutter. Und das Baby darf bleiben, weil es noch ein Baby ist. Er ist doch erst vier Monate alt. Wenn er ein großer Junge ist und drei Jahre alt wird, kommt er her, und du teilst dir diese Kammer mit ihm.«

Inzwischen gab es einen neuen Säugling, Karas, der im Frühling geboren war. Er war ein winziges Ebenbild Markais – dieselben runden braunen Augen, dasselbe dichte schwarze Haar, dieselbe glatte braune Haut, dieselben breiten Schultern und denselben kräftigen Brustkorb. Sie sahen beide genau wie Xandros aus, dachte ich bei mir.

Markai schaute sich in dem Raum um. »Wo soll er denn schlafen?«, wollte er wissen.

Xandros zeigte auf die andere Seite der Kammer. »Da stellen wir ein Bett für ihn auf. Und du und dein Bruder, ihr teilt euch dann diese Kammer, und ihr geht beide mit mir Fischen.«

»Kann ich morgen zum Fischen mitkommen?«

Xandros sah mich an. Ich schüttelte den Kopf. Er blickte auf Markais Scheitel hinunter und grinste. »Natürlich.«

»Xandros, bist du …«

»Ich habe auch in seinem Alter angefangen«, wehrte Xandros ab. »Mein Vater hat mich aufs Meer mitgenommen. Außerdem ist es doch keine Reise oder dergleichen, nur ein Tag beim Fischen. Und er ist jetzt schließlich ein großer Junge und nicht mehr in der Obhut der Frauen.«

Ich betrachtete Markai. Er kam mir so klein vor, und doch war er groß für sein Alter, kräftig und laut und im Tempel kaum zu bändigen. In acht Jahren würde man ihm eine Ruderbank geben. Bei seinen breiten Schultern vielleicht auch schon früher. Bald würde er sein Handwerk erlernen.

»Du musst gut aufpassen«, ermahnte ich Markai. »Und alles tun, was dein Vater dir sagt, wenn du ein Seemann werden willst.«

Er grinste. »Ich fange bestimmt die allergrößten Fische!«

Am nächsten Morgen sah ich zu, wie er an meinem früheren Platz auf dem Deck der *Delphin* stand, während Xandros das Schiff vom Landungssteg weg- und den Fluss hinuntersteuerte, den Kopf hoch erhoben und die Beine gespreizt, um die Bewegungen des Schiffes aufzufangen. Ich hatte ihm das nicht gezeigt und Xandros auch nicht. Das Blut des Seevolkes, dachte ich im Stillen.

Ich ging zum Tempel zurück. Kianna kam nur vormittags zu mir, und sie würde bald hier sein.

Wie ich es erwartet hatte, hatten Tia und Bai sie nicht gehen lassen wollen, als sie von der Mutterbrust entwöhnt war, daher kam sie jeden zweiten Tag von Sonnenaufgang bis Mittag zu mir, um allmählich zu lernen, was gelernt werden musste, und blieb über Nacht bei ihrer Mutter und Bai. Tia hatte noch keine weiteren Kinder bekommen. Zweimal hatte sie eine Fehlgeburt erlitten, und ich wusste, dass sie es schrecklich fand, von ihrem einzigen Kind getrennt zu sein, daher war diese Regelung allen recht.

Kiannas siebter Geburtstag fiel beinahe genau auf das Fest des Abstiegs. Nach den eigentlichen Riten wurde gefeiert, und Latinus opferte eine Kuh, die gebraten fast alle satt machte. Danach floss der Wein reichlich, und der Schlangentanz begann, immer rundherum unter den Sternen des Frühlings.

Kianna hatte an den Riten nicht teilgenommen, aber sie hatte meine Farben und meine Pinsel in dem schwarzen Leinenbeutel bereitgehalten, der um ihre Taille gebunden war, genau wie ich es als Pythias Gehilfin getan hatte. Ich sah sie still dasitzen und ins Feuer schauen, sie gesellte sich nicht zu den anderen Kindern, die sich lärmend nach den Süßigkeiten drängten, die Lavinia verteilte. Ihr langes rotes Haar fiel über ihre Schultern, und ihre Stupsnase war von Sommersprossen gesprenkelt, ihre Augen jedoch waren urplötzlich so dunkel wie die Nacht, so dunkel wie die Räume zwischen den Sternen.

Leise trat ich zu ihr und kniete neben ihr nieder. »Was siehst du?«

Sie antwortete lange nicht. Die Funken stiegen in die Luft empor, wo der Wind sie erfasste. Sie spiegelten sich nicht in ihren Augen.

»Ich sehe einen Scheiterhaufen«, sagte sie.

Ich fühlte Sie in meinem Rücken, Ihre kühlen Hände.

»Der König liegt auf seinem Scheiterhaufen«, fuhr sie fort. Ihre Stimme war deutlich und ruhig, die Stimme eines träumenden Kindes. »König Äneas.« Mir schnürte sich die Kehle zu, doch Kianna sprach weiter: »Er ist sehr alt. Sein Haar ist ganz weiß, und seine Arme sind auf der Brust gekreuzt, und seine Hände sind verkrümmt. Ich stehe da und versuche aufzupassen, dass mein Schleier nicht in die Funken weht. Ich singe den Abstieg. Aber warum bist du nicht da? Wo bist du?« Mit einem Ruck fuhr ihr Kopf in die Höhe, und ihre Augen waren grau, von Licht erfüllte Kinderaugen. »Es tut mir leid! War das schlecht?«

»Nein, Liebling«, erwiderte ich und legte den Arm um sie. »Das war genau richtig. Ich bin nicht da, weil du an meiner statt die Sibylle sein wirst, die den König zum Fluss singt. In vielen Jahren, wenn er sehr alt ist und du eine erwachsene Frau bist.«

»Erst in ganz vielen Jahren?«

»Richtig.« Ich zeigte auf Neas auf der anderen Seite des Feuers. »Siehst du? Siehst du, wie jung er jetzt ist?«

Kianna nickte.

»Es ist gut, Kianna. Es bedeutet, dass du bereit bist, wahrhaftig meine Schülerin zu sein, dass Sie dich erwählt hat. Und du hast mir etwas Großartiges geschenkt.«

»Weil ich gesagt habe, dass du sterben wirst?« Kianna war verwirrt.

»Natürlich werde ich sterben«, antwortete ich. »Jeder stirbt. Aber zu wissen, dass wir lange Jahre des Friedens haben werden und dass du nach mir die Sibylle sein wirst, das ist wichtig. Und gut.« Ich stand auf und zog sie mit mir hoch. »Komm und hol dir ein paar Mandelkuchen, Liebling. Wenn wir noch lange warten, sind keine mehr übrig. Dann isst Markai sie alle auf.«

Latinus starb in dem Winter, nachdem Kianna acht geworden war. Er hatte noch lange genug gelebt, um seinen Enkel Silvius zu sehen, Lavinias Erstgeborenen. Und doch hatte es den Anschein, als hätte sich nur wenig geändert, als er starb. Ein Jahr lang oder länger war er krank gewesen, und daher war nichts fremd oder neu, als Neas schließlich König des Volkes wurde. Statt neben dem geschnitzten Stuhl in der Halle zu stehen, saß er jetzt darauf. Wir hatten uns an das rote wollene Gewand des Königs gewöhnt, das die Menschen Latiums von ihm erwarteten, und sie hatten sich an ihn gewöhnt, an seine Art und an seinen Verstand, daran, dass seine Hand stets die Zügel hielt. Jetzt stand Wilos bei besonderen Anlässen neben seinem Stuhl, während Lavinia mit Silvius auf dem Schoß auf seiner anderen Seite saß; zwei Söhne, blond und dunkel, Kinder zweier Völker.

Das Volk grüßte sie in zwei Sprachen, und wir tranken auf den ehemaligen König und auf den neuen König, der von nun an herrschen sollte.

Es wurde Frühling.

Die Felder entlang des Flusses wurden bestellt. Der Mandelhain stand in Blüte, und auf neuen Terrassen auf dem Hügel standen dreijährige Rebstöcke dicht an dicht und breiteten ihre Blätter in der Sonne aus. Die Welt war warm und freundlich.

Neas kam unter dem Vordach des Tempels zu mir. Karas war drei Jahre alt und spielte in einer Pfütze, während ich seine Kleider und die von Kianna wusch.

»Mein Prinz?« Es war nicht mehr üblich, dass er zu mir kam, stattdessen ließ er mich rufen, wie es sich für einen König ziemte.

Er lehnte sich gegen den Türrahmen. »Oh, nicht aufstehen. Ich will nichts Formelles.« In der Tür verlagerte Neas sein Gewicht von einem Fuß auf den anderen. »Alles geht bestens, findest du nicht?«

»Ja«, antwortete ich vorsichtig und wartete darauf, dass das Problem offenbart wurde. Tatsächlich konnte ich mir nicht vorstellen, worin es bestand. Die Frühjahrssaat war ausgebracht, Lavinia und Silvius waren beide wohlauf, Wilos wuchs allmählich zu einem jungen Mann heran, das Wetter war gut, und das Volk lebte im Frieden.

»Ich gehe auf die Jagd«, verkündete er abrupt.

»Du gehst oft auf die Jagd«, antwortete ich und blickte auf. »Und du hast nie Grund, mit mir darüber zu sprechen.«

»Ich möchte, dass du mitkommst und Xandros auch«, sagte er. »Karas ist doch bestimmt groß genug, um einen Tag bei Tia oder irgendjemand anderem zu bleiben.«

»Das stimmt«, entgegnete ich. »Aber warum willst du mich dabeihaben? Xandros jagt doch oft genug mit dir.«

»Ich will dir natürlich etwas zeigen. Ich möchte wissen, was du denkst.« Neas trat von einem Fuß auf den anderen, weniger ein König als ein Knabe, der ein Geheimnis hütet.

»Dann komme ich selbstverständlich mit«, erwiderte ich.

Es war ein strahlender Morgen im späten Frühling, als wir aufbrachen. Wir waren mehr als nur drei. Was immer Schiffsführer auch treiben mögen, Könige gehen nicht mit nur zwei Begleitern auf die Jagd. Bai war mit seinem Bogen dabei und fünf weitere Männer, vier Halbwüchsige aus Latium, die gerade die Kunst des Jagens erlernten, Xandros und ich. Den halben Vormittag lang kamen wir gut voran und entfernten uns landeinwärts und in Richtung Süden vom Fluss. Es war sehr schön. Vögel ließen ihre Stimmen im makellosen Himmel erschallen, und die Sonne war warm auf meinem Gesicht und meiner Haut. Xandros ging neben mir; ein Ausdruck des Behagens lag auf seinem Gesicht. Die Männer hielten sich ein Stück hinter uns und ließen uns drei allein vorgehen.

Wir erklommen gerade einen bewaldeten Hügel, als Neas das Wort ergriff.

»Das Problem ist«, verkündete er, »dass ich zwei Söhne und ein Haus habe.«

»Ich habe zwei Söhne und ein Schiff«, bemerkte Xandros.

Neas lachte. »Ja, aber wir können mehr Schiffe bauen, wenn beide als Schiffsführer etwas taugen. Aber ich habe ein Königreich, und was mache ich, wenn ich zwei Söhne habe, die dazu taugen?«

»Die Latiner hätten lieber Silvius«, meinte ich, »weil er von ihrem Blut ist und aus ihrem königlichen Geschlecht. Er ist der Sohn seiner Mutter. Und trotzdem ist Wilos zehn Jahre älter und dein Erbe.«

»Genau«, bestätigte Neas.

»Das ist nicht gerade ein neues Problem«, stellte Xandros fest. »Du hast gewusst, dass das auf dich zukommt, seit der Knabe geboren worden ist.«

»Ich weiß. Aber du hast mir die Antwort gegeben, du mit deinen magischen Kenntnissen der Staatskunst.«

Xandros zog eine Augenbraue hoch. »Ich verstehe nichts von Staatskunst, und ich habe dir dazu überhaupt nichts geraten. Da gibt es nichts zu raten.«

Neas lachte. »Doch, das hast du. Ein zweites Boot bauen.«

»Neas?«, fragte Xandros.

»Eine zweite Stadt«, sagte ich. »Ich habe dir gesagt, du

würdest eine Stadt gründen, und doch haben wir Latium fertig vorgefunden, die Stadt hat auf uns gewartet. Zwei Prinzen, zwei Städte.«

Wir erreichten die Hügelkuppe, wo die Bäume einem Felsvorsprung Platz machten und wir schließlich unter freiem Himmel standen.

»Hier«, sagte Neas.

Ich hielt den Atem an. Ein Fluss, breiter als der unsere, wand sich durch ein üppig grünes bewaldetes Tal, braun und vom Regen angeschwollen. Sieben Hügel ragten darum herum auf, und hier, auf dem höchsten davon, erstreckte sich der Himmel endlos über alldem. Eine zarte Wolke stieg aus dem Tal auf, von nassen Blättern, die in der Frühlingssonne trockneten, Dunst, der sich in die Luft emporhob.

»Hier«, wiederholte Neas. »Der Fluss ist genau das Richtige für den Handel, nicht zu weit vom Meer entfernt, und dieses Tal ist so fruchtbar und geschützt, wie man es sich nur denken kann.«

»Für Silvius?«, fragte ich.

Er nickte. »Es wird Jahre dauern, hier etwas in Gang zu bringen, und es wird Jahre dauern, bis er bereit ist, darüber zu herrschen. Aber wenn er weiß, dass dies hier sein ist …«

Dann wird das jeglichen Ränken gegen Wilos in Latium ein Ende machen, dachte ich. Ich wusste nicht, ob Lavinia Ränke schmiedete; ich glaubte es nicht. Aber ihre Sippe würde es tun. Und wer konnte sagen, was Silvius selbst unternehmen würde, wenn er dem Kindesalter entwuchs und es leid wurde, im Schatten seines älteren Bruders zu stehen?

»Es ist schön«, stellte Xandros fest. Er trat dichter an den Rand des Felsvorsprunges heran. Sehr hoch oben waren wir hier nicht, doch der Felsen ließ es so aussehen. Seine Augen blickten in weite Ferne.

»Ich habe von diesem Ort geträumt«, sagte Neas. »Vor langer Zeit. Und als ich ihn gesehen habe, wusste ich es.«

Stumm nickte ich. Ich fühlte nicht, was sie fühlten. Hier war nichts von Ihr. Dieser Ort gehörte den Göttern der luftigen Höhen, dem König der Götter, nicht der Herrin der Unterwelt.

»Sieben Hügel«, bemerkte ich. Wieder fiel mir der Bug seines Schiffes ein, wie ich ihn damals im Traum gesehen hatte, damals, als ich jünger gewesen war als Kianna jetzt. »Sieben Sterne.«

»Sieben Schwestern«, sagte Xandros. »Es passt.«

Neas nickte. »Was denkst du?«, fragte er mich.

Ich spreizte die Hände. »Hier geht es um Staatskunst, mein König, nicht um Weissagungen. Ich denke, dein Plan ist weise.«

Ich ging zum Rand des Felsens und blickte in das grüne Tal hinaus. Hier gab es zu viel zu sehen. Zu viel Mögliches, zu viele Pfade und zu viele Straßen, die mich wieder zu diesem Ort hier zurückführen könnten. Es gab zu viele Schatten der Zukunft, sie wallten wie Seegras in den Strömungen des Meeres. Ich konnte nichts erkennen.

Neas nickte. »Dann sei es so.« Er öffnete seinen Weinschlauch. »Trinken wir, meine Freunde. Trinken wir auf eine neue Welt.«

Xandros trat zu ihm und nahm ihm den Schlauch aus der Hand. »Eine neue Welt, Neas.«

Ich stand zwischen ihnen, und unsere Schultern berührten sich fast, ein eng gefügtes Dreieck. »Und auf die Freundschaft«, sagte ich.

28

Die letzte Schlacht

Neuneinhalb weitere Jahre lang lebten wir im Frieden. Unsere Familien wuchsen, und unsere Ländereien dehnten sich aus. Unsere Schiffe fischten auf dem Meer.

Wilos war ein junger Mann und hatte inzwischen selbst eine Frau, eine Base von Königin Lavinia, die noch ein kleines Kind gewesen war, als die Rutoli ihren Vater getötet hatten. Kianna war so alt, wie ich gewesen war, als die schwarzen Schiffe nach Pylos gekommen waren.

Und natürlich war sie diejenige, die es wusste. Die Herrin der Toten spricht am deutlichsten zu den Jungen und den Alten.

Eines Morgens im Hochsommer erwachte ich vor dem Morgengrauen und fragte mich, was nicht stimmte. Vielleicht hatte ich geträumt, aber wenn, so erinnerte ich mich nicht daran. Ich blickte mich in der Kammer um. Markai und Karas hatten den Tempel schon längst verlassen, doch ihre kleine Schwester schlummerte dicht neben mir, das hellbraune Haar auf dem Kissen ausgebreitet. Sie war noch nicht ganz sechs Jahre alt, endlich die Tochter für den Schrein. Ila war klug und hübsch, doch trotz ihres zarten Alters konnte ich bereits erkennen, dass sie nicht erwählt war. Was immer es auch war, was so schwer auf Kianna lastete, es berührte sie überhaupt nicht.

Kianna. Ihr Bett war leer. Es mussten ihre Bewegungen gewesen sein, die mich geweckt hatten. Ich stand auf und ging hinaus in den Hauptraum des Tempels.

Die Statuen der Götter waren im grauen Licht der Morgendämmerung weiß und still, Aphrodites gemeißeltes Gesicht bedachte mich mit einem heimlichen Lächeln, als ich an Ihr vorüberkam. Kianna stand in der Tür und kehrte mir den Rücken zu, ihre Umrisse zeichneten sich vor dem zunehmenden Licht ab. Sothis versank hinter dem fernen Horizont. Ich trat neben sie. »Kianna?«

Sie schauderte ein wenig und zog ihr Tuch fester um sich. »Ich dachte, ich hätte meine Mutter rufen gehört, aber das ist unmöglich. Sie ist dort drüben, in ihrem eigenen Haus. Ich habe geträumt, sie hätte mir gesagt, ich solle auf den Hügel steigen, wo Poblios' Weinberge sind, und ich solle dort sein, wenn der Tag graut.«

Ein Frösteln überlief mich. Ich antwortete mit ruhiger Stimme: »Dann sollten wir wohl lieber tun, was sie sagt, nicht wahr?«

Ich konnte fühlen, wie Kianna mich von der Seite betrachtete.

»Brauchst du deine Schuhe?«, erkundigte ich mich. Ich hob meine eigenen Sandalen auf und band sie fest.

Sie nickte. Der eigenartige Ausdruck lag noch immer auf ihrem Gesicht. »Wir sollten uns beeilen.«

Zusammen stiegen wir im Morgengrauen den terrassenförmigen Hang hinauf. Junge Weinstöcke erstreckten sich in Reih und Glied; jeder hielt sich am nächsten fest, und die ersten Trauben sprossen an den Reben. Kianna eilte mit ihren längeren Beinen und ihren unversehrten Füßen vor mir her, getrieben von einer Dringlichkeit, die ich verstand, aber selbst nicht fühlte.

Oben angekommen, hielten wir inne. Wir waren gerade noch rechtzeitig gekommen.

Zehn Schiffe hielten auf die Flussmündung zu. Die aufgehende Sonne fing sie in ihrem Licht ein, zeigte die Embleme der Segel, schimmerte auf dem Sonnenwagen.

Ein Blick genügte mir, und ich dankte Ihr für Kiannas flinke Beine und ihren noch flinkeren Verstand. »Lauf!«, stieß ich hervor. »Lauf geradewegs zum König und sag ihm, Neoptolemos ist mit zehn Schiffen gekommen!« Sie zögerte. »Lauf!«, befahl ich. »Ich komme nach. Jeder Augenblick zählt.«

Mehr brauchte sie nicht. Wie ein Reh stob Kianna davon und wand sich durch den Weinberg, viel schneller, als ich mir jemals zu laufen vorgestellt hatte.

Die Sonne stieg rot aus den Wolken empor. Ein Tag des Todes, ein roter Tag, ein Tag für Blut.

Oh Herrin, betete ich im Laufen, *bitte lass Neoptolemos noch nie etwas von einer festen Schachtordnung gehört haben.*

Als ich den Palast erreichte, waren die Männer gerüstet. Die Pagen des Königs rannten durch die Straßen und holten alle Kämpfer aus den Betten, die den Alarm nicht gehört hatten. Silvius und zwei andere Halbwüchsige schwangen sich gerade auf sehnige kleine Pferde, um zu allen Gehöften zu reiten, die Latium Gefolgschaft schuldeten. Silvius trieb sein Pferd an und riss es dann scharf zurück, als er mich im Tor auftauchen sah.

»Verzeihung, Herrin«, stammelte er.

Ich trat zurück an die Mauer. »Achte nicht auf mich. Reite!«

Sein Pferd, ebenso jung und eifrig wie er, brauchte nicht angetrieben zu werden. Eine Berührung, und es sprang von Neuem los, ein dreijähriger Hengst und ein zwölfjähriger Knabe.

Ich hastete in den Palast.

Ein weiterer Knabe half Neas gerade dabei, seinen Brustharnisch anzulegen. Er blickte sich zu mir um. »Da bist du ja, Sibylle. Kianna hat mir erzählt, was du gesagt hast. Gibt es sonst noch etwas?«

»Sie halten auf die Flussmündung zu«, berichtete ich. »Aber es sah aus, als hätten ein paar von den Schiffen schwer geladen, und der Sommer war trocken. Sie kennen die Fahrrinnen nicht, und ich bezweifle, dass sie die Schiffe bis hierher den Fluss heraufrudern können, so niedrig wie er ist.«

Neas nickte. »Wir gehen ihnen entgegen. Je weiter von den Feldern entfernt wir sie stellen, desto besser.«

Auf all unseren Äckern stand prall die Ernte, die erst in etlichen Wochen eingebracht werden würde.

Wilos kam herein; seine Frau stolperte hinter ihm her, das lange Haar fiel ihr offen und wirr über den Rücken. Er beugte sich herab, küsste sie und sagte etwas, das ich nicht verstehen konnte.

Neas sah mein Gesicht. »Geh«, sagte er. »Geh zu deinen Söhnen, Herrin. Dies ist das Geschäft des Krieges.«

Ich ging zu Xandros' Haus und betrat die Räume, wo

ich so oft geweilt hatte. Vom Hof aus konnte ich hören, wie sie ihre Waffen anlegten. Karas suchte seine Ausrüstung zusammen.

»Karas.« Ich stockte. Ich wusste nicht, was ich als Nächstes sagen sollte.

»Eigentlich will ich gar nicht mitgehen, Mutter«, beteuerte Karas. Fünfzehn und breitschultrig; es bestand kein Zweifel, dass er mitgehen würde. Er hatte mit den Waffenübungen angefangen, als er zur Mannschaft der *Delphin* gestoßen war. »Das ist kein Spaß. Aber ich muss.«

Markai kam hinter ihm heraus und schnallte seinen Brustharnisch fest. Er hatte die hochgewachsene Statur, die weder Xandros noch mir zu eigen war, und mit achtzehn war er ein so verlässlicher, kräftiger junger Mann, wie man es sich nur wünschen konnte. Seine Länge, dachte ich im Stillen, musste das Erbe eines unbekannten achaischen Großvaters sein, denn niemand von uns war groß. Seine Vernunft und seinen klaren Verstand jedoch hatte er eindeutig von Xandros.

»Ich weiß.« Es gab keinen Vorwand, um meinen Sohn sicher daheim zu behalten, wenn drei Jahre jüngere Knaben sich am Geschäft des Krieges beteiligten, selbst Silvius, dessen Leben für Neas kostbar war. Und wo wären wir, wenn jede Mutter dasselbe täte? Wer würde dann unsere Felder und unserer Tore verteidigen? Neas hatte recht. Es war am besten, sich ihnen so weit wie möglich von der Stadt entfernt zu stellen.

Xandros kam und küsste mich, was den Jungen offenkundig peinlich war. Ich berührte seine Wange mit einer Hand und lächelte in seine Augen.

»Keine Angst«, sagte er leise. »Ich passe schon auf die beiden auf.«

»Ich weiß.« Ich strich ihm das Haar aus der Stirn. Jetzt war Grau darin zu sehen, doch es war so weich wie eh und je.

Er nickte. Es gab sonst nichts, was zwischen uns gesagt werden musste. In neunzehn Jahren hatten wir alles ausgesprochen, alles, was es zu sagen gab, viele Male. Und ich würde niemals müde werden, es zu sagen.

Ich umarmte erst Markai und dann Karas und dachte bei mir, wie seltsam es doch war, die Arme zu meinen Söhnen emporzurecken. »Hört auf euren Vater und seid vorsichtig«, wies ich sie an.

Markai verdrehte zwar nicht die Augen, doch ich sah, wie er einen Blick mit Karas wechselte.

Ila kam schreiend vom Tempel her angerannt; ihr helles Haar wehte hinter ihr her. »Ich habe mir gedacht, dass ihr hier seid!« Sie stürzte sich auf Karas.

»Ich muss gehen, kleine Schwester«, sagte er und hob sie hoch; ihre Beine schlangen sich um seinen Harnisch. Er war der Gutartigere von den beiden, wenngleich auch nicht der Verantwortungsbewussteste.

Xandros löste sie von ihm und küsste sie. Ihr langes Haar war wieder einmal völlig verfilzt. Wie es sich derart verwirren konnte, wenn sie schlief, war mir ein Rätsel. »Bald sind wir wieder da«, sagte er.

Über ihren Kopf hinweg lächelte er mich an. »Kommt, ihr beiden.«

Wir folgten ihnen auf die Straße hinaus, zu der eiligen Musterung der Kämpfer auf dem Marktplatz. Xandros begann, der Kompanie der *Delphin* Befehle zuzurufen, und die Jungen reihten sich unter die anderen Männer ein. Obgleich wir jetzt fünf Schiffe hatten und nicht alle der Männer zu einer Mannschaft gehörten, bildeten wir bei den Waffenübungen immer noch drei Kompanien, die je nach einem der drei Schiffe benannt waren. Sie richteten sich an Bai aus, an der rechten vorderen Ecke. In seinem Bart war jetzt Silber zu sehen.

»Alles vorwärts!«, rief Neas. »Öffnet die Tore!«

Sie marschierten hinaus, noch ehe die Sonne eine Stunde am Himmel gestanden hatte, zuerst die Männer der *Sieben Schwestern,* dann die der *Delphin* und dann die der *Perle.* Wir sahen ihnen nach, bis sie außer Sicht waren.

Kianna kam und trat neben mich und Ila. Gemeinsam starrten wir in den Staub, den ihr Abmarsch aufgewirbelt hatte, bis wir nichts mehr erkennen konnten.

»Mutter«, sagte sie, »ich könnte Ila mitnehmen und ihr etwas zum Frühstück vorsetzen.«

»Das hört sich an wie eine gute Idee.« Meine Stimme klang vollkommen ruhig und normal.

Kianna war gut. Nicht einmal ihre Hände zitterten, und sie hob Ila hoch und setzte sie auf ihre Hüfte. »Komm, wir gehen Brot mit Honig essen. Es dauert noch lange, bis sie zurückkommen.« Sie blickte auf mich herab. »Wo wirst du sein?«

»Im Palast«, antwortete ich. »Dort gehöre ich hin.«

Ich ging in die große Halle. Lavinia ließ die Frauen entlang der Wände Strohsäcke ausbreiten und frisches Bettzeug und saubere Tücher bereitlegen. Lide war bei ihr, gebeugt und weißhaarig. Sie sah mich an und lächelte.

»Noch zwei tüchtige Hände«, meinte sie. »Wo ist denn deine Schülerin? Wir werden sie brauchen.«

»Sie kommt ein bisschen später«, sagte ich.

»Gut.« Geschäftig eilte Lide davon, um sich um irgendetwas zu kümmern, und ließ mich mit Lavinia allein.

Mit noch nicht ganz dreißig Jahren verging ihre Schönheit allmählich. Sie hatte ein Gesicht von der Sorte, dem die Jugend Reiz verleiht, doch das Straffwerden der Haut brachte Herbheit mit sich und zeichnete ihre Züge zu scharf, um sie schön sein zu lassen. In Ägypten, dachte ich im Stillen, hätte man ihr wahrscheinlich gesagt, dass sie im Tode schön sein würde. Die Erinnerung ließ mich schaudern.

»Was wird geschehen?«, fragte sie leise.

»Meine Königin, ich wollte, ich wüsste es«, antwortete ich. »Ich glaube nicht, dass alles zunichte werden wird, aber mehr kann ich dir nicht sagen.«

Ihr Rücken streckte sich. Eine Königswitwe, Regentin für einen Zwölfjährigen, sein Vater und Bruder erschlagen. Das könnte passieren. Die Würfel rollten noch.

»Ich hätte dich gern an meiner Seite, komme, was mag«, sagte sie. »So wie mein Gemahl und Gebieter es stets mit dir gehalten hat.« Ihr Blick fand den meinen.

»Meine Königin, ich stehe dir zu Diensten«, antwortete ich. Wir wussten, was wir voneinander zu halten hatten.

Der Tag nahm kein Ende. Die Sonne stieg in den Himmel empor und begann ihren Abstieg aus der Höhe. Ich fühlte Sie nicht. Der Tod war nicht hier, sondern dort.

Irgendwann nach der Mittagsstunde kamen Kinder zum Palast und schrien, man habe Staub aufsteigen sehen, dicht gefolgt von einem der Boten mit denselben Neuigkeiten.

»Ich sollte hierbleiben und alles bereithalten«, meinte Lavinia, doch ich sah, wie sehr es sie auf die Mauern zog.

»Meine Königin«, setzte ich an.

»Ach, geh schon«, fuhr Lide dazwischen. »Wir haben doch alles dreimal überprüft. Ich bleibe hier. Aber es ist ja nicht so, als würden die Verwundeten plötzlich hier auftauchen.«

Zusammen begaben wir uns zur Stadtmauer; es gelang uns kaum, gemessenen Schrittes zu gehen, wie es sich für eine Königin und ein Orakel schickte.

Staub, in der Tat. Aber waren das unsere Männer, die zurückkehrten, oder Neoptolemos'? Es dauerte eine Weile, bis wir mit der Sonne im Gesicht etwas erkennen konnten.

Neas marschierte an der Spitze der Reihe, die Kämpfer hinter ihm. Wilos führte die Kompanie der *Sieben Schwestern* an, an erster Stelle wie stets.

Ich hörte, wie Lavinia rasch nach Luft rang. »Bei allen Göttern«, flüsterte sie. »So wenige, oh ihr Götter, so wenige.«

Die Kompanien schienen nur noch halb so groß zu sein wie vorher, und jetzt konnten wir Bauernkarren sehen, die ihnen folgten.

»Karren«, flüsterte ich.

Der Staub. Ich konnte keine Gesichter erkennen, schmutzverschmiert und in Staub gehüllt, wie sie waren. Ich glaubte, Kos' stämmige Gestalt in der ersten Reihe der dritten Kompanie auszumachen. Ich konnte sie nicht sehen. Ich konnte nichts erkennen.

Kianna war neben mir, und irgendwie hielt ihre Hand

die meine so fest umklammert, dass ich die Knochen knirschen hörte.

Ein Bote war auf müden Beinen vorausgeeilt, und unter mir hörte ich, wie die Tore sich öffneten. Keuchend kam er die Treppe herauf zur Königin. »Meine Herrin«, stieß er hervor, »der König lässt dir sagen, dass wir gesiegt haben. Er selbst hat Neoptolemos von Achaia in einem gewaltigen Zweikampf erschlagen, und die *Sonnenwagen* wird uns nicht mehr behelligen.«

Ich hörte kein einziges Wort von dem, was er noch sagte.

Markai schritt mit gesenktem Kopf neben einem der Karren her. Und da wusste ich es.

Ich weiß nicht, wie ich die Treppe hinunter und durch das Tor kam. Eine ganze Anzahl Frauen rannte hinaus. Ich war wohl eine von ihnen.

Ich wusste es.

Xandros lag in einem der Karren; ein Mantel war über seinen von Wunden entstellten Körper geworfen worden. Sein unversehrtes Gesicht war reglos und still. Karas lag an seine Seite geschmiegt, so wie er als kleines Kind immer geschlafen hatte. Die zerfetzte Seite seines Gesichts ruhte an der Schulter seines Vaters. Irgendjemand hatte ihnen die Augen geschlossen, doch Karas' Wimpern waren blutverklebt. Markai ging neben ihnen. Irgendwie war Neas an meiner Seite, hielt mich mit blutigen Armen fest. Wahrscheinlich war er von der Spitze der Marschreihe herbeigerannt gekommen. Er sagte Dinge, die keinerlei Bedeutung hatten. »Es war der dritte Angriff. Wir hatten es fast überstanden. Xandros ist zu Boden gegangen. Ich habe nicht gesehen, was passiert ist. Ich habe die Jungen angebrüllt, im Glied zu bleiben, nicht aus der Reihe auszubrechen, im Schildwall stehen zu bleiben. Markai …«

Neas' Stimme brach. »Markai hat mir gehorcht. Er ist stehen geblieben, wo er war. Aber Karas …« Er senkte den Kopf, Tränen strömten ihm übers Gesicht. »Er ist zu seinem Vater gerannt und wurde niedergeschlagen. Ich habe ihm gesagt, er soll im Glied bleiben! Ich habe es ihm gesagt, Möwe, aber er hat nicht auf mich gehört. Ich habe ihn angeschrien. Er hat nicht auf mich gehört …«

Etwa löste sich in meinem Inneren, ein gellender Klagelaut. Ich fing an zu schreien und konnte nicht mehr aufhören.

Ich sang den Abstieg nicht. Meine Kehle war vom Schreien zugeschwollen, meine Stimme wund. Meine Hände zitterten, und ich konnte mein Gesicht nicht bemalen.

Ich stand neben den Bahren, während Kianna sang. Die Sterne erschienen am Nachthimmel, und sie hatte ihr Gesicht schwarz und weiß bemalt, wie in den Legenden von den Inseln. Der Tod stand verschleiert da, Schwarz krönte ihr rotes Haar, hoch aufgesteckt mit Nadeln aus Kupfer, älter als die Bronze, die unsere Vorväter mitgebracht hatten. Ihre Stimme war rein und sicher. Ihre Hände waren lang und weiß. Zwölfmal sang sie vor zwölf Scheiterhaufen, so viele Tote gab es unter uns.

Xandros und Karas lagen zusammen da, auf dem letzten Scheiterhaufen, Vater und Sohn, mit einem erlesenen Mantel aus scharlachroter Wolle zugedeckt. Benommen dachte ich, dass er wohl Neas gehört haben musste; das Ergebnis wochenlanger Arbeit am Webstuhl.

Ila klammerte sich an meine Röcke und schniefte leise, doch ich hatte keine Worte für sie, nur die stumme Kälte meiner Arme.

Es war Tia, die die Arme um sie schlang, Tia, die sie hochhob und festhielt.

Dies ist das letzte Mal, dachte ich. *Das letzte Mal, dass ich sein Gesicht sehe. Das letzte Mal, dass ich mein Kind sehe. Dies ist das letzte Mal. Das letzte Mal, dass ich seine Hand berühre. Das letzte Mal, dass ich sehe, wie Xandros' Haar sich über der Stirn aufwärts lockt. Ich werde niemals mit ansehen, wie diese grauen Strähnen zu Silber werden, werde seine Hände nie altern sehen. Ich werde nie erleben, dass Karas heiratet, werde ihn niemals mit seinem Bruder über irgendeinen Witz aus ihrer Knabenzeit lachen hören, ich werde ihn nie wiedersehen.*

Jetzt kam Neas heran, von dem Scheiterhaufen daneben. Kianna war bei ihm, und eine große Menge Trauernder folgte ihnen.

Er stand am Kopf der Bahre, und seine Augen waren vom Rauch derer gerötet, die bereits brannten. Er streckte die Hand nach einem Becher aus und goss Wein als Trankopfer aus, den besten Wein, das Beste, was unsere Hände geschaffen hatten.

»Vernimm, oh Volk, die Taten von Xandros, dem Sohne Markais, und von Karas, dem Sohn des Xandros, vom Volke geliebt. In dir, mein Freund, war alles das, was das Beste von uns ist.«

Er stockte, und als ich zu ihm blickte, bemerkte ich, dass es ihm schwerfiel fortzufahren. Hinter ihm stand Kianna so ungerührt wie der Tod.

»Tausendmal wären wir auf dem tiefen Meer verloren gewesen, tausendmal wären wir in Ägypten verloren gewesen, wäre nicht Xandros gewesen, der Sohn Markais. Keinen wahreren Seemann, keinen wahreren Soldaten, keinen wahreren Gefährten hat es jemals gegeben, und es wird auch keinen geben, bis die Welt endet. Mein Freund, die Welt war zu Ende, und du und ich sind über dieses Ende hinausgesegelt und endlich sicher in den Hafen gelangt.« Neas goss den Wein aus.

»Ich kann nicht alles aussprechen, was ich fühle, oder alle deine Taten schildern, denn sie sind zu zahlreich und zu gewaltig. Es gibt nicht einen Mann des Volkes, der dir nicht sein Leben schuldet, nicht eine Frau oder ein Kind des Volkes, das sich nicht auf dich verlassen hat. Und dass du deinen Sohn, dein eigenes Blut in unserer größten Schlacht hingibst, ist nicht mehr, als ich von dir gedacht hätte.« Neas hob den Kopf, und jetzt ertönte seine Stimme fest und stark. »Ich sage dir heute, dass Markai, der Sohn des Xandros, ein Sohn meines Hauses ist, Gefährte meiner eigenen Söhne, von meiner Sippe. Ila, die Tochter des Xandros, wird die Mitgift einer Prinzessin Latiums erhalten, sollte es ihr Wunsch sein, den Tempel zu verlassen. Nicht mehr und nicht weniger kann ich für meinen Bruder tun.«

Seine Stimme brach, und er konnte nicht weitersprechen. Neas senkte den Kopf, und seine Worte erstickten.

Kianna trat vor, nahm ihm sanft die Myrrhe aus der Hand und verstreute sie. Der Tod wandelte im Feuerschein, und in Kiannas Augen sah ich Ihr schreckliches Mitleid.

»Es ist vorbei«, flüsterte ich. »Es ist wirklich und wahrhaftig vorbei.«

Epilog

Die Achaier waren geschlagen und kamen nicht wieder. Das erfuhr ich später, als mich derlei kümmerte.

»Sie waren nichts als Gesindel«, sagte Neas. »Männer aus einem Dutzend Städten, die kaum einer dem anderen vertrauten, Piraten und Verzweifelte, die nichts zu verlieren hatten. Neoptolemos hat sich selbst als Hochkönig von Achaia bezeichnet, aber so etwas gibt es nicht und hat es auch nicht mehr gegeben, seit Orestes gestorben ist, der Sohn des Agamemnon. Mykene ist nicht mehr und ebenso wenig Theben oder Pylos oder irgendein anderer der hohen Paläste. Sie sind in den Staub gesunken. Jetzt gibt es nur noch Tiryns und ein paar kleinere Städte.«

Wir standen auf dem Hügel oberhalb von Poblios' Weinberg. Zehn Jahre waren seit dem Tag vergangen, an dem Neas Neoptolemos getötet hatte. Seit jenem Tag hatten wir nicht mehr davon gesprochen. Im Laufe der Zeit war vieles zur Sprache gekommen, aber das nicht. Ich war noch immer sein Orakel.

Die warme Sonne des Frühsommers brannte auf uns herab, und sein Bart war von weißen Fäden durchzogen. Über dem Hügel summten die Bienen im Lavendel. Ich hob meinen Wasserschlauch und trank.

»Die Welt ist nicht mehr so wie damals, als wir jung waren«, meinte Neas. »Ich habe von Kaufleuten gehört, dass Millawanda gefallen ist, genau wie du es vor langer Zeit gesagt hast, und Byblos auch. Nichts überdauert, außer Ägypten.«

»Die Ägypter werden ewig überdauern«, sagte ich und dachte an ihre in Stein gemeißelten Geschichten, Götter und Helden für alle Zeiten in Tempeln erstarrt, in Gräbern am Rande der Wüste. »Die Götter des Schwarzen Landes sind stark.«

»Die Menschen messen Korn nicht mehr mit Kerbhölzern oder schreiben die Zahl der Kerben nieder. Sie bauen nicht mehr an der Küste, sondern an befestigten Orten im Landesinneren, und sie schicken ihre Schiffe nicht aus, um fern der Heimat Handel zu treiben. Die Welt hat geendet, und die großen Zeiten sind vorbei.«

»Wir überdauern«, gab ich zu bedenken. »Und ich kann nicht sagen, dass wir so schlecht gebaut haben.«

Unter uns schlangen sich die blassen Blätter der Weinreben ineinander, und hinter ihnen streckte ein Hain aus jungen Olivenbäumen die Zweige der Sonne entgegen. Ilas Gemahl war kein Seemann, sondern ein Bauer, der Olivenbäume pflanzte, die Früchte für seine Kinder tragen würden.

»Hierfür gibt es keinen Preis«, sagte Neas und nahm den Wasserschlauch von mir entgegen. Manchmal kamen wir hier herauf, wenn es ihn danach verlangte, unter vier Augen mit seinem Orakel zu sprechen. Dieses Amt hatte ich nicht an Kianna abgetreten, obgleich es eines Tages an ihr sein würde, den König zu beraten und die beiden jungen Könige, die nach ihm kommen würden.

»Ich bin dreiundfünfzig«, sagte er. »Und ich habe miterlebt, wie die Welt geendet und dann wieder begonnen hat. Das ist mehr als genug für ein ganzes Leben.«

»Das stimmt, Neas.«

Er trank noch einmal und reichte mir dann das Wasser zurück. Ich trank und schob mir dabei das Haar aus den Augen, mittlerweile mehr Silber als Schwarz.

Unten auf dem Fluss kam eines unserer kleinen Küstenboote vom Meer herauf, ein Fischerboot, das vom Fang bei Tagesanbruch zurückkehrte.

»Das ist Markai mit der *Seemöwe,* nicht wahr?«, erkundigte er sich. Neas' Augen waren nicht mehr das, was sie einst gewesen waren.

»Ja«, bestätigte ich. Das Boot schwenkte in die Fahrrinne ein; sein Segel war eingerollt, und die zehn Ruder schlugen im vollendeten Gleichtakt.

»Glaubst du, sie erinnern sich an uns, die, die wir geliebt haben, jenseits des Flusses?«, fragte er.

Ich drehte mich um und blickte in seine hellen Augen, so warm und vertraut wie der Himmel über uns. Das hatte er mich schon einmal gefragt, auf der Insel der Toten, während Wogen über eine leere Stadt hinweggeflutet waren, kühl und öde unter dem Wasser. Diesmal war ich mir meiner Antwort weniger sicher.

»Mein König«, sagte ich. »Ich weiß es nicht. Als Kind hat man mich gelehrt, dass wir vergessen, wenn wir den zweiten Fluss überqueren, der die Erinnerung ist. Aber während wir auf den Endlosen Feldern ausharren, dürfen wir uns erinnern. Aber jetzt weiß ich es nicht.«

Er sah mir in die Augen und lächelte. »Herrin, was immer man uns gelehrt hat, was immer die Götter wollen, ich werde dich bis ans Ende der Welt im Gedächtnis behalten.«

Ich schloss die Augen und öffnete sie dann wieder, doch er lächelte mich noch immer an. »Mein teurer Prinz, auch ich werde mich an dich erinnern«, erwiderte ich, und obgleich ich in genau diesem Augenblick Ihre Hand nicht spürte, so wusste ich doch mit aller Sicherheit, die ich jemals empfunden hatte, dass dies die Wahrheit war.

Unter uns schickte sich das Fischerboot an, am Kai anzulegen. Markai stand am Steuerruder, die Brust in der Sommersonne nackt und braun, das schwarze Haar am Hinterkopf von einem Stück Leder zusammengehalten.

Ich lehnte mich rücklings gegen Neas' Schulter, und seine Hand schob sich um meine Taille und hielt mich umfasst.

Ein freudiges Quietschen war zu vernehmen, und meine vierjährige Enkeltochter kam mit fröhlichem Geschrei den Kai entlanggerannt. Markai sprang leichtfüßig über die Steine, schwang sie lachend empor und warf sie sich über die Schulter. Ihr langes dunkles Haar wehte.

Und die Welt war wieder heil.

Nachwort der Autorin

Die Seherin von Troja basiert auf der *Äneis*, die ihrerseits eine Art historischer Roman ist. Die *Äneis* wurde am Ende des ersten Jahrhunderts v. Chr. von einem Römer namens Publius Vergilius Maro verfasst, besser bekannt als Vergil. Während dieser Zeit, der frühen Herrschaft des Augustus, waren die griechische Kultur und alles Griechische sehr in Mode, wozu natürlich auch die beiden großen epischen Werke gehörten, die *Ilias* und die *Odyssee.* Beide bleiben auch heute noch klassische Schilderungen von Krieg und Abenteuern; sie erzählen die Geschichte des Trojanischen Krieges und der Zeit danach, als Odysseus versucht, nach Hause zurückzukehren.

Vergil wollte ein wenig von der mitreißenden Schönheit dieser beiden großen Dichtungen so für das römische Publikum festhalten, dass ein neues Werk entstand, das einzigartig römisch war und das auf dieselbe Art und Weise als kultureller Meilenstein dienen konnte. Er wollte eine Erzählung schaffen, die einerseits einen Kontext für die Geschichte Roms lieferte und andererseits sowohl dem allgemeinen Publikum als auch seinem wichtigsten Gönner gefiel, dem Kaiser Augustus. Die Geschichte, die er erzählte, ist die des Äneas, des letzten Prinzen von Troja, der bei seinen Bemühungen, eine neue Heimat für die Menschen von Troja zu finden, zu Lande und zur See große Prüfungen erduldet und schließlich das römische Volk gründet.

Vergils Epos ist also mein Ausgangspunkt, meine allererste Quelle. Ich habe die lateinische Ausgabe von DC Heath and Company verwendet, die 1964 in Toronto verlegt wurde und in der ich Äneas und seinen Reisen das erste Mal begegnete, als ich auf der Highschool war.

Über die Geschichtlichkeit des Trojanischen Krieges wird mindestens seit Vergils Zeit gestritten. Das zugänglichste unter den neueren, inspirierenden Büchern zu diesem Thema ist eins, auf das ich mich sehr gestützt habe: Michaels Wood, *In Search of the Trojan War,* University of California Press, 1985. Indem er sorgsam moderne archäologische Forschungen mit vor Kurzem entzifferten Linear B-Tafeln kombiniert, mit Quellen aus Ägypten und Hatti und mit der *Ilias,* stellt Wood den Trojanischen Krieg als einen Teil der Krise im Mittelmeerraum dar, die ein dunkles Zeitalter heraufbeschwor, welches Hunderte von Jahren dauerte. Dies ist die Geschichte, die ich zu erzählen beschlossen habe – von der Wanderschaft des Volkes nicht als isoliertes Ereignis, sondern als Teil einer großen Entwurzelung in diesen Zeiten der Krise.

Aber was ist mit Troja selbst? Die Stadt Hisarlik, die uns als Troja bekannt ist und die die hethitischen Archive als Wilusa kannten, wurde viele Male zerstört. Zwei ganz besondere Ruinensätze, die von Troja VI und die von Troja VIIa, stammen beide aus dieser Zeit. Die beiden Zerstörungen liegen möglicherweise lediglich eine Generation weit auseinander. Kurz gesagt, vielleicht stehen sie in derselben Beziehung zueinander wie der Erste und der Zweite Weltkrieg. Scheint es nicht vernünftig, dass die Menschen im Laufe der Zeit diese beiden modernen Konflikte miteinander verschmelzen werden und dass Hitler und Wilson als Gegner betrachtet werden, die sich opernhaft in derselben Geschichte gegenüberstehen? Vielleicht ist es das, was hier passiert ist, dass die Ereignisse beider Konflikte zu einer Erzählung von einem einzigen Krieg zusammengesetzt wurden, der zehn Jahre andauerte.

Den Ersten Trojanischen Krieg, der, in dem Möwes Mutter versklavt wurde, habe ich um 1200 v. Chr. angesetzt, einer der späteren Zeitpunkte der Zerstörung von Troja VI. Der Zweite Trojanische Krieg, durch den die Irrfahrten von Äneas und dem Volk ausgelöst werden, ist die Zerstörung von Troja VIIa, um 1180 v. Chr. Die Städte waren vollkommen verschieden. Troja VI war eine große Stadt mit prächtigen Mauern, breiten Straßen und prunkvollen Palästen. Troja VIIa war eine »Barackensiedlung«, die auf den Ruinen errichtet worden war, mit notdürftig ausgebesserten Mauern und mit Palästen, die zu kleinen Wohnungen zerstückelt worden waren. Das ist das Wilusa von Neas und Xandros. Außerdem ist es die Stadt, die Carl W. Blegen ausgegraben hat, dessen klassisches, um die Mitte des 20. Jahrhunderts erschienenes Werk *Troy and the Trojans* vor Kurzem von Barnes and Noble Books nachgedruckt worden ist (New York, 2001).

Von den zahlreichen Büchern, auf die ich zurückgegriffen habe, um die Irrfahrten des Volkes zu schildern, empfehle ich vor allem zwei:

The End of the Bronze Age: Changes in Warfare and the

Catastrophe CA. 1200 BC von Robert Drews, Princeton University Press, Princeton 1995. Dies ist eine unglaublich kenntnisreiche militärhistorische Analyse der damaligen Veränderungen in der Kriegsführung, besonders der Auswirkungen, welche die neuen Schwertarten auf die Truppen jener Periode hatten, die stark vom Streitwagen geprägt waren. Außerdem habe ich mich sehr auf die Smithsonian Institution gestützt, deren Sammlung alt- und neumodischer Schwerter aus der ägäischen Welt außerordentlich hilfreich war, als ich mir Neas' Schardana-Schwert ansehen musste!

Das zweite Buch ist *The Sea Peoples: Warriors of the Ancient Mediterranean* von N. K. Sandars (Thames and Hudson, New York, 1985), das auf wunderbare Weise die Verbindung zwischen den Völkern von Wilusa, Ugarit, Byblos und Ägypten herstellt. Es bringt die Seevölker aus dem homerischen in den historischen Kontext und schildert die große Schlacht, die um 1175 v. Chr. von Ramses III geschlagen wurde und die es den Seevölkern verwehrte, die Kontrolle über Ägypten zu übernehmen, jene Schlacht, die schließlich ein fast unüberwindliches Bollwerk gegen das Chaos darstellte, das bereits den größten Teil der Mittelmeerwelt erfasst hatte.

Eines der größten dramaturgischen Probleme, denen ich mich dabei gegenübersah, eine Form der *Äneis* nachzuerzählen, ist die ganze Karthago-Sequenz und Äneas' zum Scheitern verdammte Affäre mit Königin Dido. Das erzählerische Problem besteht darin, dass Karthago erst mindestens vierhundert Jahre nach dem wahrscheinlichen Trojanischen Krieg gegründet wurde und es für Äneas völlig unmöglich gewesen wäre, die Stadt zu besuchen! Wie dem auch sei, während der tatsächlichen späten Bronzezeit war Ägypten das vorherrschende Land, wo eine Prinzessin in der Tat jene Art von Macht hätte ausüben können, die Vergil Dido verleiht. Wir wissen, dass Ramses III Schwestern hatte, doch wir kennen ihre Namen nicht. Basetamon ist eine Erfindung von mir, um das historische Ägypten mit der berühmten Geschichte von Dido und Äneas zu kombinieren.

Es gibt unzählige Quellen zu Ägypten, eine jedoch verdient besondere Erwähnung, und zwar wegen der Häufigkeit, mit der ich mich ihrer bei den Schilderungen von Möwes Erlebnissen bedient habe: *Daughters of Isis: Women of Ancient Egypt* von Joyve Tyldesly (Penguin Books, London, 1994).

Ein weiters faszinierendes Buch, das ich ausführlich für die Byblos-Episode zurate gezogen habe, ist *The Early History of God: Yahweh and the Other Deities in Ancient Israel* von Mark S. Smith (Erdmans, Cambridge, 2002).

Bei den neu imaginierten Beschreibungen der Thesmophorien und des mythologischen Kalenders von Griechenland hat mich *Mysteries of Demeter* von Jennifer Reid inspiriert (Samuel Weiser, Maine, 1999).

Ich hoffe, Sie werden von dieser wenig bekannten Periode der Geschichte ebenso fasziniert sein wie ich und sich selbst daranmachen, in diesem prächtigen Quellenmaterial nachzuforschen.

Danksagung

Es gibt viele Menschen, ohne die *Die Seherin von Troja* niemals geschrieben worden wäre, angefangen mit zwei wunderbaren Lehrerinnen: Janet Frederick Rhodes, die die Liebe zur Welt der Antike in mir entfacht und immer geglaubt hat, dass ich Romane schreiben würde, und Judy Arnett, die mich auf der Highschool durch vier Bücher der *Äneis,* den größten Teil Cäsars und ein bisschen Catullus hindurch ertragen hat. Die Saat von *Die Seherin von Troja* wurde von ihnen gelegt und durch meine Eltern und ihre Liebe zur Geschichte. Auch meiner Schwester Elizabeth Thompson muss ich danken, die die erste Version dieser Erzählung noch als *Tale of Aldrtih and the Sea People* aus unserer Teenagerzeit in Erinnerung hat.

Ich bin allen zutiefst dankbar, die *Die Seherin von Troja* im Laufe seines Werdegangs gelesen und mir die ganze Zeit über Mut gemacht haben. Ganz oben auf dieser Liste steht Tanja Kinkel, ohne die ich den ersten Entwurf niemals beendet hätte.

Lesley Arnold, Danielle D'Onofrio, Lynn Foster, Stephanie Grant, Mari Harju, Nathan Jensen, Gretchen Lang, Jessica Lee, Kris Lee, Kathryn McCulley, Anne-Elisabeth Moutet, Naomi Novik, Anna Sitniakowsky, Jeff

Tan und Robert Waters muss ich für ihre Freundschaft, ihr ausführliches Feedback und gelegentliche scharfe Kritik danken.

Besonders dankbar bin ich Amy Vincent, die das Manuskript nicht nur für gut genug hielt, um veröffentlicht zu werden, sondern die es auch einer Agentin gegeben hat!

Meiner phantastischen Agentin Diana Fox, die beschlossen hat, dass sie *Die Seherin von Troja* verkaufen würde, und zwar ohne Wenn und Aber, und deren kluge Kommentare das Manuskript enorm verbessert haben, kann ich nicht genug danken. Ebenso schulde ich Devi Pillai Dank, die sich entschieden hat, auf eine unbekannte Autorin zu setzen, und der ich ewig dankbar sein werde.

Und zu guter Letzt wäre ich hierbei wie in allem anderen ohne meine wunderbare Lebenspartnerin Amy völlig verloren gewesen, die jeden Schritt im Leben zu einer verwunschenen Reise über einen gewaltigen Ozean macht.

Glossar

Achaier: Achaische Bezeichnung für die Hellenen, das Volk, das wir als die alten Griechen betrachten. Wird bei Homer verwendet, eine bessere Übersetzung wäre vielleicht Mykener

Achilles: Achaischer Held des Trojanischen Krieges, zieht sich in der *Ilias* nach einem Streit mit Agamemnon aus dem Kampfgeschehen zurück, um nach dem Tod des Patroklos aus Rache doch wieder einzugreifen. Tötete den trojanischen Helden Hektor im Zweikampf und fiel durch einen Pfeil, mit dem Hektors Bruder Alexandros (Paris) ihn an der Ferse verwundete. Vater des Neoptolemos

Äneas: Sohn des Anchises und der Lysisippa, einer Priesterin der Aphrodite. Letzter Prinz von Wilusa. In erster Ehe mit Kreusa und in zweiter mit Lavinia verheiratet, Vater von Wilos und Silvius

Agamemnon: Hochkönig von Mykene zur Zeit des achaischen Feldzuges gegen Troja. In diesem Krieg erbeutete er die Prophetin Kassandra, schändete sie und verschleppte sie nach Mykene. Er wurde von seiner Frau Klytämnestra ermordet, die ihrerseits von seinem Sohn Orestes ermordet wurde, welcher wiederum von den Furien gejagt wurde

Achawoi: Bezeichnung für Achaier

Ahhiyawa: Bezeichnung für Achaia bzw. das griechische Festland auf Arzawan

Akaiwasha: Bezeichnung für Achaier

Alexandros (Paris): Prinz von Wilusa, jüngerer Sohn des Priamos. Entführte Helena, die Frau des achaischen Königs Menelaos, und brachte sie nach Troja, was den Feldzug der Achaier unter Agamemnons Führung gegen die Stadt auslöste

Anchises: Äneas' Vater, ein Fürst Wilusas, ehemaliger Geliebter von Lysisippa, der Tochter des Priamos, die Cytherea wurde

Aphrodite: Göttin der Liebe, der Schönheit und der Begierde

Arzawan: Die Sprache, die von den Bewohnern Wilusas und der umliegenden Gebiete gesprochen wird, einschließlich eines Teils des hethitischen Kaiserreiches

Ashkelon: »Die Stadt Ashterets«, die heutige Stadt Magdala/Migdal/Al Madjdal in Israel, unmittelbar nördlich von Gaza. Während der Herrschaft Ramses III war sie eine ägyptische Siedlung

Ashteret: »Die Auf Dem Meere Wandelt«, die semitische Göttin der Sexualität, der Fruchtbarkeit und des Meeres. Tochter des Gottes El, wird in Phönizien und Juda verehrt. Byblos ist eine der alten Hochburgen ihres Kults

Athene: Göttin der Städte, der Weisheit und des Krieges, Tochter des Götterkönigs Zeus

Ba: Bezeichnung in der ägyptischen Mythologie für einen bestimmten Aspekt des Seelischen, der sich trotz einer engen Bindung an den Körper von diesem ablösen und entfernen kann

Baal: Bezeichnung für verschiedene Gottheiten im syrischen und levantinischen Raum, ein Titel, der für jeden Gott verwendet werden konnte
Basetamon: (Fiktive) Schwester des Pharaos Ramses III und seine Vizeregentin in Memphis
Byblos: Antike phönizische Hafenstadt an der Küste des heutigen Libanon, für die Ausfuhr von Holz und Papier bekannt
Charybdis: Gestaltloses Meeresungeheuer aus der griechischen Mythologie. Sie sog dreimal am Tag das Meerwasser ein, um es danach brüllend wieder auszustoßen
Cumae (Cumai): Stadt nordwestlich vom heutigen Neapel, nahe des Vesuv. In alten Zeiten gab es dort den Schrein der Sibylle von Cumae und angeblich einen Zugang zur Unterwelt
Cytherea: Einer der Beinamen der Aphrodite des Meeres. Außerdem Titel ihrer obersten Priesterin
Deben: Altägyptisches Gewichtsmaß
Demeter: Göttin des Getreides und der Ernte, Mutter von Kore Persephone
Denden: Ägyptische Bezeichnung für die Bewohner Wilusas
Elephantine: Insel im Nil unterhalb des ersten Katarakts
Fest des Abstiegs (Skira): Festlicher Ritus, mit dem der Abstieg der Persephone in die Unterwelt und ihre Wandlung von Kore zur Königin der Toten gefeiert wird. Findet Ende Juni statt
Fest der Rückkehr (Thesmophorien und verwandte Riten): Festlicher Ritus, mit dem Persephones Rückkehr aus der Unterwelt und ihre Wiedervereinigung mit ihrer Mutter Demeter gefeiert wird. Eines der wichtigs-

ten Feste des Jahres. Es findet im späten Oktober statt und dauert eine Woche

Hapi: Bezeichnung für den Nil in der Ägyptischen Mythologie. Durch das ständig wiederkehrende Hochwasser ist der Nil das Symbol der Fruchtbarkeit Ägyptens

Hektor: Ältester Sohn des Priamos, der wichtigste Held und Heerführer Trojas im Trojanischen Krieg

Herr des Bogens: Apollon, Gott des Lichts, des Frühlings, der sittlichen Reinheit und Mäßigung sowie der Weissagung und der Künste, insbesondere der Musik, der Dichtkunst und des Gesanges

Herr der Toten: Hades, Herrscher der Unterwelt und Gemahl Persephones

Herrin der See: Die Göttin Aphrodite, genauer Aphrodite Cytherea, die aus den Wogen geboren wurde

Herr des Sturms: Poseidon, Gott des Meeres und Bruder des Götterkönigs Zeus

Herrin der Toten: Persephone, Königin der Unterwelt, Gemahlin des Totengottes Hades

Hethiter: Kleinasiatisches Volk des Altertums, im 2. Jahrtausend v. Chr. ein Großreich

Horntor: In der griechischen Mythologie das Tor, durch das die wahren Träume in die Welt kommen

Hry (Der Im Sonnenlichte Amons Wandelt): (Fiktiver) Priester Thoths in Memphis. »Hry« ist kein Name, sondern ein Titel der Vorlesepriester, die für die Bildung und die heiligen Texte zuständig waren. Im Kontext entspricht es in etwa dem katholischen »Pater«

Idenes: Sohn König Nestors von Pylos

Illyrien: Antike Bezeichnung für das Land der Illyrer im Westen der Balkanhalbinsel

Insel der Toten (Thera): Das heutige Santorin, vulkanische Kykladeninsel, die während der Bronzezeit eine blühende Zivilisation beherbergte. Wurde um 1270 durch einen gewaltigen Vulkanausbruch zerstört

Iphigenie: Tochter Agamemnons, wurde von ihrem Vater geopfert, um den Wind heraufzubeschwören, so dass die achaische Flotte nach Troja auslaufen konnte

Ithaka: Eine der ionischen Inseln vor der Westküste Griechenlands

Ka: Aspekt des Seelischen in der altägyptischen Mythologie, der den physischen Tod des Menschen überdauert. Er verlässt den Körper des Sterbenden und existiert dann – trotz fortdauernder enger Verbindung mit dem Leichnam (der Mumie) – eigenständig

Kalligeneia (der Aufstieg der Maid): Letzter Ritus der Thesmophorien, im späten Oktober

Kaikus: Siedlung unter hethitischer Herrschaft an der heutigen türkischen Ägäisküste

Kassandra: Tochter des Priamos, der die Gabe der Vorhersehung verliehen wurde. Aufgrund eines Fluchs des Gottes Apollon wurde jedoch ihren Prophezeiungen niemals Glauben geschenkt

Kerker der Winde: Der Ätna auf Sizilien, aktivster Vulkan Europas. In der Mythologie war Aeolus, der Gott der Winde, unter dem Berg eingekerkert, und Hephaistos, der Gott des Feuers und der Schmiede, hatte dort seine Werkstatt

Khemet (das Schwarze Land): Ägypten, genauer gesagt das Niltal sowie die dort gesprochene Sprache

Kore (die Maid): Persephone in ihrer Erscheinungsform als Jungfrau

Kreta: Heutiges Kreta, während der Bronzezeit Sitz der minoischen Zivilisation
Kreusa: Äneas' erste Ehefrau, Wilos' Mutter. Sie wurde bei der Zerstörung Wilusas getötet
Latinus: König von Latium
Latium: Etruskische Stadt nordwestlich vom heutigen Rom
Lavinia: Tochter des Königs Latinus von Latium, zweite Gemahlin des Äneas, Mutter seines Sohnes Silvius
Lethe: Einer der Flüsse in der Unterwelt, der Name bedeutet wörtlich *Vergesslichkeit* oder *Verborgenheit*
Lysisippa: Älteste Tochter des Priamos, Schwester Kassandras, oberste Priesterin der Aphrodite (Cytherea) am Berg Ida. Geliebte des Anchises, Äneas' Mutter
Memphis: Alte Hauptstadt Ägyptens, später zweitgrößte Stadt des Landes, unweit des heutigen Kairo gelegen
Mešweš: Zu den sogenannten Seevölkern gehörender alter libyscher Volksstamm
Millawanda: Hethitischer Name für Milet, eine befestigte Stadt an der Küste Kleinasiens
Mittani: Staat in Nordsyrien
Mykene: Größte der achaischen Städte während der Bronzezeit, anscheinend Sitz eines Staatenbundes, der das griechische Festland und möglicherweise auch die Inseln einschloss. Könnte die Heimat des »Großen König von Ahhiyawa« gewesen sein, der in den hethitischen Diplomatenarchiven erwähnt wird. In der Mythologie war dieser Große König Agamemnon, der den achaischen Angriff auf Troja anführte. Die Zitadelle von Mykene wurde im späten 19. Jahrhundert von Heinrich Schlie-

mann entdeckt und war seither Ziel zahlreicher archäologischer Expeditionen

Neoptolemos: Sohn des Helden Achilles. Ihm wird in der Mythologie der Mord an Hektors kleinem Sohn Astyanax und etlicher anderer Mitglieder der königlichen Sippe von Troja sowie die Schändung und Verschleppung von Hektors Witwe Andromache nachgesagt. Vielleicht liegt darin die Erinnerung an einen Feldzug, der in der Generation nach Agamemnon gegen Troja VIIa geführt wurde

Nephthys: Geburts- und Totengöttin in der ägyptischen Mythologie

Nestor: In der *Ilias* und der *Odyssee* der König von Pylos, ein Verbündeter Agamemnons

Nubien: Während der Herrschaft Ramses III ein tributpflichtiges Königreich Ägyptens, am südlichen Lauf des Nils im heutigen Sudan gelegen

Orpheus: Berühmtester Sänger der griechischen Mythologie, stieg in die Unterwelt hinab und bewegte deren Herrscher durch seinen Gesang, ihm seine verstorbene Braut Eurydike zurückzugeben

Patroklos: In der *Ilias* ein Gefährte (oder Geliebter) des Achilles, der vor den Mauern Trojas getötet wird, was die Rache des Achilles heraufbeschwört

Peleset: Ägyptische Bezeichnung für die Philister, zu den sogenannten Seevölkern gehörendes Volk, das um 1175 v. Chr. die Küste des historischen Palästina bewohnte

Priamos: Letzter König von Troja, Großvater des Äneas

Pylos: Stadt an der Westküste Griechenlands, südlich von Ithaka. In der Bronzezeit gab es dort einen Palast und eine Siedlung, die gegen 1200 v. Ch. verlassen wurde. In der *Ilias* und der *Odyssee* war dies der Königssitz Nestors. Der Palast wurde in den 30er Jahren von Carl Blegen ausgegraben

Pythia: Das Orakel in jedem der bedeutenderen Schreine, in einer späteren Periode vor allem in dem des Apollo bei Delphi

Ra: Ägyptischer Sonnengott

Ramses III: Von 1183 – 1152 v.Chr. Pharao von Ägypten, der letzte mächtige Pharao des alten Königreiches. Besiegte ca. 1175 v.Chr. Seeräuber in einer gewaltigen Schlacht, an die Schnitzereien im Tempel zu Medinet Habu erinnern

Rutoli: Etruskischer Volksstamm, lebte nördlich vom heutigen Rom

Sais: Stadt am westlichsten Nilarm

Sekhmet: Ägyptens löwenköpfige Göttin des Krieges

Segnen der Schiffe: Ein Ritus, mit dem im Frühjahr die Schifffahrtssaison eröffnet wird, ungefähr zur Zeit der Frühjahrs-Tagundnachtgleiche Ende März

Schardana: Zu den sogenannten Seevölkern gehörende Bewohner einer Insel im westlichen Mittelmeer, wahrscheinlich Sardinien oder Korsika

Seevölker: Sammelbezeichnung für die in ägyptischen Quellen des Neuen Reiches erwähnten »Fremdvölker«, die zu Beginn des 12. Jh. v. Chr. zur ernsten Bedrohung für Ägypten wurden

Šekelìs: Zu den sogenannten Seevölkern gehörender Stamm, wahrscheinlich im historischen Palästina ansässig

Sistrum: Handklapper der alten Ägypter, die beim Kultus der Isis verwendet wurde

Silvius: Sohn von Äneas und Lavinia, Wilos' Halbbruder.

Skylla: Sizilien, vor allem die felsige Küste nahe der Meerenge von Messina

Sothis: Sirius, der Hundsstern. In der minoischen Mythologie war er als Iakos bekannt, der Sohn der Persephone und des Hades. Der heliakische Aufgang des Sirius ereignet sich direkt nach der Sommersonnenwende

Styx: Fluss der Unterwelt, der die Grenze zwischen der Welt der Lebenden und dem Totenreich darstellt

Sybille: Titel, den die Bewohner Wilusas der Pythia verliehen haben, ein Orakel

Tamiat: Ägyptischer Hafen in der Nähe des heutigen Damietta

Theben (Ägypten): Hauptstadt des alten Oberägypten, einstiger Mittelpunkt des Pharaonenreiches

Theben (Griechenland): Im Altertum zentrale Stadt am pagasäischen Meerbusen in Thessalien

Tjeker: Zu den sogenannten Seevölkern gehörendes Volk nicht genau bekannter Herkunft

Thoth: Ägyptischer Gott der Schreibkunst, der Gelehrsamkeit, der Sprache und des Wissens, normalerweise wird er als Ibis oder als ibisköpfiger Mensch dargestellt

Thutmosis (III): Von 1479 v.Chr. bis 1425 v.Chr. sechster altägyptischer Pharao der 18. Dynastie (Neues Reich), war militärisch überaus erfolgreich. Ihm ist es wohl zum großen Teil zu verdanken, dass Ägypten sich zu einer Großmacht erhob

Tiryns: Antike Stadt auf dem Peloponnes südlich von Argos

Troja: (→ Wilusa) Stadt des Altertums im Nordwesten

der heutigen Türkei. Große Berühmtheit erlangte der Ort in der Antike durch die Dichtung *Ilias* von Homer und den dort beschriebenen sagenhaften Trojanischen Krieg

Tyros: Antike Hafenstadt im heutigen Libanon, in der Antike eine der wichtigsten Städte der Phönizier

Ugarit: Stadtstaat und wichtiges Handelszentrum an der Küste des heutigen Syrien, wurde um 1200 v. Chr. von den Seevölkern zerstört

Untere Stadt: Außerhalb der Stadtmauern und vermutlich am Hafen gelegener Teil Wilusas. Nur wenige archäologische Überbleibsel der Unteren Stadt sind erhalten

Wilos: Ilios oder Iulus, Sohn von Äneas und Kreusa, in der Mythologie auch als Ascanius bekannt. Er entkam der Zerstörung Wilusas. Enkel von Anchises und Lysisippa

Wilusa: (→ Troja) In den hethitischen Diplomatenarchiven erwähnte Stadt, wahrscheinlich auf Arzawan das Wort für den Namen Ilios (Troja). Auf Hethitisch auch Uilusia. Die Stadt bestand aus zwei Teilen, der auf dem hohen Hügel von Hisarlik gelegenen und von einer hohen Mauer umgebenen Zitadelle und der Unteren Stadt

Zerberus: In der griechischen Mythologie der Höllenhund und Torhüter, der den Eingang zur Unterwelt bewacht